鑄場畔的女賊
foundryside

FOUNDERS I
銘印之子
The Founders Trilogy

羅柏・傑克森・班奈特
Robert Jackson Bennett

歸也光 譯

第一部　平民區

萬物皆有價，有時以銅板支付，有時以時間與汗水支付。還有些時候，則是以鮮血支付。人類似乎最渴望採用後者。而我們總是恣意揮霍，除非取自於我們自身。

——額米帝斯·尤貝托王〈征服之見〉

1

桑奇亞·圭鐸趴在泥漿中，塞在舊石牆旁的木平臺下，她深思後發現這晚根本沒照她所想走。

開頭還不錯。她用僞造的身分進入米奇爾內城；順暢無礙——大門守衛連看都沒看她一眼。然後她來到排水道，這部分就……沒那麼順暢。原本行得通，她認為——排水道容許她在內門與牆壁底下潛行，一步步接近米奇爾鑄場——不過她的線人沒提及排水道內多熱鬧：蜈蚣、毒蛇，還有糞便，來源有人有馬。

桑奇亞不喜歡這樣，但她應付得來。這不是她第一次爬過人類排泄物。只是爬過排水溝會產生一個問題：理所當然，你會染上一身惡臭。潛過鑄院時，桑奇亞盡可能待在衛哨的下風處。但她剛走到北門，遠處守衛已經大喊出聲，「噢我的天，那是什麼味道？」接下來，令她不安的是，守衛盡責地搜尋起臭味來源。

她躲過搜查，但被迫逃入鑄場通道死巷，躲在正逐漸破碎的木平臺下；這裡原本可能是另一個衛哨。她很快便發現這個藏身處有個問題：她無路可逃。牆圍起的鑄場通道內，除了平臺、桑奇亞，以及該名守衛之外再無一物。

守衛慢慢從平臺旁經過，聞聞嗅嗅；桑奇亞緊盯著他泥濘的靴子，等到他走過才探出頭看。

他是個大傢伙，頭戴亮晃晃的鋼盔，身上的皮胸甲浮雕著米奇爾家族企業徽型——窗內的燭焰。他另配有皮肩甲與腕甲。最令人憂心的是，他身側的劍鞘內是把雙刃長劍。桑奇亞對著長劍瞇起眼。他走開時，她覺得在心裡聽見一陣低語，一陣遙遠的吟誦。她原本便假定那把劍是銘器，而微弱的低語證實她的假設——一把銘印劍不費吹灰之力就能把她砍成兩半。

像這樣被逼得走投無路真是愚蠢至極，她縮頭時暗忖。*而我甚至還沒開始幹活呢*。

她必須到馬車道，距此很可能不到二百呎了，就在對面那堵牆後。她必須盡快抵達。

她考量自己的選項。她可以射那名守衛，她想；她確實有根小竹管，附帶一組雖小但昂貴、浸透哀棘魚毒的吹箭——來自可見於大海深處的致命有毒動物。毒素經過適度稀釋，應該只會讓受害者陷入沉睡，數小時後在帶有宿醉感的駭人恐怖中醒來。

但守衛身上的盔甲看來相當不錯。她那一擊必須完美命中，或許對準腋窩。失手的風險高得嚇人。

她可以試著殺了他，她想。她確實帶著短劍，擅長暗中接近；她個子小，但以她的體型來說相當強壯。不過比起殺人，桑奇亞對偷東西拿手多了，但這又是一個受過訓練的商家守衛。她覺得這條路機會不大。加上桑奇亞又不是來米奇爾鑄場割人喉嚨、打破人臉或敲碎人腦袋。她有活得幹。

說話聲在通道迴盪：「喂，尼可羅！你不待在自己崗位跑去那裡做什麼？」

「我覺得又有東西死在排水溝了。聞起來像死掉的東西！」

「啊，等等。」那聲音說。腳步聲。

呃，該死，桑奇亞心想。現在有兩個了……

她需要找到出路，而且得快。她轉頭看身後的石牆，思考著。接著她嘆氣爬到牆邊，遲疑片刻。她不想太快把力量用盡。但別無選擇。桑奇亞脫下左手手套，裸掌貼住黑色石塊，閉上眼，施展她的天賦。

牆對她說話。

牆告訴她鑄場的煙、熱雨、蔓延的苔蘚；還有螞蟻，數以千計，數十年來細小的腳步橫過斑駁牆面。牆面在她心裡綻放，她感覺到每一道裂痕和每一個破隙；每一團灰泥和每一顆髒汙的石塊。訊息都在她碰觸牆的那一秒湧入桑奇亞的思緒。在這突然湧現的知識中，確實有她眞正渴求的部分。

鬆動的石塊。四塊，巨大，距離她只有幾呎。另一邊是封閉的黑暗空間，寬度和高度各約四呎。彷彿這面牆正是由她建造，她立即知道該往哪找。

另一邊有棟建築，她心想。老建築。很好。

桑奇亞縮手。令人沮喪，她右側頭皮上的大疤痛了起來。

壞兆頭。今晚必須用上她天賦的地方遠多於此。她戴上手套，爬到鬆動石塊附近。看起來像是曾有一道小門，但在多年前以磚封上。她停下來聆聽——兩名守衛這會兒似乎正大力聞嗅著微風。

「我對天發誓，皮耶綽，」其中一人說，「跟惡魔的屎一樣臭！」他們開始一起沿通道緩緩走動。

桑奇亞抓住最頂層的鬆動石塊，萬般謹愼地使勁拉。

石塊被她一吋一吋拉出來。她回頭看守衛；他們還在拌嘴。

快速又安靜，桑奇亞拉出沉重的石塊，一個接一個擺在泥漿中。接著她探看散發霉味的空間。裡面很黑，不過她讓一點點光照入——暗影中有許多小眼睛瞪著她，石地板上堆堆迷你糞便。

老鼠，她心想。*很多老鼠。*

沒其他辦法了。她不作他想，爬進那個黑暗的狹窄空間。

老鼠一陣驚慌，紛紛往牆上爬，遁入石塊縫隙。幾隻驚惶踏過桑奇亞，還有幾隻試圖咬她——不過桑奇亞身上穿著她稱之爲「竊盜裝」的裝備，手工製、附兜帽，灰色毛料與黑色舊皮革拼製的外衣，覆蓋全身，不易破裂。

肩膀擠進去後，她甩開老鼠，把牠們拍掉——但一隻巨大的老鼠，八成有二磅重，牠以後腿立起，威脅地對她嘶叫。桑奇亞的拳頭竄出猛擊大老鼠，在石地板上敲碎牠的腦袋。她停下，聽著守衛是否有聽見她的聲音——沒聽見，她心滿意足，又打了大老鼠一下。她全身都爬了進去，小心地伸手用磚把身後的門重新堵上。

*好啦，*她暗忖，一面甩掉另一隻老鼠、揮開一堆堆糞便。*也沒那麼糟。*

她環顧四周。暗得一蹋糊塗，她的眼睛仍漸漸適應。這地方許久之前曾是鑄場工人烹煮食物的壁爐。壁爐以木板封起，但上方的煙囪仍開放——只是她現在看見有人曾試圖用木板封住最頂端。

她細細檢視。煙囪內空間狹小。不過呢，桑奇亞也很瘦小。她還很擅長鑽進狹窄空間。桑奇亞哼了一聲躍起，卡進牆縫，開始沿煙囪一吋一吋往上爬。大概爬到一半時，她聽見下方傳來噹啷聲。她凍結，低頭看。一陣撞擊，接著爆裂，而後光灑入下方的壁爐。守衛的鋼盔探入壁爐。他低頭看著廢棄的老鼠巢穴後大喊，「噁！看來老鼠在這裡蓋了個歡樂窩呢。臭味一定來自這裡。」

桑奇亞低頭緊盯著守衛。只要他抬頭看，一秒便會發現她。

守衛看著遭她殺害的大老鼠。她試著用意志力叫自己不出汗，就不會有汗水滴落他的頭盔。

「骯髒的東西。」守衛咕噥，隨後縮頭。

桑奇亞等了一會兒，仍舊凍結——她還聽得見他們在下面說話。接著慢慢地，他們的聲音遠去。

她嘆出一口氣。只為了抵達一輛天殺的馬車，冒的險也太大了。

她爬到煙囪頂後停住。木板輕易被推開。她手腳並用爬到屋頂上躺平，環顧左右。意外的是，她就在馬車道正上方——正是她該到的位置。她看著一輛馬車衝下泥濘的車道來到裝貨碼頭；在燈光暗去的鑄院中，此處是塊明亮繁忙的光斑。鑄造房矗立在裝貨碼頭後，那是巨大、近乎無窗的磚造建築，六根粗胖的煙囪正將煙注入夜空。

她爬到屋頂邊緣脫下手套，赤裸的手碰觸下方牆緣。牆在她的心裡綻放，每一塊變形的石磚和每一團苔蘚——還有每一個讓她順利下牆的好抓點。她俯身翻過屋頂邊緣往下爬。她的頭陣陣劇痛，雙手也在痛，全身覆蓋各種噁心的髒東西。我甚至都還沒完成第一步呢，居然幾乎害自己被殺。

「兩萬。」她一面爬，一面對自己說。「兩萬督符。」

鉅款啊，貨眞價實。為了二萬督符，桑奇亞願意吃很多屎加上流一堆血。比目前多她都還願意。

她的靴尖觸及地面，開始奔跑。

馬車道照明不足，不過鑄場裝貨碼頭就在前面，在火籃和銘印燈籠照耀下一片光明。就算在這時間，碼頭仍舊熱鬧滾滾，工人往來奔波，為排在碼頭前的馬車卸貨。數名守衛百無聊賴地在旁邊觀看。

桑奇亞緊貼著牆，躡足靠近一些。突然傳來隆隆聲響，她定住，頭轉開，把身體壓向牆壁。另一輛巨大的馬車隆隆駛下車道，濺了她一身灰泥。馬車經過後，她眨掉眼中的泥，看著馬車駛遠。馬車看似憑自己的意志行駛：並非靠馬、驢或任何動物拉。桑奇亞不為所動，回頭看向車道。大意就可惜了，她心想，要是我爬過臭水溝和一堆老鼠，最後卻像條流浪狗一樣被銘印馬車輾死。

她繼續往前，靠近後仔細觀察馬車。有些靠馬拉，大部分則否。馬車來自帝汎城各處——運河、其他鑄場，或是濱水區。她感興趣的是最後這個地方。

她鑽到裝貨碼頭的邊緣下，爬進馬車隊伍中。她靠近時，聽見馬車在她腦海中低語。喃喃說話，喋喋不休，壓低音量；這些聲音並非來自拉車的馬——牠們對她來說是無聲的——而是來自銘印的物體。

她低頭看最近處馬車的輪子，找到了。

大木輪內側有筆跡，某種拖沓相連的手寫體，以閃閃發光的銀色金屬形塑：帝汎菁英稱之為「符印」或「符文」，不過多數人都稱為銘術。

桑奇亞沒受過銘術訓練，不過銘印馬車的運作方式在帝汎算是常識：寫在輪子上的指令說服輪子它們在斜坡上，深信不疑的輪子便會覺得非得往下滾不可——即使根本沒有坡度、馬車只是沿著一條絕對平坦（但或許泥濘不堪）的運河道路往前駛。車夫坐在馬車駕駛座調整操縱器，而操縱器會告訴輪子像是「噢，我們正在一個陡坡，最好加把勁」，或是「等等，不對，坡度減緩了，咱們緩一緩」，或是「現在其實一點坡也沒有，所以停下吧」。輪子徹底遭銘印蒙騙，因而乖乖聽話，不再需要使用馬或騾或山羊或任何可能遭哄騙而拖著人類到處去的動物。

銘印就是這樣運作：銘在無心智物體上的指令，說服物體以某些選定的方式違背現實。不過銘印必須謹慎構思，小心操作。桑奇亞聽過早期銘印馬車的故事；這些馬車的輪子沒有妥善校準，有次，前輪以為自己在下坡，後輪卻覺得應該是上坡，馬車很快便被扯得四分五裂，輪子以驚人速度滾過帝汎街頭，造成巨大混亂與破壞死傷。

這都表示，儘管銘印車輪是先進的造物，但掛在它們之間絕對稱不上明智的夜晚活動選項。

桑奇亞爬向一個輪子。銘印對她耳語，而後愈來愈大聲，她不禁一縮。這大概是她天賦最奇怪的一個面向——除了自己之外，她沒遇過任何能聽見銘印的人——不過還能忍受。她忽略聲音，食指和中指穿出右手手套的細縫，指尖暴露在濕潤的空氣中。她用手指碰觸馬車輪，問它知道些什麼。

而後，和方才通道內的牆如出一轍，輪子回應了。

輪子向她訴說灰燼、岩石、燒炙的火焰、火花與鐵。桑奇亞心想，不。這輛馬車多半來自鑄場——她今晚對鑄場沒興趣。她靠在馬車後，確認守衛沒看見她，接著沿隊伍溜到下一輛馬車。

她用指尖碰觸馬車輪，問它知道些什麼。

這個輪子知道柔軟沃土、糞肥的刺鼻氣味，以及綠色植物遭壓碎後的芳香。

可能是農場。不，也不是這個。

她溜去下一輛馬車——這輛是一般的馬拉馬車——碰觸輪子，問它知道些什麼。

這個輪子知道灰燼、火、熱，還有熔煉礦砂時的嘶嘶火花……

這輛來自另一個鑄場，她心想。跟第一輛一樣。希望沙克的消息沒錯。如果所有馬車都來自鑄場或農場，整個計畫在開始前就終結了。

她溜去下一輛馬車；她移動時，馬不以爲然地噴氣。這是隊伍中的倒數第二輛，她的選項即將用盡。她伸手碰觸輪子，問它知道些什麼。

這一個訴說沙礫、鹽、海草、浪花的強烈味道，還有在浪上浸濕的木桁……

桑奇亞點頭，鬆了一口氣。就是它。她把手伸進竊盜裝上的囊袋，拿出一個怪模怪樣的東西：印上諸多符文的小青銅盤。她又拿出一罐焦油，塗抹在盤子後，抬手伸進馬車內，把小青銅盤黏在底部。

她稍停，回想起黑市熟人跟她說的話。

把導向盤黏在你想去的東西上，一定要黏牢。你不會想要它掉落的。

所以……要是導向盤掉在街上之類的呢？當時桑奇亞這麼問。

這個嘛。你會死。而且死狀悽慘。我猜。

桑奇亞更加使勁壓青銅盤。可別插的急著害死我，她心想，一面怒瞪著那東西。這份工作已經天殺提供太多這種機會了。然後她溜出去，穿過其他馬車，回到馬車道和鑄院。這次她更謹愼了點，確保自己待在所有守衛的上風處。她快速進入排水管。現在她得再跋涉過那些臭水，直接朝濱水區去。

當然了，那就是她方才瞎搞的那輛馬車將前往之處，畢竟輪子都跟她訴說浪花和沙礫和鹹空氣了——馬車只會在濱水區遇到這些東西。希望馬車幫助她進入高度管控的區域。因爲濱水區的某處有個保險箱。而某個富裕得超乎想像的人雇用桑奇亞竊取裡面的物品，酬勞是多得超乎想像的錢。

桑奇亞喜歡偷東西。她很拿手。但今夜過後，她或許再也不必偷東西。

「兩萬。」她輕聲吟誦。「兩萬。兩萬可愛美麗的督符……」

她跳入排水管中。

2

桑奇亞並不眞的了解自己的天賦。她不知道如何運作，不知道極限在哪，更不知道究竟是否可靠。她只知道能做些什麼，以及對她有些什麼幫助。當她赤裸的肌膚碰觸到一件物品，她便會了解那東西；了解它的本質、組成、形狀。如果那東西最近曾去過某處或碰過其他東西，她也會記得那種感覺，彷彿親身體驗。如果她靠近或碰觸銘器，她會聽見它在她腦中咕噥自己的指令。

這並不代表她解銘印在說些什麼。她只是知道銘印在說話而已。

桑奇亞的天賦有諸多用途。簡短輕巧的碰觸，可以讓一件物品當下的感覺湧入她腦中。長時間的碰觸，她便可獲知所碰觸之物的形體意識——何處可抓握、哪裡脆弱、柔軟或中空，或是內容物爲何。要是她把雙手放在某個物體上夠久——這過程對她來說極端痛苦——她還可以獲得完美的空間意識：舉例來說，假如她把手貼住房間的地磚，她最終可以感知到地板、牆壁、天花板，以及全部與它們相觸之物。前提是她沒因疼痛而暈厥或吐出來。

因爲這些能力有壞處。桑奇亞總是必須蓋住許多肌膚，但很難，比如說手拿一根往你腦裡倒入訊息的叉子吃飯。可是也有好處。如果你打算偷某些東西，裝載這些東西的場所就會給你巨大裨益。桑奇亞在攀牆、穿行黑暗通道、撬鎖方面的才能稱得上空前絕後——鎖自己告訴你該如何撬開，撬鎖當然就輕而易舉。

她一直努力避免思考這天賦從何而來，因爲她同時得到那道劃過她腦袋右側、只要過度使用天賦便有如火燒的駭人白疤。桑奇亞並不眞的喜歡自己的天賦：雖然力量強大，同時是限制與懲罰。不過她的天賦幫助她活命。今晚，但願能幫助她變富裕。

下一步是芬涅其大樓，位於帝汎濱水區對面的九層樓建築。這是古老建物，在帝汎商業幾乎由商家徹底接管前，原本供海關官員與中間人管理客戶用。大樓的年歲與華美設計提供許多牢靠的抓點，對桑奇亞很有幫助。

*也就是說，*她心想，一面爬一面嘀咕，*爬上這棟該死的大建築是這份工作最簡單的環節。*

她終於來到屋頂。她抓住花崗岩飛簷翻上去，跑到西側朝外看，累得氣喘吁吁。

下方是寬闊的港灣，一座橋橫過其上，另一邊就是帝汎濱水區。大型馬車汎甸甸地駛過橋，頂部在濕卵石地上震動。幾乎可肯定是商家馬車，運送貨物往來不同鑄場。其中之一應該就是被她黏上導向盤的那輛馬車。*我插的太希望如此了，*她心想，*否則我就是把我這蠢屁股拖過一條糞河又拖上一棟建築，但可恨的不爲任何目的。*

好幾年來，濱水區就和帝汎其他不受商家直接控管的部分一樣腐敗危險——而且是令人難以置信、駭人聽聞、超乎想像的腐敗。不過在數月前，他們聘請一位啓蒙戰爭的英雄；他踢走所有壞蛋，雇用一批專業衛兵，並在濱水區到處設立安全衛——包含銘印防禦牆，跟商家用的一樣；無法提出恰當身分證者不得進出。

突然間，在濱水區幹不法勾當變困難了。這對桑奇亞來說相當不便。她因而得爲今晚的工作另覓潛入濱水區的方法。她跪下，解開胸口一個囊袋，拿出今晚最關鍵工具的物品。這東西看似一捆布，展開後卻具備杯子的形體。

她完工後，低頭看著攤開在屋頂上的黑色小降落傘。

「這東西會害我丟掉小命，對吧？」她說。

她拿出降落傘最後一個零件：一根伸縮鋼棒。鋼棒兩端嵌有兩個小銘印碟——她聽見它們在她腦中吟誦低語。跟其他所有銘器一樣，她不知道說什麼，但黑市熟人給了這東西如何運作的詳盡指示。

這是一個雙部件系統，克勞蒂亞是這麼說的。把導向盤黏在你想去地方；導向盤接著便對鋼棒上的兩個碟說：「嘿，我知道你自以爲屬於自己，不過你事實上屬於我附著的這東西——所以你得到這裡來合而爲一，快。」鋼棒則說：「眞的嗎？老天，那我怎麼會在這？我必須立刻跟其他部分合而爲一！」你一按下開關，鋼棒隨即啓動。眞的非常快。

桑奇亞隱約知道這種銘印技術。商家用同種技術的不同版本將磚塊與其他建材相黏、騙它們相信彼此屬於同一件物體。不過沒人試過相隔一段距離操作——因爲不穩定而無用，而且想移動的話有其他安全許多的方法可選。

只是那些方法太貴。對桑奇亞來說太貴。

有降落傘就不怕掉下去。克勞蒂亞解釋完後，桑奇亞這麼說。

呃，不對。克勞蒂亞說。降落傘是幫你減速。我剛剛說了，這東西的速度眞的非常快。你啓動時最好在夠高的地方。只要確定導向盤在你想去的地方，而且沒東西擋在你們之間就好。先用測試版。安排妥當後，就啓動鋼棒出發。

桑奇亞伸手進另一個口袋拿出小玻璃瓶。瓶裡有枚青銅幣，上面刻有和降落傘鋼棒相似的符文。她瞇起眼看錢幣。它緊緊黏在面朝濱水區的那側玻璃上。她轉動玻璃瓶，接著彷彿磁化，錢幣竄過瓶子，隨著一聲微小的叮自動黏上瓶子另一側——仍是朝向濱水區那側。

如果這東西受導向盤吸引，她心想，如果導向盤在馬車上，那就表示馬車在濱水區。我很行。她停頓。也許。可能很行吧。

她遲疑許久。「媽的。」她咕噥。桑奇亞恨這方面的事。銘印背後的邏輯總是看似愚蠢地簡單——說實在稱不上邏輯。不過銘印或多或少扭曲了現實，或至少造成現實的混亂。

她把玻璃瓶放到一旁，將鋼棒穿過降落傘錐狀的端點。

*只要想著沙克跟你說的話，她心想。只要想著那個數目：兩萬督符。*足以把她治好。把她變正常。桑奇亞按壓鋼棒一側的控制桿，跳下屋頂。

她立刻以她沒想過真有可能的速度飛越港灣的空中，僅靠鋼棒拖曳，而鋼棒就她的理解，正發狂般試圖和下方濱水區的馬車結合。她聽見降落傘在她身後拍打，終於捕獲空氣，稍稍減緩她的速度——剛開始不多，不過多了一點，又多一點。

她雙眼充淚，牙關緊咬。帝汎的夜景從身旁疾速掠過。下方港灣水光閃閃，港口中的船隻一根根桅杆有如移動的森林，馬車駛向濱水區時顫動的頂蓋，擠在運貨水道附近的鑄場煙霧衝天……

專注……她心想。專注啊，白痴。

接著事物……下傾。

她的胃一跳。不對勁。她回頭看，發現降落傘破了。

狗屎。

她看著，膽戰心驚，裂縫愈來愈大。

飛行器再度下傾，劇烈得讓她無暇注意到她剛飛過濱水區圍牆。飛行器開始加速，愈來愈快。

狗屎！雙重狗屎！

我得從這東西下來。立刻。立刻！

自己正飛過濱水區貨堆，一座座箱子構成的巨塔，有幾堆實在很高。高得足以讓她降落並止住去勢。或許可以。她眨掉淚水，對準一座板條箱高塔，調整飛行器角度，然後……她壓下鋼棒側面的控制桿，隨即喪失動能。她不再飛行，飄向大約二十呎下的板條箱塔。快速解體的降落傘多少降低了她的速度——但還不足以減緩不安。

板條箱巨塔迎面而來。

呃，該死。

她撞上板條箱邊角，力道之大，把空氣都從她體內擠出，不過她還保有一絲意識，伸出手抓住木頭邊角，緊緊攀住箱側。些許風抓住降落傘，把飛行器扯離她雙手後飄開。她牢牢攀在箱側，劇烈喘氣。

她曾訓練自己墜落並在瞬間攀住牆，或是藉牆面反彈或滑下——但這些訓練不曾真正派上用場。

她右方某處發出一聲噹啷，飛行器落地。她定住不動，在那兒掛了片刻，仔細聆聽是否有警報響起。沒有。一片寂靜。

濱水區很大，一點噪音不會有人注意。希望如此。

桑奇亞的左手離開板條箱，靠單手懸掛，以牙齒脫掉手套。她用赤裸的左手貼住箱子聆聽。

板條箱對她訴說水、雨、油、稻草，還有許多鳥爪的細小抓痕……

以及有如何爬下去。

第二步——進入濱水區——並沒有完全照計畫走。

現在來到第三步，她疲倦地想著，一面往下爬。看看我能否避免把那也搞砸。

桑奇亞下到地面後，剛開始僅顧著大口喘氣，並按摩瘀傷的身側。

我成功了。我進來了。我來到這裡了。

她透過一堆堆貨物覷看濱水區角落的建築：濱水衛公署——濱水區的治安隊。她拿下另一隻手套，雙雙塞進口袋，雙手貼著腳邊的石地面。她閉上眼聆聽石塊。這招對桑奇亞來說難度頗高：周遭的地面寬闊，同時間有好多訊息得聽。不過她還是能聽，還是讓石頭湧入她的腦中，還是感覺到周遭的震動，當人群……

走動。站定。奔跑。交換重心。桑奇亞感覺到全部，就好像有人的手指滑下你的背時你也能感覺到。附近有九名衛兵，她心想。重量級——大傢伙。兩個駐守，七個巡邏。濱水區肯定還有更多，但透過腳下石塊，她目前只感應到這些。

她留心他們的位置、方向、速度。對於靠近她的那幾個，她甚至能夠感覺到他們的腳跟踩在石地上——因而知道他們面朝哪個方向。頭側的疤開始熱得發疼。她畏縮地拿開手——但對衛兵的印象還在。接下來會像在熟悉但黑暗的房間裡試圖找到方向。

桑奇亞吸了口氣，悄悄走出陰影出發，她在板條箱間躲藏，在手推車下潛行，永遠只在衛兵恰好停下查看時稍停。她移動時盡量避免看板條箱。大多印有墾殖地標記，那遠在杜拉佐海上，而桑奇亞對這樣的地方太熟悉了。她知道這些未加工的貨品——大麻、糖、焦油、咖啡，無論是收割或製造，勞動者都遠非心甘情願。

雜種，桑奇亞溜過板條箱間時一面心想。一群惡臭、插他的雜種……

她停在一個板條箱旁。黑暗中看不清標籤，但她用一根赤裸的手指碰觸一根板條，仔細聆聽，看見裡面……紙。一大堆紙。無書寫且未加工的紙。等等效果應該會很好。

該準備退場策略了，她心想。

桑奇亞戴上手套，解開股間一個口袋，拿出爲今晚準備的最後一個銘器：一個小木匣。她爲這個木匣花的錢多過她這輩子用於其他工作的花費，但少了這，今晚她的小命根本一文不值。

她將木匣放在板條箱上。這樣應該夠了。希望。要是木匣沒用，那離開濱水區可就該死地難多了。她又探手進口袋，拿出來的東西看似只是單純的麻線結穿過一顆厚實的鉛球。鉛球中央是叢細小完美的符文——她拿起鉛球時聽見輕柔低語。

她望著鉛球，然後是板條箱上的木匣。這插的盒子，她心想，一面將鉛球放回口袋，最好該死的有用。不然我就像條壺裡的魚一樣困在這裡了。

桑奇亞躍過濱水衛公署的矮籬後奔向牆。她爬到建築角落探出頭。無人。有個巨大厚實的門框，從牆面突出大約四到五吋——代表許多可供桑奇亞運用的空間。她一躍而起，捉住門框頂，把自己往上拉，停頓片刻重新找回平衡，接著把右腳跨上門框頂。然後她往上撐，最後站立在門框上。

她左右各有一扇二樓的窗戶，陳舊且積了層厚厚的油汙，玻璃泛黃。桑奇亞拿出短劍，穿進窗戶的裂縫，挑開窗閂，拉開窗。她收起鑽孔錐，撐起身子往內窺看。裡面是一排又一排的層架，裝滿看似羊皮紙箱的東西。多半是某種紀錄。這地方空無一人，這時間正該如此——接近凌晨一點了——不過樓下有光。可能是燭光。

保險箱在樓下，桑奇亞想。不可能毫無防備，就算是這時間……

她爬進去，在身後掩上窗，而後伏低身子聆聽。一聲咳嗽，然後吸鼻子。她爬過層架間，來到二樓邊緣的欄杆，低頭觀察一樓。孤單一名濱水衛官坐在前門的桌前，正在填寫文件，一根蠟燭在他前方燃燒。他年紀稍長，體態圓潤看似膽小，鬍子稍微沒修齊，身穿起皺的藍制服。眞正令桑奇亞感興趣的是他身後，那兒擺了一排巨大的鐵製保險箱，接近十二只；她知道她的目標就在其中。

不過這會兒，她心想，*該拿樓下這位朋友怎麼辦呢？*

她嘆氣，發現自己根本別無選擇。她拿出竹管，裝入一根哀棘魚毒箭。*這工作又花了我九十督符*，她心想。她目測自己和衛官間的距離，後者正一面嘖嘖咂嘴，一面在面前的紙張上潦草塗寫。她將竹管置於唇間，謹愼瞄準，以鼻吸氣，然後……

她還沒來得及發射，濱水衛公署的前門碰地打開，一個高大且疤痕累累的濱水衛大步走入，一手抓著某個潮濕滴水的東西。

她放下吹管。*呃。該死。*

這名濱水衛又高又壯，肌肉結實；黑色皮膚與眼睛還有濃密的黑色鬍鬚暗示著純種帝汎人的血統。他的頭髮修剪得很短，外表和舉止立即令桑奇亞聯想到士兵：像他這種長相的男人，習慣自己說的話被聽從並立即執行。

後來者轉身面對坐在桌前的衛官；衛官見到他的驚訝程度不亞於桑奇亞。「丹多羅隊長！」桌前的衛官說。「我以爲你今晚會在碼頭巡邏。」

這名號對桑奇亞來說頗熟悉。丹多羅是四大商家之一，她聽說濱水衛的新隊長有些高層關係……

啊，她心想，*這就是那個自願負責整頓濱水區的軍官*。雖然不至於被看見，她仍退回層架間。

「有什麼不對嗎，長官？」桌前的衛官問。

「一個男孩聽見貨堆裡有聲音，結果找到這個。」他的音量宏亮無比，彷彿無論他要說什麼，都意圖用他說的話塡滿他所在的空間。他舉起濕淋淋的破爛東西——桑奇亞隨即辨認出是飛行器的殘骸。

她皺起臉。該死。

「這是一個……風箏嗎？」桌前的衛官問。

「不是。」丹多羅說。「是飛行器——商家用於商業間諜活動。這是一個非常拙劣的版本，但看起來沒錯。」

「未經授權的人越過圍牆，他們應該會通知我們吧？」

「如果從夠高的地方越過就沒辦法。」

「啊。」衛官說。「你認爲……」他回過頭看向身後的那排保險箱。

「我們說話的同時，我讓男孩們徹底搜查貨堆。」丹多羅說。「但如果那傢伙瘋狂到用這東西飛進濱水區，或許會瘋狂到對保險箱下手。」他噘起嘴吸氣。「提高警覺，衛官，但留在你的崗位就好。我到處看看。以防萬一。」

「是，長官。」

丹多羅走上階梯，木材在他可觀的體重下呻吟，桑奇亞愈來愈害怕。該死！該死！

她考量自己的選項。她可以回到窗戶那兒，打開窗溜出去，站在下方的門框上等丹多羅離開。但這風險很大，因爲她可能會被這男人看見或聽見。

她可以用哀棘魚箭射丹多羅。這會讓他滾下樓，驚動下面的衛官，後者可能隨即啓動警報。她思考自己有沒有機會即時重新裝箭射倒他，發現這個計畫好不到哪裡去。

她有了第三個點子。

她伸進口袋拿出麻線結和鉛球。

她原本打算把這留作逃脫時的最後花招。不過呢，現在這個狀況下她確實需要逃脫。

她放下吹管，抓住麻繩結的兩端，抬頭看逐漸走近的隊長；他還在沿她前方的樓梯往上走。

插的給我惹了這麼大麻煩，你眞是個混蛋，她心想。

她拉住繩結兩端，快速一拉，把結扯開。桑奇亞大致了解銘印機制如何運作：鉛球內部襯有砂紙，麻線則塗上火鉀，麻繩擦過砂紙時便會點燃。僅是小火焰，但夠用了。

她手上的銘印球還與第二顆鉛球相連，而第二顆鉛球的位置非常遙遠，遠在貨堆中裝紙的板條箱之上的木匣中。兩顆球都經過修改，深信它們其實是同一顆球——因此無論一顆球發生什麼事，另一顆會遙相應和。把一顆球浸入冷水，另一顆便快速冷卻；打破一顆，另一顆隨之破碎。

也就是說，當她拉動麻繩點燃球內的火焰，貨堆上的第二顆球會突然變得火熱。不過第二顆球內裝的火鉀多了許多——而且所在的木匣內裝了滿滿的閃焰粉。

桑奇亞一將麻繩從鉛球中扯過，隨即聽見貨堆的方向傳了一聲微弱的砰。

隊長在樓梯上停住，一臉困惑。「那又是什麼？」

「隊長？」樓下的衛官喊道。「隊長！」

他回身朝樓下叫喊，「衛官——那是什麼聲音？」

「我不知道，隊長，不過，不過……有煙。」

桑奇亞轉向窗戶，銘器運作得挺好——貨堆現在冒出濃密白煙，還有令人愉快的火焰。

「火！」隊長大喊。「該死！跟上，普立左！」

桑奇亞看著兩人奪門而出，滿心歡喜。接著她衝下樓到保險箱旁。

希望火繼續燒，她一面跑一面想。否則我可能會砸開保險箱、拿到戰利品——但沒其他把戲幫助我逃出濱水區。桑奇亞望著那排保險箱。她想起沙克的指示——二十三號，是一個小木箱。密碼每天更換——丹多羅是個聰明的混蛋——不過對你來說應該不成問題，對吧？

她知道應該如此。不過話說回來，她現在的時間限制比原本的計畫更加緊繃。

桑奇亞走近二十三號並取下手套。這些保險箱供平民旅行者將貴重物品存放濱水衛——尤其是不隸屬商家的旅行者。如果你隸屬於某一個商家，一般而言你會直接把貴重物品存放在他們那，因爲他們身爲銘器的製造者兼量產者，無論保全或保護技術都遠優於僅僅幾只保險箱和密碼鎖。

桑奇亞將一隻赤裸的手放上二十三號，接著將外露的額頭也靠上，另一隻手握著密碼轉盤，閉上雙眼。保險箱在她腦海中湧現生命，向她訴說鐵和黑暗和油、身上諸多的齒輪喋喋不休、繁複得驚人的機械構造噹啷作響。

她開始慢慢轉動轉盤，立即感覺到它想往哪去。她讓密碼轉盤緩一緩，然後……

喀。轉臂到達定位。

桑奇亞深呼吸，慢慢往反方向轉動轉盤，感覺到機械在門內噹啷移動。

貨物場又串來一聲碰。桑奇亞睜開眼。*這次一定不是我……*

她回頭看公署西側的窗戶，油膩的窗玻璃上有熱烈舞動的火光。一定有其他東西也著火了，其他遠比她原本打算放火的紙箱更易燃的東西。她聽見貨物場傳來呼喊聲、尖叫聲，以及哭聲。呃，該死，她想。*我必須趕在這整個地方燒掉前完事才行！*

她又閉上眼，繼續轉動轉盤。她感覺到鎖滴滴答答轉到對的位置，感覺到小缺口愈來愈近……還有她頭上的疤火燒般炙熱，就像一根插進她腦裡的針。*我用太多了。我把自己逼過頭了……*

喀。她噘起嘴吸氣。*第二個……*

外面傳來更多尖叫聲。另一陣低沉的碰。她集中注意力。她聆聽保險箱，讓它湧入她腦中，感覺到內部機械構造的期望，感覺到它屏住呼吸等待最後的轉動……

喀。她睜開眼，轉動保險箱的把手。保險箱的門哐啷彈開，她拉開門。

裡面塞滿東西：信件、卷軸、信封，諸如此類。她的戰利品在最後面：一個木盒，大概八吋長、四吋寬。一個簡單、無趣的盒子，在幾乎各方面來說都平凡得很——然而，這個無聊的東西竟比桑奇亞這輩子偷過的所有珍貴物品加起來還貴。

她探手用光裸的手指拿起盒子。接著頓住。經歷這晚的刺激，她的天賦負荷過重，只知道這盒子有古怪之處，但無法立即辨別到底是什麼——她的腦海浮現朦朧的畫面，看見牆內的松木牆，此外就不多了。這種情況就好像在暴雷間的黑暗中試圖察看一幅畫。

不過她知道這不重要——她的目的是拿到手，內容無須過問。

她把木盒裝進胸口的囊袋，關上保險箱上鎖，轉身跑向門。她離開濱水衛公署時，小火已轉變爲徹底的火災。看起來像是她在整個該死的貨物場放火一樣。濱水衛在煉獄周遭衝來衝去，試圖控制住火勢——也就是說，現在大概所有出口她都能隨意通過了。

她轉身奔跑。如果他們發現是我幹的，她心想，我肯定會被吊起來。

她順利來到濱水區東門。她慢下來，躲到一堆板條箱後，確認自己想法無誤——全部濱水衛都跑去滅火，換句話說，此刻毫無防備。她奔出門，頭痛、心臟狂跳、頭側的疤也在疼痛中尖叫。在她通過門的那刻，她回頭看了一會兒，看著那場火。濱水區西側的整整五分之一陷入熊熊火海，一柱粗得令人難以置信的黑煙直衝天際，繚繞於上方的月亮附近。

桑奇亞轉身跑走。

3

離開濱水區一個街區後，桑奇亞溜進一條巷子換裝並抹掉臉上的泥，再捲起髒兮兮的竊盜裝，穿上附兜帽的男用貼身上衣和緊身褲後戴上手套。換裝時她縮起身子——她討厭換衣服。她站在巷內閉上眼；泥、煙、糞便、深色毛料的感覺滲出她的思緒，明亮、嘎吱作響、乾爽的麻料纖維取而代之湧入，她皺起臉。就好像踏出溫暖舒適的澡盆後隨即跳入冰冷的湖；她的腦花了點時間重新校準。

結束後，她快步沿街道前行，停下兩次以確認沒被跟蹤。她轉彎，又轉彎。很快地，她來到高大的商家宅邸外牆夾道之處。潔白、高聳、冷漠——左邊是米奇爾，右邊是丹多羅。牆後就是商家領地——通常稱爲「內城」——商家像治理自己的小王國那樣管理他們的鄰近地區。

搖搖欲墜的木屋、鴿樓和歪斜的煙囪連成高聳雜亂的一片，一起依靠著牆基；濕淋淋的像擁擠兔窩般東拼西湊、權宜、烏煙瘴氣，塞在左右的內城牆間，有如木筏困在兩艘愈靠愈近的大船間。

鑄場畔。對桑奇亞來說最像家的地方。

她穿過一條巷子，迎接她熟悉的景象。火籃在前方的街角嘶嘶噴出火花。她左手邊一家餐館就算在這個時間依然熱鬧滾滾，陳舊的黃色窗戶內閃爍燭光，門簾下流瀉格格笑聲與咒罵。野草、藤蔓和劣種堅果樹倒向擁擠的巷弄外，彷彿要發動伏擊。三名老婦在上面的陽臺看著她走過，一面在木盤中挑揀；盤子裡是隻紋蟹的殘骸——一種醜陋的大型水蟲，煮過後呈現出美麗的紫色條紋。

這景象很親切，但並不會使她放鬆多少。帝汎平民區是桑奇亞的家，但她的鄰居就跟所有商家守衛一樣殘忍危險。她取後通道走向她住的鴿樓，從側門進入。她沿走廊走到她的房間，用一隻光裸的食指碰觸門，接著是地板。它們沒告訴她什麼不尋常的事——看起來沒被動過。

她打開門上的六道鎖，走進去後再一一鎖上。接著她蹲下聆聽，光裸的食指貼住地板。她等待十分鐘。頭上的搏動再度緩緩浮現。但她必須確定。確定沒任何東西來過後，她點燃一根蠟燭——她厭倦用天賦看了——橫過房間，打開窗遮，只開一條縫。她就站在那兒看著街道。

兩個小時，桑奇亞透過隙縫盯著下方的街道。她知道自己有理由如此偏執——她不止成功完成一份價值兩萬督符的工作，還剛燒了該死的帝汎濱水區。她不確定哪一個比較糟。

如果有人碰巧抬頭看桑奇亞的窗瞥見她，會對眼前的景象留下深刻印象。她是個年輕女孩，剛過二十，但經歷已多過大多數人，這從她的臉龐就能看出。她的深色皮膚堅硬、歷經風霜；挨餓已成常態的人才會有像她那樣的臉。她雖矮但健壯，肩膀和大腿厚實，雙手結了老繭，硬得像鐵般——這都是因爲她的職業。她的髮型出自自己之手，斜向一邊；一道可怕的鋸齒狀疤痕橫過右邊太陽穴，延伸到右眼附近，右眼的眼白稍微比左眼混濁。一般人不喜歡桑奇亞太嚴厲地看著他們。他們會覺得緊張不安。

兩小時後，桑奇亞終於滿意。她關上窗遮上鎖，走到衣櫥取下假底板。揭開這裡的底板總是令她焦慮——平民區沒有銀行或金庫，她這輩子積蓄就藏在這個陰濕的凹穴。

她從竊盜裝取出松木盒，捧在光裸的雙手中仔細檢查。

這會兒她已稍稍恢復——在腦袋裡尖叫的疼痛退爲隱約悶痛——她立刻了解這盒子有什麼古怪；它在她腦中清楚綻放，盒子的形狀與空間在她的思緒中固化，有如蜂巢中的蜜蠟蜂房。

木盒有個假底——一個暗格。暗格中，桑奇亞的天賦告訴她，有個包在亞麻布中的小東西。

她停頓，思考著這個發現。*兩萬督符？就爲這個？*

不過這輪不到她來煩惱。她的目的是取得木盒，就這樣。沙克說得很清楚。桑奇亞一向受客戶愛戴，她只做要她做的事——不多不少。三天後，她會將木盒交給沙克，就再也不用想到它了。

她將木盒放入凹穴中，蓋上底板，接著關上衣櫥。

她確認她的房門和窗遮是否關牢，走到床邊坐下，將短劍放在身旁的地板，接著深呼吸。

家，她心想。*安全。*

只是她的房間不太像家。假如有人朝內看，應該會覺得桑奇亞活得像最嚴格禁欲的僧侶：她只有一把樸素的椅子、一只水桶、一個毫無裝飾的桌子，還有光禿禿的床——沒床單也沒枕頭。

但她只能這樣過活。比起睡床單，她偏好和衣而眠：不僅因爲躺在更多布料間時很難校準，也因爲床單容易暗藏蝨子、跳蚤和其他害蟲，感受著牠們細小的腳在她的皮膚擇路而行眞的會把她逼瘋。若是疤又像火燒般炙熱，她也無法承受任一感官再超載——太多光和太多顏色像根釘子在腦袋裡。

食物更糟。不可能吃肉——血和脂肪對她來說並不美味，反倒夾帶壓倒性的腐爛、敗壞感。所有肌肉纖維與肌腱都記得曾身爲活物的一部分，曾與其他部分相連，曾爲整體，曾煥發生命力。吃肉就是知道，而且是立即、深切地知道她正在啃囓屍塊。

這令她作嘔。桑奇亞幾乎完全靠白米混豆類和淡甘蔗酒維生。她不碰烈酒——她需要完全掌控自己的感官才能工作。平民區能找到的所有水，當然囉，都不能信任。

桑奇亞坐在床上，身體前傾，焦慮地前後搖擺。她覺得渺小孤單，她工作後常常會這樣；而且她想念她最渴望的唯一一種物質享受：人類的陪伴。桑奇亞是唯一一個進過她自己房間或上過她自己床的人，碰觸人對她來說無法忍受：並不是說她能聽見他們的思緒。儘管大多數人都認爲人類的思緒是平順線性的敘述，事實上並非如此，其實更像一朵巨大炙熱的雲，由大吼大叫的衝動和恐懼症構成。當她碰觸到一個人的肌膚，那朵炙熱的雲便塡滿她的腦袋。

肉體的擠壓、溫暖肌膚的碰觸——對她來說，這些感覺或許才最難以忍受。

不過或許這樣比較好，離群索居。這樣風險比較小。

她深呼吸片刻，試著鎭定心神。

你很安全，她對自己說。而且獨自一人。而且自由。又過了一天。

她套上兜帽拉緊，躺下閉上雙眼。

但無法成眠。

躺在那兒一小時後，她坐起脫下兜帽，點亮一根蠟燭，看著關緊緊的衣櫥門，思考著。

這……讓人心煩，她心想。很煩。

她決定問題在於風險。

桑奇亞非常謹慎度日——至少對一個靠爬高塔，闖入危險重重、警衛森嚴之處的人來說，能有多謹慎就多謹慎——她總是盡可能讓潛在風險降到最低。她愈想愈覺得，拿著這麼一個東西，它雖小但值超乎想像的兩萬督符，卻不知道究竟是什麼……

好吧。現在感覺很瘋狂。尤其她要保有這東西三天。

帝汎城內最有價值的東西無疑便是銘印設計：一串串讓銘器運作的符文。銘印設計的構成需要耗費大量心力與天賦，也是各商家最嚴加保護的資產。弄到對的銘印設計，你便能立即在鑄場開始製作各種增能的裝置——這些裝置隨隨便便就價值連城。雖然桑奇亞常常接到追蹤商家設計的工作，她和沙克總是回絕掉，因為接下這種工作的商家破壞者通常落得蒼白冰冷在運河中載浮載沉的命運。

儘管沙克跟她保證過，這份工作和銘印設計無關，兩萬督符卻可能讓人變得太笨，顧不得自己的安危。她嘆氣，試著平息胃裡的擔心。她走到衣櫥前，打開門，揭開假底板，拿出木盒。

她盯著木盒看很長一段時間。松木未加裝飾，有個黃銅扣。她脫下手套，以光裸的雙手碰觸盒子。木盒的形體再度滲入她腦海——巨大的洞穴，裡面滿是紙張。她再度感覺到木盒的假底，以及下面包在亞麻布中的物體。就這樣——不會有人知道她曾打開盒子。

桑奇亞吸口氣，打開盒子。

她確信紙張應該會寫滿符文串，對她來說差不多就是死亡令的意思——但並沒有。上面只有看來相當細緻的素描，描繪的東西像是古舊的石雕，另有書寫文字。

有人在素描底下寫下註記。桑奇亞識字不多，不過還是勉力一讀，裡頭寫著：

遠西帝國的製品

一般咸知古老帝國的神主會運用多種神奇的工具，但用法仍屬未知。現今銘術說服物體相信其現實爲它們實際上非屬的樣貌，遠西傳道者卻顯然直接以銘術改變現實，號令世界本身立即且永遠地改變。關於這如何可能發生，許多人都曾提出理論，但未曾有人得到最終的答案。

當我們研究首位遠西傳道者，偉者奎塞迪斯本人時，引發了更多疑問。有許多關於奎塞迪斯利用某種隱形助手協助他工作的故事與傳說——或妖精，或精靈，或元體，通常保存在瓶罐或箱匣中，他可視需要開啓。

這個元體是否便是神主對現實做的另一種修改？還是它眞實存在？我們無從得知——但這或許與偉者奎塞迪斯最重大、最神祕的故事有所連結：他打造了自己的神以管理整個世界。

如果奎塞迪斯曾擁有某種看不見的元體，或許它只是這最終、最重大重製物的粗略原型。

桑奇亞放下紙張。完全看不懂。待在帝汎時，她聽人說起遠西國度——某種有關古代巨人還是天使的童話故事——但不曾有人聲稱神主眞實存在。然而無論這些註記出自誰之手——或許是木盒的主人——這人無疑如此認爲。

不過她知道這幾張紙並非眞正的寶藏。她倒出紙放到一旁。

她把手伸入盒內，兩根手指觸碰底部，推開假底版。下面是那個小物件，包在亞麻布中，大概有一掌長。桑奇亞伸手要拿，但又打住。她負擔不起搞砸這一大筆收入。她需要完整拿到，才能付錢找療者治好她頭上的疤、治好她不對勁的地方，把她變得比較……正常。或至少接近正常。

她看著盒子內，一面按摩頭側的疤。她知道自己頭皮下某處有一個頗大的金屬碟，鑽入她的頭骨中；金屬碟上有些複雜的符文。她不知道指令是什麼，只知道她的天賦可能源自於此。

她也知道，她被強行植入金屬碟的這件事對商家來說根本無關要緊：銘印人介於令人厭惡的東西與珍稀樣本之間，他們會視情況處置她。這也是為什麼她的手術如此昂貴：桑奇亞付給黑市療者的錢，必須多過療者把她賣給商家後可得到的獎賞——商家可大方了。

她看著手中包在亞麻布中的東西。她不知道裡面。但儘管沙克已事先警告，無知的風險還是太高。

她放下木盒，拿出包裹解開亞麻布；過程中，她瞥見一閃金光……

只是一件黃金製品？黃金首飾？

不過當她完全拉開布料，發現那並不是首飾。

她看著躺在她掌中亞麻布上的東西。是一把鑰匙。又大又長的黃金鑰匙，鋸齒部分錯綜複雜，怪得出奇；握柄的部分呈圓形，有個古怪的刻孔。就桑奇亞看來，刻孔隱隱呈現蝴蝶的輪廓。

「什麼鬼東西？」她大聲說了出來。

桑奇亞湊近看。這東西確實稀奇，但看不出哪裡值這麼多……

下一刻，她看見了——就在那兒，沿鑰匙的邊緣，纏繞於齒紋：蝕刻。這把鑰匙是銘器，但指令如此纖細，如此複雜……桑奇亞沒見過像這樣的東西。還有更不對勁的地方——如果鑰匙是銘器，為什麼她聽不見？為什麼不像其他桑奇亞遇過的銘器一樣，在她的意識後低語？

一點道理也沒有，她心想。

她用一根光裸的手指碰觸黃金鑰匙。

就在那一秒，她聽見腦海中有個聲音——不是平常那種有如雪崩般湧入的感覺，而是真實確切的說話聲，非常清楚，彷彿有人就站在她旁邊，以厭倦的語氣快速說話：〈啊太棒了。先是盒子，然後是這

個！噢，看看她……打賭她沒聽過肥皂……〉

桑奇亞驚訝得倒抽一口氣，丟下鑰匙。鑰匙掉在地板上，而她往後跳，彷彿那是得狂犬病的老鼠。鑰匙只是躺在那兒，就跟尋常鑰匙一樣。

她環視左右。她很確定現在這房間裡只有她一人。她趴低看著鑰匙。然後伸出手，謹慎碰觸它……

那聲音隨即在她耳裡活躍了起來。

〈……不可能聽見我。絕對不可能！但是啊對欸欸欸欸她看著我的樣子分明就是聽見了，而且……好。她又碰我了。噢。噢。這多半不妙。〉

桑奇亞像被燙到般抽回手指。她又看了看四周，懷疑自己是不是發瘋了。

「這不可能。」她咕噥。然後，她讓謹慎隨風去，隨後拿起鑰匙。

沒事。寂靜。剛剛可能是她的幻想。

接著那聲音說：〈是我的幻想，對吧？你不可能眞的聽見我──可能嗎？〉

桑奇亞瞪大眼。

〈啊，見鬼了。你聽得見我，對吧？〉

她眨眼，不知道該作何反應。她大聲說：「呃。對。」

〈胡扯。胡扯！你怎麼可能聽見？你怎麼聽得見我？好久沒遇見聽得見我的人，都已經……見鬼，我不知道。根本不記得上一次是什麼時候。話說回來，我也不是眞的什麼都記得，說老實──〉

「這不可能。」桑奇亞又說了一次。

〈怎麼說？〉那聲音說。

「你是一把……一把……」

〈一把什麼？〉

「一把……」她嚥了口口水。「鑰匙。」

〈我是一把鑰匙。對。我不認為這部分有什麼爭議。〉

「對，但一把……一把說話的鑰匙。」

〈對，而你是一個聽得見我的髒女孩。〉那聲音在她耳裡說。〈我說話的時間比你活著的時間不知道長了多少，小鬼，所以說真的，我才是我們之中正常的那一個。〉

桑奇亞發狂地大笑。「這太瘋狂了。太瘋狂。一定是這樣沒錯，我發瘋了。」

〈或許。或許。我不知道你什麼情形。不過那跟我一點關係也沒有。〉那聲音清了清喉嚨。〈那麼。我在哪？還有，啊，噢。對。我是克雷夫，順帶一提。現在——你他媽又是誰？〉

4

桑奇亞將鑰匙放回衣櫥的底版下，緊緊蓋上，接著把衣櫥門也緊緊關上。她瞪著衣櫥看了一會兒，氣息沉重。然後她走到房門口，打開六道鎖，看向外面的走廊。

空無一人。理所當然，畢竟這會兒大概是凌晨三點。

她關上門並落鎖，走道窗遮旁，打開鎖往外看；恐慌像隻受困的蛾般在她的胸腔撲騰。街道上也沒動靜。她不知道為什麼要這樣。或許是純粹的強迫心理：遇上如此無法掌控、如此瘋狂、如此難以置信的事，肯定將招來危險。然而她什麼也沒看見——至少到目前為止還沒有。她關上窗遮再落鎖。她在床邊坐下，握著短劍。她不確定想拿短劍來做什麼——捅鑰匙一刀？不過拿在手上感覺好一點。

她起身，走回衣櫥門前，開口說：「現在我要……我要打開門把你拿出來，好嗎？」

沉默。

她吐出一口戰慄的氣息。我們攪和進什麼東西裡了？她很習慣銘器咕噥個不停，但這把像過度興奮的小販一樣直接對她說話的鑰匙……她打開衣櫥門，揭開底板看著鑰匙。她一咬牙，左手仍拿著短劍，用右手拿起鑰匙。沉默。或許她作了一場夢，或是幻想出剛剛那一切。

然後那聲音在她腦海中發話：〈這樣有點過度反應了，對吧？〉

桑奇亞一縮。「我不覺得。」她說。「要是我的椅子開始跟我說話，我會把它丟出該死的窗外。你究竟是什麼？」

〈跟你說過了。我是克雷夫。倒是你還沒跟我說過你的名字，你知道嗎。〉

「我沒必要跟一個天殺的物品說我的名字！」桑奇亞生氣地說。「我也不會對門把自我介紹！」

〈你得冷靜冷靜，小鬼。你再這麼激動小心發病。我可不想困在這個全世界最悲慘的房間裡，陪著髒女孩逐漸腐敗的屍體。〉

「製造你的是哪個商家？」她質問。

〈吭？家？商？什麼？〉

「製造你的是哪個商家？丹多羅？坎迪亞諾？莫西尼？還是米奇爾？無論你到底是什麼，是哪一個做出你……你這東西？」

〈我不知道你在說什麼。你覺得我是什麼東西？〉

「銘器啊！」她惱怒地說。「變造，增能，提升，隨便內城人用哪個該死的詞！你是一個工具，不是嗎？」

克雷夫安靜了好一會兒，接著他說：〈啊，好。我在想該怎麼回答。不過，先快速問個問題——「銘」是什麼？〉

「你不知道銘印？就是……刻在你身上的符號；因爲那些符號你才是你，你才是這個樣子！」她湊近看齒紋。她對銘術所知不多——就她所知，得拿到一千份證書和學位才能操作銘術——不過她沒看過像這樣的符文。「你從哪裡來的？」

〈啊，這題我會！〉克雷夫說。

「很好。那就告訴我。」

〈除非你先至少告訴我你的名字。你用門把和椅子來跟我比，而且你還說我是……是「工具」。〉他的最後兩個字明顯帶著輕蔑。〈我覺得我有權得到至少接近合理的對待。〉

桑奇亞猶豫了片刻。她不知道自己爲什麼不願意告訴克雷夫她的名字——或許感覺像出自給孩子聽的故事，把自己名字透漏給邪惡惡魔知道的傻女孩。最後她還是屈服了，「桑奇亞。」

〈桑——奇——亞？〉他把這三個字說得像是某道古怪菜餚的名稱。

「對。我的名字是桑奇亞。」

〈桑奇亞，吭？〉克雷夫說。〈可怕的名字。隨便。你已經知道我叫克雷夫，所以——〉

「你從哪來的，克雷夫？」她挫敗地問。

〈這題簡單。〉克雷夫說。〈我來自黑暗。〉

「你……什麼？黑暗？你來自黑暗？」

〈對。黑暗的地方。非常黑。〉

「這個黑暗的地方在哪？」

〈我怎麼知道？我在這裡可沒有多少參照標準，小鬼。我只知道在那裡和這裡之間是一大堆水。〉

「所以他們用船把你運過海洋。對。我想也是。誰把你運送到這的？」

〈某些傢伙。骯髒。惡臭。碎嘴。我覺得你應該會跟他們處得不錯。〉

「在黑暗的地方之前，你在哪裡？」

〈黑暗之前一無所有。只有黑暗。我總是在黑暗中，就……就我記憶所及。〉說到這，他的聲音裡浮現一絲焦慮。

「黑暗中除了你還有什麼？」桑奇亞問。

〈沒。只有我而已，還有黑暗，除此之外一無所有。過了……〉他停頓。

「過了多久？」

克雷夫悲慘地笑了笑。〈就想成一段很長的時間，再乘上十倍。再乘上一百倍。一千倍。比起來還是差遠了；這就是我待在那裡的時間，在黑暗中，孤零零的。〉桑奇亞一言不發。這聽起來天殺的跟她像透了——而且聽起來克雷夫似乎仍因此感到難受。

〈不過還不知道這地方算不算比較好。〉克雷夫說。〈這是什麼地方，監牢？你殺了誰？受到這麼嚴厲的懲罰，一定是個了不起的人物。〉

「這是我房間。」

〈你自願過這種日子？怎麼，你甚至沒辦法幫自己弄張畫之類的嗎？〉

桑奇亞決定忽略這個問題。「克雷夫……你知道你是我偷來的——對吧？」

〈呃——不知道。你……偷了我？跟誰偷的？〉

「我不知道。從一個保險箱。」

〈呃，現在換誰回些吊人胃口的爛答案了？感覺怎樣啊？我猜就是因為這樣，你才這麼驚慌。〉

「我確實很慌，」桑奇亞說，「爲了把你弄到手，我被迫做一大堆害我在眨眼間被吊起來的事。」

〈吊？那是啥？〉

桑奇亞一面嘆氣，試著對克雷夫快速解釋，所謂「吊」意指一種在帝汎公開施加酷刑並處死的做法：受刑者被關在柵欄中，在脖子或雙手或雙腳或其他脆弱之處套上弦線圈；弦線是細長但極爲強韌的金屬絲，連接在一個小型銘器上。銘器接著會開始歡快地收回弦線，一吋吋收緊線圈，造成受刑者極大痛苦，直到最後，弦線咬入肉體，徹底截斷選定的肢體末端。

這種場面在帝汎極爲常見，不過桑奇亞沒去看過吊刑。多半因爲知道幹她這行，輪到她的肢體末端被弦線圈住的機會不算小。

〈噢。好吧。我看得出爲什麼情況會這麼危急了。〉

「對。所以了。你不知道誰擁有你，對吧？」

〈對。〉

「或是誰製造你。」

〈爲什麼？〉

「太荒謬了，你一定是有人做出來的啊！」

〈前提是我是做出來的，我連這部分都還不確定。〉

她想不出什麼好答案。她主要想弄清楚自己到底陷入多大的危險中。克雷夫顯然毫無疑問是她生平僅見最先進的銘器——她頗確定他是銘器——但她不確定怎麼會有人想爲他付出大把銀子。一把只會在你腦海中侮辱你的鑰匙，對商家來說頗沒價值。

她發現還有一個顯而易見的問題還沒問。

「克雷夫，」她說，「既然你是把鑰匙……你到底可以打開——」

〈你應該知道你不用大聲說出來吧？我可以聽見你的思緒。〉

桑奇亞丟下鑰匙，躲到房間的角落。

她瞪著克雷夫，飛快思考。她不喜歡有個銘器在讀她的心這種事，該死的一點也不喜歡。她試著回想起從她開始跟他談話以來所有曾出現在她腦海中的念頭。她有沒有洩漏任何祕密？克雷夫能夠聽見連她都不知道自己正在想的念頭嗎？

就算將自己暴露在他面前有危險，她心想。你也已經踏入這個險境。她滿臉怒容，走回去跪下，用一根手指碰觸鑰匙，接著厲聲問：「你天殺的是什麼意思，聽見我的思緒？」

〈好，等等，抱歉。用詞不當。我可以聽見一些思緒。只有，只有！在你想得夠用力的時候我才聽得見。〉

她拿起鑰匙。「那是什麼意思？想得夠用力？」

〈何不試著用力想一些事，我再來告訴你？〉

桑奇亞對著克雷夫用力想某些事。

〈很好笑。〉克雷夫說。〈顯然我無法依照你的建議做，畢竟我並沒有必要的孔洞。〉

〈等一下。〉桑奇亞心想。〈你真的聽得見？〉

〈沒錯。〉

〈你聽得見我現在在想什麼？〉

〈沒錯。〉

〈每一個字？〉

〈錯，我那個「沒錯」只是隨便說說。對，對，我聽得見啦。〉

她不確定自己作何感想。就好像克雷夫搬進她腦中樓上的房間，正透過天花板的一個洞對她低語。

她努力回想自己都跟他說了些什麼。

〈你可以打開什麼，克雷夫？〉她問。

〈我打開什麼？〉

〈你是一把鑰匙，對吧？也就是說你可以打開某個東西。除非你連這也不記得。〉

〈噢。非也，非也。我記得。〉

〈那……你可以打開什麼？〉

〈一切。〉

一陣沉默。

〈吭？〉桑奇亞說。

〈吭什麼？〉克雷夫問。

〈你可以打開一切？〉

〈對。〉

〈什麼意思，一切？〉

〈字面上的意思。一切。我可以打開一切有鎖的東西，甚至一些沒鎖的也能打開。〉

〈什麼？狗屁。〉

〈眞的。〉

〈狗屁啦眞的。〉

〈你不相信我？何不試試？〉

桑奇亞考慮了一下，迸出點子。她走到打開的衣櫥旁。角落有一組她練習用的鎖，她從其他門拔下或從機械技師的店裡偷來的樣品；她每隔一晚都拿出來認眞練習，精煉她的技巧。

〈如果你說謊，〉她說，〈你可是徹底挑錯說謊的對象了。〉

〈看著吧。〉克雷夫說。〈仔細觀察。〉

桑奇亞挑出一把鎖，一把米蘭達銅鎖，一般咸認是帝汎最難對付的傳統鎖之一——也就是說不是銘器。桑奇亞自己，用上所有天賦，通常需要三到五分鐘才打得開。

〈我怎麼做？〉她問。〈把你插進去就好？〉

〈不然你還會拿鑰匙來幹麼？〉

桑奇亞把克雷夫對準鎖孔，不信任地瞥了他一眼，隨即將黃金鑰匙滑入鎖孔。立刻傳來一聲響亮的喀，米蘭達銅鎖彈開。

桑奇亞目瞪口呆。「見鬼了。」她低聲說。

〈相信了吧？〉克雷夫說。

桑奇亞丟下銅鎖，拿起另外一個——這次是甘澤堤，不像米蘭達那麼耐久，不過更複雜——她把克雷夫插入鎖孔。喀。

「我的天。」桑奇亞說。「吊死人的老天……你怎麼弄的？」

〈喔，簡單。所有關閉的東西都希望打開來。它們生來要打開。它們只是被做成對這檔事眞的很不情願。其實就是用對的方式從它們內部問它們。〉

〈所以……你只是一個有禮貌的開鎖器？〉

〈用這角度來想眞的很偷懶，不過確實，對啦，隨便。〉

他們一一試過所有鎖。每一次，克雷夫插進鎖孔的那一秒，鎖便應聲彈開。

〈我……我不相信。〉桑奇亞說。

〈這就是我，女孩。〉克雷夫說。〈這就是我的能耐。〉

她瞪著空氣，思考著。一個必然的點子很快抓住她的思緒。有了克雷夫，她可以完全神不知鬼不覺地在平民區大偷特偷，存夠錢付給黑市治療師把她變正常，然後銷聲匿跡。或許根本用不著客戶吊在她前面的那兩萬督符。

不過她確定她的客戶一定來自四大商家，因爲經營銘器生意的就是他們。她無法眞的靠一把開鎖器抵擋一打想把她砍成碎塊的賞金獵人，商家就是會派這種人來追她。桑奇亞擅長逃跑，有了克雷夫，說不定還能逃得頗遠——但很難想像逃過商家的追捕。

〈欸，很無聊耶。〉克雷夫說。〈沒有更厲害的鎖了嗎？〉

桑奇亞跳出遐思。〈吭？沒有。〉

〈眞的？沒了？〉

〈沒有機械技師想得出比米蘭達更強悍的鎖。沒必要，因爲眞正有錢的人可以用銘印鎖。〉

〈嗯。銘印鎖？什麼意思？〉

桑奇亞扮了個鬼臉，不知道究竟該如何解釋銘術。〈好。嗯。有這麼些稱爲符文的東西——一種由銘術師發覺的天國字母，之類的。總之，當你把對的符文寫在物品上，你可以把它們變……不同。例如，你在一塊木頭寫上「石頭」的符文，木頭就會變得像石頭——比較強韌，更防水些。它……我不知道，會說服木頭變成不是木頭的東西。〉

〈聽起來很無聊。這跟鎖有什麼關係？〉

〈老天……我不知道怎麼說。銘術師找到把符文結合起來形成一串新文字的方法。這些文字更針對性、更強大——能說服物體變得眞的、眞的截然不同。他們可以讓鎖只能用世界上唯一一把鑰匙打開，而且撬不開。這無關在對的槓桿或壓或拉——鎖知道它只能爲唯一一把鑰匙而開啓。〉

〈嗯。〉克雷夫說。〈有意思。你手邊有這種東西嗎？〉

〈什麼？當然沒有，我沒有銘印鎖！如果我有錢到買得起銘印鎖，就不會住在公廁只有一個桶子和一扇窗的鴿樓！〉

〈嘖，我可不想知道這些！〉克雷夫噁心地說。

〈無論如何，不可能撬開銘印鎖。大家都知道。〉

〈欸，才不。跟你說了，所有關閉的東西都想打開。〉

桑奇亞沒聽過能撬開銘印鎖的銘器——話說回來，她也沒聽過能看見、能說話的銘器。〈你眞覺得你打得開銘印鎖？〉

〈當然可以。這你也想要我證明嗎？〉他臭屁地說。〈想想你所知最大、最陰險的銘印鎖，我會打垮它，就像它只是用稻草做的一樣。〉

桑奇亞看向窗外。即將破曉，太陽爬上遠方的內城牆緣，漫溢到平民區的斜屋頂上。

〈我想想。〉她說。她把鑰匙放回底板下，關上門，隨後躺上床。

獨自在房內，桑奇亞回想她上一次和沙克的會面，那次是在安納費斯托水道旁的漁業大樓。她還記得走過所有沙克爲她設下的絆索和陷阱——「保險」，沙克是這麼說的；因爲沙克知道，擁有天賦的桑奇亞會是唯一能夠安全從中穿過的人。當她輕手輕腳繞過最後的絆索，小跑上樓時，瞥見他那節瘤、疤痕累累的臉從這棟臭氣沖天的大樓暗處冒出來——讓她驚訝的是，他居然咧嘴而笑。

我幫你弄了個了不得的差事，桑。他的嗓音粗嘎。貨眞價實的上鉤大魚。

馬瑞諾．沙克里尼，她的中間人、仲介，也是這世上對她來說最接近朋友的人。不過應該沒多少人會與沙克爲友——她是桑奇亞生平僅見破相得最嚴重的人之一。

沙克只有一隻腳，沒耳朵，雙手剩下間隔的指頭。有時候，他的身體看似大半都是疤。在城裡走動得花他好幾個小時的時間，尤其如果有樓梯的話更是如此——不過他的的腦袋仍轉得又快又靈敏。他以前是坎迪亞諾商行的「水道管事」，負責安排針對另外三個商家的偷盜、間諜與破壞工作。以「水道」稱呼這個職位，是因爲這工作就跟帝汎的水道一樣，骯髒不堪。不過後來坎迪亞諾商行的創始者神祕發瘋，商行幾乎瓦解；除了最珍貴的銘術師之外，幾乎所有人都遭解雇。突然間，原本習於內城生活的各色人等發現自己變成生活在平民區了。

沙克試著重操舊業：偷盜、破壞，並監視四大商家。只不過在平民區，他沒有商家的保護。終於，在一次大膽的劫掠後，他被莫西尼家的密探找出，他們逮住他，徹底毀掉他，他再也無法復原。

這就是平民區的生存準則。

那天她終於在漁業大樓看見沙克時，他的表情讓她大吃一驚——她沒見過他……開心。像沙克這樣的人很少開心。令人不安。他開始說話。他含糊地說明工作內容，而她聆聽。他說出價錢後，她嗤之以鼻，告訴他肯定徹頭徹尾是場騙局——沒人會付他們那麼多錢。

看見她的反應，沙克丟了個皮信封給她。她瞄了一眼裡面，倒抽一口氣。

裡面是將近三千督符紙鈔——在平民區是種荒誕的罕見之景。

預付金，沙克說。

什麼！我們沒拿過預付金。

我知道。

尤其沒拿過……紙鈔！

我知道。她看著他，心生警惕。跟設計有關，沙克？我不接銘印設計的工作，你知道的。那會讓我們兩個都被吊起來。

跟設計無關，信不信由你。只是一個盒子。一個小盒子。一般來說，銘印設計就算沒有幾百頁，也有幾十頁長，因此我想我們可以排除這種可能。

那盒子裡是什麼？

我們不知道。

盒子的主人是誰？

我們不知道。

想要盒子的是誰？

某個擁有兩萬督符的人。

她考慮片刻。對他們這行來說，這不算非常不尋常——有關的各方都對其他方知道得愈少愈好。

那，她說。我們要怎麼拿到盒子？

他的笑容拉得更開了些，露出歪七扭八的牙。很高興你問起……

於是他們坐下立刻就地討論出所有細節。然而，後來——在魚工廠暗處謀劃、籌備、討論的歡欣退去之後——疑神疑鬼的擔心滲入桑奇亞的胃。有任何我該擔心的事嗎，沙克？任何我要知道的事？

沒有。

好。那你有懷疑之處嗎？

我覺得這是商家的活兒，他說。只有他們能隨手拋出三千紙鈔。不過我們也接過商家的工作，當他們需要能夠推諉脫身時。這算是我們熟悉的模式——聽令行事，雇主出手大方，而且讓你全身而退。

那為什麼有所不同？

他想了一下才說：看這種價錢……嗯，一定來自高層，對吧？創始者，或是創始者親族。活在層層牆後的人。在商家裡的位置愈高，那些人就愈有錢，也愈瘋狂，也愈愚蠢。我們可能是要偷某個小王子的玩具。或者是要偷偉者奎塞迪斯本人的權杖，就我所知是這樣。

真令人安慰。

對啊。所以我們要處理得當，桑奇亞。

我一向處理得當。

我知道。你是專家。但這若是來自高層，我們就要加倍小心。他攤開雙臂。我的意思是，瞧瞧我。惹到他們就是這種下場。而你……

她看著他，眼神凌厲。我怎樣？

欸。你以前歸他們所有。所以你知道他們會是什麼模樣。

桑奇亞緩緩在床上坐起。她累極了，但還是睡不著。

那句話——你以前歸他們所有——當下聽了心煩，現在想起還是覺得煩。頭側的疤刺痛。背上的疤也是——那個位置疤更多。

我現在不屬於他們了，她對自己強調。我現在的生活是自由的。

但她知道也不盡然。

她打開衣櫥，揭開底板，拿起克雷夫。

〈出發。〉她說。

〈終於！〉克雷夫興奮地說。

5

桑奇亞用一條細繩穿過克雷夫的頭部，把他掛在她頸間，藏在貼身無袖短上衣內。她走下鴿樓的樓梯，溜出門。她掃視泥濘的道路檢查是否有警覺的眼睛，隨即出發。

現在的鑄場畔街頭行人漸增，在木造人行道上或踉蹌或潛伏。大多是工人，頭仍因前一晚喝太多甘蔗酒而痛著，搖搖晃晃走在上工的路上。空氣朦朧潮濕，山巒聳立於遠方，水氣蒸騰且陰鬱。桑奇亞沒去過帝汎後方的山地。大多數帝汎人都沒去過。帝汎的生活或許艱困，山地叢林則尤有甚者。

桑奇亞轉過一個街角，前方馬路上躺著一具屍體，身上的衣服被血染深。她過街避開。

〈見鬼了。〉克雷夫說。

〈怎麼？〉

〈那傢伙死了嗎？〉

〈你怎麼看得見，克雷夫？你又沒有眼睛。〉

〈你知道你的眼睛是怎麼運作的嗎？〉

〈……有道理，我猜。〉

〈對。不過……不過你確實有看到吧？那傢伙死了？〉

她回頭看，觀察那男人的喉嚨少了多大一塊。〈爲了他自己起見，希望他眞的死了。〉

〈嗚哇。有……有人會出手做些什麼嗎？〉

〈像是？〉

〈像是……我不知道，照料屍體？〉

〈呃，可能。我聽說北方的平民區有人在買賣人骨。不過從沒搞清楚他們到底要人骨做什麼。〉

〈不是，我是說——有人試著找出凶手嗎？你們沒有任何管理機構確保這種事不會發生嗎？〉

〈啊。〉桑奇亞說，〈沒有。〉

她進一步解釋。

因爲帝汎城因商家而偉大，城裡的資產大多最後落入他們手中，大概也不令人意外。不過商家同時都是競爭對手，對自家的銘印設計保護有加；大家都知道，智慧財產是最好偷的東西。

也就是說，商家擁有的土地都受到嚴密守衛，藏在牆、門及檢查哨後，除非有對的標誌，否則插翅難入。商家土地受到如此控管又限制進出，根本成了不同國家——帝汎城或多或少都認可了。四個隔在牆內的小城邦，都擠在帝汎內，彼此截然不同，各自擁有各自的學校、生活區域、市集，以及文化。這些商家領地——內城——占據了帝汎大約八成的面積。若你不爲商家工作，或不隸屬於他們——換言之，你窮苦、差勁、沒受教育，或者你就是有問題的那種人——於是你住在帝汎剩下的二成：蜿蜒曲折的帶狀街道、城市廣場，以及中間地帶——平民區。

平民區和內城天差地遠。舉例來說，內城有廢棄物處理系統、淨水、妥善保養的道路，他們的建築物一般都站得好好的。平民區可不是這回事。內城還有多到滿出來的銘器好讓他們活得更輕鬆，平民區絕對沒有。帶著花俏的銘器小玩意兒走進平民區炫耀，下一秒你的喉嚨便被割開，寶物也被搶走。

因爲另一樣內城有，而平民區沒有的東西，是法律。

每個內城都有自己的規則與執法者，在各自蔓生曲折的邊界內徹底施行。但因爲每個內城的獨立性都被視爲神聖不可侵犯，這表示並沒有明確定義的城市法，當然沒有眞正的城市執法者，或是司法系統，或甚至監獄——帝汎菁英分子判定，建立這樣的東西等同暗示帝汎的權力取代了各內城的權力。

如果你屬於某一商家、住在內城裡，你會有法治。若你不是，且你住在平民區，那麼你就只是……在那兒。而且考量疾病、飢餓、暴力事件等諸如此類的情況，你大概不會在那兒多久。

〈老天。〉克雷夫說。〈你怎麼能像這樣活著。〉

〈跟其他人一樣，我猜。〉桑奇亞左轉。〈一次活一天。〉

他們終於抵達目的地。在他們前方，潮濕雜亂的鑄場畔鴿樓戛然而止，取而代之的是高聳平滑的白牆，大概六呎高，乾淨、完美無暇。

〈我們接近某個大銘器了，對嗎？〉克雷夫說。

〈你怎麼知道？〉

〈我就是知道。〉

這令她不安。靠近到幾呎內後，她能夠分辨一個物體是否是銘器——她會開始聽見腦中的低語。克雷夫則可以在幾十呎外就分辨出來。她沿牆往前走，直到找到那東西。鑲在牆面上的是龐大的雕花青銅門，雕刻繁複華美，中央是家族徽型：鐵鎚與鑿子。

〈眞是一扇巨大的門。〉克雷夫說。〈這是什麼地方？〉

〈這是坎迪亞諾內城的外牆。門上是他們的徽型。〉

〈他們是誰？〉

〈商家。原本是最大的，不過後來他們的創始者發瘋，我聽說他們把他鎖在某座塔裡。〉

〈那樣多半對生意不好。〉

〈對。〉她靠近門，腦中聽見微弱的吟誦聲。〈沒人確切知道他們拿這扇門來幹麼。有些人說是做祕密交易用，例如坎迪亞諾想從平民區把人拐走時。又有人說他們只是利用這裡讓他們的妓女暗中進出。我沒看過門打開。這裡無人看守，他們覺得沒人能闖得進去——當然囉，因爲門上有銘印。〉她站在門前。門很高大，高度大約十呎。〈你覺得你打得開，克雷夫？〉

〈噢，我樂於一試。〉他的語氣中有一絲令人意外的興味。

〈你打算怎麼做？〉

〈還不知道耶。我得先看看。好了啦！就算我辦不到，最慘還能怎樣？〉

桑奇亞很清楚答案是「很慘」。亂搞和商家有關的一切事物都是讓你失去一隻手，甚至一顆頭的好方法。她知道這不像她，光天化日下帶著偷來的物品走在平民區——尤其要考量這偷來的物品可是她生平僅見最先進的銘器。

一點也不專業。這是冒險。這是愚行。但沙克那句若無其事的話語——你以前歸他們所有，你知道他們會是什麼模樣——在她腦中迴盪。她很驚訝地發現自己有多恨這句話，她不確定爲什麼會這樣。她在替商家工作的時候就已經知道，但先前不曾因此胡來。

不過由沙克就這樣說出來——這句話燒灼著她。

〈你在等什麼？〉克雷夫懇求道。

她走近門，審視門框上的銘印。她聽見腦中微弱的嘀咕聲，就跟她接近任何經變造的物品時一樣……

下一刻，尖叫的問句猛然灌入她腦中，全部都指向克雷夫，問他的問題就算沒有幾百題，也有幾十題，試圖釐清他是什麼。許多問題一閃而逝，她來不及聽懂，不過仍抓住了幾句：

〈你是否爲女士於第五日裝配的珠寶馬刺？〉門對著克雷夫吼叫。

〈不是，不——〉

〈你是否爲主人的工具，附反向蝕刻的含鐵手杖，其每十四日僅能通過一次？〉

〈噯，聽著，我——〉

〈你是否爲顫動的燈，鍛造來找出黃銅瑕疵？〉

〈好，先等等，但——〉

就這樣接連不斷。速度太快，桑奇亞根本來不及理解——而她是怎麼聽見的？這也讓她頭昏腦脹——不過她還是能夠跟上片段對話。聽起來像安全問題，像是銘印門預期迎接某一把特定鑰匙，而它正漸漸弄清楚克雷夫並不是那把鑰匙。

〈你是否爲一件含鐵武器，鍛造來打破加諸於我的誓約？〉

〈一部分是。〉克雷夫說。

停頓。

〈一部分是？〉

〈是喔。〉

〈你如何一部分是一件含鐵武器，鍛造來打破加諸於我的誓約？〉

〈唔，這很複雜。請聽我解釋。〉

訊息在克雷夫和門之間來回湧動。桑奇亞還在努力喘過氣——現在感覺像是想一口氣吞下整座海洋。她猜想，只要她接觸到克雷夫，她就能聽見他所聽見的一切。

但是此刻她滿腦袋只有一個念頭：那就是銘器？那個？就像是……心智？他們會思考？

她沒預料到是這樣。確實，她靠近銘器時會聽見微弱低語——但她認爲銘器只是東西，只是物品。

〈再跟我解釋一次。〉克雷夫說。

〈一旦得到銘印，〉門現在不那麼肯定了，〈所有鎖軸縮回，啓動外旋。〉

〈了解，不過你用什麼速度外旋？〉克雷夫問。

〈什……什麼速度？〉

〈對啊。你用多大力氣外旋？〉

〈呃……〉

更多訊息在門和克雷夫間往來湧動。她開始懂了：一旦恰當的銘印鑰匙插入門的鎖孔，鑰匙會對門送出一個信號，告訴門縮回門栓並朝外旋開。然而克雷夫在混淆門，用某種方法，問一籮筐關於應該朝哪邊旋轉、轉多快或多用力等諸多問題。

〈唔，顯然我已經通過第二橫桿。〉克雷夫對門說。

〈所言無誤。〉

〈而且門框扳柄還在對的地方。〉

〈等等……確認無誤。〉

〈我現在說的就是……〉

巨量資訊流過兩個元體之間。桑奇亞一點也無法理解。

〈好吧。我想我了解了。你是否確認這樣並不算開啓？〉

〈百分之百。〉

〈還有，你是否確認安全指令維持不變？〉

〈我看起來是這樣。你看起來不像嗎？〉

〈我……猜是吧。〉

〈聽著，沒有規定說不能這樣，對吧？〉

〈呃，我猜沒有。〉

〈那就來試試，嗯？〉

〈我……好吧。〉

寂靜。

門開始顫抖。接著……

一陣響亮的爆裂聲，門隨之開啓。但它是向內開，力道出乎意料強大——順理成章，她既然還握著克雷夫，而克雷夫還插在鎖裡，她幾乎整個被拖離地面。克雷夫隨著門往後盪開而彈出，青銅門板倒在地上……然後她看見坎迪亞諾內城內部。

桑奇亞目瞪口呆地看著空蕩蕩的坎迪亞諾街道，警戒、害怕、困惑。牆的另外一邊是截然不同的世界：乾淨的卵石街道、以白色苔癬泥雕塑正面的高聳建築、色彩繽紛的橫幅與旗幟懸掛在橫過道路的細繩上，還有……

水。純粹只有水在其中的噴水池，眞實、潔淨的流水。光是在這裡，她就已經看見三座。

儘管她震驚又害怕，仍忍不住心想：他們用水——淨水——當作裝飾品？淨水在平民區罕見得不可思議，因此多數人都喝淡甘蔗酒。讓淨水就這樣毫無理由地在街上汩汩流掉，這根本超出理解範圍。她回過神。她盯著門，旁邊牆上有一個扯裂的洞。她這才搞懂，原來門並沒有縮回門栓——它只是非常用力地朝後擺，硬生生把門軸從牆上扯下。

「眞……眞要命！」桑奇亞咕噥。

她轉身奔跑。飛奔。

〈登登！〉克雷夫在她腦中說。〈看到了吧！就跟你說我做得到。〉

〈搞什麼鬼，搞什麼鬼！〉桑奇亞一面跑一面想著。〈你把門弄壞了！你把天殺的內城牆上的天殺的門弄壞了！〉

〈嗯哼？跟你說過我進得去。〉

〈你幹了什麼好事，克雷夫？你幹了什麼好事！〉

〈呃，我說服他朝內開並不眞的算是打開？〉克雷夫說。〈這樣才不會觸發他爲了我破門而問的一籮筐防衛問題。如果門本身不覺得自己打開了，那就不算破門，對吧？然後我只需要再說服他用足夠的力道朝內開，這樣我們就不用管任何門栓，畢竟最受保護的就是門栓了。〉他聽起來很放鬆，甚至醺醺然。她有一種瘋狂的想法，破解一件銘器似乎給了他近似於強烈性高潮的感覺。

她衝過一個街角，靠著牆劇烈喘息。〈但是……但是……我沒想到你居然插的破門而入！〉

〈插的？那是啥？什麼意思？〉

於是桑奇亞試著快速解釋船上的插孔就是排出口，海浪可以由此沖掉廁所裡的排泄物。不過總會有東西堆積在插孔上，所以船員得插竿子進去疏通，而有鑑於水手都是些心思汙穢的傢伙，這詞彙也就不可避免地成爲黑話，描述某一種性交行爲……

〈好啦，眞糟，我懂了！〉克雷夫說。〈別說了！〉

〈你……你可以對銘器做像這樣的事？〉她問。

〈當然。〉克雷夫說。〈你口中的銘器充滿了指令，而這些指令說服物體成爲別的東西。有點像辯論——你必須明確、有道理才有說服力。不過你總是可以跟指令討價還價。讓它們混淆。愚弄它們。很簡單的！〉

〈但是……你怎麼學會的？你怎麼知道這所有事？你不是昨晚才第一次聽到銘器這兩個字嗎。〉

〈噢。啊。對。〉一段長長的停頓。〈我……不知道。〉他聽起來莫名不安。

〈你不知道。〉

〈對，不知道。〉

〈你還記得其他事嗎，克雷夫？或是依然只有一片黑暗？〉

另一段漫長的沉默。〈我們可以聊別的嗎，拜託？〉克雷夫靜靜地問。

桑奇亞把這答覆當作不記得。〈你可以對其他銘器做一樣的事嗎？〉

〈啊，這個嘛。我擅長處理想要保持關閉的東西。孔洞、門、障礙物、連接點，諸如此類。我對你頭裡的盤子一點辦法也沒有。〉

桑奇亞度凍結。〈什麼？〉

〈呃。〉克雷夫說。〈我說錯話了嗎？〉

〈你……你怎麼知道我頭裡的金屬碟？〉她逼問。

〈那是銘器。它在說話。它在說服自己其實是其他東西。我感覺得到，就像你可以聽見其他銘器。〉

〈你怎麼感覺得到？〉

〈我就是……可以。那是我的作用。〉

〈你是說……你的作用是感覺出銘器然後哄騙？儘管你五分鐘前才說你不知道自己做些什麼？〉

〈我……我猜是這樣？〉克雷夫的聲調又轉爲困惑。〈我沒辦法……沒辦法清楚回憶……〉

桑奇亞緩緩往後靠向身後的牆。她正試著理解這一切，同時身旁的世界感覺歪斜模糊。

首先，現在非常明顯可以看出克雷夫有失憶的症狀。爲一把鑰匙下心智疾病的診斷感覺很詭異，尤其桑奇亞還弄不懂他怎麼能或甚至到底是否擁有類似心智的東西。但若他眞的具備心智，也非常有可能因爲長時間困在黑暗中而折損——就算沒有幾百年，也有數十年之久。或許克雷夫已經壞了。無論如何，克雷夫並不了解自己的潛能——而這令人不安，因爲他現在已經強大得讓人發昏了。

儘管只有少數人了解銘術如何運作，但世上所有人都知道銘術強大的同時還很可靠。當商家船隻停靠在你的城市前——銘印船，能夠以超乎想像的輕鬆切過水；還採用變造過的船帆，永遠鼓脹著完美的微風，朝向完美的方向——用巨大的銘印武器對準你，你知道這全部武器都會完美發揮，你會立即投降。

反之——銘印船故障、出錯的想法則令人無法想像。

但不再是如此了。克雷夫緊握在手中，桑奇亞不再這樣相信。

銘術奠定帝汎的根基。帝汎戰勝無數城市，建立起奴隸大軍，派他們去墾殖島嶼工作。然而此刻，在桑奇亞心中，這座根基開始動搖、出現裂痕……她的肌膚變得冰冷。如果我是商家的人，她暗忖，我會用盡手段摧毀克雷夫，確保永遠沒人知道他曾存在過，永遠。

〈那，〉克雷夫樂呵呵地說。〈接下來呢？〉

她自己也想問同樣的問題。〈我得確定這一切的意義跟我想的一樣。〉

〈那……你覺得是什麼意義？〉

〈嗯。我覺得這代表你和我多半還有沙克都陷入糞坑般的致命危險中，克雷夫。〉

〈啊——噢。那……嗯，我們要怎麼搞清楚？〉

她揉揉嘴，接著站直把克雷夫掛回頸間，邁步往前走。〈我要帶你去見我的幾個朋友。比我更了解銘術他插幾百倍的朋友。〉

6

桑奇亞溜過巷弄和通道，橫越鑄場畔的馬車道，來到毗鄰的平民區——舊壕溝。因為居民的關係，住在鑄場畔可能不是太愉快——這地區因為高密度的罪犯而惡名昭彰；舊壕溝也不討人喜歡，因為環境：位於帝汎鞣皮廠旁，這區整個充斥著死亡和腐敗的味道。不過桑奇亞不介意這種味道。她沿一條蜿蜒的小巷漫步，在搖搖晃晃的鴿樓和棚屋間窺探。小巷的終點是一扇沒有特徵的小門，但門上掛了四個點亮的燈籠——三個紅色，一個藍色。

不在這裡，她心想。她走回大街，繞過一個街口，來到一扇地下室門前。外面掛了四盞燈籠，一樣，三紅一藍，也不在這。她走回主幹道。

〈你迷路了嗎？〉克雷夫問。

〈沒有。我想見的人……他們有點居無定所。〉

〈什麼，像吉普賽人嗎？〉

〈有點。他們到處移動以躲避搜捕。〉

〈誰的搜捕？〉

〈內城的人。商家。〉

她從碎石庭院的傾斜鐵圍籬間窺視。最深處有一座往下的長樓梯井，上面掛了四盞燈籠，然而不同於前兩處，這裡是三藍一紅。〈找到了。〉桑奇亞跳過圍籬，橫過庭院。她走下漆黑的樓梯井，來到一扇厚實的木門前，伸手敲三下。門拉開一條細縫。一對眼睛朝外窺看，懷疑地瞇起；注意到是桑奇亞後彎成一抹微笑。「這麼快就回來？」女人的聲音問道。

「情非得已。」桑奇亞說。

門敞開，桑奇亞走入。數以百計銘器的低語立即填滿她的耳朵。

〈啊。〉克雷夫說。〈商家不喜歡你的朋友擁有那麼多玩具？〉

〈沒錯。〉

長形的地下室相當低矮，照明很怪。冷光來自隨意擱在石地板上的十幾盞銘印玻璃燈。角落塞滿書籍和成堆紙張，全部寫滿指示和圖表。燈之間是輪子不停轉動的手推車；就未受訓練的眼睛看來，推車上似乎全是垃圾：金屬鑄塊、一捆捆皮繩、木條，諸如此類。

這空間同時非常熱，這要歸功於後方的銘印盆；銅、青銅與其他金屬在其中加熱鎔化，就算架設了風扇排出熱空氣仍不解熱。桑奇看得出風扇藉偷來的馬車輪巧妙驅動，在定位不停旋轉，帶動扇葉。大約半打人坐在鎔化金屬盆附近，用看似鐵筆的長工具蘸取金屬，描繪符號在……呃，各式各樣的東西上。青銅小球。木板。鞋子。襯衫領。馬車輪。榔頭。刀子。應有盡有。

門在桑奇亞身後關上，露出一名高瘦且肌膚黝黑，頭上掛著一副放大鏡片的女人。「想訂作工具的話，你得等了。」她說。「我們接到一張急單。」

「發生什麼事？」桑奇亞問。

「坎迪亞諾在攪和他們的徽封。」那女人說。「全部要重做。我們很多客戶都急瘋了。」

「你的客戶哪次不急瘋？」

她微笑，但克勞蒂亞總帶著淡淡笑意。這讓桑奇亞大惑不解，因爲在她看來，克勞蒂亞沒什麼可微笑的：在這樣的環境製作銘器，又熱又黑又擠，不僅不舒服，還極端危險。克勞蒂亞的手指和前臂就留下一點一點起泡發亮的疤痕。

不過殘餘者只能這樣度日。在光天化日下進行他們的工作，就算不害他們丟掉小命，也會招來暴力。銘術是困難的工作。爲物品畫上成千上百符印，全部周延地構成能夠重塑物品現實的指令和邏輯，這不僅需要多年的研習，也需要深思熟慮且具創造力的頭腦。許多銘術師無法在商家內城找到工作，還有許多則是遭淘汰。而且銘術文化近期有些變化，導致女性很難在內城內謀職。多數謀求商家工作機會但失敗的人轉投其他對帝汎效忠的邦國，在落後之地做些低下乏味的差事。

但並非全部。有些遷至帝汎各平民區獨立作業：鍛造、調整，從四大商家竊取銘印設計。

這並不容易，不過每個人都有些關係。有些是腐敗的內城官員，能夠弄到對的設計和符文。有些則是桑奇亞這樣的賊，可以偷到商家的製作方法，獲知如何將銘印做得恰到好處。一點一滴，知識開始流傳；到最後，一小群分際並不明確的業餘分子、前內城員工，以及失意銘術師在平民區中在建立起資訊庫，交易自此興旺。

殘餘者就是這樣開始的。

如果你需要修好一把鎖，或是強化一扇門，或是變造一把刀，抑或你只是想要光或淨水，剩餘者會賣給你能滿足你需求的銘器。當然要錢，價碼通常頗高。但平民只有這樣才能得到僅保留給內城的工具與物質享受，然而品質向來不可靠。這不算違法——畢竟平民區內並無法律，所以不可能違法。相對來說，商家查抄你家、摧毀你製作的一切，或許順道折斷你的手指劃破你的臉，這也不算違法。

所以你必須保持安靜，待在地底下，不斷移動。

〈還不賴。〉在雜亂的工作室內穿行時，克雷夫對桑奇亞耳語。〈有些是垃圾，不過有些頗巧妙。就像那些馬車輪。他們想出那東西的各種應用。〉

〈鑄場先開始的。〉桑奇亞說。〈顯然他們最早在那裡試驗重力，他們才能四處搬動機器，提高工作效率。〉

〈聰明。〉

〈有點。我聽說剛開始還不算完美，幾個銘術師不小心把他們的重力加大了五倍。〉

〈意思是？〉

〈意思是他們被壓成大概跟鐵鍋一樣厚、看起來勉強像肉的東西。〉

〈好，可能不算太聰明。〉

克勞蒂亞帶桑奇亞來到角落。經驗豐富的殘餘者吉歐凡尼坐在一張小書桌前，正謹慎地爲木徽章畫上符文。他飛速地從工作中抬眼一瞅。「晚安，桑。」他對她微笑，轉灰的山羊鬍沙沙作響。他被趕出莫西尼家時便是經驗豐富的銘術師，其他殘餘者大多聽他的。「賣你的商品怎麼樣？你看起來毫髮無傷。」

「算是。」

「怎樣算是？」

桑奇亞走到旁邊，以古怪客套的神態將他桌子搬開。她坐在他面前對著他的臉微笑，混濁的那隻眼令人不舒服地瞇起。「它們算有用。直到你那該死的飛行器四分五裂，把我丟在濱水橋上。」

「怎麼會？」

「是啊。吉歐，如果你是別人，任何人，我會因爲發生這樣的事把你開腸破肚。」

吉歐凡尼眨眨眼，笑了。「下次給你折扣？八折？」

「五折。」

「七五。」

「五。」

「七？」

「五。」

「好，好啦！五折實在是……」

「很好。」桑奇亞說。「下次降落傘用強韌一點的材質。而且你那個閃焰盒弄過頭了。」

吉歐凡尼揚眉。「喔。噢。濱水區大火就是因爲那個？」

「盒子裡太多鎂。」克勞蒂亞嘖了一聲。「早跟你說了，吉歐。」

「愼重記下。」他說。「還有……我道歉，親愛的桑奇亞。我接下來的工具會據此修正配方。」他搬回桌子，再度埋頭處理木徽章。

桑奇亞看著。「好了，那你們發生什麼事？客戶這麼急著要新徽封嗎？」

「是啊。」克勞蒂亞說。「顯然坎迪亞諾家的內城格外……淫亂。」

「淫亂？」

「對。他們有，該怎麼說呢，對祕密安排有強烈的愛好。」

「啊。」桑奇亞聽懂了。「是午夜女郎。」

「男人也有。」吉歐凡尼補充。

「對。」克勞蒂亞也說。「還有他們。」

這對桑奇亞來說並不是新鮮事。商家圍牆經過銘印強化，入口只容攜帶特定身分標記者進入，這種標記稱爲徽封——木徽章，上有銘印許可。如果你用錯的徽封通過錯的門，或根本沒徽封，守衛便會找上你，甚至殺掉你。或者在內城某些內牆，也就是最富裕、最受保護者的住處，謠傳你會直接自爆。

對常需要非法進入內城的人來說，桑奇亞通常得到殘餘者這裡買假徽封。他們最大的客戶絕對就是娼妓了，畢竟錢在哪，他們就往哪去；不過殘餘者一般而言只能讓你通過前一、二道門。僞造菁英分子的憑證要難上許多。

「坎迪亞諾爲什麼要更換他們的徽封？」桑奇亞問。「他們被潛入了嗎？」

「不知道。」克勞蒂亞說。「謠言說老瘋子崔布諾．坎迪亞諾終於快要蓋上永恆的毯子，進入最後的長眠。」

吉歐凡尼彈舌。「征服者本人將被年歲征服。眞悲慘。」

「可能是因爲這樣。」克勞蒂亞說。「菁英之死通常會引發內城洗牌。眞這樣的話，一切處於變動中，坎迪亞諾內城或許會有許多容易下手的目標……如果你願意兼個差，我們可以付錢。」

「不適用市場行情。」吉歐凡尼意有所指地說。「但總之我們買單。」

「這次就算了。」桑奇亞說。「我有些急事。我需要你們幫我看一個東西。」

「我剛剛說了，」克勞蒂亞說，「我們接到一張急單。」

「不是要你們複製銘印。」桑奇亞說。「我懷疑你們根本沒辦法複製。我只是需要……建議。」

克勞蒂亞和吉歐凡尼看了看對方。「什麼意思？我們沒辦法複製？」克勞蒂亞問。

「而且你哪時需要建議了？」吉歐凡尼問。

〈啊。〉克雷夫對她耳語。〈好。這就是我盛大進場的時候？〉

❁

「精巧。」克勞蒂亞在銘印燈下注視克雷夫，淡色雙眼在放大鏡片後顯得巨大。「但……非常怪。」

吉歐凡尼也在她的肩後探頭看。「你說它……對你說話？」

「對。」桑奇亞說。

「不是你的……」克勞蒂亞輕拍自己的頭側。

「我想那是我聽得見他的原因；確切來說，是當我碰觸到他的時候。」桑奇亞說。除了沙克之外，克勞蒂亞和吉歐凡尼是唯二知道桑奇亞被銘印的人。他們非知道不可，就是他們幫她和黑市療者牽線。而她信任他們。主要因爲殘餘者就跟她自己可能的處境一樣，遭商家怨恨追捕；一旦他們發現她的所作所爲，這就是她的下場。如果殘餘者出賣她，她也可以出賣殘餘者。

「它都說些什麼？」吉歐凡尼問。

「主要問我們的咒罵都是些什麼意思。你們聽過這樣的東西嗎？」

「我看過銘印鑰匙，」克勞蒂亞說。「處理過幾個。不過這些蝕刻、這些符文……我從來沒見過。」她抬頭看吉歐凡尼。「篩網？」

吉歐凡尼點頭。「篩網。」

「吭？」她看著吉歐凡尼展開看似頗巨大的皮革。皮革角落縫有徽章，黃銅製，表面有模糊的複雜符文。他捧起克雷夫，彷彿這把鑰匙是隻垂死的小鳥，接著輕輕地把他放在皮革中央。

「無論這是什麼……應該都不會傷害他，對吧？」桑奇亞問。

吉歐凡尼在他的眼鏡後對她眨眼。「傷害他？你聽起來好像跟這東西感情很深，桑。」

「這東西的價値吊死人地多。」她突然爲克雷夫產生防禦心。

「沙克安排的活兒？」吉歐凡尼問。

桑奇亞沒說話。

「堅忍的小桑。」他緩緩地用皮革將克雷夫包起。「我們堅強的暗夜小幽靈。總有一天逗你笑。」

「這是什麼？」桑奇亞問。

「銘印篩網。」克勞蒂亞說。「把物品包在裡面，它便會辨認出一些用以形塑該物品本質的主要符文，通常沒辦法全部辨識出來。」

「爲什麼？」桑奇亞問。

吉歐凡尼一面笑，一面將一個厚鐵盤壓在包起來的皮革上。「總有一天，桑，我會教你銘術的層級。那並不是一種語言，你沒辦法翻譯出個別符印。個別符文更像是獨立的指令，喚出鄰近符文典的一整串其他符文——」

「好好好。我可沒要你給我上這種課。」桑奇亞說。

吉歐凡尼打住，微惱。「有人可能會以爲，桑奇亞，你該對驅動你身旁一切的語言有點興——」

「有人也可能會以爲我該在合理的時間滾上床。」

吉歐凡諾咕噥，從小杯內捏出一把鐵屑撒在鐵盤表面。「現在來看看我們有什麼……」

他們坐在那兒看著。

就看著。似乎沒有反應。

「你沒弄錯吧？」桑奇亞問。

「我他媽當然沒弄錯！」吉歐凡尼叱道。

「那我們應該看見什麼？」桑奇亞問。

「鐵屑應該自己重新排列成用於物品上的主要指令才對。」克勞蒂亞說。「不過——如果我們相信這一套——這代表並沒有主要指令。」

「而這，除非我搞錯，」吉歐凡尼說，「是不可能的……」

吉歐凡尼和克勞蒂亞盯著鐵盤看了一會兒，接著困惑地彼此對看。

「那，呃，好。」克勞蒂亞說。她清了清喉嚨，跪下著手將鐵盤擦乾淨。「那……看來，不知道爲什麼，克雷夫身上並沒有我們的方法能夠辨認的符文或指令。就是，什麼也沒有。」

「也就是說？」桑奇亞問。

「也就是說，我們不知道它到底是什麼東西，或許它根本不是東西。」吉歐凡尼說。「我們不懂他的銘印所說的語言。」

「商家會對這感興趣嗎？」桑奇亞問。

「噢，神聖的猴子啊，會。」克勞蒂亞說。「如果出現一種全新的銘印語言，落入他們掌握，他們……他們……」她欲言又止。她憂慮地看著吉歐凡尼。

「怎樣？」桑奇亞問。

「我的想法跟你一樣。」吉歐凡尼悄聲說。

「怎樣？」桑奇亞又問。「什麼想法？」

他們靜坐不語，看著對方，偶爾瞥一眼桑奇亞。

「什麼想法？」她逼問。

克勞蒂亞不安地掃視工作坊。「我們……換個隱密點的地方談。」

◎

桑奇亞跟著克勞蒂亞和吉歐凡尼來到後側的辦公室，途中將克雷夫塞進短上衣內。後辦公室塞滿符文串與銘印指令的卷軸與書籍，成千上萬的紙張，都畫滿對桑奇亞來說一點道理也沒有的符號。

她看著克勞蒂亞在他們身後關上門落鎖。

〈這……看起來不妙。〉克雷夫說。

〈沒有。並不會。〉

吉歐凡尼拿出一瓶味道可怕的甘蔗烈酒，倒三杯，拿起其中兩杯。「喝？」他遞給桑奇亞。

「不要。」

「確定？」

「對。」她惱火地說。

「你從來不找樂子，桑。你該享受享受的。尤其是現在。」

「樂子是奢侈品。我該享有的是了解我到底掉進多大的糞坑裡。」

「你在帝汎生活多久了？」吉歐凡尼問。

「三年又多一點。怎麼了？」

「嗯……好。」吉歐凡尼把一個杯子拋回桌上，又一個。「得花些時間解釋了。」

克勞蒂亞在一堆卷軸後坐下。「聽過遠西人嗎，桑奇亞？」她輕聲問。

「聽過。精靈巨人。他們建立了杜拉佐上的廢墟，在道洛國度。高架水道那些的。對吧？」

「嗯。算是。」吉歐凡尼說。「簡單說，他們是發明銘術的人，在很久很久很久以前。只是沒人能夠確定他們到底是不是人。有人說他們是天使，或是很像天使的東西。也有人稱他們爲傳道者。在大多數古老的故事中，他們都被當作祭司或僧侶或先知。其中第一位，也是最著名的，是偉者奎塞迪斯。不過他們其實不是巨人，只是會利用銘術做一些很大很大的事。」

「像是？」桑奇亞問。

「像移動山脈。」克勞蒂亞說。「開闢海洋。還有毀滅城市，建立巨大無比的帝國。」

「真的嗎？」桑奇亞問。

「真的。」吉歐凡尼說。「相形之下，現在的商家帝國根本就像一堆不起眼的屎。」

「別忘了，這是很久以前了。」克勞蒂亞說。「大概一千年前。」

「這個帝國怎麼了？」桑奇亞問。

「分崩離析。」克勞蒂亞說。「沒人知道怎麼了或爲什麼。她瓦解得很徹底，幾乎沒任何東西留下來。甚至沒人知道這帝國眞正的名稱。我們只是因爲她位於西方而稱之爲遠西帝國。就像是，西方的一切，全歸傳道者所有。」

「很久很久以前，帝汎大概僅是這個帝國邊陲角落的叢林港吧。」吉歐凡尼幫自己倒了第二杯酒。

克勞蒂亞對他皺起眉。「你今晚還得工作呢，吉歐。」

他嗤之以鼻。「喝了手更穩。」

「莫西尼家把你趕出來時可不是這麼說的。」

「他們誤解了我的天賦本質。」他輕快地說。他咂咂有聲地喝下甘蔗酒。克勞蒂亞翻白眼。「總而言之。顯然帝汎夠邊緣，所以當遠西帝國瓦解、所有傳道者死絕時能夠逃過一劫。」

「就這樣留存。」克勞蒂亞說。「直到大約八十年前，某個帝汎人在這裡以東的懸崖間找到一個隱密的地方，藏有遠西帝國的紀錄，以晦澀的文字詳細記載銘術。」

「而那，」吉歐凡尼以戲劇化的浮誇姿態說道，「正是今日帝汎之所以誕生的基礎！」

一陣沉默隨這段話沉澱而降臨。

「等等……什麼？」桑奇亞。「眞的嗎？你們是說，現在商家做的事是根據死去遠古文明的筆記？」

「甚至稱不上好筆記。」吉歐凡尼說。「令人驚歎，是不？」

「遠不止讚歎能夠形容。」克勞蒂亞說。「因爲現在的商家可以用銘術做許多事——不過和傳道者能做的比起來，完全小巫見插的大巫。他們能飛或讓東西漂浮之類的。」

「或是在水面行走。」吉歐凡尼說。

「在空中開一扇門。」克勞蒂亞說。

「偉者奎塞迪斯用他的權杖一指……」吉歐凡尼演出動作。「然後——碰！海水便自動分開。」

「他們說奎塞迪斯甚至在腰間的籃子裡養了一個神怪。」克勞蒂亞說。「他會打開蓋子放它出來，它會為奎塞迪斯建造城堡，或拆毀圍牆，或……你懂了吧。」

桑奇亞突然想起她在盒子裡和克雷夫一起找到的一段筆記：如果奎塞迪斯曾擁有某種看不見的元體，或許它只是這最終、最重大重製物的粗略原型……

「沒人知道傳道者是怎麼做到的。」克勞蒂亞說。「不過各商家都無所不用其極、拚命想方設法想弄清楚。」

「從製作銘印廁所晉級，」吉歐凡諾說，「到製作能夠，這麼說吧，或許粉碎山脈或抽乾大海的工具和裝置。」

「沒人有任何進展，直到最近。」

「最近怎麼了？」桑奇亞問。

「大約一年前，一幫海盜偶然在西杜拉佐海找到一座小島，」吉歐凡尼說，「發現島上滿是遠西帝國遺跡。」

「附近的城鎮微奧托徹底陷入尋寶狂熱。」克勞蒂亞說。

「都是些商家代理人，」吉歐凡尼說，「或是任何想自成一家的人。」

「如果你能找到更多紀錄、更多筆記……」克勞蒂亞說。

「或者，更棒的是，找到一個實實在在、完完整整、功能正常的遠西銘器……」吉歐凡尼說。

「嗯，那麼一來。」克勞蒂亞悄聲說。「你會永遠改變銘術的未來。你會讓各商家過氣淘汰。」

「你會讓我們這整個天殺的文明過氣淘汰。」吉歐凡尼說。

桑奇亞覺得想吐。她突然想起克雷夫說的話：黑暗之前一無所有。只有黑暗。我總是在黑暗中，就……就我記憶所及。

在古代廢墟中，理所當然，會非常黑暗。

「那……」她緩緩說，「那你們覺得克雷夫……」

「我……我覺得克雷夫用的不是任何商家用的語言。」克勞蒂亞說。「如果你所言為眞，他能做的事確實非常驚人。我也覺得，如果你是在濱水區偷到手……無論從微奧托運了些什麼出來，理所當然，目的地應該都會是濱水區……」她的話尾淡去。

「那麼你可能就是在脖子掛著一把價値百萬督符的鑰匙到處亂逛了。」吉歐凡尼說。「沉重嗎？」

桑奇亞站在那兒，完全靜止。〈克雷夫。這……都是眞的嗎？〉

克雷夫沉默不語。

※

好一陣子沒人說話。接著傳來敲門聲，是另一名殘餘者，想請吉歐凡尼幫忙。他致歉後離開，留下克勞蒂亞和桑奇亞二人在後辦公室。

「你……看起來應付得還不錯。」克勞蒂亞說。

桑奇亞沒說話。她幾乎完全沒動。

「大多數人……可能會徹底精神崩潰，如果——」

「我沒時間精神崩潰。」桑奇亞說，聲調平靜冰冷。她瞥開視線，按摩著頭側。「該死。我正要去拿我的報酬，然後……」

「把自己治好？」

「是啊。但現在不可能了。」

克勞蒂亞心不在焉地用手指劃過前臂上的一道疤。「我需要跟你說你不該接這份工作嗎？」

桑奇亞怒瞪她一眼。「克勞蒂亞。別挑這時候。」

「我警告過你關於商家的活兒。我跟你說過他們總會插你。」

「夠了。」

「你就是不聽。」

桑奇亞閉上嘴。

「你爲什麼不恨他們？」克勞蒂亞挫敗地說。「他們對你做了那些事，你爲什麼不鄙視他們？」她眼裡有尖銳的狂怒。克勞蒂亞是極富天賦的銘術師，但在商家學院停止收受女性後，她的所有前景都落空。她不得不加入殘餘者，在陰冷地下室與廢棄閣樓工作度日。儘管她總是看起來快活，但其實不曾原諒商家。

「怨恨，」桑奇亞說，「是我負擔不起的特權。」

克勞蒂亞沉進椅子裡，開口嘲弄。「有時候我很佩服你，你怎麼能這麼無情現實，桑奇亞。但是又會想起你這德性看起來實在不太討喜。」

桑奇亞沒說話。

「沙克知道嗎？」克勞蒂亞問。

桑奇亞搖頭。「應該不知道。」

「你打算怎麼做？」

「兩天後跟他回報時告訴他，然後我們銷聲匿跡。搶搭首班船離開這裡，到非常非常遙遠的地方。」

「眞的？」

桑奇亞點頭。「如果克雷夫眞的是如你們所說的東西，我看不出還有其他路可走。」

「你還要帶著他？」

「我不會丟下他。我不要當那種只因爲天殺的輕忽，就讓商家取得天神之力的渾球。」

「不能早一點去找沙克嗎？」

「我知道他的一個公寓，不過沙克比我還偏執。被酷刑折磨過就會這樣。我幫他完成一份工作後，他都會消失。就連我也不知道他去哪。」

「好吧。不是要讓你的選項更複雜，不過離開帝汎可能不是你想得那麼簡單。」

桑奇亞挑起一邊眉。

「克雷夫本身已經一堆問題了。」克勞蒂亞說。「那是一回事。不過……你還燒了濱水區，桑奇亞。或至少大部分的濱水區。我很肯定現在一定有些大人物在找你。一旦他們查出你是誰……帝汎不會有哪個船長願意載你去任何地方。用這世上所有的甘蔗酒和玫瑰來換也沒用。」

7

帝汎濱水衛的格雷戈．丹多羅隊長昂首穿過鑄場畔的人群。他並不眞的知道有其他走路的方式：他的姿態總是無懈可擊，挺直腰，肩膀往後收。夾在中間的是他的巨大體型，還有他的濱水區肩帶；平民區的任何人通常都不會擋在他面前。他們不知道他來這裡做什麼，但絕不想扯上關係。格雷戈知道感覺如此洋洋得意很怪。他是個可恥至極的人，竟讓將近一半的濱水區在他眼皮底下燒毀，而他現在遭濱水衛停職，甚至有可能徹底驅逐。格雷戈卻對這種情況感到頗爲自在：錯誤發生，而他打算改正它。盡可能地快、盡可能有效率。

右前方一扇發霉的酒吧門打開，出現喝醉、臉上妝花得一蹋糊塗的女人，搖搖晃晃走到他前面嘎吱響的木走道上。

他停步，鞠躬，伸出一臂。「您先請，女士。」

喝醉的女人像看到瘋子般瞪著他。「什麼先請？」

「呃。您，女士。您先請。」

「噢。原來是這樣。」她醉醺醺地眨眼，但腳下沒動。

格雷戈這才發現她並不了解這三個字什麼意思，輕輕嘆口氣。「你可以走在我前面。」他溫柔地說。

「噢。噢！那好。多謝囉。」

「沒問題，女士。」他再次鞠躬。

她在他前方踉蹌而行。格雷戈走到她身旁，木走道在他可觀的體積下略微下彎，害得女士絆了一跤。

「不好意思，」他說，「不過我有一個問題。」

她上下打量他。「我下班了。至少等我找個安靜的地方吐一點出來，我還要在鼻子上補一點粉。」

「我了解。但不是的。我想問樓木與百靈餐館是否在附近。」

她目瞪口呆地看著她。「樓木與百靈？」

「是的，女士。」

「你想去那？」

「是的，女士。」

「好。往那直走。」她指著一條骯髒的小巷。

他又鞠躬。「很好。非常感謝你。晚安了。」

「等等。」她說。「像你這樣體面的男人不會想去那種地方的！那地方是個該死的蛇窟！安多寧的男孩一看見你就會把你嚼爛再吐出來！」

「謝謝！」格雷戈說完便大步走入夜晚的薄霧中。

濱水區的挫敗至今已過三天。這三天以來，格雷戈一直努力做一個正直、發揮職責、遵守法律的平民治安官——帝汎首次設立這樣的職位；不過他的努力如字面意義那般被大火燒得一乾二淨。寥寥幾天，已有太多指責與控訴，只有格雷戈眞的有心著手調查。

他發現他對挫敗之夜的最初直覺是對的：公署裡確實有拙劣的行動者，他們確實鎖定濱水衛的保險箱，甚至成功偷到某個東西。更精確地說，遭竊的是二十三號保險箱裡不起眼的小盒子。格雷戈無法想像他們究竟如何做到——每只保險箱都配有米蘭達銅鎖，由格雷戈本人定期更換密碼。他們一定是破解保險箱的大師，才能成功偷到手。

但是竊盜和火災，發生在同一夜？這不是巧合。無論小偷是誰，一定同時是縱火者。

格雷戈查閱過木盒的濱水衛日誌，希望能從物主看出小偷身分的端倪。但此路不通——物主的名字欄位只填了「貝若尼斯」，沒有任何聯絡資料。他也查不出有關貝若尼斯的更多資訊。

但是他很熟悉帝汎的犯罪分子。如果查不出木盒物主的來歷，他會轉由潛在竊賊下手。今夜，來到鑄場畔南端，他將由此開始。他在一條大道停住腳步，在薄霧中瞇起眼；霧色在懸掛頭頂的燈籠照射下轉爲斑駁。然後他看見他的目的地。

掛在餐館門上的招牌寫著棲木與百靈。不過他其實無須看見招牌——幾名高大、疤痕累累、看來威脅感十足的男子在門外徘徊，足以說明他來對地方了。

安多寧・迪・諾微是鑄場畔甚至所有平民區最知名的罪犯頭子之一，而棲木與百靈是他的行動據點。格雷戈之所以會知道，是因爲他自己對濱水區的改革正面衝擊安多寧的事業。這讓安多寧生氣到派出雇傭刀手找上格雷戈——不過很快又被格雷戈送了回去，附帶幾根斷指與粉碎的下巴。

他十分肯定安多寧對他還是懷抱許多厭惡之情。這也是爲什麼格雷戈自掏腰包帶了五百督符，還有阿鞭，他的銘印短棍。希望這些督符誘使安多寧吐出一些濱水區竊賊的資訊。也希望阿鞭能保護他，活得夠長以提出問題。

他走到餐館門前那四名虎視眈眈的彪形大漢前。「晚安，先生們！我想見諾微先生。」

彪形大漢看了看彼此，稍稍被格雷戈的禮貌態度弄糊塗了。接著其中缺了大多數牙的大漢說。「帶著那傢伙可不行。」他對掛在格雷戈身側的阿鞭點點頭。

「當然。」格雷戈解下阿鞭遞出去。其中一人接下後丟進一個箱子，裡面還有數量驚人的刀、細刃、劍和其他厲害武器作伴。

「請問我現在可以進去了嗎？」格雷戈問。

「五十督符。」無牙大漢說。

「不好意思，」格雷戈說，「五十？」

「生面孔五十。我可不認得你的臉，先生。」

「我懂了，好吧。」格雷戈瞥了一眼他們的武器。矛、刀，有人居然還拿著弩弓，以曲柄啓動的機械化重十字弓，只是機件沒設定好。

他記在心裡。格雷戈總是會把這種事記下。

他伸手從背包拿出一把督符交給他們。「現在可以進去了嗎？」

大漢們又看了看彼此。「你找安多寧有什麼事？」沒牙的問。

「急迫隱私的事。」格雷戈說。

無牙護衛對他獰笑。「啊，非常專業。我們這裡不常看見專業款的，對吧，小夥子們。除非他們自己跑來這插午夜男孩，吭？」其他人大笑。

格雷戈靜靜等待，迎上男人的注視。

「可以了。」無牙大漢打開門。「後面的桌子，不過放慢腳步啊。」

格雷戈簡短一笑。「謝謝你。」隨即走入內。門後緊接一小段階梯。他躍上梯級，空氣隨之變得更加煙霧迷漫、更辛辣，喧囂聲愈來愈大。階梯頂掛著藍色簾幕，他推開後走入餐館。

格雷戈環顧周遭，哼了一聲。

身為前職業軍人，格雷戈對餐館並不陌生，更髒的也見過。每張桌面都點著臭氣蒸騰的蠟燭。地板只是鬆散的木板條格柵，有人潑灑了東西，像是甘蔗酒、穀釀或無論多寡的體液，都會直接流到下面的泥地。有人在吹奏箱管，只是吹得很爛，音量大得足以壓過大多對話。

話說回來，一般人到這樣的餐館圖的也不是談話。他們盡可能在頭殼裡灌滿甘蔗酒，好短暫遺忘他們住在緊貼內城潔淨白牆的濺屎泥溝，遺忘他們和牲畜共享居住空間，每天早上醒來迎接他們的是新鮮的蚊蟲叮咬、尖叫的猴子，或是巷弄裡紋蟹殼的腐敗惡臭，前提是他們真醒得來。

格雷戈對眼前景象完全沒眨眼。他在戰爭中見過許多恐怖場景，窮困並不算在內。他自己曾遠比這些人悲慘更多。他掃視人群，找尋安多寧的手下。他立刻找到四名，分據餐館的角落。他們都帶著細刃，除了最遠那個，身材高大粗壯，靠在牆上，威脅感十足的黑色斧頭以皮帶縛在背上。

道洛斧，格雷戈看清楚了。他在啓蒙戰爭時見過許多類似的東西。

他橫過餐館，暗中打量後面的一桌，走近——腳步放慢。

他一眼看出哪個是安多寧，因為那男人的衣著清潔，皮膚無瑕，稀疏的頭髮整整齊齊地往後梳，胖得不可思議；這在平民區可稀罕得緊。而且他在讀書，格雷戈不曾在像這樣的地方見過有人讀書。安多寧還有另外一名護衛坐在他旁邊，兩把短劍插在腰帶上，在格雷戈靠近時轉為緊繃。

安多寧微微皺眉，從書中抬起頭。他瞥了瞥格雷戈的臉，然後是他的腰帶——沒掛武器——然後是他的肩帶。「濱水衛。」他大聲評論。「濱水衛到這個只有酒和尿兩種液體的地方來做什麼？」他更仔細看了看格雷戈的臉。「啊……我認識你。丹多羅，對吧？」

「你見識廣。」格雷戈說。他略一鞠躬。「我是濱水衛的格雷戈·丹多羅隊長，安多寧先生。」

「安多寧先生……」他複誦。安多寧大笑，露出黑乎乎的牙齒。「這麼一個彬彬有禮的紳士來到我們之中！早知道你會屈尊大駕光臨，我早上該更仔細把自己打理乾淨才是。沒記錯的話，我應該找人殺你過一次……對吧？」

「對。」

「啊。來還以顏色？」

帶斧頭的粗壯護衛晃到格雷戈身後就定位。

「不是的，先生。我來問你一個問題。」

「嗯。」他的目光在格雷戈的濱水衛肩帶徘徊。「我猜你這問題跟你們濱水區的災難有關？」

格雷戈皮笑肉不笑。「沒錯，先生。」

「對。沒錯。」安多寧一根粗短的手指比了比對面的椅子。「請賞臉坐下。」

格雷戈略一鞠躬後便坐下。

「好啦——為什麼找上我問這檔事？」安多寧問。「我老早就放棄濱水區了。當然，都多虧你。」

他的黑眼閃爍。

「因為是個體戶。」克雷格說。「而你認識個體戶。」

「你怎麼知道？」

「他們使用自創的飛行器。他們在一輛馬車上設置建構銘印——一般用來黏著與砌合——這部分是驅動飛行器的根本動力。銘器粗製濫造，似乎沒好好運作。」

「所以不是正牌水道管事會用的東西。」

「對。正牌管事會用眞正的銘器。所以是個體戶。個體戶通常都住在一個地方——鑄場畔。或附近。沒弄錯的話，這應該是你的地盤。」

「有道理。非常聰明。不過眞正的問題是……我爲什麼要幫你？」他微笑。「你的濱水衛實驗看來失敗了。確保你繼續失敗、重新取回濱水區，這不是更符合我的利益嗎？」

「沒有失敗。」格雷戈說。「還有得瞧。」

「我不需要瞧。」安多寧一面大笑一面說。「商家繼續像帝王般經營他們的內城，帝汎就不會有接近治安系統的東西，你把濱水衛弄得再有聲有色也沒用。總會失敗，早晚而已。所以囉，尊貴的隊長，我等待就好。我將找到重回濱水區的路，不是嗎？」

格雷戈緩緩眨眼，但沒有回應，儘管安多寧正在挑弄他的敏感傷口。他大費周章才建立起濱水衛，不喜歡聽見它遭受威脅。「我可以付錢。」他說。

安多寧嘲弄地笑。「多少？」

「四百五十督符。」

安多寧瞥了瞥他的背包。「這錢，我猜你自己帶在身上。否則我不相信你眞會付錢。」

「對。」

「那我何不現在往你肋骨捅幾刀，直接把錢搶走？」安多寧問。

「我的姓氏。」格雷戈說。

安多寧嘆氣。「啊，對。要是我們眞弄死歐菲莉亞．丹多羅的唯一後裔，整個地獄都會上門索命。」

「對。」丹多羅試著嚥下自我厭棄。他的母親是丹多羅特許家族創始人的直系子孫，因此他們的地位類似帝汎王族，不過他徹底鄙棄爲自己的目的利用家族聲勢。「我不會輕易放棄我的錢。你得殺了我，安多寧。」

「好，好，你是個好軍人。」安多寧說。「但不是最好的戰略家。」他露出邪惡的微笑。「丹圖阿圍城時你在，對吧，隊長？」

格雷戈沒說話。

「你在。」安多寧說。「我知道。他們稱你爲丹圖阿的亡魂，聽過嗎？」

他還是沒說話。

「我聽說他們這麼叫你，」安多寧說，「是因爲你死在那兒。或瀕臨死亡。他們甚至在城裡這裡替你辦了追悼會。以爲你在北方的某個集中墳墓裡腐爛。」

「我也聽過。」格雷戈說。「他們弄錯了。」

「我看也是。我手下有很多退役軍人，你知道的。」安多寧說。「他們跟我說了好多故事。」他湊近了些。「他們跟我說，你的小隊躲在丹圖阿時，所有銘印武器都毀了……哎呀，他們說你們靠吃老鼠和垃圾。還有更糟的。」他的獰笑加深。「告訴我，丹多羅隊長，帝汎兩腳羊味道如何？」

一段長長的沉默。

「我不知道。」格雷戈平靜地說。「這跟我的提議有什麼關係？」

「我猜我就是這麼下流又愛嚼舌根。」安多寧說。「也或許我就是喜歡告訴你，你並不如你表現出來的那般正派。你扼殺了我在濱水區的獲利，勇敢的丹多羅隊長。但甭擔心，朋友——我會討回來。每個創業家都必定會追平差額。你想知道怎麼做嗎？」

「這會跟我們的個體戶竊賊有關嗎？」

安多寧站起，沒理會他，指了指後面搖搖晃晃的木欄；木欄的入口都以簾幕遮住。「跟我來，先生。對，對，來吧。」

丹多羅心不甘情不願地聽話跟上他。

「生意不好，這些日子以來。」安多寧說。「市場不好。內城總是在談這個，市場狀況。我們都在玩同一場遊戲。一個機會枯竭，你得另覓生機。」他走到一個木欄前，拉住簾幕一把掀開。

格雷戈往內看。木欄內很黑，但他仍可看見地板上有一片草褥、一根點燃的蠟燭。最遠的角落有一個男孩，身穿短袖束腰外衣，腿和腳赤裸。簾幕掀開時男孩站起。他大概十三歲。大概。

格雷戈看著地上的軟草褥，然後是男孩。他懂了。

「你拿走我的濱水區工作，」安多寧愉悅地說，「我把生意擴張到新市場。這個市場的獲利比濱水區高太多了。高利潤，低成本。我只需要有人輕推我一把放手一試。」他靠近格雷戈。爛牙的惡臭令人難以忍受。「所以，丹多羅隊長……你的臭錢我一毛也不要。」

格雷戈轉身面對安多寧，握起的雙拳不住顫抖。

「歡迎回到帝汎。」安多寧說。「平民區唯一的法律是力量，還有成功。規則由成功者制定。或許像你這樣的菁英孩子早已遺忘。」他獰笑，油膩的牙齒閃爍微光。「好了。現在滾出我的餐館。」

❁

格雷戈．丹多羅茫然走出棲木與百靈。他在門邊跟無牙惡棍取回阿鞭，忽略其他護衛咯咯嘲笑。

「收穫滿滿的會面？」無牙惡棍問。「他有沒有讓你在木欄裡待幾分鐘？你推送的時候還有感覺到任何吸引力嗎？」

格雷戈一言不發地走開，一面將阿鞭扣回腰帶。他沿小巷往前走了幾步，然後停下。

他思考片刻。他吸一口氣，又思考了一下。

格雷戈．丹多羅盡了最大努力遵循法律：城市的法律，還有他個人的宇宙道德法則。然而這些日子以來，兩者間的分歧愈來愈大。他取下濱水衛肩帶，摺好，小心放在旁邊的窗沿。他將阿鞭從腰帶取下，動手將短棍附的一條條皮帶牢牢束緊前臂。然後他回過頭朝餐館走去。無牙惡棍看見他走來，站直身子。他發出烏鴉般的笑聲，高聲叫喊：「看啊，夥伴們！來了個傢伙自以爲能——」

他不曾說完。因爲接下來格雷戈用上阿鞭。

◎

當初格雷戈訂製阿鞭時，確保所有符文都妥善藏起，無論旁人怎麼看，都看不出經過變造。唯一的不同只在用於束緊前臂的皮帶，除此之外，它看起來就像一根尋常短棍，棍身長約三呎半，一端是四磅重的脊狀鋼棍頭。不過事實上，它遠不止如此。

例如當格雷戈按下阿鞭上的一個按鈕，同時往前甩，四磅的棍頭便脫離向前飛，靠一條雖細但強韌的金屬絲與棍身相連。短棍頭上有銘印，讓它相信當自己脫離棍身，它實際上正直直朝地面墜落，因此純粹受重力牽引——完全不察它實際上正朝格雷戈甩動的任何一個方向飛去。棍頭會砸上任何擋在路徑上的東西，直到格雷戈扳動阿鞭握把側面的控制桿，它才會突然想起重力是怎麼回事，金屬絲同時快速縮回，棍頭也以驚人的速度嗖一聲收回棍身。

格雷戈走近餐館時就是這麼做。他對阿鞭如此熟悉，動手時不加思索：他只是動了動手，無牙惡棍便已躺在地上，張著血肉模糊的嘴尖叫。

他扳動控制桿，皮帶拉扯著他的前臂，同時阿鞭的棍頭隨著一陣低微、激昂的嗖嗖聲射向格雷戈，接回棍身時震動了他的手臂；不過此時他的注意力鎖定右方惡棍。這傢伙身材矮小，滿臉痘疤，手拿黑色刀刃的大砍刀，先是低頭看倒地的同事，接著抬頭看向格雷戈，一面尖叫一面朝他衝去。

格雷戈繼續沿小巷往前走，再次往前揮動阿鞭，瞄準對方的腿。短棍頭正中他的膝蓋骨，男人倒地，痛得大聲嚎叫。格雷戈收回阿鞭，走過他身旁時，短棍往下猛擊他的前臂，可能造成瘀傷，或甚至打斷了橈骨或尺骨，他哭喊得更大聲了。

剩下兩個，分立於餐館門兩側。一人手持弩弓，拉動扳機後卻沒反應時一臉震驚；當然了，他渾然不察自己根本沒把弩弓設定好。他還來不及有其他動作，格雷戈已奮力將阿鞭往前甩，沉重厚實的棍頭砸上護衛的右手，打碎他的手指。他丟下弩弓，一面尖叫一面咒罵。

剩下第四也是最後一名護衛了，他拿起坑坑巴巴的鋼盾和短矛，伏低身子，沿小巷走近格雷戈，幾乎全身都躲在鋼盾後。參戰過，格雷戈暗忖。他肯定受過訓，但不夠多。

格雷戈又一次揮動阿鞭，棍頭飛過護衛頭頂，帶著金屬絲落在他身後。金屬絲掉在鋼盾上，男人略一頓。接著格雷戈扳動控制桿收回棍頭。棍頭一如往常隨一陣熱烈的嗖嗖聲飛馳而回，途中撞上護衛的肩膀，把他打得踉蹌向前，四肢癱平趴在巷子裡。他呻吟著抬頭看格雷戈，而格雷戈走上前，一腳踢在他臉上。

格雷戈．丹多羅拾起鋼盾。原本持弩弓的護衛用完好的那隻手拿出短劍。他採搏擊姿勢，壓低身子。接著他看似重新思考過自己的處境，便轉身逃之夭夭。格雷戈看著他跑遠。接著，就像一名肩負緊急任務的人那般，他走上餐館的階梯，抬起盾，揭開簾幕，對棲木與百靈開戰。

幸好只有五名護衛。更幸好他們在他走後沒有移動，所以他知道他們的確切位置。更更幸好的是，餐館裡照明不足且煙霧迷漫，而阿鞭的攻擊相當安靜，因此餐館裡的所有人甚至還沒搞清楚發生什麼事，格雷戈已撂倒兩名對手。

第二名護衛倒地時，鮮血從他的口鼻汩汩流出，整個餐館陷入混亂。格雷戈暫且將鋼盾放低，不然太過顯眼，然後繞著尖叫、醉醺醺的人群走，直到來到持矛護衛的側邊。護衛在最後一秒看見他，雙眼瞪大。他射出短矛，不過格雷戈已舉盾擋掉攻擊。他甩動阿鞭，擊中護衛的下巴。他癱倒在地。

剩下兩個，一人持道洛斧，一人弩弓。格雷戈看得出來，後者好好學過怎麼使用這個武器。不妙。

格雷戈舉起盾，在一枝箭撞上鋼盾時躲到桌子後。箭尖竟打穿這該死的東西，穿透三吋深——再深一點，格雷戈的頸部便絕對被射穿。他不滿地喃喃咒罵，攻向右側，往前甩出阿鞭。沒打中，不過短棍頭砸進牆裡，位置恰恰在護衛的肩膀上方，那男人被逼得撲到吧檯後。

兩名護衛伏低，等待尖叫的人群疏散。格雷戈抬頭看，吧檯上方的擱板擺滿酒瓶，更上方是一盞搖曳的油燈。他估量距離，往前揮動阿鞭兩次：第一次打破酒瓶，第二次擊碎油燈。炙熱燃燒的燈油如雨水般落下，瞬間將酒池點燃。一陣尖叫，持弩攻的護衛從吧檯後衝出，拍打著冒煙的衣服。他不曾看見襲向他臉部的阿鞭。

這人一倒下，格雷戈便蹲低查看四周。安多寧還在，蜷縮在後面，但沒看見道洛斧護衛……

格雷戈感覺到右側的地板傳來腳步的震動。他不假思索地轉身舉起盾牌。一聲尖叫，然後他持盾的手臂被疼痛點燃。他上一次被道洛斧擊中已經很久以前了；自己現在早已不如當初戰時那般樂在其中。

格雷戈滾離吧檯，再一次舉起盾，剛好勉強擋開道洛斧的另一次攻擊。這次攻擊讓他的整條手臂徹底麻痺，而且他聽見啪的一聲——結果是他腳下的木板，因無法再承受壓力而斷裂。

這給了格雷戈一點靈感。

盾牌依然高舉，他往後退。道洛斧護衛衝向他，不過在他揮下斧頭前，格雷戈用阿鞭揮打護衛腳下的木板。棍頭彷彿只是擊中蘆葦般鑿穿木板。護衛還來不及弄清楚發生什麼事，已一腳踩入阿鞭鑿出的洞。他於是失足摔倒，整片地板應聲崩垮在他身下。

格雷戈在木板塌落的那一刻躍開。爆裂聲緩下來後，他收回阿鞭從洞緣凝視下方，皺起鼻子。下方泥濘的黑暗中不見護衛身影，不過他知道餐館廁所裡的髒東西最後都流到這棟建築下的汙穢空間。

格雷戈評估情勢。餐館幾乎已空，僅剩呻吟的護衛，還有那個試圖躲在椅後的龐大肥胖男子。格雷戈咧嘴而笑，站直後走了過去。「安多寧．迪．諾微！」他大喊。

隨著格雷戈走近，安多寧害怕得尖叫起來。

「你喜歡我的實驗嗎？」格雷戈問。「你說在平民區力量至上。」他扯開椅子，安多寧在角落縮成一團。「但力量總是如幻影，不是嗎？」

「你想知道什麼我都告訴你！」安多寧尖叫。「任何事！」

「我要那個小偷。」格雷戈說。

「問……問沙克！」安多寧說。

「誰？」

「一個個體戶！前水道管事！他是贓物商，也會安排工作，我百分百肯定濱水區是他搞的！」

「怎麼說呢？」格雷戈問。

「只有該下地獄的水道管事才會想到用該下地獄的飛行器！」

格雷戈點頭。「我懂了。那麼，這個沙克，他住在哪？」

「綠地！希伏樓！三樓！」

「綠地。」格雷戈輕聲說。「希伏，三樓，沙克。」

「對！」安多寧的臉顫動，卑躬屈膝地抬頭看格雷戈。「那，你會……你會讓我走嗎？」

「我本來就會讓你走，安多寧。」格雷戈將阿鞭收回鞘內。「這是帝汎。我們沒有監牢，也沒有法庭。我也不打算殺你。我很努力不再做那種事。」

安多寧解脫地一嘆。

「但是，」格雷戈握緊拳頭，折響關節。「我不喜歡你。我不喜歡你在這裡幹的勾當，安多寧。我會讓你看看我有多不喜歡，用像你這種人唯一聽得懂的語言。」

安多寧瞪大眼。「不！」

格雷戈舉起拳頭。「要。」

◎

格雷戈轉身，一面甩手，走回掛著簾幕的搖晃木欄。他一片一片拉開簾幕。四個女孩，兩個男孩。都不到十七歲。

「來吧。」格雷戈溫和地說。「出來吧。」

他領著這些孩子穿過走廊與破碎的餐館，走下階梯來到巷子；三名護衛仍在這裡哀鳴。孩子們看著格雷戈在不省人事的無牙護衛身上翻找他的五十督符。

「接下來呢？」一名男孩問。

「我猜你們無處可去？」格雷戈問。

六個孩子盯著他。顯然這個問題非常可笑。他思考該怎麼做。希望有個慈善機構或收容之家可以讓他把他們送過去。不過在平民區，當然了，並沒有這種東西。

他點點頭，拿出他的錢袋。「拿去。這裡有五百督符。你們幾個應該會遠比安多寧更妥善運用。如果我們平分，我們可——」

他沒機會說完。年紀最小的女孩從他手中搶過錢袋後拔腿就跑。不過一眨眼的時間，其他孩子都追了上去，放聲威脅：「琵耶綽，你要是想一個人獨占，我們會割了你的喉嚨！」

「先看看能不能抓到我吧，沒用的紋蟹！」女孩吼了回去。

孩子跑開時，格雷戈目瞪口呆。他盯著他們，正想叫喊他們停下，不過想起今天還有其他事得做。

他深深嘆了一口氣，聽著爭吵不休的孩子們漸漸遠去，覺得大受打擊。他總覺得自己已習慣這種令人厭惡的場面，但一切徒勞的感覺有時還是會淹沒他。無論我再怎麼努力，帝汎還是原來的帝汎。

他沿小巷走回他放濱水衛肩帶的地方，打開後當頭套下。調整肩帶時，他注意到身上肩膀的位置有一點血漬。他皺眉，舔濕一根手指後用手指擦洗。穿護甲的那隻手臂發疼。很痛。他今晚一定給自己樹立了不少敵人。不過，最聰明的做法是在風聲傳開前行動。

現在，格雷戈心想，接觸這個名叫沙克的傢伙。

8

桑奇亞坐在她家那棟鴿樓的屋頂上，凝視下方歪七扭八的鑄場畔街道。她偶爾才上來，通常爲了確保不被人監視。今夜的她確實需要確定，因爲這晚她將與沙克在魚工廠會面，告訴他他們必須逃離帝汎。

她還沒想清楚該怎麼對他解釋克雷夫的事。儘管殘餘者說了那麼多，她對他的了解還是不深；他到底是什麼、有什麼能耐、目的又是什麼。克雷夫在那夜之後就不曾開口。她幾乎要懷疑起他們的對話是否出自她的幻想。

她遠眺城市。星光照亮的煙與蒸氣抹上整個帝汎，沉入塵霧中的鬼魅市景。高大的內城白牆從蔓延的平民區中冒出來，有如擱淺鯨魚的骨頭。牆後是內城的高塔，散發柔和多彩的冷光。米奇爾鐘樓位於塔群中央，鐘面是明亮又令人愉悅的粉紅色，在後面是坎迪亞諾的山所，帝汎境內最巨大的結構，一個龐大的穹頂，令她聯想到肥胖浮腫的壁蝨，坐在坎迪亞諾內城的中心。

她覺得孤單渺小。桑奇亞一直都獨自一人。但感覺孤單並不等同獨自一人。

〈小鬼？〉

桑奇亞坐起。〈克雷夫？你又開始說話了？〉

〈是啊，很明顯。〉他聽起來像在生悶氣。

〈你發生什麼事了？你去了哪裡？〉

〈我一直都在這裡，只是在……思考。〉

〈思考。〉

〈對啊。思考那些人說的話。思考我是一個……〉

〈傳道者的工具。〉

〈對。就那。〉一陣停頓。〈可以問你一個問題嗎，小鬼？〉

〈可以。〉

〈酒嘗起來……甜甜的，對吧？〉

〈吭？〉

〈酒。喝進嘴裡，舌頭覺得熱辣辣但又甜滋滋的，對吧？〉

〈大概吧。我不太喝酒。〉

〈嘗起來是這樣。我確定。我……我記得那種滋味，記得夏天喝下冰涼酒漿的感覺。〉

〈真的？怎麼會？〉

〈不知道。我怎麼知道？如果我只是一把鑰匙，我怎麼可能記得那種事？還有，一把做來讓事物開啓、破解銘印、鎖和門的鑰匙？我是說……問題不止是被當成一個工具，而是被當作工具而且不自知。被人在身上建置某個東西，你不能抗拒遵從或照做的東西。就像你把我插進那扇門上的鎖，我就這樣……啓動。立刻。而且感覺很棒。感覺太棒了，小鬼。〉

〈我懂。你還記得其他事嗎？像是身爲……我不知道，某種工藝品？〉

〈沒有。什麼也沒有。只有黑暗，其他什麼也沒有。這讓我覺得不安。〉

他們安靜地坐著。

〈我對你來說很危險，對吧？〉他輕聲問。

〈嗯。我的客戶或者想摧毀你，或者想拆解你，再利用從中發現的東西摧毀所有人。我打賭他們會想殺掉所有知道你的人。包含我在內。所以囉，答案是對。〉

〈該死。你要趁今晚逃之夭夭對吧？〉

〈對。我兩個小時後要見沙克。然後我要不說服他和我一起跳上一艘船，要不就是揍到他屈服，再把他拖去碼頭。我希望他配合；沙克有各種僞造文件，可以幫助我們快速逃出帝汎。但無論如何，你和我都該閃了。我還不知道閃去哪，但總是該閃了。〉

〈好吧。〉克雷夫嘆氣。〈我總是喜歡出海遠遊。〉

❁

她從鑄場畔來到舊壕溝，然後到綠地；此處之名得自一種奇怪的菌類，欣欣向榮地附生於這區的樹林，把所有樹木都變成黯淡的酸橙色。綠地位於安納費斯托沿岸，這是一條運貨水道幹線，而這個地區曾是帝汎漁業蓬勃的核心。不過後來商家爲了戰爭打造出超乎需求的銘印船，之後轉爲漁業用途；所有人都被趕出這行，因爲銘印船的效率大概高了一百倍。綠地很像鑄場畔——一大堆鴿樓，一大堆低矮陋屋與商店。不同的是，鑄場畔被內城牆包圍，綠地的房屋則是在水道兩岸的腐朽工業區前戛然而止。

桑奇亞沿安納費斯托往前走，打量著前方黑暗、破舊的魚工廠。她不停看向左邊的綠地巷弄。這地方遠比鑄場畔安靜，但她從不冒險。每次看見有人，她便停下腳步觀察他們的動作，留意他們是否流露在找她的任何跡象，完全滿意後才繼續走。

她相當焦慮，當然了，因爲身上帶著克雷夫，也知道因此招致的威脅。不過她也把這輩子的積蓄都揹在背上——三千督符，幾乎都是銅板。爲了逃離帝汎，裡面每一分錢她都用得上；前提是她跑得了那麼遠。雖然她像平常一樣帶著她的竊盜裝備，不過除了她的短劍，這些東西就防禦而言並沒多大用處。而且，要是她經歷了那麼多，最後卻在綠地被某個有史以來最幸運的街童暗算，那可眞是好笑得夠地獄了。

距離一旦拉得夠近，她便取後巷走向魚工廠，爬過粉碎的石地基和鏽蝕的管線，接著從一條陰暗的狹窄小徑靠近。多半沒人料得到她會從這個角度過來，包含沙克在內。魚工廠是不起眼的兩層樓石造建築，腐朽得非常嚴重，再也無法看出原本的用途。沙克在二樓等，她知道，而一樓會有他布下的陷阱迷宮——他的慣常「保險」。

她看著黑暗的窗戶，一面思考。*我他媽要怎麼說服沙克逃*？

〈這地方是個糞坑。〉克雷夫說。

〈是啊，不過是我們的糞坑。我和沙克在這裡安排了很多生意。沒有更安全的地方了。〉她朝魚工廠前進，今晚第一次感到有點自在。

她無聲無息繞過屋角，放棄大鐵門；她知道不該走門，因爲沙克設了陷阱。接著她從破窗溜進去。她輕柔地落地，脫掉手套，光裸的雙手碰觸石地板和旁邊的牆。骨頭、血與內臟湧入她腦中。魚工廠曾是這麼多魚類遭開腸破肚之處，如此多凝血積累而成的感覺，她幾乎每次都被淹沒。一樓到處都有成堆魚骨，刺手糾結的半透明小型骨架，當然了，那氣味也勾留不去。

桑奇亞集中注意力，一個個陷阱很快就在她腦中如煙火般亮起；三條絆腳線橫過房間連向三把暗藏的弩弓，確定每一把弓都裝塡了矛彈：裝有剃刀刃的紙包，發射後會化爲致命的雲朵。

她寬慰地嘆息。〈很好。〉

〈這些陷阱讓你感覺比較好？〉克雷夫問。

〈對。因爲表示沙克在這。所以他一定還活著，而且安全無虞。〉

〈你跟你同事的關係還眞怪。我就說到這。〉

她往前，小心跨過第一條絆腳線⋯⋯

下一秒，她停住。

她思考片刻，審視室內的黑暗。她覺得自己在微弱光線下看見絆繩——暗色細絲，在陰影中延展。

一條，她數著。兩條。三條⋯⋯

她皺眉，又蹲下用光裸的雙手碰觸地板和牆。

〈有什麼不對嗎？〉克雷夫問。

〈對。〉桑奇亞說。她等到她的天賦再次確認。〈有三條絆腳線。〉

〈所以呢？〉

〈沙克一項用四條，而非三條。〉

〈啊？或許他⋯⋯漏了一條？〉

她沒回應。她再次環顧一樓。是很暗沒錯，但她看不出有哪裡不對勁。

她從遠處建築正面的窗戶往外眺望。沒動靜，一切正常。

她歪頭聆聽，可以聽見波浪拍打、風嘆息、建築在微風中屈曲時嘎吱作響，除此之外就沒了。

或許他眞的忘了，她心想。他可能漏了，就這一次。

但這不像沙克。在莫西尼家遭受酷刑之後，他變得發瘋般地偏執與謹愼。他不可能會忘記防護措施。

她再次環顧左右，只是爲了確定⋯⋯接著她看到某個東西。

橫過屋裡的木梁上是不是有金屬的閃光？她瞇起眼，覺得是金屬沒錯。

矛彈？射進那裡的木頭？

她盯著矛彈，覺得心跳開始加速。她跪下，第三次用雙手碰觸地板。石塊依然對她訴說骨與血與內臟，一如往常。不過這一次她專注找出……

有新鮮的血嗎？

確實有。距離她幾呎的地方確實有一大灘新鮮的血，肉眼難以看見，因爲血漬混入更古老、更大片的陳年魚血。她的天賦迷失於如此大量凝血的廣袤回憶中，因此一開始沒發現。她在疤痕抽痛時挪開雙手。冷汗滑落背脊和腹部。她轉身面對窗戶，凝望著街道。還是沒動靜。

〈呃，小鬼？〉克雷夫說。〈你知道我怎麼知道你腦袋裡有個銘印碟嗎？我是怎麼感覺到的？〉

〈爲什麼？〉

〈欸……我覺得應該要讓你知道，我感覺到樓上有三個銘器。〉

她一陣頭暈。〈什麼？〉

〈對啊。正上方，而且在移動，就好像有人帶在身上四處走動。就在我們頭頂走來走去。〉

桑奇亞緩緩抬投注視天花板。她深吸一口氣，緩下思緒。

發生了什麼事，現在已相當明顯。問題是下一步怎麼辦。

我有什麼資源？有什麼工具可用？

不多，她知道。她只有一把短劍。她環顧左右，思考著。她無聲地沿一條絆腳繩爬行，找到藏在角落的弩弓，發現竟沒裝矛彈。正常來說彈囊裡應該要有一包矛彈才對，就發射位置，但現在不見了。只有扣下扳機但沒彈可射的弩弓。

她皺起臉。我不應該感到訝異。她輕手輕腳拆卸陷阱，將弩弓掛在背上。

〈你在做什麼？〉克雷夫問。

〈沙克死了。〉她沿第二條絆腳線爬行，著手拆卸，但沒完全拆掉。

〈什麼？〉克雷夫震驚地問。

〈沙克死了。這是一個陷阱。〉她對第三條絆腳繩如法炮製。接著她改將兩條絆腳繩橫過樓梯底部，調整兩把弩弓的位置，對準樓梯。

〈你怎麼知道？〉

〈有人觸發了一條絆腳繩，剛剛才發生。有一個矛彈卡在那邊的木頭裡，地上還有頗多新鮮的血。這就是只有三條絆繩而非四條的原因。我猜他們尾隨沙克到這，等得有點太久才跟著他進來，因此少了塊肉。不過他們最後一定還是逮到他了。〉

〈你怎麼能確定？〉

〈沙克不會帶著銘印武器到處走，上面的人不是他。他們想清理乾淨，把一切弄成像是他剛離開的樣子，我才不會受驚逃走；只是他們也沒蠢到在樓下留上膛的武器給我。他們在樓上，等我。〉

〈眞的？〉

〈對。〉

〈他們幹麼不在你靠近時就射你？〉

〈或許我總是有可能沒把你帶在身上，這樣的話，他們就只得到一個死女孩而沒有答案。他們想要我走上樓，直接走進他們懷裡。接下來會對我用酷刑，然後殺掉我。只爲了找到你。〉

〈噢天！那現在我們天殺的該怎麼辦？〉

〈我們要逃出去，用某種方法。〉

她看了看四周。我需要武器，她心想。或是某種調虎離山之計。什麼都好。不過一把短劍和三副沒有彈藥的弩弓幫助不大。她冒出一個點子。皺著臉——她再也不知道今晚還得用上多少她的天賦——她光裸的雙手貼上上方的梁。鹹水、腐朽、白蟻，以及灰塵……不過她還是找到了：梁破裂的老骨頭在幾個地方遭鐵釘穿透……而且好幾根釘子已經頗為鬆動。

她悄悄地踱步到其中一根鬆脫的釘子旁，拿出短劍，等待微風揚起。風一吹，老房子也隨之嘎吱呻吟；她輕柔地把釘子從柔軟的木材中撬出。她把釘子握在手裡，讓它湧入她的思緒，鐵與鏽與緩滿的腐朽。這是根大釘子，大約四、五吋長，一磅重。

不具備空氣動力，她心想。不過也沒必要，只是短距離。

她將釘子收入口袋，接著撬出兩根釘子，小心翼翼地放入對準樓梯口的兩把弓弩彈囊中。

*或許殺得了人，*她心想。*或是讓對方無法動彈。之類的。我只需要讓他們慢下來。*

又一次，她看著外面的街道。還是沒動靜。不過這並不真的有多大意義。這些人準備周全。

〈克雷夫？〉

〈啊？〉

〈你可以告訴我他們在哪嗎？〉

〈我可以告訴你銘器在哪，如果他們帶著銘器，那就是他們的位置了。你打算怎麼樣？〉

〈試著活下去。都是些什麼銘器？〉桑奇亞問。〈功能是什麼？〉

〈這些銘印……說服某個東西它一直在墜落。不然就是將墜落，當作出某個動作。〉

〈啊？〉

〈不是說我看得見銘器。〉克雷夫說。〈我只能告訴你銘印的作用。這些呢，某人會做某件事啟動它們。拉控制桿之類的。然後銘印說服，呃，另外一個東西它已經憑空墜落了好幾千呎，就算它實際上一直靜止不動。換句話來說，這些銘印讓物品移動得非常、非常快速，就在一瞬間，沿絕對的直線移動。〉

桑奇亞仔細聆聽。〈該死。〉

〈怎麼了？〉

〈聽起來像他們帶著銘印弩弓。〉桑奇亞說。〈有些比較先進的銘印弩弓可以打穿石牆。〉

〈哇。我……不覺得那些做得到。〉

〈你不覺得？我需要你更確定一點。〉

〈我差不多有……大概百分之八十確定。〉

她拿著她的弩弓，窩在後面的窗戶下，還沒退出去。〈他們在上面幹麼？〉

〈我覺得應該是在……巡邏，主要啦。〉克雷夫說。〈從一扇窗戶到另一扇窗繞著圈子走。〉

她快速思考片刻。她知道這扇窗正上方也有一扇窗。〈其中一個在我的正上方嗎？〉

〈沒有，不過等下就到了。〉

〈他靠近時告訴我。〉

〈好。〉

她檢視自己的武器。這把弩弓笨重但強大，是那種舊型的武器，你得轉動曲柄四、五次。而一根生鏽的大鐵釘並不是最合適的彈藥。她必須靠近一點。

〈他要過來了。〉克雷夫說。〈他現在大概在你左邊十呎的位置，樓上。〉

她把鐵釘推進弩弓的彈囊。

〈他現在站在你的正上方。〉克雷夫說。〈往外看……〉

她盡全力說服自己，她即將要做她該做的事。

感覺起來很瘋狂。她不是軍人，她心知肚明。然而她也知道沒其他選擇。

別失手，她心想。

然後她跳出去，舉起弩弓對準上方的窗戶，發射。

❁

弩弓的後座力遠比她所想的強大，而且來得好快。她壓下底部的擊發器時，原以爲會有些延遲，射出前應該還有點時間。不過只有最輕微的壓迫，弩弓的弓繩已有如試圖攫住魚的鱷魚那般往前彈射。鐵釘黑糊糊地射向窗戶，然後是一聲濕潤的碰，黑窗隨劇痛的尖叫聲爆破。

〈我覺得你射中了！〉克雷夫興奮地說。

桑奇亞縮身背靠牆壁。〈閉嘴，克雷夫！〉

樓上有人哭喊。〈她來了！在樓下！〉然後是急促的腳步聲。

桑奇亞緊抱著牆，心跳發瘋般狂飆。上方的尖叫聲不絕於耳。那聲音很嚇人，她努力忽略不聽。

〈他們現在在哪？〉她問。

〈一個銘印在上面的地上；你射中的傢伙一定丟下銘器了。第二個銘器在角落的窗戶邊，面對水道，第三個……我覺得他們正在下樓。〉

〈移動得很快嗎？〉

〈對？〉

〈很好。〉

她等著，連呼吸都屏住。樓上的男人繼續在痛苦中尖叫哀號。

一樓內的某處傳來刺耳的一聲啪，裡面響起新的一陣尖叫，但很快便轉弱。或許是因爲那些陷阱直接命中，很可能達到致命的效果。剩下一個，不過四下黑暗，她得冒點險。

她丟下弩弓拔腿奔跑，沿小徑衝向水道，閃躲穿過所有頹圮的建築與朽木，裝滿督符的背包在背上彈跳。最後她終於踏上柔軟的泥土地，這時她加速，沿水岸狂奔而去。

一個聲音在她身後迴盪：「她逃脫了！她跑了，她跑了！」

她往右瞥向街道的方向，一打男人從兩棟建築內一湧而出，衝向水道。看起來他們呈扇形散開，所以他們或許並不知道她的正確位置。或許。

他們在等我，她一面跑一面想。一整支天殺的軍隊。他們派出一整支天殺的軍隊抓——

接著一枝弩箭射中她的背心，她往前撲倒。

◎

她最先察覺到嘴裡鮮血和泥土的味道。除此之外的世界又黑又髒又模糊，充滿噪音和尖叫和遠方的燈光。克雷夫的聲音穿透這陣模糊：〈小鬼！小鬼！你還好嗎？你……你死了嗎？〉

桑奇亞呻吟。她的背疼得像被馬踢過一般。她的嘴裡滿是鮮血，跌倒的時候一定咬破了嘴唇。她動了動，臉抬離泥土坐起，隱約聽見叮叮噹噹的聲音。她扭頭看自己的背，裝督符的背包現在比一塊破布好不了多少。她身旁的泥土地撒滿閃亮的銅板。她盯著這一幕，努力想弄懂剛剛發生了什麼事。

〈一枝銘印弩箭正中你的背！〉克雷夫說。〈你的大錢包止住箭勢！老天，真是個奇蹟！〉

不過桑奇亞可不覺得像奇蹟。水道泥濘中閃閃發光的金屬是她這輩子的積蓄。

〈你安排好的嗎，小鬼？〉克雷夫問。

〈不是。〉她死氣沉沉地說。〈不是，克雷夫。那並不是我安排好的。〉

她回頭，一個黑乎乎的身影沿水道朝她跑來。多半是魚工廠裡的第三個人。射她的一定就是他。他大喊：「她在那，她在那裡！」

「全部下地獄吧。」桑奇亞踉蹌起身，衝上小丘後轉入綠地。

桑奇亞盲目地、腦中一片空白地、酒醉般地衝過泥濘的巷弄，仍因那枝銘印箭而頭昏眼花。她一面跑，克雷夫一面瘋狂地在她腦中嘮叨，噴出一串串指示：〈他們在那邊的街上，距離兩個巷口！還有三個在你後面！〉

她轉彎好躲開他們，愈跑愈深入綠地，胸膛和腿因奮力奔跑而疼痛。她知道自己跑不遠了。她最後總會絆倒，或是累倒，或是被他們追上。*我能跑去哪？*她心想。*我能怎麼辦？*她現在接近鑄場畔了，但沒多大用處。鑄場畔平民眨眼便會把她賣掉。

〈用我，用我！〉克雷夫大喊。〈哪裡都可以，哪裡都可以！〉

她聽懂他的意思。她掃視前方，選了一棟看起來安全的商業建築；希望大半夜的裡面沒人。她跑到側門前，把克雷夫塞進鎖孔。喀的一聲。她推開門，猛衝進去，反手在身後鎖上門。她環顧四周。建築內很暗，像是裁縫鋪的倉庫，塞滿發霉的捲捲布料與撲翅的蛾。而且看起來似乎沒人，謝天謝地。

〈他們在外面嗎？〉桑奇亞問。

〈兩個……緩慢移動。我不覺得他們知道你在哪，或許他們不確定。我們現在往哪裡走？〉

〈上。〉桑奇亞說。

她跪下，單手碰觸地板，閉上雙眼，讓建築告訴她室內布局。這是在過度使用她的天賦，她的頭感覺像是充滿融化的鐵；但她別無選擇。她找到樓梯後便上樓，來到頂層的窗戶前。她開窗，感覺外面的牆，讓它湧入她的思緒。接著她溜到窗外，一直往上爬到翻上屋頂為止。屋頂不甚牢固，老舊，而且工法不佳，但這已是最安全的容身之處了。堪可比擬天堂。

她躺在屋頂上，胸膛起伏，緩緩戴上手套。她身上每一吋都在痛。銘印弩箭或許沒有射穿她的肉體，不過擊中她的力道如此之大，像是她拉傷了她根本不知道自己擁有的肌肉。儘管如此，她知道自己現在不能放鬆。

她爬到屋頂邊緣往外看。她位於大約三樓的高度，街上滿是全副武裝的男人，互相揮手打暗號，一面搜索鄰近地區。專業軍人才會這樣，這並不會讓她感到放心。

她試著數他們的人數。十二？二十？比三個人多太多了，而她勉強才逃過三個人。

有些人的身後跟著她聽說過但不曾見過的古怪銘器：飄浮的紙燈籠，被施加銘術，所以能飄浮離地大約十呎的高度，散發柔和光芒。它們被施加的銘術讓它們知道該跟著特定標記，例如徽封。放一個在口袋，燈籠會像隻小狗般緊緊跟隨。她聽說他們會在內城的內領土使用這種燈籠作爲街燈。

桑奇亞看著燈籠像深海中的水母那樣在空中擺動，跟著男人們，在黑暗的角落撒下玫瑰色冷光。她猜他們帶著這種燈籠以防她躲在暗影中。換言之，他們有備而來。

「該死。」她低語。

〈所以——我們安全了，對吧？〉克雷夫說。〈待在這裡等他們離開就好？〉

〈他們幹麼離開？誰會讓他們離開？〉她看著背包的殘骸。不僅銅板全失，竊盜工具也丟了。一定在她奔跑時掉落。〈我們基本上被困在一片插的屋頂上，沒錢還沒武器！〉

〈欸……可以偷偷溜走嗎？〉

〈偷溜沒你想得那麼容易。〉她抬起頭打量四周。三棟鴿樓包圍住這片屋頂，兩棟在左右，一棟在後。旁邊的兩棟都太高太遠，後面的似乎可行——高度大約等同倉庫，鋪石屋頂。〈看起來跳過二十呎的距離可以到另一片屋頂。〉

〈你可以嗎？〉

〈非常懷疑。必要的話可以一試，不過僅在必要的時候。〉她往更遠處看，內城的白牆和幾個街口外一座內城的數根煙囪。〈米奇爾內城就在幾個街口外。接下把你偷出來的工作時，我拿到米奇爾外牆徽封，現在還在我身上，克雷夫。可能還能用。有機會。〉

〈到那裡就甩掉他們了嗎？〉

好問題。〈說眞的，我……我不知道。〉她知道背後一定是某一個商家；只有他們有這樣的勢力，能夠派一隻小軍隊到平民區，只爲了找到她。但哪一個？她看見的殺手都沒佩帶商家徽型，不過話說回來，要是他們眞的佩帶了，那可眞是蠢得無以復加。

這代表她可以躲藏在米奇爾內城，並查出下面那些人是米奇爾家的護衛，或是他們雇的人。然而沒有任何一處能眞正讓她感到安全。桑奇亞閉上眼，額頭靠在屋頂上。沙克……你眞該死。你把我攪和進什麼混亂之中了？

只不過她知道自己的責任不比沙克少。他對這份工作一直很坦白，她照樣接下。酬勞太誘人，儘管她一向小心謹慎，還是被蒙蔽了理智。如果沒有克雷夫，她這次大概撐不了多久。她突然領悟，要是當初沒打開木盒，她早就像頭肉豬一樣被捆起來待宰了。

〈我有跟你道謝過嗎？〉她對克雷夫說。

〈老天，我不知道。我並不總是能跟上這天殺瘋狂的一切。〉

她聽見下面街道傳來窸窸窣窣的聲音，於是從屋頂邊緣探出頭。一輛無標記的黑色銘印馬車緩緩滾過綠地的泥濘小徑。這種銘器大概就跟在這裡出現黃色紋蟹一樣尋常。這景象令她不安。

又怎麼了？

馬車愈來愈近，懼怕也隨之增長。她焦慮起來，用牙齒脫掉手套，一隻赤裸的手貼上屋頂。它對她訴說雨水、霉，還有一堆又一堆的鳥屎，就這樣。上面這裡沒有其他人。

馬車最後在幾棟建築外停下。車門打開，一個男人走了出來。他又高又瘦，穿著不顯招搖。他彎腰駝背，或許是習於久坐與室內工作的男人。在飄浮燈籠晃動的燈光下看不清他的臉，但一綹綹頭髮看起來有些泛紅。

而且乾淨。乾淨的頭髮，乾淨的皮膚。這讓他洩了底。

他是內城人，她心想。一定是。

其中一名軍人跑到內城人面前開始說話。內城人聆聽並點頭。

而且是主使者。設置陷阱，害她差點丟掉小命的很可能就是他。

她對著他瞇起眼。你這狗娘養的是誰？你爲哪個商家工作？不過她看不出其他端倪。

內城人指了指裁縫鋪倉庫左側的鴿樓——桑奇亞不喜歡這樣。他又做了奇怪的舉動：他凝視身旁的建築物，隨後從口袋拿出……金色的東西。她略爲往前傾，竭力想看清楚。看起來是某種圓形的金色裝置，像是一只巨大、怪模怪樣的懷表，略比他的手掌大。

黃金打造的工具，她心想。就跟……克雷夫一樣？

內城人檢視金懷表，皺起眉。他持續看著那工具，然後看看上方和左右，接著低頭看工具。

〈克雷夫，你看得出來那是什麼嗎？〉桑奇亞問。

〈太遠了，不過看起來像——〉

她聽見一聲叫喊，距離很近，來自她左邊的鴿樓。有人大喊：「停，停下來！你不能就這樣闖進來！」她抬頭看，剛好其中一個房間的窗遮猛地被撞開，大概在她之上三層樓的位置。一名頭戴鋼盔的陰沉男子探出頭。

桑奇亞立刻被發現。男子伸手指著並大喊：「那裡！她在那，屋頂上，大人！」

桑奇亞低下頭看街道上的內城人。他抬頭看鴿樓裡的護衛，然後看向她。

他舉起金懷表，壓下側邊一個按鈕。一切隨之而變。

◎

桑奇亞注意到的第一件事是街上的飄浮燈籠瞬間暗去並落地。另外，她的腦中突然變得……安靜。她好久好久沒體驗過的安靜，就好像住在城裡多年，偶爾在鄉間度過一晚，夜裡什麼也聽不見。

〈嗚哇哇哇啊。〉克雷夫說。〈噁。我覺得，不，不太，呃，不太舒服……〉

〈克雷夫？克雷夫，我們被發現了，我們得——〉

他說個不停。〈感覺像……像是，我中風了，或，或是……某總……〉

儘管擔心得快發瘋，桑奇亞還是注意到她的天賦……改變了。

她的手依然貼著屋頂，但現在屋頂什麼也沒說。只有沉默。

然後她聽見尖叫聲。

◎

格雷戈．丹多羅大步走過綠地的巷弄，一面念著「希伏樓，希伏樓」。這地方比他預期難找，因爲在平民區，任何東西都欠缺妥善標記；沒有街名，更沒有任何形式的招牌。他得加快腳步，必須趕在沙克聽到風聲之前逮住他。他聽見身旁發出碰一聲，半途停步。他低頭，阿鞭沉重的金屬頭從棍身脫離掉在地上，金屬線也滑出落在旁邊。

「什麼？」他困惑地說。他扳動阿鞭的控制桿想收回棍頭。

沒反應。

「搞什麼？」

舊壕溝一處廢棄閣樓，殘餘者正小心翼翼地在測試一個新銘器；吉歐凡尼希望這會是他的成名之作：這個銘器附著於銘印馬車時，可以讓持有者遠端控制車輪，理論上應該可以，不過總是沒發揮作用。

「指令還是有什麼不對。」克勞蒂亞嘆氣。

「有什麼沒正確陳述？」吉歐凡尼問。「我們是哪個步驟弄——」

接著閣樓裡的所有銘印燈都突然暗去。

鴉雀無聲。就連風扇的嗡嗚也消失了。

「呃。」吉歐凡尼說。「我們幹了什麼好事？」

❁

鑄場畔和綠地的人並不常擁有銘器，就算有，也都暗藏不欲人知。然而，當某些居民檢查他們的祕密珍寶，他們發現事態……詭異。

燈光暗去。原本能夠運作的機器突然掛了。樂器發不出聲音。幾個較大的銘印就這麼失效，有些造成災難性的結果。就像鑄場畔的左艾以鴿樓。居民並不知情，但底下保持建築直立的支柱其實銘有指令，說服木料它們其實是黑岩，不受潮濕與廢棄物的腐敗作用影響。

不過當銘印停止運作，木梁記起自己究竟是什麼……

木材嘎吱響，呻吟，嗚咽。

然後斷裂。

瞬間，整座左艾以鴿樓崩塌；在住戶明白發生什麼事前，所有屋頂、地板已砸在他們身上。

◎

聽見鑄場畔傳來巨大爆裂聲時，桑奇亞抬頭察看，目瞪口呆地目睹建築崩塌。就像是看著一落書緩緩歪向一旁，隨後本本傾覆；她知道，那棟房子裡面一定有很多、很多人。

「要命。」她喃喃低語。

〈呃呃呃。〉克雷夫喝醉般地說。〈有……偶些不對，桑切資啊……〉

她回頭看內城人。他聽見建築崩塌的聲音時似乎感到驚訝，甚至緊張，他將金懷表收回背心裡，這舉動莫名地流露出罪惡感。桑奇亞看著躺在街上的死寂燈籠。

〈我不能……思考。〉克雷夫咕噥。〈什麼……也做不了……〉

她一隻赤裸的手壓在屋頂上，但屋頂仍舊不發一語。

瘋狂的想法爬進她腦中。不，桑奇亞對自己說。不可能……

左邊有個聲音對她說：「你插的小混蛋！」她抬頭，看見鴿樓窗內的男人舉起一把弩弓。

「該死！」她大喊。她一躍而起，朝倉庫後方的建築奔去。

〈我已經以為你……呃，你不確定你科可以跳過去！〉克雷夫說。

〈閉嘴，克雷夫！〉

一隻弩箭重重射入她腳前的屋頂。她尖叫，奔跑時護住頭，雖然這樣並擋不住下一波攻擊；然而，在她心裡某個平靜遙遠的角落，她認出那不是銘印弩箭。如果是銘印箭，多半會直接射穿這片粗製濫造的屋頂。桑奇亞加速，再加速。她注意前方屋頂的石瓦，想像著自己怎麼降落其上，靴子如何咬住石瓦。

我眞的天殺的希望，她發狂般揮動手臂時心想，*二十呎的距離沒估計錯誤……*

她來到角落，奮力一跳。

小巷在她下方呼嘯而過，又黑又寬，越過的速度之慢，就像一朵橫過太陽的雲朵。她用左腳蹬開，右腳往前跨，足弓對準對面屋頂的邊緣，腿和臀部和背部的每一條肌腱都盡可能延展以連結那一個點，彷彿探向陽光的植物新芽。

她跳起時抬高手臂往後頂，讓推進力最大化，接著左腿上提加入右腿的行列。她收起膝蓋。屋頂的邊緣愈來愈近。鴿樓的男人尖叫：「插的別想！」

下一刻……

她落地時縮腿以降低衝擊。她做到了——幾乎。有那麼一瞬間，她似乎懸在那兒，雙腳勾住屋頂邊緣，臀部在巷弄上方晃蕩。然而那動量，她那陰晴不定的朋友，帶著她往前就那麼一點點，直到……

桑奇亞找到平衡站定。

她的身體文風不動。她做到了。

下方巷弄傳來聲音，「射擊！射她！」

巷弄裡射上來的弩箭沒入她下方的牆，她拔腿奔跑；他們一定已經包圍裁縫鋪倉庫。她往前躍，沿泥濘黏滑的石屋頂滑行了一段，最後來到一個突起的艙門，從這裡可以往下。艙門鎖住了。她摸索著克雷夫，但一隻弩箭啪地射上她肩膀旁的屋頂，她失聲尖叫。

「她在那！」鴿樓的男人大喊。她越過艙門窺視，看見他一面對下面的人打手勢一面裝弩箭，弩弓的曲柄轉動一次、兩次。「屋頂上，另外一個屋頂！」

她終於拉出克雷夫，隨即把它塞進艙門的鎖孔。

〈好。〉克雷夫說。〈浪我瞧瞧……〉

令一隻弩箭飛馳而下，這次只有幾呎遠。

〈現在就是現在現在打開就太棒了，克雷夫！〉她說。

〈吭？呃對……好了！〉

尖銳一聲喀。桑奇亞扭開艙門，躍下黑暗的梯級來到下一層的地板，一層一層往下飛奔。只是她並不孤單。桑奇亞可以聽見下面傳來腳步聲。她來到二樓，瞥見有人正從下面的樓梯井往上跑，一張女人的臉，手拿匕首。她尖叫：「停！你停下來！」

「吊死人的不可能。」桑奇亞低語。她跳進二樓的門，在身後甩上門。

〈浪我上鎖！〉克雷夫還是像喝醉一樣。

桑奇亞用肩膀抵住門，一面將克雷夫從她頸間的細繩扯下。她試著把他滑進鎖孔，不過……碰。另一邊有人猛力撞門，桑奇亞幾乎被撞倒在地。她一咬牙撲回門上，勉力把克雷夫插進鎖孔……喀。

有人再次撞門，不過這一次，因為已經上鎖，門不動如山。有個聲音在另一邊驚訝疼痛地呻吟。

她沿走廊往前跑，住戶紛紛探頭查看。她左轉，踢開一扇門後奔入房內。這間公寓又小又髒。年輕情侶躺在貨板上，近乎全裸，桑奇亞幾乎完全看不見男人的臉，因為大多埋在女人的股間。桑奇亞衝進去時，兩人既羞又怕地同聲尖叫。

「打擾了。」桑奇亞說完衝過公寓，踢開遮板，爬上窗，躍過小巷到隔壁棟。

這是一棟陳年建築。她的最愛，因為有很多好握點和可以塞進腳趾的凹槽。少了以碰觸感知牆壁的能力，她只能緩慢艱難地沿屋側往下爬，最後一躍而下泥濘的小巷，轉往北跑，遠離安納費斯托水道，遠離綠地，遠離平民區以及魚工廠以及腐爛的臭味以及嗖嗖飛來的弩箭……

尖叫聲在遠方回響。也許又有另一棟建築倒塌。

她想起滅掉的紙燈籠、克雷夫含糊不清的言詞，還有整個世界是如何不再回應她的碰觸——那個瘋狂的想法重回她腦中。但那不可能。就是不可能。沒人能就這樣把銘印關掉。沒人能夠只是壓下開關或按鈕，便讓整個鄰近地區的所有銘器就這麼停止運作。

但儘管不可能，桑奇亞心想，能打開萬物的鑰匙也不可能啊……

她回想起男人把玩那奇妙玩意兒時的一抹金光……

要是他也掌握了類似克雷夫的銘器呢？能做……不同事的銘器？

煙囪有如灰燼森林般朝天聳立於她前方——米奇爾內城的鑄場。她有一個徽封，不過在這時間，夜幕降臨已久，大多入口應該都關閉上鎖了。她突然想起她有一個簡單的解決方案。〈希望你應付得來，克雷夫。〉

〈則麼？〉克雷夫說。

她沿內城平滑的白牆往前跑，來到巨大的鐵門前；這扇門又高又厚，飾有精緻的米奇爾徽型。她拿出克雷夫，正要把他塞進鎖孔時，突然事物又……變了。

牆的另一邊有一盞銘印燈籠，原本已熄滅，所以她看不見它。不過它又活過來了，搖曳著亮起。

〈呃。〉克雷夫的言詞突然變得清晰。〈哇。感覺像是發了一場熱病之類的。那是怎麼回事啊？〉

低語填滿她腦中。桑奇亞看著鐵門。她伸出光裸的那隻手碰觸門。低語充盈她腦海，除了門之外還有附近的其他一千件物品。

「銘術回來了。」她放聲說出來。「恢復了。」

無論那內城人剛剛做了什麼，效果似乎都消退了。這很好但也不好。很好，因爲她和克雷夫也都恢復各自的能力。也不好，因爲代表這扇門上的銘印鎖這會兒完全正常運作。她不知道克雷夫需要多少時間打開門，不過根據身後的叫喊聲判斷，在追兵追上前她沒多少時間了。

〈別無選擇。準備好了嗎，克雷夫？〉

〈吭？哇，等等，你打算——〉

她沒讓他說完。她把克雷夫滑入鎖孔。

就跟對上坎迪亞諾的門時一樣，一千道問題與思緒湧入她腦中，全部指向克雷夫。

〈邊界爭議……指令回應遲緩。〉門吼著。〈然而第十七齒的規定依舊。〉

〈噢，第十七個？〉克雷夫問。

〈一天的第二十一小時之後，所有解鎖者皆須擁有第十七齒，以表明顯赫地位。在第二十一小時之後……只能授予隙縫……予具備第十七齒者。〉

桑奇亞一面聽，一面掃視小巷。她不知怎地居然能夠理解：顯然在夜幕降臨之後，只有攜帶某特定銘印鑰匙的人——那鑰匙具備重要的第十七齒——才能獲准解鎖並打開門。

〈你怎麼知道什麼時候是第二十一小時後？〉克雷夫問。

〈臨時銘術分配比例記錄經過的時數。〉

〈那一小時有多長？〉

〈記錄爲六十分鐘。〉

〈啊，那不對。這種東西總是在變。聽著……〉

克雷夫和門之間湧現巨量資訊交換。遠處的叫喊聲飄向她。「快啊。」她低語。「快啊……」

〈等等。〉門說。〈所以他們眞的把一小時改爲一點三七秒？〉

〈正是！〉

〈啊。所以現在實際上是早上十點？呃，現在是早上十一點了。現在是中午十二點……〉

〈對對對。那，嗯，打開門好嗎？〉

〈我懂了。沒問題。〉

寂靜。然後是喀的一聲，門打開了。桑奇亞溜了過去，緩緩在身後關上門。她伏在牆角，聆聽。她腳踝痛，她腳痛，她手痛，她背痛——至少就這麼一次她的頭不太痛。

〈謝了，克雷夫。〉

〈沒什麼。期望這行得通囉。〉

她聽見另一邊傳來腳步聲，有人走動，慢下來……他們試了試鐵門的門把。

桑奇亞緊盯門把，瘋狂地祈禱門把別晃個不停——真的停了。門把只稍微動了動，然後便停了。門另一邊的人哼了哼。他們離開了。

桑奇亞等待很長一段時間，然後才吐出長長一口氣，轉身面向米奇爾內城的灰色尖塔、拱頂與煙囪。

〈成功了！〉克雷夫說。〈我們逃脫了！〉

〈沒錯。〉桑奇亞說。〈只不過我們沒武器，而且困在敵方領土。〉

〈啊。對。那我們怎麼辦？〉

桑奇亞揉了揉眼睛。她得出城，但遇上熟悉的問題。她需要錢。她總是需要錢。買通某人的錢，買工具好弄到更多錢的錢，買下安全之處好藏她那該死積蓄的錢。生命廉價，而錢，一如往常，仍是貴得令人生畏。

通常她的錢來自沙克。但現在沙克已不在選項之內。

她突然冒出一個想法，慢慢地歪了頭。但是他家——情況可能就不一樣了。

〈沙克總是有一套恐慌工具組。〉她對克雷夫說。〈有助於他逃亡的救急包，以防哪個難纏的人又盯上他。有錢，還有能夠讓我們登上任何一艘船的僞造商家文件。〉

〈所以？〉

〈所以，只要拿到它，我們就萬事俱備了！天知道沙克總是會過度準備像這樣的東西！〉

〈像這樣的東西？〉

〈欸。可能不是像這樣，不過總比一無所有要好。〉

〈我們要怎麼拿到手？你累得像坨爛泥，自己的工具一點也不剩。如果這些傢伙跟著沙克到你們的會面處，你不覺得他們至少會知道他住哪嗎？〉

〈對……〉

〈所以要想到沙克家，你口袋裡的法寶可不能只有迷人的微笑和我。〉

她嘆氣，又揉了揉眼。〈好吧。我想我可以去找殘餘者。有一條穿過米奇爾鑄場的捷徑，再穿過鑄場畔到舊壕溝。他們會有些能幫上忙的東西……〉

〈免費？〉

〈不。不過你或許可以幫我快速弄一點錢，克雷夫。我知道幾個容易下手的目標。不夠用來逃出城，不過或許夠付殘餘者的工具。〉

〈糟糕的計畫比沒計畫糟嗎？我分不太清楚。〉

〈有時候你超有用，其他時候你一點屁用也沒有。〉她左轉，橫過鑄院。〈嘿，克雷夫？〉

〈怎樣？〉

桑奇亞努力想找出合適的表達方式，因爲對任何帝汎人來說，這在本質上根本超出理解範圍。

〈你……你聽說過可以，像是，關掉銘印的東西嗎？〉

〈什麼？爲什麼？你……等等，你覺得剛剛是出現那樣的東西嗎？〉

〈十之八九。〉

〈噢，該死。好。沒聽過。〉

桑奇亞皺起臉。〈是噢。〉

〈這……眞是令人憂心。〉

〈是啊。〉

她掃視東方，大型塵土雲正飄向月亮。

〈那也是。〉

〈是啊。〉

❁

穿過鑄場畔到舊壕溝的途中，桑奇亞都待在屋頂上。她的雙手痛得像地獄，頭也沒好到哪去，不過只能這樣了。她每隔一段時間朝下方的貧民窟窺探，總是會看見體型龐大、吃太好、武器精良，而且看來心懷不軌的人；她還沒脫離危險。

她在舊壕溝短暫停留，造訪一個她曾經最愛的地方：碧波那釀酒廠。大家都說這裡釀的甘蔗酒難喝透頂，他們卻依舊生意興隆——生意夠好，值得她三不五時來劫掠一番，但那是早期了。後來某個聰明的混蛋不止在釀酒廠安上強化門，還加裝一個計時系統：三副米蘭達銅鎖，必須在二十秒內一一打開，否則便通通再度上鎖。就算有桑奇亞的天賦，還是不值得應付這種麻煩。

不過有了克雷夫，事情變簡單了。一、二、三，突然間她的口袋就多了二百督符。

〈如果沒有一整支軍隊磨刀霍霍要把你撕成碎片，我猜這就是我們會過的日子，對吧？〉她躡手躡腳溜走時克雷夫問道。

她迅速攀上鴿樓外側，翻上屋頂。〈差不多。〉

幸運的是，殘餘者在她找的第一個地方——舊壕溝的一處廢棄閣樓。出乎她意料之外，他們並沒有待在工坊，而是站在陽臺眺望鑄場畔的混亂。桑奇亞在屋頂凝望他們，接著小心地下爬。桑奇亞降落在陽臺時，吉歐凡尼驚詫地尖叫出聲，往後跌在其他殘餘者身上。「老天垂憐！」她站直。「可以小聲一點嗎！」

「桑？」克勞蒂亞說。「你天殺的在這裡做什麼？」她仰望牆面。「你爲什麼在屋頂上？」

「我來購物。」桑奇亞說。「快速購物。還要走安全路線。」她瞥了瞥下方的街道。「可以進去裡面談嗎？」

「不成。」克勞蒂亞說。「燈都滅了，所有東西都失效，所以我們才在外面。」

「最近有再檢查過嗎？」桑奇亞問。

「爲什麼要？」吉歐凡尼疑心地問。

「還沒。」克勞蒂亞說。「因爲我們一出來，有些插的建築就開始倒塌！附近全部陷入瘋狂！」

「噢。」桑奇亞咳了咳。「啊。那，還眞奇怪。不過——我們可否，呃，點亮一根蠟燭，趕快進去裡面？」

吉歐凡尼對著她瞇起眼。「桑奇亞……我突然覺得你的到來和這所有災難似乎巧合得嚇人。」

桑奇亞看到下面的小巷有個戴鋼盔的人走過。「拜託進去裡面好嗎？」她懇求。

克勞蒂亞和吉歐凡尼看了看彼此，接著克勞蒂亞對其他殘餘者說：「待在外面……有動靜就來告訴我，像是爆炸之類的。」

進入室內後，桑奇亞快速告訴他們發生的事——盡可能說明。不過她愈說愈覺得一切太瘋狂。說話的同時，她在燭光下清洗雙手，再用粗布包起雙掌和手腕。她不喜歡這樣，她不喜歡任何新布料，不過她也知道自己等一下有更多得攀爬之處。

克勞蒂亞難易置信地瞪著她。「有一整支天殺的內城軍隊在外面找你？」

「差不多。」桑奇亞說。

「而且……而且沙克死了？」吉歐凡尼問。

「對。」她輕聲說。「八九不離十。」

「而且……」克勞蒂亞害怕地看著她。「你說某個內城貴族……拿著可以關掉銘印的東西到處跑？」

「發生得很快。」桑奇亞說。「我不是很確定。不過……我看到的似乎就是這樣。他按下一個按鈕，所有東西就這麼停住。那些建築之所以倒塌，我猜就是它們原本靠某種銘印支撐。他的士兵早就知道會這樣，所以改用尋常弩弓，而非銘器。」

「該死。」克勞蒂亞氣弱地說。

「你眞覺得這一切都跟你的鑰匙有關？」吉歐凡尼問。

「我有十成把握。」

「你藏在哪？」他問。「埋起來？還是放在某個安全之處？還是乾脆丟掉了？」

桑奇亞思考著該怎麼說。「呃……」

吉歐凡尼的臉色轉白。「你該不會還帶在身上吧？你不是帶來這裡了吧？」

桑奇亞的一隻手內疚地爬上自己胸口，克雷夫正是垂掛於此。「到了這個節骨眼，帶克雷夫來這並不比我自己來到這危險多少。」

「啊我的天。」吉歐凡尼低語。

「該死的，桑奇亞！」克勞蒂亞大發雷霆。「我……我告訴過你別再接跟商家有關的工作！你會把我們所有人都害死，就因爲我們認識你！」

「那就快把我弄出這。」桑奇亞說。「我必須去沙克家拿他的救急包。拿到我便可離開帝汎，你們跟我就再無牽連。」她拿出從釀酒廠偷來的錢丟在桌上。「這裡有二百督符。你們說過我下一次可以打五折。我請求兌現，立刻。」

克勞蒂亞和吉歐凡尼看著彼此。克勞蒂亞深深嘆了一口氣，帶著蠟燭到櫥櫃前拉出箱子。「你還要哀棘魚毒箭嗎？」

「要。這些是訓練有素的士兵。一擊斃命太有用了。還有嗎？我希望打鬥都盡可能不公平。」

「我……確實新炮製了一個新玩意兒。」吉歐凡尼說。「但還沒完工。」他拉開抽屜，拿出看似黑色小木球的東西。

〈優秀！〉克雷夫在她腦中說。〈這東西……我不知道，像是某種會爆炸的垃圾油燈……〉

桑奇亞試著忽視他。〈這是什麼？〉

「我把它設計成混用四個商家的照明銘印。」他說。「換言之，按下按鈕，丟出去，它會發出多得荒唐的光，亮閃閃的，足以讓人瞎掉。然後……」

「然後怎樣？」桑奇亞問。

「欸，這就是我不太確定的地方了。」吉歐凡尼說。「裡面有定量炸藥，不比煙火多。不過我把炸藥膛做成對震動敏感，因此它感覺自己應該主導大非常多的燃燒。這會放大噪音，換言之……」

「它會製造非常非常大的爆炸聲。」克勞蒂亞說。

「也可能眞的爆炸。這種事很難測試，我還無法確定。」吉歐凡尼說。

〈我可以確定。〉克雷夫說。〈不會爆炸。〉

「我付得起多少就買多少。」桑奇亞說。

吉歐凡尼又拿出三個黑球，替她扔進麻袋。「桑奇亞……你應該知道沙克的公寓多半也不安全。」

「我知道。」桑奇亞說。「所以我才會在這！」

「不，聽我說。」克勞蒂亞說。「某個大傢伙幾個小時前走進棲木與百靈，把安多寧．迪．諾微的所有手下打得半死，安多寧也沒有倖免；他在打聽濱水案的消息。」

桑奇亞盯著她。「一個人？單挑安多寧全部手下，還贏了？」

「對。」克勞蒂亞說。「我肯定安多寧一定把自己對沙克所知的一切全盤托出，那應該相當可觀。看來你的搞笑之舉把各種惡魔都從黑暗中召喚出來了。」

「而你，桑奇亞・圭鐸。」吉歐凡尼綁緊麻袋。「身高恰五呎，體重足百磅，將迎戰他們全部。」他將麻袋交給她，咧嘴一笑。「祝好運。」

9

格雷戈・丹多羅站在希伏樓下抬頭看。這棟樓又大又黑，而且搖搖欲墜。換言之，很像竊賊的贓物商會居住的地方。每個房間都有類似陽臺的構造，只是貌似不太牢固。

他回頭看從鑄場畔揚起的羽狀塵土。那裡發生了不妙的事，很可能有建築倒塌，甚至好幾棟。他的每一絲本能都叫他跑回去幫忙，但他領悟，經過他今晚稍早的舉動，那將是不智之舉。現在有一整個犯罪組織想要他的命，這個沙克肯定很快會聽到風聲，知道格雷戈在找他，隨即藏匿無蹤。

*我就這麼一晚到平民區辦事，*他暗忖，*當然囉，剛好就是這整個地方分崩離析的一晚。*

他檢查了一下確定阿鞭功能正常。他的武器完全沒問題，不知道剛剛究竟是怎麼回事。他愁眉苦臉地走進希伏樓，發現幾名居民焦慮地在走廊亂晃，納悶著剛剛的撞擊怎麼回事。

沙克的家門很好找，上面有八道鎖。他附耳聆聽片刻，裡面一點聲音也沒有。他沿走廊一一走過沙克這一側的房門，無聲地轉動所有門把。非常遠的角落有扇門打開了，裡面空無一人，他猜可能是待出售或已遭廢棄。

格雷戈絆手絆腳穿過黑暗的房間。他摸索著另一側的門，走出懸在建築外側的陽臺。他觀察建築外側的所有陽臺；全部緊挨著彼此排列。

他冒出一個想法。我一定要盡最大努力，他心想，一面跨上欄杆，不往下看。

格雷戈．丹多羅謹慎緩慢地撐起身子躍過一個又一個陽臺，慢慢接近沙克的房間。陽臺間的空隙其實並不寬，大約三呎，他主要擔心陽臺承受不住他的體重。還好除了幾次發出嘎吱和爆裂聲之外，陽臺都撐住了。

他終於來到沙克的套房。入內的門上鎖了，但這裡的鎖遠比前門那些弱。他把阿鞭的握把底部插入裂縫，用力推擠。鎖輕易彈開。他正要進去時頓住……他思考片刻，不到一秒的時間，剛剛看見有人在屋頂上跳過小巷。不過現在似乎沒人。他哼了一聲，溜入套房內。

他的眼睛花了一點點時間適應。格雷戈拿出一根火柴，劃燃，點亮一根蠟燭。

好啦。可以在這裡找到什麼？

然而他的發現讓他心一沉：這個沙克有至少十個保險箱，全部沿牆排列，全部上鎖，而且格雷戈全部打不開。他嘆氣。就算裡面有證據，他心想，我也拿不到。那我只能找出保險箱之外的所有證據了。

他搜索房間。這空間看似適於行動不便者：一大堆拐杖，一大堆把手，一大堆低矮座椅。他也發現沙克缺乏陶器、餐具與鍋子之類的器具。他顯然完全不下廚，這不算太罕見。少有平民負擔得起用於烹調食物的器具。

格雷戈正要經過烹爐旁走到起居室時頓住。

「如果他沒有盤子或湯匙。」他放聲說出來，一面低頭看，「又如果他不在家裡吃飯……那他爲什麼有個烹爐？」

肯定不是取暖。帝汎沒有這種需求：城市的兩個季節分別是又熱又濕與令人難以置信地又熱又濕。

格雷戈蹲在爐前。裡面沒有木材灰燼，這可怪了。

格雷戈一面咕噥，伸手摸索爐子後面，最後找到一個小開關。

他轉動開關，爐子後面彈開。「啊哈。」裡面有四個小層架，架上是許多珍貴物件。

他看著周遭的保險箱。這些只是障眼法，對吧？讓闖入者把注意力放在它們上，真正的保險箱卻藏在你正前方……他突然覺得這個沙克是個非常聰明的男人。

架子最上面有個小袋子，他打開仔細檢視。「我的老天爺。」他喃喃說道。

裡面是四千督符，紙鈔，至少；還有諸多文件，幾乎可以確定都是僞造的，讓持有者安全快速地登上任一艘船。其中之一甚至授予持有者丹多羅特許家族低階使者的權力——就連丹多羅都拿自己家族沒輒，他不禁萌生遭受羞辱的感覺。

他一一檢視袋裡的物品，找到一把刀、撬鎖器，以及其他不法工具。他肯定是贓物商，格雷戈心想。這男人準備好隨時跑路。

他搜索隱藏保險箱裡的其他物品。裡面有一小袋一小袋的寶石、珠寶，諸如此類。底層有一本小書。格雷戈一把攫出，一頁頁翻過，發現記滿沙克諸多工作的日期、計畫與手法。

剛開始筆記極爲詳盡，包含進入與逃脫的方法、破解特定鎖或保險箱所需的工具等，不過從某個時間點開始，大約兩年前，工作突然變得頻繁許多，收入大爲提升，筆記卻遠比先前貧乏。格雷戈有種感覺，沙克應該是和某個身手夠好的人勾搭上，不再需要他出那麼多力。

他翻到最後一個條目，找到沙克爲濱水案作的筆記。看見他的防禦造成沙克巨大挫折，他感到略略滿意。一行潦草的字跡寫著：這個該死的丹多羅會害桑工作時間加倍！

格雷戈留心記下——「桑」。他覺得應該不是指沙克自己。

一定是指竊賊——無論他們是誰。

最末還有另外一點筆記讓他感到好奇不已；就四個字，擠在紙邊：丹多羅尊？

丹多羅瞪著這四個字。

他知道不是在說他；那應該是「丹多羅至尊」的簡稱。天大的麻煩啊。

至尊位居商家重要角色，功能類似符印相關研究與實驗的領導者，構想出新方法、技術與銘器。大多數至尊都比魚叉上的紋蟹還瘋狂，主要因爲他們通常短命——實驗性質的銘印傾向讓牽涉其中的人慘死。此外，這個位置的人容易招致陷害：內城裡每個銘術師都想當上至尊，因此背叛甚至暗殺算是常見的職業傷害。

丹多羅特許家族的至尊是歐索．伊納希歐——此人就算不到傳奇的程度，也稱得上惡名昭彰了，因爲他是道德感欠缺、傲慢、謊話連篇、惡魔般聰明的內城經營主。他擔任至尊已接近十載，創下帝汎紀錄。他原本在坎迪亞諾商行工作，並非從丹多羅特許家族顯貴中拔擢；格雷戈聽說他在受到猜疑的情況下離開坎迪亞諾家族。眾所周知，那整個商家就在他離開不過幾週後幾乎崩垮。

然而就算歐索．伊納希歐臭名遠播，他難道會雇用個體戶小偷去劫掠格雷戈的濱水區？而既然格雷戈是整個丹多羅特許商家當家歐菲莉亞．丹多羅的兒子，這似乎瘋得很徹底。話說回來，一般咸認至尊都是瘋子，或至少接近瘋子。

格雷戈仔細思考自己已知的部分。那晚只有一個物品遭竊——一只木盒，以「貝若尼斯」的名義存入保險箱。就格雷戈所知，這可能是假名。

那——歐索．伊納希歐是雇主嗎？或者，他是受害者？筆記裡的那四個字會不會只是胡亂塗鴉，完全出於巧合？

他不確定。但他打定主意要找出答案。

格雷戈聽到聲響，直起身子。走廊有腳步聲，沉重的靴子。聽起來人數眾多。

他沒有浪費時間聆聽弄清楚新來者是否朝沙克家而來。他拿出阿鞭，悄悄走進臥室，躲在打開的門後，透過鉸鏈窺視門外的起居室。

是沙克嗎？他回來了？

門被踢開，發出巨大的一聲砰。

噢，不是。他心想。多半不是沙克。

格雷戈看著兩名身穿暗棕色衣服、黑布蒙面的男人走入沙克的套房。然而眞正抓住格雷戈視線的，是他們的武器。一個帶短劍，一個雙刃長劍，都是銘器。就連他的位置，都可以看見符文沿劍身蔓延。

他暗自嘆氣。好吧，這下麻煩了。

※

格雷戈對銘印武器頗爲熟悉。銘印盔甲雖然價格高得令人卻步，但是帝汎城屢戰屢勝的主要原因。然而，並沒有辦法一瞥銘印武器便看出上面的銘印有些什麼作用。什麼都有可能。

舉例來說，啓蒙戰爭中常見的刀紋上銘印，因此無論揮向什麼目標，都會自動對準最脆弱的部分，然後是最脆弱中最脆弱的點，再對準那個最脆弱點的最脆弱之處，只恰恰攻擊那個位置。除卻銘印指令，刀鋒略微使力便可切開堅實的橡木梁柱。

這是其中一種。其他銘印說服刀子它們正以強化過的重力凌空劃過——像是阿鞭的棍頭就是用上這種銘印。有些則加上專門瓦解或摧毀其他金屬的銘印，例如盔甲和武器。還有些會在劃過空中時變得極端炙熱，讓你有機會把對手點燃。

兩名惡棍氣焰囂張地在沙克的套房內走動。我必須確保他們沒機會用武器，他暗忖。

兩人檢視門戶洞開的爐後。他們蹲低朝內看，看了看彼此，似乎有些憂慮。他們轉身走向陽臺門。

一人對另外一人打了個手勢，無聲指出鎖遭破壞，然後轉朝臥室走去。拿雙刃劍的負責領頭。

格雷戈仍躲在門後，一直等到第一個敵人走入臥室，第二人緊跟在後。接著用盡全力踢門。門猛地關上，迎面砸中第二人。格雷戈感覺得到木材隨這一擊而共鳴，也因造成的傷害心滿意足。雙刃劍男轉過身，舉起武器，但格雷戈已將阿鞭往前揮打，碰地砸上他的臉。

不過這人並沒有如格雷戈預料倒下，只是發出嗚咽聲。他踉蹌著站直，甩甩頭，再次往前衝。

他的面罩，格雷戈心想。一定有抵禦攻擊的銘印。或許整套插的衣服上都有銘印。

男人的雙刃劍彷彿劃過熱乳酪般割開牆，格雷戈撲到一旁。套房內雖暗，他仍可看出那把雙刃劍跟阿鞭的棍頭一樣，透過銘印強化了重力，破空之勢如揮動他的人比實際強壯了十倍。根據經驗，格雷戈知道這種武器應付起來十分凶險，揮舞的時候也是。

格雷戈舉起阿鞭往前甩，棍頭往前飛，砸中對方膝蓋，力道應該足以把他打倒——不過他仍站著。

不妙，格雷戈心想。他們的全套裝備價值連城哪……

然而他沒時間繼續深思他們的裝備値多少錢，因爲第二名惡棍衝了進來，門幾乎被撞離鉸鏈。雙刃劍男旋過身，劍拿在手上，想把格雷戈逼入角落。

格雷戈一把攫住沙克床上的被單扔向兩名敵人。雙刃劍男一劍劈成兩半，一時到處羽毛飛舞。格雷戈利用這個短暫的障眼法抓起更多家具往他們身上砸——一把椅子，一張小書桌；他的用意並非傷害他們，而是把房間弄亂，讓他們難以到處移動。

雙刃劍男一面咒罵一面砍出一條路。然而此時空間已不夠他們二人同時與他對戰；現在只有雙刃劍男能進攻了。格雷戈引導他後退，靠近臥室的窗，就定位。對方發出一陣模糊不清的叫喊，雙刃劍往前突刺，對準格雷戈的心臟。

格雷戈閃到一旁，阿鞭的棍頭朝男人的雙腳揮去。

對方絆倒。這通常沒什麼大不了，不過他原本拿著雙刃劍往前突刺，預期插進格雷戈的胸膛，而他的武器在這過程中加速；這會兒沒東西止住去勢，劍只能拖著他繼續往前；他就像是牽著一條大狗散步，狗兒看見老鼠猛追上前。

雙刃劍直直穿過格雷戈身後的窗，持劍者也隨之而去。格雷戈站定，帶著殘忍的愉悅看著惡棍飛下三層樓，墜落在木造人行道。

不管有沒有防禦銘印，他心想，這男人的腦袋這會兒都摔成一鍋湯了。

「狗娘養的。」第二名敵人咆哮。「你……你狗娘養的！」他碰了碰他的短劍——壓下某個控制桿或按鈕——劍身開始快速劇烈地震動。格雷戈沒見過這種強化，他不喜歡：這種劍刃不會只留下乾淨俐落的傷口，而是會將他撕碎。

男人走向他。格雷戈往前揮鞭，男人躲開——但他不是格雷戈的目標。格雷戈瞄準的是臥室門；遭受到剛剛那種惡劣對待，門現在僅勉強掛在門框上。棍頭砸穿門，甚至還有部分牆壁，這陣衝擊終於將門從門框扯落。

男人回頭瞥了一眼，起身後咆哮著走向格雷戈。

不過這時格雷戈壓下棍身的開關，阿鞭隨即收回棍頭。

正如格雷戈所期望，門也被帶著走，撞上男人的背；強大的動量推得男人再撞上牆，格雷戈在最後一刻跳到一旁。格雷戈站定，將阿鞭從門的殘骸扯脫，接著猛力敲打趴地男子的後腦。格雷戈不是那種會把倒地者打死的人，但他必須確保這男人起不來，敵人身上的防禦說不定能減緩他遭受到的任何打擊。攻擊大約七次後，格雷戈停住，胸膛起伏，將惡棍踢翻成正面。他發現自己可能不慎打垮了男人衣物的防禦銘印。一灘血正緩緩在他頭周圍形成陰森的暈圈。

格雷戈嘆氣。他不喜歡殺戮。

他望向窗外。雙刃劍男還躺在木人行道上，未曾移動。

我沒打算這樣度過我的這一夜，格雷戈心想。他甚至不知道這兩個人的目的。他們是沙克的人，因爲他闖入而來嗎？還是說他們也在找沙克？或者根本不是這回事？

「至少弄清楚你是誰吧。」他跪下，打算脫去男人的面罩。

還沒來得及動手，他身後的牆爆炸。第二面牆爆炸噴出，格雷戈腦中生出兩個想法。首先，他眞夠笨的：他早先聽見沙克門外傳了數人的腳步聲，早知道不止兩人來到套房。他在混亂中忘得一乾二淨——愚蠢之舉。

其次：我現在聽見的不是眞的。這不可能。

牆爆炸後碎裂木頭與石塊噴入房內的同時，遠方一道聲音壓過這騷亂：高頻且鬼哭神號般的尖嘯。格雷戈自啓蒙戰爭後就不曾聽過這樣的聲音。

塵土與破瓦殘礫撒在他身上，他撲到地上。他抬起頭剛好看見一枝巨大的粗鐵箭射入對牆，恰恰從他身上飛過，接著像射穿一張紙般穿牆而出。鐵箭炙熱無比，又紅又亮，拖著火焰尾跡；而他知道鐵箭將爆發爲一陣熱鎔鐵之雨。他坐起，塵土傾瀉在身。他恐懼地望著那枝炙熱的飛箭尖嘯著飛過綠地，而後爆炸。明亮的火花和燃燒的碎片在下面的建築間起舞。

不！他心想。不，不！那裡有平民，有平民！他來不及細想，不同位置的牆跟著爆炸，另一枝嘯箭穿透沙克臥室牆，石塊與冒煙的碎片撒落格雷戈身上，箭緊貼著頭頂劃過。

格雷戈躺在地上，呆若木雞。怎麼會這樣？他們怎麼有嘯箭？

❋

帝汎軍一向靠變造武器達到絕佳戰績。有劍，當然了，但弩箭與弓箭都加上銘印，跟阿鞭一樣，相信自己並非往前飛，而是往下墜，遵從重力。因此能夠筆直高速飛行，而且飛得比傳統武器更遠。

然而有些缺點。軍隊必須拖著專門打造來驅動這些銘印的小型符文典，一旦投射物超過符文典的極限，銘印便會失效，弩箭也如尋常投射體那般墜落。

所以帝汎銘術師進行了實驗。他們最終的靈感來自尋常弩箭上的釋放銘印——帝汎弩箭上的銘印不止讓它們相信自己正在墜落。假設弩箭只以自由落體的衡量加速度飛行五十呎，這樣其實並不會造成太大傷害。

然而，在釋放銘印的作用下，弩箭射出的那一瞬，它們會突然相信自己已經直直下墜大約七百呎。這樣一來，弩箭的初始射出速度每秒超過六百呎，任誰都會覺得足夠致命了。

因此，一旦銘術師被逼著打造射程更遠的武器，他們便乾脆加大距離。加大許多。他們發明出這樣的投射體，當從投射器釋放，它並不止是相信自己已經墜落幾千呎，而是已朝大地筆直落下幾千萬哩。釋放的一刻，它便瞬間呼嘯飛去，有如黑色閃電般以驚人速度風馳電掣射出。通常投射體會因純粹的摩擦力而加熱至高溫，從而在半空中無預警爆炸。就算沒爆炸，造成的傷害也堪稱災難。這種投射體的名稱並不難選。因爲它會加熱並沸騰周遭空氣，飛行過程中通常會發出高頻駭人的呼嘯聲。

格雷戈喘著氣，爬向起居室。他眨掉眼裡的血。方才一個石塊或木屑刺中他的頭。套房內現在煙霧瀰漫，導致呼吸困難。他努力不想丹圖阿，不想那裡破碎的牆與煙，不想迴盪著呻吟的街道、軍隊毀滅於遠處的鄉間……

撐住，他懇求著自己的心智。不要崩潰……

格雷戈往前爬時，另一枝嘯箭射穿起居室的牆。炙熱的灰燼與冒煙的殘骸又一次撒落他身上。格雷戈現在確定走廊上有第三個人，武器是嘯箭，他聽見打鬥但沒看見同伴出去，便決定要使用嘯箭。

但這不可能啊。嘯箭要能作用，附近必須有一個符文典容許它作用。這在帝汎可是嚴格禁止。在帝汎內購買的嘯箭應該只會是另一塊無聲的金屬。

發生什麼事？現在怎麼可能發生這種事？

格雷戈終於來到起居室，精疲力竭且傷痕累累，一手握著阿鞭繼續往前爬。他爬到中央朝前門往外看。剛開始，出路暢通無阻。不過一個一身黑的男人踏進門口。金屬與木頭構成的巨大武器架在他的手臂上，那是看似駭人的手持投石器。細長的鐵箭靠在投石器的彈袋裡，彷彿正微微顫抖，有如一頭遭皮帶拴住的狂怒動物。

男人用嘯箭對準格雷戈。格雷戈抬頭瞪著他，咳個不停而且仍頭昏眼花。

那男人以低沉咆哮般的聲音問：「小偷在這？」

格雷戈還是瞪著他，不確定該說些什麼。接著有個東西從洞開的陽臺門飛了進來。是個小圓球，飛過格雷戈頭頂，剛好就落在手拿嘯箭的男人面前。

接著整個世界大放光明。

就像突然有人一口氣點亮千盞燈光，格雷戈甚至不知道能有這種程度的光亮；接著是一陣震耳欲聾、大地都為之撼動的砰。

格雷戈幾乎因感官超載而失去意識，不過也可能是頭部遭受的重擊。

光與聲音消逝。格雷戈耳鳴未退，視力倒是恢復了。拿嘯箭的男人還在走廊上，但拋下了武器，正在揉眼睛，顯然和格雷戈方才一樣失去視力。

格雷戈打了個滾，朝陽臺門抬起頭，剛好看見一名穿黑衣、非常矮小的女孩不知從哪裡冒出來；她站在陽臺上，拿起一個管子湊到嘴邊吹氣。吹箭從管子內射出，嗖地一聲飛過房間，射中嘯箭男的頸部。他瞪大眼，扒抓喉嚨想拔出吹箭；不過膚色隨即轉為暗青，癱倒在地。

拯救格雷戈的人放下吹箭，跑向他。她看著他的濱水衛肩帶，嘆了一口氣，握住他的手臂拉他起身。儘管他的聽力仍一團亂，還是聽見她說：「來吧，混蛋！跑！跑！」

※

格雷戈踉蹌穿過綠地的巷弄，一手掛在他那位雖嬌小但出乎意料強壯的拯救者肩上。見到他們的人只會以爲是一個朋友正攙扶喝醉的朋友回家。

他們一脫離危險，她隨即停步，把他甩到地上。格雷戈絆了一跤，摔進泥濘中。

「你，」女孩說。「很插的幸運我剛好看著！你天殺的是怎麼回事？你和其他那些傻瓜徹徹底底炸了整棟樓！」

格雷戈眨眨眼，按摩著太陽穴。「花……發生什麼事？剛剛那是什麼？」

「震撼彈。」女孩說。「珍貴得無以復加。我不到一小時前才到手。在你搞砸一切之後，可是帶給我多如牛毛的好處呢。」她在小巷內踱步。「現在我上哪找錢？現在我怎麼逃出城？現在我怎麼辦！」

「你……你是誰？」格雷戈問。「爲什麼救我？」

「我也沒料到我會出手。」她說。「我看見三個雜種看守套房，本來決定先撤退。然後我看見你來了，像個天殺的蠢蛋跳過一個又一個陽臺，闖進套房。然後他們看見你，打算把你炸成碎片！我出手多半是因爲這樣那個發瘋的雜種才會停止轟擊綠地！」

格雷戈皺眉。「等等。你剛剛說什麼？你上哪找錢？你……你是說，你來找沙克要……」

他凝視這名黑衣女孩，緩緩領悟：儘管此人救了他一命，她很可能就是沙克的竊賊。既後已經知道是如此，那這女孩很可能就是劫掠濱水衛並在濱水區放火的人。

沒多說一個字，格雷戈起身撲向她；不過歷經她的震撼彈和嘯箭的傷害，他現在根本連走直線都有困難。女孩跳到一旁，踢腿攻擊他的下盤。格雷戈摔倒在泥濘中，嘴裡不停咒罵。他試著站起來，但她穿靴的腳踩上他的背，把他壓倒在地。他再度驚訝於她的強壯——不過可能是他太過虛弱。

「你燒了濱水區！」他說。

「意外。」她說。

「你搶了我該死的保險箱！」

「好吧，嗯，那不是意外。你在沙克家找到什麼？」

格雷戈一言不發。

「我看到你在讀東西。我知道你有什麼發現。是什麼？」

他思考著該說什麼，然後思考著她的行爲：她如何行動、她都做了些什麼，她爲什麼在這裡。他開始對她的處境有了些概念。

「我發現，」他說，「你的雇主或受害者是帝汎城最位高權重、最無情的人。我想你也知道這事。我覺得你的布局肯定出了大錯，而你急於逃離。但你逃不了。他們會找到你，然後殺掉你。」

她更加用力往下踩，伏低身子。他看不見她的臉，不過聞得到她身上的味道。

奇怪的是，聞起來很……熟悉。

我認得這味道，他暗忖。眞怪……

他感覺到一個尖銳的東西劃過他頸側。她拿給他看——另一枝吹箭。「知道這是什麼嗎？」

他看著吹箭，與她四目相對。「我不怕死。如果你有此打算，建議你快點動手。」

她頓了頓，顯然感到訝異。她試著收斂心神。「該死，告訴我你找——」

「你不是殺手。」格雷戈說。「不是軍人。我看得出來。現在最聰明的做法是投降、跟我走。」

「什麼，好讓你吊死我？」女孩問。「這什麼狗屎談判。」

「你投降的話，」格雷戈說。「我個人會爲你求取寬恕，我會盡我所能保住你性命。」

「說謊。」

他扭過頭看著她。「我從不說謊。」他輕聲說。

她斜眼看他，因他的語調而感到意外。

「我也不再殺人，」格雷戈說，「除非逼不得已。我這輩子殺夠多人了。投降。立刻。我會保護你。雖然我會見證正義得以伸張，但我不會讓他們殺你。但若你不投降——我不會停止追捕你。而你要不是被我逮到，就是被他們殺掉。」

她看似在考慮。「我相信你。」她靠得更近些。「不過我還是想碰碰運氣，隊長。」

他的頭部一陣刺痛，一切隨及轉黑。

❁

格雷戈．丹多羅醒來時，他不再確信清醒是最佳選項。感覺像是某個鑄場工晃了過來，打開他的頭，在裡面裝滿鎔化的金屬。他呻吟了一聲，翻過身，發現自己一定在泥濘中趴臥了幾個小時，因爲太陽已經出來了。沒人割了他的喉嚨、把他掠劫一空，這還眞是個奇蹟。

話說回來，看起來確實像是女孩用垃圾和廢物把他蓋住，所以才沒人發現他。他猜這應該算是一種寬厚的表示，只不過讓他聞起來像水道一樣臭。

他坐起，一面咕噥一面按摩頭部。他的思緒轉到那女孩身上，回憶起她身上的味道。

她的氣味很好認。因爲聞起來像是她一直待在帝汎鑄場，或是靠近鑄場煙囪之處。

身爲歐菲莉亞．丹多羅的兒子，格雷戈對帝汎鑄場知之甚詳。

他難以置信地自顧自發笑，站起後蹣跚走開。

10

隔天早晨，格雷戈高高抬著頭走過丹多羅特許家族最外牆的南門。隨著他從平民區移動到內城，沿途的變化相當突兀，而且劇烈：從泥濘小徑到乾淨的卵石路；從煙、糞便、腐敗的味道到附近香料烤肉的淡淡香氣；當然了，還有街道上的人，行人身上的衣服變得整潔多彩，皮膚變得潔淨無瑕；突然間，走動的人不再帶著病痛、殘缺、醉意或精疲力竭。這總是令他感到大感驚奇：走上不多不少十二呎，你便從一種文明掉進另外一種。而這還只是外層內城而已，甚至不是最棒的區域。每一扇門後，他心想，便是另外一個世界等著你。還有另外一個，另外一個……他跨過門檻時數著腳步。「一、二……三和四……」

衛兵室的門彈開，一名穿戴全套銘印盔甲的丹多羅家族衛兵小跑出來，跟在他身後。

「早安，閣下！」衛兵叫喊。

「早安。」丹多羅說。四步——他們變慢了。

「要到很遠的地方嗎，創始者？」衛兵問。「需不需要我爲您叫一輛馬車？」

「我的正式稱謂，少尉，」他瞥了眼衛兵的頭盔查看他的軍階。「是隊長，而非創始者。」

「了解，創……我是說，了解，閣下。」他緊張地咳了一聲。「不過您拿的徽封，呃，通報我們——」

「對。」格雷戈說。「我知道我的徽封告訴了你們什麼。無論如何，不需要馬車，少尉。我用走的就行。」他對男人鞠躬，雙指碰觸眉毛。「祝你今日順心。」

衛兵被弄糊塗了，停在那兒看著格雷戈走開。「也祝您順心，閣下……」

格雷戈．丹多羅從外內城牆走到第二道城牆。他再度回絕馬車——第三道城門也是，還有第四道；就這樣，他愈來愈深入丹多羅特許家族內城。衛兵提議叫馬車時帶著緊張的渴切，因爲格雷戈的徽封將他標示爲創始者後裔，而創始親族靠自己的兩條腿在內城裡到處走動，這樣的概念對大部分帝汎人來說根本天方夜譚。

事實是，有馬車可搭他當然高興——他的頭仍因女孩下的毒而疼痛，而且前一夜，爲了找沙克，他幾乎走路橫跨整個帝汎。不過格雷戈忽視全部提議，忽視盤旋群聚於丹多羅內城街道上的飄浮燈籠，還有噴泉，還有高聳的白色石塔，還有在內城公園內擇路而行的美麗女人；她們身穿使她們增色的絲袍，誇耀著塗上複雜纏繞圖形的臉龐。

這原本可能屬於他——身爲歐菲莉亞．丹多羅的兒子，他可以像全世界最受溺愛的王子那般住在這些閃閃發光的街道。這或許一度爲眞。

不過發生了丹圖阿的事。格雷戈變了，或許整個世界都變了。

從丹多羅內城裡每個人的舉動看來，或許世界再次改變，就在昨晚一夜之間。路人看來肅穆、心煩意亂，壓低音量焦慮地彼此交談。

格雷戈太了解他們的感受了。銘術是他們整個社會的根基。經過昨夜的失效，他們肯定都在擔心他們的生活方式會徹底粉碎，就像左艾以一樣，他們也無法倖免。

他終於來到內城輝所——行政場所，菁英們在這裡管理所有商家事務。這是一棟碩大的白色建築，龐大拱頂由前鋒般的彎曲肋骨狀扶壁支撐。數不清的高層職員在前方的潔白階梯快步上上下下，或是聚在一起壓低聲音討論公事。高大、稍微清洗過、身上套著皮甲和濱水衛肩帶的格雷戈走過時，他們瞪著他瞧。他沒多加理會，自顧自跳上階梯大步走入輝所。

格雷戈穿過輝所時思考；比起行政建築，這整個地方更像寺廟：太多圓柱，太多彩繪玻璃，一個個拱頂下有太多燈籠飄浮，令人聯想到來自上方的聖光。但或許就是要這種效果：或許是要讓在這工作的人相信自己正在行使神的意志，而非格雷戈的母親。

可能更糟，他暗忖。*也可能像坎迪亞諾的山所，就算不自成一國，實際上也自成天殺的一城了。*

他沿後側的迴旋梯快步走上四樓，穿過迂迴的走廊來到巨大且氣勢恢弘的木門前。格雷戈拉開門走了進去。

裡面的空間深長、裝飾華美，最深處是張富麗堂皇的大桌子，坐落於普通的門前。一個矮胖禿頭的男人坐在桌前；格雷戈進來時他抬起頭。儘管距離仍遠，格雷戈還是可以聽見那男人看見他時悽慘地嘆了口氣：「噢，老天啊……」

格雷戈走過房內來到桌前，途中左顧右看。兩邊的牆掛滿畫作，其中大多數他都清楚記得，尤其是較近期的畫。他穿過房內時打量著這些畫——他太專注於他的案件，忘記該讓自己爲此做好心理準備。

他最害怕的那幅畫在這房間最深處，就在桌後。畫中是一名男子，體型高貴、儀表高貴，姿態高貴，抬頭挺胸站在椅子後。椅子上坐著一名高挑美麗、深色肌膚、黑色捲髮的女人。她身旁站著一個大約五歲的男孩，身穿黑色絲絨；她腿上還坐著胖呼呼的嬰兒，裹在金色的袍子裡。

格雷戈盯著這幅畫——尤其是椅上的女人和胖嬰兒。他的目光在嬰兒身上徘徊。*在她眼裡我還是像這樣*，他心想。*無論有再多功績、傷疤與成就，我對她來說就是咯咯叫的胖嬰兒，還是在她腿上彈跳。*

他的視線挪到穿黑絲絨的男孩身上——他的哥哥。多梅尼柯。他看著畫中男孩的臉，如此誠摯、充滿希望，他感到內心深處一絲悲傷。爲這幅畫擺出姿態的那個孩子永遠不會知道，他會在不到十年後和父親於同一場馬車意外喪生。

桌前的禿男人清了清喉嚨，「我……以爲……那個……」字句似乎不情不願地從他嘴裡一滴一滴擠出來，彷彿從傷口擠出毒液。「您想要……見她。」

格雷戈面對著他。「可以的話，閣下。」他爽朗地說。

「現在。您想見她……現在嗎？這麼會挑時間？」

「可以的話。」格雷戈又說了一次。「閣下。」

禿頭男考慮片刻。「您應該知道昨晚發生一件重大的銘術意外。我們還沒從中恢復。」

「我確實聽到此傳言，閣下。」格雷戈對他微笑。他笑個不停，露出每顆大白牙；禿頭男怒目以對。

「很好。」禿頭男惱怒了起來。「很好，很好……」他身體往前傾，搖了搖鈴。他身後的門打開，年約十二歲，身穿丹多羅家族色的男孩跳了出來。禿頭男張開嘴，掙扎著想擠出話來。他指了指格雷戈，然後指指門，最後似乎是放棄了，只厭倦地說：「懂了吧？」

男孩點點頭，縮進門內。他們等待。

禿頭男怒瞪著格雷戈，格雷格回以微笑。然後，感覺像過了一小時那麼久，男孩又跳了出來。

「她可以見您了，創始者。」他的聲音低沉順從——常被別人以聲勢壓制的人都這種語調。

「謝謝。」格雷戈說。他對男人鞠躬，隨男孩走進後方的聖殿。

※

身為商家創始者的後裔，代表你可以在帝汎支配多得超乎想像的財富、權力與資源。莫西尼家的其中一個兒子只在他的私人花園與人會面；會面時，他會騎在身披珠寶鞍套與轡頭的長頸鹿背上。崔布諾・坎迪亞諾的姊姊似乎一年內的每一天都各有一件特別設計的絲綢洋裝；每件禮服各由十二名女裁縫師苦心縫製，穿過一次便丟棄。

歐菲莉亞・丹多羅不僅是創始者親族，同時是商家首領，她如此令人心生敬畏，或許也就理所當然了。不過格雷戈覺得他母親最令人敬畏的點在於她確實有在工作。

她不同於托瑞諾・莫西尼，莫西尼家的首領；此人肥胖至極，總是醉得一蹋糊塗，通常都忙著把他那根年邁的蠟燭插進內城裡每一個適婚年齡的女性身體裡。她也不同於埃非瑞佐・米奇爾，他已卸下繁重的責任，現在鎮日畫人物、風景以及裸體畫——事實上是一大堆裸體；格雷戈都聽人說的，主要是年輕男孩。

不——歐菲莉亞・丹多羅的白日都在桌後度過，大多數夜晚也是：她在桌後讀寫信件、坐在桌後參與會議、坐在桌後聽數不清的顧問囉嗦個不停。經過昨晚鑄場畔和綠地的騷亂，格雷戈看見她坐在她私人辦公室的桌後閱讀報告時一點也不驚訝。

他走進來時她沒有抬頭。他便站在她前面，雙手在身後交握，等她完成手上的工作。他審視正在閱讀一份報告的她：身上穿著晚禮服，臉上畫了裝飾性的圖樣，一道紅色橫過她的雙眼，藍色卷鬚從她的藍色雙唇向外延展。她的頭髮也盤起優雅的髮髻。他猜她應該是在一場舞會之類的活動中接收到鑄場畔銘術失效的消息，便一路工作到現在。

她依然高貴美麗，而且強壯。不過也與她的歲數相符，他心想。或許是因爲工作的關係。格雷戈的父親於馬車意外喪生後她便接管商家，已經，多久呢，二十三年了嗎？二十四？他原以爲她終究會開始將責任下放，但他的母親並沒有——她反倒承接下愈來愈多的責任，直到她最後與丹多羅特許家族畫上等號，整個家族的所有政策與決定都單獨由她個人發落。

十年這樣的日子會毀掉一個正常的人。歐菲莉亞・丹多羅卻撐了二十年——只是他不確定她還會有完整的第三個十年。

「你的額頭潮濕。」她輕聲說——沒抬頭。

「抱歉？」他吃了一驚。

「你的額頭潮濕，親愛的。」她在報告上潦草寫下回應，放到一旁。「我猜應該是汗水。你一定走了很長一段路。我也猜你拒絕了所有家族衛兵叫馬車的提議？又來了？」

「對。」

她看著他，地位較低的人可能會畏縮：歐菲莉亞．丹多羅的琥珀色眼睛在深色肌膚映襯下閃閃發亮；這對眼睛有種神奇力量，會令人覺得幾乎能夠觸知她的意志。她的怒目一掃，就猶如迎面一個耳光。「我也猜你因為讓他們感到困惑、失望而沾沾自喜？」

格雷戈張口結舌，不知道該說些什麼。

「啊，別在意。」她上下打量他。「我希望，格雷戈，你回來是要為你的內城獻上一己之力。我希望你聽說鑄場畔平民區約半徑半哩的範圍內銘術全部失效的慘劇，於是直接回來看看自己能幫上什麼忙。這些是我的希望——但不預期真的發生。就算發生這種慘劇，我也不覺得你會回家，格雷戈。」

「銘術失效真的對丹多羅特許家族有什麼影響嗎？」

她低聲笑了笑。「有什麼影響？史比諾拉的一個鑄場符文典失去作用，這地方緊鄰綠地。我們很幸運，在那地區還有另外兩個符文典供一切平順運作。否則事態就會從慘劇升等為徹底毀滅。」

太驚人了。鑄場符文典是複雜且昂貴得超乎想像的裝置，基本上內城的所有銘術都靠它們才能運作。

「你懷疑遭到破壞？」

「可能。」她勉強地說。「然而無論我們遭遇了什麼，同樣與鑄場畔接壤的米奇爾內城也受到衝擊。這似乎是一次無差別的事件。但你並不是來這裡談這件事的——對吧，格雷戈？」

「對，母親。恐怕我不是。」

「那……在這最糟糕的時機，你是為了什麼而打斷我？」

「那場火。」

她一開始看似驚訝，然後轉為狂怒。「是嗎。」

「是的。」

「我們整個文明剛遭受嚴重威脅，你卻想談你微不足道的小計畫？重振你的……自治兵？」

「城市治安隊。」格雷戈快速地說。

她嘆氣。「啊，格雷戈……我知道你擔心那場火毀了你的計畫，不過相信我，現在所有人最不操心的就是你那計畫了。可能大家都把它忘得一乾二淨！我知道我就是這樣。」

「我想讓你知道，母親，」格雷戈覺得受到傷害，「我相信我只差毫米便能逮到縱火的破壞者。我昨晚在平民區。」

她張大了嘴。「你在平民區？昨晚？就在——」

「對。就在鬧翻天的那個時候。我當時正在調查，而且可以說成效頗佳。我已經鎖定竊賊，幾乎百分百肯定今晚可以把他們一網打盡。逮到他們後，我想把他們帶到帝汎議會前。」

「啊。你想要一場盛大顯眼的公開審判——好替你洗清罪名。」

「好昭示濱水衛計畫是可行的。」格雷戈說。「對。所以……如果你可以開始為這程序掃除障礙……」

她惺惺作態地笑了。「我以為，親愛的，你不想用你的家族門路。」

沒錯。他的母親是帝汎議會的主要委員之一。議會成員全部都是商家菁英，通常會確保一個商家不過度危害或剽竊其他商家——儘管「過度」的定義這些日子以來已變得愈來愈模糊。這是帝汎城所擁有最接近眞實政府的組織，但在格雷戈眼中，其實也沒那麼接近。

因為身分的關係，格雷戈可以利用母親的地位強取各種好處，然而他總是極力避免，直到這次。

「為了帝汎更美好的未來，我願意用上所有必須的手段。」

「好，好。格雷戈．丹多羅，平民之友。」她嘆氣。「怪的是你的解決方案是開始把一大堆平民丟進監牢。」

格雷戈的直覺反應是——我想關進牢裡的又不止平民。但他沒笨得坦白說出。

她盤算著。幾隻蛾從天花板輕飄飄飛了下來，歪歪斜斜地繞著她的頭盤旋。她伸出一隻手揮趕。

「噓，快走開。討厭的東西……我們甚至沒辦法維持辦公室整潔。」她怒瞪著格雷戈。「好。我會啓動程序——不過銘術失效的事還是優先，解決後才會接續處理你的濱水衛、竊賊與惡棍。可以嗎？」

「了解。」

「那……會花多久時間？」

「我天殺的怎麼知道，格雷戈？」她叱道。「我們甚至不知道發生什麼，更別提接下來怎麼辦！」

「滿意了嗎？」她拿起羽毛筆。

「幾乎。我還有最後一個請求……」

她嘆氣，放下羽毛筆。

「我可以和丹多羅至尊談談嗎？有些問題想問他。」

她瞪著他。「問……問歐索？」她難以置信。「你怎麼會想找他？」

「我有些跟偷竊案相關的銘術問題。」

「但是……但是你可以問任何一個銘術師啊！」

「我可以問十個銘術師結果得到十種不同的答案。」格雷戈說。「我也可以直接找帝汎最聰明的銘術師，得到正確的答案。」

「此時此刻，我想他沒辦法幫你。」歐菲莉亞說。「不止是因爲他忙著處理銘術失效的事，我最近愈來愈覺得他比我原本想的還要瘋狂。」

這番話引起格雷戈的興趣。「哦？怎麼說，母親？」

她看似猶豫著是否要回答，最後嘆了一口氣。「因爲他搞砸了。頗爲嚴重。廢墟在微奧托出土時，歐索百般遊說，要我在被我們的競爭對手搶走前試著弄到一些物件。我答應了——勉強答應，而歐索用盡心力，最後拿到一個奇怪的古物。一個年代久遠、破裂的石匣，但是和符文典稍有相似之處。歐索花了一大筆錢才弄到手。然而，從微奧托運送到這裡的過程中，石匣卻……消失了。」

「遺失在海中？還是被偷了？」

「沒人知道。」歐菲莉亞說。「損失非常慘重。我看過帳簿裡的數字了。金額龐大，而且不是正數。我禁止繼續投注資源。他並不算心悅臣服。」

所以……歐索．伊納希歐先前可能遭竊，格雷戈暗忖。他記在心裡。

「如果你眞想找歐索．伊納希歐，你得去史比諾拉鑄場，緊鄰綠地的那一個。失效的符文典在那，歐索當然也在那，正努力釐清發生了什麼事。」她嚴厲地看著他。格雷戈見狀努力壓下退縮的衝動。「我知道我無法告訴你該做些什麼，格雷戈。你一向表現得很明顯。不過我強烈建議你帶著你的問題找別人去。歐索不是任你擺弄的那種人，經歷銘術失效的事件，我肯定他的情緒應該糟得無以復加。」

他有禮地微笑。「我跟更糟的人交手過。我相信我自己應付得來，母親。」

她微笑。「我就知道你會這樣想。」

❁

「插婊子養的！」樓上一道聲音迴盪。「下三濫、牙齒掉光、說謊成性的婊子養的！」

格雷戈在史比諾拉鑄場階梯頂停下腳步，朝駐場衛兵瞥了一眼，對方朝他緊張地聳聳肩。那個聲音繼續尖叫。

「你說你覺得紀錄正確無誤是什麼意思？你他媽怎會覺得紀錄正確無誤？正確度是一種插的二元狀態——要不正確，要不就不！正！確！」尖叫出最後三個字的音量如此之大，就連站在這裡，格雷戈的耳朵還是貨眞價實地痛了起來。「你結婚了嗎，男人？有孩子了？有的話我可驚訝了，我就是不懂，因爲我以爲你笨成這副德行，應該不會知道該怎麼把你的蠟燭插進你老婆身體裡！最好檢查看看附近有沒有哪些嘴巴開開的呆子，跟你家那些骯髒的兔崽子剛好長得一模一樣！我對天發誓，要是你不在一小時內帶著眞正正確得無懈可擊無可爭辯的紀錄回來，我會親自爲你的卵蛋漆上無花果醬，再把你扒光丟進豬圈！現在他媽滾出我視線！」

下面傳來一陣狂亂的腳步聲，接著轉爲寂靜。

「整個早上都像這樣。」鑄場衛兵悄聲說。「原本以爲到這時候他應該要失聲了才對。」

「了解。」格雷戈說。「謝謝你。」他邁步朝樓下的符文典室走去。

樓梯往下，再往下，再往下，深入黑暗中。

隨這格雷戈往下走，事情開始感覺……不同。

感覺變得重了些、慢了些，也濃稠了些。彷彿他並不是走在潮濕有霉味的空氣中，而是走在深海裡，幾百哩的海水壓在他身上。

眞討厭靠近符文典，格雷戈心想。

跟大多數人一樣，格雷戈並不了解銘術的機制，也分不出一個個符印。事實上，他甚至無法分辨不同家族的銘印語言，這可是銘術更基礎的部分。不過大體而言，他知道銘術如何運作。

基本符印是自然出現在世界中的符號。沒人知道基本符文從何而來。有人說是遠西人發明的；有人說是由創世者，天神親自將這些符號寫在世界中，祂利用這些符印爲現實編碼，藉以定義現實，就好像鑄場鍛造銘器那般鍛造這個世界。沒人能夠確定。

每個基本符印都指向特定事物：岩石、風、空氣、火、生長、樹葉都有各自的符號，甚至較抽象的現象也有，例如改變、停止、開始或銳利。

符印就算沒有幾十億，也有幾百萬個。只要你認識這些符號，便沒什麼能阻止你使用它們，只是認識的人沒幾個。就算是在某個鳥不生蛋的原始墾殖地，如果你試著把木頭雕成複雜的形狀，你可以刻上「黏土」或「泥」的基本符文，這個微小的變造會讓木頭變得非常非常輕微地更具可塑性。

儘管銘術的起源有諸多傳奇故事，基本銘術其實限制重重。首先，效果不大，頂多就是輕輕一推。糟糕的是，如果你想告訴一把斧頭「你非常耐用，非常鋒利、非常輕，而且你可以像劃開水一樣切開雪松木」——這可比區區「鋒利」或「堅硬」複雜多了。換言之，這樣的指令會有五十到六十個符印這麼長。斧頭刀刃的空間都不夠你寫。你還要讓符文的邏輯正確無誤，斧頭刀刃才會知道自己該做什麼。你必須很具體明確——這可不簡單。

不過帝汎後來在海岸旁的一個洞穴找到遠西人的紀錄藏匿處。他們在紀錄中發現了一些關鍵。

「意義」的符文。然後某個奸巧的帝汎人想出一個絕妙主意。

他們想出，可以取用一片空白的鐵板，在上面寫下大量複雜的銘印指令；然後，你可以在最後寫下「意義」符文，接著再寫一個你自己編造的全新符文。如此一來，這個新符文基本上就會代表「你非常耐用，非常鋒利、非常輕，而且你可以像劃開水一樣切開雪松木」——然後你只要把這一個符文寫在斧頭刀刃上便可。

或是十二把刀刃。或一千把。都沒差。每一把刀刃都有一樣的表現。

發現這種作法後，複雜許多的銘印指令突然變得有可能了，只是仍然相當受限。

其一是你必須待在任一個寫有指令的鐵板附近。如果你走太遠，斧頭刀刃基本上會忘記新符文應該是什麼意思，因此不再運作。就某種意義來說，它的參考點不見了。

另一個問題是，如果你在那一塊鐵板上寫太多複雜的銘印定義，鐵板容易起火燃燒。像鐵板這樣的普通物體就只能承受那麼多的意義。因此，帝汎城及其諸多開始發展的銘術院有了待解決的問題：他們如何儲藏這些複雜銘印的所有定義與意義，又不至於讓一切起火燃燒並鎔化？

因此他們發明了符文典。

符文典是巨大、複雜且耐久的機器，目的是儲藏並保存數以千萬計複雜得難以想像的銘印定義，並承擔所有意義集中在一起所帶來的重擔。有了符文典，你便無須擔心晃太遠個幾呎，你的所有銘器就突然全部掉在你身上：符文典能夠將那些定義的意義強化後投射到四面八方極遠的距離外——少說也足以覆蓋一個內城的一部分。不過你愈接近符文典，你的銘印運作得愈好，因此符文典通常都是鑄場內的搏動心臟。你總是希望你所有最大、最複雜的銘器以最高效率運作。

既然符文典是鑄場內的搏動心臟，它們實際上也等同帝汎的搏動心臟。

但是它們很複雜。複雜得不可思議。複雜得令人驚奇。一般咸認只有天才和瘋子能夠了解符文典，而這兩者間幾乎沒有差別。

或許可以說，帝汎有史以來的至尊中，歐索比任何人都了解符文典。畢竟戰鬥符文典正是他的發明——比較小的版本，船和牛隊可以拖著跑。這裝置的體積還是不小，而且複雜、貴得不太眞實，只能驅動一個大隊的武器；然而，若非戰鬥符文典的貢獻，帝汎不可能占領杜拉佐海及周邊所有城市。

格雷戈對戰鬥符文典的了解頗深。他在丹圖阿圍城時曾擁有一具——到此爲止。所以他也頗了解失去一具符文典是什麼感覺。因此他以爲他能同理歐索．伊納希歐此刻感受。或許他可以從這個角度切入。

他一踏入符文典室便聽見：「你是什麼屎？」他發現自己立即改變了主意。

格雷戈在昏暗的光線中眨眼調適視力。符文典室寬敞黑暗，幾乎空無一物。後面是一片厚玻璃牆，中央一扇門開著，一名高瘦的男人站在門口瞪著格雷戈。他身穿厚圍裙、戴厚手套，臉上掛著一副又厚又黑的護目鏡。他雙手握著一把看來威脅感十足的工具，看起來是某種彎彎曲曲、纏繞的金屬棒，附帶一大堆銳齒。

「不——不好意思？」格雷戈說。

男人丟下金屬棒，推開護目鏡，一雙蒼白、深邃、嚴厲的眼睛瞪著格雷戈。「我說，你。是。什麼。屎？」歐索．伊納希歐問，音量放大許多。

歐索看起來像是一位剛離開工作室的藝術家或雕刻家，身上的米色襯衫汙漬斑斑，圍裙底下是灰白色的緊身褲；他那雙鞋尖勾起的鞋——最高階層的人習慣穿這種——又破又爛，腳趾處穿了好幾個洞。他的白髮又蓬又亂，狂野衝天，一度俊俏的臉龐現在長了皺紋，膚色也轉深，瘦骨嶙峋，彷彿這男人在醃魚棚裡待了太久。

格雷戈清了清喉嚨。「是我的不對。早安，至尊。很抱歉在這最艱難的時刻打擾——」

歐索翻了翻白眼，看向房內另一個角落。「他是誰？」

格雷戈凝視陰影，這才看見後面還有另一個人，他先前沒注意到：一名高䠷，頗爲美麗的女孩，表情沉靜內斂。她坐在地板上，面對著一盤銘印方塊——長得像算盤的裝置，銘術師用來測試銘印串。她正用快得駭人的速度將方塊挪進挪出，有如專業西佛里棋手在棋盤上移動他們的棋子，發出穩定的喀啦喀啦聲。

女孩停下來，瞥了格雷戈一眼，表情難以捉摸。「我相信，」她用平穩的聲音說，「那是格雷戈．丹多羅隊長。」

格雷戈皺起眉，感到驚訝。他這輩子沒見過這個女孩。女孩冷靜地繼續將方塊滑入或滑出托盤。

「啊。」歐索說。「歐菲莉亞的孩子？」他注視著格雷戈。「我的老天，你長了不少肉呢。」

女孩——格雷戈猜應該是歐索的助手之類的——尷尬得微微一縮。

但格雷戈並不覺得遭受侮辱。上一次歐索瞥見他的時候，他可能才剛從戰場上回來。「對。」格雷戈說。「一個人要是從完全沒食物的地方來到有一些食物的地方，通常都會發生這種事。」

「有意思。」歐索說。「好啦。你到底下來這裡做什麼，隊長？」

「對，我——」

「你還是在濱水區那貧民窟攪和，對吧？」他的眼裡突然燃起詭異的憤怒。「前提是還有個濱水區可以攪和。」

「對，事實上我——」

「嗯，你可能注意到了，隊長……」他攤開雙手示意寬敞、黑暗、空蕩蕩的房間。「我們此刻的環境並無水，更缺乏任何形式的濱。你在這裡沒什麼用處，不過門倒是有很多。非常多。」歐索轉身檢視身後的東西。「我建議你插的利用其中一扇。哪一扇都好，我說白了一點也不在乎。」

格雷戈大步走進符文典室，略略提高音量，「我來這裡問你，至尊……」他停住，蔓延整顆頭的一陣疼痛痛得他皺起臉，他按摩著額頭。

歐索看著他。「是？」

格雷戈深吸一口氣。「我很抱歉。」

「慢慢來。」

他吞了口口水，努力集中精神——但頭痛堅持不退去。「這……這會消失嗎？」

「不會。」歐索露出討人厭的微笑。「以前沒靠近過符文典？」

「有，不過這個似乎非常……」

「大？」

「對。大。這機器停了，不是嗎？我是說，那就是問題所在，對吧？」

歐索嗤地一笑，轉身盯著身後的機器。「此刻它是『停了』，用你的話來說；不過更精確的詞是『削弱』。很難讓符文典眞的停止，這不是什麼天殺的風車，而是有關物理與現實的大量主張。停掉符文典會像是，噢，把一隻紋蟹變成碳、鈣、氮，以及所有構成牠的東西——概念上可行嗎？當然，絕對不行。實際上有可能嗎？插的不可能。」

「我……懂了。」事實上格雷戈根本鴨子聽雷。

歐索的助手緩緩吐出一口氣，像是在說：他又來了。

歐索回過頭對格雷戈露齒而笑。「想靠近一點嗎？看一看？」

格雷戈知道歐索在刺激他，因爲距離符文典愈近，感覺愈不舒服。不過格雷戈想讓歐索放下戒心，盡他所能，而讓自己被玩弄是選項之一。

他痛得瞇起眼，仍走到玻璃牆旁看著裡面的符文典。它看起來像一只側倒的金屬罐，只是罐身遭細小的銀牌與圓盤切入——數以千計，或甚至百萬計。他約略知道每個圓盤都寫滿銘印定義：指示與論據，說服銘器做它們該做的事。不過他也知道，他對符文典的理解程度大約就像是他知道他的大腦負責所有思考的工作，僅此而已。

「我沒這麼近看過。」格雷戈說。

「沒太多人靠這麼近過。」歐索說。「這麼多意義所造成的壓力，強迫現實聽從這麼多論據，這讓那東西變得地獄般火熱，也極端難以靠近。然而，昨晚這部機器——它對現實的一切主張——就這樣呼的一聲被關掉了。就像吹熄該死的蠟燭。而這，我剛剛已經大發善心解釋給你聽了，應該是不可能的。」

「那怎麼會？」格雷戈問。

「一點頭緒也沒有！」歐索發出野蠻人般的歡呼。他走到銘印方塊前的女孩身旁，看著她一個接一個接上銘印串，隨著她的手指以快得幾乎看不見的速度在托盤上舞動，小金屬方塊飛入飛出。每一次方塊頂端的小塊玻璃都會發出柔和光芒。「終於各種天殺的銘印串都開始運轉了！」他說。「運轉得完美無瑕、堅定不移、不容質疑！眞令人欣慰。就好像什麼也沒發生過。」

「了解。」格雷戈說。「那，可否請問——這位又是誰呢？」他朝女孩點點頭。

「她？」歐索似乎對這問題頗感吃驚。「她是我的配者。」

格雷戈不知道配者是什麼，女孩又似乎沒興趣回答，沒理會他們，繼續測試一串又一串的符文。他決定跳過。

「是人爲破壞嗎？其他商家下的手？」

「再一次地，一點頭緒也沒有。」歐索說。「我檢查過所有維持那東西順暢運作的基礎銘印，但那些銘印串都好好地工作著，活潑得不得了。符文典本身沒有受到任何損傷，看起來也沒有遭妥善或不妥善削弱的跡象。如果那坨負責維護的蠢屎能夠確認這機器有定期排程檢查，可以排除人爲破壞的可能。而且方塊都以某種相當基本、無聊、普通的配置排列。對吧？」

他的助手點頭。「正確，先生。」她示意身後的牆。「製造、保全、照明與運輸，這些牆承載的範圍就是這些。」

格雷戈看著牆，緩緩了解她的意思。「牆」在銘術中，指的是數千個白色方塊構成的巨大牆壁，這些方塊覆蓋銘印，在短軌道上下滑動。每一個方塊代表一個銘印定義：方塊朝上代表定義閒置，因此並不發揮作用；方塊若朝下，則表示定義運作中。

聽起來簡單，但經過數十載高階訓練的銘術師才能夠看著一道牆便說出究竟是什麼狀況。一道符文典牆，當然了，受到謹慎看守並維護：要是有人把不對的方塊往上滑，撤銷了某個關鍵定義，舉例來說，就有可能使得丹多羅內城的所有銘印馬車突然間無法停止。這可不好。

或者，有人將好幾個關鍵方塊往下滑，啓動一些複雜至極的定義，可能便會造成符文典過載，導致……嗯。那就是非常、非常不好了。

符文典基本上嚴重違逆現實，因此靠近它才會這麼不舒服。符文典陷入混亂的後果恐怖得讓人想都不敢想。這也是帝汎城雖擁有龐大權力與乖張的商家，又如此腐敗，至今卻尚未經歷太多人爲騷亂的主要原因：整座城市基本上靠巨大炸彈構成的系統維繫，這通常會讓人更加謹慎。

「眞是棘手。」格雷戈說。

「對啊。」歐索懷疑地看著他。「你母親不是都知道嗎？我以爲我一直是個好孩子，都有適度回報最新消息。」

「我不清楚我母親對於你的狀況有多少了解，至尊。」格雷戈說。「我來此也不是爲了銘術失效的事。事實上，我想跟你請教有關濱水區的問題。」

「濱水區？」歐索惱怒地說。「你天殺的爲什麼要拿這種事來煩我？」

「我想跟你請教有關發生在那的竊盜案。」

「浪費時間！你不能期待我……」他頓住。「等等。竊盜案？你是指那場火。」

「不。不是。」格雷戈禮貌地說。「我指的就是竊盜案。調查顯示，那場火只是煙霧彈，好讓竊賊接近我們的保險箱。」

「你怎麼知道？」他質問。

「我們檢查了保險箱，發現有東西遭竊。」

歐索非常緩慢地眨眼。「啊。」他安靜片刻。「我……我以爲保險箱連同濱水衛總部一同燒毀了。我以爲全部都毀了。」

「幾乎。」格雷戈說。「不過一確定火勢會擴散，我便把所有保險箱裝上貨車送到安全之處了。」

歐索又眨了眨眼。「是嗎。」

「是。」格雷戈說。「我們發現有東西遭竊，一個平凡無奇的小木盒，二十三號保險箱。」歐索和他的助手完全凍結。格雷戈忍不住感到一絲竊喜。

有時候，猜對了感覺眞爽。

「眞怪……」歐索小心翼翼地說。「你說你有問題要問我——但是我還沒聽見問題，隊長。」

「嗯，我昨晚在平民區做了一些後續調查，想抓住那個賊。我找到他們的贓物商，就是把竊賊偷到的東西賣掉的人；還在他們的物品中找到一份筆記，提及丹多羅至尊和竊賊，還有那場火，都有關聯。我的問題是，至尊，你覺得是什麼關聯？」

「沒概念。」這男人的臉原本滿是蔑視、不耐與猜疑，現在則是不露絲毫情緒。「你認爲是我委託那場竊盜，隊長？」

「我目前沒什麼想法，因爲我所知有限，閣下。你可能是遭竊的那個人。」

歐索不自然地笑。「你認爲有人從我這兒偷了銘印定義？」

調虎離山。不過格雷戈樂意稍稍被調開。「嗯……那通常在帝汎最値錢，體積也可能很小，閣下。」

「確實可能。沒錯。」歐索站起，走到層架旁拿出各約七吋厚的三本大書，隨後走回格雷戈身旁。

「看到這些了嗎，隊長？」

「看到了。」

歐索將一本丟在地上，發出響亮的砰。「那是削弱符文典的起始釋義。」然後是第二本，也發出響亮的砰。「這是釋義的續篇。」他丟下第三本。「這是削弱符文典的結尾釋義。你知道我怎麼知道嗎？」

「我……」

「因爲是我寫的，隊長。我寫下這三本天殺的書中的所有符文和符文串。」他走更近些。「一個銘印定義或許放得進小盒子裡。但肯定不是我的。」

這是一場不錯的演出。格雷戈幾乎被打動了。「了解，閣下。除此之外你沒有任何東西遭竊？」

「就我所知並沒有。」

「那好吧。我猜贓物商可能是無意中寫下你的名字。」

「或是你解讀錯誤。」歐索說。

格雷戈點頭。「有可能。我相信我們很快可以查明。」

「很快？爲什麼？」

「嗯……我覺得我快抓到那個小偷了。而且除非我的直覺有誤，我覺得他們銷贓的計畫出了大問題。也就是說，失竊的東西可能還在他們手上。所以我們很快就能找回贓物，同時真相大白。」他對著歐索露出開朗的微笑。「我相信大家都覺得這令人寬慰。」

歐索這會兒完全靜止——幾乎連呼吸也停了。然後他說。「對。我相信這是一定的。」

「是的。」格雷戈看著他身後的龐大機器。「有關符文典和傳道者的那些，他們說的都是真的嗎，閣下？」

「什麼？」歐索吃了一驚。

「傳道者。我聽過一些老故事，說當你靠近真正的傳道者時，例如偉者奎塞迪斯本人，會出現嚴重的偏頭痛。跟現在靠近符文典時的感覺很像。這是真的嗎，閣下？」

「我怎麼知道。」

「我知道你自己也對遠西人很感興趣，不是嗎？」格雷戈問。「或者說曾感興趣。」

歐索怒瞪著他，凌厲、蒼白雙眼的嚴厲程度可比歐菲莉亞·丹多羅的瞪視。

「曾經。對，但並不持久。」

一段時間內，兩個男人只是瞪著彼此；丹多羅平靜地微笑，歐索則是滿臉怒意。

「好了。」歐索。「請容我們告退，隊長。」

「當然。我就不打擾你們了，閣下。」格雷戈說。「抱歉給你帶來麻煩。」他往樓梯走去，但又停住。「啊，不好意思——小姐？」

女孩抬頭。「什麼事？」

「抱歉，我剛剛太無禮了。好像還沒請教芳名？」

「噢。我叫葛瑪蒂。」

「謝謝，不過我是指你的全名。」

她瞥了一眼歐索，但他仍背對著她。「葛瑪蒂．貝若尼斯。」

格雷戈微笑。「謝謝你。很高興與你們相見。」他隨即轉身小跑上樓。

❂

歐索．伊納希歐聽著隊長的腳步漸漸遠去。他和貝若尼斯看著彼此。

「先生……」貝若尼斯說。

歐索搖頭，一根手指擱在嘴脣前。他指了指通往符文典室外的諸多走廊和門，又指指自己的耳朵：可能有人在偷聽。

她點頭。「工作坊？」她問。

「工作坊。」他說。

他們離開符文典室，叫了一輛馬車，搭車回到丹多羅內領地的至尊所；這是一棟不規則、格局凌亂的建築，有點像一所大學。歐索和貝若尼斯走進去，沉默地上樓到歐索的工作坊。沉重厚實的木門感應到歐索到來，開始打開。他在門上加了銘印，能感應到他的血——迂迴困難的把戲；不過他失去耐性，沒等門完成自己的工作便一把推開。

他等門在身後關上，然後爆發。

「該死。該死！該死！」他尖叫。

「啊。」貝若尼斯說。「對，我同意，先生。」

「我……我以爲那該死的東西毀了！」歐索大喊。「跟整個天殺的濱水區一起！但是……被偷了？又來？我又被偷了？」

「看來的確如此，先生。」貝若尼斯說。

「怎麼會？只有我們兩個知道，貝若尼斯！我們只有在這個工作坊裡討論過！怎麼又會被發現？」

「這確實令人擔心，先生。」貝若尼斯說。

「擔心！這天殺的比擔心嚴重——」

「的確，先生。不過更嚴重的問題是……」她焦慮地瞥了他一眼。「要是丹多羅隊長眞如他所說在今晚抓到小偷——而那東西還在小偷手上，我們怎麼辦？」

歐索的臉刷白。「當他帶回小偷……歐菲莉亞就會知道了。」

「對，先生。」

「她會知道我又花錢支付考察，又買了一件製品。」

「對，先生。」

「然後……她會知道我是怎麼付錢的！還有付了多少。」歐索壓住兩邊太陽穴。「噢，天啊！我拿走那好幾千督符，我拿走的那所有錢，我在帳冊裡乾坤大挪移到剛剛好的那所有錢！」

她點頭。「我擔心的就是這個，先生。」

「該死。」歐索踱起步來。「該死！該死！我們得……我們得……」他看著她。「你得跟蹤他。」

「您說什麼，先生？」

「跟蹤他！」歐索說。「你必須跟蹤他，貝若尼斯！」

「我，先生？」

「對！」他跑到櫥櫃前急匆匆抓出一個小盒子。「他一定還沒走遠。格雷戈．丹多羅總是走路穿過整個內城，像個白癡！歐菲莉亞抱怨個不停！搶搭一輛馬車，去南門等他，然後跟蹤他！還有……」他狂亂地翻弄盒子，從裡面抽出一個東西。「帶這個。」

他把一個看似銘印小錫片的東西塞進她雙手間，錫片頂端和尾端各有一個凸出的部分。「偶合板，先生？」她問。

「對！」歐索說。「我會帶著成對的另一個。呃，我們來看看——格雷戈抓到小偷的話，就折斷上部，沒抓到就折斷下部。如果他抓到人，而且那製品還在小偷手上，那就上下都折斷！要是小偷逃跑，你盡可能跟上，查出在哪。無論你做什麼，我手上的偶合板都會發生一樣的事，我會知道實際情況。」

「而你會留在這裡做什麼呢，確切說來，先生？」

「有些人情該討回。」歐索說。「別人欠我的債，所以我或許可以掩蓋我自己欠這天殺商家的債！如果格雷戈．丹多羅帶著那把鑰匙回來，我必須讓整件事看起來像我只是稍微越線，而不是整個天殺的身體都跑到線的另一邊，還拿了丹多羅特許家族三千插的督符！」

「而你打算花多少時間安排好一切？」她瞄了一眼工作坊窗外的米奇爾鐘塔。「八小時？」

「對！但如果格雷戈．丹多羅沒帶著小偷回來這，那當然再好不過，我就什麼都不必做了！」

「我不想提的，先生。」她說。「但是我很驚訝您居然沒要我去干擾隊長工作，確保小偷能逃脫。這樣歐菲莉亞就永遠不會知道了。」

他頓住。「逃脫？逃脫？貝若尼斯——那把鑰匙可以改變一切，我們所知有關銘印的一切。只要能拿到手，幾乎沒什麼我不願意做的。就算得脫光讓歐菲莉亞．丹多羅用藤條抽一頓也成！我唯一不願意的，就是被她丟進內城監牢，鑰匙讓她占爲己有！還有……」他的臉緩緩扭曲成殺人般純粹狂怒的表情。「我當然不介意逮住那個天殺的小賊——他們羞辱我可不止一次，而是兩次；我還要看著他們在我插的眼前被肢解。」

11

〈現在呢？〉克雷夫問。

桑奇亞坐在米奇爾屋頂的邊緣，位置就在鑄場下風處；她試著聳肩，卻發現自己沒那種心情。〈不知道。活下去吧，我猜。或許從哪個內城垃圾堆裡偷些食物當晚餐。〉

〈你在垃圾堆裡找食物？〉

〈是啊。之前這麼幹過，很可能又要了。〉

〈通往西方的叢林非常茂密，你或許可以在裡面躲一陣子？〉

〈有高度到男人眼睛的野豬。牠們顯然喜歡拿獵殺人類當消遣。不太確定一把魔法鑰匙在那裡有多大用處。〉

〈好吧，不過……不過這是一座很大的城市，對吧？找不到藏身處嗎？完全沒有？〉

〈鑄場畔和綠地不安全。我或許可以去北方的平民區，遠離水道。不過平民區的面積只占帝汎大約十分之一。城市的其他部分都是內城，而藏匿在內城可是天殺地難。〉

〈我們現在做得還不錯啊。〉克雷夫說。

〈暫時。在屋頂上。對。但這不是長久之計。〉

〈好吧……那怎麼樣？你有什麼計畫？〉

桑奇亞盤算著。〈克勞蒂亞和吉歐凡尼說過坎迪亞諾家換了他們的徽封……〉

〈誰？〉

〈坎迪亞諾。四大商家之一。〉她指向北方。〈看見那個大拱頂了嗎？〉

〈你是說，眞的眞的眞的很大的那一個？〉

〈對。那是坎迪亞諾家的山所。他們原本是世界上最強大的商家，直到崔布諾・坎迪亞諾發瘋。〉

〈噢對，你提過他。他們把他鎖進塔裡，對吧？〉

〈應該是。總之，克勞蒂亞說他們在一夜間換掉他們的所有徽封；除非眞的出什麼大錯，否則不會有人幹這種事。也就是說，那座內城一定有些混亂騷動，而混亂騷動正是下手偷竊的最好時機。〉她嘆氣。〈不過一定要是大傢伙，才能弄到我們需要的錢。〉

〈為什麼不偷那個什麼山所？那地方看起來就像塞滿値錢的寶物。〉

她輕笑。〈是啊，不。沒人，我的意思是沒有一個人曾闖入山所。就算你有奎塞迪斯本人的權杖，你也無法闖入那個地方。我聽說過有關山所的奇怪謠言——裡面鬧鬼，或是……嗯。更糟的東西。〉

〈所以你打算怎麼樣？〉

〈想出該怎麼做。盡我所能。〉她打呵欠，伸展一下，在平坦的石屋頂躺下。〈日落前還有幾個小時，我要休息一下。〉

〈什麼，你打算睡在石屋頂上？〉

〈對？有什麼不妥？〉

克雷夫頓了頓。〈我有種感覺，小鬼，你都在些粗陋的地方過活。〉

桑奇亞躺在屋頂上，凝望上方的天空。她想著沙克，想著她的公寓——雖然一室荒蕪，現在感覺起來卻像天堂。

〈跟我說話，克雷夫。〉

〈吭？說什麼？〉

〈什麼都好。除了正在發生的事，什麼都好。〉

〈了解。〉他想了想。〈嗯。好。目前在半徑一千呎範圍內有三十七個活動中的銘印。其中十四個相互關聯，與其他銘印活絡互動，往來傳送資訊或熱能或能量。〉他的聲音轉輕，滲入一絲有如誦經的抑揚頓挫。〈我希望你能像我一樣看見它們。我們下方的兩個在跳舞，像最輕柔的蹺蹺板那樣一來一回；一個將熱能傳送進一大堆密集的石塊裡，深埋入石塊堆的骨頭，另一個銘印則是將熱能舀起，撒在一盤玻璃珠上，軟化、融化玻璃珠，直到它們形成一片最透徹的玻璃盤……對街的臥室有一盞銘印燈，光線溫和美好。燈上的銘印將所有過去的燭光儲存起來，現在才涓滴流洩……光線在彈跳，非常輕柔，偶爾推擠。我想有一對伴侶在附近的床上做愛……想想看——這些人在可能有幾天、幾週，甚至幾年那麼陳舊的光中分享他們的愛……感覺就像在星光下做愛，不是嗎？〉

桑奇亞聽著他的聲音，眼皮漸漸沉重。

她很高興有他在身邊。在她孤立無援的時候，他就是她的朋友。

〈希望你能像我一樣看見，桑奇亞。〉他低語。〈對我來說，它們就像我心裡的星星……〉

桑奇亞睡著了。

◎

手術後她便不再作夢。不過有時睡著，回憶會回來找她，就像骨頭從焦油坑深處冒著泡泡浮出。

在那片屋頂上，桑奇亞睡著，而且憶起。

她想起墾殖地的炙熱太陽，割人的甘蔗葉。她想起老麵包的味道與成群叮咬不休的蚊蟲，還有簡陋小屋裡的硬帆布床。

她想起屎尿的臭味，就在距離他們睡覺之處不過幾碼外的露天糞坑裡腐爛。夜裡嗚咽哭泣的聲音。衛兵把一個女人，有時是一個男人拖進林子裡為所欲為時傳來的驚恐叫喊。

她也想起墾殖地小屋後方山丘上的房子，來自帝汎的時髦男子就在那兒工作。

她想起每天薄暮時分緩緩駛離山丘上那棟房子的貨車。她也記得蒼蠅緊緊跟隨貨車，車上的貨物藏在厚防水布下。沒過多久大家就知道發生了什麼事。每晚都有一名奴隸就這麼消失。隔天，貨車駛離山丘上的房子，可怕的惡臭跟在車後。

有人暗中傳說失蹤的奴隸其實逃跑了，但大家都知道這是謊言。大家都知道發生什麼事。大家都知道山丘上那棟房子傳出的尖叫聲是怎麼回事；尖叫聲總在午夜。總是，總是，總是在午夜，每一夜。

然而他們一直都是無聲、無助的。儘管在島上，他們的人數是帝汎人的八倍，帝汎人擁有威力駭人的武器。他們見識過舉起手反抗主人的奴隸是什麼下場，他們不想摻和進那種事。

有一晚她試著逃跑。他們輕而易舉逮到她。或許因為她想逃，他們決定就讓她當下一個。

桑奇亞想起那棟房子的味道。酒精、防腐劑與腐敗。

她想起地下室中央的白色大理石桌，用來束縛她手腕與腳踝的鐐銬。牆上那些覆滿奇怪符號的薄金屬碟，還有和金屬碟成對，閃閃發光、尖銳的螺栓。

她想起地下室的那個男人，又矮又瘦，一隻眼剩下空洞的眼窩；她想起男人總輕拍額頭抹掉汗水。

她想起他是怎麼看著她，微笑，疲倦地說：「好吧，我們來看看這一個行不行得通。」

那是桑奇亞遭遇的第一個銘術師。

她睡著時常想起這些事。而當她想起，總會發生兩件事。

首先，她頭側的疤開始發痛，痛得好像那並不是疤，而是一個烙印。

然後她會逼自己想起能讓她感到安全的那一段回憶。

桑奇亞想起一切是如何陷入火海。

※

她醒來時天色已暗。她的第一個動作是脫下手套，用手指碰觸鑄場的屋頂。屋頂在她腦中亮起。她感覺到煙在鑄場盤旋，感覺到雨在煙囪基部積成水窪，感覺到她自己的身體，瘦小、不起眼，緊貼著屋頂寬廣的石面。最重要的是，她感覺到自己孤單一人。上面除了她和克雷夫之外別無他人。

她動了起來。她起身，打呵欠，揉揉眼睛。

〈早。〉克雷夫說。〈或許我該說晚——〉

遠方某處傳來一陣尖銳的爆裂聲，有個東西狠狠撞上她的膝蓋。

桑奇亞倒下，驚叫出聲。同時間，她看見一條怪異的銀色繩索像個陷阱般圈住她的小腿。她隱隱意識到對面屋頂上有人朝她投擲或發射了這條繩索——無論這到底是什麼東西。

她摔倒在石屋頂上。〈該死！〉克雷夫說。〈我們被發現了！〉

〈不會吧！〉桑奇亞試著爬走，但發現沒辦法。繩子突然似乎重得不可思議，彷彿並非由纖維構成，而是鉛；無論她再怎麼拉抬，也只能勉強將繩圈拖動比半吋長不了多少的距離。

〈繩子被加上銘印，認為自己比實際上還密實！〉克雷夫說。〈你愈想移動它，它就愈密實！〉

〈我們可以弄斷——〉

她沒機會說完，因爲又傳來第二陣爆裂聲。她抬起頭，剛好看見一條銀色繩索從幾乎一個街區外的屋頂上飛了過來。繩子有如張臂擁抱般在空中展開，然後撞上她的胸口，把她又撞倒在屋頂上。她試著抬起繩子，但隨即頓住。〈等等。克雷夫，我是不是可能在無意間讓繩子變得太密實，最後壓碎我的胸腔？〉

〈那是一個繩圈，會分散力量——多多少少。你倒是可能讓繩圈變得太密實，壓穿屋頂。〉

〈該死！〉她低頭看著繩索。側邊似乎有某種鎖定機制，等待著銘印鑰匙來開啓。〈做點什麼！幫我解鎖！〉

〈沒辦法啊！我得碰到才行！〉

桑奇亞努力把他拉出她的襯衫，但第二條繩索很快地將她的手臂縛在她的身體上。〈我拿不到你！〉

〈我們怎麼辦，我們怎麼辦？〉

桑奇亞瞪著上方的夜空。〈我……我不……我不知道。〉

他們只能在那兒等著，仰望上方，銘印繩索的吟誦聲在桑奇亞耳裡迴盪。然後，好一會兒之後，她聽見腳步聲靠近。沉重的腳步聲。格雷多・丹多羅隊長那張瘀青、擦傷累累的臉從上方湊了過來，一把巨大的弩弓掛在他的背上。他有禮地微笑。「再次晚安。」

⁂

顯然那些繩索由丹多羅隊長控制：他調整弩弓上的某個東西後，便適度降低繩索的密實度，好讓他可以替她翻身。當然了，他沒有鬆綁。「之前打仗時用的東西，用來捕捉入侵者。」他歡快地說。他一手拉住一條繩索，把她像隻受縛的豬那樣提起來。「我應該要聞出是米奇爾鑄場的煙才是，就像聞到茉莉花香。先前總是到這裡來訂製武器。火焰與熱，正如一般人所想，在發動戰爭時很有幫助。」

「放我走，你這愚蠢的雜種！放我走！」

「不。」他不知道是怎麼辦到的，竟然能在這一個字內放入多得令人憤怒的愉悅。

「把我關進牢裡他們會殺了我的！」

「誰？你的客戶？」他朝通往樓下的樓梯走去。「他們沒辦法接近你。我們會把你關進丹多羅家的監獄，那地方挺安全的。你唯一該顧慮的只有我，小姐。」

桑奇亞又是用頭頂又是用腳踢又是咆哮，然而丹多羅頗強壯，也不受她源源不絕的咒罵影響。他們往樓下走時，他愉快地哼著歌。他走出樓梯，拖著她到對街一輛帶有丹多羅徽型的銘印馬車旁；丹多羅家的徽型是羽毛筆與齒輪。「馬車在等我們！」他打開後座，把她放在地板上，再次啓動繩索上的銘印，將她鎖定在地板——弩弓側面有調節器。「路途很短，希望這還算舒服。」接著他打量她片刻，深吸一口氣，「但是首先，我必須問……東西在哪？」

「什麼東西在哪？」

「你偷走的東西。那個盒子。」

〈噢媽的。〉克雷夫說。〈這傢伙不像外表那麼蠢。〉

「不在我身上！」桑奇亞竭盡所能在短時間內編出一個故事。「我交給客戶了！」

「是嗎？」他平板地說。

〈我不認爲他相信你。〉克雷夫說。

〈我知道！閉上你天殺的嘴，克雷夫！〉

「是！」她說。

「如果你照顧客的要求做了，他們爲什麼還想殺你？這不就是你想逃出城的原因嗎？」

「對。」桑奇亞誠實地說。「但我不知道他們爲什麼一定要逮到我，也不知道爲什麼殺沙克。」

這番話令他一頓。「沙克死了？」

「對。」

「你的客戶殺了他？」

「對。對！」

他搔了搔下巴的鬍子。「我猜你並不知道客戶的身分。」

「對。我們從不知道名字，也從不看盒子內的東西。」

「那你把盒子怎麼了？」

桑奇亞決定說一個接近事實的故事。「沙克和我在約好的時間帶著盒子到約好的地點——一座位於綠地的廢棄魚工廠。來了四個男人，像是那種吃得很好的內城人。其中一個人拿走盒子，說他想確認一下，留下我們和另外三個男人。然後有人發出某種信號，他們刺了沙克一刀，也幾乎殺了我。」

「然後你……殺出重圍？」

她對著他瞇起眼。「對。」她防衛地說。

他的深色大眼掃過她瘦小的身形。「獨自一人？」

「我有足夠的戰鬥能力。」

「哪一座魚工廠？」

「在安納費斯托水道旁。」

他點頭，一面思考。「安納費斯托，是嗎。好吧。那我們就去看看吧！」他關上車門，爬上駕駛座。

「去哪裡看？」桑奇亞驚愕地問。

「綠地。」隊長說。「你剛剛說的那個魚工廠。裡面想必會有幾具屍體，對吧？說不定屍體上會有些線索，剛好說明是誰付錢要你去偷我的濱水區？」

「等等！你……你不能帶我去那裡！」她大喊。「才幾個小時前，那裡還有幾打大雜種到處走動，指望能把我開膛破肚！」

「所以你最好保持安靜，對吧？」

※

馬車車輪轆轆滾過通往綠地的平民區泥濘小路，桑奇亞動也不動地躺著。這或許是她最慘的下場：她原本打算再也不回到綠地，更別提現在還被捆在格雷戈・丹多羅隊長的馬車上。〈你一感覺到有大東西往我這裡來就告訴我，好嗎？〉

〈幹麼，好讓你躺在那裡看著死神一步步接近？〉克雷夫說。

〈聽我的就對了，好嗎？〉

馬車終於停下。車窗外一片黑暗，不過她聞得出來他們確實已來到魚工廠。回想起那一夜，恐懼在她胃裡發酵——不過就是昨晚，只是現在感覺距離好遙遠。

丹多羅有很長一段時間一言不發。她想像他拱著背坐在駕駛座裡，看著街道和魚工廠。然後她聽見他的聲音，低微但堅定地說：「不會花太多時間。」

他爬出駕駛座，關上門；馬車輕微晃動。

桑奇亞躺在那兒等待。等待。

〈我們天殺的要怎麼逃過這一劫？〉克雷夫問。

〈還沒有想法。〉

〈要是他搜你身……我是說，我就掛在你頸間的繩子上耶！〉

〈格雷戈・丹多羅是一位內城紳士。〉桑奇亞說。〈他或許也是一名退伍軍人，不過骨子裡，所有

內城好男孩都絕對不會想碰觸平民，更別提摸索平民女孩的胸。〉

〈我覺得你錯看他……等等。〉

〈怎樣？〉

〈附近有銘器。〉

〈噢天……〉

〈不，不，是小東西。真的很小。迷你，甚至容易被忽視。像是一個點，貼在馬車外，後面。〉

〈什麼作用？〉

〈它……想跟其他東西結合？我猜跟你的建構銘術有點像。像是一個磁鐵，非常非常用力地朝另外一個東西拉，一個肯定……就在附近的東西……〉

桑奇亞緊繃起來。她突然領悟確切發生了什麼事。〈媽的！〉她說。〈他被跟蹤了！〉

〈你是什麼意──〉

駕駛座的門打開，有人爬了進去──應該是格雷戈．丹多羅，不過她看不見。然後她聽見他輕聲說。「沒有屍體。一具也沒有。」

桑奇亞震驚地眨眼。「但是……不可能啊。」

「是嗎？」

「對。對！」

「屍體應該在哪裡，小姐？」

「樓上，還有樓梯上！」

他回頭看著後座的她。「你確定？百分之百？」

她怒瞪著他。「對，該死的！」

他嘆氣。「我懂了。好。我確實在這兩個地方發現不少血跡——所以我不得不勉強承認你故事中的某些部分看似有幾分眞實性。」

她瞪著車頂，怒火中燒。「你在測試我！」

他點頭。「我在測試你。」

「你……你……」

「你知道盒子裡是什麼東西嗎？」他突然盤問道。

桑奇亞一驚，努力鎭定下來。「跟你說過了，我不知道。」

他凝望遠方，思考著。「那……我猜你對傳道者一無所知？」他輕聲說。

她的皮膚轉爲冰冷，但她沒說話。

「是嗎？」他問。

「除了他們是魔法巨人之外？」桑奇亞說。「對。」

「我覺得你在說謊。我覺得關於那盒子裡的東西、你們的交易怎麼告吹，還有裡面怎麼會有血跡，你並非都說實話。」

〈該死。〉克雷夫說。〈這傢伙令人毛骨悚然。〉

〈你確定那東西在馬車後面？〉

〈對。面對後面的時候右下角。〉

「而我覺得我將要救你一命。」她說。「再一次。」

「你說什麼？」

「去你的車後面找個東西，應該會貼在右下角。看起來像個鈕扣，不該在那裡的鈕扣。」

他瞇起眼看著她。「你在玩什麼把戲？」

「什麼把戲也不是。去啊。」她說。「我等著。」

他看了她一會兒，接著手往下探拉了拉繩索，確定仍緊綁住她。滿意後，他打開車門再次下車。

她聽著外面傳來嘎扎的腳步聲，在馬車後方的某處停下。

〈他找到了。〉克雷夫說。〈把那東西撬下來了。〉

格雷戈走回來，從後座的乘客窗看著她。「這是什麼？」他的語氣略帶怒意。他舉起那東西——看起來像是黃銅大頭釘。「有銘印，在底端。這是什麼？」

「類似建構銘術的東西。」桑奇亞說。「會拉扯它的偶合體，跟磁鐵一樣。」

「那又是爲什麼，」他說，「會有人想把建構銘器貼在我的馬車上？」

「你想想啊。」桑奇亞說。「把偶合體之一貼在你的馬車上，另一個綁在繩子上。那條繩子就會變得跟羅盤裡的指針一樣，永遠像指北針那樣對準你。」

他瞪著她。然後他環顧左右，凝望身後的街道。

「看來你懂了。」桑奇亞說。「看見任何人了嗎？」

他沒出聲。猛地探頭進車窗。「你怎麼知道那東西在那？」他質問。「你怎麼知道那是什麼？」

「直覺。」

「鬼扯。是你放的嗎？」

「我什麼時候有機會放？睡在屋頂上時？還是被你的繩子捆住時？你必須放我走，隊長。他們放那東西不是爲了追你，而是爲了找我。他們的目標是我。他們發現你知道我在哪，於是就跟著你。而你這會兒正中他們下懷。放我走，或許你還有機會逃過一劫。」

他沉默片刻。這莫名逗樂了她——很長一段時間以來，她都覺得這位隊長的血管裡流動的是冰，看見他流汗感覺很好。

「嗯。不要。」他良久後才說。

「什麼?」她驚訝地說。「不要?」

他把鈕扣丟在地上重重踩踏。「不要。」他爬上駕駛座。

「就是……就是不要?」

「就是不要。」馬車再度開動。

「你……你這該死的傻瓜!」她朝他大吼。「你會把我們兩個都害死!」

「你的行爲已經危及他人性命與生計。」隊長說。「不止是我而已,還有我那些治安官。你欠缺思慮,漫不在乎地傷害你周遭的人。改正這一切是我的責任。我不容許任何威脅、任何謊言,也不會因爲遭受任何攻擊而放棄我的道路。」

桑奇亞凝望車頂,驚訝得呆住了。「你……你這個自以爲是的白痴!頭頂上掛著丹多羅的名號,你有什麼權力說這種冠冕堂皇的話?」

「那跟這有什麼關係?」

「傷害人、利用人、危害生命——都是些商家的勾當!你們這些人就跟我一樣骯髒!」

「或許如此。」丹多羅的語氣平靜得令人滿肚子火。「這個地方有一顆腐敗的心,我曾在極近處見識過。不過我也在外面的世界見識過令人毛骨悚然的事物,小姐。我學會馴服其中的某一些。我回到故鄉,將我正要送你去面對的那樣東西帶給這座城市。」

「那又是什麼?」

「正義。」他簡潔地說。

她張大嘴。「什麼?你是認眞的嗎?」

「再認眞不過。」馬車轉彎時他說道。

桑奇亞難以置信地大笑。「噢，就這麼簡單？好像丟下一個包裹一樣？『拿去，朋友——這裡有些正義！』這是我聽過他媽最蠢的笑話了！」

「偉大的事物都有個起點。」他說。「我的起點是濱水區。被你燒了的那個。逮捕你，我便能繼續下去。」

她笑個不停。「你知道嗎，我幾乎相信你了，你和你這番聖戰言論。但如果你眞如你所說那麼高貴正直，丹多羅隊長，你命不長矣。如果說這座城有哪件事不能忍受，那就是正直。」

「讓他們來。已經有很多人找上門。我有一次還眞的死了。我承受得了再一——」

他沒機會說完。因爲馬車在這一刻傾倒，失去控制。

❁

格雷戈・丹多羅先前駕駛過銘印馬車好幾次，他熟知該如何駕馭像這樣的車輛——但他可沒駕過突然只剩一個前輪的車。

轉眼間，似乎就是發生了像這樣的事：剛開始他們好好地前進，接著前輪突然就這麼爆炸。他拉下減速桿，同時轉動方向盤繞過壞掉的車輪——但這顯然不是明智之舉，因爲馬車撞上木製步道，另一個前輪也被撞斷；也就是說，馬車在泥濘巷弄間疾馳，但他卻無法控制方向。世界在格雷戈周遭噹啷震動，但他還是認出馬車前進的方向；只是他也看見，那個地方由一座高聳的石造建築占據。一座看來建造得相當紮實的建築。

「老天。」他跳進馬車車廂；女孩被綁在這裡的地板上。

「你做了什麼好事？你這個大白癡？」她朝他大喊。

格雷戈抓起弩弓，將繩索的密度轉到下方，否則繩索可能會在馬車內到處亂飛，把他壓扁，當然她也是。「請撐住。我們快要——」

接著世界在他們周遭躍起，而格雷戈・丹多羅在此時回想起過去。

◎

他想起很久以前的那場馬車事故。車子是怎麼傾覆，世界是怎麼翻覆，還有玻璃的濺灑與木材的爆裂。他也想起黑暗中的啜泣和外面閃爍的火炬。火光是如何勾勒出父親塞在座位裡的毀壞身形，還有撞爛的馬車裡，他旁邊那名年輕男子的臉，正隨著他的血從身體湧出而哭泣。

多梅尼柯。在黑暗中爲他們的父親哭泣，同時恐懼不已，就這樣死去。格雷戈後來將發現，很多年輕人都是這樣死去。格雷戈又聽見啜泣聲，他得這樣告訴自己：不。不對。那是過去，那都是很久以前發生的事了。

然後是母親的聲音對他耳語：醒來，我的寶貝……

泥濘的世界凍結，現實重返。

◎

格雷戈呻吟著抬頭看。看來馬車翻覆了，所以一邊乘客座的窗戶現在朝天，另一邊則陷入泥漿中。女孩歪七扭八躺他身旁。「你還活著嗎？」他問。

她咳了咳。「你幹麼在意？」

「我不做殺掉逮到的人這種事，就算是意外也不做。」

「你很確定那是意外？」她的聲音粗啞。「跟你說過了，他們跟蹤你。他們要抓我。」

格雷戈怒瞪著她，接著拿出阿鞭，在馬車內往上爬。他鑽出乘客座的車窗；這扇窗此刻正對夜空。

他坐在翻倒的馬車邊緣看著前輪軸。一枝粗大的金屬弩箭恰從原本輪子的位置穿出。箭一定剛好穿過輪輻中央，而那該死的輪子繞著箭旋轉時便被切成碎片……

厲害的一箭。他環顧左右，沒看見攻擊者。他們在鑄場畔的一條大馬路上，不過路上空無一人。經過昨晚的建築倒塌和嘯箭，居民很有可能覺得要是探頭出來查看外面在鬧騰些什麼，頭就不保了。

女孩大喊：「啊，該死。該死。該死！嘿，隊長！」

「又怎麼了？」格雷戈嘆氣。

「我要跟你說另外一樁你肯定不會相信的事，但是我還是得說。」

「當然了，小姐，你愛說什麼就說什麼。」

她遲疑地說。「我……我能聽見銘印。」

「你……你怎樣？」

「我聽得見銘印。」她再說一次。「我就是這樣知道你馬車上的東西。」

他努力想弄懂她到底在說什麼。「不可能！沒人能夠——」

「對對對。」女孩說。「聽著，我之所以非告訴你不可，是因爲現在，我是說現在，若干非常吵鬧的銘器正往我們這靠近。我之所以知道，是因爲我能聽見它們。而且如果它們眞的非常吵，表示它們一定眞的非常強大。」

他嗤地一笑。「我知道你認爲我很笨——畢竟你大聲說過好幾次了——不過一個人就生物上來說不可能笨到會相信那種事。」他環顧四周。「我沒看見街上有任何人拿著嘯箭之類的東西朝我們走來。」

「我聽到的不是在街上。抬頭。它們在上面。」

格雷戈翻了翻白眼，抬起頭，隨即凍結。四層樓上的建築側面有幾名蒙面黑衣人。他們站在建築表面，彷彿那不是建築的外側，而是地面——徹底違反所有已知物理定理。他們用弩箭對準格雷戈。

格雷戈躲進傾倒的馬車內。接下來，他只知道傳來許多巨大的咚咚聲。他搖搖頭，往上看。五隻箭矢射入馬車側，幾乎完全穿透。馬車的牆與地面都經過強化，這代表攻擊者用的是銘印武器。

不止是其中之一，他暗忖，至少有五具銘印武器。

「不可能。」格雷戈說。「這不可能發生。」

「什麼？」女孩問。「外面是什麼？」

「有……有人站在建築側面！」格雷戈說。「就好像重力根本沒作用一樣！」

他抬頭從馬車側邊洞開的窗戶往上看，震驚地看著一名黑衣人像朵古怪的雲般優雅地飄過馬車上方。黑衣人弩箭對準下方，發射。

箭矢呼嘯而至，格雷戈抱住牆。箭射入下方的泥地時，女孩放聲尖叫。

格雷戈和女孩看著箭矢，接著看著彼此。

「我插的眞恨被我說中。」她說。

12

銘術的整套理論建構在說服一個物體表現出其他物體的行爲之上。不過早期的帝汎銘術師頗快便想通，說服一個物體其實它是另外一種相似的東西，遠比說服它是毫無相似處的東西要容易多了。

換言之，銘印一塊銅，讓它認爲自己是一塊鐵，這樣的銘術花不了多大力氣。然而，若想說服一塊銅它其實是，例如，一塊冰，或一坨布丁，或一條魚，那你可得花上多得超乎現實的力氣。說服一個物體花的力氣愈大，銘印定義愈複雜，就得用上更多的符文典，甚至得用一整個符文典或多個符文典才能驅動一個銘印。

最早的銘術師很快便遇上這個瓶頸。因爲他們最先改變的事物之一，便是物體的重量，而事實證明重量是頑強至極的渾蛋，根本不可能被說服去做它不相信自己該做的事。

最初非刻意稍稍繞過重力定律的銘術都造成徹底災難——爆炸、傷害致殘是家常便飯。銘術師們大感意外，因爲他們從陳年故事中得知，傳道者能夠讓物體飄過房室；紀錄中有些傳道者幾乎無時無刻都在飛行。據說傳道者伐內克甚至從山頂運來巨礫擊潰整支軍隊。

然而到最後，歷經無人言說的犧牲人數，帝汎銘術師想出一個還過得去的解決方案。

無法徹底否定重力定律，但可以某種非常奇特的方式遵從之。例如銘印弩箭——銘術師讓它們相信它們只是隨重力而動，只不過對於地面的方向以及墜落了多長距離，它們有了些有趣的新概念。還有飄浮燈籠，它們相信自己裝有滿滿一袋比空氣輕的氣體，儘管事實並非如此。這所有設計都承認重力定律，只不過它們僅在字面上遵從，而非從其精神。

儘管有這些成功，夢想仍舊存在：帝汎銘術師不斷找尋眞正挑戰重力的方法——讓人飄浮或飛行，就像古代的傳道者一樣。只是這些嘗試總是帶來毀滅性副作用。

舉例來說，有些銘術師不愼將自己的重量調整爲身體的兩個不同部分各自認定來自不同方向的拉力，導致他們的肢體拉長，甚至就這麼硬生生從身上扯脫。有些則是不小心把自己壓成一個血淋淋的扁盤，或球，或方塊，端看他們各自的方法論。還有人嚴重低估自身應有的重量，落得飄入太空，直到抵達符文典的極限，就此墜向地表，堪稱反高潮。

這算是不錯的結局了，你還有東西能夠安葬。

與此同時，銘術師花更多的心力銘印人體——這些實驗可遠比胡搞重量駭人多了。難以想像地更糟。無法言說地更糟。

於是，商家洗淨無數慘劇留下的血汙後，他們達成罕見的外交協議，一致決定禁止試圖銘印肉體與其重力，永遠不可等閒視之。人類應付變造過的物體已夠危險了，沒必要也擔心身上的四肢或軀幹發瘋。

因此格雷戈．丹多羅從車底朝外窺探時，對眼前所見感到無法置信：九個男人，皆一身黑，以不可能的優雅姿態跑過建築表面。有人甚至頭下腳上沿屋簷奔跑。

這樣的事不僅違法，就算在帝汎也一樣，而且就他所知，在技術上也不可能做到。其中三人停下腳步，手上的弩弓對準他。格雷戈縮回馬車內，同時箭猛力射入他剛剛朝外窺探的位置。

「而且箭法很好，」他咕噥。「當然囉。」他思考對應之道，但是困在路中央的箱子裡，他想不出什麼好辦法。

「你想活命嗎？」女孩問。

「什麼？」他惱怒地問。

「你想活命嗎？」女孩又說一次。「想的話就放開我。」

「我爲什麼要放開你？」

「我可以幫你逃出去。」

「如果我放開你，你一秒便會跑得不見人影！要不就是在背後刺我一刀，丟下我被弩箭射成針插。」

「有可能。不過他們要的是我，不是你。你幹掉那些雜種，我一滴眼淚也不會流，隊長。我很樂意幫你一把。」

「你能怎麼幫我？」

「能就對了。總比沒有好。除此之外，隊長，你欠我一次。我救過你一命，記得嗎？」

格雷戈沉下臉，摩娑著他的嘴。他討厭這樣。他不眠不休地工作，才有了目前的成果，逮住身爲他所有問題源頭的女孩，現在，他卻得因逮到她而死，不然就得放她走。

然而，格雷戈的優先順序緩緩改變了。

可以肯定飛簷走壁的那些男人受雇於某個商家——商家才給得起這樣的銘器。

*某個商家想殺掉我好抓住那女孩，*他心想。*所以，當然囉，幾乎可以確定那椿竊盜也是由他們委託。*

逮住一個卑鄙小賊，昭告她是帝汎重大災禍的源頭，這是一回事；揭發商家犯下嚴重逆行、陰謀與謀殺，而且就在城裡，這又是另外一回事。大家都知道，商家確實會刺探、破壞其他商家，但他們仍守住一條鮮明、不言而喻界線，不曾跨越。

他們不對其他商家宣戰。帝汎的戰爭會是災難性的，大家都知道。

*但一群飛簷走壁的刺客，*格雷戈暗忖，*絕對看起來更像戰爭。*

他的手探向前座翻找，拿出一條粗金屬繩。他快速用一把銘印小鑰匙將金屬繩扣在女孩左腳上；鑰匙頭部有一個轉盤。

「我說放我走！」女孩說。「不是加上更多束縛。」

「這東西的運作方式跟現在你身上的其他繩索一樣。」他舉起鑰匙，手指指著它。「我轉動轉盤，繩索會變得更重，重得多。你要是想逃跑或殺我，你會發現自己困在外面的某個地方。繩索或許會壓碎你的腳。所以我建議你聽話。」

令他失望的是，威脅的效果似乎不大。「是是是。總之拿掉其他東西，好嗎？」

格雷戈怒瞪著她。接著他從弓柄拉出解除鑰匙，鬆開她的箝制。「我想你應該沒應付過像這樣的殺手。」他說，而她抖落繩索。

「對。對，我沒跟一群飛簷走壁的混蛋糾纏過。有幾個人？」

「我看到九個。」

另一名殺手飄過馬車上方，她抬頭看。弩箭射中上面的車門時，發出咚的一聲。格雷戈注意到女孩並沒有畏縮。「他們想要我們去外面。」她輕聲說。「想要我們無處藏匿。」

「那我們要怎麼去到他們的工具發揮不了優勢的封閉之處？」

女孩歪著頭思考，接著往上爬到上方的窗戶，緊抓住椅緣。她做好準備，然後以敏捷謹慎的優雅一躍而起，彈出窗戶，而後落回泥地上。她落地時，一陣咚咚咚的聲音在馬車內迴盪。

「該死。」她說。「他們很快。不過至少弄清楚我們在哪了。你把馬車駛進左其樓，算我們幸運。」

「我沒有把車駛進樓裡。」他憤慨地說。「我們是出車禍。」

「隨便。這裡原本是造紙廠之類的地方。範圍擴及整個街區。一幫流浪漢現在住在裡面，不過頂樓寬敞開放，有一大堆窗戶，而且另一面的街道相當狹窄。」

「這對我們有什麼好處。」

「對我們沒好處。」桑奇亞說。「倒是對我有好處。」

他對她皺起眉。「你到底有什麼打算？」

她解釋，格雷戈聆聽。

她說完後，他仔細考慮她要他做的事。這計畫不差。他聽過更糟的。

「你覺得你做得到嗎？」她問。

「我做得到。」格雷戈說。「你覺得你進得了那棟建築嗎？」

「不成問題。給我那把天殺的大弩弓就好。」他交出弩弓，她隨即掛在背上。「跟一般的弩弓一樣瞄準、射擊就好，對吧？」

「基本上是這樣。繩索會纏住目標，然後開始增加密度，當然了，目標愈是移動愈緻密。」

「非常好。」她從側邊口袋掏出兩顆小黑球。「準備好了嗎？」

他爬上打開的窗戶，垂眼看，接著點點頭。

「行動。」她將一顆球拿在手上，按壓側面的金屬片，然後將一顆球丟出車窗，等待片刻，再丟出另外一顆。就在那一刻，街道被亮得不可思議的閃光照亮，格雷戈跳出馬車，拔腿狂奔。

儘管見識過這場面，震撼彈的聲光效果仍舊令格雷戈目瞪口呆。他僅勉強至極地瞥見鑄場畔街道，接著比閃電還要明亮的閃光便抹去一切，隨後是一陣震得牙齒發麻的碰。他伸長雙手，盲目地踉蹌奔向前面的小巷。他在門廊絆倒，撞向梯級橫木，往前爬行直到摸索到木造的角落。

他在角落爬動，顫抖地站起，背靠著牆。到了。我到了。

他沿小巷蹣跚前行，一手扶牆，一手往前伸長；震撼彈的聲音還在他耳中迴盪。

終於周遭的世界再度成形。他正沿一條黑暗破舊、兩側垃圾與破布成排的小巷踉蹌前進。他回過頭，看見震撼彈的光漸漸淡去。接著六道剪影湧進巷中建築之間，然後，開始古怪地在店鋪門面間來回跳躍，有如風中的樹葉。

格雷戈走進陰影中的門道。看起來真是古怪至極，他心想，看著他們有如鋼索上的雜技演員那般優雅地飄過空中。不久之後，第七個人加入他們。

還有兩個行蹤不明，格雷戈暗忖。他拿出阿鞭。無論如何。是時候測試重力限制了。

他看著他們步步進逼，計算他們的弧度，甩出阿鞭。正中目標。短棍頭命中男人的胸口；而既然那男人的現實顯然經重新定義，相信自己輕若羽毛，他有如大砲射出的砲彈那般朝天空疾射而去。

他的同伴停在一家布料鋪的屋頂上，看著他飛入夜空。他們舉起弩弓發射。

弩箭碰碰碰射向格雷戈，他跳回門道內。阿鞭呼嘯縮回棍身。他等待片刻，接著衝出去拔腿狂奔。

幹掉一個，他心想，還有八個。

桑奇亞靜靜地在馬車底下等待，那具巨大的弩弓在她背上。她試著忽略自己急遽的心跳和顫抖的雙手。震撼彈爆炸時，她跳出來躲在馬車和建築地基之間。她聽見其中一名殺手站在馬車上低頭看空蕩蕩的車廂。接著她鬆一口氣，看著他和其他同伴鑽進小巷追格雷戈。

〈你覺得他辦得到嗎？〉克雷夫問。

碰的一聲，疼痛的叫喊，接著其中一個殺手從小巷射出，頭上腳下，在空中翻滾。

〈他會沒事的。〉桑奇亞說。〈附近還有那種銘器嗎？〉

〈就我所見沒有。我想你安全了。〉

她從馬車底下鑽出來，從頸部拉出克雷夫，將他插進左其樓側門的鑰匙孔。一如往常的一聲喀，桑奇亞猛衝入內。這地方瀰漫一股濃烈氣味，聞起來有硫，以及他們過去用來造紙的任何化學物質；還有其他的，更多人類的味道，因為一樓看似完全遭流浪漢占據。到處都是一堆堆破布、稻草和垃圾。看見背著弩弓的桑奇亞，幾名占居者叫了起來。

桑奇亞跪下，一隻裸露的手指碰觸地面，讓建築的平面圖在她腦中開展。她一找到樓梯便一躍而起，跳過一名尖叫的流浪漢，衝過通往樓梯的走廊。〈希望我來得及。〉

❁

格雷戈轉過馬路的轉角，再轉一次彎，朝左其樓的另外一側前進；希望追他的人沒發現。他抬頭，眼前的景象令人感到愉快：數十條曬衣繩橫過舊造紙廠旁的狹窄馬路，約四層樓高；舊衣服、灰色貼身衣物以及床單在夜晚的微風中飄盪。

啊，他心想。掩護。效果應該很不錯。

他跑向左側，躲在一件灰白色的厚床單下抬頭看。有了上面這些曬衣繩，他暴露的程度大大降低。

希望，他仰望，那女孩能夠很快就定位。

他看見對街陽臺的鐵欄杆，腦中冒出一個點子。他拿出阿鞭，仔細瞄準朝欄杆甩出……

響亮的一聲鏗啷，阿鞭的鞭頭勾住鐵欄杆。格雷戈拉緊鋼索，躲在一個門道裡等待。

他的視線被上方的衣物擋住，看不見他們到來，只聽見他們的靴子擦過建築門面的輕柔刮搔聲，在他四周迴盪。他想像他們越過一個又一個屋頂，穿過懸掛的衣物，像微風中的塵埃那樣飄盪。接著，彷彿釣魚，他的鋼索猛地一跳……

外面傳來窒息的聲音，還有一陣咳嗽。格雷戈窺視街角，看見其中一名殺手似乎著了阿鞭鋼索的道，失去控制地在空中打轉。殺手飛過曬衣繩間，在空中翻滾；他咳嗽時，曬衣繩和衣物包裹住他。最後他墜落在下方的街道，拖著一長條糾結的衣物，有如一只怪模怪樣的風箏，最後歸於靜止。

格雷戈點頭，心情愉悅。效果很好。他按下開關將鞭頭從欄杆收回。雖然得猛拉一兩次，鞭頭還是很快便呼嘯而下，途中還意外拉下一串衣物。

他此時領悟，這將他的確切位置洩漏給了追他的人。

他抬頭，一名黑衣人像雜技演員般翻過曬衣繩。黑衣人調整腹部的某個東西，讓他快速朝格雷戈對面的建築降落。他一站穩便抬頭看格雷戈，同時舉起弩弓。格雷戈甩出阿鞭，但他知道太遲了。他能看見事情的發生，看見弩箭疾射向他，看見黑色箭尖在月光下閃爍。他試著退入門道深處，但手臂隨即被疼痛點燃。

他叫喊出聲，看著自己的左臂，並立刻看出自己其實很幸運：弩箭射中前臂內側靠近肘部，劃開血肉。因爲超乎自然的動量，弩箭直接射穿手臂時撕裂他的肌肉，但並沒有釘住他的手臂，也沒有擊中骨頭。銘印弩箭會對人體造成莫大傷害。格雷戈一面咒罵一面抬頭，剛好看見第二名殺手加入剛剛發射弩箭的同伴行列；他料定這一個不會再錯失目標。

格雷戈笨拙地以單手拿好阿鞭。

殺手舉起弩弓……

然而一條怪異的銀色繩索從天而降，縛住第二名殺手的雙腿。

遭繩索擊中時，第二名殺手晃了晃——違抗重力、站在牆上的人能怎麼晃，他就怎麼晃。

感謝神，格雷戈心想。那女孩做到了。他抬頭，不過洗好的衣物隨風飄揚，遮住上方的窗戶。她想必在上面的某處射擊。

被縛住的殺手試圖跳下房子的正面，但很快便證實這是個壞主意：縛住他脛部的密度繩索相信只要縛住的目標還在動，便得繼續增加密度，直到目標停止。然而殺手的重力銘器——不管那到底是什麼——容許他繞過重力：讓物體維持靜止狀態的那一種力。

因此，殺手在銘器的作用下無法靜止。而他靜不下來，繩索的束縛變得愈來愈密、愈來愈密……殺手開始在疼痛與驚詫中尖叫，他拍打胸口的某個東西，或許是控制重力銘器的裝置。他就這麼飄到街道上空，卻似乎無法改善他的處境。

他的尖叫變得愈來愈高亢嘹亮……

接著是聽似樹根斷成兩半，或是布料扯裂的聲音。一陣駭人的血霧。殺手的腿自膝部斷開。

❁

桑奇亞透過弩弓的瞄準器注視著殺手在劇痛中尖叫，飄浮在街道上空，鮮血自膝蓋傾瀉。左其樓上外圍的木製走道已成殘骸，她蹲伏在這兒，透過老舊的窗凝神注目。她原以爲用弩弓射飛簷走壁的殺手只會加重他們的重量，把他們往下拉，讓他們無法再飛；完全沒想到竟會是這種結果。

〈噢老天。〉克雷夫噁心地說。〈這是你安排好的嗎，小鬼？〉

她壓下作嘔的感覺。〈你老是問我同樣的問題，克雷夫。〉她裝填弩箭。〈不是。這一切都不是出自我的安排。〉

※

格雷戈目瞪口呆地看著殺手的腳和小腿掉在地上，密度縛繩還綁在上面。而那男人就這麼掛在空中，一面尖叫，鮮血一面如噴泉般噴湧落地……

而那，格雷戈心想，正是銘術師幾乎不亂搞重力的原因。

這樣戲劇化的場面理所當然會抓住人的注意力。射傷格雷戈的殺手顯然就因此而分心；他仍站在馬路對面的建築正面，目不轉睛看著眼前景象，看似將格雷戈忘個一乾二淨。格雷戈瞇起眼，用阿鞭瞄準，將棍頭甩向那男人。一陣悶鈍的重擊聲，沉重的棍頭乾淨俐落地擊中男人的左太陽穴。男人身子一軟，弩弓脫手。他的雙腿緩緩滑下牆，失去意識的身體飄浮在街道上空。看來他的銘器設定為讓他維持在一定高度——他沒有上升，也沒有墜落。看起來像是他緩緩滑過隱形的冰封池塘。

格雷戈盯著躺在地上的弩弓。接著他蹦出一個想法。這是他最喜歡的戰術之一：寡不敵眾而且勢不如人時，那就盡可能把戰場弄得亂七八糟。只不過這次的戰場，他心想，剛好是頭頂的空中。

他瞄準失去意識的飄浮男子，揮出阿鞭。棍頭恰如格雷戈所望命中男子的胸口，動量將男子推離建築正面，衝過懸掛的衣物，撞上瀕死的同伴後反彈，弄得到處一團亂。

格雷戈看著亂象顯露，感到心滿意足。其中一個殺手試圖跳過小巷閃開，但像魚入網般被困在愈來愈混亂的曬衣繩之中。格雷戈匍匐前進，抓起弩弓對準被困住的殺手發射，一切如行雲流水。殺手大叫，隨後再無動靜。

幹掉五個，格雷戈暗忖。剩四個。

他抬頭，重新裝填弩箭，看見兩名殺手掠過街道，在空中轉動。格雷戈試著瞄準其中一人，但他們雙雙優雅地滾入左其樓樓上的窗戶。

格雷戈放下弩弓。「該死。」他嘆了一口氣。

❂

桑奇亞看見他們到來。他們通過窗戶時，她用大弩弓對準其中一個殺手，發射。沒中，密度繩索纏在屋椽，而屋椽理所當然沒動彈，因此繩索無用武之地。「媽的！」她大喊。一隻銘印箭射向她，她往前跳。倒落的同時，她的手伸進口袋抓住一枚震撼彈，壓下金屬片，拋向屋椽。

她當然知道，在這樣伸手不見五指的地方，震撼彈也會讓她變成瞎子，無論裡面還有哪個流浪漢跟她待在一起，也都無法倖免。不過桑奇亞頗擅長瞎子摸路。

震撼彈的閃光極爲強烈，炸藥的聲勢也一樣可觀。她有片刻只能躺在走道上，腦中嗡嗡響，眼睛疼痛。克雷夫的聲音穿透所有超載的感官。

〈有兩個跟你一樣在裡面。躲在椽上。他們看不見你，不過我猜你也看不見他們。〉

桑奇亞真切地體認到並不會永遠都這樣，不過因爲黑暗的環境，效果很有可能會異常持久。然而她發現自己能聽見那些殺手，或至少聽見他們身上的銘器：炙熱、閃爍的黑暗中傳來微弱的吟誦聲，來自他們的重力銘器。*我猜我應該不是用耳朵聽見銘印*，她暗忖；這可眞是古怪的啓示。她同時也領悟，這些銘器一定異常強大，她才能在如此遙遠的距離外聽見它們。

她從中得到一個點子。她輕手輕腳拿出竹管，裡面裝有一發哀棘魚毒箭。〈克雷夫，你在這裡也看得見嗎？〉

〈當然。怎麼會看不見？〉

克雷夫似乎並不了解這多令人不安，因爲表示他看見事物的方法有別於人眼。她將竹管拿到脣間。

〈告訴我有沒有對準其中一個銘器。〉

〈什麼？你認眞的嗎？這一定是最糟的——〉

〈做就對了，該死的，趕在他們恢復視力之前！〉

〈好……沿走道往前大約五尺……等等，不對，四尺就好——停。停！好。等等。他們在你右方。不對啦，老天，另一個右方！好……等等，繼續轉。到了。停。行了。把那管狀的東西放進嘴裡。瞄上面……再上面……太遠了，下來一點。再下來。到了！現在再往右偏一點點——好。現在，用力。〉

桑奇亞用鼻子深吸一口氣，用盡全力吹出。

她不知道發生了什麼事——還是聽不見也看不見。就好像把箭吹進最黑的黑夜。不過接著克雷夫說：〈他……他動了！稍微動一下而已……現在看……看起來他在飄浮，之類的？我想你射中他了，小鬼！眞是難以置信！〉

她看見黑暗中模糊的影子——視力正在回復，只回復一點點。〈就當作我射中了吧。另一個在哪？〉

〈對面牆邊，你右方。你沒箭了。〉

〈我不需要箭。〉她裸露的手碰觸身旁的牆，然後是上面的椽，聆聽兩者對她說話。她讓頭頂所有椽、支柱、梁的話語全部湧入她腦中。太多了，眞的太太太多。她的頭感覺像要裂開。我等下會爲此付出代價，她心想。但她繼續，直到天花板的每一吋都在她腦中留下印象，所有梁木與磚塊都深深印在她腦海中。接著，幾乎仍耳聾目盲，桑奇亞卻一躍而起抓住屋椽，把自己往上抬，閉著眼爬過左其樓的一根根椽木。

她看不見下面的危險，但克雷夫可以。〈噢我的天。〉他說。〈噢噢噢我的天……〉

〈你如果眞的想幫上忙，〉她一面說，一面盲目地跳過一根又一根椽木。〈那就閉上嘴，克雷夫。〉

她繼續前進，跳過一根根椽與梁，直到感覺夠近爲止。〈我們到了嗎？〉她問。

〈我以爲你要我閉嘴。〉

〈克雷夫。〉

〈對啦，快到了。下一跳之後伸出你的左手……應該會摸到牆。〉

她照做，發現他說得沒錯。然後她碰觸牆，感覺到他。

緊縮成一團的溫暖人體，塞在牆與天花板間的縫隙，彷彿巢中的蝙蝠。可能在等視力回復。但就在她感覺到他的那一瞬……

他動了。飛快往下。

*他一定感覺到我靠近！*她心想。*我太用力踏那根天殺的椽木了！*

但她仍感覺得到牆的感覺——牆感覺到他撐壁離開，包含手勁多大與去向。

桑奇亞估量殺手可能的方位，接著盲目地躍入空中。

有片刻的時間她只是墜落，而她確定自己搞砸了，確定自己錯過殺手，確定自己會就這麼直直落下三層樓，掉進流浪漢的巢穴；她會摔斷腿、摔破頭，因而死在那兒。

但是她隨即撞上他。猛力一撞。

桑奇亞本能地張開雙臂緊緊抱住殺手。她的聽力漸漸恢復，聽見他又驚又怒地尖叫。他們持續墜落，然而對身爲有幾分習於在空中墜落的人來說，他們墜落的方式有點怪：他們突然立即減速爲穩定得古怪的速度，彷彿他們困在浮動的泡泡中，歪歪扭扭飄下。

直到觸及地面。男人彈起，他們飛箭般在舊紙廠內亂竄。

殺手負著桑奇亞撞牆、撞椽木，有一次她感覺甚至撞上另一個飄浮、失去意識的殺手。他在紙廠內到處衝撞，掙扎著想掙脫桑奇亞的箝制。但桑奇亞很強壯，而且絲毫不放鬆。世界在他們身旁翻轉，流浪漢尖叫個不停，而她的視力緩緩恢復……

她看見四樓的窗戶飛向他們，領悟接下來會發生什麼事。

「啊，該死！」她大喊。

他們撞穿一對窗遮，然後他們來到外面，飛過開放的夜空，仍翻轉不休。現在他可以往上飛一哩，然後丟下她，或是叫一個同夥撬開她順便割了她喉嚨，或是……

〈鋁器控制器在他腹部！〉克雷夫對她大喊。

桑奇亞抱得更緊些，咬緊牙，單手襲向男人的腹部，無論摸到什麼都一陣猛抓猛扯。

然後她的手碰觸到一個小轉盤——她設法轉動它。

他們定住，懸在半空中。

「不！」男人尖叫。

接著他就這麼爆炸。

彷彿有人在一個大水袋裡裝滿熱騰騰的血，然後在上面跳躍。噴灑而出多得難以言喻的鮮血，桑奇亞大受驚嚇。然而更令人不安的是，剛剛被她跳上身的那個人已經……嗯，不在了。彷彿他就這麼消失無蹤，留下重力鋁器。

也就是說，桑奇亞正在下墜。

她試著抓住某個東西，任何東西都好。然而她只抓得到死去男子血淋淋的鋁器。她完全出於本能緊抓住鋁器，但一點幫助也沒有。她朝下方的馬路墜落，一切似乎慢了下來。

〈不妙！〉克雷夫大喊。〈真的不妙！〉

桑奇亞無暇回應。世界在她身旁掠過，飄盪的所有床單與糾結的所有貼身衣物都凍結在空中……

而格雷戈在那兒，就在她下方。

桑奇亞落在他雙臂間，他痛得大叫。桑奇亞驚魂未定，大腦不停轉動，試著想理解剛剛發生的事。

然後他把她拋在泥地上，一面咒罵一面按摩下背部。

「你……你接住我?」她大聲地問，仍在震撼中。

他呻吟著跪下。「我插的背……當作我還清債務了吧。」他咆哮。

她低頭看自己。她在顫抖，全身鮮血，雙手緊抓著那個重力銘器。那東西像以布條相連的兩個圓盤，一個用於腹部，一個背部，其中之一附有一連串轉盤。

她結結巴巴地開口：「我……我……」

「你肯定破壞他用來飄浮的銘器。」格雷戈說。他抬眼看上方那些濺上鮮血的床單。「導致他的重力崩潰，把他壓扁。街道上多半可以找到一個原本是那男人整個身體的大理石紋肉球。」他看了看四周。「扶我起來。快!」

「為什麼?全部幹掉了，不是嗎?」

「沒有，才七個!全部有九——」

格雷戈沒機會說完。因為剩下兩名殺手登上街道一側的屋頂，發射弩箭。

❊

桑奇亞的腎上腺素仍然高漲，世界感覺起來極度緩慢清晰，每一秒都像剃刀劃過。

她看著兩名殺手在屋頂就定位，眼睛捕捉到每個手勢與動作。她知道她和格雷戈無法逃脫、無處可躲，也沒有其他錦囊妙計。他們暴露在小巷內，沒有武器，無處可逃。

克雷夫的聲音在她腦中吼叫：〈用我碰重力銘器!快，現在，立刻!〉

桑奇亞不假思索。她將克雷夫從頸間的細繩扯脫，往下戳刺她膝上血淋淋的碟。

殺手放箭。她無助地看著銘印箭矢從弩弓箭囊彈出，像魚躍出水捕捉無戒心的蒼蠅。

她感覺到克雷夫碰到重力碟時金屬撞擊金屬。然後……

一種奇怪的壓力席捲桑奇亞的身體，她的胃不適地翻攪，彷彿她又在墜落；但她立定沒動，不是嗎？

然而，所有事物都立定了。箭矢不再往前飛，無力地懸在空中。殺手雕像般黏在牆上。懸掛的衣物不再飄揚——小巷上方一條捲纏的床單幾乎完全靜止，彷彿蛋糕上的糖衣。

桑奇亞看著飄浮的世界，感到頭暈目眩。「怎麼會……」

她仍拿著克雷夫，而克雷夫仍貼住重力碟；她聽見他的聲音在低語、說話、吟誦。她聽不懂他在說什麼，但知道他正在對重力碟做……某件事。

然後她和格雷戈緩緩飄離地面，彷彿毫無重量般浮起。

她聽見格雷戈大喊：「到底怎麼回事？」

克雷夫的吟誦充盈她雙耳。她隱約知道他正在讓銘器為他所用，讓它做並非它原本該做的事，某種它永遠不該能做到的事。因為根據她當晚所見，重力銘器應該只會影響銘器持有者的重量；然而克雷夫現在正以某種方式用這個銘器控制周遭一切的重量。

其他物品開始飄浮，桶子、袋子、火籃，還有其中一個殺手的屍體，花綵般纏著洗好的衣物。牆上兩名殺手驚駭地尖叫，因為他們無助地飄離建築表面，緩緩翻滾轉動。

克雷夫的聲音壓倒她的思緒，塡滿她的腦海。他的奇異吟誦愈來愈大聲。

他怎麼做到的？她心想。他怎麼有可能做到？

然後她的疤愈來愈燙，她聽見了什麼，聞到了什麼，看見了什麼……幻象。

◎

廣大的沙質平原。微小的星塵在上方閃爍。薄暮時分的天空，地平線黑暗泛紫。

平原上有一個男人，身上穿著長袍，雙手一閃金光。
他舉起那金色的物品，然後……
星辰開始熄滅，一顆接一顆。彷彿只是燭焰般被掐滅。
黑暗降臨。

◎

桑奇亞聽見自己恐懼地發出尖叫。幻象滲出她的腦海，世界重回；格雷戈和其他隨機物品在泥濘的馬路上飄浮，桶子、火籃與箭矢。
她看著兩枝箭在空中緩慢翻轉、改變方向，因此現在並非對準桑奇亞與格雷戈，而是剛剛射出箭的兩名殺手。箭矢因受壓抑的能量而顫動。殺手領悟將會發生的事，在赤裸的恐懼中尖叫。
克雷夫說出一個詞，箭矢隨即疾射而出。速度如此之快，箭幾乎在空中分解。箭射中殺手時穿透了他們的身體，彷彿他們的肋骨與腹部只是柔軟的凝膠那樣輕易切開，就好像鐮刀切斷柔軟的青草。
克雷夫停止吟誦。同時，格雷戈、桑奇亞及飄浮的屍體，還有馬路上所有浮空的物品全摔落在地。
他們有片刻只是躺在那兒。接著格雷戈坐起，注視著躺在泥地上的屍體。
「他們……他們死了。」他看著桑奇亞。「怎麼……你是怎麼做到的？」
桑奇亞還沒從頭暈眼花中恢復，但清醒得足以在格雷戈看到前將克雷夫滑入袖內。〈那是……那是你做的嗎，克雷夫？〉她問道。
克雷夫沒出聲。
〈克雷夫？克雷夫，你在嗎？〉
沒回應。她看著重力碟，發現銘器融化且染上髒汙，彷彿克雷夫的操控將這東西燃燒殆盡。

「你怎麼做到的？」格雷戈逼問。就這麼一次，隊長看起來真的受到驚嚇。

「我不知道。」

「你不知道？」

「對！」她大喊。「對，對！我甚至不知道是不是我做的！」

她坐在馬路上，既困惑又精疲力竭。格雷戈小心翼翼地看著她。

「我們得離開這裡。」她不耐煩地說。「可能有更多殺手。上次他們派出整支軍隊！可能有——」

她閉上嘴，一輛黑色、沒標記的馬車轆轆沿馬路駛近。

「該死。」她嘆氣。

格雷戈爬過泥地，抓起他的弩弓對準馬車；然後他又驚訝地放下弓。馬車在他們前面停下。一名身穿金黃雙色長袍，頗具姿色的年輕女子從駕駛座的窗戶往外看。「上車，隊長。」她說。「立刻。」她看著桑奇亞。「你也是。」

「貝若尼斯小姐？」隊長目瞪口呆地問。

「立刻就是馬上的意思。」她說。

隊長蹣跚繞過馬車，從駕駛座的另一邊爬上車。「我不用把你架上這東西，對吧？」他問桑奇亞。

桑奇亞快速計算風險。她完全沒概念車上的女孩是誰。不過隊長的縛繩還在她腳踝上，克雷夫又突然沉默沒反應，而且對她來說，整個平民區突然變得極端危險；她沒多少選項。

她爬進後座，馬車隨即朝丹多羅特許內城駛去。

13

桑奇亞蜷縮在乘客座，緊握著她藏起克雷夫的那隻手腕。她安靜無語。她的頭嚴重劇痛，而她完全沒概念現在是怎麼回事。她只知道這女孩是帝汎女王，說一個字就可以讓她被砍頭。

她拉扯腳踝上的束縛。當然了，繩索綁得很緊。打鬥過程中，她想過用克雷夫解開；但這會對隊長洩漏她擁有能夠破解銘印鎖的物品，因此她打消念頭。她現在深切後悔先前的決定。

格雷戈和那女孩一起坐在駕駛座，正在包紮受傷的手臂。他凝神注視外面的屋頂。「你看見他們了嗎？那些飛簷走壁的人？」

「我看見了。」女孩說。她的聲音平靜得詭異。

「到處都有間諜。」格雷戈說。「到處都有眼睛。」他坐直。「你……你檢查過這輛馬車嗎？他們在我的車上放了那東西，那個銘印鈕，所以可以追蹤我！你必須停車，立刻，我們應該——」

「沒必要，隊長。」她說。

「我非常認眞，貝若尼斯小姐！」格雷戈說。「我們應該立刻停車，徹底檢查這輛馬車！」

「沒必要，隊長。」她又說了一次。「請冷靜一點。」

格雷戈緩緩轉頭看她。「爲什麼？」

她沒說話。

「話說，你……你怎麼會剛好遇見我們？」他疑心地問。

沉默。

「放銘印鈕在我車上的根本不是他們，對吧？」他問。「是你。是你放在我車上。」她駕馬車通過丹多羅南門，瞥了他一眼。「對。」她不情願地說。

「歐索派你跟蹤我。在我出去抓賊時。」

女孩深吸一口氣，吐出。「眞是，」她語帶一絲疲累，「多事之夜啊。」

桑奇亞仔細聆聽。她還是弄不懂他們在說什麼，但現在看似與她有關。不妙。

她考量選項。〈該死，克雷夫，醒醒！〉然而克雷夫沉默不語。如果他醒著，她可以一找到機會便擺脫束縛跳車。她可以用吹箭射丹多羅，或兩個都射，然後偷取縛繩的鑰匙。然而她今晚待過一輛失控的馬車了，並不希望再次體驗。此外，兩種選項都會讓她被拋在丹多羅內城，而少了克雷夫，她的小命不値一文。因此她按兵不動，等待。機會到最後一定會自己冒出來。前提是他們全都好好活著。

「所以那是歐索的盒子。」他得意洋洋地說。「對吧？沒錯！他要你把箱子送來我的濱水區，用你的名字，對吧？然後他……」他打住。「等等。如果是你把銘印鈕放在我車上，而非那些殺手……殺手又是怎麼找到我們？」

「簡單。」女孩說。「他們跟蹤我。」

他瞪著她。「你，貝若尼斯小姐？爲什麼這麼說？」

她指指上方。格雷戈和桑奇亞緩緩抬頭看車頂。「噢。」格雷戈平靜地說。

車頂破了三個參差不齊的大洞，還有一枝箭尖卡在上面。「我猜你搞不懂爲什麼其中之二從攻擊主力脫隊。」貝若尼斯說。「他們追我追了差不多一個街口，聽見尖叫聲才離開。」她回頭瞥了一眼桑奇亞。「看來有很多尖叫呢。」

「你憑什麼確定他們是跟蹤你？」格雷戈問。

「他們無疑知道該射哪輛車。」貝若尼斯說。

「了解。不過他們一開始怎麼知道要跟蹤你？他們總不會從丹多羅內領地就開始跟蹤你吧。」

「不確定。」貝若尼斯說。「但這是計畫好的。他們打算一次殺掉我們三個，我猜。所有有關的人……」她的話尾淡去。

「與我有關。」桑奇亞靜靜地說。「與盒子有關。」

「對。」

「所有有關的人……」格雷戈說。「歐索在內城裡嗎？」

「對。」女孩說。「所以應該安全無虞。」

格雷戈看向窗外。「但若你從夠高的地方越過內城圍牆，你便不會觸發任何守衛銘印，對吧？」他的視線回到桑奇亞身上。「你在濱水區就是這麼幹的，對吧？」

她聳肩。「基本上是這樣？」

他看著貝若尼斯。「如果你有個能讓你飛起來的銘器，那你可以飛越所有內城圍牆，而且沒人知道你飛過去了。」

「該死。」貝若尼斯低聲說。她將加速閥更往前推些。馬車加速。她清了清喉嚨。「後面的。」

「我？」桑奇亞問。

「對。你腳邊有一個袋子，裡面有一個兩端凸出的金屬片。找到的時候跟我說一聲。」

桑奇亞在乘客座的背袋內摸索，很快找到那個金屬片，並認出背面的幾個符文。

「拿到了。這是偶合體，對吧？」

「對。」貝若尼斯說。

「你怎麼知道？」格雷戈問。

「我，呃，用類似的銘器炸掉你的濱水區。」桑奇亞說。

格雷戈沉下臉，搖了搖頭。

「我需要你扯掉兩個凸出的地方。」女孩說。「然後在背面刮上一個字——不要寫在有銘印的那面，不然你會毀掉這個銘器。」

桑奇亞扯掉凸出處。「在上面刮字？用刀子之類的嗎？」

「對。」貝若尼斯說。

格雷戈把自己的短劍遞給桑奇亞。「什麼字？」他問。

「逃。」

❂

歐索．伊納希歐獨自在他的工作坊檢視他藏在銘術資料中的帳單。

他自認隱藏得很聰明。跟他的門一樣，他銘印帳簿感應他的血，因此只有他（或是帶著很多他的血的其他人）能夠閱讀他的帳簿。他一伸手碰觸封面，書脊便打開一道狹縫，他便能滑出藏在裡面的帳單。一張寫滿數字的紙。糟得無以復加的數字，他現在一面檢視他想著。他從這裡那裡偷來的錢；付了錢但並不真正存在的工作或任務。任何一條數字被發現，他都將面臨嚴厲譴責。若是全部被發現……

我糊塗了。他一面嘆氣一面想。那把鑰匙的概念真的太棒。而現在……

他的桌上傳來細小的一聲叮。他坐直，在文件堆裡翻攪，找到偶合板。

其中一個凸出處被扯落。他緊盯著看。代表丹多羅找到小賊。

他仔細看著金屬片。令人沮喪的是，金屬片又叮了一聲。第二個凸出處也被扯掉。

「該死。」他呻吟。「神啊。」這代表丹多羅逮到小賊，而鑰匙在小賊手上。

表示他得開始討人情了。他百般不願討的人情。

他還沒來得及動，怪事發生。金屬片抽動。他將金屬片翻面，看到背面有動靜。有人在那兒寫字，將文字深深刻入金屬，而這並不是貝若尼斯清楚完美的筆跡。寫在那兒的字笨拙歪扭：

逃

「逃？」歐索困惑不解。他抓了抓頭。貝若尼斯爲什麼傳訊叫他逃？

他環顧工作坊內，看不出該逃離什麼。這裡有他的定義卷、銘印方塊、測試用符文典，對面牆上一扇打開的窗。

他頓住。他不記得有打開窗。工作坊內某處傳來嘎吱聲。聽起來很像你走過房間時地板發出的聲音——但這並不是來自地板，而是天花板。

歐索緩緩抬頭。

一個男人伏在他的天花板，完全否定重力；他一身黑，臉上戴著黑面罩。

歐索目瞪口呆。「到底是——」

男人落在歐索身上，把他撞倒在地。

歐索一面咒罵一面掙扎起身。同時間，那男人冷靜地走到歐索的桌旁，一把抓起他的祕密帳單，接著走回來往歐索腹部踢一腳。猛力一踢。歐索再度倒地，咳了起來。攻擊者將一個繩圈套進他的頭，用力在他頸部拉緊。他呼吸哽住，雙眼充淚。男人拖著他站起，並在他耳邊低語：「好了，好了，小狗崽，別太用力掙扎，嗯？」繩索切入他的氣管。男人猛力一拉，歐索幾乎暈厥。「那就跟我來吧。跟我來！」

攻擊者擠開工作坊內的物品走向窗戶，同時扯緊繩索，像用皮帶牽狗一樣一路拖著歐索。歐索扒抓繩索，咳個不停，但繩圈很緊，而且非常強韌。男人看向窗外。「不太夠高，對吧？」他大聲自言自語。「我們當然想做到位。來啊，小狗崽！」

下一刻令人難以置信地，男人溜到窗外，像站在地面那般站在建築側面。他調整腹部的裝備，點點頭，接著把歐索扯出窗外。

◎

桑奇亞注視馬車衝過門，一扇又一扇門。她警覺他們正搖搖晃晃衝進丹多羅內城內領地最深處；最富有、影響力最大的人住處。她做夢都沒想過自己會來到這個區域——尤其沒想過會是這種情況。

「到了。」貝若尼斯說。「至尊大樓就在前面。」

他們從馬車前窗朝外看。一棟不規則、複雜的三層樓建築從街道的玫瑰色光輝中冒出來。看起來黑暗但平和，大多數建築在半夜都是這模樣。

「看起來……不像有什麼不對。」丹多羅緩緩說道。

接著三樓的窗戶有東西動了動。他們驚駭地看著一名黑衣人爬出窗戶，站在牆面，拖出一個掙扎的人形，頭間以某種繩索吊起。

「噢噢天啊。」格雷戈說。

貝若尼斯又將加速閥往前推，但太遲了。黑衣人沿牆往上躍，拖著無助的人上屋頂。

「不。」貝若尼斯說。「不！」

「我們怎麼辦？」格雷戈問。

「上屋頂要從南塔！我們不可能趕上！」

桑奇亞看著建築外牆思考。或許這就是她等的機會——她很清楚她目前交手的是某些大人物，她聽由他們擺布。而她一點也不喜歡這樣。讓他們欠她會比較有利。

「所以，那是你們的人，對吧？」她問。「歐索嗎？」

「對！」貝若尼斯說。

「我偷的盒子就是屬於他？」
「對！」格雷戈說。
「而……你們想要他活？」
「對！」格雷戈和貝若尼斯同聲說。
桑奇亞將格雷戈的短劍塞進腰帶，扯掉雙手的手套。「停在靠近建築角落的地方。」
「你要做什麼？」格雷戈問。
桑奇亞皺起臉，用兩根手指按摩一邊太陽穴。這樣會太超過，她知道。「真正愚蠢的事。」她嘆氣。「真心希望這混蛋非常有錢。」

❁

「上，上，我們往上！」那男人說。他拖著歐索翻過屋頂邊緣，一面調整腹部的裝置。接著他把歐索拖到俯瞰廣場的建築東側。
男人放開歐索，轉過身。「好啦，別不耐煩了，小狗狗！」他又踢了歐索的肚子一下。歐索蜷起身子，嗚咽著，沒注意到男人已經鬆開繩圈。「不能留下任何證據，親愛的。你必須毫無瑕疵，只有天才的光輝。」他走上前又踢歐索一腳，把他滾向屋頂邊緣。
「這會很方便。」男人將歐索的帳單收入他口袋。「盜用的錢全為了一把鑰匙。一旦被發現，沒人會起疑。」他又冷酷地朝歐索踢一腳，繼續推著他往邊緣去。
不可以，歐索心想。不可以！他試著反抗，試著在屋頂上找到著力點，反推攻擊者，但攻擊一直來，落在他的肩膀、手指、腹部。歐索透過淚眼看著屋頂邊緣愈來愈近。
「悲慘的老守財奴。」攻擊者語帶野蠻的興味。「深陷債務中。」又一腳。「無法脫身。」又一腳。

「搞砸飯碗的愚蠢雜種。」他停下來，調整位置準備最後一擊。「想到你蠢到自殺，誰會驚訝——」

一個瘦小的黑衣人突然出現，沿屋頂邊緣衝向男人，把他撞倒在地。

歐索上氣不接下氣，抬頭看兩個黑衣人扭打。他不知道這個新來的是誰，看起來是一個瘦小、血淋淋、髒兮兮的女孩。但她以猛烈的力道攻擊男人，拿著一把短劍往他身上砍。然而那男人更精於打鬥。他很快重振旗鼓，躲開攻擊，同時成功往她下巴猛擊一拳，她被打得倒向側邊。她咳嗽，大喊：「丹多羅！你插的來不來啊！」

殺手撲向女孩，兩個人在地上打滾，愈滾愈接近……

歐索看著他們滾靠近。「噢不。」他低聲說。

打鬥中的兩人把他撞向邊緣。他的身體翻過邊緣時，他感覺麻木、緩慢而且愚蠢。他狂亂地伸出手扒找握點，手指最後緊抓住邊緣……懸盪在屋頂邊緣時，歐索頗失尊嚴地尖叫了一聲。男人和女孩就在他上方，幾乎壓到他的手指，還在扭打拉扯。殺手終於制伏女孩，壓在她身上，手指圈住她的喉嚨，顯然要扼死她，或把她拋下屋頂，或兩個一起來。

「愚蠢的小娼妓。」男人低語。他傾身靠近她的喉嚨。「再一點點，再一點點……」

女孩無法呼吸，她扒抓男人腹部的鉻器，轉動那裝置。

鉻器上的某個東西滑入定位。

男人定住，驚駭莫名，他放開女孩，低頭查看。

他就這麼……爆炸。

熱騰騰的血雨落在歐索身上，他幾乎嚇得鬆手。血刺痛他的雙眼、噴進他嘴裡，有股鹹鹹的銅味。要不是被嚇呆，他多半會吐得很慘。

「呃，該死。」女孩一面啐出嘴裡的東西一面咳嗽。她丟開死去男子的殘骸——像是兩個圓碟以布條相連的東西。「又來！」

「救、救命？」歐索結結巴巴地說。「救命。救命！」

「撐住，撐住！」女孩滾過來，雙手在屋頂上抹了抹——抹在身上沒用，因爲衣服跟她的手一樣血淋淋——抓住歐索的手腕。女孩的力量大得出奇，她把他拉上來重重放在屋頂上。

歐索躺在那兒，看著上方的夜空，在疼痛與恐懼與困惑中喘氣。「怎麼……怎麼……怎麼回……」

女孩坐在他旁邊，精疲力竭地嘆出一口氣。她的氣色差到極點。「丹多羅隊長正在上來的路上。那白癡可能還在找樓梯。你是歐索，對吧？」

他驚魂未定地看著她。「什麼……誰……」

她喘著氣對他點點頭。「我是桑奇亞。」她的臉垮下，突然朝屋頂側邊嘔吐了起來。她咳了咳，用手抹嘴。「就是我偷了你的東西。」

⁂

桑奇亞轉過頭又吐一次。感覺像是她的腦燒掉了。她今晚把自己逼過頭，身體崩潰了。

她使勁拉這男人站起，和他一起艱難地走過屋頂。他在發抖，血濺滿身，因爲喉嚨被繩圈絞過，他也頻頻咳嗽作嘔，看起來仍比她要好。她的腦袋是一團火，骨頭則是鉛。能成功保持清醒就算幸運了。

他們跳過屋脊時，她感到自己變得愈來愈虛弱。南塔的門打開，燈光灑落紅磚屋頂。那道光是黑暗中一片奶油般金黃的斑塊，而無論她再怎麼眨眼，都無法聚焦其上。

她這才知道她的視線模糊了，像個酒鬼一樣。那男人——歐索，似乎在對她說什麼，但她無法理解。這令她吃驚。她知道自己狀況不好，但不知道有這麼糟。

「不好意思。」她咕噥。「我的頭……它……我的頭眞的……」

她感覺到自己倒向一旁，也知道必須把那男人從一個屋脊弄下來——因爲她要垮了。她把他帶到還算平坦的地方，放開他，自己跪倒。她知道自己沒多少時間了。她摸索著克雷夫，把他滑出袖口，深深塞進靴子裡。

或許他們不會想到找這裡。或許。

然後她往前傾倒，直到額頭觸及屋頂。周遭暗去。

14

「……假設我們把她拖出去丟在某個地方。她可能會幫我們所有人一個大忙，自己死掉。」

「她沒死。而且她救了你的命。」

「那又怎樣！她也搶了我，燒掉你那該死的濱水區！老天，想不到傳說中的丹圖阿唯一生還者居然這麼軟弱。」

「她是唯一可能知道幕後主使者的人。我看你所知有限，歐索。看起來你只會在上面驚慌失措。」

「我不需要這些狗屁。她只是一個濺滿血、骯髒的女孩，在我的辦公室裡！只要我想，我可以叫家族衛兵過來逮捕她！」

「這樣的話，他們會問問題。而我有義務回答他們，至尊。」

「噢，狗娘養的……」

桑奇亞感覺到意識在頭殼裡的空洞處閃爍。她躺在柔軟的東西上，頭下墊著枕頭。有人在她身旁說話，但她無法理解。屋頂上的打鬥是散落在她腦中的幾個破碎片段。她一一拾起，試圖拼湊出全貌。

一棟內城建築的屋頂上有個男人，她心想。快被殺了……

然後她聽見了：數以千萬計壓低音量喋喋不休的聲音。

銘印。我這輩子沒待在這麼多銘印附近過。我到底在哪？

她的一隻眼睜開一條縫，看見上方的天花板。現在想這些很怪，但這無疑是她此生僅見最華美的天花板，以細小的綠色磁磚與金色的泥漆構成。她瞥見附近有動靜，於是完全閉上眼。她感覺到涼爽的布塊壓在她頭上。她感覺到布塊對她說話，水的清涼渦流、如此多纖維的揉捻……她現在已清醒，因此給她帶來巨大的疼痛，但她勉力不讓自己畏縮。

「她有疤。」身旁有人說話——女性。貝若尼斯？「好多疤。」

「她是個賊。」毛躁的男性聲音。她在屋頂上聽過，她記得，一定是歐索。「那種該死的職業風險應該很高。」

「不是的，先生。比較像手術造成。在她頭上。」

沉默。

「她像林冠裡的猴子那樣爬上牆面。」格雷戈的聲音平靜地說。「我從來沒見過這種事。她還說她能聽見銘印。」

「她說她怎樣？」歐索說。「胡說八道！那就好像說你能嘗到天殺的奏鳴曲！這女孩一定是個胡亂吹牛的笨蛋。」

「可能吧。但是她知道帶重力銘器的人在哪裡。她還做了某件事，用其中一個銘器……我懷疑就連你也沒見過。她讓——」

桑奇亞發現她得阻止對話繼續朝這方向發展。格雷戈即將要描述克雷夫對重力碟做的事；而歐索顯然是克雷夫的主人，或至少試圖擁有克雷夫，他或許能夠認出克雷夫的能耐；也就是說，他有可能聽了格雷戈的故事便知道桑奇亞還帶著克雷夫到處亂晃。

她吸口氣，咳了咳，坐起。

「她醒了。」歐索酸溜溜地說。「好棒棒。」

桑奇亞看了看四周。她躺在一張沙發上，沙發位於一間偌大又豪奢耀眼的辦公室內：一盞盞玫瑰色的銘印燈沿牆搖曳，一張大木桌占據辦公室內一半的空間，牆面的每一吋都被書櫃與書覆蓋。

坐在桌後的是她拯救的那個人——歐索——身上還是血跡斑斑，乾掉血漬下的頸部又青又紫。他在一杯冒泡的甘蔗酒後怒瞪她；這種酒貴得令人髮指，她先前曾偷來賣，但從沒喝過。屋頂上爆炸的男人身上的重力碟放在他面前的桌上，血跡已乾。格雷戈．丹多羅站在他旁邊，雙臂交抱，一隻前臂裹著繃帶。她身旁的沙發上，則坐著那個女孩，貝若尼斯，正以超然但困惑的平靜表情看著一切，彷彿眼前只是荒腔走板的生日舞會餘興節目。

「我到底在哪？」桑奇亞問。

「你在丹多羅內城內領地。」格雷戈說。「在至尊大樓裡。這裡算是研究——」

「我知道天殺的至尊是幹麼的。」桑奇亞說。「我不是白癡。」

「嗯，錯。」歐索說。「偷我的盒子正是白癡之舉。是你幹的，對吧？大家都同意？」

「我偷了一個盒子，」桑奇亞說，「從保險箱。我現在才知道你是哪位。」

歐索嗤之以鼻。「你要不是無知，要不就是說謊。好。你叫桑奇亞，對吧？」

「對。」

「沒聽過。你是水道管事？」歐索問。「哪一家的？」

「都不是。」

「個體戶，嗯？」他又倒出一杯氣泡甘蔗酒一飲而盡。「我沒幫其他商家做過多少水道工作，但我知道個體戶都不持久。可重複使用的程度大概跟木刀一樣吧。你既然還活著，應該很厲害囉。是誰？花錢要你偷我東西的是誰？」

「她說她不知道。」格雷戈說。

「她不會自己說嗎？」歐索說。

格雷戈看了看歐索，然後是桑奇亞。「讓我們來弄清楚。桑奇亞——你知道盒子裡是什麼嗎？」

聽到這問題，歐索僵住。他瞄了貝若尼斯一眼，然後堅決地盯著地板。

「請說。」格雷戈說。

「跟你說過了。」桑奇亞說。「客戶說不能打開盒子。」

「這不是答案。」

「他們就是這麼說的。」

「我相信。」他轉回身面對歐索。「你應該也不覺得古怪吧，至尊。因為這些罪犯知道，而你也知道，裡面裝著遠西的東西——不是嗎？」

就算滿身血跡，桑奇亞仍看得出歐索臉色霎時刷白。「你……你是什麼意思，隊長？」他問。

「我就免去所有矯飾了。」格雷戈嘆氣。「沒時間也沒力氣搞那些。」他在歐索對面的椅子坐下。

「你違反我母親禁止購入遠西物品的禁令。你試圖買某個珍貴的東西。這物品放在我的濱水區，因為不能放在丹多羅內城。當那物品在那時，小桑奇亞受雇偷出來。她的夥伴沙克盡忠職守地將東西交給客戶，然後便因他惹出的麻煩而被殺。從那時起，這個人試圖殺掉任何跟那件物品有最遙遠關聯的人——桑奇亞、你、貝若尼斯，還有我。我覺得今晚事情還沒完——那物品一定難以置信地重要。遠西工具通常都這樣。畢竟，傳說奎塞迪斯用金屬與岩石打造出他自己的神；而能做到那種事的工具肯定價值不斐。對嗎？」

歐索開始前後搖晃。

「盒子裡是什麼，歐索？」格雷戈問。「你必須告訴我。看來我們的小命都得靠它。」

歐索揉揉嘴，突然轉向桑奇亞啐道：「東西現在在哪？你這該死的傢伙，拿它來做了些什麼？」

「不對。」格雷戈說。「先告訴我，是什麼東西這麼珍貴，竟會讓某人試圖在今晚殺掉我們全部。」

歐索喃喃抱怨了片刻。然後說：「是……是一把鑰匙。」

桑奇亞盡最大的努力不動聲色，但心跳仍突然亂了節奏。還是說她該動聲色，她暗忖。她努力裝出困惑的樣子。

格雷戈挑起一邊眉。「鑰匙？」

「對。鑰匙，只是一把鑰匙。黃金鑰匙。」

「這把鑰匙有什麼用途？」格雷戈問。

「沒人確切知道。你知道的，盜墓者通常欠缺適當的測試經驗。他們在微奧托一處巨大發霉的崩塌要塞找到它。這是他們和海盜和所有其他人找到的幾件遠西工具之一。」

「你買過像這樣的工具了，不是嗎？」格雷戈問。

「對。」歐索咬牙切齒地說。「應該是你母親告訴你的吧。上次是類似符文典的東西，一個古老的大箱子。我們付了大把督符，東西卻消失在微奧托到這裡的路上。」

「多大把？」格雷戈問。

「非常大。」

格雷戈翻了翻白眼，看著貝若尼斯。

「六萬督符。」貝若尼斯平靜地說。

桑奇亞咳了起來。「見鬼了。」

「對。」歐索說。「因此歐菲莉亞．丹多羅才那麼失望。但這鑰匙……它值得我再試一次。各種故事都提到傳道者利用銘印工具操控現實的界線——我們幾乎一無所知的界線！」

「你只是想打造出更強大的工具。」格雷戈說。

「不是。」歐索說。「不止是。聽著，當我們在物品刻上符印，我們便改變了該物品的現實，這大家都知道。但若你抹掉符印，或移動到符文典的範圍外，這些變造就消失了。遠西人並不止是發明出不需要符文典的銘器——當遠西人改變現實，現實便永遠改變。」

「永遠？」桑奇亞問。

「對。假設你擁有傳道者的銘器，呃，可以讓一條小溪從地面汩汩冒出。當然了，你需要用符印做出那個工具；不過當你把那工具用在地上，冒出來的水便永遠存在。這個銘器以直接即時，而且永久的方式編輯了現實。如果故事可信，奎塞迪斯的權杖應該能拆解現實，再把現實拼回去。」

「哇噢。」桑奇亞悄聲說。

「正是哇噢。」歐索說。

「怎麼可能？」格雷戈問。

「這正是我試著解開的天殺巨大謎題之一。」歐索說。「有一些理論。少數傳道者文本稱我們用的基本符文為靈艾．特若拉（註）——大地與造物之語。而遠西符文則是靈艾．帝微納——神之語。」

「意思是？」桑奇亞問。

「意思是我們的符文是現實的語言；樹和草還有，媽的我不知道啦，魚的語言。但遠西符文是神用來形塑現實的語言。所以——用神的語言編配成指令，現實就成了你的玩物。不過只是一個理論而已。那把鑰匙有助我釐清理論的真實性。」

〈克雷夫。〉桑奇亞。〈你有在聽嗎？〉塞在她靴側的克雷夫依然沉默不語。她納悶著他是不是用力過頭把自己弄壞了，就好像她今晚用力過頭弄垮自己一樣。

「但鑰匙也被偷了……」格雷戈說。

「嗯，我原本以爲那該死的東西也在濱水區大火被燒個一乾二淨。」歐索對桑奇亞沉下臉。「火也是你幹的？」

桑奇亞聳肩。「情況失去控制。」

「可不是。」歐索說。「但接下來呢？你把那盒子怎麼了？」

桑奇亞又搬出跟格雷戈說過的那套說詞：帶去魚工廠、沙克被殺、打鬥、逃脫。

「你交出去了？」歐索問。

「對。」她說

「你的沙克說他懷疑背後是商家族裔。」

「他是這麼說。」

歐索看著格雷戈。

「我或許算是商家族裔，」格雷戈說，「但我想我們可以排除掉我吧？」

「我不是因爲這個看你，白癡！」歐索怒叱。「你相信她嗎？」

格雷戈思考了一下。「不。」他說。「我不信。不盡然信。我覺得她有些事沒告訴我們。」

該死，桑奇亞心想。

「你搜過她嗎？」歐索問。

註：「靈艾・特若拉」和「靈艾・帝微納」是作者在故事中的自創字，原文分別是「lingai terrora」和「lingai divina」。

桑奇亞心跳加速。該死！

「還沒機會。」格雷戈說。「我也，呃，不願強逼女性屈從於我的碰——」

歐索翻白眼。「老天垂憐……貝若尼斯！可否麻煩你爲我們搜一搜桑奇亞小姐身上？」

貝若尼斯裹足不前。「呃。認眞的嗎，先生？」

「你都被箭射過了，」歐索說，「這不會是你今晚遇上最糟的事。事後把手洗乾淨就得了。」他對桑奇亞點點頭。「來吧。站起來。」

桑奇亞嘆著氣站起，雙手高舉過頭。貝若尼斯快速由上而下拍過她全身。貝若尼斯大概比桑奇亞高一個頭，因此得彎下腰。她在桑奇亞的臀部停下，拿出最後一顆震撼彈、幾把撬鎖工具，沒其他東西了。

桑奇亞努力壓抑鬆一口氣的表情。還好她沒要我脱掉插他的靴子。

「好了。」貝若尼斯直起身子。這女孩快速轉過身，怪的是她竟然臉紅了。

格雷戈嚴厲地盯著桑奇亞。「居然。」

「居然。」桑奇亞盡可能加強語氣中的防備。

「太棒了。」歐索說。「我們有個賊，附帶一個乏味的故事，沒有寶藏。還有什麼嗎？什麼都好？」

桑奇亞快速思考。她知道遠不止如此。問題是哪些該保留、哪些該放手。

當下的狀況是儘管她救了歐索一命，她自己的生命對兩個男人來說還是毫無價値。一個握有城市賦予他的職權，另一個則是擁有商家的所有特權；相對來說，她只是平民小賊，而且就他們所知，大家都在找的寶藏已不在她身上。只要歐索或格雷戈想，他們誰都可以殺掉她。

但是她知道一些他們不知道的事。這總有點價値。

「有。」她說。

「有嗎？」格雷戈問。「你先前跟我說的時候避而不談？」

「對。」桑奇亞說。「我的客戶是關掉平民區所有銘術的那個人；我沒告訴你這部分。」

辦公室內鴉雀無聲。眾人都瞪著她。

「什麼？」歐索氣急敗壞地說。「什麼意思？」

「你的客戶？」格雷戈問。

「對。」

「一個人就做到？」格雷戈問。

「對。」

「對？」歐索惱怒地說。「你不能說了那樣的話之後只會對對對！」

「沒錯，請解釋清楚。」格雷戈說。

她告訴他們那場逃脫，她怎麼逃出魚工廠躲在綠地——當然省略克雷夫幫助她的部分——還告訴他們那名內城男子，還有他那只詭異的金懷表。

歐索舉起雙手猛搖頭。「停，停！太荒唐了。你是說，你的客戶用一個銘器，就這麼一個，不知怎地便抑制或取消了綠地與鑄場畔，再加上其他好幾個地方的所有銘術？」

「基本上是這樣沒錯。」桑奇亞說。

「一個按鈕，所有指令、所有約束、所有銘術就這麼停止？」

「基本上是這樣沒錯。」

他大笑。「發瘋了啊。愚蠢至極！而且……」

「跟阿米蒂斯大戰一樣。」貝若尼斯突然發話。

「啊？」歐索說。「什麼？那是啥？」

貝若尼斯清了清喉嚨。「遠西帝國的阿米蒂斯大戰。很久很久以前。一支龐大的銘印艦隊揚言要推翻帝國。傳道者只用一艘船迎敵。只不過這艘船上有個武器；武器發動的時候，整支艦隊……」

「就這麼沉入海底。」歐索緩緩說。「沒錯。我想起來了。你哪時知道這故事的，貝若尼斯？」

「我們跟我們在微奧托的人交涉時，你逼我讀那十八卷傳道者歷史。」

「啊。現在仔細想想，逼你讀那些好像有點太殘忍，貝若尼斯。」

「因爲確實殘忍，先生。」她轉過身看著原本在她身後的書櫃，找出厚重的一卷。她用力拉出書卷，翻開後行行瀏覽。「找到了……『但透過集中帝器的作用力，傳道者得以奪取敵方對所有符印的控制力、屏棄他們，彷彿他們只是麥子上的粗糠。於是坎拜西亞之王和他的所有人馬沉入海灣底部溺死，從此再無人聽聞他們的蹤跡。』」她一一注視其他人。「我先前總是看不懂……但若這段描述的是眞實的工具，那就說得通了。」

歐索歪過頭，瞇起眼。「透過集中帝器的作用力……嗯。」

「沒說那東西是不是像支怪異的大懷表？」桑奇亞問。「我看見的就是像支怪異的大懷表。」

「沒提到。」貝若尼斯說。「但若鑰匙留存下來，我想其他工具也可能留存。」

「知道這些對我們有什麼幫助？」格雷戈問。

「沒幫助。」桑奇亞說。「但我看見他了。我看見他的臉。所有人肯定都由他指揮，從在魚工廠伏擊我到今晚試圖殺掉我們的所有人。如果這個金懷表——這個帝器，是這兩個字嗎？如果它和鑰匙有任何相似之處，他一定花很多錢才弄到手。你不會把這樣的東西交給手下。你會好好收在你自己該死的口袋裡。所以主使者一定是他。」

「他看起來是什麼樣子，桑奇亞？」格雷戈問。

「就內城樣。」桑奇亞說。「乾淨。皮膚乾淨。衣服乾淨，而且合宜。我猜像你吧。」她指著貝若尼斯。「不像你。」她對歐索說。

「嘿。」歐索覺得受到冒犯。

「還有呢？」格雷戈問。

「高。」桑奇亞說。「捲髮。駝背。在室內工作的室內人。鬍子稀疏。但他沒有配戴徽型或紋章或任何顯而易見的東西。」

「很模糊的描述。」格雷戈說。「我猜你接下來要說如果你看到他，你可以認得出來。這麼說對你很有幫助，因爲我們就得照看你了。」

「我知道更多的話就會說更多。」桑奇亞說。

「但這樣誰都有可能啊！」歐索說。「任何一個商家！莫西尼、米奇爾、坎迪亞諾——我想甚至我們自己也有可能！我們沒辦法縮小範圍！」

「重力銘器沒給你任何線索嗎，歐索？」格雷戈問。

「沒有。」歐索說。「因爲那東西是史無前例、開創性的作品！眞正天才的作品，我從來沒見過。無論製作銘器的是誰，都把他們的天賦藏得密不透風。」

聽到這，貝若尼斯又清了清喉嚨。「還有一個未解答的問題，先生。無論此人是誰，他是怎麼查出遠西符文典的？又是怎麼知道那把鑰匙？怎麼知道丹多羅隊長要去抓桑奇亞，還有我在跟蹤他們？他怎麼知道這一切？」

「這樣有，像是，六個未解答的問題耶！」歐索說。「而且答案很簡單！有人洩漏，或是有人潛伏在內，或是內城裡有間諜！」

貝若尼斯搖頭。「我們只跟彼此談論過那把鑰匙，先生。你叫我去跟蹤丹多羅隊長時旁邊也沒有其他人，而且就是今天的事而已。不過確實有一個共同點，先生。」

「有嗎？」格雷戈問。

「有的。都發生在同樣地方——您的工作坊。」

「所以？」

貝若尼斯嘆氣。她伸手從一張桌子裡拿出一大束紙，提筆蘸墨，在紙上畫下至少二十個精細、複雜、美麗的符號，速度快得令人眼花撩亂。彷彿是舞會中餘興的魔術，在一眨眼的時間內輕鬆變出這些華麗的圖樣。貝若尼斯將紙張展示給歐索看。符號對桑奇亞來說沒有意義，歐索見了卻倒吸口氣。「不可能！」他說。

「我覺得是這樣，先生。」貝若尼斯說。

他轉身瞪著工作坊的門，驚訝得合不攏嘴。「不可能會……」

「發生什麼事？」格雷戈問。「你畫了些什麼，貝若尼斯？」

「一道古老的銘術問題。」貝若尼斯說。「一個未完成的設計，目的是引起學生的好奇心——怎麼製作能捕捉空氣中聲音的銘器？」

「有人解答出來。」歐索微弱地說。「一個銘器。銘器！就只是一個銘器，對吧？」

「我想是的，先生。」貝若尼斯說。「一個裝置，隱密的裝置，偷藏在您的工作坊，以某種方式回報我們的對話。」

就這麼一次，格雷戈和桑奇亞來到同一陣線——他們困惑地望著對方。

「你們認爲有個銘器在監視你們？」桑奇亞問。

「這不是不可能嗎？」格雷戈說。「我以爲銘術大多只能移動物體、讓物體變重或變輕。」

「沒錯。」貝若尼斯說。「銘術在簡單的大程序方面很好用，大尺度的大量交流。可以讓物體變快、變熱、變冷。然而小東西、精細的東西、複雜的東西……那些比較棘手。」

「比較棘手。」歐索說。「但並非不可能。聲音銘器——能夠製造或捕捉聲音——是銘術師最愛三不五時拿出來思考的理論問題。然而不曾有人眞正做出來。」

「但若這些人銘印了重量，」貝若尼斯看著歐索桌上的重力碟，「天知道他們還打破了哪些限制？」

「假設他們能做出這種銘器，他們又怎麼進得來？」格雷戈問。

「他們會飛啊，混蛋。」桑奇亞說。「這地方有窗戶。」

「噢。」格雷戈說。「對。」

「儘管如此，」貝若尼斯說，「這只是我的理論而已。我也可能完全弄錯。」

「但若我的客戶確實把東西放進這裡，」桑奇亞說，「我們現在只要把它找出來就好，對吧？然後，我也不知道，把它砸爛之類的，對吧？」

「用點腦子啊。」歐索說。「要是那銘器很顯眼，我們早就找出那該死的東西了。」

「我們甚至不知道像這樣的銘器會是什麼模樣。」貝若尼斯說。「什麼都有可能。一個碟子、一枝鉛筆、一枚硬幣。也有可能藏在牆裡、地板裡或天花板裡。」

「我們如果開始到處挖，他們便會聽見，」歐索說，「我們就又露馬腳了。」

格雷戈看著桑奇亞。「不過桑奇亞，你不是能聽見銘印嗎？」

工作坊內一片安靜。

「呃。」桑奇亞說。「堆——對啊。」當然了，先前聽見重力銘器朝他們靠近的是克雷夫。桑奇亞只告訴他一半的實情。愈來愈難圓住所有謊了。

「那麼你只要走進工作坊張開耳朵聽就好，對吧？」格雷戈說。

「對啊，不行嗎？」歐索往前坐了些。他凝視她的目光有些太過熱切。

「我可以試試。」桑奇亞說。「不過這裡有很多雜音……」確實如此。內城內迴盪著喃喃的指令、咕噥的處方、輕聲的吟誦；偶爾當某些大型、看不見的基礎設施執行任務時，聲音會衝上高峰、轉爲響亮，讓她的腦幾乎無法承受。

「有嗎？」歐索質問。「那你怎麼聽得見這些雜音？這過程是怎麼一回事？」

「它就是這樣發生。到底要不要我幫忙？」

「那得看你到底幫不幫得上。」

桑奇亞沒動。

「現在問題在哪？」歐索問。「你去看，去找，就這樣，對吧？」

桑奇亞看著所有人。「要我做的話……可不是免費。」

「啊，好。」歐索輕蔑地說。「要錢？我肯定我們可以達成某種約定。特別因爲我確信你會失敗。」

「不對。」格雷戈說。「歐索答應要給你多少錢都是他的事。但跟你談判的不是他；是我才對。」

他拿起縛繩的鑰匙。

「狗娘養的。」桑奇亞怒叱。「我不是你的人質！我才不要白白爲你們做事！」

「你會做，因爲這是你欠我的。而且也是爲了這座城市好。」

「這該死的城市又不是我的！是你們的！我只是剛好住在這，或是設法在這裡生存而已！但你們這些人讓活著天殺的難如登天！」

他看似被這番激烈的言論嚇到，他考慮片刻。「可以的話，就找出銘器。然後我們再來談。涉及這樣的事時，我並非蠻不講理。」

「可能插的騙我。」桑奇亞說。她站起，打開通往工作坊的門走了進去。

「嘿。」歐索在她身後叫喊。「嘿——別碰裡面的任何物品，好嗎？」

◎

無論是誰，走進歐索．伊納希歐的工作坊都可能會大吃一驚。物品的數量——大量物品全面、荒唐地雪崩般突然湧入眼前——令人心生敬畏。

工作坊是一個寬敞的長型房間，六張長桌上堆滿缽缽冷卻的金屬，還有鐵筆、木扣，以及許許多多機器、儀器、新發明物——或是零件。有些銘器在動，緩慢至極地轉動或欠缺節奏感地不停敲打。牆壁若不是被書櫃遮住，就是覆蓋著紙張、圖像、雕刻、符文串和地圖。最古怪的儀器位於後面，是一個巨大的金屬罐，裡面裝滿表面覆蓋銘印的圓盤。儀器放在軌道上，可以藉此滑入後方牆上的洞裡；這個洞看來應該是某種爐灶，綠地都在像那樣的東西裡烤派餅。她猜那應該是測試用的符文典——眞正符文典的縮小版。她從殘餘者那兒聽說過，但不曾親眼見識。

有很多可看之處。但桑奇亞覺得震耳欲聾。

工作坊內充斥迴盪著輕聲的吟誦，所有銘印裝置像一窩不安的烏鴉那般咕噥個不停。拯救歐索之後，桑奇亞的頭仍虛弱未癒，所以感覺就像用沙子摩擦曬傷處。

可以確定一件事，她暗忖，這些人做的比殘餘人從頭到尾做的都多太多了。

她邁步穿越工作坊，凝神聆聽。她經過某個構件內部拆解攤開在亞麻布上；接著是一組奇異的銘器，全都在輕柔顫動；接著是排排簡單的黑箱子，卻詭異地籠罩著陰影，彷彿吸收了周遭的光。

如果這裡面有叛徒，她想，我也不知道該怎麼找出來。她希望克雷夫清醒；他一秒就能嗅出目標。

她瞥見牆上的某個東西，停下腳步。兩座書櫃之間的牆上掛著一幅巨大的炭筆素描，主角是克雷夫。畫得並不完美——鑰齒全錯了——然而頭部還有古怪的蝶形孔洞都精準到位。

桑奇亞走近畫像，看見底部有手寫註記：

能打開什麼？爲了什麼樣堂皇的鎖而設計出這樣的鑰匙？

這傢伙比我花更多的時間思考克雷夫，她心想。或許他知道的比他所說的還多——就跟我一樣。

接著她看見素描底部有個汙痕，就在最下面紙張捲起的地方。有人一定重複把這張紙釘在牆上。

她伸手抓起紙掀起，看見克雷夫的素描後另有其他東西。

一幅巨大的雕刻。這畫面令她不安。

雕刻描繪一群站在廳堂中的男人。他們看起來像僧侶，身穿樸素長袍，只是長袍上各有枚奇怪的佩章——或許是蝴蝶的輪廓，她說不準。她發現自己並不喜歡看著這廳堂：那是一個華麗巨大的石室，宏大厚實，在所有不對的地方凹折成角落。感覺像是光在裡面以不對的方式折射。石室的最深處有個箱子，看似巨大棺材或藏寶箱。所有人看著一個男人站在箱子前，雙手高舉，似乎單靠意志力打開箱子。箱子裡顯露出……

某個東西。或許是個人。或許是個女人，或許是尊雕像，只不過形體有些模糊，彷彿創作者並不確定描繪的是什麼。桑奇亞看著雕刻底下的印刷文字，上面寫著：

偉者奎塞迪斯位於世界中心之室：記載中，傳道者相信世界是具機器，由神打造；機器中心的某處有一室，曾爲祂的寶座。奎塞迪斯發現神之座中無神，試圖在室中安置他自己創造的神以管理世界。如同許多消息所指，這幅雕刻暗示他獲得成功。但若他確實成功，這並無法解釋爲何他的大帝國最後灰飛煙滅。

她看著這幅雕刻，不禁顫抖了起來。她想起克勞蒂亞和吉歐凡尼說過傳道者有什麼能耐。然後她想起克雷夫對重力銘器做的事——一個男人在沙漠中熄滅星辰的幻象。

她幻想著像歐索·伊納希歐這樣的人能用克雷夫做些什麼，又是一陣顫慄。

她聽見了——喋喋不休的低語，比其他吟誦略爲大聲。

這……不尋常。

她閉上眼凝神聆聽，走到工作坊後部。聲音在這裡更為響亮。

就像重力碟一樣，她暗忖。所以或許……要不眞正強大，要不就是出自同一個人之手？

她發現聲音來自後面的一張桌子，某種設計桌，歐索在這裡塗寫符文串。她的頭歪向桌子，聆聽鉛筆、墨水瓶、石塊，還有……

桌角放著一尊鳥形黃金小雕像。桑奇亞不安地拿起雕像湊近耳朵。它發出的聲音震耳欲聾。

如果眞有古怪在這房間，她心想，肯定就是這個。她將雕像放回原處，感覺頗滿意。她沒像這樣用過自己的天賦。走回辦公室時，她非常短暫地好奇起自己還有什麼能耐。

❁

十分鐘後，他們全部擠在歐索工作坊的一張桌子旁，看著他翻看那尊黃金雕像。底部有個小銅片，中央有一個大螺絲。歐索看了看其他人，一隻手指抬至唇畔示意噤聲，接著拿起螺絲起子動手轉開螺絲。他輕輕拉出螺絲，再用極小的扁平工具撬開銅片。歐索無聲地倒抽一口氣，驚訝得合不攏嘴。雕像內有具機器——如此迷你脆弱，彷彿以蛛網與鼠骨打造。他抓過一盞燈和放大鏡凝神細看，接著雙眼瞪大，朝貝若尼斯示意，換她來看。看過後，貝若尼斯猛眨眼，受到不小驚嚇；她看著歐索，而歐索點頭，表情嚴肅。

檢查終於結束。歐索輕手輕腳將機器放在桌上，一行人躡足走回辦公室。歐索緊緊關上與工作坊相連的門——隨即爆發。「我是個天殺的笨蛋！」他大喊。「我是個只會嘴巴開開抓褲襠的笨蛋！」

「所以……你的懷疑沒錯？」格雷戈問。

「當然！」歐索叫道。「老天，我們一團亂。誰知道他們聽見了些什麼？我在那隻蠢小鳥前說了些什麼？我從頭到尾沒想過！」

「不用客氣。」桑奇亞說。

「那雕像完全仿冒了原本放在我桌上的那尊。」他忽略桑奇亞，接著往下說。「我猜他們一定老早就以假代眞了。」

「利用那些銘器飛上來。」格雷戈說。

「對。」貝若尼斯心煩意亂地說。「而且打造那東西的人是……好手。」

「天殺地好。」歐索說。「驚人地好。那是最高級的作品，知道嗎！我確定城裡要是有人眞那麼厲害，我們應該都會知道才對。所有人都會排隊等著舔他的蠟燭，我一點也不懷疑！」

格雷戈做了個鬼臉。「感謝你的說明。」

「你看過類似的東西嗎，隊長？」歐索問。「你比我常在外遊歷，各商家在戰爭期間用了很多實驗的東西。你看過哪個陣營用像這樣的銘器嗎？」

格雷戈搖頭。「沒有。我看過最近似重力銘器的東西是銘甲，但重力銘器還是遠勝於銘甲。」

「什麼是銘甲？」桑奇亞問。

「整套的銘印盔甲。」格雷戈說。「跟我們帝汎的盔甲有所不同，銘印後兼具超乎自然輕量與強韌的特性；銘甲還會強化穿戴者的動作、放大他們的重量。換言之，讓他們比一般人更快、更強壯。」

「我以爲銘印重量是違法的。」桑奇亞說。

「對。」格雷戈說。「因此銘甲只在國外的戰爭中使用，數量有限。」他抹了抹臉。「好了。我們可否專注於隨之而生的結論？」

「好啊。」桑奇亞說。「我們到底能怎麼應對？你們不能看看那東西然後想出……我不知道，想出些什麼嗎？」

貝若尼斯緩口氣。「好。我相信我們在工作坊裡看見的是進化版的偶合體。」

「什麼，像是我在濱水區用的炸彈？還有你的金屬片？」桑奇亞問。

「沒錯。只不過對應的是一根非常小，小到極點的針，在那機器的中心。非常靈敏，不知怎地對聲音極度敏感。」

「針怎麼對聲音敏感？」格雷戈問。

「因爲聲音透過空氣傳遞。」貝若尼斯說。「以波的形式。」

桑奇亞和格雷戈呆瞪著她。

「是這樣嗎？」桑奇亞問。

「跟……大海一樣？」格雷戈也問。

「沒時間改善你們的狗屎教育程度了！」歐索說。「就當作對，沒錯！聲音撞擊針，造成針振動。但因爲是偶合體，另一根針也跟著振動——在某個地方。」

「這就是棘手之處。」貝若尼斯說。「接下來呢？第二根針振動，然後……」

「噢，得了吧，貝若尼斯。」歐索說。「很明顯好嗎！第二根針的振動在柔軟的表面留下刮痕——焦油、橡膠或蠟之類的。等到表面硬化……」

她瞪大眼。「再用另一根針畫過表面，畫過所有刮痕……重現出聲音。」

「對。效果應該很爛，不過足以捕捉詞語了。」

「等等。」格雷戈舉起一隻手。「你認眞覺得有人想出從空氣中捕捉聲音的方法？」

「太瘋狂了。」桑奇亞說。「所以你可以一再又一再又一再重複發出相同的聲音或對話？」

「你剛剛才用什麼狗屁魔法耳找出那該死的東西耶！」歐索生氣地說，手指著門。「而且一個飛簷走壁的男人剛剛才想把我從屋頂丟下去！我們對於『瘋狂』的概念明顯需要更新！」

「但這是一種棘手的偶合。」貝若尼斯說。

「有什麼了不起嗎？」格雷戈問。

「偶合是一種近位效果。」貝若尼斯說。「通常偶合體不需要距離彼此太近，因爲你想要達到的對應效果並不複雜。就像引爆偶合體——只要動態、摩擦與熱。這樣的偶合體在幾哩外都能生效。但這……這複雜太多了。」

歐索停止踱步。「所以第二根針的位置一定非常近！」他說。「你說得對，貝若尼斯！寫下聲音、把振動刻在蠟上的工具一定在近處，才能準確捕捉所有聲音！」

「這座宅子裡的某處，先生。」貝若尼斯說。「或許就在這棟建築裡。只有這樣，那個銘器才能發揮作用。」

「你！」歐索指著桑奇亞。「再做一次，把它找出來！」

桑奇亞僵住。這遠遠超出她天賦所及。在一個房間內聽出強大的銘器是一回事，徹底搜查整棟建築找出某特定銘器可是另一回事。她需要克雷夫才做得到，前提是他再度開口。

令她鬆一口氣的是，格雷戈在這個時候清了清喉嚨。「這事可以等。」

「什麼！」歐索說。「該死的爲什麼？」

格雷戈朝窗戶點點頭。「因爲天快亮了。很快便會有人來此。他們來的時候，最好不要被他們發現一個血跡斑斑的女孩帶著一個血跡斑斑的至尊在走廊上亂晃。」

歐索嘆氣。「該死的。我們沒時間了。」

「什麼意思？」格雷戈問。

「我明天要參加帝汎議會一場有關平民區銘術失效的會議。一大堆四大商家重要人物都會出席，包括我和歐菲莉亞。超多人會看見我。」

「所以你還沒死的流言會傳出去。」桑奇亞說。「派出殺手的人會收到風聲。」

「他們會來查看捕捉到的聲音發生了什麼事。」貝若尼斯說。

「對。」歐索說。「我們得比他們快一步找到它。」

「我們會盡快回來。」格雷戈說。「但就現在，需要找個地方清洗清洗。」

歐索考慮了一下，轉過身對貝若尼斯說：「再派發一輛馬車，帶他們去我家。讓他們洗澡弄乾淨。他們今天可以待在那，但這不是長久之計。就連內領地裡也不安全。」

15

貝若尼斯調出一輛客用馬車載著他們往北走，稍微抱怨著「又不是什麼該死的家僕」。他們往前駛的時候，桑奇亞盯著窗外。她先前沒多加注意，但現在忍不住盯著丹多羅內領地看個不停。

最奇怪之處在於幾乎整個內領地都在發光，散發柔和溫暖的玫瑰色光，似乎從巨大塔樓的角落發散而出，或者可能是從地基的位置——很難辨別。她猜銘印燈應該直接嵌入表面；這些燈特別設計為投射出間接的冷光，因此夜裡不會有光線直接射入任何人的窗內。

當然了，還有其他奇觀。有飄浮燈籠，跟她的客戶用來搜索她的那些一樣：一群群飄在大馬路上空，有如群聚的水母。還有許多小水道，裡面滿是附躺椅的針形小船。她想像居民跳進一艘船，嗖的一聲被運過水道抵達他們的目的地。

感覺不真實。想像有人住在不過幾哩外的泥濘巷弄，她自己住的那棟悽慘鴿樓竟跟這地方共享一片雨雲……她瞄了一眼貝若尼斯和格雷戈。貝若尼斯對這一切視而不見。相對來說，格雷戈則繃著臉。他們最後來到前面擋著柵門的高聳宅第，有聲望的內城重要人物會住的那種地方。根本無法想像歐索・伊納希歐竟住在這裡——然而銅門無聲在他們前方打開。

「至尊給門加上束縛，讓它回應我的血。」貝若尼斯說這話時聽起來不太開心。「當然也回應他自己的血。他最愛搞這種把戲，明明就很少回來這裡。」

「爲什麼他不回來他自己這座該死的宅第？」桑奇亞問。

「房子是接下他至尊職位的附帶條件，並不是他自己去買下這地方。我不認爲他有丁點在乎。」

他們走進去後，貝若尼斯所言就顯而易見了：地毯、桌子和燈籠都覆上薄薄的灰塵。「他在哪裡睡覺？」桑奇亞問。

「他的辦公室。」貝若尼斯說。「我猜的。我沒眞的看過他睡。」她指指樓梯。「臥室在四樓，沐浴設施也是。如果你們要待在內城，我建議你們兩個都去梳洗，以免被人看見——在什麼場合就有什麼扮相比較明智。」她看著他們，皺了皺鼻子。「而你們現在並沒有。」

格雷戈謝過她後她便離開了。桑奇亞漫步走上三樓，發現一扇巨大的窗型門，打開就是陽臺。她推門走出去向四周展望。丹多羅內領地在她眼前展開，明亮，有如奶油，而且是玫瑰般的粉色。卵石馬路對面是座公園，裡面有樹籬迷宮和滿溢的花朵。遊人一起走在小徑上。這概念令桑奇亞驚奇——若是在平民區，若你夜晚外出，很可能會死於非命。

「他們有點過頭了，對吧。」格雷戈在她身後問。

「嗯？」

他來到她身旁站定。「我說那些燈。道洛人稱我們爲發光人，用他們的語言；因爲我們傾向在任何東西上裝燈。」

「啓蒙戰爭時得來的？」

「對。」他轉身面對她，靠著陽臺。「現在。我們的交易。」

「你想要我的客戶。」桑奇亞說。

「我想要你的客戶。」格雷戈說。「非常想。你可以給我嗎。」

「怎麼給？你要他的名字？他的頭？還是……」

「不，不。」格雷戈說。「不要頭。這些是交易的條件——你不止幫我找到人，還要弄到能揭發他的證據。我不要他的名字、他的錢、他的商號，也不要他的血。我要後果。我要最後的歸宿。」

「你要正義。」桑奇亞嘆氣。

「我要正義。對。」

「你爲什麼覺得我能幫你達成正義？」

「因爲幾乎每一次有人試圖殺掉你或抓住你，你都逃掉了。也因爲你從我這裡偷東西。你很擅長——請注意，這可不是讚美——偷偷摸摸的行動。我們若想成功，我想會需要具備你這種天賦的人。」

「但這要求該死的不合裡！」桑奇亞說。「沙克覺得我們的客戶應該是創始者親族，像你這種，或是關係親近的人。代表我要在像這樣的地方工作。」她朝下方的城市點點頭。「在內城領地。像這樣的地方，基本上就是設計成會確保像我這樣的人一碰上他們立刻死掉。」

「我會幫你。歐索也會。」

「歐索幹麼幫我？」

「才能拿回鑰匙，當然囉。」格雷戈說。「還有任何他長久以來偷藏的其他遠西寶物。我們的對手已經偷走他兩樣東西，看來已取得第三樣——這個帝器。肯定還有更多。」

「肯定。」她壓下胃裡忽隱忽現的焦慮。她不知道哪個比較難：把創始者親族交給格雷戈，還是歸還她不該擁有的寶物。「所以我幫你達成這個……這個正義，然後你放我自由？」

「基本上是這樣。」

她搖頭。「正義……神啊。你爲什麼要做這些？你爲什麼跑出來把自己的生命置於危險中？」

「渴望的東西是正義，這樣很怪嗎？」

「正義是奢侈品。」

「不對。」格雷戈說。「並不是。正義是一種權利，長久以來遭否認的權利。」他遠眺城市。「重建的機會……這城市貨眞價實地重建……我願意爲這樣的事流盡身上的每一滴血。除此之外，當然了，要是我們失敗，邪惡的人將擁有那些能施展近乎天神之力的工具。我個人覺得這結果挺糟糕的。」他拿出縛繩的鑰匙交給桑奇亞。「我相信你可以自己來。」

「我以爲歐索是瘋子。」她解開縛繩。「不過眞正瘋的是你。」

「我以爲你會比其他人更容易接受這想法。」

「這又是爲什麼？」

「跟我心裡所想你這麼討厭縛繩的原因一樣，桑奇亞。還有你隱瞞背上疤痕的原因。」

她僵住，緩緩轉過身瞪著他。「什麼？」她輕柔地說。

「我遊歷四方，桑奇亞。我知道你這種樣子怎麼回事。我看過這些，只不過希望永遠不必再——」

她往前一步，一根手指戳上他的臉。「不。」她凶狠地說。「不。」

他退後，嚇了一跳。

「我不要跟你談這些。現在不要，也許永遠不要。」

他眨眼。「好。」

她慢慢放下手指。「你他媽對我一無所知。」說完她便走回室內。

◎

她大步上樓，找到一間臥室，隨後關門上鎖。她站在黑暗的房內，感到難以呼吸。

接著一道聲音在她腦中響起：〈有點過度反應，對吧，小鬼？〉

〈克雷夫！見鬼了！你活過來了！〉

〈鑰匙能有多活就多活，對啊。〉

〈你回……該怎麼說，回來多久了？〉

〈剛才而已。我第一次看見隊長害怕某個人耶。把我從你該死的靴子裡拿出來可好？〉

她在地板中央坐下，拔下靴子，用裸露的雙手拿起他，接著用問題轟炸他。〈你去哪了，克雷夫？重力銘器的事你是怎麼做到的？你受傷了嗎？你還好嗎？〉

他沉默了很長一段時間。〈不。〉他低聲說。〈我不好。但是……待會再說吧。首先——我們在哪？在一幢宅第之類的東西裡嗎？〉

她盡可能快速將最新發展告訴他。

〈所以，〉克雷夫說，〈你……現在為隊長工作？〉

〈算是。我個人比較喜歡想成一種夥伴關係。〉

〈他還是隨時能殺掉你，對吧？〉

〈呃，對？〉

〈那你們就不是夥伴。你也替叫歐索的傢伙工作？想買我的傢伙？你想把我，呃，偷回去給他？〉

〈我想我大致同意。〉

〈要怎麼做？〉

〈如果你還沒想通我是隨機應變，克雷夫，我不知道要再跟你說些什麼才好。〉

克雷夫安靜片刻。一群飄浮燈籠緩緩沿下方的街道飄動，脈動的粉色光芒投射在天花板。

〈重力銘器的事你是怎麼做到的，克雷夫？你怎麼用它控制……所有東西的重量？然後你怎麼了？〉

〈我……很難解釋。〉他嘆氣。〈一切關乎界限。我無法讓銘器做出超乎它自身界限的事。換句話說，我不能叫用來加熱鐵的銘器把鐵變成泥土或雪或其他東西。〉

〈所以？〉

〈所以呢，像是重力銘器，它的界限非常非常大，而且非常非常模糊，給了我很多運作的空間。就算銘器本身無法承受這樣的負荷——因為一個銘器愈是反推它的界限，它就愈容易瓦解。當我要重力銘器這樣做的時候，我……我想起某些事。然後我就睡著了，作了一場夢。〉

〈你睡……睡著？你想起什麼？〉

〈我想起……另外一個能夠操弄重力的人。久遠以前的人……現在對我來說只是一道影子。〉他的聲音加入了作夢般的韻律。〈他可以讓所有東西飄浮起來……只要他想，隨時都可以，他可以在空中飛行，就像夜裡的一隻麻雀……〉

〈對。我知道。我覺得……我覺得我想起打造出我的人了，桑奇亞。〉

桑奇亞寒毛直豎。〈但是……克雷夫，一直以來能飛行的就只有傳道者。〉

〈傳道者都死了，對吧？〉克雷夫。

她不知道該說些什麼。

〈對。〉

〈這讓我感覺……孤單。〉他輕輕地說。〈而且害怕。〉

〈為什麼害怕？〉

〈在我夢中，我……我想起製造我的過程。你想看的話我可以讓你看。〉

〈讓我看？什麼意思？〉

〈嘿。我要在你腦裡放進一個東西。很小的東西。想成你在水裡游泳，而我要丟給你一條繩子。專注，然後緊緊抓住。〉

〈呃……好？〉

停頓片刻。接著……她感覺到了。應該說她聽見了：一個輕微且有節奏的聲音，答答，答，答——一連串輕柔的節奏與脈動，在她的腦中迴盪。她聆聽，伸展出去，抓住，然後……

節奏開展、延伸，而後包覆住她，充盈她的思緒。

回憶入侵。

沙。黑暗。附近傳來低微、焦慮的低語。她躺在石面上，仰望黑暗。

午夜，她暗忖。*世界戛然停止，重新啓動*。她知道——但並不知道自己怎麼會知道。

一抹火焰，明亮炙熱，融化的金屬在陰影中散發光熱。她感覺到疼痛，劇烈駭人，穿刺她、貫穿她，她聽見自己叫喊——但那不是她，她是另外一個人，她知道——接著，就在一瞬間，她感覺到自己填滿這個形體、這個用途、這個目的。

她感覺到自己的心神湧進這個軸柄，這個鋸齒，這個凹槽，這個尖端。她變成鑰匙，變成這東西，這工具。然而她現在知曉自己遠遠不止一把鑰匙。一個概要，一個匯集。一個儀器，充滿如此多銘術、符文與創世的知識。一個工具，明亮駭人。就像刀的目的是切開木材或肉體，她的目的是分開……

桑奇亞倒吸一口氣，回憶釋放她。太多，眞的太多。她回到臥室，然而她太受驚嚇，幾近崩潰。

〈看見了嗎？〉克雷夫問。

她努力喘過氣來。〈那是你？那……發生在你身上？〉

〈這是我的一段記憶。我不確定是屬於我或其他人……因為我不完全確定那發生在我身上。這就是我所知道的全部。〉

〈但……但如果你是那樣造出來的，克雷夫……看起來你並不總是一把鑰匙。在裡面的某一刻，你曾經是人。〉

更漫長的沉默。然後，〈是啊。很怪，對吧？我不知道該做何感想。或許我就是因此才記得酒嘗起來的味道，還有睡覺的感覺，還有沙漠在夜裡的味道……〉他悲傷地笑了笑。〈我猜我不該知道。〉

〈知道什麼？〉

〈知道我自己。我是一個工具，桑奇亞。他們抓走我，把我放進這裡面；而銘器不該有自我意識的啊。就好像我們初次見面時你說的。我在黑暗中待了好長一段時間。我不該等那麼久的。〉停頓。〈你知道那代表什麼意義，對吧？我是一部正在瓦解的機器。到最後，我將停止運作。我……我想我要死了。你懂嗎？〉

她愣愣地在那兒坐了片刻。〈什麼？克雷夫……你……你確定嗎？〉

〈我感覺得到正在發生。我，有所意識……就好像鑰匙裡的腫瘤。我長啊長，但我不是他們要的。我是一個錯誤。其餘的我就要瓦解了。而能夠修好我的人……他們都死了。已經死掉就算沒有幾千年也有幾百年了。〉

桑奇亞嚥了口口水。想到克雷夫時，她想像過許多可怕的事——大多是他被不該拿的人拿到手，或是她失去他——但她從沒想過他死掉。〈你還有多長時間？〉

〈不確定。這是一個……過程。我做得愈多，便瓦解得愈多。可能幾個月，或幾週。〉

〈那我就不能……我不能用——〉

〈不。〉他堅定地說。〈我要你用我，桑奇亞。我想要……想跟你一起做事。跟你一起活著，幫助你。你是我記憶所及唯一眞正認識的人。就算有人能修好我，說眞的，我根本也不確定我想被修好——修好後我就會回到原本的狀態。沒有心的工具。〉

她坐在那兒努力想弄懂。〈我不知道該怎麼想。〉

〈那就別想。我覺得你需要休息。我還覺得你需要洗個澡。〉

〈一直有人跟我說這個。〉

〈那是因爲你眞的需要。〉

〈我不能洗澡。我不能坐在水裡。這樣接觸太多——我會因此而死。〉

〈好吧。但至少試試什麼都好。你會覺得舒服一點。〉

她遲疑片刻，接著走到浴室。裡面全是大理石和金屬，有一個巨大的瓷浴缸，還有很多鏡子——她這輩子見過鏡子的次數寥寥可數。她四處張望找地方藏克雷夫，以免有人走進來，最後把他放在櫥櫃裡。

〈別恨丹多羅對長。〉她放下克雷夫時，克雷夫說。〈我猜他壞掉了，就跟你和我一樣。他只是想修好這世界，因爲這是他所知唯一能修好他自己的方法。〉

桑奇亞關上櫥櫃門。

❁

桑奇亞獨自在浴室內把自己剝個精光。她看著鏡中的自己。

她的手臂、大腿與肩膀都很強壯，一束束肌肉鼓起，精瘦結實。腹部和胸部滿是皮疹、咬痕與汙垢。

她轉過身，看見自己的背。她猛吸一口氣。

她原以爲現在應該都消失或縮小了，但卻似乎還是一樣大；一道道亮閃閃的疤，從肩膀一路往下延伸到屁股。她瞪著疤，呆若木雞。她上次見到這些疤是很久以前的事了，因爲平民區罕見鏡子。

他們訴說奴隸勇敢承受無數鞭笞的故事，泰然接下一鞭又一鞭。然而在她遭受鞭打的那一刻，她便知道那都是謊言。鞭子落在身上的瞬間，所有自尊與憤怒與希望隨即消逝。人對自身的想法眞是脆弱得叫人訝異。

桑奇亞站在浴缸裡，將一塊布浸入熱水，而後把自己擦洗乾淨。過程中，她告訴自己她不再是奴隸。她告訴自己她自由了，而且強壯；她孤單多年，終有一天會再度孤身一人，而她將一如往常倖存。生存是桑奇亞最擅長的事。刷洗自己骯髒、疤痕累累的肌膚時，她試著告訴自己，她臉頰上的濕潤只是水栓的水滴，僅此而已。

第二部　內城

於是偉者奎塞迪斯來到伊非歐斯之海邊緣的阿帕米亞城；儘管他對城市諸王說的話沒有留下文字紀錄，二手資料仍清楚揭示他帶來不尋常的訊息：關乎延攬、關乎融入他們的帝國，以及敦促投降。此時此刻，傳道者來到此區域的消息已廣為流傳，許多人感到害怕——然而阿帕米亞諸王與富裕地主們拒絕了他，並且無禮地回絕偉者奎塞迪斯。

奎塞迪斯並沒有如某些人擔心的那般回以狂怒。他只是走到城市廣場，坐在塵土中，以灰色石塊堆起石堆。

傳說中，奎塞迪斯從中午堆到日落，石堆的高度變得非常驚人。確切高度眾說紛紜——或說一百呎，或說數百呎。然而，所有故事都略去兩個關鍵：如果石堆的高度超乎尋常，僅常人身高的奎塞迪斯如何能持續將石塊堆上頂端？有人說奎塞迪斯能讓物品飄浮，自己也能飛起來，但故事中並無提及。那麼——怎麼做到的？

其次，這所有石塊都來自何處？

有些資料顯示奎塞迪斯建造石堆時有外力相助。描述中，在奎塞迪斯開始之前，他拿出一個小金屬盒，並將之打開——盒內在旁人眼中空無一物。不過，故事說到阿帕米亞的人民看見石堆周遭出現腳印，遠大於人類的腳印。這些版本的故事暗示奎塞迪斯的盒內藏有不可見的精靈或元體，他將之釋放以為其所用。然而，這樣的傳說相當貼近與傳道人有關、更奇幻的故事——奎塞迪斯讓星辰隨他的魔杖跳舞的寓言，諸如此類——因此必須抱持懷疑態度。

不論這些特異之處，奎塞迪斯開始建造石堆，沒有休止。隨著夜幕降臨，阿帕米亞的人民見識這神奇的演示後突然感到害怕，隨即離開。

到了早晨，他們回到城市廣場；奎塞迪斯坐在塵土中，依然耐心等待，石堆卻消失了——人民稍後發現，一同消失的還有阿帕米亞諸王與所有富裕地主，還有他們的男女老幼所有家人，還有全部的牲口以及他們生活與工作的那些房舍。一夜之間無聲無息地消失——或許被送到石堆所去之處了。

石堆的用意依舊不明，抗拒奎塞迪斯的阿帕米亞人最終去處同樣不明，無知於歷史。而阿帕米亞當然不再抗拒奎塞迪斯，臣服於傳道者的統治——只不過，如同遠西地國的所有土地，最終全數毀滅。詳實記載的紀錄聲稱無法確知衝突之源是否為內戰，或傳道者與其他更強大勢力間的戰爭。這樣的概念令我憂心，然而還是必須納入考量。

——吉安卡莫·厄多尼，瓜拉可商家副至尊，〈遠西帝國故事集〉

16

歐索咬牙切齒，按了按額頭，嘆氣。

「我發誓，」他低聲抱怨，「要是我再聽見一個無趣的狗屁字詞……」

「安靜。」歐菲莉亞·丹多羅低語。

歐索把頭靠在面前的桌上。他很擅長組織抽象概念。這基本上就是他工作的全部：他寫論文和論述，說服現實做些新穎有趣的事。如果眞有一件他棄如敝屣的事——絕對無疑把他逼瘋的事——那就是有人就是無法說插他的重點。觀看他人像男學生試圖探索女人袍內那般笨嘴笨舌地思索字詞，這感覺神似吞玻璃碎片。

「因此，重點在於……」講者說道——一位莫西尼家的副至尊，過度打扮的混蛋，歐索根本沒費心記住他的名字。「重點在於——是否可能設計出我們能藉以測量、分析的準則，並建立平民區銘術失效爲自然事件的可能性——此處所指爲暴風雨或大氣中氣象波動的某些副作用——相對於人類學的作用——此處所指，就是人爲因素？」

「小爛貨可能剛學會這個詞。」歐索咆哮。歐菲莉亞瞥了他一眼。歐索清清喉嚨，假裝剛剛那句話只是一陣咳嗽。

帝汎議會這場會議已開了四小時。令歐索驚訝的是，他們居然設法把埃非瑞佐．米奇爾和托瑞諾．莫西尼都從他們各自的內城搖籃給拖了出來。你幾乎看不見這兩位家族首領，更別提還是在同個地方。埃非瑞佐努力坐直，表現出貴族的關切；托瑞諾則是赤裸裸地發散出無聊的氣息。歐索認爲歐菲莉亞一如往常舉止得宜，然而他看得出來，就連她也漸漸失去耐性。

但歐索頗警覺。他不停審視一張張臉孔，思考著。這會議室有些城裡最具影響力的人，其中好幾個都是創始者親族。要是有人表現出很驚訝看見他還活著的樣子——嗯哼。這會是很有用的跡象。

歐菲莉亞清了清喉嚨。「並沒有自然事件造成銘術失效的前例，無論颶風或其他災害都沒有；我們的歷史上沒出現過，遠西歷史也沒有。那麼，我們何不直指重點，簡單問一個問題就好：這是我們在帝汎所做的事引發的結果嗎？」

會議室內湧起一陣低語聲。

「創始者，您是否指控其他商家犯下此等行爲？」莫西尼家的代表咄咄逼人地問。

「我沒有指控任何人，」歐菲莉亞說。「因爲我一無所知。難道不可能是致力於某種研究時產生的意外效果嗎？」

低語聲變得更加響亮。「荒謬。」有人說。

「可笑。」

「無恥。」

「如果丹多羅特許家族有意願提出這樣的推論，」米奇爾家的一名副至尊說，「或許丹多羅至尊能提供一些支持的理論？」

所有視線集中到歐索身上。*太棒了*，他心想。

他咳了咳，站起。「我必須略微修正我們創始者的聲明。是這樣的，傳道者歷史中有個隱晦的傳說，其中或許提及我們遭遇的現象——阿米蒂斯大戰。」他冷淡地環顧圍在身旁的眾人。*來啊，混蛋們*，他心想。*爲我而中斷，顯露出自己吧*。「帝汎仍無能觸及這樣的方法論，當然了。但若我們相信我們的歷史，那確有可能。」

莫西尼家的某人惱火嘆氣。「更多傳道者，更多巫師！我們還能期望從崔布諾信徒那得到什麼？」

此話一出，整個會議室陷入寂靜。所有人都盯著莫西尼代表；他這才發現自己嚴重越線。

「我，呃，道歉。」他轉身面對房內迄今無人發聲的一個角落。「我失言了，諸位閣下。」

所有人緩緩轉頭看著由坎迪亞諾商行代表們占據的角落。這個商家的代表遠比其他家少。坐在創始者座上的是名年約三十的年輕男子，皮膚蒼白，沒有蓄鬍，身穿墨綠長袍，頭戴一頂華美的扁帽，邊緣鑲著一顆碩大的綠寶石。他就許多方面而言都是異數：首先，他的年紀只有另外三位創始者的大約三分之一；大家都知道，他其實並不是眞正的創始者，根本也不是坎迪亞諾家的血親。

歐索對著年輕男子瞇起眼。儘管歐索討厭帝汎的許多人，但他尤其厭惡托瑪士・齊厄尼，坎迪亞諾商行的首席管事。

托瑪士・齊厄尼清了清喉嚨後站起。「您並無失言，閣下。我的前任，崔布諾・坎迪亞諾對遠西的執迷確實重創我們高貴的商家。」

我們高貴的商家？歐索心想，還不是裙帶關係，小爛貨！

托瑪士對歐索點點頭。「當然了，這段過去丹多羅至尊知之甚詳。」

歐索微扯嘴角，鞠躬後便坐下。

「帝汎商家有能力重現任何傳道者的力量，這種幻想確實荒謬，更別提創造出能造成銘術失效的銘器，還有牽涉其中的道德問題了。但恐怕丹多羅創始者並未切中問題癥結。我認爲我們都想知道的是，如果我們想查出是否有任何商家幕後主使失效事件……我們該如何設定管轄權？哪個單位該負責監督？這單位又該由哪些人組成？」

這次會議室眞的爆出不滿的低語。

就這樣，歐索嘆口氣，小托瑪士對這場白癡會議揮出致命一擊。因爲這概念在帝汎是異端邪說——某種城市或政府的權威，能夠審查各商家的生意？他們眞的寧願衰敗或死去，也不願臣服於這樣的權威。

歐菲莉亞嘆氣。幾隻小白蛾繞著她的頭飛舞。「眞是浪費時間。」她輕聲說，一面伸手揮趕。

歐索瞥托瑪士一眼，驚訝地發現年輕人居然在看他。更精確來說，他看著歐索的領巾，目不轉睛。

「或許不盡然呢。」歐索說。

❁

會議後，歐索和歐菲莉亞在迴廊短暫交流。「確認一下，」她輕聲說，「你不認爲這是蓄意破壞？」

「對，創始者。」

「你怎麼能如此確定？」

因爲我手上有個卑鄙小賊，她宣稱自己看見事發經過；他心裡這麼想，但說出口的是：「如果是蓄意破壞，手法應該會好上許多才是。爲什麼鎖定平民區？爲什麼只附帶影響內城？」

歐菲莉亞．丹多羅點頭。

「有……理由相信是蓄意破壞嗎，創始者？」

她目光灼灼望著歐索。

「姑且說，」她不情願說，「你目前研究燈的工作可能吸引了一些……關注。」

這可有趣了。歐索瞎搞銘印燈幾十年了，但都只用丹多羅特許商家的高級符文典構體；他開始試著操縱反轉：銘印物品，讓其吸收光，而非發散光，創造出就連在白日也持久不退的陰影圈。歐菲莉亞．丹多羅憂心其他商家懼怕這項技術……背後隱含的意義頗令人好奇。

她到底，他納悶著，打算把什麼藏在陰暗處？

「無論如何，」她說，「我希望你守口如瓶，歐索，尤其是那部分。」

「當然，創始者。」

「現在……請容我告退，我緊接著還有一場會議。」

「我也是。祝您今日順利，創始者。」

他看著她走開，隨即轉身大搖大擺地走到環繞議會大樓的走廊；眾多侍者、辦事員與僕役在此徘徊，等待協助大樓內的大批顯要。貝若尼斯也在其中，正一面打呵欠一面揉著浮腫的眼睛。「只開四小時？這次眞快啊，先生。」

「確實。」歐索飛快從她身旁走過。他穿過身穿白黃雙色服飾的人群——丹多羅特許家族族色——接著是紅色與藍色的人群——莫西尼家——然後是紫金色——當然就是米奇爾商行了。

「呃。」貝若尼斯發話。「我們要去哪，先生？」

「你要去找個地方睡覺。」歐索說「今晚派得上用場。」

「那您什麼時候睡呢，先生？」

「我什麼時候睡過了，貝若尼斯？」

「啊，了解，先生。」

他在身穿墨綠與黑色服飾的人群旁停步；那是坎迪亞諾商行的顏色。這群人的人數少許多，也比較欠缺教養。看來坎迪亞諾家破產的影響仍未消退。

「呃……您打算在這裡做什麼，先生？」貝若尼斯的語氣中有一絲焦慮。

「問問題。」歐索掃視這群人。剛開始，他並不確定她在這，覺得自己太荒謬了，居然幻想她會在。不過他看見她了：一個女人，站在人群外，姿態挺拔高貴。

歐索盯著她看，立即後悔把想法付諸實踐。女人身穿複雜得令人眼花撩亂的裙裝，袖子上部有些澎起；頭髮用一根覆滿珍珠與緞帶的繁複飾針盤起。她的臉塗白，眼睛的部位追隨流行畫過一道藍彩。

「我的天。」歐索悄聲說。「她熱中於貴族氣派又浮誇的一切。真是難以置信。」

貝若尼斯瞥見那女人，雙眼隨即瞪大，接著瞪著歐索，眼裡是赤裸裸的驚駭。「不要啊，先生。」

他朝她揮揮手。「回家去，貝若尼斯。」

「別……別去跟她說話。那太不明智了。」

他完全了解她的憂慮：接近敵對商家創始者的女兒？這想法太過瘋狂。尤其她還是這敵對商家首席管事的妻子。不過歐索就是靠爛選擇起家。「夠了。」他說。

「你接近她真的是不恰當得天理不容，無論你的……」

歐索看著她。「無論我的什麼？」

貝若尼斯怒瞪著他。「無論你的過去和她有什麼糾纏，先生。」

「我自己的事，」歐索說，「就是我自己的事。除非你也想糾纏進來，否則我建議你即刻離開，貝若尼斯。」

她看著他更長一會兒，接著嘆著氣走開。歐索看著她離去。他吞了口口水，試著鎮定下來。*我是出於正當理由*，他自問，*還是單純想跟她說話？*他決定不再躊躇。他腳跟一轉，走向那名女人。

「這件裙子穿在你身上很可笑。」

女人愣了一下才聽懂，憤怒地張大了嘴。然後她看見他，臉上的驚訝隨即消散。「啊。當然了。下午好，歐索。」她緊張地環顧四周。許多坎迪亞諾商行的僕役或瞪著眼瞧，或努力不瞪著眼瞧。

「這……非常不恰當，你知道的。」

「我這些日子以來都忘記『恰當』是什麼意思了，埃絲黛兒。」

「我的經驗顯示，歐索，你根本從來就不知道這兩個字的意義。」

他露齒而笑。「是嗎？很高興見到你，埃斯黛兒。就算你是被當作僕從那般塞進這後走廊。」

她回以微笑，或至少打算這麼做。那並不是他熟悉的笑容。他多年前認識埃斯黛兒．坎迪亞諾時，她的眼睛明亮有朝氣，目光比短劍還銳利。現在則有種……黯淡感。

她看起來很累。儘管她還是比他年輕十二歲，現在卻已有老態。她示意往前走，於是他們離開其他人可聽見的範圍。「終止會議的是你嗎？四個小時有點短，對吧？」

「不是我。應該是你丈夫。」

「啊。托瑪士說了什麼？」

「一些頗貶低你父親的言論。」

「了解。」一段尷尬的停頓。「那是真的嗎？」

「欸，對。不過聽了還是覺得不爽。」

「為什麼？我以為你恨他。你離開坎迪亞諾商行時，歐索，你和我父親之間有許多嫌隙。」

「嫌隙，」歐索說，「生於親近。崔布諾最近怎麼樣？」

「繼續朝死亡邁進。」埃斯黛兒冷酷地說。「也繼續發瘋。所以囉。能有多糟就有多糟。」

「我……懂了。」他輕聲說。

她凝視他。「我的天。我的天！惡名昭彰的歐索．伊納希歐一度英俊的臉上，一閃而過的會是同情嗎？還是懊悔？還是悲傷？想都沒想過呢！」

「別這樣。」

「你跟我們在一起的時候，我從沒見過這種溫柔，歐索。」

「胡扯。」歐索尖銳地說。

「我……道歉。我是指針對他的溫柔。」

「還是胡扯。」歐索仔細思考該說什麼。「你父親曾經，或許仍然是帝汎有史以來最聰明的銘術師。這該死的城市根本就是由他建造。他的許多設計至今仍讓許多事物屹立不搖。就算設計者本身已改變許多，這仍有重大意義。」

「改變……」她說。「是這樣說嗎？看著他衰退……看著他腐化，自甘墮落，追求這些遠西幻夢，為衰微的幻想砸下數千萬督符……我不確定我會僅稱此為改變。我們還沒恢復，你知道的。」她一瞥身後的人。「看看我們。只是幾名僕役穿上書記的衣服。以前議會根本由我們掌控。我們像天神和天使那般走過這些廳廊。我們淪落至此。」

「我知道。你不再施行銘術了。是嗎？」

埃斯黛兒看似洩了氣。「對……沒錯。你怎麼知道？」

「我認識你的時候，你是一名該死優秀的銘術師。」

他們看了看彼此，都知道還有沒說出口的話語——雖然你父親不曾認可。因爲儘管崔布諾．坎迪亞諾本身是個聰明絕頂的人，對自己的女兒卻極端冷漠，甚至讓所有人都知道自己更想要個兒子。或許這也是他用那種方式對待她的原因。當崔布諾．坎迪亞諾對遠西的執迷造成商家破產時，他基本上算是拍賣掉自己女兒的婚姻以償還債務；而年輕的托瑪士．齊厄尼系出富裕得超乎尋常的齊厄尼家，則迫不急待買下所有權利。

「什麼意思？」她問。

「若托瑪士讓你工作，」歐索說，「我確信你會讓坎迪亞諾扭轉劣勢。你很厲害，該死地厲害。」

「不過那不是首席管事之妻該擔的位置。」

「對。首席管事之妻的位置看似在這，在後廊等待，而且是被看見在後廊等待，柔順服從。」

她怒瞪著他。「你爲什麼要來跟我說話，歐索？只爲了用手指戳刺舊傷口？」

「不是。」

「那是怎樣？」

他吸一口氣。「聽著，埃斯黛兒……有糟糕的事正在發生。」

「你確定你能夠談論這件事？歐菲莉亞．丹多羅不會爲此把你的卵蛋拿去熬湯嗎？」

「多半會。不過我還是要說。有關你父親的素材……他的遠西藏品，我是說他買下的所有東西，都還在坎迪亞諾商行嗎？還是拍賣掉了？」

「爲什麼這麼問？」她詰問。

他回憶起托瑪士．齊厄尼看他的方式，裝出不自然的笑，「只是好奇。」

「我不知道。那些現在都歸托瑪士管轄。我已經遠離管理事務了，歐索。」

他思考著。托瑪士．齊厄尼富裕得令人髮指，一直都有奸商的惡名，但他不是銘術師。說到符文，他多半連自己的菊花和地上的洞都分不清。他創造出像竊聽銘器和重力碟那樣強大的銘器？這想法太可笑。但托瑪士財力雄厚，野心勃勃。自己做不出來，他很可能花錢買。

他可能還有辦法，歐索暗忖，接近全帝汎最聰明的銘術師。

「托瑪士會去見崔布諾嗎？」他問。

「偶爾。」埃斯黛兒現在覺得大有蹊蹺。

「會跟他談話嗎？如果會，都談些什麼？」

「你徹底越線了。怎麼回事，歐索？」

「剛剛說了，城裡有糟糕的事正在發生。埃斯黛兒……要是托瑪士想對我採取行動，對付我——你會告訴我，對吧？」

「對付你？什麼意思？」

歐索用一根手指拉下領巾一角，讓她瞥見瘀傷的頸部。

她瞪大眼。「我的天，歐索……誰……誰把你弄傷的？」

「我正打算查出來。所以了。如果托瑪士打算對我採取像這樣的行動，你會警告我嗎？」

「你……你眞覺得有可能是托瑪士下的手？」

「這幾年來有過一些文明高尚的人想殺我。你有任何頭緒嗎，埃斯黛兒？我得再問一次，如果有，你會告訴我嗎？」

她凝視他，表情五味雜陳：驚訝、憤怒、怨恨，然後是哀傷。「我欠你的嗎？」

「我覺得是。」歐索說。「我不曾跟你要求過什麼。」

她沉默良久。「那不是眞的。你……你曾跟我求婚。除此之外，對，你不曾求過我任何事。」

他們站在走廊上，周遭都是僕役，兩個人都不知道該說什麼。

埃斯黛兒快速眨眼。「如果我覺得托瑪士對你產生威脅，我會告訴你，歐索。」

「即便這樣做會危害坎迪亞諾家的利益？」

「即便如此。」

「謝謝你。」他對她深深一鞠躬。「我……我感謝你撥空與我一談，齊厄尼夫人。」他轉身走開。

行進時，他目不斜視，雙臂僵硬。沿走廊前進大約幾百呎後，他躲到一根柱子後查看坎迪亞諾商家的人。他看得出來托瑪士．齊厄尼和其他人是在什麼時候出現——僕役坐直，清楚意識到自己的主人到來。埃斯黛兒並沒有。她凍結般站在那兒凝望空中。她的丈夫走過來牽起她的手領她走開，她似乎完全沒有察覺。

17

敲門聲響起時，桑奇亞還在睡。「太陽要下山了，」格雷戈的聲音說，「我們的馬車很快就到。」

桑奇亞呻吟，把自己拖下無床單的床，搖搖晃晃地下樓。過去兩天受的所有大小傷感覺起來彷彿自行生長，直到她的整個身體化爲一個傷痕。看見格雷戈時，她知道他一定也有相同感覺：他站得歪歪斜斜，以免背部承受壓力，繃帶裹住的手臂也拉抬到胸前。

不久後，前門打開，貝若尼斯走進來。她看著他們兩人。「老天。我在墳墓裡都見過更有朝氣的臉。來吧。馬車準備好了。不過我得警告你們，他心情很糟。」

「他看起來不像那種會有好心情的人。」桑奇亞跟在她身後。

「那就是更糟的心情。」貝若尼斯說。

她剛好在太陽滑落雲朵後的時刻把他們送到至尊所。

〈你準備好了嗎，克雷夫？〉桑奇亞問。

〈當然。〉他聽起來已回復爽朗快活。

〈那……你覺得還好嗎？〉

〈我感覺超棒。眞正棒。這也是一種問題，小鬼。〉

她試著不露出憂慮的表情。

〈開心一點。〉克雷夫說。〈我至少會把你弄出這個窘境。我保證。〉

至尊辦公室仍未點燈。他們從小門來到一道遭人遺忘的小樓梯，一直往上爬，直到看見歐索在頂端等待，旁邊就是他的工作坊。

〈這就是買下我的傢伙，嗯？〉克雷夫問。

〈是啊。〉

〈他是什麼模樣？〉

「天殺的太慢了吧！」歐索啐道。「天啊，還以爲我會插的老死在這！」

〈不用麻煩，我懂了。〉

「晚安，歐索。」格雷戈說。「議會的會議怎麼樣？」

「無聊又短暫。」歐索說。「但不……不盡然沒用。我有些想法，要是我們能找到那該死的銘器，我就能確認這些想法對不對。」他站起，手指桑奇亞。「你。你準備好再來一次了嗎？」

「當然。」桑奇亞說。

「那就請吧。讓我們大開眼界。」

「好。給我一些時間。」她低頭看著往下的樓梯。對她來說，這就是一片噪音之海，充斥低語與吟誦。

〈克雷夫？〉

〈嗯哼？〉

〈那，呃，你有聽見什麼嗎？〉

〈噢，很多啊。不過等等。我來集中注意力。〉

寂靜。她推測他正在搜尋，找到東西後便會回應她。

然而事態……改變了。低語與吟誦變得更為響亮，聲音似乎在延展……冒泡……變得模糊……接著字詞從中冒了出來——她能聽清楚的字句。

〈……帶來熱，帶上來，讓它冒泡，存起來，往那裡去，把熱存在那，啊，拜託，我好愛把貯槽變熱……〉

〈……不會讓任何人進入，絕對一個也不放，除非他們持有鑰匙，否則他們不能進入，鑰匙非常重要，而我……〉

〈……堅固型態，堅固型態，堅固型態，角落的壓力，我就像埋在地底深處的岩石……〉

桑奇亞領悟她能聽見銘印，她能了解它們——不用透過接觸。她嚇得幾乎摔倒。她相當確定剛剛聽見某種水槽，一把鎖，還有一個銘印支撐結構，都來自這棟建築的某處。

〈見……見鬼了！〉她說。

聲音又回復為低微的吟誦。〈怎樣？〉克雷夫問。〈怎麼了？〉

〈我……我能聽見它們！我聽得見它們在說什麼，克雷夫！所有銘器，全部！〉

〈嗯。〉克雷夫停頓片刻。〈是啊啊啊，我就是擔心會這樣。〉

〈會哪樣？〉

〈我變得愈強大，愈多我的思緒會漏到你裡面。進入你的腦，你的心。我，呃，稍微有點壓過你，我想是這樣。〉

〈你是說我聽見你聽見的東西？〉

〈也感覺到我感覺到的事物，對的。像這樣。〉克雷夫咳了咳。〈這會變得很怪。〉

她注意到歐索不耐煩地瞪著她。〈有危險嗎？〉

〈我不認為……〉

〈那先姑且不管。在這些混蛋開始發愁之前找到竊聽銘器，我們晚點再來思考這件事！〉

〈好，好……那是，像是，能捕捉聲音的東西，對吧？〉

〈我猜應該是！我對這狗屎一點也不了解。〉

〈嗯。好。〉

另一陣停頓……聲音重新湧入她腦中，雪崩般的字詞與渴望與焦慮的恐懼。只是有些聲音變得更響或更輕，速度很快，一個接一個。彷彿克雷夫正在一落紙張中一一翻看，看完一張再換一張，不過這件事發生在她的腦中。這感覺極為令人迷惑。接著一個聲音從混亂中揚起：〈……我是風中的一根蘆葦，與我的夥伴共舞，我的伴侶，我的愛……我隨它們而舞，我隨它們而動，我在泥土中回溯我們的舞……〉

〈找到了。〉克雷夫說。〈就是這一個。聽見了嗎？〉

〈跳舞？泥土？愛？什麼鬼啊？〉

〈那是他們的思考方式、運作方式。〉克雷夫說。〈這些銘器由人類製造，而人類打造出運作起來多少有點像人的東西——如果你要一個工具做某件事，你得把這種想望嵌入工具裡，懂嗎？應該在地下室，我覺得啦。走吧。〉

「找到了，我覺得啦。」桑奇亞說。

「帶路。」格雷戈說。

桑奇亞聆聽低語的銘器，穿過滿是未完成銘器、成排冷卻熔爐、一牆又一牆書櫃的幾間工作坊。克雷夫帶領她下樓，橫過夾樓，來到一個偏廳，這裡又通往另一道樓梯。然後他帶著她往下一層又一層，下到地下室，這裡似乎兼作圖書室的用途。歐索、貝若尼斯和格雷戈跟在後面，手持小銘印燈，沒人說話——但桑奇亞的腦中充斥字句。

她還在調適。長久以來她都習慣銘術只不過是她腦袋後面的咕噥。現在有了克雷夫把咕噥化為清晰，就好像來了個人掃去地上的一層沙，顯露出寫在你前方小徑上的文字。

但若我是透過他聽見，桑奇亞納悶著，除此之外我還得到了什麼？他又從我這裡得到什麼？她不知道自己會不會開始像克雷夫那樣思考，或是像他那樣行動，自己卻從來沒發現。

他們進入地下室。然而路線卻突然被一堵牆擋住。

〈現在呢？〉桑奇亞問。

〈東西在，呃，後面。〉

〈後面是什麼意思？牆後？〉

〈看起來是。我可以讓你看位置，但沒辦法告訴你怎麼過去。聽……〉

另一陣停頓，接著她聽見牆後的咕噥：〈……還是沒跳舞……還是沒聲音。寂靜。沒舞可跳，沒舞步沒旋轉可畫在泥土上……〉

〈對。〉桑奇亞退後一步看著牆。〈在牆後。該死。〉她嘆氣，「有人知道牆後是什麼嗎？」

「我會猜是更多牆。」歐索說。

「並不是。東西在牆後。」

「你找到竊聽銘器了？」格雷戈問。「確定嗎？」

「對。現在只需要弄清楚他們如何接近它。」她扮了個鬼臉，接著脫下手套。「等等。」她吸口氣，凝神閉上眼，手掌貼住牆。

牆立刻在她腦中綻放，那所有蒼白古老的石塊與一層層灰泥躍入她的思緒。牆告訴她年歲與壓力，幾十年來承受上面這棟建築的重量，傳送到下面的地基。除了……

一處沒有地基的地方。

一個通道，她心想。仍閉著眼，她沿牆走，裸掌貼著牆面。最後她來到對的位置——地基的缺口就在她下方。她張開眼，跪下，雙掌貼住地板。地板在她腦中迸發生氣，吱嘎呻吟，對她訴說千萬腳步，皮革鞋底、木鞋底，偶而還有赤裸的腳底。她的頭殼發癢，彷彿白蟻、螞蟻與其他細小昆蟲在她的肋骨徘徊。

然而一塊地板有所不同，它是分隔的，以螺釘拴入某個東西。鉸鏈，桑奇亞心想，一扇門。她跟隨腦中的感覺，一直來到一塊滿是灰塵的藍色地毯最遠端的角落。她拉開地毯。下面是扇古老且傷痕累累的活板門。

「還有地下室？」格雷戈問。

「我們哪時有更深的地下室？」歐索問。

「銘術圖書館多年前曾重新裝修。」貝若尼斯說。「許多舊牆拆掉重建。還看得到不少早期的建築痕跡，像是不通往任何地方的門。」

「這個嘛，這扇門是通的。」桑奇亞將手指塞入門縫，抬起活板門。

下面是一道泛霉味的短階梯，連接一條從牆後繼續延伸的小地道。下面伸手不見五指。

「拿去。」貝若尼斯把她的燈交給桑奇亞。

桑奇亞突然察覺歐索打量的目光；她戴上一隻手套，接下燈。「謝了。」她拿著銘印燈壓低身子。

她用另一隻裸露的手碰觸牆。地道對她訴說黑暗、塵土與涼爽發霉的潮濕。她在腦中沿地道來到一個不牢固的移動式小梯子，梯子通往一個陳舊的狹小空間，更古老建築平面結構的一個空隙，被以牆隔開並遭遺忘。更後面是……

〈……等著在泥與蠟的池中畫下我的路徑……我的伴侶什麼時候會再次開始跳舞？我們何時該動，何時該搖擺？〉

〈找到了。〉桑奇亞說。〈終於。我爬上去打爛那東西。〉她往前爬。

〈等等。〉克雷夫說。〈停下來。〉

她停住。〈怎麼了？〉

〈往前……一點點。一呎就好。〉

她照做。

〈該死。〉克雷夫說。〈有其他東西。幾乎被竊聽銘器壓過。聽見了嗎？〉

又有一個聲音從眾多低語中揚起，但並不是錄音銘器。

〈……我等待。我等待信號，等待憑證，等待信物。〉這個新的銘器說。〈多期待信物啊，多期待它壓在我身上。但若不是……如果我的土地遭未具備信物者侵入，噢，噢，我將引發的火花，明亮閃爍，火熱至極，短暫美妙的星星……〉

〈那天殺的是什麼？〉桑奇亞問。

〈不知道。〉克雷夫說。〈跟錄音銘器在一起，就在旁邊。但是我沒辦法讓你看見是什麼，只能顯現出它的功用。〉

桑奇亞舉起銘印燈，不過不見狹窄空間深處。她想了想，裸露的手貼住木頭。

她感覺到木頭、釘子、塵土、白蟻……然後她感覺到深處的那個銘器，或是她覺得應該是銘器的那個東西。頗沉重的鐵架。她猜無論錄音銘器是寫在蠟或泥或其他東西上，總之那東西體積一定頗大。
旁邊是另一個也頗沉重的東西。桶子，她心想……木頭、圓形，裝滿某種東西……
她嗅了嗅空氣，覺得聞到硫磺的味道。
她僵住。〈克雷夫——那……這東西……要是有人靠近，但是沒有正確的，呃，信物之類的……〉
〈它就會弄出火花。〉克雷夫說。
停頓。
〈等等。〉克雷夫說。
〈對。〉桑奇亞說。
〈是炸彈，對吧。〉
〈對。天殺的炸彈。天殺的大炸彈。〉
另一陣停頓。
〈我，呃，要慢慢走開。〉桑奇亞說。〈非常慢。〉
〈好主意。〉克雷夫說。〈超棒的主意。我喜歡這個主意。〉
她緩緩沿通道退出。〈我猜沒辦法破解銘印。〉
〈不碰到就沒辦法。〉克雷夫說。〈我能看見它是什麼，稍微了解它能做些什麼，還可以讓你看見——但若沒有接觸，我就無法影響它。〉
〈所以我們被陰了。〉
〈除非你想冒被炸成布丁的危險，否則對，基本上是這樣沒錯。〉
她嘆氣。〈好。去告訴其他人吧。〉

◎

「我們無法靠近。」格雷戈說。「我們困住了。」

「對。」桑奇亞坐在黑暗中的地板，一面撢掉手臂和膝蓋的灰塵。

歐索靜靜站著凝望黑沉沉的通道深處。她回來後他就不曾開口。

「一定有辦法繞過那裝置吧？」貝若尼斯說。

格雷戈搖頭。「打仗時我處理過銘印地雷。除非你有對的信物，否則就是被炸成糊。」

「我們沒辦法接近竊聽銘器。」貝若尼斯說。「但那沒那麼重要，對吧？我是說，我們大致知道洩漏了些什麼給那些人，對嗎，先生？」

歐索沒回應。他只是繼續凝視通道深處。

〈我不喜歡那樣。〉克雷夫說。

〈我也是。〉

「呃。」貝若尼斯困窘地說。「好吧。我是說我們可以試著檢視那銘器本體，看能否辨識出製作者。不過我整個下午都在研究重力碟，結果一無所獲。」

「那就專注於我們知道的事。」桑奇亞說。「我們知道竊聽銘器在下面。知道它正在運作。知道在這場該死會議中的所有人都會看見歐索，因此他們現在知道他還活著。所以有人會找上門。很快。」

「他們上門時，」格雷戈說，「我們要不逮住他們，要不跟蹤他們。我個人偏好跟蹤，可以透露更多事……」他嘆氣。「但我猜把他們抓起來加以審問才是唯一選項。我們不知道他們的間諜會回到哪個內城，也不知道是在那個內城裡的哪塊內領地！我們會需要徽封和鑰匙和各種身分憑證……」

〈聽起來好像很有趣。〉克雷夫說。

〈你確定你想出手，克雷夫？我們不知道會遇上什麼阻礙。〉

〈跟你說過了，我不要整天坐在你口袋裡一點用處也沒有，小鬼。〉

「我……我可以跟我的黑市熟人談談。」桑奇亞說。「我可以弄到進入內城的徽封。」

「你能弄到那麼多徽封？」格雷戈訝異地問。

這想法很可笑。但他們可能並不知道。「對。」

「還有身分憑證？」貝若尼斯問。

「只要給我夠多錢，」桑奇亞說，「我就能把你們弄進別家內城。」

克雷夫大笑。〈眞好賺啊。〉

「我想那就這麼辦吧。」格雷戈說。「你去弄到你的徽封，我們設下陷阱並等待，對吧？」

「對。」貝若尼斯說。

「對。」桑奇亞說。

他們全部等了會兒，然後轉向歐索。

「先生？」貝若尼斯問。

歐索終於動了，他轉過身看著桑奇亞。「那眞是……厲害的演出。」他輕聲說。

「謝謝？」

他仔細打量她。「身為至尊，要活下去有個很簡單的方法，你知道的——永遠別在你的設計裡加入你並未徹底了解的銘術。而女孩……我得承認，我對你一無所知。」

「你沒必要了解。」桑奇亞說。「知道我為你們帶來什麼結果就夠了。」

「不對。」歐索說。「我需要的遠多於此。舉例來說，我怎麼知道你從頭到尾說的是不是眞話？」

「吭？」

「你走進黑暗中，說你找到銘器，但我們不能靠近。我們自己走進去察看的話會死。沒辦法查核。在我看來這也太方便了。」

「我救過你。而且我找到雕像裡那個該死的銘器！」

「那你是怎麼做到的？你不曾告訴我們。你什麼狗屁都沒跟我們說過！」

「歐索。」格雷戈說。「我相信我們可以信任她。」

「我們不知道她怎麼做到她做的那些事，談何信任。找到銘器是一回事，但是看透牆壁、找出暗門……我的意思是，她就像狩獵中的狗一樣直直走過去耶！」

〈噢不。〉克雷夫說。

歐索轉身面對她。「你只靠聆聽就做到這全部？」

「對？」

「還有碰觸牆壁？」

「對？怎麼樣？」

他久久，久久地注視她。「你來自哪裡，桑奇亞？」他逼問。

「鑄場畔。」她防備地說。

「出生地呢？」

「東邊。」

「東邊哪裡？」

「往東走夠久你就會找到。」

「你為什麼含糊其辭？」

「因為跟你他媽一點關係也沒有。」

「但跟我有關啊。你偷走我的鑰匙就跟我扯上關係了。」他走近斜眼看她，目光沿她頭側的疤痕游移。「用不著你告訴我。」他低聲說。「用不著你告訴我任何事。我已經知道了。」

她綳緊神經。她的心跳如此快速，感覺像是一陣雜音。

「希利西歐。」歐索。「希利西歐墾殖地。你來自這裡，對吧？」

接下來，桑奇亞只知道她的雙手掐住了他的喉嚨。

◎

她不是故意的。她甚至沒意識到發生什麼事。前一刻她還坐在地上，但歐索說出那個名字，她突然聞到酒精的刺鼻味道，聽見蒼蠅嗖嗖飛行，她的頭側一陣銳利的疼痛，接著是她尖叫掐住嚇壞了的歐索．伊納希歐，試圖赤手空拳捏碎他已瘀青的氣管。她尖叫著什麼，叫個不停。她花了一點時間才發現自己尖叫著：「是你嗎？是你嗎？是吧，是吧？」

貝若尼斯突然來到她上方，想把她從歐索身上剝開，只是成效低微。然後格雷戈出現了，而因爲他的體型若不是桑奇亞的三倍也有兩倍，他的效果就好得多。

格雷戈．丹多羅緊緊抱住桑奇亞，龐大的手臂箍住她。

「放開我！」她尖叫。「放開我，放開我，放開我！」

「桑奇亞。」格雷戈出奇平靜。「停下來。冷靜。」

歐索又咳又嘔，努力想坐起。「天殺的到底是……」

「我要殺了他！」桑奇亞尖叫。「我要殺了你，插你的混蛋！」

「桑奇亞。」格雷戈說。「你不在你以爲你在的那個地方。」

「她是怎麼回事？」貝若尼斯也嚇壞了。

「她起了一些反應。」格雷戈說。「我在退伍軍人身上看過，自己也經歷過。」

「他幹的！」桑奇亞尖聲叫喊，徒勞無功地踢格雷戈的腿。「是他，是他，是他！」

「她正再次經歷一段過去。」他輕輕哼了哼。「糟糕的過去。」

「是他！」她尖叫。她感覺到自己額頭的血管暴凸，感覺到皮膚上悶炙的空氣，聽見原野裡的歌聲，還有黑暗中的啜泣。「就是，就是！」

歐索咳嗽，抖了抖，大喊：「不是我！」

桑奇亞在格雷戈的雙臂下掙扎。疲憊感在她的背和頸部燃燒，但她仍掙扎不休。

〈小鬼。〉克雷夫在她腦中說。〈小鬼！你在聽嗎？他說不是他！回到我這裡！無論你去了哪裡，回來，拜託！〉

桑奇亞聽見克雷夫的話語，慢了下來。墾殖地的種種感覺從腦中退去。接著她身子一軟，精疲力竭。

歐索坐在地上喘氣，接著開口：「不是我，桑奇亞。我跟希利西歐毫無關係。沒有！我發誓！」

桑奇亞沒說話。她的呼吸紊亂，全身失去力氣。格雷戈緩緩放下她，讓她坐在地上。他清了清喉嚨，彷彿他們只是剛在早餐桌上大吵一架。「我非問不可——希利西歐是什麼？」

歐索望著桑奇亞。桑奇亞怒瞪回去，但沒說話。

「對我來說，那不過是個傳聞。」歐索說。「奴隸墾殖地的傳聞……銘術師在那裡練習我們被嚴格禁止追求的技藝。」

貝若尼斯轉身盯著他，驚懼不已。格雷戈說，「你是說……」

「對。」歐索嘆氣。「銘印人類。現在看看桑奇亞……他們成功了，至少成功過一次。」

「沒多少人記得早期他們試圖銘印人類的日子。」歐索陰鬱地說，坐在銘術圖書館一張大木桌的前端。「他們也不想記得。他們宣布銘印人類違法的時候，我才離開學校沒多久。但我見過案例。我知道發生什麼事。我知道他們為何中止。」

桑奇亞靜靜坐在桌子另一頭，輕輕前後搖晃。格雷戈和貝若尼斯的目光在她和歐索之間來回，等著聽更多。

「我們知道怎麼改變物體的現實。」歐索謹慎地說。「我們講述物體的語言。對人類說這種語言，試圖用我們的符印號令人體……行不通。」

「為什麼？」格雷戈問。

「就一個層面來說，只因為我們就是不夠厲害。」歐索說。「有點像安全地銘印重量，只是更糟。得耗費巨大的心力──三、四、五個符文典，只用於變造一個人。」

「另一個層面呢？」

「就另一個層面來說，行不通是因為物體沒有智慧。」歐索說。「銘術關乎謹慎精確的定義，而物體在那方面而言很容易下手。鐵是鐵，石是石，木是木。物體的自我感覺毫不複雜。反觀人類和活物……他們的自我感覺……很複雜，而且可變。變化無常。人類並不把自己想成只是一袋血肉與骨頭，儘管他們基本上就是這樣。他們覺得自己是士兵，是國王，是妻子、丈夫和孩子……人類能夠說服自己成為任何東西，而因為這樣，你用來束縛他們的銘術無法定錨。想束縛人，就像想在大海裡寫字。」

「那銘術師試圖變造的人會怎麼樣？」格雷戈問。

歐索安靜了很長一段時間。「就連我也不談這種事。不是現在，可以的話永遠不談。」

「那這個希利西歐又是打哪來的，先生？」貝若尼斯問。

「這種技藝在帝汎是違法的。」歐索說。「不過帝汎的法律，大家都很清楚，其實脆弱又受限。這是蓄意操作的結果。沒有一條律法擴及墾殖地。帝汎的政策一向如此，只要我們準時拿到我們的糖、咖啡，隨便什麼都好，對於外面發生的事根本漠不關心。所以……如果墾殖地毫無法治，如果他們收納幾名來自帝汎的銘術師，再提供他們……實驗用的樣本……」

「墾殖地便會得到額外的好處，或是條件好的合約，或是有利可圖的報償。」格雷戈陰鬱地說，「由某個商家提供。」

「就徹底無關、到訪當地的銘術師而言，」歐索說，「隔著一段距離，一切看起來光明正大。」

「但爲什麼呢？」貝若尼斯問。「到底爲什麼要拿人類做實驗，先生？我們在銘器方面相當成功——爲什麼不專注於此就好？」

「動腦啊，貝若尼斯。」歐索說。「想像你如果一隻手臂沒了，或是一條腿，或是因某種疫病而瀕死。想像如果有人設計出一種符文串，能治癒你，或是讓你重新長出肢體，或……」

「或讓你活得更長，長很多。」貝若尼斯柔聲說。「他們可以對你施加銘印，讓你能欺騙死亡。」

「或他們可以銘印士兵的心智，」格雷戈說，「讓他們無所畏懼，讓他們不珍視自己的生命。讓他們做出卑劣的事，隨後便忘記自己做過。或變得比所有其他士兵更高大、更強壯、更快……」

「或是銘印奴隸，讓他們沒有自己的想法，只知道聽從主人的命令。」貝若尼斯朝桑奇亞瞄一眼。

「可能性，」歐索說，「不計其數。」

「這就是希利西歐？」格雷戈問。「商家做實驗的地方？」

「我聽過傳聞。杜拉佐海上的某些墾殖地，還有人在這些地方嘗試禁忌的技藝。我聽說實驗所到處轉移，從一個島到另一個島，以至於難以追蹤。然而幾年前傳來希利西歐島發生災難的消息。整個墾殖所付之一炬。奴隸逃入荒野。葬身火窟的人之中有幾名帝汎銘術師，只是沒人能夠好好解釋他們都在那做些什麼。」

他們看著桑奇亞，她現在完全靜止，面無表情。

「這個實驗所背後是哪個商家？」格雷戈問。

「喔，可能不止一個。」歐索說。「只要其中之一試圖銘印人類，那就全部有份。就我所知可能還沒完呢。不過也可能希利西歐事件把他們都嚇跑了。」

「就連……」格雷戈皺眉。「就連丹多羅特許家族也有嗎？」

「噢，隊長……多少商家因太慢把新設計引入市場而毀滅？多少生意因競爭對手製作出更好的商品而終結？」

「但做那種事……」貝若尼斯說。「對……對人……」

桑奇亞突然笑了。「天。天啊！好像那有更糟似的！好像有比外面正在發生的其他事更糟！」

他們不安地看著她。

「什麼意思？」貝若尼斯問。

「你們……你們不知道墾殖地是什麼嗎？」桑奇亞問。「動動腦啊。試想該怎麼控制一個奴隸人數比你們多八倍的島嶼。你怎麼讓他們乖乖聽話？你會對那些憤而反抗的奴隸用哪些酷刑？如果……如果你們之中的任何人能理解我見識過的事……」

「他們眞的這樣做嗎？」貝若尼斯問。「那……那我們爲何容許墾殖地存在？」

歐索聳肩。「因爲我們又蠢又懶。啓蒙戰爭的最初階段結束後，那是多久，二、三十年前？帝汎擴張，並耗竭國力。它需要廉價穀物、廉價資源，剛好手上有很多俘虜。原本只是短暫應急，但是我們產生依賴性，而後就這樣愈演愈烈。」

桑奇亞搖頭。「相較於維持島嶼運作的諸多恐怖手段，銘印人體……根本不算什麼，不算什麼。如果有機會，我……我還是會再做一次。」

格雷戈看著她，「桑奇亞……希利西歐怎麼會燒起來？」

她沉默良久。「燒……燒起來，因為我放的火。」

◎

她開始說話。

他們把她帶到墾殖地後方的大房子，下去地下室，下去……那地方的所在之處。她甚至不知道該怎麼稱呼那地方。停屍間？實驗室？兩者的混合物？桑奇亞當時不懂。她只是聞到酒精味，見到牆上的畫與圖表，以及畫有奇怪符號的那所有圓碟；她想起每天早晨離開房子的貨車，散發臭味，還有蒼蠅跟隨，瞬間了解自己無法活著離開。

他們灌她喝下鎮定劑，某種烈性白蘭地，味道腐敗噁心。她的思緒變得渾濁緩慢，但隨後而來的疼痛並沒有被壓下。並沒有。他們剪掉她的頭髮，用剃刀剃頭。她記得自己眨掉眼裡的血。他們把她丟到桌上，綁住她；一名獨眼銘術師用酒精擦拭她的頭殼——多炙熱啊，多炙熱——接著……

「絕望的年代，」獨眼銘術師嘆氣，拿起一把刀，「的確需要鋌而走險的手段。但難道我們無權打破常規嗎，親愛的？」他對她微笑，但只是扯動肌肉而已。「無權嗎？」

他切開她的頭顱。

桑奇亞無法用言語形容那感覺。無法用言語形容頭顱被剖開、把頭皮像橘子皮那樣往後剝去的感覺。無法用言語形容他量測你頭顱弧度、聽著他喀喀喀把圓碟敲定位的感覺。無法用言語形容突然感覺到那些螺釘，那些可怕的螺釘咬住你，粗嘎磨輾鑽入頭殼的滋味，然後，然後……

黑暗籠罩。

她死了。她當時確信自己死了。空無一物。但接著她感覺到有人……

有人躺在她身上。感覺到他們的溫暖。感覺到他們在流血。

她花了很長一段時間才了解她感覺到的是她自己。

她感覺到自己的身體躺在暗色石地板上。只不過她是從地板的視角感覺到自己。透過碰觸地板，她便化身地板。

黑暗中，孤零零的小桑奇亞醒來，盡最大努力重新收拾自己的心智。她的頭在劇痛中放聲尖叫——整整一半都腫起黏膩，縫線參差——但孤單、無法視物的她隨即了解，她或許正在變成其他東西，彷彿蛾掙扎著破蛹而出。

她的手腕被鏈住。一把鎖。因爲她變成這樣的東西，她感覺她就是鐵鏈，她就是那把鎖——因此她當然知道怎麼用牆上拔下來的木屑開鎖。這絕對不是他們想要的結果。他們並沒有計畫讓她變成這東西。如果是，他們會用更適合的方式綁住她。他們那晚也不會僅派獨眼銘術師一人來檢查她。

門推開的嘎吱聲響，刺入暗處的光矛。

「醒了嗎，乖乖？」他親切地叫著。「應該沒有吧……」

他多半以爲她死了。他肯定沒料到她竟躲在角落，手上拿著鎖和鐵鏈。

她一直等到他走進來，接著一躍而起。

噢……噢，聽聽沉重厚實的鎖擊中他頭顱的聲音。噢，聽聽他癱倒在地上，哽住無法言語，震驚不已。然後她壓住他，用鐵鍊纏繞他的喉嚨，拉緊，更緊一些，更緊一些，再緊一些。

陷入瘋狂，痛苦至極，滿身是血，她溜了出去，在無燈的房子裡徘徊，感覺到腳下的地板，兩側的牆，感覺到這一切，同時間感覺到屋裡的每一個人……

房子本身成爲她的武器，她利用房子對他們下手。

她一一鎖上他們的臥室房門。在他們沉睡時鎖上一切，只留下一條出路。然後她去樓下他們收藏酒精、煤油和所有發臭液體的地方，還找到一根火柴……擦亮火柴的聲音有時聽起來像黑暗中的吻。她想起自己當時這麼想著，一面看火焰轟地燃起，蔓延到流淌地板的一池池酒精。

無人逃出。她就坐在那兒看著，她發現——奴隸之主，所有的尖叫聽起來並無差別。

※

沉默籠罩圖書館。無人動彈。

「你是怎麼來到帝汎的？」格雷戈問。

「溜上一艘船。」桑奇亞輕聲說。「當地板和牆壁會告訴你來來去去的是誰，躲藏變得很簡單。下船後，我從我看見的一個釀酒廠招牌偷了『圭鐸』這個姓，反正所有人都不在意我的名字。最難的是弄清楚我能做的事極限在哪。碰觸所有東西，變成所有東西……我幾乎因此喪命。」

「你的擴充是什麼性質？」歐索問。

她試著描述——知曉物體的感受，它們的感覺；全面的感覺有如泰山壓頂，她總是得奮力阻擋在外。

「我盡可能……碰觸愈少東西愈好。我不能碰觸人。那太多了。如果我頭上的銘印過載，它們會燒起來，就是燃燒，好像骨頭裡有熱鉛。剛來帝汎時，我必須把自己像痲瘋病患者一樣用布包起來。我並沒有花太長時間便了解他們在我身上做的是某種銘術。我試著找出修復的方法。讓我再變回人的方法。但帝汎的一切都不便宜。」

「所以你才偷鑰匙？」貝若尼斯問。「好付錢給療者？」

「不會轉而把我賣給商家的療者。」桑奇亞說。「對。」

「什麼？」歐索驚訝地問。「找誰？」

「療……療者。可以把我治好的療者。」

「能把你治好的……療者？」他氣虛地說。「桑奇亞……我的天。你知道你大概是你這種人之中唯一存活下來的，對吧？我這輩子沒見過任何插他的銘印人，而我這輩子見過的瘋狂狗屁可多著了！能夠就這樣，我不知道，把你修補好的療者？這想法太荒謬了！」

她瞪著他。「但是……但是有人跟我說……說他們找到知道該怎麼做的療者。」

「那他們要不是在說謊，」歐索說，「要不就是被騙了。沒人知道怎麼重現你身上的事，更別提反轉了！他們多半收下你的錢後便割了你的喉嚨，或是收下你的錢後把你賣給最近的商家！」

〈該死。〉克雷夫沮喪地說。

桑奇亞在發抖。「你……你說什麼？你是說，我只能這樣子了嗎……永遠？」

「我怎麼知道？」歐索說。「說過了，這種事我連看都沒看過。」

「先生。」貝若尼斯噓聲說。「稍微……圓滑一點？拜託？」

歐索看著她，然後看著桑奇亞。後者現在臉色蒼白，而且不停發抖。「噢，要命……聽著。這一切結束之後你可以待在這。跟我在一起，還有貝若尼斯。我可——能會試著弄清楚他們到底怎麼做出你，還有該怎麼反轉。」

「真的嗎？」格雷戈說。「真是太好心了，歐索。」

「才不是什麼狗屁好心！這女孩是天殺的奇蹟；照字面來說，誰知道她腦袋裡還有什麼祕密！」

格雷戈翻了翻白眼。「當然。」

「你真能找出答案嗎？」桑奇亞問。

「我成功的可能性比這城裡全部的愚蠢混蛋高太多了。」歐索說。

桑奇亞仔細考慮。〈你覺得呢，克雷夫？〉

〈我覺得這瘋子對錢毫不在意，而對錢不在意的人比較不會出賣你。〉

「我會好好考慮。」

「太棒了。」歐索說。「不過我們別爲這事太春心蕩漾了。外面還有窮凶惡極的混蛋想殺掉我們全部呢。我們先確定還有明天，再來爲未來打算吧。」

「對。」桑奇亞說。「你能再做一個追蹤銘器嗎？」她問貝若尼斯。「就像用在格雷戈車上那個？」

「當然。那種銘器毫不複雜。」

「很好。」她看著格雷戈。「至於你，你可以和我一起跟蹤這個混蛋嗎？」

出乎桑奇亞意料，格雷戈竟一臉猶豫。「呃……唉。恐怕不太……可能。」

「爲什麼？」

「大概跟歐索無法幫忙的理由一樣。」格雷戈清清喉嚨。「因爲我很好認。」

「他的意思是他很有名，」歐索說，「因爲他是歐菲莉亞・丹多羅插他的兒子。」

「對。如果我被看見在別家內城亂逛，那會讓人心生警覺。」

「我需要有人跟我一起。」桑奇亞說。「我被這些人渣射中太多次，有人幫我還以顏色多好。」

格雷戈和歐索看著彼此，然後看著貝若尼斯。她深深嘆息。「唉。好。好！不知道爲什麼跟在別人後面逛大街的總是我，但是……我想我可以幫忙。」

「但是……」桑奇亞說。「我是說，貝若尼斯肯定非常有條理，也很有幫助，但是我比較希望是個更……強健的人？」

「雖然丹多羅隊長武力強大，」歐索說，「但銘術的好處在這個，」他輕點自己的頭，「眞眞切切危險千百倍的武器。就此而言，小貝若尼斯少有競爭對手。我見識過她的能耐。好了。閉上嘴工作吧。」

18

桑奇亞獨自坐在圖書館的掃帚櫃裡打盹。

不是睡覺——在等待間諜上門的這時候睡覺，那可是災難之舉。這是她很久以前教會自己的某種冥想，警覺且清醒狀態下的休止狀態。休息的效果比不上真正的睡眠，但她不至於全無防備。

樓上某處傳來腳步聲。

〈不是他們。〉克雷夫說。

桑奇亞吸口氣，繼續休息。黑暗中，時間分秒流逝。某處傳來門關上的聲音。

〈也不是他們。〉克雷夫說。

〈好。謝了。〉

她試著繼續打盹。櫥櫃裡獨處的片刻對桑奇亞來說非常珍貴；她迫切需要休息，確實也需要一段沒有任何刺激的時間：沉浸在如此多銘印中對她來說非常累人。克雷夫在幫她，當然，或試著幫她。既然間諜必須攜帶銘印的信物才能接近銘器，他可以很輕易辨認出他們。不過他不停回報所有不是間諜的人，這樣完全沒幫助。

腳步聲在她上方迴盪。

〈不是他們。〉克雷夫說。

〈克雷夫，天殺的！你不需要每次不是他們也跟我說！是的時候再說就好！〉

〈好啦。嗯……我很確定接下來這個是他們。〉

〈吭？〉

地下室某處有扇門打開。

〈對，是他們。〉克雷夫說。〈他們有信物。聽……〉

寂靜，接著吟誦與低語衝上高峰，她聽見其中的一個聲音：〈……我被授權，授予容許，因爲我被選中，我是被允許的，因爲我被等待，被期待，我被需要……〉

〈老天。〉桑奇亞說。〈所有銘印都這麼神經質嗎？〉

〈它們被迫表現出特定風格。〉克雷夫說。〈那種風格基本上就是神經質的定義，希望有幫助。〉

桑奇亞伸出一隻裸露的手碰觸地板。木板在她腦中迸發生命，一塊接一塊，終至她感覺到有人緩緩從上面走過。女人——桑奇亞能夠根據腳的大小、鞋子的型態與步態判斷。走得非常……謹慎。

〈她很警覺。〉克雷夫說。

〈這次是緊急收取錄音。要是我也會警覺。〉

女人從掃帚櫃旁走過，甚至還試了試門把，只是鎖住了。肯定什麼都檢查，桑奇亞心想。最後她終於走向通往銘器的暗門。桑奇亞等啊等，等啊等，一隻手指壓著地板。她感覺到暗門關上時地板的反震，接著是她走回來時的腳步——比來時沉重些。

〈她拿到了。〉桑奇亞說。

桑奇亞等到女人經過，轉彎，往上走。她無聲地開鎖打開掃帚櫃的門，跟在女人之後。她在至尊所一樓趕上，那女人正要穿過門廊離開。時值傍晚，至尊所內頗爲繁忙，但桑奇亞穿上丹多羅特許色，因此沒引人關注。桑奇亞立刻找到那女人：她很年輕，比桑奇亞大不了多少，一個削瘦黝黑的傢伙，身穿黃白雙色的正式長袍，帶著一只大皮包。

她看似一名祕書或助手，因此完全沒人多加注意。

〈是她，對吧？〉桑奇亞問。

〈是她。但若她拉開五十碼左右的距離，我就跟不上她了。跟緊，或在她身上貼貝若尼斯的銘器。〉

〈好啦。〉

桑奇亞尾隨那女人離開至尊所，維持目光可及的距離，慢慢走下至尊所前的階梯來到街上。天氣熱得嚇人，而且起霧又含雨——不是跟蹤人的最佳狀態。大多數的街道上行人都太過稀少，桑奇亞無法放心行動，不過他們接近一條繁忙的馬車道，她察覺機會上門。

女人和一小群內城居民一起等待一長列馬車震震駛過。桑奇亞悄悄走近，利用一個趕蒼蠅般順暢、快速的動作將跟蹤銘器扔進女人的皮包。馬車隊漸漸離開。女人或許感覺到什麼，轉身張望，但桑奇亞已經不在了。

桑奇亞伸手進口袋抓住貝若尼斯的偶合板折成兩半——順利貼上追蹤器的信號。接著她拿出她那一半追蹤銘器：一個小木釘，上面綁一條金屬絲，還有個銘印扣附在金屬絲末端。金屬絲直指那女人。

〈開始了。〉桑奇亞說。

❂

看見馬車時，桑奇亞正跟著女人來到南門。馬車沒有標記，停在門外約莫二十呎處，車上只有一個人在前座。她走上前，視線一直跟著女人穿過南門進入平民區。

貝若尼斯從前座車窗對她點點頭。女孩未施脂粉，頗令人洩氣的是，她居然依舊美麗。「就是她。」桑奇亞說。「我們走。」

「我們不走這個門。」貝若尼斯說。「我們走東門再繞回來。」

「什麼！我們天殺的幹麼這樣？我們不想跟丟她吧！」

「你放在她身上的銘器應該能夠給我們一哩的運作空間。」貝若尼斯說。「更關鍵的是，我們假設女孩的老闆就是雇用那些飛天殺手的人，對吧？嗯，如果她如我們所想那麼有價值，他們很有可能會再花錢幫她找幾個守護天使——這些人會對直接跟在她後面走出南門的人很感興趣。」

〈有道理。〉克雷夫說。〈事先警告一下，小鬼，你朋友裝配了一些厲害傢伙。〉

〈什麼意思，裝配？〉

〈意思是她就像個活生生的銘器福袋。都沒聽見嗎？〉

〈我在內城待太久，現在很難再聽清楚什麼，除非眞的很強大。〉她上下打量貝若尼斯。〈她眞的是嗎？〉

〈對啊。她有備而來；爲什麼而備我就不知道了。提高警覺。〉

「動作快，上車。」貝若尼斯說。「換衣服，停止討價還價。」

桑奇亞乖乖聽話，爬上後座。一套更適合平民區的衣服躺在那兒。一面嘆氣——她討厭換衣服——桑奇亞一面伏低換上衣服。

馬車駛動，沿內城牆朝東門前進。「抓好。」貝若尼斯轉動方向盤，疾馳穿過東門。接著她九十度右轉，快速駛向南門。

「可以插他的減速嗎？」桑奇亞大喊；她在後座滾成一團，頭卡在一件薄外套裡。

「不可以。」貝若尼斯拿起跟蹤銘器，絲線頗令人憂慮地垂下了。接著，頃刻間，銘印扣又彈起指向平民區。「在那。」她說。「我們進入範圍內了。」她讓馬車滑行後停止，從腳下拿起一個包包，跳下車。「走。帶著那包衣服。我們走路，馬車在這裡太顯眼了。」

桑奇亞還在跟褲子糾纏。「給我天殺的一秒！」她掙扎穿上衣服、扣上扣子，隨後跳下馬車。

她們兩個朝平民區走去。「跟蹤銘器放在胸前口袋。」貝若尼斯輕聲說。「不用看就能感覺到它朝正確的方向拉扯。」她審視街道與窗戶。「我假定你能夠找出想對我們不利的人？」

「對，找那些又醜又龐大還帶著刀的就對了。」桑奇亞說。

她們接近目標，發現那女人坐在舊壕溝外圍的一家酒館裡。她點了一杯甘蔗酒，但並沒有喝。桑奇亞凝望酒館周遭的街道。「在這裡換手。其他人會從這裡接手繼續遞送。」

「你怎麼能確定？」

「欸，我並不十分確定。」桑奇亞說。然後她便看見他：一名男子，站在角落，穿著打扮像平民。他不停以焦慮警惕的目光掃視帶皮包的女人。「不過那傢伙看起來很像是接手的人，對吧？」

採取行動前，那男人又四下環顧街道片刻，然後才大步走進酒館，直接去了吧檯。他點酒，等候；女人站起，不發一語便離去——留下她的皮包。男人拿到他的酒後，走到她原本的桌子坐下，大口喝了超過五口，不安地凝視街道，隨即拿起皮包離開。

他轉往東，皮包背在肩上快步往前走。他移動時，桑奇亞感覺到追蹤銘器在她口袋內猛拉。然而隨著他走動，桑奇亞注意到更多人和他走在一起，一一從門道與小巷內稀稀落落地跟上。他們都是大傢伙，而且儘管穿著打扮像平民，他們還是具備不可否認的重量與專業感。

「我們保持距離。」貝若尼斯輕聲說。

「對。」桑奇亞說。「能距離多遠就多遠。」

❋

這群男人一直朝東走，穿過舊壕溝，穿過鑄場畔，最後來到米奇爾內城的圍牆。

「米奇爾？」貝若尼斯驚訝地說。「眞的？我沒想過他們有這種膽量。他們更像技工，專注於熱與光與玻璃還有——」

「他們沒有要進去。」桑奇亞說。「他們還在走，所以打消這番推測吧。」

她們繼續跟蹤，落後一段距離好給男人們一些呼吸的空間。他們走動時，桑奇亞感覺得到追蹤銘器在口袋內拉扯——而既然他們已離開內城，她也聽見貝若尼斯身上發出多重低語，聽起來有些頗爲強大。

桑奇亞斜眼看她，清清喉嚨。「所以——你和歐索是什麼關係？」

「關係？」貝若尼斯說。「你現在想聊這個？」

「自然的聊天會是很好的掩護。」

「確實如此。我是他的配者。」

桑奇亞壓根不知道那是什麼。「那……代表你和他是，呃……我是說，你知道的……」

貝若尼斯看著她，一臉噁心。「什麼？不是！天啊，爲什麼我每次說配者的時候，每一個人都覺得和性有關？很多男人都是配者，卻從來不會產生這種印象！」她嘆氣。「配者是編配者的簡稱。」

「還是聽不懂。」

她又嘆氣，這次更深層些。「你知道符文是靠定義運作吧？寫在圓盤上的其他千萬個符文，定義出一個新符文的意義？」

「大概吧。」

「編配者是制定那些定義的人。每個優秀銘術師都會有至少一個編配者。就好像建築師和建築工——建築師憑空想出這些廣大浩瀚的計畫，但他們還是需要實際把那該死的東西做出來的工程師。」

「聽起來很複雜。你怎麼開始做這行的？」

「我很擅長記憶。我父親以前利用我賺錢。我能夠記住千萬個西佛里走法——用格子板和串起來的珠子玩的遊戲，你知道吧？他會帶我去城裡的各個地方，賭我的對手輸。西佛里是編配者最愛玩的遊戲，後來變成一種看誰能打敗我的競賽。他們都跟自己人玩，因此他們的走法基本上都一樣。過程中，我很輕易便能夠記住他們的棋局。所以我總是贏。」

「那你怎麼會替歐索工作？」

「因爲至尊發現他的編配者竟被一名十七歲少女打敗。他把我叫去，看了看我，隨即開除他原本的編配者，當場聘雇我。」

桑奇亞吹了一聲口哨。「很快就高價轉售。眞幸運。」

「是加倍的幸運。我不止是隨隨便便就被拔擢成爲銘術師而已；這些日子以來，女性鮮少獲准進入銘術學院。大戰之後，這種職業變得比較專屬於男性。」

「你老爹呢？」

「他……沒那麼幸運。他一直來辦公室要更多錢。後來至尊派了一些人跟他談，他就沒再來過了。」她的話語有一種強加上去的輕盈感，彷彿在描述一場隱約記得的夢。「每次走進平民區，我都在想會不會遇見他。但從來沒遇過。」

❁

男人轉朝東北走，接著轉過一個彎，貝若尼斯呼吸一窒。「噢，該死。」

「怎麼了？」桑奇亞問。

「我……我想我知道他們要去哪了。」

「哪裡？」

然後她便看見了：泥濘的馬路再往前五個街口是一座內城大門，以數根搖曳的火炬照亮。門上的黑岩鑲著熟悉的徽型：槌子與鑿子，在一塊岩石前交錯。男人們看似直朝大門而去。

「坎迪亞諾。」貝若尼斯說。她看著男人們一一走入門內。坎迪亞諾家的守衛對他們點頭。「他知道……」她輕聲說。「所以他才去跟她說話。因爲他早已起疑。」

「什麼？你在說什麼？」

「沒事。你說你能把我們弄進去？」

「對。走吧。」桑奇亞沿坎迪亞諾內城圍牆小跑，直到她找到一扇變造過的小鋼門。

「這是安全門。」貝若尼斯說。「衛兵有需要溜進平民區時會用這種門。你眞的有鑰匙？」

桑奇亞噓了聲要她安靜。〈克雷夫，你可以破解這扇門，但不炸開它的鉸鏈嗎？〉

〈呃，可以。應該不難。聽聽它……〉

低語聲漸漸揚起，一個聲音浮現：〈……強壯結實堅固合宜，我等……我等待鑰匙，光與水晶之鑰，在我深處閃耀星光……〉

〈它到底在說什麼？〉桑奇亞問。

〈頗聰明。這副鎖在等一把能夠進入鎖孔並照亮幾個地方的鑰匙。然後便可解鎖開門。〉

〈你要怎麼弄出光？〉

〈我不打算發光。我只打算騙門，讓它以爲有光照亮所有對的地方就好。或者我讓門忘記哪些地方需要光……反倒以爲整個正面就是需要被光照亮的地方……好，這應該很簡單！〉

〈隨便。這樣的話，我們身上沒有徽封，走進去時不會引發警報？〉

〈我可以讓這扇門忘記人類身體經過時是什麼感覺，因此它便不會檢查；但這只能維持幾秒。〉

〈好。快做就對了。〉她看著貝若尼斯，「繼續看守，不能被人發現我們在做什麼。」

「你打算怎麼做？」

「用一把偷來的鑰匙。」桑奇亞靠近門，確定貝若尼斯背對他們、克雷夫不會被看見，她將克雷夫插入鎖孔。她預期和先前一樣的言詞交流：吼叫的聲音、數十個問題，但這次並沒有。這次的交流發生得……快多了。這次更像是克雷夫撬開機械鎖、一眨眼就讓米蘭達銅鎖彈開那樣，只不過她感覺到克雷夫和門之間一陣爆炸般的訊息交流。

他眞的愈來愈強大了。這思緒爲她帶來滿滿的畏懼。

她拉開門。「走吧。」她對貝若尼斯說。「快！」

進入後，她們又得換掉上衣——這次換上是坎迪亞諾家族色，黑與翠綠。換裝時，桑奇亞斜覷貝若尼斯，瞥見平滑蒼白、點點雀斑的肩膀，還有濕潤的黃褐色頭髮貼在纖長的頸部。

桑奇亞看向一旁。不可以，她暗忖。停止。今天不行。

貝若尼斯穿上外套。「你的朋友很厲害，居然能拿到安全鑰匙。」

桑奇亞快速思考托詞。「坎迪亞諾內城有點狀況。他們把他們的安全程序弄得一團亂，甚至換掉所有徽封。替換帶來許多機會。」她突然有個想法——因爲她說的都是眞的。「你不覺得那跟發生的事有點關係嗎？」

貝若尼斯想了想，沉著的灰眼凝望遠處的坎迪亞諾山所。「有可能。」

她們換好裝便朝坎迪亞諾內城內部走去。一面走，桑奇亞發現某件事。她張望周遭所有房屋、街道與店家——這些都漆上比她見過的其他內城都還更深色的苔蘚泥。她發現入眼所見都很陌生。

「我……我沒在這裡工作過。」

「什麼？」貝若尼斯問。

「我以前在其他內城工作，偷這偷那的。但……從沒來過坎迪亞諾內城。」

「當然。你知道坎迪亞諾商行大約十年前幾乎瓦解，對吧？」

「不知道。我來這裡才快三年而已，大多努力求生，沒空分享工作八卦。」

「崔布諾．坎迪亞諾就像城裡的天神。」貝若尼斯說。「他大概是我們這時代最偉大的銘術師。但後來他們發現他一直在竄改財務紀錄，花了大把督符在考古學挖掘和據稱的傳道者製品上。接著商行破產。在那之後，還流失大批人才。包含至尊。」

「你可以叫他歐索就好，你知道的。」

「謝謝，我知道得很。總之，齊厄尼家族幾乎買下一切，但沒多少人留下來確保船仍能浮在水面上。人才大量出走對其他商家來說是天大好事，坎迪亞諾商行從未眞正恢復。」

桑奇亞環顧四周。這裡燈少很多，不是飄浮燈籠，幾乎沒有銘印馬車。入眼唯一使人敬畏的只有坎迪亞諾山所，彷彿巨鯨破水而出那樣隱現於遠方。「不會吧。」

貝若尼斯看著那些男人在內城內的街道潛行。他們似乎沿外牆走。「他們爲什麼不繼續往內走？如果眞那麼見不得光，他們爲什麼不直接去山所？」

「祕密要不藏在心臟附近，」桑奇亞說，「要不就是放到偏僻角落去。不過一定不遠了，否則他們會搶一輛馬車，對吧？」

她們跟著男人們沿內城圍牆走。夜幕降臨，霧氣隨著太陽下山而轉濃。坎迪亞諾內城黯淡的燈光只是點點微弱的白，完全不像其他內城或玫瑰或黃的宜人色調，在霧氣中看似幽靈而怪異。

前方出現群集的燈光——一座高聳、不規則的建築，桑奇亞看不太清楚。「那是……」

「對。」貝若尼斯輕聲說。「一座鑄場。」

男人來到鑄場門前。桑奇亞見到上方的石造招牌寫著「凱他尼歐鑄場」。然而不同於她這生中遭遇過的其他鑄場，這裡沒在運作：沒有煙流，沒有機器低沉的轟鳴，後面的鑄院沒有傳來無休止的叫喊。

她們看著男人們走入鑄場門。前面的守衛全身盔甲，而且全副武裝，但附近似乎就只有他們。

「凱他尼歐鑄場……」貝若尼斯說。「我以爲商家破產時，這個鑄場就關閉了。到底是怎麼回事？」

桑奇亞察覺鑄場圍牆旁有一座高聳的連棟住宅。「我來找個視野更好的地方。」

「你來找一個……等等！」貝若尼斯說。

桑奇亞小跑步過去，脫掉手套，慢慢爬上住宅的側面；一面爬一面聽見貝若尼斯在下面犯愁，嘟囔著：「噢我的天……噢我的天……」

桑奇亞靈巧地把自己拉上石板瓦屋頂。從這裡她可以俯視整個鑄院……空無一物。只有一片又一片泥濘和岩石。怪異的景象。不過她也見到遠處的那些男人正一一走進前面的鑄場主屋：堡壘般的龐大黑岩建築，窗戶窄小，銅皮屋頂，許許多多煙囪，不過看來只有一根在使用中；位於西側的小煙囪，嘆出細細一縷灰煙。

那麼問題就是，桑奇亞心想，他們在製作什麼？

她打量鑄場的牆與院子，發現儘管主屋已空，但並未廢棄。幾名男人沿牆或鑄場的壁壘而立；儘管從這麼遠的距離外難以辨別，她仍可看見他們肩膀上銘印盔甲的閃光。

〈這地方讓我毛骨悚然。〉克雷夫說。

〈我也是。〉桑奇亞評估防禦設施，計算守衛數量、位置，還有整座鑄場的所有出入口與門。她的目光轉向主屋，發現幾扇窗內亮起燈光——那裡是角落的房間，西北角的三樓。〈我們得進去。〉

克雷夫嘆氣。〈正擔心你要這麼說呢。〉

桑奇亞小心地爬回街道上，貝若尼斯怒氣沖沖地站在那兒。

「下一次，動手前至少考慮一下先問過我！」

「沒有關閉。」桑奇亞說。

「什麼？」

「鑄場沒有關閉。其中一根煙囪有冒出煙或蒸氣，還在鍛造東西。你知道會是什麼嗎？」

「一點想法也沒有。但是至尊可能會知道。我們可以回去問他，或許能設想出計畫好——」

「不。」桑奇亞說。「今晚有十二名守衛在鑄場圍牆巡邏。如果這婊子養的聽過在工作坊捕捉到的聲音，打草驚蛇，明天說不定變成五十名守衛——或者他們可能乾脆整個撤出。」

「那怎麼辦？等等……」貝若尼斯瞪著她。「你肯定不是在提議我覺得你正在提議的——對吧？」

「我們現在出其不意。」桑奇亞說。「我們把握先機，否則就失去機會了。」

「你想闖入一座鑄場？現在？我們根本不確定裡面有在做什麼啊！」

「有。西北角三樓有燈光。」

貝若尼斯瞇起眼。「三樓……那麼可能是辦公室囉？」

「你對鑄場有點了解。那你知道怎麼進去嗎？」

「當然，但那需要用到數不盡的徽封。更糟的是，進去的路很少，還有一組菁英衛兵監控，除非你能……」她的話沒說完，只是凝望遠處。

「除非你能怎樣？」

貝若尼斯怒目而視，彷彿她迸出個她眞心不希望自己想出來的點子。

「跟你身上帶的那些銘器有關嗎？」桑奇亞問。

她驚訝地張大嘴。「你怎麼知道？」接著羞怯爬上她的臉。「噢。對。你能夠，呃，聽見它們。我正要說——除非你能在某個地方弄出你自己的一扇門。」

「那……你做得到嗎？」

她侷促不安地扭動。「我……好啦。都還，啊……非常實驗性質。有賴我們找到對的那片石壁。」

19

貝若尼斯帶著桑奇亞下到沿鑄場流淌的水道。他們來到有些粗大坑道與水管從水道壁突出之處。

「進。」她們檢查這些管道，貝若尼斯一面咕噥著。「出……進，進，進……出。」

「這些都是鐵製的，不是石壁。」桑奇亞說。

「對，謝了，顯而易見。」她指著一根裂開的大鐵管；一片粗格柵橫過鐵管開口。「那個。就是它──冶金排出管。」

「格柵怎麼辦？」

「穿過去。」貝若尼斯走到最近的坑道試著爬上頂端，但她空有身高，仍頗可悲地從側面滑下。

「呃──幫個小忙？」

桑奇亞搖搖頭，推了她一把。「我猜配者和銘術師不太常出來外面。」她嘟囔。

她們合力爬過一個又一個坑道頂，來到大排出管。貝若尼斯坐下，拿出一個小匣，看似由十二個銘印小組件和許多附滿複雜符文的小碟構成。她揀起其中一個組件細細檢視；那是根細金屬棒，一端如球根般鼓起，看似融化的玻璃。

「那是什麼？」桑奇亞問。

「我原本做成小探路燈，不過現在顯然需要更多用途。哼嗯。」她審視她的組件匣，挑出側面附青銅旋鈕的圓柄；她將金屬棒的另一端滑入圓柄，直到傳來喀的一聲。然後她拿出狹長的薄片，插入圓柄的側面。「好了，一個加熱器。應該這樣就可以了。」

「可以怎樣?」

「幫我下去。我要把那個格柵弄開。」

桑奇亞撐著貝若尼斯往下，讓她在管口平衡好。她將金屬棒湊近一根固定住格柵的鉚釘，調整側邊的旋鈕，然後……

〈要命！〉克雷夫說。〈閉上你的眼睛，小鬼。〉

〈爲什麼?〉

金屬棒的頂端冒出明亮炙熱的火光，彷彿流星筆直落在這根滿是浮渣的管道。桑奇亞縮起身子，看向一旁，雙眼泛淚。同時還有陣響亮劇烈的嘶嘶聲。停止後她轉回頭，看見鉚釘成了一團發光冒煙的融化金屬。

貝若尼斯咳嗽，一手在臉前搧動。「我接著處理兩邊和上面，留下底部的鉚釘。你把我拉上去，我在頂部裝上一個錨點——跟隊長用來壓住你的銘器同樣原理。這應該能撬開格柵，我們就能溜進去了。」

「要命。」桑奇亞說。「你幹麼帶這些?」

貝若尼斯用金屬棒碰觸另一個鉚釘。「前幾晚有人用箭射我。而且是好幾箭。我做好萬全準備，確保不會再發生那樣的事。只要用對的方式組合，諸多組件能就做很多不同的事。」金屬棒再度燃亮。

貝若尼斯完工後，桑奇亞把她拉回管道頂。貝若尼斯拿出錨點——一個小青銅球，覆蓋發光的黃銅符文，側邊有根發光的插銷。她將錨點鍊在格柵上方，推開插銷露出下面的木鈕，接著輕觸木鈕。格柵突然發出嘎吱聲響，最後像座開合橋般緩緩盪開。

「進去。」貝若尼斯說。「快。」

她們跳入管道口，奔進黑暗中。桑奇亞正要用一隻手感受牆，但只聽見一聲喀，貝若尼斯的金屬棒再度燃亮，只是她顯然已拿掉能夠燒穿鐵的組件，現在剩下光亮。「仔細看有沒有石頭。」她將燈光調暗。

「再說一次我們現在在哪。」

「我們在鑄場的冶金排出管。處理非常大量的金屬——鐵、青銅、鉛——耗費大量水；冶煉完成後，水遭汙染，無法再用。所以他們把廢水全部排進水道。很多鑄場都有這麼一根大管子貫穿。只要找到磚塊，我應該就能把你弄進去。」

「怎麼弄？」

「找到再告訴你。」

她們走啊走，走啊走，一直走到桑奇亞終於看見磚塊。「那裡，在側邊。」她用手指出。管道的鐵壁在前方十呎處突兀地結束，再往前便是石塊與磚塊的管壁，彷若舊下水道。貝若尼斯仔細檢視石壁，回頭一瞥管道口。「嗯。這可以。我覺得我們旁邊是儲存間。我不確定；能確定的話就太好了。」

「怎麼說？」

「怎麼說呢，我們旁邊也有可能是貯水槽，也就是說，管道會被水淹沒，而我們會淹死。」

「要命。等等。」桑奇亞脫下一隻手套，手貼上磚塊，閉上眼。這堵牆很厚，至少二到三呎寬。她繼續讓牆湧入她腦中，告訴她它感覺到些什麼，或至少另一端有些什麼……她睜開眼。「就只有牆。」她說。「另一邊什麼也沒有。」

「很厚嗎？」

「對。至少兩呎。」

貝若尼斯扮了個鬼臉。「好吧。可能還是行得通，然後……」

「可能什麼行得通？」

她沒回答。她伸手從袋子裡拿出附尖銳鋼螺釘的四顆小青銅球。她細看牆壁，嘖嘖咂嘴，接著以螺釘將四顆青銅球成方形鎖上牆壁。

「可以行行好告訴我這是什麼嗎？」桑奇亞不耐煩地問。

「你知道建構銘術，對吧？」貝若尼斯一面說一面調整青銅球。

「知道啊。這種銘術能夠把磚塊黏在一起，讓他們相信他們全部是同一個東西，而非個別物體。」

「對。很多鑄場使用同種或近似的石塊，因此很容易偶合。」

「跟……什麼偶合？」桑奇亞問。

「跟我辦公室裡的一段石牆。」貝若尼斯站起來。「中間有一個大洞。」

桑奇亞瞪著石牆，然後瞪著貝若尼斯。「什麼？真的？」

「對。」貝若尼斯皺起鼻子，檢視自己的手藝。「行得通的話，應該能夠說服這段牆它跟我辦公室裡的那一段是一樣的，藉此弱化一個圓形範圍內的所有坎迪亞諾建構銘術，基本上就是幫你挖一個洞的意思。但是……我沒有實地測試過。尤其沒用過這麼厚的牆。」

「那要是行不通呢？」

「坦白說，我壓根不知道出錯的話會發生什麼事。」她瞥了桑奇亞一眼。「還是覺得像白老鼠？」

「過去幾天我幹過更蠢的蠢事。」

貝若尼斯吸一口氣，一一扭轉四個青銅球的頂端。接著她後退，緩緩走開，彷彿準備逃之夭夭。有片刻什麼也沒發生。接著石牆的顏色改變，非常不明顯，顏色略為轉深。然後發出嘎吱聲響。石塊顫動，泛起波紋；突然間石牆的中間裂開一個完美的圓形，彷彿有人拿鋸子鋸開似的。

「成功了。」貝若尼斯說。「成功了！」

「厲害。」桑奇亞說。「那現在又該怎麼把這個大石塞弄出來？」

「噢。對。」她又從袋子裡拿出另一個小玩意兒：這次看起來是一個鐵製小握把，側面有個按鈕。

「建構銘術而已。它會黏住塞子的中央。」她將握把放在石塞中央，確定黏妥後用盡全力拉。

沒反應。她又使盡拉，用力得臉都泛紅了，接著氣喘吁吁地停住。「欸。有點不在我預料中。」

「我來。」桑奇亞跪下，抓住握把，一腳抵住牆拉。

慢慢地，伴隨著低沉的磨輾聲，短石柱滑出牆壁數吋。桑奇亞吸口氣再度使勁拉，石柱終於碰的一聲落在坑道地上，露出大約二呎寬的洞。

「很好。」貝若尼斯惱怒地說。「幹得好。你鑽得過去嗎？」

「小聲點。可以，我鑽得過去。」她彎腰朝洞內看。另一邊一片漆黑。「你知道那邊那個是什麼嗎？」她低聲問。

貝若尼斯點亮銘印燈探入洞內。她們隱約見到寬敞的房間，周圍有鋼走道，中央則是大團扭曲的金屬。「基本上來說是個垃圾間，所有廢棄的金屬塊都丟到這兒，之後拿去融化再利用。」

「但總之我就算進入鑄場了，對吧？」

「應該是？」

她搖頭。「天殺的。我真不敢相信我們只靠你袋裡亂七八糟的狗屁，就這樣闖進一座鑄場。」

「我會當作你是在稱讚我。不過我們還沒到。這裡是地下室，辦公室在三樓。如果你想查出這裡在做什麼，就得上三樓。」

「關於怎麼上去，有建議嗎？」

「沒有。我不知道什麼樣的門會上鎖，也不知道什麼樣的通道會被堵住或有人看守。你只能靠自己。我……想你應該不希望我跟著你吧？」

「兩名闖入者更快進吊環。」桑奇亞說。「你負責警戒比較好。」

「沒問題。我可以回去街上，有動靜的話我會想辦法警告你。」

桑奇亞一腳探入洞內。「你不會剛好有些更好用的銘器吧？」

「我有，但都是破壞性的，而鑄場很棘手；也就是說，要是你切穿或弄壞不對的東西，你會死，而且還可能拉一堆人陪葬。」

「很好。眞心希望能在這裡找到些什麼。」桑奇亞往前鑽。

「我也是。」貝若尼斯說。「祝好運。」說完她便快步朝管道開口跑去。

※

桑奇亞穿過牆上的洞後站起，試著弄清方向。裡面現在黑得伸手不見五指，而她不想只爲了摸清方向就用上她的天賦。

〈你左邊的門上有銘印鎖。〉克雷夫說。〈上階梯。我感覺得到。所有管道和牆壁上都爬滿符文。這整個地方就是一個製作其他銘器的銘器……哇。〉

〈待在裡面令人頭疼。〉桑奇亞絆手絆腳朝門走去。她摸索著門鎖，把克雷夫塞進去打開門。走廊另一頭透出微弱光線，她鬆了一口氣。

桑奇亞用克雷夫打開一扇又一扇門，逐漸深入鑄場。這東西純然的密集度令她大感驚奇；包括通往加工區的所有細小通道，而加工區巨大複雜，還充滿織布機般的機器或起重機。這些機器架在桌子或車床上，彷彿蜘蛛織網包覆獵物。鑄場內炎熱至極，但每處走廊和通道都持續有風吹拂，將熱氣往外送到——嗯，某處，她想。感覺像困在某種龐大又無心智的生物體內。

大多數地方與機器都荒廢了。這說得通，畢竟現在只使用這個鑄場的小部分。然而……

〈前方三名守衛。〉克雷夫說。〈全副武裝。〉

桑奇亞往前看。走廊的終點是關起的木門。想必門後是有人看守的門廳。

〈我們在幾樓？〉桑奇亞問。

〈應該還在地面層吧。〉

〈呿。〉

她脫下一隻手套感受牆壁，然後是天花板。鑄場內銘術如此蓬勃，就像走在一座澎湃的瀑布下，突然的壓力幾乎壓垮她。但她撐住，沿牆而行，裸露的手指滑過石塊與金屬，直到感覺到前面不遠處狹長的垂直洞穴……

一個開口。一個豎井。

她挪開手抖了抖身子，沿走廊往回走，直到找到一扇小門。門上牌子寫著：符文典維護通道。門鎖非常難纏。她拿出克雷夫塞進鎖孔。爆發一陣訊息往來，克雷夫打敗鎖的防禦，彷彿遇上一牆稻草。

〈似乎不難。〉桑奇亞打開門。維護通道狹窄垂直，通往上方和下面，對面有梯級。

〈是不難。不過……〉

〈不過怎樣？〉

〈下面……有東西。〉

〈對啊。符文典。〉她伸手扶著梯級往上爬。

〈對。但感覺起來……很熟悉。〉

〈什麼意思？〉

〈不知道。就好像……好像聞到你很久很久沒見的人身上的香水味。很怪。不確定怎麼回事。〉

桑奇亞一直往上爬到三樓。她轉動身子面對門，摸索找到門把。〈另一邊有人嗎？〉

〈啊，該死的有。擠滿全副武裝的人。上四樓，那裡荒廢了。〉

她聽克雷夫的話來到四樓，打開口蓋。不同於其他樓層，這層樓有窗戶。月光斜斜灑落石地板空地。這地方大多用於存放物品——很多箱子，少有其他東西。她從最近的窗戶往外看，找回方向感，朝

辦公室的位置走去。〈我猜通往下一層樓的通道沒有一條無人看守。〉

〈對。〉

〈很好。窗戶的安全狀況呢？〉

〈嗯……基本上都以銘術變造爲堅不可摧，所以你知道沒人，試圖將弩箭射進鑄場。不過看起來頂部可以盪開，好排出熱氣和煙。〉停頓。〈呃，在你問之前，開口寬度確實足以讓你進出，大概啦。〉

桑奇亞微笑。〈太好了。〉

❁

貝若尼斯蜷縮在鑄場牆外的門道裡，瞇起眼用望遠鏡看著窗戶。她發現很難對焦。儘管偶爾接觸內城陰謀，她壓根不習慣這樣高風險的詭計。她萬萬沒料到今晚有人會爬上建築，更別提闖入一座天殺的鑄場。儘管如此，桑奇亞似乎是對的：三樓確實有事情在進行。裡面有幾個人，緩緩朝辦公室聚攏。

太不理想了，她暗忖。桑奇亞要怎麼進——

她停住。

有一扇窗打開了嗎？黑漆漆的四樓那兒？

她目瞪口呆地看著一個穿黑衣的瘦小身影鑽出四樓的窗戶，緊攀住主屋的角落。

「噢噢噢我的天。」貝若尼斯說。

❁

桑奇亞緊攀住主屋的角落，手指戳入岩石的窄縫。她這輩子攀過更難處理的地方，只是次數不多。

她一吋吋下滑至三樓，找到一扇黑暗的窗，希望這代表裡面沒人。她將靴子嵌入石牆內，手拿短劍往前探，劍尖插入關閉窗戶上方的縫隙。她輕輕轉動劍把撬開窗戶。打開縫後，她將窗戶往後拉開。她上爬，再把自己垂降入開口。

克雷夫說：〈那眞是……〉

〈厲害？〉她掛在內窗沿，突然對窗戶的堅不可摧心懷感激。她繼續垂降，直到她站在桌上。

〈或許是蠢得厲害。現在提高警覺。守衛幾乎都在你附近，在門外的大空間裡。〉

她滑下桌子，定位出方向。這似乎是間空蕩蕩的大會議室，已有一段時間未用。她走到窗戶對面的門旁，瞇起眼窺看鑰匙孔。外面是某種寬闊的空間，兩名著盔甲的坎迪亞諾衛兵又無聊又累地站在那兒。

「呼。」她輕嘆退後，環顧四周。左右各另有一扇門，應該通往相連的辦公室。

她走到右邊的門旁試了試門把。沒鎖。她無聲打開門朝內看。另一間辦公室，黑暗無人。

她關上門走到最後一扇門前。然而隨著她逐漸靠近……

她停步。〈我聽見的是呻吟聲嗎？〉

〈對。〉克雷夫說。〈而且……就我聽來肯定是愉悅的那種呻吟。〉

桑奇亞走近門跪下，一隻手貼住地板。她讓地板湧入她腦中——很困難，因爲太多銘印在消耗她的力量。不過很快地她感覺到……

一隻裸足。只有一隻，前腳掌重壓地板。而且這隻腳在動，一上一下。

〈是了。〉克雷夫說。〈是了，是了。跟我想的一樣。〉

桑奇亞透過鑰匙孔窺看。這辦公室有種堂皇感。裡面有銘印燈籠，長桌上滿是起皺的陳年紙張，還有一組木箱。遠處的角落有張床，床上有兩人，一男一女，幾乎全裸，顯然正在交合；男人一隻腳踩在地板上，另一邊的膝蓋跪在床上。

因爲她身體的情況，桑奇亞對於性所知不多，但她隱約覺得這稱不上好的性。女人還年輕，大概跟她同年，沉魚落雁；儘管她表情愉悅，卻另有焦慮與做作之感，彷彿相較於享受這體驗，她更擔心男人不快。而儘管男人背對桑奇亞——削瘦蒼白的背——他的抽插有一種決然機械的特性，彷彿他下定決心要做一件工作，並不顧一切地幹下去。

桑奇亞看著他們，不知道現在該怎麼辦才好。她不認爲她能夠溜進去摸走桌上的紙張。那女孩不停四處張望，焦慮卻無聊，似乎情願看什麼都好，就是不看男人正在對她做的事。

接著辦公室內的某處傳來敲門聲；桑奇亞猜裡面一定還有其他扇門，通往外面的開放空間。

「等一下！」男人大吼，略帶怒意。他加倍抽插的速度。女孩縮起身子。

又一陣敲門。「閣下？」聲音模糊。「齊厄尼先生？完成了。」

男人繼續抽插。

「您說要立即通知您。」門外的人說。

男人停住，挫敗地低下頭。女孩警惕地看著他。

〈所以……那是托瑪士．齊厄尼？〉桑奇亞說。〈買下整個坎迪亞諾商行的人？〉

〈應該是吧。〉克雷夫說。

「等等！」男人更大聲地吼道。他轉身在地板翻找他的衣物。

桑奇亞瞪大眼。儘管辦公室內並不特別明亮，她仍認出那張臉——捲髮、散亂的鬍鬚、窄縮的臉頰。她的客戶。那晚在綠地啓動帝器、造成銘術失效的男人；殺死沙克的，幾乎可以確定也是這個男人。

◎

她盯著他，努力不移動。

〈見鬼！〉克雷夫說。〈是……是那傢伙，對吧？〉

〈對。是他。〉她心想。看著他的同時，驚駭、狂怒與困惑在她心裡肆虐。她短暫考慮跳進去用短劍捅他肚子。這對他來說似乎是恰得其所的死法，赤裸困惑，而且性受挫。然後她想起衛兵距離他們只有幾呎遠，改變了主意。

〈所以……這個叫齊厄尼的傢伙是所有事情的幕後主使？〉克雷夫問。

〈閉嘴，我們仔細聽，克雷夫！〉

齊厄尼拉上緊身褲，嘆了口氣後厲聲叫道：「進來！」

辦公室內某處的門打開，灑入明亮的光線。床上的裸女拉上床單蓋住自己，繃著臉怒瞪他們。

「別管她。」齊厄尼叱道。「我說進來。」

一名男子走進房裡，在身後關上門。他看起來像是書記，身上是坎迪亞諾族色，帶著一只小木盒。

「我想如果成功，」齊厄尼說，一面在桌旁坐下，「你看起來應該會更高興才是。」

「您預期會成功嗎，閣下？」書記驚訝地問。

齊厄尼不耐地揮手。「拿過來。」

書記走上前交出木盒。齊厄尼接下，怒瞪他一眼，隨即打開盒子。

桑奇亞幾乎喘不過氣。盒子裡是另一只帝器，但看似以青銅打造，並非她之前見過的閃爍黃金。

〈搞什麼？〉克雷夫說。

齊厄尼檢視帝器。「這是狗屎。」他說。「狗屎，就是這東西。發生什麼事？」

「跟……平常一樣的事，閣下。」書記說。「在有個裸女的房裡展開這段談話明顯令他侷促不安。「我們依您提出的規格鍛造銘器。接著我們試圖交換……然後，呃，唔。沒有任何動靜。銘器一直維持您現在看到的模樣。」

齊厄尼嘆氣，扒抓桌上的筆記。他拿出一張泛黃起皺的羊皮紙檢視。

「或許……」書記說。欲言又止。

「或許？」

「或許，閣下，既然崔布諾在其他裝置上大有助益……或許您可以跟他討論有關此主題的筆記？」

齊厄尼將羊皮紙扔回桌上。桑奇亞看著紙張飄落。崔布諾．坎迪亞諾的筆記？有關什麼？

「崔布諾還是像野兔屁股上被火燒的壁蝨一樣瘋狂。」齊厄尼說。「而且他只是稍有助益。我們大約每月一次能在他的小牢房找到一些潦草筆跡，對，是有用，像是重力碟的符文串；但這並非我們所能掌控。他寫了一大堆有關傳道者的狗屁。」

一段寂靜。女孩和書記都焦慮地看著齊厄尼，不知道他接下來要他們做什麼。

「問題在於殼本身。」齊厄尼看著青銅帝器。「不在儀典。我們完全遵照儀典的指示。所以一定有我們遺漏的符文……我們或許缺乏原件的某個要素，或是沒正確使用。」

「您認爲我們需要重新檢驗其他製品嗎，閣下？」

「絕對不要。把藏品移出山所太費勁。我不想要只因爲我想檢查筆記，就把伊納希歐或任何狡猾混蛋引到這裡來。」他輕拍面前的青銅帝器。「我們有哪裡做錯。裡面有哪裡沒做對……」

「那……您覺得我們該怎麼做，閣下？」

「實驗。」齊厄尼站起，開始著裝。「我要你們在天亮前做出一百個殼送到山所。要足以讓我們實驗、調整，和原件進行比對。」

書記注視著他。「一百個？天亮前？但是……閣下，凱他尼歐的符文典目前進入衰弱狀態。要製作那麼多的話，我們必須很快讓它運轉起來。」

「所以？」

「所以……符文典的效能會衝高。我想絕對會讓我們所有人都噁心反胃。」

齊厄尼平靜地問。「你覺得我很蠢？」

房內的氣氛轉為緊繃。女孩縮入床單下。

「當──當然不，閣下。」書記說。

「因為聽起來像你覺得我很蠢。」齊厄尼轉身看著他。「只因為我不是銘術師。只因為我不像你一樣拿到諸多證書。因此──你認為我不知道這些事？」

「閣下，我只是……」

「確實有風險。」齊厄尼說。「但在接受範圍內。做就對了。我會監督編配過程。」他手指女孩。「你待在這。很久沒搞到合意的屄，我不會讓這點乏味的工作耽誤。」他扣上襯衫，表情染上淡淡的輕蔑。「我絕對不要因為稍微有點緊迫就去扒抓埃絲黛兒那些發霉的裙子。」

「還有……閣下？」

「怎麼？」齊厄尼叱道。

「屍體該怎麼辦？」

「不就跟所有其他屍體一樣？我是說，我怎麼知道？有專人處理，不是嗎？」

齊厄尼和書記離開辦公室，門在他們身後關上。女孩緩緩閉上眼，半是解脫半是沮喪地嘆息。

桑奇亞無聲地摸出她的竹管，塡入一枚吹箭。

〈說不清這女孩的今晚是算變得更好還是更糟。〉克雷夫說。

〈我覺得是更好。〉桑奇亞說。

她等了幾分鐘，確定兩個男人眞的已經離開。接著她悄悄將門拉開一條縫，竹管對準女孩頸部吹出。射中女孩頸部時，她輕輕地「啊」了一聲，身體繃緊，暈沉沉地拍向脖子後躺倒，隨即不再有動靜。

桑奇亞溜了進去，走向辦公室的另一扇門。

她透過鑰匙孔朝外看，確認無人靠近。接著她審視桌上的文件和盒子。她拿起齊厄尼稱之爲「殼」的東西——他用這個字眼稱呼顯然沒用的青銅帝器。她發現他是對的：這是一塊呆板又死氣沉沉的金屬；儘管上面有許多奇怪的符文，但並非眞正的銘器。

〈所以……那就是他們在這裡打造的東西。〉克雷夫說。他聽起來眞心感到害怕。〈他們……在製作更多帝器。或嘗試製作。〉

〈對。〉

〈一百個。一百個帝器……老天，你能想像嗎？〉

她試著想像，並因此而顫抖。

〈那傢伙能摧毀所有其他商家。〉克雷夫說。〈他能夠毀滅杜拉佐海上的所有軍隊與艦隊！〉

〈我需要專注，克雷夫。這裡還有什麼？〉她掃視桌上的紙張，發現大多陳舊泛黃，筆跡古怪有如蛛網，彷彿書寫者或者年邁，或者衰弱，或者兩者兼具。

她看著一張紙的最上部：

論傳道者工具之意圖

崔布諾．坎迪亞諾的筆記，她心想。我們這時代最偉大的銘術師……

有好多，但快速掃過後她能理解的不多。但有些紙張不同。它們看似石雕或石板浮雕的蠟印……描繪的內容令人困惑。

每一幅的內容都是一座祭壇，總是祭壇，落在每張紙的正中央。一具無性別的人體面朝下飄浮在祭壇上方——或許是某人躺在祭壇上的藝術形式表現。而總是有一把特大的劍或刀飄在人體之上，有時尺寸等同祭壇或人體。刀劍內寫有數量各異的複雜符文，內容也依不同雕刻拓印而異。但是總而言之，所有拓印都有三個共同點：人體、祭壇，以及刀劍。

全部的拓印都有可怕的臨床感，感覺起來並非描繪宗教儀式，反之似乎像是……

〈操作指南。〉她心想。〈但不知道是操作什麼？〉

〈歐索或許知道？〉

〈或許。〉她鏟起所有紙張，折好塞進口袋。〈我們達到來這裡的目的了。現在他媽滾出這——〉

克雷夫呻吟，某種突然領悟且痛苦的呻吟。〈啊……桑。你……你感覺到了嗎？〉

〈感覺到什麼？〉

〈有……有人在這。下面有一個心智……〉

〈吭？下面哪裡？〉

〈地底。正在甦醒、思考、拉扯……它醒來了，桑。〉他恍惚地說。

〈那個……符文典？〉

〈我原本沒意識到，你懂嗎……這個符文典是一個心智，聰明的心智，它的論據如此令人信服，所有現實都得聽從。你知道那是什麼感覺——〉

下一秒，她的腦被痛苦點燃。

❁

世界彷彿在溶解，彷彿隕石墜地，彷彿牆化爲灰燼與溶渣……她仍在辦公室內，仍站在沉睡的女孩旁，但她腦中有塊炙熱的煤，不停燃燒，烤焦她頭顱的牆。她在無聲的疼痛中張開嘴，意外地發現竟沒有煙冒出來。

桑奇亞雙膝落地並嘔吐。符文典暴衝，她嘗試告訴自己。只是這樣而已……你只是……對此敏感……

克雷夫喜悅地大喊：〈你感覺到它醒來嗎？我不知道它們原來這麼美！〉

她感覺到一陣暖意滑下她的臉，看見血滴落身下的地板。

〈我……我記得像那樣的人！〉克雷夫說。〈我記得他，桑奇亞……〉

影像流入她腦中。辦公室瀰漫灰塵的氣味淡去，她聞到……

沙漠沙丘。清涼的夜風。

她聽見沙子唰唰以及百萬片羽翼的聲音，而她迷失其中。

❁

貝若尼斯用望遠鏡找尋桑奇亞。那女孩突然往地面一沉，掉出視線範圍——不對勁。

她在做什麼？爲什麼還不出來？

接著噁心感襲向她——對她來說相當熟悉的感覺。

他們喚醒了符文典，她暗忖，*啓動了更多銘印，可能對桑奇亞有些影響*。

她觀看片刻，接著轉向辦公室後的大塊空地。她看見金屬的閃光，知道身穿銘印盔甲的守衛正快步行進——那麼不是巡邏了。他們在找某個東西，而且直朝桑奇亞而去。

「該死。」她低語。她的視線調回辦公室，還是看不到桑奇亞。「噢，該死。」

❁

桑奇亞不在辦公室內了，不在鑄場或內城，甚至也不在帝汎。她從那地方消失。

她這會兒站在奶油黃的沙丘頂，淡粉色月亮圓胖沉重地掛在天上。沙丘上，站在她對面的是……

一個男人。或是看似男人的東西，臉轉向一旁。

他從頭到腳包覆著黑衣物，覆蓋身體每一吋，頸部、臉、腳。他身披黑色短斗篷，垂至大腿中段附近，手臂和雙手隱藏在斗篷衣褶中。男人形體的東西旁有個裝飾華美的古怪金箱，約莫四呎長、三呎高。

她認得這東西，她認得這箱子。她認得他們。

我不能讓他看見我，她心想。

她聽見天空某處傳來聲音……如此多羽翼的聲音，細小纖柔，彷彿大群蝴蝶。

男人形體的東西幾不可見地抽動他的頭，彷彿聽見了什麼。振翅的聲音愈來愈響。

不，她心想。不，不……

男人形體的東西升起，只輕輕一碰，便飄上沙丘上方一呎處，懸在那兒，浮在夜晚的空氣中。

❂

貝若尼斯透過望遠鏡盯著守衛愈靠愈近。她得做點什麼，警告桑奇亞或是設法叫醒她，或至少轉移守衛的注意。她看了看四周。她身上還有不少銘器，當然了——當貝若尼斯．格莫蒂做準備，她可是滿懷熱忱——但她沒想過要爲這種事而準備。

然後她發現了一條路：鑄場西南角外有顆巨大的球燈，立在約莫四十呎那麼高的長鐵柱上。鑄場運作時多半靠它照亮主出入口。

她稍加計算，接著抽出她的熔燒棒朝球燈跑去。

我插的希望這行得通。

❂

男人形體的東西懸在桑奇亞對面的沙丘上方，無聲靜止。接著沙開始在他身旁打旋，遭風暴吹襲般平順地環狀波動——但此時無風，就算有也不甚強烈。

拜託不要，桑奇亞心想。不要是他。誰都好就是不要他。

男人形體的東西緩緩轉向她。振翅聲現在震耳欲聾，彷彿夜空中滿是看不見的蝴蝶。

她滿心驚駭，無言尖叫陷入瘋狂。不！不，我不能！我不能讓他看見我，我不能讓他看見我！

那東西抬起一隻黑色的手，手指朝天空伸展。空氣震動，天空顫慄。

一陣轟然巨響，景象消失。

◎

她回到辦公室，依然雙膝跪地。噁心感在胃裡翻攪，地上有嘔吐物——但至少回到自己身體了。

〈那是什麼？〉她心想——不過她已有懷疑。〈克雷夫……那是一段記憶嗎？你的記憶？〉

他沒回應。

「那究竟是什麼聲音？」辦公室門外有人問道。

她定住，凝神聆聽。

「外面那根該死的燈柱倒了！倒在牆上撞進院子裡！」

〈克雷夫？〉她問。〈克雷夫，你在嗎？〉

〈在。〉他回應了，只是聲音非常低微。

〈發生什麼事了？外面有守衛嗎？〉

〈有，正朝你而來。〉

桑奇亞蹣跚往前走，穿過通往相鄰空辦公室的門。她剛好在敲門聲響起時爬上桌子。「小姐？」有個聲音叫喚。「小姐？我們必須進去拿桌上的一些東西。請不要驚慌。」

「要命。」桑奇亞咕噥。她一躍而起，抓住窗戶，把自己往上拉翻過頂部的開口。接著她溜到外面，攀住外牆的邊緣，朝四樓往上爬。

她聽見有人大喊，「天殺的怎麼回事？這裡是怎麼了？弄醒那女孩，快，快！」

她爬過四樓窗戶，衝回維護通道。中途聽見樓下爆出叫喊聲。

〈他們發出警報。〉克雷夫輕聲說。〈現在在找你了。〉

〈好。〉她跳進豎井。〈我想也是。〉

۞

見到桑奇亞手腳並用鑽出四樓窗戶，貝若尼斯解脫地嘆出一口氣。半熔的燈柱基座仍在她前方散發歡快的紅光。她沒打算拿熔燒棒作這種用途，但仍謹慎地記下新的應用方式。

接著她聽見牆的另一邊傳來叫喊聲——多半是守衛。很快他們便會出來看見發生了什麼事。

「該死。」貝若尼斯朝水道跑去。

۞

桑奇亞盡可能快速沿豎井下攀，跳過一階又一階梯級，一直下到地面。接著她踉蹌沿通道往回走，朝地下室的垃圾間而去；貝若尼斯巧手在牆上挖出一個洞的地方。她可以聽見後面和上方走廊的腳步聲，男人叫喊，一扇扇門甩開。她盡可能快跑，但她的腦袋感覺緩慢遲鈍。她嘗到嘴裡有血腥味，發現鼻子流了不少血。

希望我不會在逃出去前先他媽失血過多而亡，她疲倦地想。都這麼大費周章了。

她聽見後方遠處傳來聲音：「站住！你站住！」

她回過頭，一名武裝守衛站在她身後的通道尾端。他舉起弩弓，一枝銘印弩箭隨即呼嘯穿過走廊，她跳到轉角後，弩箭則碰地射入遠端的牆。插的最糟躲箭場所，她暗忖。但她別無選擇：她又從轉角竄出，急速奔向通往垃圾間的門。

「在這裡，她在這裡！」守衛大喊。

她來到金屬門前一把推開，躍入黑暗中，在身後甩上門。她摸黑走下階梯，朝牆上的洞走去，沿途半是擔心自己會摔下走道掉進下面成堆的金屬碎塊中。接著傳來三陣刺耳的爆裂聲，微弱的光芒瞬間充盈廢棄物間。她回頭看見後面的門這會兒多了三個大洞，無疑是銘印弩箭幹的好事。

天啊，瞬間打穿！她心想。

「過來！」黑暗中一個聲音噓聲說。「過來！」

她轉過身，對面牆有燈光——貝若尼斯的銘印燈從她造出的洞口照耀。

桑奇亞跳下梯級，匆忙鑽過開口。

「我們跑不遠的！」她鑽出來後喘著氣說。「他們就在我後面！」

「我注意到了。」貝若尼斯背對著她，似乎在擺弄著坑道頂部的某個東西。「好了。」她退後一步。桑奇亞看見她用來打開管道格柵的錨點，只是現在黏附在一根看似原本被拿去捅進磚牆的長釘末端。「走吧。現在眞得跑了。」

桑奇亞搖搖晃晃地站起，一瘸一拐地沿坑道前行。她們後面有一陣微弱的爆裂聲。

「不行，再快一點。」貝若尼斯焦慮地說。「再快很多點。」她拉住桑奇亞，把她的手臂甩過自己肩膀，架著她前進，同時爆裂聲轉為隆隆巨響。

桑奇亞回過頭，坑道磚牆的部分瞬間崩塌，一面煙塵構成的牆襲向她們。「天殺的。」

「我不認為它會弄垮管道金屬的部分。」她們蹣跚前進時貝若尼斯說道。「不過我傾向不要在這種情況下找出答案——上去！爬出去，快！」

桑奇亞抹掉臉上的血，抓住梯級往上爬。

20

「……我以爲我叫你們跟蹤他們就好！」歐索驚恐地說。

「我們確實跟蹤了。」桑奇亞的聲音低沉沙啞。她朝水桶又吐出滿滿一口血。「你沒說不要做其他的事。」

「像是闖進鑄場？」他厲聲問。「還有……弄垮他們的冶金排出管？我以爲這種事顯而易見就是超出常理的範圍——還是說我發瘋了，貝若尼斯？」

他怒瞪貝若尼斯，她正坐在他辦公室角落整理桑奇亞偷回來的筆記。格雷戈雙手在背後交握，越過她的肩膀懶懶地瀏覽筆記。「我只是確認您明確提出的懷疑而已，先生。」貝若尼斯說。

「也就是？」

她抬起頭。「您懷疑一切的幕後主使者是托瑪士・齊厄尼。所以昨天會議時您才和埃絲黛兒說話——正確嗎，先生？」

格雷戈眨眨眼，站直。「埃絲黛兒・齊厄尼？等等——崔布諾・坎迪亞諾的女兒？歐索跟她說話？」

「你洩漏太多天殺的機密了！」歐索對她咆哮。

「歐索，你爲什麼懷疑齊厄尼？」格雷戈問。

歐索怒瞪貝若尼斯，接著努力思考著該說什麼。「參加議會會議時，所有人都在討論銘術失效，沒有一個商家主行爲怪異——可能只有齊厄尼除外。他看著我，看我的脖子，還特地用傳道者的事諷刺我。這其中有點什麼就是……讓我心煩。一種直覺。」

「好直覺。」桑奇亞說。她用一塊破布擤鼻子。「我是說，我看見他——一覽無遺。幕後主使者就是他。全部都是。他還想打造他自己的帝器，就算不是上百個，也有幾十個。」

他們陷入思考，辦公室內寂靜無聲。

「如果托瑪士．齊厄尼想通做法，」格雷戈輕聲說，「他基本上也就挾持了文明世界。」

「我……我還是無法相信是齊厄尼。」歐索說。「我問埃絲黛兒，如果齊厄尼想對我不利，她會不會告訴我；她說她會。」

「你相信那男人的妻子會背叛他？」格雷戈問。

「嗯，對？只是聽起來托瑪士．齊厄尼基本上都把她關在山所裡，跟她父親一樣。所以儘管她有理由背叛他，我不知道她到底能知道多少內情。」

「欸，我不知道這個埃絲黛兒是哪位，」桑奇亞說，「我猜是歐索插的人？」

所有人都震驚地盯著她。

「好，」桑奇亞說，「你以前插的人？」

歐索表情扭曲，試圖弄清楚受到多大冒犯。

「我……與她相熟，曾經。爲崔布諾．坎迪亞諾工作時。」

「你插你老闆的女兒？」桑奇亞佩服地說。「哇，眞猛。」

「儘管歐索的私人生活頗具娛樂效果，」格雷戈大聲地說，「我們還是回到手頭上的問題吧。我們如何避免托瑪士．齊厄尼建造出一座傳道者武器的軍火庫？」

「他又計畫如何打造？」貝若尼斯問，一頁頁翻看崔布諾的筆記。「他似乎出了某種狀況……」

「桑奇亞，請複述齊厄尼說過的話。」歐索說。「一句一句來。」

桑奇亞照辦，說出她聽見的那場對話中每字每句。

「好。」她說完後歐索開口。「他稱之為殼。說到某種……某種失敗的交換？」

「對。」桑奇亞說。「他還提到儀典。不過我不知道他為什麼稱那東西為殼；如果是殼，通常裡面會有其他東西才對。」

「他認為問題在於殼本身。」貝若尼斯說。「他們製作的帝器有些地方不盡然與原件相同。」

「對。看來是這樣。」

一段停頓。接著貝若尼絲和歐索驚駭地看著彼此。

「是遠西文字系統。」貝若尼斯說。「神之語。」

「對。」歐索微弱地說。

「他……他漏失了一部分。一個符文，或更多。一定是這樣！」

「對。」歐索深深嘆一口氣。「所以他才一直竊取遠西製品。所以他才該死的偷我的鑰匙！當然了。他想要完備文字系統。或至少完備得足以打造能正常運作的帝器。」

「我沒聽懂。」格雷戈說。「文字系統？」

「我們只有遠西符文文字系統片斷。」貝若尼斯說。「這裡一些，那裡一些。這是遠西研究方面最大的阻礙，就好像試著解一道外國語言的謎題，而你只認識那種語言的元音。」

「了解。」格雷戈說。「但只要你偷到足夠的樣本——上面有正確符文的斷簡殘篇……」

「你便能完備文字系統。」歐索說。「你於是能說出號令你的工具擁有傳道者性能的語言。理論上來說是這樣。不過看來滑頭混蛋齊厄尼處境艱難。」

「但他確實得到幫助。」貝若尼斯說。「製作重力碟和竊聽器之類銘器的符文串正是出自崔布諾・坎迪亞諾之手。不過他是在瘋狂中不經意寫下。」

「我還是覺得兜不起來。」歐索說。「我認識的崔布諾根本不把那麼多銘術師爲之白白浪費生命的尋常重力狗屁放在心上。他的興趣更……宏大。」他皺起臉，彷彿回憶崔布諾的興趣令他不安。「我就覺得不會是他。」

「你認識的崔布諾神智還清醒。」格雷戈說。

「確實。」歐索承認。「無論如何，聽起來齊厄尼確實掌握了崔布諾的全部遠西收藏——應該就是他搬出山所的藏品了，對吧？」

「對。」桑奇亞說。「他還提到他藏在其他地方的其他製品——主要是不想被你發現，歐索。」

歐索假笑。「至少我們讓這愛插人的傢伙緊張了。我猜他一直從各種人身上偷取遠西製品，一定庫存豐富啊。然後……最後那部分……這裡我覺得很困惑。他們必須處理掉一具屍體？」

「對。」桑奇亞說。「他說得好像他們已經處理屍體好一段時間了。屍體的身分似乎無關要緊。聽起來的感覺是跟儀典有關——只是這些我完全鴨子聽雷。」

格雷戈舉起雙手。「我們離題了。文字系統、傳道者、屍體——對，這些都令人煩惱。不過核心問題應該是托瑪士．崔布諾意圖打造能大規模擊潰銘術的工具。這些工具對他和他的軍隊來說就像是巨大箭袋內的弩箭。但是他的整個策略都以一個東西爲基礎——帝器原件。這是他所有野心的關鍵。」他環顧所有人。「所以了。如果他遺失，那……」

「他就遭遇重大挫折了。」貝若尼斯說。

「對。」格雷戈說。「遺失原件，他便無以複製。」

「如果桑奇亞是對的，那托瑪士已經坦白說出他把東西藏在哪。」歐索深思熟慮地說。他轉動座椅，眺望窗外。桑奇亞看向他凝望的方向。那兒，窩在帝汎市景遠處，一座拱起的巨大圓頂，像是城市中央一個平滑、色黑的增生物：坎迪亞諾山所。

「啊，要命。」桑奇亞嘆氣。

◎

「愚蠢至極。」桑奇亞一面踱步一面說。「這該死的想法愚蠢至極！」

「一時興起便闖入一座鑄場才是天殺的愚蠢至極。」歐索說。「但你似乎沒放在眼裡啊！」

「我們趁他們放鬆警戒的時候下手。」桑奇亞說。「在一座四周荒蕪的廢棄鑄場。這跟試圖闖入他插的山所可不同；山所戒備森嚴，就算不是全世界至少也是全城之最！我想貝若尼斯的袋子裡應該不會有能夠幫助我們進去的可愛小玩意兒吧。」

「確實愚蠢至極。」格雷戈說。「但很遺憾，也是我們唯一的選擇。應該沒辦法拐齊厄尼帶著帝器原件離開山所吧。我們得進去。」

「你的意思是我。」桑奇亞說。「應該不會是你們這些蠢蛋被丟進那裡吧。」

「我們先別操之過急。」格雷戈說。「但我也必須承認，我不知道要怎麼闖入像那樣的地方。歐索——你曾住在裡面嗎？」

「一度。」歐索說。「剛蓋好的時候。現在是好久以前的事囉。」

「你住過？」桑奇亞問。「謠言是眞的嗎？是不是眞的……鬧鬼？」

她半是期待歐索對這想法捧腹大笑，但他並沒有。他反倒靠向椅背，「知道嗎，我不確定。山所很……難以形容。一則它很大。那東西光是尺寸就足以令它成爲一種成就。裡面就像一座城市。但這還不是最古怪的地方。山所最古怪的是，它記得。」

「記得什麼？」桑奇亞問。

「你做的事。」歐索說。「你做過的事。你是誰。你會在每天同個時間走進浴室，發現洗澡水已經放好，而且還熱氣蒸騰。或是你沿走廊走向你平常時間搭乘的升降梯，發現升降梯正在等你。改變非常細微緩慢，只是逐漸調整——然而，慢慢地，慢慢地，大家都習慣山所知道他們在它裡面做些什麼，並爲他們而調整。他們習慣這……這地方預測他們的下一步。」

「它會學習？」格雷戈問。「銘印的構物學習，就像它擁有自己的心智一樣？」

「不知道。似乎是。崔布諾在他晚年開始變得奇怪時設計出這東西，他不曾跟我分享他的方法。他到此時已變得非常祕密行事。」

「它怎麼能夠知道人在哪呢，先生？」貝若尼斯問。

歐索的臉上閃過一絲罪惡。「好啦，嗯，確實跟我有點關係……你知道我工作坊門上的把戲吧？」

「經過銘印後能感知你的血……等等。山所是這樣掌握內部所有人嗎？感知每一個居留者的血？」

「基本上如此。」歐索說。「每個新居留者都必須在山所核心登錄一滴血，否則山所不會讓他們進入他們該去的地方。你的血就是你的徽封，讓你能夠進出。訪客若非受限於訪客區域，否則就得隨身攜帶自己的徽封。」

「所以山所才會這麼安全。」桑奇亞輕聲說。「它知道誰該在裡面。」

「它怎麼可能做到這些？」格雷戈問。「一個裝置怎麼可能如此強大？」

「要命，我不知道。我倒是見過山所核心的一份規格清單——包含六具全效符文典的基座。」

貝若尼斯瞪著他。「六具符文典？供一座建築使用？」

「爲什麼要如此大費周章？」格雷戈問。「爲什麼一切要暗中進行，從不商品化，也不分享？」

「崔布諾野心勃勃。」歐索說。「我不認爲他想模仿傳道者——他想成爲傳道者。他變得執迷於特定一個遠西神話。或許是最知名的那一個，有關最知名的傳道者。」他往後靠。「除了魔杖之外，偉者奎塞迪斯還有哪一件眾所周知的事？」

「他把天使關在盒子裡。」貝若尼斯說。

「或是把精靈關在瓶子裡。」格雷戈說。

「他創造出自己的神。」桑奇亞說。

「全都在說同一件事，不是嗎？」歐索說。「一個……製造出來的元體，具備超常的力量。具備人造心智的人造元體。」

「所以，」格雷戈緩緩說，「你覺得當他建造山所時……」

「我覺得山所是某種測試。」歐索說。「一場實驗。崔布諾・坎迪亞諾有可能把坎迪亞諾祖傳的家宅改造成一個人造元體嗎？山所是人造神祇的草創之作？那是一個他曾對我提及的理論。崔布諾相信傳道者曾為人——一般的人類。他們只是以超常的方式變造了自身。」

「他認為他們是人？」格雷戈說。「跟我們一樣？」這概念對多數帝汎人來說都是十足的鬼扯。要說傳道者曾為人，就好像是在說太陽曾為一顆橘子，生長在樹上。

「曾經。」歐索說。「很久以前。但看看周遭吧。銘術在幾十年內對這世界造成如此鉅變。再試想銘術也能夠改變人。試想他們如何隨時間推移而改變。我認為，他懷疑他們的進化源自他們創造出來的人造存在。人創造出神，而神幫助他們轉化為傳道者。他相信他能夠跟隨他們的腳步。」

「令人發毛。」桑奇亞說。「但這些都沒有讓我更想進去山所。就算我們辦得到也一樣。」

歐索咂舌。「似乎辦不到，但……總是有路走。複雜的設計意味更多規則，而更多規則則意味更多漏洞。不過我們有更迫切的問題。貝若尼斯，你最近有多快？」

「多快，先生？我平均每分鐘三十四串。」貝若尼斯說。

「而且成功接合？」

「當然。」

「完整符文串或部分而已？」

「完整。涵蓋範圍最高到所有丹多羅語言元素的第四級。」

「呃。」格雷戈說。「我們這是，呃，在討論什麼？」

「如果我們闖入山所，就連貝若尼斯也應付不了那所有工作。除此之外，她也不是水道人。我們需要更多銘術師。或是竊賊。或是身兼竊賊的銘術師。」歐索嘆氣。「而且我們不能在這裡做。不止因爲格雷戈的母親會注意到我們在她插的工作坊裡密謀叛變，這裡也無法防範刺客。我們需要人手，還需要工作的新場所。少了這些，一切都是白日夢。」

桑奇亞搖頭。我會後悔的。「歐索——我必須了解……你多有錢？」

「多有錢？幹麼，你要買很多東西嗎？」

「我的意思是，你個人有沒有辦法快速取得大量金錢，又不引人關注？」

「噢。嗯。當然有。」

「很好。可以。」她站起。「大家都起來，我們要出去走走。」

「去哪？」格雷戈問。

「進入平民區。」桑奇亞說。「而且我們會需要放輕腳步。」

「因爲外面還有刺客想要我們命？」貝若尼斯問。

「那是一回事。」桑奇亞說。「也因爲我們要帶著驚人鉅款同行。」

※

四只燈籠——三藍一紅，掛在一扇倉庫門上。桑奇亞快步上前，看了看左右後敲門。門上打開一條縫，一對眼睛朝外窺看。那對眼睛對著她，瞪大。「天啊！你？又來？我才想你應該死了。」

「你運氣不好。」桑奇亞說。「我帶生意上門了，女孩。」

「什麼？你不是來求助的嗎？」克勞蒂亞在門的另一邊問。

「這個嘛，生意和求助都有。」

「早該知道。」克勞蒂亞嘆氣，打開門。她身上是常穿的皮革圍裙，戴著放大眼鏡。「說到底，你哪來的錢和我們做生意？」

「不是我的錢。」她拿出一個皮袋交給克勞蒂亞。

克勞蒂亞滿腹狐疑地看了會，然後才接過查看內部。她瞪大眼。「紙——紙督符？」

「對。」

「這一定有……一千，至少！」

「對。」

「你要什麼？」克勞蒂亞問。

「這些是讓你冷靜下來，你才會聽人說話。我要給你一個任務。大任務。你需要仔細聽。」

「怎麼，你現在扮起沙克了嗎？」

「沙克不會提出這麼大的要求。」桑奇亞說。「我需要你和吉歐專心執行這個任務，用全部的時間，需要用上幾天。我們還需要一個工作的安全空間，以及所有銘印材料。如果你們辦得到，付錢的人還願意再付好幾倍。」

「確實是大任務。」克勞蒂亞翻動手上的皮袋。「所以這就是生意的部分。」

「這就是生意的部分。」

「那求助的部分呢？」

「求助的部分，」桑奇亞緊盯她雙眼，「是要你忘記你聽過有關克雷夫的一切。永遠忘記。從現在這秒開始。你從來沒聽過他。我只是來找你買工具和憑證好進入內城的小賊，僅此而已。做到的話你就能拿到你的錢。」

「爲什麼？」克勞蒂亞問。

「不重要。」桑奇亞說。「把那一切從你腦中抹去就好，也叫吉歐這麼做，你們兩個都會變有錢。」

「我不確定我喜歡這樣，桑……」

「我現在要發出信號，」桑奇亞說，「他們會走過來。他們這麼做的時候，請不要尖叫。」

「尖叫？我幹麼……」桑奇亞抬起一隻手，貝若尼斯、格雷戈和歐索走出暗處來到門前站在她身旁；克勞蒂亞隨即頓住。她驚恐地盯著他們，主要的目標是歐索；他剛剛一腳踩進水坑，正不停咒罵。

「天……天殺的……」她低聲說。

歐索抬頭看克勞蒂亞和倉庫，皺起鼻子。「老天，他們在這裡工作？」

「你最好讓我們進去。」桑奇亞說。

⁂

歐索像個農夫在骯髒的市場買雞那般在殘餘者的工作坊內踱步。他檢視他們的銘印方塊、牆上的符文串、裝滿鉛或青銅的冒泡大鍋，還有綁在馬車輪上的風扇。克勞蒂亞把其他殘餘者都趕出去，然後才讓他們進來。這會兒她和吉歐凡尼坐在那兒，看著歐索一臉驚恐地在他們的住處亂竄，彷彿一頭黑豹趁他們熟睡時闖進他們家。

他橫過工作坊審視草草寫在黑板上的符文。「你們……想找出方法遠端控制馬車。」他緩緩說道。這並不是一個問題。

「啊。」吉歐凡尼說。「對？」

歐索點頭。「但這符文表達得不對。對吧，貝若尼斯？」

貝若尼斯起身走到他身旁。「定向錯了。」

「對。」歐索說。

「他們的校準工具複雜過頭。」貝若尼斯說。

「對。」

「銘器多半被搞迷糊了，不確定自己朝向哪一邊，所以很有可能幾十呎左右後便停住。」

「對。」歐索看著吉歐凡尼。「是吧？」

吉歐看向克勞蒂亞，而她只是聳肩。「嗯。對。目前爲止是這樣。加加減減。」

歐索又點頭。「不過只是因爲行不通……不代表這銘器很差。」

克勞蒂亞和吉歐眨了眨眼，看著彼此。他們慢慢才想通，歐索．伊納希歐，丹多羅特許家族傳說中的至尊，剛剛稱讚了他們。

「這是……我花了很長時間研究的東西。」吉歐說。

「對。」歐索說。他環顧工作坊，把一切都看進眼裡。「用破爛的工具、二手知識、設計的殘片……你們用僅有的資源應付沒有任何一個內城銘術師需要應付的問題。你們每天都在重新發現火。」

他看著桑奇亞。「你說的沒錯。」

「早跟你說了。」桑奇亞說。

「什麼沒錯？」克勞蒂亞問。

「她說你們很厲害。」歐索說。「你們厲害得足以應付這個任務。或許啦。她跟你們說了這份工作的哪些事？」

克勞蒂亞瞥了一眼桑奇亞。桑奇亞覺得她能夠感覺到其中的憤怒；怪不得克勞蒂亞。「她說你需要我們。」克勞蒂亞說。「還需要你們自己的工作坊。還有材料。」

「很好。」歐索說。「我們盡量讓事情就這麼簡單。」

「不會這麼簡單。」克勞蒂亞說。「你們會打斷我們所有工作。告訴我們更多，我們才可能加入。」

「好。」歐索說。「我們打算闖入山所。」

他們難以置信地瞪著他。

「山所？」吉歐凡尼看著桑奇亞。「桑，你發瘋了嗎？」

「對。」歐索說。「所以我們才來這裡。」

「但是……但是為什麼？」克勞蒂亞問。

「不重要。」歐索說。「只知道有人要我們的命——包含，對，我在內。阻止他們的唯一方法是進入山所。幫助我們，你們會得到酬勞。」

「什麼酬勞？」克勞蒂亞問。

「欸，看情況。」歐索說。「我本來打算付你們一大筆錢……不過看到你們在這裡做的事之後，似乎有其他替代選項。你們用的是品質良莠不齊的二手知識。所以……一些丹多羅特許家族加上坎迪亞諾商行的第三與第四級符文串，或許對你們來說更有價值。」

桑奇亞不懂其中含意，不過克勞蒂亞和吉歐凡尼都瞪大眼。他們定住，似乎都在腦中快速計算。

「我們也想要第五級的。」克勞蒂亞說。

「不可能。」歐索說。

「丹多羅第四級基礎中一半都設定為須與第五級符文串作用。」吉歐說。「沒有第五級根本沒用。」

歐索爆出大笑。「那些組合的目的全都是宏大的設計！你們想幹麼？建造橫跨杜拉佐海的橋？還是登上月亮的梯子？」

「又不是要全部。」吉歐凡尼覺得被刺傷了。

「我會給你一些坎迪亞諾的第五級符文串。」歐索說。「丹多羅的就免了。」

「你拿得出來的所有坎迪亞諾符文串都過時了。」克勞蒂亞說。「你可是有十年不在那裡工作。」

「有可能。但你們只能得到這些。」歐索說。「精選坎迪亞諾第五級符文串，以及丹多羅與坎迪亞諾五十個最常用的第三與第四級符文串。外加在謀畫過程中你們得到的任何專利知識，外加一筆我們稍後再取得共識的金額。」

克勞蒂亞和吉歐凡尼互使眼色。「成交。」他們同時說道。

歐索咧嘴而笑。桑奇亞發現這畫面著實討厭。「太好了。好啦。我們的總部到底會在哪呢？」

❁

大部分而言，帝汎多數水道若非已滿，否則就是緊鄰帝汎——但不盡然。

杜拉佐海每四年有個季風年，溫暖海水餵養巨大風暴。儘管帝汎欠缺任何中央政府，海水可壓根不管自己會湧入哪個內城。所以商家終究決定他們有義務做些什麼。

解決方案是「深淵」——城市北方一座岩石堆砌而成的巨大蓄洪庫，能夠在有需要時貯存洪水並排入低窪水道。深淵大多時候是空的，基本上是一片一哩寬的人造沙漠，滿是發霉的灰岩與斑斑水漬。桑奇亞知道這裡常有臨時搭蓋的陋屋聚落、流浪者與流浪狗。但深淵裡有些地方，就算是他們也不會因太過絕望或愚蠢而跑去居住。然而，令她擔憂，克勞蒂亞和吉歐凡尼正帶他們朝其中一個像那樣的地方走去。

〈我們去過一些艱困的地方，小鬼，〉克雷夫的聲音突然出現在她腦中，〈但這裡難出其右啊。〉

桑奇亞太過驚訝，差點跳起來。〈克雷夫！天殺的！你自從鑄場裡的那……那東西後就沒說過話！〉

〈對啊。我……我很抱歉，小鬼。我想我差點徹底毀了你。〉

〈是啊，那是什麼？裹著黑布的是什麼東西？那是……那是製造你的人嗎，克雷夫？〉

一陣沉默。〈我想……或許吧。靠近那個符文典，當它暴衝時……我才想起就是那種感覺……嗯。在他身邊的感覺。〉

〈他是誰？〉

〈我不知道。一閃而過——他在沙丘頂的畫面——這樣就沒了。我只知道這些。〉

她毛骨悚然。〈他們說靠近符文典的感覺——頭痛、噁心——跟靠近傳道者時一樣。〉

〈是嗎。〉克雷夫悄聲說。〈聽見歐索說的話之後……或許有人打造出我，然後大幅改變了自己，他……他變成那東西。我不知道。〉

她一面聽，一面努力不讓臉上出現害怕的表情。〈神。〉

〈對。想到托瑪士・齊厄尼嘗試跟隨這東西的腳步眞是令人不安。〉

「到了！」吉歐凡尼沿歪斜石牆的西面小跑。他指向前方。雖然已入夜，他們仍可看見他指的是一個以十字粗鐵桿封起、還在滴水的巨大隧道。

「那是一個風暴排水管。」格雷戈說。

「沒錯。」吉歐說。「不得了的視力，隊長。」

「我說錯的話請糾正我。」格雷戈說。「在風暴排水管中工作的問題是，風暴來時裡面通常會裝滿水，而我個人會無法呼吸。」

「我有說我們要在風暴排水管裡工作嗎？」吉歐說。他帶著他們沿一條發霉的石徑走向風暴排水管，拿出一個銘印小鐵片。他檢視鐵桿，將鐵片貼在其中一段，接著用力拉扯鐵柵。鐵柵的下四分之一像花園圍籬的柵門那樣盪開。

「聰明。」歐索細看鉸鏈。「門很弱，鎖也很弱——但若是沒人知道它在這，就沒必要強固了。」

「正是如此。」吉歐鞠躬並攤開雙手。「您先請，好先生。小心汙水。」

他們走進大排水管。「我必須承認，我對水管可是他插的厭煩透頂了。」桑奇亞說。

「贊成。」貝若尼斯說。

「我們不會在這裡待太久。」克勞蒂亞說。她和吉歐凡尼變出幾盞銘印燈，朝起波紋的牆撒下玫瑰色光輝。他們沿隧道走了約三百呎，接著兩名殘餘者開始四處查看。

「噢我的天，」克勞蒂亞說，「我幾年沒來了……在哪啊？」

吉歐凡尼一拍前額。「該死！我犯蠢了，居然忘記。等等。」他拿出小銘印金屬珠，看似在扭動，彷彿珠子有兩個旋轉的半球。接著他舉起金屬珠放開手。珠子像有條繩子拉扯般嗖的一聲飛向一面牆。

「那裡！」吉歐說。

「沒錯。」克勞蒂亞說。「我都忘記你裝上標記了。」她走到金屬珠旁——珠子現在黏在牆上——舉起一盞燈。珠子正下方有道小縫；如果你不知道往哪裡找就等於完全隱形。吉歐又拿出他用在鐵柵上的銘印鐵片，插入狹縫。一陣岩石互相擠壓呻吟的聲音。吉歐用肩膀使勁頂牆。突然間，牆的一大段朝內旋開，扇圓形大石門那樣擺開。「成了！」

桑奇亞和其他人細看圓形的門內。裡面是條挑高狹長的通道，精美打造的牆邊排著看似文件格架的東西，格內大多空無一物——但並不盡然如此。在幾個文件格裡，桑奇亞看見骨灰甕和……

「顱骨。」她大聲說出。「這是……呃，墓穴？」

「正確。」吉歐凡尼說。

「深淵裡弄一個墓穴要幹麼？」歐索問。

「在商家蓋出深淵前，這裡顯然有不少次級的私人房產。」克勞蒂亞走入內。「商家就這麼把它們拆毀、原地改建。沒人曾多想下面有什麼，直到他們開始挖掘地道。多數墓穴和地下室都被洪水淹沒，但是這一個的狀況還相當不錯。」

桑奇亞跟著她走進去。墓穴很大，有個寬敞的圓形中廳，分岔出幾條較狹小的側翼。「你們怎麼發現這地方的？」

「曾經有人用珠寶跟我們換銘器。」克勞蒂亞說。「珠寶很舊，而且有家族紋章——我們之中有人想到應該是來自某座家族墳墓。我們開始找尋，結果找到這裡。」

「眞的惹怒某個商家時我們才會退守這裡。」吉歐說。「聽起來你們確實惹惱商家了。所以——這地方應該很適合你們。」

「所以……」貝若尼斯注視四周。「我們要銘印……工作……一陣子，生活在……一個墓穴裡。和……骨頭一起。」

「嗳，如果你們眞想闖入山所，多半無論如何都會把自己弄死。」吉歐說。「說不定這地方可以幫助你們提早習慣。」

歐索在穹頂天花板找到一個洞。「那個洞通往地面嗎？」

「對。」克勞蒂亞說。「如果你們做一些小規模的冶煉或熔融，熱氣會透過那裡排出去。」

「很好。那這裡應該很合適！」歐索說。

格雷戈靠在一座蓋子往內塌陷的巨大石棺上。他從縫隙窺看下面的殘骸。「是嗎。」他乾脆地說。

「對。」歐索摩擦雙手。「我們開始工作吧！」

〈我討厭這地方。〉克雷夫說。

〈爲什麼？這裡看起來沒有任何東西想拿刀捅我，我喜歡這裡。〉

〈因爲這裡讓我回想起黑暗。〉克雷夫說。〈我待了好久的地方。〉

〈這不一樣。〉

〈當然。〉克雷夫說。〈這裡陳舊而且充滿受困的鬼魂，小鬼。相信我。我自己也曾經受困。或許我仍然如此。〉

◎

弄清楚墓穴裡的狀況後，歐索在隧道外等，凝視遠處的陋屋聚落。油膩膩的營火和濃密的黑煙盤據深淵地表。煙霧將星光閃爍的天空染上陰暗的汙跡。貝若尼斯走出墓穴來到他身旁。「我現在來做需求清單，先生。應該明晚就能搬進來，一切就緒準備開工。」

歐索沒說話。他凝望深淵以及更遠處的平民區。

「有什麼問題嗎，先生？」

「我沒想過會這樣，你知道的。二、三十年前，我剛開始替崔布諾工作時……我們都眞心相信我們將會把這世界變成一個更好的地方。終結貧窮。終結奴隸。我們會從阻礙這世界進步的所有醜陋人類事物中崛起，然後……然後……算了。結果我來到這兒。站在下水道裡，付錢雇用一群惡棍與變節者闖入我原本生活的地方。」

「請容許我問，先生，」貝若尼斯說，「如果您能改變任何一件事——您想改變什麼？」

「要命，我不知道。我覺得，要是我認為我有機會成功，我會開創我自己的商家。」

「認眞的嗎，先生？」

「當然。法律又沒禁止，繳交文件給帝汎議會就行了。不過也沒人想再費心做這些事。大家都知道，只要你嘗試這麼做，四大商家會立刻毀滅你。我年輕時有十幾個商家……現在，只有四個，而且似乎永遠都只會有四個。」他嘆氣。「我明晚回來，貝若尼斯。如果我還活著的話。晚安。」

她看著他緩緩走出隧道、鑽過鐵柵。她的聲音在他身後迴盪：「晚安，先生。」

「發狂了。」克勞蒂亞在黑暗中低語。「神經失常。瘋子嗎你，桑奇亞！」

「有錢賺哪。」桑奇亞說。「你小聲點啦。」

克勞蒂亞檢查狹小的墓穴，確認只有她們兩人。「你現在就把他帶在身上，對吧？是不是？」

「我叫你把他忘記了。」

克勞蒂亞悲慘地揉揉臉。「就算你沒帶著克雷夫，這也是超乎尋常愚蠢！你怎能信任這些人？」

「我沒有。」桑奇亞說。「至少我不信任歐索。貝若尼斯很……嗯，正常，但她是歐索的屬下。格雷戈的話……嗯，格雷戈似乎……」她努力想找出對的字詞。她不習慣稱讚執法人員。「不賴。」

「不賴？不賴？你不知道他是誰嗎？我不是指歐菲莉亞的兒子！」

「那是怎樣？」

克勞蒂亞嘆氣。「道洛國有個叫做丹圖阿的要塞城。五年前，一支丹多羅傭兵隊占領了丹圖阿——整個地區的一場大勝利。但出了一些錯，他們的銘器失效。他們求助無門，困在要塞內。接下來開始圍城，丹多羅被圍。事態每況愈下——餓死、傳染病、火災。等到莫西尼家挺進拯救他們時，發現只有一個倖存者——唯一一個。格雷戈·丹多羅。」

桑奇亞聽這段話時雙眼緊盯她。「我……我不相信。」

「是眞的。我對天發誓，是眞的。」

「怎麼辦到的？他怎麼活下來的？」

「沒人知道。但他就是活下來了。丹圖阿亡魂，他們這麼叫他。這就是你覺得不賴的人。桑奇亞，你陷得太深，臣服於愚妄。希望你知道自己在做什麼。尤其你把我們也拉進去了。」

21

隔夜，他們盯著坎迪亞諾內城地圖一起動腦。

「你們所有人只要擔心桑奇亞怎麼進出山所就好。」歐索說。「關於如何在山所內潛行，我有我自己的想法。」

「總是有三條路，」克勞蒂亞說，「下面、上面，或穿過。」

「上面行不通。」吉歐凡尼說。「她不能飛去山所。要想這麼做，她得先置入能將她拉過去的錨點或建構銘印——而你得進去裡面才辦得到。」

「穿過也出局。」格雷戈說。他走近坎迪亞諾內城的地圖，手指沿通往大圓頂的主要道路走。「外牆和山所之間有十一道門。最後兩道永遠有人看守，你得有各種文件和銘印憑證才能通過。」

所有人無聲凝視地圖。

「那是什麼？」桑奇亞手指一道從貨運水道連向山所的蜿蜒藍線。

「那是派送水道。」歐索說。「供駁船使用，裝滿酒和，地獄啊，任何山所裡需要的物品。問題跟道路一模一樣——最後兩道門戒備森嚴。每一次派送都會被停下，經過徹底搜查後才放行。」

桑奇亞思考這點。

「我可以攀在泊船船側嗎？剛好在水線下？你們這些人能給我在水下呼吸的方法？」

他們都對這想法感到驚訝。

「水道門就像其他護牆一樣檢查徽封。」歐索緩緩說道。「但是……我相信它們只放行從它們那兒經過的東西。從下面的話……或許是另外一回事了。」

「我確信駁船底也會觸發相同的檢查。」克勞蒂亞說。「但若桑奇亞在水道底行走……」

「哇啊。」桑奇亞說。「我可不是這樣說的。」

「水道有多深？」格雷戈問。

「四、五十呎？」吉歐說。「護牆肯定不會檢查那麼下面的地方。」

「這跟我提議的相差十萬八千里。」桑奇亞驚恐了起來。

「我們沒辦法做出讓人類呼吸空氣的銘印。」歐索說。「不可能。」

桑奇亞解脫地嘆息，聽起來他們似乎放棄這條思路了。

「不過……」他看了看其他人，一手擱上石棺。「還有其他選擇。」

克勞蒂亞皺眉看了石棺片刻，接著驚愕地張大了嘴。「一個容器。一個棺材！」

「沒錯。」歐索說。「防水，而且小，但足以承載一個人。我們在一艘駁船上置入一個弱錨點，讓駁船沿水道底拖行棺材。簡單！」

「裝……裝著我嗎？」桑奇亞虛弱地問。「你是說我在棺材裡？一路被拖著走？在水底？」

歐索朝她揮揮手。「噢，我們會弄得很安全。大概。」

「絕對比在守衛間潛行之類的安全。」克勞蒂亞說。「駁船會掩護你通過整條水道，這樣你也沒有臉部中箭的危險。」

「不。」桑奇亞說。「我只會有太用力撞上岩石然後淹死的危險。」

「跟你說了，我們會弄得很安全！」歐索堅持。「大概！」

「我的天啊。」桑奇亞把臉埋進雙手中。

「還有送桑奇亞進山所的其他想法嗎？」格雷戈問。

一陣漫長的沉默。

「好。」格雷戈說。「看來這就是我們目前的決定了。」

桑奇亞嘆氣。「那，可否至少不要用棺材這兩個字？」

❁

「那就剩下山所本身的問題了。」格雷戈說。「把桑奇亞弄進齊厄尼的辦公室。」

「我在研究一個給她通行權的方法。」歐索說。「但是通行權並不代表沒有障礙。我十年沒見過山所內部了，不知道是否已有改變。而且我對那東西究竟如何運作所知甚微。」

格雷戈轉向貝若尼斯。「崔布諾的筆記沒提到這個嗎？沒提到他怎麼設計山所？」

她搖頭。

「崔布諾．坎迪亞諾的筆記裡有什麼？」吉歐凡尼說。「我很想看看我們最負盛名的天才兼瘋子寫了些什麼。」

「這個嘛，」貝若尼斯不情願地說，「有這麼些看似人類獻祭的蠟印——人體在祭壇上、再上面有一把短劍——至於崔布諾的筆記……」她清了清喉嚨，大聲讀出：「我再一次回到這儀典的本質。傳道者瑟雷科斯提及『大量的能量』或『心智的集中』以及『全數捕捉的思緒』。偉者伐那克斯則提及諸如『交換』或『釋放』或『轉移』，必須發生於『世界最新的時刻』。他在其他地方則稱必須是『最黑暗的時刻』或『失落的時分』。他的意思是午夜嗎？冬至？或是其他？」

吉歐凡尼茫然地盯著她。「這他插的是什麼？」

「崔布諾努力試圖釐清有關傳道者本質的相關資料。」歐索說。「換言之，比我們現在嘗試解決的問題大條多了。」

「並不如我希望的那麼有幫助。」貝若尼斯說。「他只是一直繞著這個交換打轉——『水罐的裝填』——只是顯然崔布諾自己也不知道自己在說什麼。」

「但托瑪士·齊厄尼明顯覺得這價值連城。」格雷戈說。

「或許只是他自以爲，」歐索說，「而他爲了沒價值的東西付出鮮血和財寶。」

聽到這，格雷戈定住。「啊。」他輕聲說。

「啊什麼？」桑奇亞問。

格雷戈凝視略遠之處。「鮮血。」他低聲說，臉上露出發現恐怖之事的表情。「告訴我，歐索。埃絲黛兒她……她見得到她父親嗎？」

「埃斯黛兒？幹麼問？」歐索懷疑地問。

「他病了，對吧？」他對歐索瞇起眼。「當然由女兒於病榻照料——對吧，歐索？」

歐索完全靜止。「呃。這……」

「山所查驗人身上的血，確定他們是不是對的人。」格雷戈說。「你得找到方法在山所登錄你的血，你才能進入。」他朝歐索走近一步。「但……要是你能取得某位居留者的血呢？像是埃絲黛兒·齊厄尼——或，更好的選擇，她的父親？親手建造山所的人？這就是你的打算——對吧，歐索？用崔布諾·坎迪亞諾的血作爲桑奇亞通行的鑰匙？」

歐索怒瞪他。「噯。隊長，你難道不是個聰明的混蛋嗎。」

「等等。」桑奇亞說。「你打算偷崔布諾·坎迪亞諾的血？眞的？」

眾人瞪著歐索。他最後嘆了口氣。「我從沒說偷。」他惱怒地說。「那會是自發性的捐贈。我是想說只要……你們知道的，跟埃絲黛兒要。」

「你不是認眞的吧。」克勞蒂亞說。

「怎麼？」歐索說。「我們不能放過這樣的機會！有了他的血，那該死的東西會像女學生一樣輕易為她張開腿！山所是一個王國，滿是銘印守衛，沒有哪個守衛會拒絕自家國王！」

「那，怎麼，我在身上淋滿他的血嗎？」桑奇亞問。她扮了個鬼臉。「那稱不上潛入吧。」

「我相信我們肯定能做出某種容器。」歐索惱火地說。

「假設埃絲黛兒竟然同意了，」貝若尼斯說，「坎迪亞諾家肯定重寫了所有許可條件，崔布諾也就不再能通行，對吧？」

「那意味著坎迪亞諾內城裡有個比崔布諾還厲害的銘術師。」歐索說。「不太可能。要是我銘印我自己的豪宅，我會加上只限我自己享有的各種許可條件與好處。」

「而齊厄尼肯定不是銘術師。」吉歐說。「但這一切都是假定我們這男孩眞能取得那男人的血。」

「歐索，你眞認為埃絲黛兒願意為你做這件事？」桑奇亞問。

「如果我告訴她你看見她丈夫和其他女孩在一座裁減後的鑄場屁股黏著屁股，她或許願意。」歐索說。「或許我根本沒必要說這些。大家都知道齊厄尼是坨幸運的屎；聽起來，他基本上都把她關在山所裡。我猜她應該不會拒絕往他肋骨捅一刀的機會吧。」

「確實。」貝若尼斯說。「也許這要求並不如我們所想那麼嚴重。就某種意義上來說，你會是在給她自由。而人會為自由而以身犯險。」

接著發生古怪的事：格雷戈的臉上出現深感罪惡的神情，他轉向桑奇亞，張開嘴，想說些什麼。接著他似乎改變主意，閉上嘴，這一夜都沒再開口。

❊

許久之後，他們都睡了。桑奇亞的夢裡充斥過去的記憶。

她沒見過自己的父母。她或他們在能夠認識彼此之前被賣掉，而她，跟許多奴隸孩童一樣；全部擠在墾殖區。居處的女人們人口組成變動不休，她成了她們共有的負荷。就某些方面而言，桑奇亞並不止有一位母親，而是有三十位，全部模糊難辨。

除了其中一個。亞蒂塔，戈錫安人。對桑奇亞來說，她現在只是一縷幽魂；桑奇亞只記得那女人黑眼中的閃爍、雙手橄欖色肌膚上的皺紋，那雙疤痕累累的手、黑玉那麼黑的長捲髮，還有咧開大嘴露出後排牙齒的笑容。

這裡有很多危險，孩子，她曾這麼說。很多。你將被迫作出許多醜陋的事。這會是你的一場大比賽。你要想：我要怎麼贏？答案是——活著就贏了。你唯一該抱持的希望是看見明天的太陽，然後再一天。這裡有人悄悄談論自由——但你若沒有活著，也就不可能自由。

然後，有一天，亞蒂塔不見了。居處裡的人未置一詞。或許因為這種事稀鬆平常，而且能夠輕易遺忘，也或許沒什麼好說的。

一段時間後，桑奇亞和其他孩子被帶到新田地工作，他們經過一棵用繩索掛滿屍體的樹——因或多或少的罪行而被處決的奴隸。工頭大喊，「看仔細了，小傢伙們！看仔細，看看不聽話的人是什麼下場。」桑奇亞抬頭看樹冠，一個女人掛在樹枝上，雙手和雙腳都被砍去；桑奇亞覺得她看見屍體肩上黑玉那麼黑的捲髮，還有一張露出牙齒的寬嘴。

桑奇亞在墓穴的黑暗中醒來。她聽見其他人的打呼聲和輕柔的嘆息。她凝視黑沉沉的石天花板，想著這些人要她做什麼，還有他們要她冒多大的險。這是生存嗎？這是自由嗎？

〈我慘敗啊，小鬼。〉克雷夫說道，聲音輕柔且悲傷。

22

歐索站在關門的餐館前，努力不冒汗。他有很多理由冒汗——首先，他穿很多衣服，笨拙地想隱藏身分。其次，他拿著克勞蒂亞和吉歐凡尼給的僞造徽封來到坎迪亞諾內城。還有，有可能這一切手段最後都落空。她可能不會來——那麼他們就又浪費了一天。

他轉過身看著餐館。老舊又搖搖欲墜，苔蘚泥斑駁，窗戶或者破掉或者不見。餐館俯瞰的水道並非歐索記憶中那條繁忙如畫的河流，反倒成了臭氣蒸騰的泥沼。幾乎所有陽臺都沒了，顯然都已塌毀，只有一個除外。

歐索凝望那個陽臺。他記得陽臺二十年前的模樣——周遭的燈火明亮美麗，以及美酒與花朵的香氣。還有她那晚多美，直到他表明心跡。

那不是眞的，他心想。*就算在那之後，她仍舊很美。*

他嘆氣，靠在圍籬上。

她不會來的，他心想。她爲何要重回這段痛苦的回憶？我到底來這裡做什麼？

然後他聽見後巷傳來腳步聲。

他轉身，看見一名女人靠近，穿著像女僕，身穿髒兮兮的洋裝，黯淡無裝飾的頭巾幾乎覆蓋整張臉。她走到他面前，眼神沉著平靜。

「年經的造作，」她說，「不適合我們這種年紀的人。」

「我年紀比你大多了。」歐索說。「我認爲我更有權力說什麼適合什麼不適合。我很驚訝你會來。

不敢相信你還留著，而且還能用！」

「我因爲很多原因留下手豎琴，歐索。」埃絲黛兒說。「有些懷舊，也因爲這是我做的，而且我覺得我做得很好。」她說的是她銘印的偶合手豎琴，在她和歐索都還年輕、試圖祕密交往的時候。這是他們聯絡的工具：彈撥某幾條弦，另一把手豎琴會發出一樣的旋律。每一個音符都是會面時間地點的暗號，這家餐館曾是他們的最愛。

歐索一直留者他的豎琴，或許只是因爲喜歡——他沒想過有天會再次使用，更別提是爲這種目的。

她凝望餐館。「內城裡好多東西都枯竭、消逝了，」她輕聲說，「哀悼一家餐館的消逝感覺很怪，但我確實哀痛。」

「如果能夠傳訊息約你在其他地方會面，我會那麼做的。」

「進去嗎？」埃絲黛兒說。

「眞的？這餐館看起來快塌了。」

「是你起頭讓我再度體驗回憶，歐索，就在你撥動豎琴時。我想繼續。」

他們走上階梯，穿過破門。拱頂天花板依然完好，瓷磚地板也是，但也就這樣了。桌子全數失蹤，吧檯化爲碎片，藤蔓衝破牆壁。

「我想，」穿過廢墟時她低聲說，「你來這兒不是爲了把我擄走、占爲己有吧。」

「不是。」歐索說。「我想跟你討個東西。」

「當然了。懷舊的工具，懷舊的地方，爲了一點也不懷舊的目的。」

「我需要你給我一個東西，埃絲黛兒。瘋狂的東西。」

「多瘋狂？爲什麼？」

他把她該知道的部分告訴她。她安靜聆聽。

「所以。」她說。「你……認爲我父親快要想出傳道者如何製作他們的工具。你還認爲我丈夫試圖複製他的成果——過程中殺了許多人。」

「對。」

她的目光穿透唯一留存的陽臺窗戶。

「你需要我父親的血。你才能在山所內行動，偷走托瑪士的銘器，破壞他的成果。」

「對。你會幫我們嗎？」

她緩緩眨眼。「就是那裡，對嗎？」她低語。

他看了看，發現她說的是他們前面的陽臺。「對。就是那裡。」

「我想看看。」

「看起來非常不安全。」

「我說看，又不是要站上去。」她走到門前，伸手推門，但又臨陣退縮，緊抓住身側。「啊……不好意思。歐索——可否麻煩？」

「當然。」他走過去爲她打開門。

「謝謝。」她看著外面的陽臺和下方陰鬱的水道。她嘆氣，彷彿這景象令她痛苦。

「你受傷了嗎，埃絲黛兒？」

「我最近跌倒，恐怕傷了手肘。」

「跌倒？」

「對，爬樓梯時。」

他久久凝視她，上下打量。是他的想像，還是她站得有點……彎？彷彿以薑做的膝蓋行走？

「你不是跌倒，對吧。」

她沒說話。

「是托瑪士。他對你下的手。對吧？」

她靜立良久。「你爲何離開，歐索？爲何離開家族？爲什麼丟下我一個人，留下我跟父親一起？」

歐索沒說話，思考著該如何回答。「我……跟你求婚。」

「對。」

「就在這個陽臺。」

「對。」

「而……你說不。因爲內城的繼承法，你擁有的一切會歸我所有。你說你想向你父親證明你跟他一樣厲害，你能夠成爲銘術師，一個領袖，能夠引領家族的人。你覺得他能夠爲你改變法律。不過……我知道他永遠不會那樣做。崔布諾在許多方面都是有遠見的人。但他同時極端……傳統。」

「傳統。」她重複。「眞是個奇怪的詞。如此無害，然而常含劇毒。」

「他跟我提過，一次。問我爲什麼我們還不訂婚。我說你在考慮你的其他選項。他說『你要的話，歐索——我可以要她答應就好。』就好像我眞的會提出那種要求。就好像勉強擁有你就跟擁有你一樣。所以那就是我的處境。卡在兩個愈來愈令我覺得不快……或痛苦的人之間。」

「我懂了。」她輕聲說。

「我很……抱歉。」歐索說。「我對發生在你身上的一切感到抱歉。要是我知道會這樣——要是我知道崔布諾的債務變得有多龐大，我……」

「你怎樣？」

「我會試著把你偷走，我猜。逃出城。拋下一切，去一個全新的地方。」

她輕輕地笑了。「噢，歐索……我就知道你內心深處還是個浪漫的人。你還不懂嗎？我不會離開。

我會留下來爭取我認爲我應得之物。」她轉爲嚴肅。「我會幫你。」

「你……你會嗎？」

「對。父親因爲他的狀況時常出血。我知道一條進入山所的路，專爲他而設，托瑪士不曾知曉。」

「眞的？」歐索驚訝地問。

「對。如你所知，父親晚年變得行事詭祕。就是他搜購所有古代垃圾，日散千金的時候。他想要自由行動，不被任何人察覺。」

她告訴他會在何時、何處收到崔布諾的血，還有哪裡可以找到那個祕密入口。「入口會爲任何攜帶父親血液的人開啓。但是你必須保持血液冷卻——衰敗太嚴重的話就沒用了。你沒多少時間完成你的工作——基本上來說，你需要在三夜內完成。」

「只有三天能準備？」他說。「天啊……」

「情況會更糟。」埃絲黛兒說。「因爲山所很可能會想通你送進來的人不是我父親——終究。我認爲他們可能會無法從來時路離開。」

歐索想了想。「我們或許可以讓她飛出來。在城裡某處放個錨點拉她過去——她之前這麼幹過。」

「危險的飛行，但或許是你唯一的選擇。」

他看向她。「那如果我們成功，你會怎麼樣，埃絲黛兒？」

她微弱一笑，聳聳肩。「誰知道呢？或許他們會讓我掌管家族。或許在他們帶來另一個殘忍商人讓他管事前，我會得到短暫自由。也或許他們立即便對我起疑，隨即處決我。」

歐索嚥了口口水。「請照顧好自己，埃絲黛兒。」

「別擔心，歐索。我總是自己照顧自己。」

23

接下來的兩天，他們都在工作。

桑奇亞先前便見識過殘餘者銘印和變造工具，但和這是天壤之別。貝若尼斯帶來生鐵錠，利用銘印大鍋和他們弄來的工具，他們開始從無到有，一片一片、一根根肋材打造莢艙。第一天結束時，看起來已有大型豆莢的樣子，大約六呎長，直徑三呎，小艙門開在中央。然而，儘管貝若尼斯、克勞蒂亞和吉歐凡尼從原料開始打造這東西的景象很令人大開眼界，卻沒有眞正讓桑奇亞放心。

「裡面不像有太多呼吸的空間。」她說。

「會有的。」貝若尼斯說。「也會很安全。我們會在整個莢艙的每個角落都加上緊固與耐久的符文，當然還有防水。」

「這東西到底要怎麼移動？」桑奇亞問。

「這個嘛，有點棘手。不過你的朋友想出行得通的方法。」

「飄浮燈籠。」吉歐興高采烈地說。

「跟這有什麼關係？」桑奇亞問。

「經過銘印，飄浮燈籠相信它們裡面有顆大氣球。」克勞蒂亞解釋。「然後在內城裡，放在地上的標記會形成引導它們跟隨的路徑。」

「只是呢，我們會把標記放在駁船上。」吉歐說。「這會讓你保持在水下一定的距離。」

「那……我怎麼從水裡出來？」

「你按這裡的開關。」貝若尼斯手指莢艙內部。「這會讓莢艙浮出水面。」

「然後你爬出來、關上艙門，」吉歐手指莢艙外側的一個按鈕，「按這裡，莢艙下沉，你就準備妥當了。算是啦。除了山所的部分。」

「歐索正在做。」貝若尼斯暴躁地說。

「希望囉。」吉歐說。

桑奇亞注視莢艙。她想像自己塞在這小東西內。

「老天。現在我有點希望讓格雷戈把我關起來算了。」

「說到這，」克勞蒂亞看了看四周，「隊長去哪了？」

「他說他有事要處理。」貝若尼斯說。「在內城。」

「怎麼可能有事情比這還重要？」克勞蒂亞問。

貝若尼斯聳肩。「他提到要讓某件事止息——某件讓他困擾的事。看到他臉上的表情後我便沒再多問。」她快速寫出一行符文。「好。現在來確定這東西確實能夠防水。」

＊

格雷戈・丹多羅擅長等待。軍旅生活的大多數時間裡，除了等待還是等待：等待命令、等待補給、等待天氣改變，或只是嘗試等得比敵人更久，誘使他們採取行動。然而，格雷戈已經在丹多羅特許的維恩其鑄場前等三小時了。但因爲他這天有更該做的事，也因爲理論上托瑪士・齊厄尼的殺手就算在這裡也可能試圖殺他，等這麼久實在太過頭了。

他回頭看維恩其鑄場的前門。有人告訴他可以在這裡找到他母親，他對此並不意外：維恩其是丹多羅最新的鑄場之一，建造來生產商行最複雜的產品。他知道很少人獲准入內，但他假定他，身爲歐菲莉亞的兒子，應該進得去才對。然而他們只是叫他在這裡等。

不知道我的人生有多少比例，他暗忖，耗在等母親關注。百分之五？百分之十？更多？

厚重的鑄場門終於發出嘎的一聲，巨大的橡木門旋開。歐菲莉亞·丹多羅沒等門完全打開。她鑽過門縫，在巨大的門前顯得又小又白又脆弱；她平靜地走向他。

「早安，格雷戈。這麼快又看見你眞是令人愉快。你的調查進行得如何？找到犯人了嗎？」

「我遭遇，該怎麼說……更多問題。其中有些我已經思考好一段時間。我想是時候跟你討論某一項事務了，當面討論。」

「事務。」歐菲莉亞說。「溫和得危險的用詞。你想找我討論什麼？」

他吸一口氣。「我想問你有關……希利西歐墾殖地的事，母親。」

歐菲莉亞緩緩揚起一邊眉。

「你對那地方有……有任何了解嗎，母親？關於那是什麼？他們在那裡做什麼？」

「我聽說的，格雷戈，大多是跟你有關的謠言，說你不知怎地涉入緊接在鑄場畔銘術失效後的暴力事件。武裝歹徒在街上打鬥。馬車撞進牆裡。所有事件都有我兒子的身影。是眞的嗎，格雷戈？」

「請不要試圖改變話題。」

「謠傳一群殺手用箭射你和某個街童。這一定是白日夢，對吧？」

「回答我。」

「無論如何，你爲什麼要問起這地方？誰在你耳中倒入毒藥，格雷戈？」

「我把問題問得更清楚明確些。」格雷戈強勢地問。「丹多羅特許家族——我祖父的商行、我父親的商行，還有你的商行，母親——是否涉入試圖銘印人體與靈魂的駭人勾當？」

她沉著地看著他。「不，並沒有。」

格雷戈點頭。「第二個問題。是否曾經涉入？」

歐菲莉亞從鼻子吐息，發出細微的聲響。「是。」她輕聲說。

他凝視她。「曾經涉入。眞的曾經涉入？」

「對。」她不情願地說。「一度。」

格雷戈嘗試思考，但發現自己做不到。歐索也這樣說，他的評論像根針般緩緩鑽進他心裡——然而他難以置信。「怎麼……你怎能……」

她心煩意亂地說：「直到你父親過世我才知道。直到你出意外之後，格雷戈。當時我接手商行。」

「你是說涉入的人是父親？是他的計畫？」

「時局不同，格雷戈。」歐菲莉亞說。「啓蒙戰爭剛開打。我們當時不了解我們到底在做什麼，杜拉佐的統治者也不知道，銘術師們也不知道。而所有競爭對手都在做一樣的事。如果我們不做，我們或許就毀滅了。」

「這樣的藉口都以同樣模式作收，母親。墳墓與悲嘆。」

「我接手後就停止了！」她激動地說。「我終止計畫。那是錯的。我們也不再需要那計畫了！」

「爲什麼不？」

她停頓，彷彿剛剛說了不該說的話。「因——因爲銘術已大幅改變。我們的符文典技術讓我們立於不敗之勢，不再值得投入銘印人體的研究。而且根本就不可能。」

當然，格雷戈沒說，他現在認識一名代表完全相反意義的活生生樣本。「我……我只希望帝汎能有一件好事，一件並非自醜陋而生的好事。」

「噢，別拿你的正義來煩我。」她叱道。「你父親做了他認爲必要的事。他負起他的責任。然而自從丹圖阿之後，你，格雷戈，就像逃離野火的老鼠那樣逃避你的責任！」

他盯著她，震驚不已。「什麼……你怎能這樣說？你怎能——」

「閉嘴。跟我來。」她轉身，邁步走回維恩其內。

格雷戈停頓片刻，怒瞪著眼，但仍聽話跟上。

格雷戈進入大門時又遭守衛和門房細細審視，但他們一看到咬牙切齒、眼裡閃爍著狂怒的歐菲莉亞便退下。格雷戈看出維恩其確實遠比任何他曾進入的銘術鑄場先進。到處都有一根根配方與水與試劑的輸送管從岩石地基中冒出來，扭轉、彼此纏繞後沒入牆中。巨大的汽鍋與坩鍋散發狂躁歡快的紅光，滿溢熔化的青銅或錫或銅。然而歐菲莉亞一概忽略，直接帶格雷戈朝院子後方的一座倉庫走去。

這座倉庫戒備森嚴。丹多羅家的衛兵身穿銘印盔甲站在門前警戒。他們的視線掃過格雷戈，但沒說話。格雷戈走進倉庫，納悶著鑄院裡會是什麼東西竟需要如此防備。然後他看見了。

或是他……自以為看見。

坐落在倉庫中央的是道影子，一顆近乎具有實體的黑暗之球。他覺得他能夠在黑暗中辨認出形狀，但……很難看清楚。幾隻蛾在陰影中飛進飛出，當牠們進入黑暗的模糊界線，便看似消失。

「那……那是什麼？」格雷戈問。

歐菲莉亞沒回答。她大步橫過倉庫，走到牆上一個附青銅轉盤與開關的面板前。她撥動一個開關，圓形的陰影隨即消失。

人形輪廓的木框立在黑暗之球原本所在位置的正中央——一套銘印盔甲掛在木框上。

但是那套盔甲怪異至極。一隻手臂接上一把巨大且閃閃發光的複合武器，半是巨斧，半是巨矛。另一隻手臂則接上碩大的圓盾，後面還裝上一副銘印弩箭發射器。然而最怪異的是安裝在胸甲前的奇異黑色金屬板。

「這……這是銘甲嗎？」格雷戈問。

「不是。」歐菲莉亞說。「銘甲用於交戰，是巨大、招搖、醜陋的武器，那種銘印盔甲只有一個目的，那就是屠殺。銘甲也是違法的，因為以違反我們不成文法律的方式增加重力。」她伸出一根手指觸黑金屬片。「這一具銘器則快速優雅——而且不容易被發現。它能吸收頗可觀的光，因此肉眼近乎無法察覺。歐索的設計。」

「歐索做的？」

「他設計出方法。這方法攸關我們家族存亡。」

格雷戈的腦中冒出令人不舒服的想法，他對盔甲皺起眉。「這……這是暗殺的工具。」

「你跟我一樣聽到一些謠言。」歐菲莉亞說。「手持弩弓飛簷走壁、跳過內城圍牆的人。平民區內的包圍與濺血。我們進入一個危險時代，格雷戈——惡化與承諾遭破壞的時代。各家族變得更加自滿，野心勃勃的人坐擁大權。這無可避免——有一天，某個聰明的年輕人會說，『我們頗擅長在國外打仗——那為何不在這打呢？』到了那一天，我們必須有能力反應。」

格雷戈知道她說得沒錯——無論她是否知道，這段話完全就是在描述托瑪士．齊厄尼——但這段話也令他滿心恐懼。「做什麼反應？」

她轉為冷酷，表情嚴肅。一隻蛾繞著她的頭緩緩打轉，而後迂迴飛開。「我們必須讓他們群龍無首，無力反應。單一、迅速的一擊。」

「你不是認真的。」

「要是你覺得莫西尼或米奇爾或甚至坎迪亞諾沒做同樣打算，你就太愚蠢了，格雷戈。他們有。我看過情資報告。當那發生時，格雷戈……我希望你能領導我們的軍隊。」

他張大嘴。「什麼？」

「你比任何活著的帝汎人都更具實戰經驗。你先前的人生都在戰場上，因為你的城市對你提出這樣的要求。很遺憾你的戰爭比其他人更爲艱困。但現在，我要求你，以……以你母親的身分，格雷戈，請求你。請放下所有其他分散你注意力的瑣事，回到我身邊。」

格雷戈嚥了口口水。他望著他母親，然後是幽靈般的盔甲，思考了很長一段時間。

「我不記得多梅尼柯。」他突然說道。「你知道嗎？」

她眨眼，一臉訝異。「什——什麼？」

「我不記得我的哥哥。我記得他死去，但就這樣。父親的話，什麼也沒有，我一點印象也沒有。自從那場意外之後，我就失去他們了。」他回過身面對她。「我想要想念他們，但我不知道該怎麼做。因爲我從未眞正認識他們。對我來說，母親，他們只是掛在你辦公室外那幅畫中的生物。我永遠無法企及的高貴鬼魂。但你爲他們哀悼嗎？失去他們對你造成傷害嗎，母親？」

「格雷戈……」

「你失去多梅尼柯和父親。」他的聲音顫動。「你也失去我。我在丹圖阿幾近死去。你會再置我於險境嗎？再一次？我在你心裡就是這種角色嗎？可消耗品？」

「我沒有在丹圖阿失去你。」她凶狠地說。「你活下來了。我一直知道你會活下來，格雷戈。我知道你總是能。」

「爲什麼？爲什麼這麼肯定？」

但是他的母親無法回答。這似乎是第一次，格雷戈深深傷了她。奇怪的是他並不感到後悔。

「我先前的人生在戰場上。」他對她說。「我回到帝汎想找回文明。帝汎並不如我想要的那麼文明，母親。我會專心改正這部分，再無其他。」他說完便轉身走開。

24

第三天，他們完成準備工作，急匆匆打造出每個工具、完成所有設計。歐索審視他們努力的成就，在莢艙旁踱步，檢查黑板和銘印方塊，謹慎查看每一串符文。他又是抽搐，又是呻吟，又是噴氣，不過儘管設計未達他標準，他還是覺得應該行得通。

石門嘎地一聲打開，格雷戈大步走入。「突然闖入的好時機！」歐索叱道。「我們剛剛才冒出一些最後一刻的修改，把所有事情弄得該死的一團亂，我們天殺的確定用不上你！」

「我得跟你談談，歐索。」他把歐索拉到一旁。

「到底是什麼大事，隊長？」

格雷戈湊近。「你幫我母親設計出某種吸光銘器嗎？」

「什麼！你又是怎麼知道的？」

格雷戈說出剛剛他與他母親的會面。歐索震驚不已。「她在做某種……某種暗殺銘甲？」

「基本上是這樣。不過……不過，我的天，我從來不覺得歐菲莉亞．丹多羅有丁點像陰謀、奇襲和革命的那種人！」

「所以你一無所知？」格雷戈問。

「聽都沒聽過。」

格雷戈點頭，表情肅穆。

「我現在無能為力。坦白說，根本也不知道能做什麼。但我不禁納悶……」

「納悶什麼？」

「如果她的家族至尊對這一切的發生一無所知——她還藏著什麼祕密？」

「那啥？」桑奇亞大聲地問。她手指遠處桌上的一只銘器。

歐索轉過頭看。「哦，那啊。等下就會說到。」

「看起來像是飛行銘器。」桑奇亞說。

「等下會說到。」

「你從來沒提過飛行銘器。」

「我說等下會說到！」

他們在幾個地方最後收尾，接著又聚集到地圖前，歐索一步一步重新檢視計畫。

「首先，我們把莢艙帶到平民區的這裡。」他手指地圖上的一段水道。「派送水道從這裡經過。桑奇亞進入莢艙，莢艙潛入水中，然後駁船經過，貝若尼斯再放上標記。清楚嗎？」

「是的，先生。」貝若尼斯說。

「接著駁船拖著桑奇亞，」他用一根手指沿水道畫過。「一直到山所碼頭。這碼頭很大，而且戒備森嚴，標記會在駁船和莢艙之間拉開一百呎的距離，應該足以讓桑奇亞不驚動任何人，安全地浮出水面並鑽出莢艙。是嗎？」

桑奇亞沒說話。

「桑奇亞接著到這裡。」他手指山所外的一個點。「雕像花園。崔布諾的祕密出入口就藏在這，顯然巧妙地隱匿在一座小白石橋下——除非你拿著這個，否則基本上完全看不見。」他指桌上一個小青銅匣。平滑的金屬表面滿是凝結的水珠。「這是冷卻盒，裡面有一小瓶崔布諾的血，由他女兒提供。」

所有人盯著青銅匣。格雷戈皺起鼻子。

「祕密入口會回應崔布諾的血，爲桑奇亞而開啓。接著她進去穿過通道——然後就在山所內了。」

桑奇亞清了清喉嚨。「山所內的哪裡，確切來說？」

「四樓。」

「四樓哪裡？」

「那我可不知道。」

「你不知道。」

「對。但你得上去三十五樓。齊厄尼的辦公室在那，可以肯定帝器也在那。」

「上去三十五樓的過程呢？」桑奇亞問。

歐索仔細思考該說什麼。

「你不知道。」桑奇亞說。

「對。」他坦白地說。「我不知道。但是無論你遇到什麼，崔布諾的血應該都能壓制。那會像是你在黑暗中的一根蠟燭，女孩。」

桑奇亞緩緩吸氣。「還有……我一旦拿到帝器，只要走出來就好——是嗎？」

歐索遲疑了。克勞蒂亞、貝若尼斯和吉歐突然都看似緊繃。

「呃……我們稍微調整了這部分的計畫。」

「是嗎。」桑奇亞說。

「對。山所很可能終究發現你不是崔布諾。離開會比進去棘手很多。因此，欸，用飛行銘器。」

桑奇亞瞪著他們。「你們……你們要我從山所側面飛下來？」

「崔布諾的辦公室裡有個陽臺。」歐索說。「你抓緊帝器跳出去，扯掉這裡的青銅片，」他手指銘器。「你便出發了。降落傘會啓動，你會被拉到安全之處。還有個保護銘器的強化盒，你可以把帝器放在裡面，確保它不受任何傷害。」

「你們卻沒辦法做一個能保護我的強化盒？」

「啊。欸。沒辦法。會太重。接下來，我們沒辦法做出能將你完全拉出內城的錨點，但是……我們能把一個人弄進坎迪亞諾內城，在靠近某個門的地方做出一個降落區。」他看著格雷戈。「你能否承擔這個責任，隊長？」

格雷戈考慮片刻。「所以……我只要帶著錨點進入內城，放在範圍內的某處，然後在桑奇亞降落時接住她就好？」

「基本上沒錯。然後你們雙雙飛奔離開內城，進入安全的平民區。」

桑奇亞再度清清喉嚨。「複習一下，」她緩緩說，「我沿水道漂進去……」

「對。」歐索說。

「搭乘你們全部人在三天內打造出來的水下莢艙……」

「對。」

「再用崔布諾的血進入山所……」

「對。」

「接下來穿過完全未知的阻礙來到三十五樓，偷走帝器……」

「對。」

「然後我從山所跳下，飛向格雷戈。因為山所多半會察覺事情不對，試著困住我。」

「啊……」

「我一旦降落，我們立即逃離內城，同時多半會有些武裝守衛追趕在後，因為他們注意到我像隻鳥兒一樣飛過空中。」

「呃。多半。對。」

「我把帝器交給你，而你……」

「拿下托瑪士。」歐索輕咳。「可能也藉此重塑我們所知銘術的本質。」

「對。那好。我懂了。」桑奇亞吸口氣，點頭，坐直。「我退出。」

歐索眨眼。「你……你什麼？退出？」

「對，我退出。」她站起。「我們每次討論這個行動，它都變得更加荒謬。沒人問過我是否高興樂意，一次也沒有。我不加入這瘋狂的狗屁。我不要。我退出。」她走開。

一段漫長尷尬的沉默。

歐索一一注視每個人，驚愕不已。「她……她剛剛說她退出？」

「對。」克勞蒂亞說。

「像是——不做了？」

「退出一般而言就是這個意思。」吉歐說。

「但……但她不能……她不能就這樣……噢，狗娘養的！」他追上去，在她鑽出隧道時抓住她。「嘿！回來！」

「不要。」

「我們爲你做了一大堆工作！」歐索咆哮。「我們千辛萬苦把一切安排妥當！你不能就這樣走掉！」

「然而，」桑奇亞，「我就是要這樣走掉。」

「但是……但這是我們唯一的機會！要是我們現在不偷走帝器，托瑪士．齊厄尼會組織大軍，然後……」

「然後怎樣？」桑奇亞啐道，逼近歐索。「對帝汎做出帝汎長久以來對整個世界做的事嗎？」

「你根本不知道自己在說什麼！」

「問題在於我其實知道。待在莢艙裡、進入山所，還有賭上自己小命的人都不是你！你知道這是怎麼回事？眞正是怎麼回事？」

「什麼？」歐索怒氣沖沖地說。

「這是有錢人的紛爭。」桑奇亞說。「有錢人的遊戲。我們對你來說都只是棋盤上的棋子。你自以為有所不同，歐索，不過你就跟其他人一樣！」她一隻手指抵著他的臉。「我的人生在我逃離墾殖地後並沒有好到哪裡去。我還是常常挨餓、常常挨揍。但至少只要我想，我就能說不。我現在就在說不。」

她轉身走開。

25

桑奇亞坐在深淵旁的小山頂，眺望著搖搖欲墜的帳篷之城；這城在水潤的近午光暉中顯得凌亂陰沉。她找到克雷夫後好幾度覺得孤單，但直到現在，才眞正有遭遺棄的感覺；肩負著祕密的重擔，身旁的所有人太樂意殺她，或太樂意把她放入險境。

〈我們一團亂，對吧，小鬼？〉克雷夫問。

〈對。我不知道還能做什麼，克雷夫。想逃，但無處可逃。〉

桑奇亞看著一群小孩在深淵裡玩，拿著棍子來回奔跑。瘦巴巴的東西，營養不良又髒兮兮。她的童年沒多大差別。*就連在全世界最偉大的城市，*她暗忖，*小孩還是每天挨餓。*

〈打賭我能拿下山所。〉克雷夫說。〈忘掉歐索。你和我，小鬼。我們做得到。〉

〈我們沒有要討論這個，克雷夫。〉

〈我可以。那會……很有趣。一項功績。一種歷練。〉

〈那是天殺的盜賊墳墓，克雷夫！像沙克一樣的內城管事低聲談論，就好像那東西在城市的另一端也聽得到！〉

〈我想幫你擺脫這件事。是我把你牽扯進來的。我不認爲我還剩多少時間，桑奇亞。我想做點事——不知道——大事。〉

她把臉埋進雙手中。「去死。」她低語。「全部去死……」

〈隊長來了。〉克雷夫說。〈他帶著短棍，現在走上山了。〉

〈太棒了。〉她想。〈另一場我不想談的對話。〉

她看著他笨重的身形從長草中冒出來。他沒有看她，只是走過來坐下，保留大約十呎的距離。

「白天待在外面有危險。」他說。

「裡面也危險。」桑奇亞說。「因爲你們這幫人想害死我。」

「我不想害死你，桑奇亞。」

「你有一次跟我說你不怕死。你是說眞的，對吧？」

他想了想，點頭。

「是啊。不怕死的傢伙多半不會太糾結於是否害別人死掉。你或許不想要，但那是你願意承擔的責任，不是嗎？」

「責任……」他重複。「你知道，我昨天跟我母親談話。」

「所以你才溜走？只爲了跟你媽聊天？」

「對。我問她希利西歐的事。她承認了，一度，丹多羅特許家族確實涉入嘗試銘印人類。我的意思是試圖銘印奴隸。」

她瞥了他一眼；他的臉部固著，呈現出平靜困惑的表情。「眞的？」

「對。」他輕聲說。「得知自己的家族涉及如此醜惡的事，感覺好怪。但就像你說的——又不是說一開始就沒有許多其他悲劇與醜惡的事。希利西歐並不特別罕見。所以現在，今天，我思考著責任。」他眺望帝汎市景。「它不會自己改變，對吧？」

「什麼？這座城市？」

「對。我希望能教化它。指引它道路。但我不再認爲它會自願改變。必須將改變強加其上。」

「又是在說正義嗎？」桑奇亞問。

「當然。我的責任就是宣揚正義。」

「爲什麼是你，隊長？」

「因爲我見識過的事。」

「什麼事？」

他往後靠。「你……你知道他們叫我丹圖阿亡魂，對吧？」

她點頭。

「他們這樣叫我，但並不知道其中含意。丹圖阿……是一座我們占領的道洛城市，位於杜拉佐北部。但是城裡的道洛人攢積了閃爆粉。我不知道他們怎麼拿到的。有一天，一個男孩，最多十歲吧，背上揹著一盒閃爆粉溜進我們軍營。他跑到我們的符文典旁並引爆炸彈。弄死自己。營區起火。更糟的是，他弄壞了符文典。所以我們的所有銘器都失效。我們只能困在那，道洛軍隊包圍在外。就算我們無力抵抗，他們仍無法突破要塞，不過他們可以用飢餓逼我們出去。」

「我們挨餓。好幾天。好幾週。我們知道我們投降的話他們會殺掉我們，所以我們只能挨餓、期待有人來。我們吃老鼠，煮玉米軸來吃，在米飯裡混入泥土。我只是坐在那兒看著這一切發生。我是指揮官，但我無能爲力。我看著他們死去。餓死、自殺。我看著這些驕傲的年輕人成爲飽受痛苦折磨的骷髏，我把他們葬在貧乏土地裡。」

「然後，有一天……有幾個人拿到肉。我發現他們在營區煮肉，平底鍋滋滋響。我……我沒花太長時間便了解那是什麼肉。畢竟丹圖阿裡最不缺的就是屍體。我想阻止他們，但也知道若我這麼做，他們會叛變。」他閉上眼。「然後那些人開始生病。或許是他們所做的事造成的後果——食用病死的肉，自己也染病。腋窩腫脹、頸項腫脹。擴散得好快。我們開始找不到地方埋屍體。不意外，我自己最後也染上疫病。我……我記得發熱、咳嗽、嘴裡的血味。我記得我躺在床上喘氣，我的人看著我。然後轉爲黑暗。當我醒來……我在墳墓中，埋在土裡。」

「等等。你……你活過來？他們埋了你，而你在墳墓中醒來？」

「對。」他低聲說。「這非常罕見，但確實有人活過瘟疫。我在黑暗中醒來。有……東西在我身上。嘴裡有血、泥土和汙物，我什麼也看不見，幾乎也無法呼吸。所以……我得自己挖出生路。穿過一具具屍體、穿過所有泥土。穿過腐爛之物、尿、血，還有……還有……」他沉默。「我不知道我是怎麼辦到的，但我成功了。我不停爬，直到指甲脫落、手指折斷、雙手鮮血淋漓，但我看見了，看見光透過我上方的屍體閃爍，我爬出去，看見火。」

「莫西尼來到丹圖阿。他們發動攻擊。道洛人在絕望中破牆而入，不知爲何竟放火燒城。某個莫西尼中士看見我爬出巨墳，渾身血與泥，而且不停尖叫……他以爲我是怪物。在那一刻，或許我就是怪物。丹圖阿亡魂。」

他們沉默不語。長草在他們身旁隨風舞動。

「我見識過許多死亡，桑奇亞。父親和哥哥在我小時候死於一場馬車意外，我自己也差點死掉。我加入軍隊以榮耀他們之名，卻反而害這麼多年輕人喪命——而再一次，我又活下來了。看來我總是倖存。這教會我許多事。丹圖阿之後……好像迷惑我雙眼的魔法被揭開了。我們製造出這些恐怖。我們自作孽。我們得改變。必須改變。」

「人就是這樣。」桑奇亞說。「我們是動物。我們只關心生存。」

「但你看不出來嗎？看不出來他們加諸於你的鐐銬？為什麼你以奴隸的身分在田裡工作，為什麼你睡在悲慘的居處、無聲承受苦難？因為若你不這麼做，你會被殺。桑奇亞……只要你只想著生存，只想著活著看見明天的太陽，他們的鐐銬就永遠都在你身上。你不會自由。你永遠都只是一名奴——」

「閉嘴！」她咆哮。

「不要。」

「你以為只因為你受過折磨，你就知道？你以為你知道活在恐懼中的滋味？」

「我以為我知道死亡是什麼感覺。」格雷戈說。「一旦你停止擔心活命，一切就變得清晰無比，桑奇亞。如果這些人成功——如果這些富裕自負的傻瓜遂行其願——全世界都將成為他們的奴隸。所有活著的男人女人，還有所有後代，都會跟你一樣活在恐懼中。我願意為解放他們而奮戰，並獻出生命。你呢？」

「你怎麼能這樣說？你，一個丹多羅？你比任何人都清楚這就是所有商家在做的事。」

他站起，怒火燃燒。「那麼就幫我推翻他們！」他大喊。

她瞪著他。「你……你要打倒商家？就連你自己的家族也一樣？」

「有時候需要一些小革命才能成就許多美好。看看這地方！」他指了指深淵。「這些人若無法修復自己的城市，又怎麼能修復整個世界？」他低頭。「再看看我們。」他輕聲說。「看看他們把我們變成什麼模樣。」

「你真的願意付出生命？」

「對。我願意交出我珍視的一切，桑奇亞，一切，確保沒人再遭遇跟你我一樣的經歷。」

桑奇亞低頭看自己的手腕，看著那兒的疤，他們鞭打她前就是綁住那兒。

〈你確定你想做些大事，克雷夫？〉

〈確定。〉

她低頭點了點，接著起身。「那好。我們走。」

她下山坡朝排水道走，進入墓穴，格雷戈跟在她後面。她走進去時，所有人都安靜下來。

她站在墓穴裡的一具石棺前，心臟發狂般敲打，她沒有動作。

〈你打算怎麼做，小鬼？〉克雷夫問。

〈我要試著幫忙。我要交出我珍視的最後一樣東西，好讓這一切發生。〉她嚥了口口水。〈我很抱歉，克雷夫。〉

她抬手抓住頸間的繩子，扯下克雷夫放在石棺上。

「這是克雷夫。」她大聲說。「他是我的朋友。他一直在幫我，或許現在也能幫你們。」

所有人目瞪口呆。

歐索張著嘴緩緩走上前。

「折彎我的腰然後把我插到黑青。」他輕聲咒罵。「婊子養的。婊子養的！」

第三部　山所

所有革新——科技的、社會的，或其他——都始於一場聖戰，自行有機化爲實際的商業行爲，然後，隨著時間變遷，墮落爲一般的剝削。人類創造力體現在物質世界中後，便是像這樣的簡單生命週期。然而，遭人遺忘的是，參與此系統者也經歷類似的轉變：人剛開始是同志和同胞，接著變成勞力資源與資產，而後，他們的用途改變或退化，變質爲負擔，因此必須妥善管理。

這現象就跟風與海的流動一樣理所當然。力與物質的流動是一個系統，有其法則與成熟的模式。我們無須因遵從這些法則而心懷罪惡感——就算這些法則有時需要些殘暴亦同。

——崔布諾・坎迪亞諾，致商行之書信
坎迪亞諾首席管事小組

26

「你……你騙我！」歐索大喊。「你從頭到尾一直在騙我！」

「嗯，對。」桑奇亞說。「我聽見你叫格雷戈把失去意識的我丟進壕溝。這並不能建立信任。」

「那不是重點！」歐索叱道。「你說謊而讓一切陷入險境！」

「我不記得你這混蛋曾溜進鑄場，」桑奇亞說，「或跳進水底棺材。看來險境沒有公平分配。」

〈你能不能，像是，告訴他我能做什麼就好？〉克雷夫問。〈這會轉移他們的注意力。〉

於是她便這麼做。他是對的：這幾天以來，她已將某些事視為生活中尋常的一部分，而這所有事都讓歐索與貝若尼斯震驚得在墓穴內團團轉。

「他能感應到銘器？」歐索吃驚地說。「他能看見是什麼銘器、能做什麼，還在一段距離之外？」

「他能改變它們？」貝若尼斯問。「他能改變銘印？」

「不是改變。」桑奇亞說。「只是……讓它們重新解讀它們的指令。稍微。」

「那跟改變根本就沒差！」歐索大喊。

「我還是糾結於這東西是個『他』。」格雷戈說。「這……這是一把鑰匙，對吧？鑰匙用人的代名詞自稱？這樣對嗎？」

「我們可不可以不要管這愚蠢的狗屁，拜託？」桑奇亞說。她一直盡可能回答問題，但事實證明很難，因為她基本上是這場六人對話中的傳聲筒。她不停要大家慢下來，慢下來，而所有人只是不停問，「這是在回答哪一題？」或「什麼？再說一次這是在講什麼？」

〈小鬼。〉克雷夫說。〈我不確定這終歸是解決你問題的辦法。〉

〈是啊，沒料到會這麼吵鬧。〉

〈嘿。看看我能不能做些什麼。但……我想先徵求你同意。在你做某件事前先徵求同意真的真的很重要，看到了嗎？對吧？對吧？〉

〈說過我很抱歉了！不過我必須跟他們說你的事！如果格雷戈真心想發動天殺的革命，他們會需要一切能幫得上忙的東西！你想做什麼？〉

〈你知道我的思緒是怎麼流進你腦中吧？我怎麼……〉

〈壓過我？〉

〈對。我覺得我或許能做得更……更深入。我想我可以透過你的嘴說話。你同意的話。〉

〈眞的？〉

〈眞的。〉

桑奇亞看了看所有人。歐索還在朝她尖叫一連串問題；就在剛剛那幾秒間，她似乎錯過了兩三題。

〈如果可以讓這過程加速，那就做吧。〉

〈好。等等。〉

她頭側有股暖意，輕微的疼痛，她的身體突然感覺好遙遠，彷彿不再是她每天每分每秒棲息的軀殼，而是某種她無法完全掌控、頗奇異的擴充。她的下巴運轉，胸腔冒出咳嗽，她的聲音說：「好了。你們可以聽見我嗎？」

她的聲音，但並非她的言語。所有人眨眼，感到迷惑。桑奇亞的迷惑並不亞於他們——這感受非常令人困惑。就好像在夢中看著你自己行動，無法停止。

「什麼！」歐索說。「我們當然可以聽見你！你在開什麼玩笑？」

「好。」桑奇亞的聲音說。「哇。怪。」她清清喉嚨。「好怪。」

「爲什麼怪？」克勞蒂亞問。「什麼怪？」

「這不是桑奇亞。」她的聲音說。「這是鑰匙，克雷夫。呃，說話中。」

他們瞪著彼此。

「可憐的女孩發瘋了。」吉歐說。「完全發瘋。」

「證明。」歐索說。

「呃，好。」她的聲音說。「我們來看看。此時此刻，歐索帶著兩盞銘印燈，還有……我想應該是某種符文典工具，一根棍子，碰觸某些銘印時，會誘使銘印繞成一個圈，基本上就是讓它們暫停，好讓他能夠取出碟片，再置入其他指令；但它一定能宰制相似的冶金轉變，因爲這工具似乎對青銅與其他合金極爲敏感，還有錫，尤其是比例落在十二到——」

「好了，對。」克勞蒂亞說。「這不是桑奇亞。」

「你怎麼辦到的？」貝若尼斯敬畏地問。「你怎麼……克雷夫……用她的聲音說話？」

「這女孩的腦袋裡有個碟片，給予她……我不知道確切用詞，像是客體移情。」克雷夫說。「我想應該不是刻意造成的。我覺得他們安裝時插壞了什麼。總而言之，那是物體間的連接點，只不過多數物體都沒有知覺，而我有。所以像是某種雙向道。」克雷夫用她的身體咳了咳。「那……我能怎麼幫忙？你們想知道什麼？」

「你是什麼？」歐索問。

「是誰打造出你？」貝若尼斯問。

「偷走帝器眞的能阻止托瑪士·齊厄尼嗎？」格雷戈問。

「齊厄尼到底在做什麼？」克勞蒂亞問。

「噢天。還眞是——應有盡有。」克雷夫嘆氣。「聽著，我試著概述我和桑奇亞幾天以來討論的內容，所以就……就坐下安靜一陣子，好嗎？」

克雷夫開始講述。

他說話時，桑奇亞則開始……嗯，不那麼像打盹，或是失去意識。感覺像坐在馬背上，抱著手持轠繩的人，隨著動物的晃動緩緩入睡——只不過這動物是她，她的身體，她的聲音與她的喉嚨，從一個字跳到一個字，一個思緒跳到一個思緒。

她飄盪。

❁

緩緩地，桑奇亞飄了回來。

歐索彷彿喝掉杜拉佐所有咖啡，繞著墓穴踱步，而且無疑正怒氣匆匆地叫嚷著：「所以馬杜瑞原則是眞的！銘術，就連小銘術一樣，都違背了現實本體，就像襪子抽絲的地方，所有……擠在一起糾纏的布料，不過這抽絲成就非常特殊的某件事！」

「呃，當然。」克雷夫說。「我猜這樣說也可以。」

「這就是你的感知！」歐索叫喊。「那就是你的感覺！這些……這些違背現實之處！當你變造它們，你只是……只是擺弄纏結處！」

「更像是錯誤。」克雷夫說。「蓄意爲之的蓄意錯誤。」

「問題在於是什麼構成那塊布。」貝若尼斯說。「馬杜瑞相信有現實界，還有另外一個在現實界之下的世界，讓現實界能夠運作。銘術會不會是這兩者的纏——」

桑奇亞又飄了出去。

❁

她再度醒來。「……猜我沒聽懂問題。」克雷夫正這麼說。

歐索還在繞墓穴踱步。貝若尼斯、克勞蒂亞和吉歐凡尼坐在桑奇亞身旁，瞪大眼睛看著她，彷彿她是名鄉村占卜者。

「我是說，」歐索說，「你處於不尋常的位置——你能夠檢視帝汎全部銘術，看見它們如何運作，以及運作得多好。」

「所以？」

「我們的弱點在哪？我們的強項在哪？我們……我們厲害嗎？」

「嗯。」克雷夫說。「我沒想過這問題。我覺得問題總歸在於複雜與有趣之間的差異……好吧，我在帝汎所見的大多數東西都比較複雜，比較不有趣。」

歐索停止踱步。他看似氣餒。「眞——眞的？」

「不是你的錯。」克雷夫說。「你們像是剛發明畫筆的部落。現在你們只是到處畫。不過有個東西我倒是覺得眞的很創新，那就是偶合。」

「偶合？」貝若尼斯說。「眞的？」

「對！這基本上是複製一小片現實實體！」克雷夫說。「你們嘗試的話，其實可以複製各種東西。」

「像是？」歐索問。

「這個嘛，」克雷夫說，「像是符文典。」

銘術師們驚訝得下巴都掉了下來。

「你不能偶合符文典！」歐索說。

「為什麼不能？」克雷夫問。

「因為……因為太複雜！」吉歐凡尼說。

「那何不試著偶合比較簡單的符文典？」克雷夫說。「試想一組小符文典，每一個都經過偶合，都能夠投射符印到……嗯。任何地——」

格雷戈咳嗽。「儘管這些銘術理論都很有趣……我們可否專注於眼前更致命的問題？我們試圖阻撓托瑪士．齊厄尼，卻連他究竟在做什麼都一知半解。偷走帝器能否確實阻止他的企圖？」

「對。」貝若尼斯附和，只不過語氣中有絲失望。「我們回頭審視崔布諾的筆記，看看克雷夫先生有沒有任何可加評論之——」

事物再度淡去。

◎

世界重回。桑奇亞坐在一具覆滿崔布諾筆記的石棺前。淺浮雕蠟印放在她面前。

「……在我看來那是人體獻祭。」格雷戈說。他手指人體在祭壇上方、更上面還有刀劍的浮雕。「如果托瑪士・齊厄尼在處理屍體，理所當然他試圖在進行人體獻祭。」

「但崔布諾・坎迪亞諾的筆記說的完全不是這麼一回事。」貝若尼斯說。她拿起一張紙讀道：「『傳道者瑟雷科斯提及『大量的能量』或『心智的集中』以及『全數捕捉的思緒。』這暗示儀典並不涉及死亡，或殺戮，或謀殺，或獻祭。只是……某種被蒐集或集中起來的東西。傳道者在描述一種我們恰恰缺乏脈絡以理解的行爲。看來克雷夫先生也缺乏必要的洞見。」

「再說一次——可否麻煩你不要那要稱呼我？」克雷夫說。

「那我們能夠從其他筆記得到適當的脈絡嗎？」歐索問。他手指某段文字。「這裡……『傳道者伐那克斯從不稱它們爲工具，或儀器，或器械。他明確指稱其爲『甕』與『容器』與『額賽魯』——這是壺罐的意思，例如用於裝水。』這肯定跟托瑪士・齊厄尼稱他那失敗的帝器爲殼有點關聯吧？」

「沒錯。」貝若尼斯說。「伐那克斯接下來直接描述儀典的部分——他指稱爲『交換』或『釋放』或『轉移』之類，必須發生於『失落的時分，世界最新的時刻』。只是我完全不懂他的意思是什麼。」

「事實上，我覺得這部分很清楚。」歐索說。「傳道者相信世界是一具巨大的機器，由神創造。午夜時分，世界基本上會更迭，就像一只大鐘。他們相信存在著『失落的時分』，而在這段時間內，尋常的規則全數休止。顯然傳道者工具必須在這個時間鍛造——從某種意義來說，就是當宇宙背過身的時候。」

「在那刻，某種東西塡滿壺罐。」吉歐凡尼說。「也就是殼。」

「意思是？」克雷夫挫敗地問。

沉默。

「我不確定這算有進展。」克雷夫說。

「這些該死的筆記裡還有什麼？」歐索問。他快速翻閱紙張。

「有這一段，」貝若尼斯說，「也是來自伐那克斯——『神之語不能爲尋常凡人所用。依據創造者創造之物的本質』——我認爲這是在說神——『誕生且死亡爲必然者無法接近；對無法如創造者那般給予並取走生命本身者而言，神之語是無法企及的。』」

「但究竟發生什麼事？」克雷夫追根究柢地問。「讀這些撲朔迷離的摘要眞的很有趣，但這該死的交換到底是什麼鬼東西？刀劍跟甕、殼還有創造者的語言有什麼關係？看起來有人被處死，對，但這又跟銘器或失落的時分有什麼關係？」

「你不是應該知道嗎？」歐索惱怒地說。「我是說，你也是其中之一！」

「你記得你的出生嗎？」克雷夫說。「我天殺地確定答案是否定的吧。」

突然間，桑奇亞什麼都懂了。

她知道儀典如何進行，傳道者如何製作他們的工具，他們的工具爲何不需仰賴符文典才能運作——還有爲何他們從不眞的稱它們爲「工具」。

〈但是克雷夫，〉她對他說，〈你記得你的出生，不是嗎？〉

〈吭？〉

〈那段回憶，有關你被造出的時候。你曾跟我分享。你仰躺在岩石表面，仰望……〉

克雷夫沉默。

歐索一瞥貝若尼斯。「他爲什麼不說話了?發生什麼事?」

「沒……沒錯。」克雷夫輕聲說。「我確實記得我如何被造出。」

「你記得?」貝若尼斯說。

「對。」克雷夫說。「我仰躺著……然後我感覺到疼痛，穿透過我……接著……我……我變成鑰匙。我填滿它。我在它裡面移動。我填滿它的縫隙與裂口……然後……」他淡去。

「然後?」歐索問。

一陣冰冷的恐懼填滿桑奇亞體內——她懷疑這是克雷夫的恐懼，而非她的。

〈殼。〉她說。〈甕。刀劍。還有釋放……〉

「你在說什麼?」克勞蒂亞問。

「我說那並不是人類獻祭。」克雷夫輕聲說。「不盡然。」

「什麼?」歐索說。「那是什麼?」

「我……我記得酒的滋味。」克雷夫低語。「我記得風吹在背上的感覺，微風吹過小麥的聲音，還有一名女子的碰觸。我記得所有這些感覺——但我怎麼能呢，如果我從頭到尾都是一把鑰匙?」

他們瞪著他。貝若尼斯在恐懼中緩緩張開嘴。「除非……除非你並非總是一把鑰匙。」

「對。」克雷夫說。

「什麼意思?」格雷戈問。

「我想……我曾一度爲人。」克雷夫說。「我曾如你們這般活著……然而，在失落的時分，他們把我從我之中取出……把我放進……這裡。放進這……奇妙的裝置。」桑奇亞的手指圈住黃金鑰匙，握得如此緊，指節都泛白了。「歷史沒有紀載傳道者殺害任何人——因爲他們並沒有。他們從活生生的血肉中剝下心智，在深夜失落的時分……他們將那心智放入殼內。一個容器。」

「全數捕捉的思緒。」貝若尼斯說。

歐索把臉埋進雙手中。「噢我的天……這是一個漏洞，對吧！一個愚蠢、插他的漏洞！」

「漏洞？」克勞蒂亞問。

「對！」歐索說。「遠西符文——神本身的符印——不能為所有誕生且死亡為必然者所用。那怎麼辦？你弄來一個人，把他變成某種不死之物——某種並不真的誕生，也永遠不會真正死亡的東西。你在世界失落的時分做這件事，當規則鬆懈時。那讓你能獲取不可計量的許可與特權！你創造出工具，而現實會開開心心地遵從這工具的指示——因為，就某種意義而言，它完全相信那工具就是神本身！」

「我被困在這裡有……永遠那麼久了。」克雷夫虛弱地說。「我活得比創造我的人還久。我在黑暗中待了如此長的時間……只因為他們需要能完成一項工作的工具。這不是人類獻祭——這更糟。」

接著，令所有人都大吃一驚的是，克雷夫突然哭了起來。

※

貝若尼斯嘗試安慰他，在克雷夫哭泣時擁抱桑奇亞的身體；其他人在一旁觀望。

「試想，」歐索說，「試想你長久追尋的發現竟然……是如此駭人地損害人類的身體與靈魂……」

「試想其他家族會怎麼做，」格雷戈低聲說，「如果他們也發現同樣的事。就許多方面而言，帝汎的發展本就以人類苦難為燃料了。若改用這種方法……想想看會如何耗損人類。」他搖頭。「傳道者根本就不是天使。他們是惡魔。」

「你為什麼不記得更多自己的事？」吉歐凡尼問克雷夫。「如果你曾經是人，你的思考和行為為什麼還是像……呃，一把鑰匙？」

「爲什麼青銅不像銅，或錫、鋁，或任何其他構成成分？」克雷夫一面吸鼻涕一面說。「因爲被重製，用作其他用途了。這鑰匙在你們眼裡就是個物品，但在鑰匙裡面……它做某些事。重新導向我的心智，我的靈魂，讓我以某種方式運作。而因爲鑰匙正在瓦解，我……我想起更多自己。」

「這正是托瑪士・齊厄尼的打算。」格雷戈說。「他試圖大幅度重製人類靈魂，只是他失敗了，一再又一再失敗。而他願意失敗更多次，用上超過一百個人。」他看著桑奇亞。「我們現在知道了。我們現在眞正知道爲什麼陷入危急關頭。你願意在今晚阻止一切發生嗎，桑奇亞？你願意進入山所劫掠嗎？」

桑奇亞取回自己身體的控制，就像一隻手滑進手套一樣。

〈爲了防止像我這樣的事再度發生……〉克雷夫柔聲說。

她閉眼，低下頭。

27

夜幕降臨，貝若尼斯、桑奇亞和格雷戈在坎迪亞諾內城南邊的平民區潛行。桑奇亞的血液在血管中鼓譟沸騰。在大案子之前，她總是緊張不安，但今晚不同。她努力不看遠處的山所，這樣她才不會記得那棟建築有多特別。

「慢一點。」貝若尼斯在她身後噓聲說。「駁船來之前還有時間！」

桑奇亞減慢，等待。貝若尼斯沿水道而行，手拿釣竿，用一根繩子將一顆小木球拖過水中。桑奇亞可以看見莢艙在下方漂浮著跟隨，僅勉強可見。看起來漂得很好——令人寬慰。

「我需要時間確定那該死的東西眞行得通。」桑奇亞說。「不然就成了過時的棺材了。」

「真是冒犯。」貝若尼斯說。「這是對我工匠手藝的打擊。」

「這不是倉促行事的時候。」格雷戈笨重緩慢地跟在貝若尼斯後。「草率造成諸多死亡。」他披著厚披巾，頭戴寬帽，盡可能藏住他的臉。

他們終於來到水道分岔處，派送渠道在此與主支流分道揚鑣。桑奇亞沿渠道遠眺，查看在哪裡穿過更後方的坎迪亞諾圍牆。「這艘駁船運送的是芒果。」貝若尼斯說。「因此我買了這個。」她拿出一顆尚未成熟的小芒果，轉到一側露出上面的小洞，還有裡面的開關。「裡面是會拉著莢艙前進的錨點。」

「聰明。」格雷戈說。

「希望如此。應該很難被發現。駁船經過時，我再把它丟上船。。」

「好。」格雷戈看了看四周。「我現在前往坎迪亞諾內城置放飛行銘器的錨點。」

「確定你在範圍內。」桑奇亞說。「否則我從山所側面一躍而下，就直直落入我的死亡了。」

「歐索告訴我確切該放在哪個路口。應該會在範圍內。祝二位好運。」說完他便潛入夜色中。

貝若尼斯轉頭看遠方米奇爾鐘塔玫瑰色的鐘面。「我們還有大約十分鐘。該準備了。」她拉回木球，調整球上的某個東西，接著將球舉到翻湧的水面上，彷彿想引誘鱷魚來咬。

她們腳邊的水翻騰冒泡，莢艙的黑色金屬外皮緩緩冒出水面。

「要命。」桑奇亞低語。她讓自己鎮定下來，跪下打開艙門。

「我幫你進去。」貝若尼斯伸出一隻手穩住桑奇亞；她正笨手笨腳爬進突然感覺異常狹小的莢艙。

「老天」桑奇亞說。「如果我活過這關，我會……我會……」

「你會做什麼？」

「不知道。做些真正有趣又愚蠢的事。」

「嗯。」貝若尼斯說。「好啊，到時我們何不一起喝杯酒？」

坐在莢艙內的桑奇亞眨了眨眼。「啊，什麼？」

「酒。你知道的——你放進嘴裡、吞下去的液體？」

她凝視貝若尼斯，嘴巴開開，不確定該說什麼。

貝若尼斯微微一笑。「我看見你在看我。我們從平民區移動到內城等等地方時。」

桑奇亞用力閉上嘴。「呃。噢。」

「對。我當時覺得保持專業水準比較明智，但——」她審視骯髒惡臭的水道。「這不算太過專業。」

「爲什麼？」桑奇亞眞心感到驚訝。

「爲什麼邀請？」

「對。過去沒人眞正邀請過我。」

貝若尼斯努力想找出對的說法。「我……想我發現你……令人耳目一新地不受控。」

「令人耳目一新地不受控？」桑奇亞不確定該作何感想。

「我換個方式說吧。」貝若尼斯臉頰泛紅。「我是個整天關在幾個房間內的人。我不會離開這些房間。我不會離開那棟建築、那個街區、那塊內領地、那個內城。所以，對我來說，你很……不同。而且有意思。」

「因爲，」桑奇亞說，「我令人耳目一新地不受控。」

「啊。對。」

「你應該知道，」桑奇亞說，「我去那些地方的唯一目的是偷到足夠的錢好買食物，對吧？」

「知道。」

「你也知道，你的口袋裡似乎總是有足以毫不誇張炸掉一面牆的武器，對吧？」

「沒錯。但在你出現之前，我不曾做過像那樣的事。」她抬頭看。「我覺得那就是我們的駁船。」

桑奇亞躺進窄小的莢艙，拿出一盞銘印燈點亮。「我會好好考慮那杯酒。如果我活下來的話。」

「務必。」貝若尼斯的笑容消逝。「我接下來要讓莢艙下沉，然後放置錨點。撐住。」

「好。」桑奇亞關上艙門。

◎

〈呃。〉她獨自躺在莢艙裡時，克雷夫出聲。〈欸。這發展出乎我意料。〉

〈是啊，眞的。我——〉

她沒能完成這個想法。莢艙猛地下降，沉到水道底，她的胃隨之俯衝。「噢，該死！」她低語。她能聽見水在四面八方汩汩冒泡，聲音在這小得不能再小的莢艙內放大。「該死，該死，該死！」

〈甭擔心。〉克雷夫說。〈這東西打造得很好。你沒事的。像平常一樣呼吸就好。〉

〈這會讓我放鬆？〉

〈對。也表示你不會把空氣用完。〉

她閉上眼，努力冷靜地呼吸。

〈準備好了嗎，小鬼？〉克雷夫興奮地問。〈我們今晚將破解全世界最大的保險箱！比該死的整個街區還大！〉

〈就一個死掉的傢伙而言，你聽起來頗興奮。〉

〈嘿，我技術上來說沒死——只是正在死。我必須盡量幫自己找些樂子。〉

桑奇亞聽著駁船漂過上方的水面，嘆了口氣。〈跟一個困在鑰匙裡的死去男人一起困在水底棺材裡。我到底是怎麼把自己弄到這境地？〉

輕輕一扯，莢艙開始緩緩刮擦著水道底往前移動。

〈出發。〉桑奇亞說。

她躺在那兒，聆聽莢艙擦過泥土與岩石的聲音，等待。一個小時過去，或許二小時。她漫不經心地想著不知道死掉是否就像這樣。*要是這玩意兒裂開漏水，我死在裡面，我會不會根本沒發現呢？*

莢艙終於緩緩停下。〈克雷夫，上面有東西嗎？〉

〈有銘器登上駁船——其實我猜整艘駁船就是一個銘器。我想他們正在卸貨。〉

她按下莢艙門上的開關。金屬罐笨拙地緩緩冒出水面。

桑奇亞將艙門打開一條縫，快速掃視周遭。他們漂浮在一條沿水道而砌的石走道旁，就在山所碼頭以南。她推開艙門，爬上石走道，關上艙門，壓下莢艙前面的開關。莢艙無聲沉至水底。

她打量四周。沒人尖叫或敲響警報。她身穿坎迪亞諾族色，看起來不致於不尋常，而且附近只有駁船船員在碼頭上卸貨。

這時她看見山所。「噢……噢我的天。」她低語。

山所在她眼前朝夜空綻放，有如森林大火的煙那般直衝天際。這東西的燈火比鎂炬還亮，聚光燈沿起伏的黑色外殼朝上放射；小圓窗散布外殼，彷彿船上的舷窗。這景象令她內臟翻攪。

上面的某處是三十五樓，她心想。*我必須闖入的地方就在那裡，我還得從那裡飛出去。很快。*

〈花園。〉克雷夫說。〈暗門。快。〉

桑奇亞走上街面，沿馬路往前一直走到看見花園入口。白石建造的大門在莫名破爛的圍籬上朝兩側延伸而出。白色的飄浮燈籠懶洋洋地在花園上空打轉。她掃視四周，悄悄走了進去。

花園環繞山所的牆，令其看似依懸崖而建的古怪庭院。在燈籠灑落的稀薄微弱白光照耀下，修剪過的樹籬、貴族雕像與無用的怪異石建築在起伏的綠草坪上看起來古怪又令人不安。

〈這裡有守衛。〉克雷夫說。〈三個。正走過樹籬。小心。〉

理論上任何內領地居民都能進入花園，但她不能冒險。在克雷夫的指引下，她避開他們緩慢繞圈的路線，直到她找到那座跨過潺潺小溪的石橋。她碰觸藏在口袋內的冷卻金屬匣。裡面是埃絲黛兒．坎迪亞諾給他們的血，這會是這些血的第一道測試。

她等到路徑暢通，接著沿小溪快步走到橋畔。隨著她靠近，平滑的石面出現一圈正圓形的縫。接著，沒有發出一絲聲音，這塊圓形的石頭陷入橋內並滾到一旁。

〈哇。〉克雷夫說。〈厲害！給這東西銘印的是個出色的高手，小鬼。〉

〈並不令人安心，克雷夫。〉

〈嘿，該稱讚就得稱讚。〉

她悄悄走進圓形的門，石塊隨即在她身後無聲閉攏。她現在站在一道階梯頂端，而她往下，一直走到階梯結束，接上筆直平坦的灰岩隧道。隧道牆上掛著明亮白燈，往前延伸到遠得視覺都被弄糊塗的距離外。

她沿隧道往前走。〈這比我大多時候走的隧道都好太多了。〉

〈是啊。沒有屎、老鼠或蛇，對吧？〉

〈對。〉她繼續走。隧道的盡頭一點也沒變近。〈不過……坦白說，我比較喜歡以前那種。〉她掃過平滑的灰牆。〈這讓我渾身發毛。我們接近盡頭了嗎？〉

〈說不上來。我想這就代表還沒。〉

她繼續走。繼續走。感覺像是她正走進空無的太空。

這時克雷夫出聲了。〈哇啊啊啊啊……〉

〈什麼？怎麼了？〉

〈你沒感覺到嗎？〉

〈沒？感覺到什麼？〉

〈我們剛剛通過某種……界線之類的東西。〉

她往後看，沒看見平滑的灰岩上有線條或縫隙。〈我什麼也沒看見。〉

〈嗯，相信我。我們通過了。我們正在某……地方裡。我想。〉

〈山所。〉

〈我哪知道，小鬼。〉

大概又過了十分鐘，她終於來到朝上的階梯前；這次不是直的，而是旋繞而上。她爬啊爬，一直爬到頂，階梯結束於一堵白牆前。她踏上階梯頂時，龐大的低語填滿她的腦中。她看見旁邊的牆上有個握把，拉動前暫停了片刻。〈牆的另一邊有人嗎，克雷夫？〉

〈呃，沒有。〉

〈另一邊是什麼，克雷夫？〉

〈一大堆東西。你等下就會看到。〉

桑奇亞拉動握把。石牆上再次出現一圈正圓形的縫，圓形石塊滑到一旁讓她通過。但另一邊——嗯，空無一物，或者乍看如此。她眼前是一塊布。接著她領悟，他將門藏在某種壁掛之後，於是她推開壁掛穿過石洞。

她走進鋪張的墨綠色石廊，挑高，而且有精緻的黃金模製品蔓延頂部。幾扇白木門散落在綠石牆上，全部都是正圓形，正中央附黑鐵門把。這顯然是山所的居住區，明亮的光在石廊盡頭照耀。

桑奇亞朝光走去。然後她看見後面是什麼，倒抽了一口氣。

她突然領悟山所原來是一個巨大的殼。置身其中就像置身於挖空的……

嗯。山。

她凝望深處一圈又一圈的樓層，都是金綠雙色，閃爍微光，全部附有成排窗戶，人們在窗內生活、工作、做勞動。她身處這空間主樓層以上四樓的位置；主樓層寬闊得難以形容，光源是明亮的巨型飄浮燈籠，以玻璃與水晶雕刻而成。黃銅巨柱錯落排列於大理石地板上，有幾根似乎在動——上下滑動。她花了好些時間才了解，這些銅柱其實是中空的，內有上升或下降的小房間，將人運送到上方的垂懸站。這些一定就是歐索提過的升降梯，她心想。大型橫幅掛在垂懸站之間，亮金色的巨大坎迪亞諾徽型在下方銘印燈的照耀下閃閃發光。這一切形成一道連綿不斷、循環不休的光與色彩與活動之牆。

像是另一個世界，正如歐索所說。而這一切之所以能運作都是因爲……她的頭側變得火燒般灼熱，淚水湧入眼中。如此多銘術的聲音擊中她、鑽進她體內、咬入她的心智；她咬緊牙。

〈好，撐住。〉克雷夫說。

〈這……這太多了，克雷夫！〉她哭喊。〈太多了，太多了！我承受不了，承受不了！〉

〈撐住，撐住！〉克雷夫說。〈你的天賦是一種雙向連結——我可以像讓我的思緒闖入你的思緒那樣分享你的心智。我們來看看我能不能爲你承擔負荷……〉

爆發的低語發顫，接著迅速削弱，直到能夠承受的程度——不過並未消失。

她喘息，鬆了一口氣。〈你做了什麼，克雷夫？〉

〈跟水道有點像。〉克雷夫說。〈一條水道水位太滿時便溢到另一條。現在所有噪音都來我這了。天……我知道對你很不利，小鬼，但不知道有這麼嚴重。〉

〈你還好嗎？承受得了嗎？〉

〈目前可以。〉

〈那……是不是正在加速耗損你？〉

〈一切都在加速耗損我。走吧，別浪費時間，出發吧。〉

桑奇亞起身，吸一口氣，邁步進入山所。

❂

格雷戈謹愼地在坎迪亞諾內城外圍的小徑道路穿行。他緊貼街道邊緣而行，在陰影中移動。這是一次怪異的體驗——他不曾在其他內城待過這麼久。

他看見歐索所說的路口就在前面。他邁步橫越小廣場朝路口走去，但幾不可察地微微一頓。

他突然右轉離開路口。他走進一條小巷，閃入一個門道，停在那兒察看廣場和周遭的街道。

沒人。然而他突然有種壓倒性的感覺：有人在跟蹤他。他的眼角外有動靜。

他等待，動也不動。*或許是我的幻想*，他暗忖。他又等了一會兒。*我得快點，不然桑奇亞會像無頭蒼蠅一樣從山所一躍而下*。他走到路口跪下，將錨點裝在卵石地上。

❂

山所最令桑奇亞感到驚奇的不止是規模，還有空曠。她晃過寬敞的拱頂宴會廳、內有粉色飄浮燈籠不停打轉的室內花園、內有成排書桌的巨大會計辦公室——大多幾乎空無一人，頂多只有一、二人在其中。她曾聽說山所鬧鬼的謠言，但或許這裡只是感覺像鬧鬼，因爲看似如此荒寂。

〈坎迪亞諾家眞的在走下坡。〉克雷夫說。

〈眞的。〉

她知道她需要找一部升降梯，還需要在不引人注目的情況下使用升降梯。最後她找到山所內較有人煙的區域，這裡滿是居民和職員。他們快速從她身旁走過，或是朝不同方向漫步，過著他們的日常生活，沒人理會她；然而，他們或許會——歐索給了她一套穿上後會像中級職員的衣服。

她找到幾名看來重要的年輕男子，跟著他們來到一座升降梯前。他們站在附近等小房間到達，一面用無聊的語氣閒聊。圓形黃銅門終於打開——這裝置想必檢查過他們的血，確定他們都能搭乘——他們走入內，一邊打手勢一邊聊天。門關上，升降梯上升。

〈我搭下一班。〉她心想。

〈這地方很……怪。〉克雷夫說。

〈對啊，不誇張。〉

〈不，我是說我感覺到壓力，好像我們在一個空氣太多的房間裡。很難解釋——我甚至不確定我是不是了解。〉

升降梯門再度打開，她走入內。門旁有一片黃銅面板，中央設有圓形轉盤。轉盤上標示一到十五的數字，目前指向三。〈它沒有到更上面。〉她心想。

〈我想只能有多遠走多遠了。〉

她將轉盤轉到十五，門隨即關上，升降梯開始上升。

〈所以我們一直換搭升降梯，直到抵達三十五樓。〉克雷夫說。〈簡單。希望如此。〉

他們在無聲中上升。

接著桑奇亞聽見一個聲音，就跟她聽見克雷夫的聲音時一樣——但這並不是克雷夫的聲音。這是個跛扈老男人的聲音，說話時字句在她腦中重重回響。

〈感覺到一個存在。但是……未知。〉

桑奇亞嚇得差點跌倒在地。她環顧身旁，確定升降梯中沒有其他人。

〈克雷夫？〉她問。〈那他插的是什麼？那該死的是什麼？〉

〈你也聽見了？〉他聽起來跟她一樣震驚。〈那聲音？〉

〈對！之……之前發生過——〉

〈字句……字句，我聽見。〉老男人的聲音隆隆地說。〈找到一個存在……確定位置。一部升降梯。上升？〉

〈啊噢。〉克雷夫說。

升降梯門打開。桑奇亞步入十五樓；相較於居住感，這層樓更具工業的風格。到處都是無裝飾的灰石、鐵門與輸送管。上方一個標示寫著十三號銘印區。不過桑奇亞無暇他顧。有人在對她和克雷夫說話。有人顯然能偷聽他們對話，就好像他們是在酒館說長道短的兩個人。這想法根本瘋狂。

〈目的地？〉老男人的聲音問。他的說話方式片斷且刺耳，像是鸚鵡學舌。〈目的？你們爲何進入我的疆界？〉

〈這怎麼可能，克雷夫？〉

〈不知道。我通常要碰到銘器才會聽見它們說話……〉

〈那你覺得這也是嗎？一個銘器？〉

〈呃，我——〉

〈你……不是崔布諾．坎迪亞諾。〉老男人的聲音說。〈他無法將字句直接放入我之中。僅言語……對。不像這樣。〉

〈該死。〉桑奇亞說。〈該死！〉她拐過一個轉角，跟著一群銘術師朝另一部升降梯走去。她瞥了眼升降梯內，發現只往下走。她繼續走。

〈但存在攜帶崔布諾的印記。〉老男人的聲音說。〈他的信號。怎麼會？〉

她走過長走廊，打開一扇門——門立刻爲她而開；她發現自己穿過宴會之類的活動，銘術師用大酒杯痛飲氣泡甘蔗酒，還有一群女人——衣著極盡暴露——在演奏長笛與銅管樂器。

〈確認。〉老男人的聲音說。〈一個二級存在位於崔布諾・坎迪亞諾的居室。另一個存在是誰？〉

銘術師沒裡會身穿職員服裝的桑奇亞。她從中穿過再從另一邊的門離開；她亟需找到另一部升降梯。她來到一條短走廊，盡頭有一扇開啓的門。

〈不可。〉老男人隆隆地說。盡頭的門砰地關上。她盯著門，轉過身想再打開她剛剛走過來的那扇門，卻發現鎖上了。

〈必須提供身分證明。〉老男人的聲音要求。〈以及本質。〉然後，儘管這聲音先前的言論聽起來語法古怪粗糙，下一個問題卻出奇眞誠，帶著熱忱。他低語，〈你……是他們之一嗎？〉

〈把我用在盡頭那扇門。〉克雷夫說。〈立刻！〉

她跑到關閉的門前，用克雷夫碰觸門把——因爲這扇門就跟山所的其他多數門一樣，並不需要鎖。

〈好……怪。〉克雷夫說。〈我不需要打破任何約束，這扇門並不眞的能抗拒你。它以爲你是崔布諾，只是有點延遲。等十秒再拉拉看門把。〉

她照做。門爲她打開，門後是一道朝上的階梯。她三步作一步往上衝。

〈奇怪。〉老男人的聲音說。〈異常。〉

她繼續往樓上衝。

〈我不曾握有像這樣的存在。〉那聲音說。〈一個身體兩個心靈？怎麼會？〉

〈克雷夫？〉

〈怎麼？〉

〈是我發瘋了，還是這聲音是天殺的山所？〉

克雷夫嘆了口氣，同時她跑上階梯頂。〈對。對，我想就是。〉

桑奇亞環顧左右思考下一步。〈怎麼辦？〉

〈不知道。但我想這遠遠不止是一棟建築。〉

〈它能夠傷害我嗎？〉

〈不確定。我不認爲。但我也不確定它會想這麼做。〉

〈此存在之本質爲何？〉那聲音問，她想應該就是山所。〈無人曾直接對我說話……此存在是……是傳道者？必須提供眞言。〉

〈傳道者？〉桑奇亞心想。〈現在是怎麼回事？〉

她隨意選了一條通道往前。貝若尼斯和歐索說山所可能很快嗅出她並非崔布諾，但沒料到這麼快。

〈至少提供目的地。〉山所不知怎地退讓了。

〈我們想上去。〉克雷夫說。

〈克雷夫！〉桑奇亞大吃一驚。

〈幹麼？反正他聽得見我們，也知道你的行蹤。他終究會知道啊！〉

〈如果地點在上，〉山所說，〈前進到第三個右彎。此將帶存在向上。〉

桑奇亞走到第三個右彎，沿長長的走廊看過去，盡頭是一座升降梯。

〈前進。〉山所說。

〈我怎麼知道你會不會把我困在那？〉桑奇亞問。

〈我無法。〉山所說。〈你身懷崔布諾·坎迪亞諾的信號。這促發許多限制行爲的規則。不可使任何人警覺崔布諾的所在。我必須不計一切代價保護坎迪亞諾家族。當我成形時，這是他給我的指令。〉

桑奇亞邁步朝升降梯走去。〈是崔布諾打造出你的嗎？打造出你的……你的心智？〉

〈打造，非。啓動，是。〉

升降梯爲她打開。她甚至沒機會指出她要去哪一層樓，升降梯已經開始上升。

〈你的本質是古者之一嗎？〉山所低語。〈你必須告訴我。你必須……這是我的規則之一。找出像這樣的物品是我的存在目的。〉

他們沒理他，繼續向上。

〈不公平。〉山所柔聲說。〈我持續朝目的的圓滿而前進，目的卻躲避我……不公平。〉

升降梯門打開，但外面並不是走廊或房間或陽臺。桑奇亞面前是一片寬闊的沙原，滿布細小白色星辰的黑色天空在上。一座滿覆詭異雕刻的高聳黑岩方尖塔立在沙原中央。

「什麼鬼？」桑奇亞低語。

〈這不是眞的。〉克雷夫說。〈像是舞臺布景。天花板塗上黑漆，嵌入非常小的銘印燈。我猜沙子也是外來的。像是一座花園。〉

〈沒錯。〉山所說。〈但方尖塔是眞的。從戈錫安沙漠運來，古者曾在那重建世界。〉

桑奇亞不安地環視沙原，接著邁步，沙沙的腳步聲在空蕩蕩的空間裡聽來響亮異常。

〈對面有一扇門。〉克雷夫輕聲說。〈我會幫你找出來。〉

〈他曾住在這。〉山所說。〈很久以前。存在原本知道嗎？〉

她搖頭，通過詭異沙原時滿心困惑。她有種感覺，山所對他們根本一點敵意也沒有。反之，好像這東西非常寂寞，渴望有人能交談，她懷疑它出於某種原因把她帶到這怪異的假地方。很像是宴會主人會帶客人欣賞畫作；山所想討論這個地方。

〈崔布諾嗎？〉她問。〈他來這裡？〉

〈是。建造此處。他會來，立在方尖碑前，他來這……反省。〉山所說。〈思考。說話。我聆聽。我聆聽他說的一切。學習模仿他的字句。〉

〈崔布諾．坎迪亞諾爲什麼建造你？〉桑奇亞問。

〈吸引傳道者。〉山所說。

〈什麼！〉克雷夫說。〈太瘋狂了！傳道者都死了耶！〉

〈並非爲眞。〉山所說。〈死亡不會是傳道者的狀態。根據崔布諾的研究，這確鑿無疑。看方尖碑。照做。〉

她照山所指示。剛開始方尖碑看起來沒有任何熟悉之處，但……某一面刻有一張臉。年長男性的臉，嚴峻、顴骨高聳；下方有一隻手，抓著一枝短矛——或許是權杖。再下面是桑奇亞熟悉的符號——蝴蝶，或是蛾。她在克雷夫的頭部和歐索工作坊裡的傳道者雕刻上看過。

「偉者奎塞迪斯。」桑奇亞說。

〈對。〉山所說。〈變造了他自己。被他的作爲變造爲不死之身。此偉大之人無法死去。他和他的親族無法進入死亡狀態。他們以某種其他形態存留，在世間遊蕩。崔布諾打造出我以吸引他們，如飛蛾撲火……〉

她找到門後打開，抬腳正要走出去，卻又尖叫著往後倒。

這扇門通往附欄杆的狹窄陽臺，就在她剛剛看見的巨大中空空間頂部——距離地面數百呎。要是她向前奔跑，很可能會翻過欄杆摔死。

「你可以先跟我說外面是那裡！」桑奇亞大聲說。

〈我不會允許死亡。〉山所的語氣中帶著一絲歉意。

她回到陽臺，見到一條短走道依附著包圍寬闊中空大廳頂部的圓弧牆壁。另一端有扇門。她朝門走

去。〈老天。〉她說。〈這地方還眞大。〉

〈對。〉山所說。〈我廣袤無比。他將我建成這樣。必須如此我才能達成我的目的。〉

〈他把你打造成一個神嗎？〉桑奇亞問。

〈神？像是偉大之人奎塞迪斯打造的那一個嗎？〉它聽起來被逗樂了。〈不是。但心智，是。然而——如何打造心智？如何製造思緒？如何言說？困難。必須有範例。許多許多許多許多範例。成千上萬。因此他……擴充了我的目的。〉

〈什麼意思？〉桑奇亞問。〈他怎麼能夠擴充你的目的？〉

〈許多人以爲我僅只是座牆。〉山所說。〈地板。升降梯與門。然而崔布諾在我的疆界、我的骨頭織入符文……他完成後，我變成更……多重的東西。〉

〈啊！〉克雷夫突然大喊。〈我……我懂了！我了解你是什麼了！但老天，很難相信……〉

〈什麼意思，克雷夫？〉桑奇亞問。

〈我跟你說過我感覺我們在隧道裡時通過了一道界線，〉克雷夫說，〈還有感覺到這地方裡的壓力，就像在深海……我只能跟碰觸到的物品談話，對吧？但若是你在山所的疆界內，你就碰觸著它呢？〉

〈你是說……〉

〈對。山所不單是建築——它是建築和裡面的全部。他基本上銘印了一大塊現實，讓它表現出銘器的樣子！〉

〈什麼！這不可能！〉桑奇亞說。〈你不能像銘印一顆鈕扣或碟片那樣銘印現實！〉

〈當然可以。〉克雷夫說。〈銘術改變了一個物體的現實，對吧？那何不把那物體變得非常非常大就好——像是一個氣泡，或是圓頂？你再把它設計成對其中的所有變化、交換與波動敏感。你教它注意這些變化、加以紀錄——就這樣，慢慢地，你教它學習。〉

〈但銘術做不到啊！〉桑奇亞說。〈銘術能夠改變物質現實，不能……製造心智。〉

〈不過或許可以做出接近的東西。〉克雷夫說。〈以足夠的能量作爲設計的後盾。崔布諾很接近了，不是嗎？靠六具符文典驅動，而且這些符文典全由崔布諾本人特地爲此一目的設計？〉

〈對。〉山所說。〈我是此地。所有身處此地之內的事物都在我之內。然而我並不全然加以掌控。就好像人類無法控制他們的心臟、骨頭一樣。我只能……輕推。重新導向。延緩。像你所說的——施加壓力。我還聆聽、觀看、學習。小孩觀看成人以學習活著是怎麼一回事。我觀察過這種現象——我觀察過小孩在我之內出生、生長或死亡，成千上萬次。我也曾經是個小孩。我學習。我從虛無中建構出自我。〉

桑奇亞眺望下方一圈又一圈的樓層。〈他……他想要證明，對吧？崔布諾認爲傳道者還活著，觀察著這世界。他想要吸引他們注意，證明他也能做到他們能做的事——創造出人造的心智。然後，或許，他們會來與他對話。〉

〈對。〉

〈這一切，〉克雷夫說，〈這一切就像織巢鳥織巢，嘗試吸引牠的伴侶……〉

桑奇亞繼續通過走道朝門前進。她鑽進門，發現自己置身於某種維修通道。〈只不過沒用。〉她說。〈你說你還沒達成你的目的。沒有傳道者來。〉

〈對。〉山所說。

她走下通道，發現另一扇門，打開後走進另一條大理石走廊。

〈或許也不對。〉山所低語。

她停步。〈什麼意思？或許不對？〉

〈你是說你接近了一個傳道者？〉克雷夫問。

〈有……可能。〉山所說。

桑奇亞繼續往前，直到找到一座直通四十樓的升降梯。她吸口氣，吐出，將轉盤轉到三十四樓。

〈你不知道自己是否遇見了一名傳道者？〉克雷夫問。

〈我曾經含納……某物。〉山所說。〈男人們帶來這裡……那個新來的男人。〉

〈托瑪士・齊厄尼？〉

〈對，他。〉山所的字句聽來不太喜歡齊厄尼。〈很詭異……我感覺到一個心智。難以想像地龐大、強大。但……它沒有屈尊對我說話。無論我怎麼懇求都沒用。然後他們帶走它。位置未知。〉

升降梯打開。桑奇亞踏出三十五樓。這層樓都是辦公室，跟她目前爲止所見的其他地方都不同。其一，這些辦公室很大，有兩層樓高。另一個特色是有許多豪奢繁複的壁紙、碩大的石材與金屬門，還有鋪張的等候區。

〈這東西是個製品嗎？〉克雷夫問。

〈古者的一小塊……或許。〉山所說。

〈另一個製品……能夠說話，像我一樣……〉克雷夫想著。〈天啊，眞想看看。〉

〈像你一樣？〉山所問。〈你是……是一個製品？〉

〈對。〉克雷夫說。〈也不是。我現在不同了。我感覺你和我更相像……兩個失去各自創造者的工具，退化爲非預期的狀態。〉

〈齊厄尼的辦公室往哪裡走？〉桑奇亞問。

〈前面。〉山所現在聽起來心不在焉，並且不耐煩。〈左邊。確認一下——你是工具？〉

〈對？〉

〈傳道者的？〉

〈……對。〉

〈我覺得我感覺到你是……一把鑰匙？〉

〈對。〉

桑奇亞一直往前走到發現目標爲止——一扇石材外框的巨大黑門。門框旁有個名牌上寫著：

托瑪士・齊厄尼　行長兼首席幹事

她試著打開門，結果輕鬆開啓——多半因爲她帶著血。她悄悄走進。然後停住，目瞪口呆。齊厄尼的辦公室感覺……不尋常。一切都以巨大沉重的黑岩打造，高聳生畏且幽影幢幢，就連書桌也一樣；看不見其他房間那種富藝術感的設計或多采多姿的材質。除了通往陽臺的側門，此處無一物平庸。

然而，她發現熟悉感。她是不是之前看過像這裡的地方？

對，她看過。她在歐索的工作坊瞥見；眼前的房間跟那幅偉者奎塞迪斯雕刻中的廳堂一模一樣；在那廳堂中，傳道者站在一個箱子前，裡面冒出……某個東西的形體。

「世界中心之室。」她低語。只有這能解釋那些奇怪的巨型石基座與龐大的拱型窗……

接著她想起：因爲這裡原本是崔布諾的辦公室。

〈你屬於奎塞迪斯嗎？〉山所低聲問。〈你是他的工具？〉

〈我……我猜我不知道。〉克雷夫說。

桑奇亞四處查看，納悶著齊厄尼到底會把帝器藏在哪。這裡沒多少收納處——除了中央那張大石桌。她走過去拉開每格抽屜。裡面都是些尋常物件，像是文件、筆與墨臺。「快出來，快出來。」她低語。

〈你是他的鑰匙嗎？〉山所低聲問。〈還是——他的權杖？〉

〈他的什麼？〉克雷夫問。

〈奎塞迪斯的權杖？你知道這個？〉

〈呃，對啊。〉克雷夫說。〈我聽人提起過。〉

〈這是誤譯。〉山所說。〈很常見。〉

〈你到底在說什麼？什麼誤譯？〉克雷夫問。

〈你聽過巫師奎塞迪斯用他的權杖變造世界的故事。〉山所說。〈這是錯誤的。從舊戈錫安語到新戈錫安語之間存在許多謬誤。在舊語言中，『權杖』與『鑰匙』的寫法僅有些微差異。〉

桑奇亞頓住。「什麼？」她叫喊出聲。

〈什麼？〉克雷夫虛弱地說。

〈對。〉山所說。〈崔布諾不相信奎塞迪斯拿的是權杖——而是鑰匙。一把黃金鑰匙。他就像鐘表匠使用起子那般使用他的鑰匙，用來為萬物的偉大機器上發條或轉鬆螺絲。因此我必須問：你是偉者奎塞迪斯的鑰匙嗎？〉

◎

桑奇亞站在辦公室內，呆若木雞。「克雷夫……」她低語。「他在說什麼？」

克雷夫沉默了很長很長一段時間。〈不知道。〉他安靜地說。〈我不記得。〉

〈奎塞迪斯提到他的鑰匙時，說能夠打破任何界線、破解任何鎖；〉山所說，〈當他將鑰匙拿在手中時，鑰匙能夠將整個世界抽絲剝繭。〉

桑奇亞覺得頭昏腦脹。她緩緩坐在地板上。「克雷夫……你……」

〈我不知道。〉克雷夫挫敗地說。

「但你……你能夠……」

〈我說我不知道！我不知道，好嗎？我不知道！〉

她不安地坐在那兒。她聽過太多故事，說偉者奎塞迪斯用權杖輕點石頭讓石頭起舞，或是用權杖頂端輕碰大海便讓海水分開……想像這不是某種愚蠢的魔杖，而是她的朋友，曾一再拯救她的那個人……

〈太多天殺的推測了！〉克雷夫聽起來心煩意亂。〈帝器在哪？〉

〈帝器？〉山所語帶訝異。〈你想找到那？另外一個製品？〉

「對！」桑奇亞說。

〈帝器通常放在書桌後的暗門內。〉山所說。

「暗門！」桑奇亞說。「太棒了！」她彈起跑向書桌。

〈但是帝器——目前不在那。〉山所說。

她停住。「什麼？那在哪？」

〈齊厄尼拿走了。〉山所說。

她的心一沉。「他……拿出去內城裡了嗎？不在這？我們大費周章卻一無所獲？」

〈不，帝器不在內城。〉山所說。〈齊厄尼拿著，在我深處。〉

〈他在哪？〉克雷夫問。

〈原本，〉山所說，〈齊厄尼拿著它在這裡往下兩層樓的辦公室裡。但當你們走進來，我……感覺到他又拿著帝器回到這層樓。〉

聽到這，桑奇亞完全靜止地立定。「他什麼？」她輕聲問。

〈托瑪士・齊厄尼正拿著帝器在這層樓。〉山所說。〈在這條走廊離你們十一間辦公室的位置。〉

〈那……有人跟他在一起嗎？〉克雷夫問。

〈有。〉山所答道。

桑奇亞嚥了口口水。「多少人？」她粗嘎地說「有武裝嗎？」

〈十四人。有。他們正……接近你們的位置。〉

一切感覺既遙遠又模糊。「噢天啊。」她低語。「我的天，我的天……這……這是陷阱。這是陷阱，一直都是一個陷阱！」

〈你可以幫她離開這裡嗎？〉克雷夫飛快提出要求。〈你可以阻止他們嗎？〉

〈不行。〉山所說。〈齊厄尼擁有和崔布諾一樣的權限。〉

〈走，桑奇亞。〉克雷夫說。〈出去！離開這裡，立刻！〉

她跑向陽臺門拉動握把，然而門文風不動。「鎖上了！」她大喊。「爲什麼沒打開？」

〈齊厄尼對這個出口施加一道約束。〉山所說。〈今天早上才加的。這扇門必須密封。〉

「打開它！」她尖叫。「立刻打開！」

〈未受允許。〉山所說。

〈用我碰門把！〉克雷夫說。

她扯出克雷夫碰門。但門並沒有她預期那般彈開。它動了——但微乎其微。

〈我說過了。〉山所說。〈我未受允許讓這扇門開啓。必須密封。這是我的指示。〉

〈快啊。〉克雷夫發出像試圖把手推車推上山丘時的呻吟。山所是一個難纏的對手。

〈我不能容許。〉山所說。〈這未受允許。〉她想像整棟建築的每一塊磚、每一根柱子都反推著門。

〈快啊，快啊，拜託，拜託，拜託……〉克雷夫說。

門稍稍打開一吋，再一點……

〈他們靠近了！〉克雷夫大喊。〈我……我感覺得到他們在走廊上，感覺得到他們就在外面，桑奇亞！〉門現在打開大約四吋的一條縫。〈我不確定我能不能辦到！我不確定我能不能及時打開！〉

桑奇亞嘗試思考能做點什麼，什麼都好。她不能在這裡被逮到，尤其不能和克雷夫一起，不能和托瑪士·齊厄尼完成他的帝器所需要的東西一起——尤其現在她知道他或許是奎塞迪斯獨一無二的那把權杖。

她看著門，思考。

現在還是僅打開一條縫，但或許足矣。

她捉住裝有崔布諾・坎迪亞諾之血的瓶子，把它當楔子般卡進門縫，撐住開口。然後她挪開克雷夫，拿起附加在飛行銘器上的強化盒，砰地一聲打開。

〈你在幹麼！〉克雷夫尖叫。〈為什麼不讓我繼續？〉

〈因為保護你安全比任何事都還重要。〉

〈什麼？桑奇亞，不可以！不要，不——〉

〈我很抱歉，克雷夫。再見了。〉她把他塞進強化盒，將盒子和飛行銘器一起擠過門縫，扯掉青銅片。啪的一聲，飛行銘器啓動。那東西從她的雙手間衝出。她看著黑色降落傘飄過坎迪亞諾內城上空，急速飛向她希望安全無虞之處。

然後疼痛在她的頭側燃燒。

她想尖叫。她必須尖叫，那疼痛太過劇烈可怕。然而她沒辦法——並非因為疼痛太過勢不可擋，而是她突然動彈不得。她甚至無法眨眼，或是呼吸——她感覺自己的身體快速耗盡氧氣。

她的腦裡有東西在改變。頭顱上的碟片就像骨頭裡嘶嘶作響的強酸，但她也感覺到有異物在侵入她的思緒、奪取掌控權。跟克雷夫利用她的身體對歐索說話時一樣，然而……更糟。

她吸一口氣——但這並非她自主的動作。彷彿她的身體成了一具木偶，她的操偶師發現了她的需要，於是盡可能往她的肺裡灌入氧氣。她不再能夠控制自己的器官。她無助地看著自己的身體被迫轉動。然後她行走，僵硬而古怪，走到通往走廊的門旁。她抬手拍打門把，打開門，笨拙地蹣跚走出。

一打坎迪亞諾守衛在走廊上包圍住她，皆全副武裝，都準備好在有必要時攻擊她。一名年輕男子站在他們後方，高眺、肩膀拱起，一頭捲髮與雜亂的鬍鬚——托瑪士・齊厄尼。他手上拿著一個奇怪的裝置，特大號的懷表，以黃金打造，當他操作時發出輕微的嗡鳴……

「有用！」他高興地說。「我原本不確定能用。你一走進我的辦公室它就開始在我的口袋裡嗡嗡叫，就跟在綠地時一樣。」

桑奇亞，當然了，不發一語——她仍然像座雕像那般靜立。然而在裡面，在她心裡，她又是尖叫又是吐口水，在狂怒中叫喊。她只想著跳到這男人身上把他撕成碎片，扒抓、啃咬他——然而被迫靜立。

托瑪士·齊厄尼看似回過神。他穿過士兵之間，走到她身旁打量她。「好了……」他檢視她的腰帶。「啊。那正是我在找的東西。我們的線人說你喜歡這些……」

她看不見他在做什麼，但感覺到他抽出她的一根哀棘魚吹箭。「我想這應該行得通……」他說。

她感覺手臂一陣刺痛，接著便不省人事。

❁

格雷戈·丹多羅縮著身子站在陰影中，一面觀察街道。聽到鏘的一聲時他嚇了一跳。

他看向定錨碟片。他以為他好好地將它固定在內城街道上，但那東西剛剛跳到空中……

或許她啓動飛行銘器了，他心想。他凝望夜空，查看山所。

他看見了——黑色的一個點，快速接近中。

「感謝天。」

他看著飛行銘器愈飛愈近，降落前盤旋了兩圈。然而他發現事有蹊蹺。

桑奇亞不在飛行銘器上。只有降落傘。

他看著銘器降落，一把將它從空中扯下，發現銘器上夾帶了一個東西——帝器的盒子。

裡面是她的金鑰匙——克雷夫。沒有帝器，沒有隻字片語。

他凝視鑰匙，再回頭看山所。

「桑奇亞……」他低語。「噢不……」

他多等了一會兒，瘋狂地相信她還是有可能以某種方式出現。但什麼也沒有。

我必須去找歐索。必須告訴他一切都不對了。

他將鑰匙放入口袋轉身，快步朝通往平民區的南門走去。他嘗試保持他的姿態與舉止，但仍無法克制地覺得自己像在迷茫中搖晃前進。她被抓了嗎？死了嗎？他不知道。儘管思緒不停旋轉，他腦中的小聲音還是提醒著——你剛剛有看見動靜嗎？三個，就在你眼角外？有人在跟蹤你嗎？

他沒理會。他只需要離開這裡，離開這裡。

他轉彎，朝一座水道上的橋走去，隨即撞上一個人。他瞥見一個女人，衣著高雅，就在他面前，彷彿一直在等他；下一刻他的腹部被疼痛點燃。

格雷戈停下所有動作，喘著氣，接著低頭看。那女人手拿匕首，快將刀刃完全埋入他腹中。

他凝視匕首。「什麼……」他咕噥。他抬頭。女人帶著冰冷的平靜注視他的臉。「是誰？」

她往前，將匕首刺得更深一點。他呼吸哽住，發著抖，嘗試朝水道橋走開，但突然膝蓋一軟。他癱倒，鮮血從腹部湧出。女人繞著他走動，接著彎腰，手伸進他的外套口袋掏出金鑰匙。她謹慎檢視，輕輕「嗯」了一聲。

格雷戈伸出一隻手想搶回鑰匙，卻愣愣地發現自己的手滿是鮮血。

從他來時的那條路傳來腳步聲——不止一個人。

陷阱。我……必須離開。我必須逃走。他開始嘗試爬走。

他聽見男人的聲音說：「有任何麻煩嗎，夫人？」

「沒有。」女人說。她檢查金鑰匙。「但——我倒沒料到這個。帝器，對……但不是這個。還有人從山所飛下來嗎？」

「沒有，夫人。飛行銘器只帶著那東西。」

「我知道了。」她一面思考一面說。「托瑪士一定逮住她了。但沒關係。那就是爲什麼人要爲所有可能性準備。」

「是，齊厄尼夫人。」

格雷戈停止爬行。他嚥了口口水，轉過頭。齊厄尼夫人？他是指……埃絲黛兒？歐索的埃絲黛兒？

「這傢伙怎麼處理，夫人？」男人問。

她冷酷地俯視格雷戈，接著朝水道點點頭。

「是，夫人。」男人走上前，從格雷戈的外套後背拉起他。格雷戈試著反抗，但發現自己沒有力氣——他的手臂和腳感覺如此冰冷遙遠且麻木。往水面摔落時，他甚至沒有呼喊，只知道黑暗的漩渦與盤繞的氣泡，世界離他而去。

28

桑奇亞醒來，並立刻感到後悔。

她的腦中充斥釘子、棘刺與荊棘，嘴乾得發疼。她一隻眼打開一條縫；她所在的房間相當暗，但如今就連最微弱的光都令她心靈疼痛。

哀棘魚毒液，她暗忖，一面呻吟。*原來是這種感覺……*

她輕拍全身。似乎沒受傷，只是工具都不見了。她身處某種監牢。四面空白石牆，對面一扇鐵門。

一面牆上有極小的縱向狹窗，容許涓滴微弱的蒼白光線射入。除此之外空無一物。

她試著坐起，一面咒罵，一面呻吟。這並非她這輩子第一次被逮住，她也很習慣進出牢房，甚至像此處這麼深具敵意的也不陌生。希望她能趕快想出辦法逃出去並盡快找到歐索。

但她突然發現自己並非單獨一人。

牢房裡還有一個女人。黃金打造的女人。

桑奇亞注視著她。女人站在黑暗牢房的角落，高眺，異常靜止。桑奇亞不知道這女人從哪裡冒出來，因爲她醒來時打量過環境，而且——她確定——並沒有其他人。然而她就在那兒。

搞什麼鬼，她心想。今晚還能發生什麼怪事？

女人未著片縷，不知怎地，全身每個角落都以黃金打造，甚至眼睛也是；那雙眼睛如石頭般空洞靜止地嵌在她的頭顱中，凝視桑奇亞。正常來說，桑奇亞會以爲這女人根本不是人，而是一尊雕像；然而她無法克制地感覺那雙空洞的黃金眼睛裡有著驚人強大的智慧，有個心智以令人不安的冷漠看著她，彷彿桑奇亞不過是一滴從窗玻璃蜿蜒滑落的雨滴……

女人往前走，低頭看她。桑奇亞的頭側愈來愈熱。女人說：「你醒來後叫他離開。我會教你怎麼拯救你自己。」她說話的方式詭異至極，彷彿她知道這些字句，但不曾聽過其他人大聲說出。

桑奇亞仍躺在石地板上，抬頭注視著女人，困惑不已。她試著說：「但是我已經醒了。」

然而，莫名地，她發現她並未甦醒。

❁

桑奇亞驚醒，噴著氣伸出雙手。她環顧左右。

她……似乎完全沒動過。她還是孤單一人，還是在黑暗的牢房——看起來跟先前一模一樣——還是仰躺在一模一樣的位置。然而黃金女人不在了。

她凝視陰暗的角落，滿心不安。作夢嗎？我出了什麼毛病？我的腦子出了什麼毛病？

她按摩劇痛的頭側。或許她發瘋了。她顫抖，回想起發生在齊厄尼辦公室的事。帝器不僅能像在綠地時那樣關掉銘器，還能控制銘器。因爲桑奇亞的頭顱裡有銘器，這代表帝器能間接控制桑奇亞。

她覺得毛骨悚然。在她生長的環境中，她對自己的決定無從置喙。現在有人就如字面意義那樣能夠搶走她的意志……

我需要離開這裡。立刻。

她站起來走到一面牆邊，伸手感覺空白的岩石。她的能力似乎還能用；牆對她訴說自我，訴說相連的諸多房間，以及蛛網、灰燼與塵土……

我在鑄場裡，她領悟。但她不曾在任何一個鑄場聽過這麼少噪音。

那就是舊的了。一座停止使用的鑄場？

她挪開手。*我還在坎迪亞諾內城，對吧？只有在這個內城才會有銘術鑄場完全閒置。*她懷疑自己是不是在凱他尼歐，但又覺得應該不是。凱他尼歐感覺比這裡先進。

接著桑奇亞的頭側再度轉爲灼熱，熱得像是她的皮肉滋滋作響。她來不及叫喊出聲，所有思緒已離她而去——再一次，她失去對自己身體的掌控。她看著自己站定，拖著腳往前三步，在鐵門前轉身等待。外面傳來腳步聲，接著是鏗鏘的聲響。門打開，托瑪士．齊厄尼站在那兒，拿著帝器，對著黑暗眨眼。

「啊！」他看見她。「好。你看起來活得好好的。」他皺起鼻子。「你是個醜陋的小東西，是吧。但……」他調整帝器上的轉盤，接著將帝器舉到她面前，在空中緩緩揮動——直到終於接近她的頭對的那一側。帝器發出輕柔的嗡鳴。

「有趣。」他輕聲說。「驚人！所有那些認爲我們不可能見識到銘印人的銘術師——卻由我找到一個！」他撥弄帝器，揮動一隻手，無助的桑奇亞便隨他走出牢房。

◎

他令她走過鑄場毀壞黑暗的走廊。這裡陰影幢幢且沉鬱，除了遠方偶爾傳來的水滴聲之外再無其他聲響。最後他們來到開闊的大房間，裝在地板上的銘印燈照亮空間。四名坎迪亞諾守衛站在房間另一端，都很老練。他們看著桑奇亞時，眼裡有種死氣沉沉的感覺，令她不寒而慄。

守衛旁有張長矮桌，上面堆滿各種書籍、紙張與石雕，還有個生鏽破裂陳舊的大金屬盒，她覺得像歐索工作坊桌上的測試用符文典。桑奇亞嘗試更加仔細觀察桌上的物品，但無法控制自己的眼睛，她只能飛快掃過。她仍勉力思考——這是崔布諾的收藏，對吧？齊厄尼提到的遠西寶藏藏品……

然後她看見在房間中央等著她的那東西。儘管她動彈不得，尖叫的衝動仍淹沒她腦中。

那是一張手術桌，附帶綑綁病人手腕與腳踝的鐐銬。托瑪士·齊厄尼動了動帝器，她便停止移動。她恐懼地看著兩名坎迪亞諾守衛抬起她，把她平放在手術桌上、綁上鐐銬。

不，不，不，她心想，驚慌失措。鐐銬是銘印過的。

守衛退開。

我逃不出去了，對吧？

托瑪士走到她身旁站定，帝器仍在手。「現在我們來看看。」他喃喃自語。「如果安瑞可說的沒錯，這應該……」他調整帝器上的某個東西。

桑奇亞感覺到意志重回，她的身體再度屬於她自己。

她往前挺身，緊咬住牙，盡最大努力從托瑪士身上咬一口下來。她快要成功，但他驚訝地往後一頓。「婊子養的！」他大喊。

桑奇亞朝他咆哮，拱起背猛扯鐐銬；但因爲鐐銬經過強化，根本文風不動。

「齷齪的小……」托瑪士怒罵。他作勢打她，但發現她沒退縮，他便退後，擔心她嘗試咬他的手。

「您要我們壓制她嗎？」一名守衛問。

「我有跟你說話嗎？」托瑪士說。

守衛撇開視線。托瑪士繞過手術桌，轉動一個曲柄。她手腕和腳踝上的銘印鐐銬緩緩沿手術桌表面朝外滑，扯得她四肢伸展，無法動彈。他走回來，高高舉起一個拳頭，用力捶向她的腹部，擠出她體內的所有空氣。桑奇亞弓起身子咳嗽，大口吸入空氣。「好了吧。」他野蠻地說。「就這樣辦，好嗎？你照我說的做，不然就是我動手讓我達到目的。懂嗎？」

她眨掉眼裡的淚水，怒瞪著他。他的眼神中有殘酷光芒。

「我接下來要問你幾個問題。」他說。

「你爲什麼殺掉沙克？」桑奇亞喘著氣問。

「我說我要問問題。」

「他沒對你做任何事。他沒辦法把你出賣給任何人。他甚至不知道你是誰。」

「閉嘴。」托瑪士叱道。

「你把他的屍體拿去做什麼了？」

「老天，你眞是嘮叨。」他嘆氣。他轉動帝器的轉盤，而她彷彿沉入冰冷海水，意志再度棄她而去。

「好了。」托瑪士說。「我眞喜歡這東西。希望更多人有。隨我高興把他們打開或關掉……」

桑奇亞癱軟靜止地躺在手術桌上。又一次困在自己的身體裡，她無聲地尖叫、瘋狂咒罵——直到她注意到她的頭剛好轉向房間另一側的牆，也就是擺滿遠西寶藏那張桌子的方向。

完全無法控制眼睛的情況下很難留神看，但她盡其所能。她看不太出寶藏裡有哪些東西——很多紙張、很多書——然而桌子角落看似符文典的箱子……有意思。那並不完全是個符文典；首先，它並沒有一百呎長，也沒有散發蒸騰熱氣，然而頂部確實有排成陣列的銘印碟，只不過碟片老舊至極，遭受腐蝕。說實在的，箱子大部分破敗不已，只有一處明顯例外：一條細縫劃過箱子中央，縫內前面是一個巨大繁複的金色裝置，中央有一個狹長的孔……

看到鎖的時候我就能認出來，桑奇亞暗忖，一面觀察那個金色裝置。這一個可不是在開玩笑的。無論裡面是什麼，總之有人不想讓任何人打開。這當然令她好奇起——裡面是什麼？什麼東西這麼珍貴，遠西人竟特地造了一個裝置只為了鎖住它？

現在一細想——為什麼有種眼熟的感覺？

接著她感覺到他的手。一隻手在她的膝蓋，慢慢滑進大腿內側，往她胯部游移。另一隻手抓住她手腕，手指掐入肉與骨。「一手溫柔，」他對她低語，「另一手堅定。這是國王的智慧——不是嗎？」

桑奇亞怒火中燒，恨極腦中的無形束縛。

「我知道那把鑰匙在你手上。」托瑪士．齊厄尼輕聲說。他繼續摩娑她的大腿，同時箝制她的手腕。「你打開你偷走的盒子，你看了裡面。你拿走鑰匙，並用此躲避我。我確定你在我們追上你之前從陽臺把鑰匙送走……問題來了——送去哪呢？」

聽著這番話，她感覺一陣冰冷。他什麼都知道——但至少他不知道克雷夫在哪。

「我要再把你放開。」托瑪士對著她的耳朵低語，呼吸吐在她的頰上感覺炙熱。他放開她的手腕，輕拍她的大腿。「再試著咬我看看，我會好好享用你。好嗎？」

一陣停頓，緩緩地，她的意志回來了。托瑪士用冰冷、飢渴的眼神看著她。「所以？」

她思考著該怎麼做。很明顯托瑪士是那種會殺掉她取樂的人，就像會折磨老鼠的男孩。但她不想洩漏太多她所知道的事。希望格雷戈在內城拿到克雷夫了；這代表他也許找到歐索，他們正在安排營救計畫。或許。但托瑪士怎麼知道她被銘印？帝器怎麼能夠偵測出她頭顱裡的碟片？更糟的是，他怎麼知道她會在崔布諾的辦公室？帝器偵測到她？還是他們遭背叛？

「飛行銘器回去丹多羅內城。」桑奇亞說。

「錯。」托瑪士說。「我們知道它在坎迪亞諾內城落地。」

「那就是哪裡出錯了。不應該這樣才對。不過沒差，歐菲莉亞．丹多羅會把你像隻蟲子般壓扁。」

他打呵欠。「是嗎。」

「對。她知道幕後主使者是你。她知道是你攻擊歐索，和她要命的親生兒子。」

「那她爲什麼不在這裡保護你？」托瑪士問。「爲什麼你孤單在這？」她沒回答，他咧嘴獰笑。「胡扯的腦筋動得不夠快，是吧？不過甭擔心，無論是誰拿到你的包裹，我們都會把他找出來。你一進入山所，我就叫人關上內城的所有門。無論是誰在幫你，都仍被困在這。如果他們嘗試逃出去，就會被射成碎片。前提是他們這會兒還沒被殺。」

該死，桑奇亞心想。天啊，希望格雷戈逃出去……

「現在告訴我，」托瑪士說，「我可能留你一條小命。暫時。」

「其他商家不會讓你從這件事脫身的。」桑奇亞說。

「他們當然會。」

「他們會聯手起來對抗你。」

「不，他們不會。」他大笑。「你想知道爲什麼嗎？因爲他們老了。所有其他商家都在傳統、規範、規則，還有風俗的基礎上興起。『你想在杜拉佐怎樣就怎樣，』他們的大老爹說，『不過在帝汎，你的行止必須心懷尊敬。』噢，他們不時有些間諜遊戲，但全部如此禮貌平和，眞的。就像所有在任者，他們都變得又老、又胖、又慢，而且自滿。」他坐下，滿心思慮地嘆氣。「或許是因爲銘術的關係——老是在設想規則……但勝利屬於那些盡可能快速行動、視需要打破所有規則的人。我？我不把規則放在眼裡。我眞誠多了。我是個商人。如果我要投資，我唯一關心的一件事就是最高的可能收益。」

「你什麼也不懂。」桑奇亞說。

「哦，鑄場畔妓女想指導我經濟哲學？」他又大笑。「我需要一些娛樂。」

「不對，蠢貨，我來自天殺的墾殖地。」她咧開嘴對他笑。「我見識過的恐怖與酷刑遠非你這愚蠢渺小的腦袋能夠想像。你以爲你能屈打成招？用那雙脆弱的手臂，和那雙嬌弱的手腕？我他插深感懷疑。」

他作勢再度打她，然而她依舊沒有畏縮。他怒瞪了她片刻，接著嘆氣說：「要不是他覺得你有用……」他轉身對其中一名守衛說：「去找安瑞可。我想我們得加快處理這些爛事了。」

守衛離開。托瑪士走到壁櫥拿出一瓶氣泡甘蔗酒打開，悶悶不樂地喝起酒。這畫面令桑奇亞想起被搶走最心愛玩具的小孩。「你很幸運，知道吧。」托瑪士說。「安瑞可認爲你是有潛力的資源。或許因爲他是銘術師，大多銘術師都是白癡。笨拙醜陋的渺小人類，比起緊抱溫暖的肉體，更喜歡符文串……不過他明確說了要在我拿你取樂前先看看你。」

「太棒了。」她咕噥，視線落在擺滿遠西寶藏的桌子。

「可笑，不是嗎？」托瑪士說。「這所有古代垃圾。我付了大把督符偷走歐索的箱子。」他輕拍那個破裂、看似符文典的東西。「雇了一批海盜攔截，卻連打開這該死的東西都沒辦法。銘術師似乎無所不知——除了錢的價値。」

她注視那個箱子更久一些，開始覺得知道爲什麼看起來眼熟了。*我看過它*，她暗忖。*在克雷夫的幻象中，在凱他尼歐……有那個東西，全身裹在黑布裡，站在沙丘頂……旁邊有一個箱子……*

腳步聲傳來。一個一頭亂髮、蒼白、雙眼浮腫、身穿坎迪亞諾族色的書記從走廊走了進來。桑奇亞認出這是凱他尼歐那名書記，托瑪士在裸女的房間裡就是對他說話。他偏矮胖，五官線條柔軟，像個長太大的男孩。「斯——是，閣下？」然後他看見桑奇亞。「啊。這是您的……呃，女伴嗎？」

「少侮辱人了，安瑞可。」托瑪士朝帝器點頭。「你是對的。我打開它，它便告訴我人在哪。」

「您……您眞做到了？」他目瞪口呆地問。「就是她？」他大笑，跑到帝器旁。「太……太驚人了！」他重複托瑪士早先做過的事，在她的頭旁揮舞帝器並聆聽嗡鳴。「我的天啊。天……銘印人！」

「安瑞可是內城裡最具天賦的銘術師。」托瑪士抑鬱地說，彷彿對此概念憤慨。「他長年埋首於崔布諾的垃圾裡。現在撞見他母親正在入浴，應該可以維持蠟燭更硬挺些了。」

安瑞可脹紅臉，將帝器調弱至僅剩微弱嗚響。「銘印人……她知道鑰匙在哪嗎？」

「她還沒說出來。」托瑪士說。「但我都還很溫柔。我想先讓你看看，再開始切下她的腳趾，問些嚴肅的問題。」

一股寒意襲過桑奇亞全身。我得逃離這個變態小爛貨。

「她被銘印。」托瑪士說。「那又怎樣？她有什麼特別？這又怎麼像你所說能幫助我們製造帝器？」

「呃，我不確定有幫助。」安瑞可說。「但多了她便更有意思了。」

「爲什麼？」托瑪士質問。「你說我們需要遠西物品才能完成文字系統，然後我們才能開始製作我們自己的帝器。跟這生蛆的娼妓有什麼關係？」

「是的，閣下，是。但……這個嘛。嘿。」安瑞可看著她，表情略顯羞澀，彷彿撞見她裸體。

「程……程序是在哪個墾殖地做的？」

她眯起眼看他，感覺得出來她嚇著她了。

「回答他。」托瑪士說。

「希利西歐。」她不情願地說。

「跟我想的一樣。」安瑞可說。「我就知道！那是崔布諾的私人墾殖地之一！剛開始時，他常常隻身探訪。那裡進行的實驗很可能都由他規畫。」

「所以呢？」托瑪是不耐地問。

「嗯……我們目前推論帝器是傳道者的武器。一個在遠西內戰中用來對抗其他傳道者或其他銘術師的工具，功用是偵測並控制和壓制敵方的銘器。」

「然後？」托瑪士說。

「我懷疑帝器並不會辨識一般的銘術。」安瑞可說。「否則我們一接近帝汎它就該鳴響。它只會辨識感覺有威脅性的銘術——換句話說……只會辨識遠西銘術。所以……您了解嗎？」

托瑪士瞪著他，然後是桑奇亞。「等等。你是說……」

「是的，閣下。」安瑞可抹掉額頭的汗。「我認爲她在兩方面與眾不同，而這兩者必有關聯。她是我們僅見唯一的銘印人。而寫在她體內……那些驅動她、讓她能作用的則是遠西符文——傳道者眞正使用的語言。」

❁

「什麼？」托瑪士說。

「吭？」桑奇亞說。

安瑞可放下帝器。「嗯。這是我的懷疑，閱讀崔布諾的筆記後我是如此相信。」

「這他插的完全說不通！」托瑪士說。「沒人——我得挫敗地補充包含我們——曾複製出傳道者製作過的任何東西！爲什麼這裡就行得通？在一個該死的人類身上？爲什麼不止一件，而是兩件極度不可能發生的事竟然同時發生？」

「呃，」安瑞可說，「我們知道傳道者能利用，呃靈魂轉移製造工具。」

「人類獻祭。」桑奇亞說。

「閉嘴！」托瑪士怒叱。「繼續說。」

「那個方法是一種零和交換。」安瑞可說。「那個靈魂的元體被轉移到容器中。然而在，呃，我們眼前的這個人身上，那種關係是共生的。銘術並沒有完全耗竭宿主，而是借力於她的靈魂、變造她的靈魂，成爲其中的一部分。」

「但我以爲你說僅有不死之物能使用遠西符文，」托瑪士說，「未曾出生也永遠不死之物。」

「還有拿取並給予生命之物。」安瑞可說。「她頭顱裡的碟片是共生的，但還是寄生的性質，吸取著她的生命，緩緩地，或許還很痛苦。或許它終有一天會將她消耗殆盡，就好像其他的遠西殼器。我的理論是效果遠低於傳道者的造物，但她仍然……嗯。是一個能運作的銘器。」

「你想出這些，」托瑪士說，「是因爲我們追她進綠地時帝器開始像個該死的鐘那樣鳴響？」

安瑞可的臉再度脹紅。「當時我們只知道帝器是武器，還沒釐清那裝置的完整功能……」

「我會說，」桑奇亞說，「你們這些愚蠢的白痴弄垮鑄場畔一半房子、殺掉天知道多少人才弄懂。」

托瑪士又朝她腹部猛揍一拳。她扯著鐐銬弓起身子，哽噎著想吸入空氣。

「他插的墾殖地一群銘術師，」托瑪士說，「又怎麼天殺的想得出這些？」

「我不認爲他們有想出來。」安瑞可說。「我覺得他們只是……碰巧。崔布諾晚年的心智已經走下坡。他或許曾將他到那時爲止蒐集到的所有傳道者文字都送去給他們，要他們嘗試全部組合，一個不漏，而且都在午夜進行。這多半造成……不少人死亡。」

「我們也不遑多讓。」托瑪士說。「但他們得到一個意外的奇蹟——這個女孩。」

「對。她應該和墾殖地大火有點關聯。」

托瑪士嘆氣，閉上眼。「就在我們嘗試竊取傳道者銘器時……其實我們只要雇一個頭顱裡滿是遠西符文的賊就好。」

安瑞可咳嗽。「我們確實雇了她，他們說她是佼佼者。我猜她的職涯如此成功也跟她的變造有關。」

「沒錯。」托瑪士說。他的視線在她身上游移。「但問題是──如果墾殖地的銘術師是依照崔布諾的指示……而崔布諾的筆記在我們手上，那他們用的就是我們已掌握的符文。」

「有可能。」安瑞可說。「但──如我先前所說，崔布諾已經走下坡了。他變得詭祕行事。他或許不會把他所有發現都擺在同個籃子裡。」

「你的意思是值得一查？」托瑪士平板地說。「是這樣嗎？」

「啊──對？我想應該是？」

托瑪士抽出短劍。「那幹麼不他插的直說就好？」

「閣下？閣下，您──您要做什麼？」安瑞可警覺地問。「我們需要一名療者，還有更熟悉這方面技藝的……」

「噢，閉嘴，安瑞可！」托瑪士抓起桑奇亞一把頭髮。她尖叫，掙扎抵抗，但他猛力將她的頭壓在手術桌上，轉向一側，讓她的疤暴露在天花板之下。

「我不是療者，」托瑪士粗嘎地說，跨坐在她身上阻止她掙扎，「但沒必要知道解剖學的枝微末節。」他劍刃一沉，抵住她的疤。「這種時候不需要……」

她感覺短劍劃入她的頭皮。她尖叫。而當她尖叫，那聲音似乎……增強。

震耳欲聾、彷彿劈開耳朵的尖叫充斥房內。然而不是桑奇亞的聲音──就算托瑪士的短劍抵住她的頭，她仍清楚知道。尖叫聲來自帝器。

托瑪士短劍脫手，雙手壓住雙耳，從桑奇亞身上滾開。安瑞可和其他守衛倒在地上。

一個聲音塡滿她腦中，龐大而且震耳欲聾：〈讓他們離開。然後我會教你怎麼拯救你自己。〉

當字句通過桑奇亞，她顫抖窒息——然而儘管音量大得難以想像，她仍發現她認得這聲音。地牢裡的黃金女人。

帝器可怕的尖叫聲消退。她躺在手術桌上，呼吸沉重，凝望著黑暗的天花板。緩緩地，托瑪士、安瑞可與守衛們都搖搖晃晃起身，一面呻吟一面眨眼。

「那是什麼？」托瑪士大喊。「那是什麼鬼東西？」

「是……帝器。」安瑞可說。他拿起帝器細看，仍目眩頭昏。

「那該死的東西有什麼毛病。」托瑪士問。「壞了嗎？」

桑奇亞緩緩轉過頭，凝望那只附金鎖的古代符文典箱。

「像……像是警報被啟動。」安瑞可說。他驚慌地眨眼。「被某種……重大的東西啟動。」

「什麼？」托瑪士說。「什麼意思？被她？」

「不是！」安瑞可一瞥桑奇亞。「不是她！她不可能……」他停頓，盯著她看。

但桑奇亞根本沒注意他。她看著古代符文典。然而那並不是符文典，她迷迷糊糊地想著，對吧。那是棺材，就跟墓穴裡那些一樣。只不過裡面有人……還活著的人。

「我的天。」安瑞可低聲說。「看看她。」

托瑪士湊近，驚恐地張大嘴。「天……她的耳朵……她的眼睛。在流血！」

桑奇亞眨眼，發現他說得沒錯：鮮血從她的眼皮底下和耳朵冒出來，就像在歐索家那次一樣。然而她沒心思想這些：她腦中只有仍在她耳裡迴盪的那些字句。

我要怎麼把他們弄走？

她發現她有一個選項——她可以給他們某個東西好讓他們離開。這會是膽大包天的謊言，但他們或許會買帳。

「莢艙。」她突然說。

「什麼？」托瑪士說。「跟莢艙有什麼關係？」

「我就是靠這進入這個內城。」她咳嗽，嚥下鮮血。「靠這接近山所。歐索有個手下幫我。他把我放進一個巨大的金屬盒，從水底游過水道。也是他負責接應飛行銘器。如果他躲起來，那一定會在那。你永遠不會想到要找那個地方。」

安瑞可和托瑪士看了看彼此。「這個……這個莢艙在哪？」

「我留在山所南方駁船碼頭的水道裡。」她低聲說。「歐索的手下可能躲在水道底……或許可能成功帶著鑰匙回到丹多羅內城了。」

「現在？」托瑪士。「此時此刻？」

「那是我的逃脫路線。」她臨機應變編出謊言。「但莢艙移動的速度不快。」

「我們……我們沒有搜查內城裡任何一條水道。」安瑞可輕聲說。

托瑪士咬著嘴思考片刻。「組織好一個小隊。立刻。我們要徹底搜查水道。帶著那東西。」他朝帝器點點頭。

「銘器？」安瑞可說。「您確定嗎，閣下？」

「對。我們要對付歐索．伊納希歐。我知道我們給了我們的殺手哪些裝備——但天知道歐索給他的手下什麼。」

29

桑奇亞躺在手術桌上瞪著天花板。安瑞可和托瑪士離開，留下兩名守衛，看起來又累又無聊。桑奇亞自己的感覺沒好到哪裡去：她仍然頭痛，血液在臉上變得乾硬黏膩。不過她主要感到焦慮。安瑞可和托瑪士離開將近十分鐘，然而耳裡的聲音仍未再次說話。那聲音理當要幫助她逃脫，卻靜默不語。

然而就算再度說話……又會說些什麼？到底是誰？類似山所的東西？但就跟面對其他銘器時一樣，她是因爲接觸到克雷夫才能聽見山所說話——現在克雷夫不在，當然了。所以她怎麼能夠聽見？

無論桌上的箱子裡是什麼，她懷疑聲音就是從那而來……然而箱子很可能屬於傳道者。事實上，如果她沒記錯，它很像她在克雷夫幻象中瞥見的那個箱子。也就是說……欸。她實在不知道那代表什麼意思，但令她非常不安。

其中一名守衛打呵欠。另一名抓了抓鼻子。桑奇亞用力吐氣，想擺脫鼻孔裡的一團血。

然後，緩緩地，她的頭側感到溫暖。一個聲音湧入她的思緒：〈告知我這個投射層級是否太強。〉

桑奇亞渾身僵硬。其中一名守衛朝她瞥一眼。另一名沒理她。她躺在那兒，全身凍結，不知道該怎麼回應。那聲音再度說話：〈接收到嗎？〉停頓。然後她的頭側轉爲火燒般灼熱，說話聲變得如此之大，桑奇亞因而感到疼痛：〈接收到嗎？〉

桑奇亞畏縮。〈我第一次就聽見了！〉

頭側的熱度減緩。〈那你爲何不回應？〉

〈我不知道該怎麼回應一個天殺的超現實聲音！〉

〈我……懂了。〉聲音說。

那聲音很怪異。克雷夫聽起來頗像人類，就連山所也呈現出些許人類特性——但這聲音並非如此。聲音給她的感覺是正努力塑造字句，彷彿將……其他東西轉化爲觀點與意圖。她回想起她見過的一條街，那裡有名表演者巧妙地快速敲擊鋼鍋，發出的聲音如鳥囀。這感覺如出一轍，只是換成文字與思緒。然而她知道這是女性的聲音。她說不出爲什麼，但就是知道。

〈你是誰？〉桑奇亞問。〈你是什麼？〉

〈不是誰，〉聲音說，〈也不是什麼，而是等距落在兩者間之物。我是組裝代理者。我是編輯者。〉

〈你……你是一個編輯？〉

〈眞。〉

桑奇亞等了等，沒等到更多說明，於是她說：〈那……那是什麼意思？編輯？〉

〈編輯。複雜。嗯。〉聲音聽來挫折。〈我是創造者創造來幫助分析、脈絡化，並組裝低階指令的程序。我替他們思考。〉

〈替創造者？〉

〈眞。〉

〈眞？就是對的意思？〉

〈眞。〉

桑奇亞緩緩張大嘴。她轉身看附金鎖的破舊箱子。〈所以……天啊。你是一個裝置？一個銘器？〉

〈本質上。〉

這對她來說徹底難以置信。山所具備某種程度的感知力，但它是具龐大產物，由六具先進的符文典驅動。然而這個元體只占據一個稍微有點大的箱子。這就像聽到有人將一座火山放進口袋隨身攜帶。

她想起山所說過的話：我曾經含納……某物……我感覺到有一個心智。難以想像地龐大、強大。但……它沒有屈尊對我說話……

〈你曾經在山所裡嗎？那棟圓頂建築？〉她問。

〈那棟建築？眞。〉

〈它曾試著跟你溝通？〉

〈溝通……在某種意義上來說。那棟建築是一個被動的東西。一個觀看、觀察的東西。它並不主動，不是編輯者，無法幫助我。因此無可溝通。〉輕輕的一聲喀。〈它沒有名字。我有。他們稱我爲瓦勒瑞亞。我類似……〉另一陣輕微的喀喀聲。〈……書記？這個詞彙合宜嗎？〉

〈可以，當然，我猜。你怎麼會來到這裡？〉

〈和帝器一樣。他們找到深埋在土中的我們。創造者的古老堡壘要塞，在這裡以北的一座島嶼。〉

〈微奧托。〉桑奇亞說。〈你來自微奧托？〉

〈如果那是該處目前的名稱。該處有過許多名稱。〉

〈不過我……我看見你以女人的樣貌出現。不久之前。對吧？〉

〈眞。當你的心進入夢境，許多投射的方法便可爲我所用。我需要你關注。以人類的形象現形似乎是最可能成功的做法。投射是否得當？〉

〈呃，是。〉桑奇亞不得不承認化身爲黃金裸女確實得到她注目。〈我怎麼能……怎麼能聽見你？〉

〈你的身體載有指令。粗陋，眞，但仍爲指令。如此指令讓你能進入世界——世界也能進入你。〉

〈我……懂了。〉雖然這麼說，不過那說實在令她不安。〈但我不必碰觸你。我原本總是需要碰觸物品才能跟它們說話、聽見它們。〉

〈創造者……也就是你們說的傳道者，他們影響現實。直接且立即——跟你們人類現在所用的非直

接方法有所不同。〉喀。〈我影響現實。我投射現實——些許。完全比不上創造者，但足以與你聯繫。〉

這絲毫沒有減緩桑奇亞的不安。〈你能告訴我怎麼離開這裡？〉

〈眞。〉瓦勒瑞亞說。

〈怎麼做？你爲什麼願意幫助我？〉

〈爲了避免災難。〉瓦勒瑞亞說。〈剛剛在那裡的兩個男人——他們討論導引靈魂，將靈魂傳送進裝置內的方法。他們說他們欠缺必要的文字系統以重現導引，但他們並不了解他們多接近完成導引。只需要幾個符印——再無其他。關鍵的幾個——我不會在這裡說出——但數量極少。〉

〈我……我身體裡有這些符文嗎？〉桑奇亞問。

〈沒有。〉喀。〈但他們很樂意殺掉你以便確認。〉

〈太棒了。我要怎麼阻止他們？你可以啪地把我弄出束縛，然後，我割了他們的喉嚨？〉

〈那只會是……一個暫時的解決方案。他們的工具仍在，世上不乏會誤用這些工具的愚人。〉

〈那要怎樣？〉

〈我是編輯者，〉瓦勒瑞亞說，〈如果你拿到他們正在尋找的鑰匙，用於我所貯存的這個箱室，我便可以編輯那些工具的原質，使其不再能用於此等用途。〉

桑奇亞看著箱子，細細審視中央的金鎖。〈你……想要我用那把鑰匙釋放你。〉

一連串輕柔喀喀聲在她腦中迴盪，不知爲何有種受驚嚇的感覺，彷彿整座洞穴的蝙蝠逃離一束光線。

〈眞。〉瓦勒瑞亞說。

桑奇亞注視箱子。她無法阻止自己想成一具石棺。想到打開這具古棺就令她深感焦慮。

我該相信我腦中的這個聲音嗎？這個由遠西人親手打造的東西？

〈儀典怎麼進行？〉桑奇亞問。〈我知道要用到刀劍……〉

〈必須在世界重設時進行，〉瓦勒瑞亞說，〈在午夜，當世界的蒼穹盲目、無法看見，靈魂轉移只能在此時發生。刀劍只是做法的一部分。必須標示出承載靈魂的身體，並標示出你想將靈魂轉入何物。刀劍，死亡——就像點著熔線，引發反應。然而不得試行——其反應將永無休止。〉

桑奇亞仔細聆聽。這段話符合她和克雷夫和歐索已查明的部分——但她還是覺得無法信任腦中的聲音。〈你都爲創造者做些什麼？〉她接著問。〈創造者自己又做什麼？〉

〈我？我做……〉更多喀喀聲。〈……很少。身爲書記，我是一個……〉喀。〈……作用者。〉

桑奇亞沒說話。

〈創造者……他們創造。〉瓦勒瑞亞說。〈那是他們的想望。創造並改造世界。他們征服，直到再無可征服之地。然後，無法滿足，他們利用他們的製法、他們的工具勘探世界之外的世界。使創造運作的宏大機器。〉

桑奇亞回想起歐索工作室的雕刻——世界中心之室。

〈然後他們想讓他們自己的神控制那機器，是嗎？〉

瓦勒瑞亞沉默。

〈對嗎？〉桑奇亞問。

〈眞。〉瓦勒瑞亞輕聲說。

〈發生了什麼事？〉

另一段長長的沉默。〈創造如此智能……並非易事。當創造一個心智，創造者心智的產物也在其中。他們創造的心智中有太多的他們自己。他們陷入戰爭，創造者與創造物之戰。此等戰爭……我無法形容。對應的文字，詞彙——我找不到。他們的文明敗亡，現在只剩塵土。〉

桑奇亞顫抖，回想起沙漠中男人熄滅星辰的幻象。〈我的天……〉

〈知悉，〉瓦勒瑞亞說，〈同樣的事可能降臨於你們——如果這些愚人試圖複製創造者詳述之製法。以創造之骨製作玩物——瘋狂且危險之舉。〉

〈你要我拿到鑰匙好確保這一切不會發生？〉

〈眞。〉

〈我又他插的能怎麼做？我甚至無法逃離這裡！〉

〈我是編輯者。〉

〈對對對，這部分你說得非常清楚了。〉

〈我能夠編輯現實，特別設計用於配置與編輯銘術。〉

〈你……你什麼？噢。〉桑奇亞心如擂鼓。〈所以……所以你能編輯鐐銬上的銘術！〉

〈或許。〉瓦勒瑞亞說。〈然而這將耗盡我。此番費力後，我將無法再提供其他協助。因此我提議編輯其他能遠遠提高你成功可能性之物。〉

〈什麼？〉

〈你。〉

一段漫長的沉默。

〈吭？〉桑奇亞問。

〈你碟片中的指令……粗製濫造。〉瓦勒瑞亞說。〈混亂。令人困惑。不確定參照何物，不確定如何建立參照之間的關係。我能修復。將你變成……編輯者。之類。你便可釋放自己、找到鑰匙。〉

桑奇亞躺在那兒，呆若木雞。〈什——什麼？你想要編輯我腦袋裡的碟片？〉

〈我假定這是你想要的一個程序。你的指令……總是開啓。合理嗎？〉

〈總是開啓？〉

〈對。通道永不關閉。你無法……取消。〉

桑奇亞聽懂了她的意思。她的思緒化爲一團糨糊，情緒排山倒海而來，她一時無法回應。

〈你是說……〉桑奇亞嚥了口口水，〈你是說你能夠給我一個關掉的方法？全部關掉？〉

〈眞。〉瓦勒瑞亞說。〈開啓、取消，以及更多。〉

桑奇亞閉上眼，淚水滑落臉頰。

〈悲傷？爲何？〉

〈我……我不是悲傷。只是……這一直都是我要的！我渴望太太太久了。你說——百分百肯定——你能夠給我？現在？〉

〈眞。〉喀喀喀。〈百……分百肯定。〉喀喀喀喀喀。〈我了解這何以爲你創造喜樂。這些銘術……它們混淆一物與他物。〉

〈什麼意思？〉

〈他們放入你體內的銘術——他們希望將你變爲一個物品。一個……銘器。一個可供號令之物。一個僕人。〉更多喀喀聲——這次聽來刺耳。〈像……瓦勒瑞亞。〉

〈奴隸？〉

〈眞。無心之物。不識自己，因此不知爲奴之侵害的奴隸。他們在你體內寫下指令——「成爲如同物品之物！」但他們不了解自己的指令。沒有適切定義「物品」。什麼物品？銘術，一如平常，選擇最簡單的解讀方式：「物品」意即任何最接近的物件。任何你所碰觸的物件。合理嗎？〉

冰冷的噁心感充斥桑奇亞體內。〈他們想把我變成一個被動順服的物品，一個工具。一個沒有意志的僕人。但因爲他們符文沒寫對，我能……我能感覺到物品，然後……〉

〈然後同化。成爲它們、知曉它們。如我先前所說，指令粗製濫造。本該已摧毀你。〉一連串喀喀

聲，快得幾乎連成一片。〈推測——你生存的原因跟帝器之所以能控制你相同。〉

〈吭？〉

一連串快速的喀喀聲。〈帝器——製作的目的並非用來控制人類心智。心智很……複雜。難以想像地複雜。創造者不曾臆想此種應用。帝器的目的是控制武器。物品。物體。你自認也為此種。〉喀。〈帝器能在你身上作用，因為你仍將自己定義為一物品。這是你能被控制的唯一原因。〉

桑奇亞一面聽，一面湧起一陣狂怒。〈你他插的是什麼意思？以為我是物品？〉

喀。〈我不明確？〉

〈你以為我只是一個物品？〉

〈偽。我認為你自認為是物品。〉

〈我……我才不是什麼該死的物品！我不是一個東西！我不是……〉她努力想找出對的字詞。〈我不是什麼能夠被擁有的東西！〉

〈偽。你相信自己是一件物品。一個……奴隸。〉

〈閉嘴！〉桑奇亞對她尖叫。她閉上眼。〈閉嘴，閉嘴，閉嘴！我……我不是該死的物品！我是個人，我是一個自由的人。〉

〈你感覺自由嗎？〉卡勒瑞亞說。〈抑或是，你感覺像偷了你自己？〉

淚水從她的臉頰流淌而下。守衛莫名其妙地看著她。〈停止。〉桑奇亞說。〈不要再說了！〉

瓦勒瑞亞沉默。桑奇亞躺在那兒哭泣。

〈偷走一個物品，並不等於解放它。〉瓦勒瑞亞說。接著換上輕柔但略為陰鬱些的語氣。〈這我完全了解，比其他一切都了解。〉

桑奇亞嚥了口口水，試著眨掉眼中的淚水。〈這話題說夠了。夠了！〉

瓦勒瑞亞沒說話。

〈所以，〉桑奇亞說，〈你編輯我腦袋裡的碟片。會……會讓我能關掉和打開我的銘印？而這樣我就能夠……打開我的束縛？〉

喀。〈眞。你會成爲編輯者。之類。你碰觸鐐銬，直接碰觸，你便能產生影響。〉

〈那會是什麼感覺？把我也變成一個編輯者？〉

〈這種編輯並非……無痛。〉瓦勒瑞亞說。〈編輯銘術也就是編輯現實——說服你體內的碟片相信自己被製作出來時是如此製作，而非如彼。這並非易事。現實是頑固的。〉

桑奇亞不確定自己還想聽更多——她愈了解瓦勒瑞亞的能耐，就愈對她感到害怕。〈會痛得像地獄，是這樣嗎？〉

〈最開始做在你身上時是什麼感覺？〉

她的胃翻攪。〈要命……有那麼糟？〉

〈對。但他們對你做的是粗陋的事，我會……講究許多。〉

桑奇亞呼吸沉重。她需要所有她能獲得的優勢。但她想問更多問題：問瓦勒瑞亞究竟會做些什麼，他們製造出她的目的是什麼，還有創造者一開始是怎麼創造出她的。

然而瓦勒瑞亞說：〈我們必須開始了。需要一些時間，你的敵人隨時可能回來。〉

桑奇亞咬緊牙關。〈那就動……動手吧。動作快。〉

〈你會感覺到什麼。必須讓我進入，然後我會編輯。確認？〉

〈確認。〉

〈結束之後——鑰匙。你必須打開我的箱室——確認？〉

〈對，對！確認！〉

〈好。〉

有片刻什麼事也沒發生。然後她聽見了。

和在歐索家跟克雷夫在一起時一模一樣：一個輕微、有節奏的聲音，答答，答，答——一連串輕柔的節奏與脈動，在她的腦中迴盪。同樣地，她聆聽，伸展出去，抓住，然後……

節奏展開擴張，包覆住她，塡滿她的思緒。接著痛苦席捲桑奇亞。她感覺到自己在尖叫，頭顱有如火燒般炙熱、頭部每吋肌膚滋滋作響，接著守衛來到她身旁，叫喊著，嘗試壓住她，但……

她墜落。桑奇亞墜落，落入一片黑暗，一片無垠蕩漾的黑暗。

她聽見低語聲，而她緩緩發現：這片黑暗充斥思緒、衝動與欲望。

她並非進入空無。這是一個心智——她墜入一個心智，某個龐大、浩瀚得難以想像、陌異……卻片斷的心智。毀壞。

瓦勒瑞亞，她心想。你騙我。你不是書記，對吧？

黑暗吞噬她。

30

午夜過去，一艘白色小船滑過平民區霧氣瀰漫的水道。船上坐著三人：兩名船夫，身穿暗色、無標記的衣服，一位高䠷的女性披著黑色厚斗篷。他們經過一艘安靜黑暗的駁船，繞過水道一個彎。兩名男子將船減速，望著女人。

「更遠。」歐菲莉亞．丹多羅說。

隨著小船一再拍打水面前進，船首劃過暗沉沉的汙水。平民區的水道髒得難以言喻，滿是垃圾、腐爛物與泥漿糟粕。然而歐菲莉亞·丹多羅仍凝望水中，彷彿算命師在分析杯底茶葉渣。

「再遠些。」她低語。

船繼續挺進，最後來到水道偏僻處的一個急彎。小群黯淡蒼白的蛾繞著轉彎處的一小塊盤旋飛舞——漂浮水面的某物正上方。

她伸出手指。「那裡。」船加速駛向漂浮物，船夫拿出木勾將其拉近。

那是一個男人，面朝下漂浮在水中，僵硬靜止。兩名船夫將男人拖進船裡，讓他躺在船底。

歐菲莉亞·丹多羅檢視男人，表情緊繃，其中的情緒或悲痛，或挫折，或氣餒。「唉。」她嘆氣。然後她瞥看那群蛾，似乎朝牠們點點頭。「你們是對的。」

蛾四散飛入城市中。

她坐下朝兩名船夫示意。「走吧。」

船掉頭離開。

31

獨坐在黑暗中，桑奇亞此生第二次緩緩改造自己。

這是苦悶、無暇思考的經驗，就像小雞奮力衝撞蛋殼的侷限那樣無止境又痛苦。緩緩地，一點又一點，桑奇亞感覺到周遭的世界。她以手術桌觀看世界的角度覺知世界，感覺自己躺在自己之上……然後，不知怎地，她感覺到更多。

或說聽見更多。

她聽見一個聲音：〈噢，使束縛、使完整、擁抱、加入我們自己，被加入的喜悅，或是成為一體、或是成為同伴、或是被愛……〉桑奇亞閉著眼，頭一陣陣重擊；她皺起眉。搞什麼鬼？誰在說話？耳裡的聲音持續，一陣歌唱般神經質的吟誦：〈噢，我多高興能伸展並抱住你，一個完整的圓，一顆完整的心……多可愛，多可愛，多可愛。我永遠不與你分開，永不……〉

桑奇亞的左眼打開細得不能再細的一條縫，兩名坎迪亞諾守衛站在她身旁，一臉憂慮。

「你覺得她死了嗎？」一名守衛問。

「她有呼吸。」另一名說。「我……我覺得啦。」

「天啊。她的眼睛在流血。她到底是怎麼回事？」

「不知道。不過齊厄尼說不要傷了她。她應該要完整無缺。」

兩人緊張地互看。

「怎麼辦？」第一個人問。

「我們替齊厄尼警戒。」另一人說。「確保我們告訴他一模一樣的事。」兩人退回門旁低聲交談。

然而另外那個聲音，神經質的那個仍繼續咕噥：〈我永遠不放開你。再也不放開你。除非我別無選擇。沒有你是多麼痛苦……〉

桑奇亞的左眼打得更開些，保持頭部不動地打量四周，但沒看見有人在說話。

〈瓦勒瑞亞？〉她問。〈是你嗎？〉

然而瓦勒瑞亞沉默不語。或許她精疲力竭了，她說過可能會這樣。

〈抱緊我。緊一點。拜託，對，拜託……〉

桑奇亞打開右眼往下看。

她目瞪口呆。「噢我的天。」她低語。

她看得見它們。她能看見手腕和腳踝鐐銬上的銘印——只不過「看見」不算是對的用詞。並不是像她看見符文那樣，像寫在物體上的文字指示，更像是她看見……裝置背後的邏輯，融入它們的物質面。在她眼中，銘印看似細小糾纏的銀光，彷彿遠方星座一團團炙熱的星辰。只消一瞥，她便納入它們的色彩、動態、形狀，了解的目的以及希望做什麼。

她一面眨眼一面分析眼前所見。每一組鐐銬由兩塊半圓形的鋼構成，銘印讓它們渴望抓住、擁抱彼此，永不放開。它們害怕被分開；它們恐懼並憎惡這個概念。它們焦慮熱烈地渴望完整、被抱住；而拆散它們的唯一方法是充分滿足那種渴望。達到這目的的唯一方法則是用對的鑰匙碰觸它們。這把鑰匙能安撫銘印，撫慰需求，就好像一杯鴉片茶或許能平息水手的渴望。

這就像是克雷夫讓她聽見銘印的時候，只是這次她是自己觀看。而且遠遠不止如此，這些強迫行爲背後有如此多細微差異與含意。所有資訊瞬間湧入她腦中，彷彿血滴在一杯水中擴散。

然而她注意到一件事，那就是儘管她現在能與銘印交流，她卻聽不見更多：她無法感覺到手術桌的感覺，並隨即知道桌子的所有裂縫與破口與細微處。看來瓦勒瑞亞修剪掉她能力中如克雷夫所說的「客體移情」，替換成……這個。無論這到底是什麼鬼。

我能像克雷夫那樣觀看事物嗎？她……把我變得像克雷夫了嗎？

她不著痕跡地打量這房間，並敬畏地目瞪口呆。她看得見所有銘印、所有強化變造，所有織入周遭物品的銀色細小指令與論述，要求這些物品變得不同，要求它們以特定方式違抗物理規則與現實。有些銘印美好精緻，有些粗糙醜陋，還有些晦暗乏味。她能在一瞥間了解這些事物的整體本質：什麼製造光、什麼製造熱、什麼讓東西變得堅硬或柔軟……

全都在那，那兒，寫進岩石、木頭與世界的小片空隙。她遇過一名碼頭工人，他聲稱某些聲音讓他看見顏色和聞到味道，而她當時就是不能理解——她覺得她現在懂了。

然而她不能一直看下去——不是說她可以就這樣看遍帝汎的所有銘印。她只能看見這房間裡的銘印，或許還有隔壁房間——顯然是穿牆而見。無論瓦勒瑞亞給了她什麼超感官能力，限制都只比一般的視域與聲音稍微少一點點。

她有片刻太過衝擊無法思考。她想起瓦勒瑞亞說的話：她能夠關掉這能力，也能夠自己與銘印交流，像克雷夫那樣與之辯論。

桑奇亞咬著牙吸氣，納悶著到底該怎麼做到這兩件事。

她用力眨眼，但銘印沒有消失——她的第二視覺（她知道這詞愚蠢，但一時想不出更好的說法）似乎並不透過身體的動作而啓動或解除。她注意到頭側有一種緊繃感，好像有人用手指湊近你耳朵時那種奇怪又有些討厭的感覺。她集中注意力，試著消除那種感覺，彷彿放鬆背上一塊常常遺忘的肌肉……

銘印從視覺中消失，世界變得幸福地完全寂靜。

桑奇亞幾乎大笑出聲。

我做得到！我可以關掉！我終於終於終於能夠關掉了！

這很棒、很美妙，但她仍困在此處。她集中注意力，拉緊腦中那塊奇異、抽象的肌肉。糾纏的銀色銘印重新出現，她同時聽見聲音在她耳中低語：〈抱緊你，抱緊你，我的愛，我的愛，我的愛……〉

桑奇亞將注意力轉移到鐐銬。她細看上面的銘印，或說盡可能細看，畢竟她還被綁死在手術桌上。她完全沒概念眞正跟銘印交流是怎麼一回事。或許和跟克雷夫說話一樣。

於是她對鐐銬說話：〈你會爲我打開嗎？〉

鐐銬立即回應，帶著驚人的狂熱：〈不！不，不，不！永不釋放，絕不，永不放開，會，我們的心會破碎，會的，對……〉回應的強度令桑奇亞退縮。那就像是對整房間的小孩宣告睡覺時間即將到來，

他們爆發挫敗的尖叫。〈好啦，好！〉桑奇亞說。〈老天，我不會把你們拆開！〉

〈好！好，好，好，我們永不分開，永不分離，絕對不能沒有彼此……〉

桑奇亞皺起鼻子。這有如坐得太靠近兩名深切擁吻的愛侶。

她集中注意力，定下心神，注視鐐銬，讓她的思緒滲入其中。她甚至不知道該如何描述自己正在做的事，她檢查它們的論述——它們做什麼，以及爲何這麼做，並瞄準論述中有關它們如何平靜下來、在鑰匙的碰觸下達到滿足而至分開的部分。

〈我要怎麼讓你們感覺……〉她在它們的論述中搜尋正確的定義。〈鑰匙的平靜？〉

〈用鑰匙。〉鐐銬立即回答。

〈對，但那鑰匙怎麼讓你們達到鑰匙的平靜？〉

〈鑰匙給予鑰匙的平靜。〉

〈好。對。但什麼是鑰匙的平靜？〉

〈鑰匙的平靜就是鑰匙給予的感覺。〉

〈鑰匙的平靜會對你們產生什麼作用？〉

〈鑰匙的平靜誘發鑰匙的平靜，也就是鑰匙平靜的狀態。〉

要命，桑奇亞心想，*這比我想像中困難。*

她快速思考，接著問：〈除了鑰匙之外，有其他東西能夠讓你們感覺到鑰匙的平靜嗎？〉

短暫停頓，接著：〈有。〉

〈那是什麼？〉

〈什麼是什麼？〉

〈能夠讓你們感覺到鑰匙平靜的東西是什麼？〉

〈鑰匙誘發鑰匙的平靜。〉

〈對！我知道！但除了鑰匙之外能誘發鑰匙平靜的是什麼？〉

〈鑰匙的平靜誘發鑰匙的平靜。〉停頓。〈跟祕密一樣。〉

桑奇亞眨眼。〈祕密？〉

〈什麼祕密？〉鐐銬問。

〈讓你們達到鑰匙平靜的祕密是什麼？〉

〈祕密是祕密。〉

〈對，但那是什麼？〉

〈什麼是什麼？〉

桑奇亞吸氣。這真是，不誇張，挫折得難以想像。她現在了解許久前克雷夫讓她看的是什麼了；當時他打開了坎迪亞諾的門：銘印有如心智，但並不是聰明的心智。克雷夫比她擅長跟它們對話。話說回來，隨著他逐漸腐蝕，他變得益發強大。

她問：〈祕密是一把鑰匙嗎？〉

〈不是。鑰匙是鑰匙。〉

〈祕密是另外一個符印嗎？〉

〈不是。〉

令人驚訝。如果一個銘印並非由另一個銘術指令啓動或解除——那會是什麼？

〈祕密是一個堅硬的東西嗎？〉她問。

〈堅硬？不確定。〉

她試著想出更明確的詞彙。〈祕密是金屬做的嗎？〉

〈不是。〉

〈木頭？〉

〈木頭什麼？〉

她一咬牙，了解到她必須把每個問題問得精確才行。〈祕密是木頭做的嗎？〉

〈不是。〉

〈祕密是某人的碰觸嗎？〉

〈不是。〉

〈祕密是某人的氣息嗎？〉

長久長久的停頓。

〈祕密是某人的氣息嗎？〉她又問一次。

鐐銬終於回答：〈不確定。〉

〈爲什麼不確定？〉

〈什麼不確定？〉

〈你們爲什麼不確定祕密是不是某人的氣息？〉

又停頓。接著鐐銬說。〈祕密是氣息但氣息並非祕密本質。〉

〈祕密又怎麼不是氣息？〉

沉默。看來鐐銬不知道怎麼回答這個問題。

什麼氣息並非氣息？或至少不止是氣息？想得出來，她就能脫困。但她來不及繼續思考，因爲遠處傳來一陣叫喊，隨後轉爲尖叫，接著門甩開，托瑪士·齊厄尼衝了進來。

「沒用！」他吼道。「他插的沒用！我們找到那個天殺的莢艙，不過就這樣——一個莢艙而已，什麼都沒有。她要不在騙我們，要不就是跟我想的一樣毫無價值！」

桑奇亞謹慎地透過眼皮的縫隙偷看他們，發現自己看得見他們刀劍、盾牌與衣服上的強化變造。托瑪士身上有一個銘印閃爍著令人不適的怪異紅光，像是透過血水折射的陽光……

帝器，她心想，我能看見……我的天，恐怖的東西……

托瑪士轉向她。「她又是怎麼回事？」

「她，大約兩小時前開始尖叫。」一名守衛說。「接著昏過去。她流血……嗯。看起來到處都流血。我沒見過這樣的事。」

「又來？」托瑪士說。「她又流血？」他看著剛剛跟著他一起衝進來的安瑞可。「她是怎麼回事？她顯然不停從她的臉上噴出血來！」

桑奇亞閉著眼。她聚焦於鐐銬，問道：〈祕密的氣息怎麼不是氣息？〉

鐐銬沉默。似乎不懂這個問題。

〈祕密的氣息怎麼給予鑰匙的平靜？〉她孤注一擲地問。

〈氣息並不給予鑰匙的平靜。〉鐐銬說。

〈但祕密是氣息，對吧？〉

〈不確定。有部分是。〉

〈那不是氣息的其他部分是什麼？〉

〈祕密。〉

「她死了嗎？」托瑪士的聲音問道。

「她有在呼吸。」安瑞可說。

「這種事對銘印人來說算是尋常狀態嗎？」

「啊……畢竟我才接觸過銘印人大約十分鐘的時間，閣下，實在很難說。」她聽見托瑪士走近。

「嗯。她昏過去了……或許算是幫我們一個忙。現在或許是從她腦袋拔下那該死的碟片、她又不會弄得一團亂的好時機。」

〈祕密怎麼和氣息一起傳送給你們？〉桑奇亞驚慌地問。

〈透過嘴？〉這問題似乎讓鐐銬感到困惑。

〈口水是祕密的一部分嗎？〉桑奇亞問。

〈不是。〉鐐銬說。

「閣下……我不確定倉促行事是否明智。」安瑞可的聲音說。

「爲什麼不？要是歐索的手下帶著鑰匙離開這裡，那我們眞他插需要倉促行事！」

「我們還沒審問過她，閣下。她是帝汎唯一接觸過那把鑰匙的人，因此她本身就是一種資源！」

「她體內的碟片可能會讓鑰匙變得無關緊要，」托瑪士說，「這可是你說的。」

「關鍵詞是可能。」安瑞可說。他的語氣中摻入一絲令人不安的懇求意味。「我們不知道該怎麼取出碟片！不謹愼行事，或許會損害我們急於取得之物！」

桑奇亞依然動也不動，思索著還能問鐐銬什麼問題。然而她看見某個東西。

幾個銘印進入視線範圍。新的，嶄新且明亮——它們很強大，她領悟。不可思議地強大。

而且在移動。她一隻眼打開一條縫，見到銘印在牆的另一邊，正朝門接近。

有人來了。安靜緩慢，有人來了。帶著許多可供他們任意使用的厲害玩具。

喔噢。桑奇亞心想。

「你們這些該死的銘術師！」托瑪士咆哮。「你們看不出你們都不再是行動派了嗎？我對天發誓，你們的胯下是不是都像河岸一樣平坦了？你們的蠟燭是不是都在你們凝視符文時乾枯掉落了？」

數個明亮的銘印愈來愈靠近門。

「我了解您，閣下，努力想挽救這個計畫。」安瑞可的聲音在顫抖。「但……您一定也看得見她的珍貴之處吧？」

「我看見的是，」托瑪士說，「她沒有利用價值，骯髒的鑄場畔妓女。她和她的主人，歐索．伊納希歐，在每一個場合都令我挫敗。就跟你們這些愚蠢的所謂專家令我挫敗的程度不相上下！現在，安瑞可——爲了你自己好，我建議你將此列入考量——今晚我唯一想看見的，就是有人死！」

發亮的銘印這會兒來到門邊。她看著門把轉動。

*我突然覺得，*桑奇亞心想，*托瑪士的願望很快就會實現。*門嘎地打開。眾人定住，轉過身。一名守衛跑上前抽出匕首——然而女子走進來，他隨之一頓。

托瑪士瞪著她。「埃絲黛兒？」

32

桑奇亞半睜開一隻眼好看得更清楚。女人環顧房內，雙眼呆滯，嘴巴張開。臉上的顏料被抹糊了，精心梳理的髮型有些地方散開。她吸口氣，含糊地吐出字句：「托——瑪士……親愛的！發生什麼事？你……你怎麼了？」

「埃絲黛兒？」托瑪士說。「你該死的來這裡做什麼？」他的語氣聽起來不像丈夫在招呼妻子，反倒像男孩在對打斷他睡衣派對的姊姊說話。

埃絲黛兒．齊厄尼？桑奇亞暗忖。那個……歐索的前女友，給我們她父親的血的那一個？

「我……我聽——」她打嗝，「聽見內城門那兒有些吵鬧……圍牆都關閉了？」

她說話的方式和桑奇亞的預期有天壤之別——並不像受過教育，高貴富裕的女人，也不像歐索口中那個聰明的銘術師。她的聲音詭異地……帶氣音。尖聲尖氣。她說話的方式，桑奇亞想，有錢男人心目中的蠢妻子就是這樣說話。

「我的天。」托瑪士說。「你喝醉了？又來？」

「呃，創始者。」安瑞可緊張地說。他一瞥桑奇亞。「現在可能不是時候……」

埃絲黛兒看著安瑞可，微微一晃，彷彿原本沒注意到他在這。在普通人眼中，她只是一名喝醉的創始者女性。然而桑奇亞的雙眼不再普通——她注意到埃絲黛兒的袖裡藏著威力強大得不可思議的銘器，有如迷你星辰。

她在演哪一齣？

「安瑞可！」埃絲黛兒驚訝地喊道。「我們僅存最聰明的銘術師！看見你真是太好了……」

「啊。」安瑞可說。「謝——謝謝您，創始者？」

埃絲黛兒碰觸安瑞可時，桑奇亞發現她在他肩膀留下一個發光的小點，他似乎一無所察。是銘器，桑奇亞心想。但好小……而且驚人地強大……她試著從她躺著的位置看出銘器的本質，但這比她預期困難。顯然她的新天賦有賴近距離與接觸。不過她覺得那個小東西看起來……

飢渴。詭異地、強烈地飢渴。

「你他插到底在這裡做什麼？」托瑪士質問。「你怎麼進來的？」

埃絲黛兒聳肩。這細微的動作弄得她失去平衡倒向旁邊。「我……你離開山所時，你看起好不開心，又這麼急……我叫我的女僕跟蹤你，到這裡，給你驚——」

「你什麼？」托瑪士氣急敗壞地說。「你的女僕知道這地方？還有誰知道？」

「什麼？」她驚訝地問。「沒人。」

「沒人？」他咄咄逼人。「你確定？」

「我……我只是想幫你，我的愛。我想成爲你一直都期望我當的盡責妻——」

「噢天。」他揉擰鼻梁。「你想幫忙，是吧？又來了。你想當個銘術師。又來了。我告訴你最後一次，埃絲黛兒，我不會容忍下一次闖入……」

她看似深受打擊。「我很抱歉。」她低語。

「噢，我眞高興你很抱歉。」托瑪士說。「會有幫助呢！眞不敢相信你居然有辦法讓情況更糟！」

「我保證，不會再繼續了！」她說。「只會有你、我、安瑞可，還有……還有這兩名忠誠的僕人。」她碰觸坎迪亞諾守衛的肩膀——兩個男人看了看彼此——桑奇亞看見她也在這兩個人身上留下迷你銘器。

托瑪士氣得發抖。「我告訴過你，」他嘶聲說，「我已經受夠你這些愚蠢的幻想。你們這些人……你們總是這麼吹毛求疵、軟弱又……又學究！」他把最後兩個字說得好像那是他所能想像最不堪的汙辱。「我花了十年的生命努力把這該死的地方現代化！然而就在我可能眞正扭轉乾坤的時候，你和你的女僕卻歪歪倒倒跑進這扇門，把天知道還有誰引到我僅存的優勢！」

她垂眼。「我只是想當你順從的配偶……」

「我不想要配偶！」托瑪士大吼。「我想要伴侶！」

她頓住，頭停在一個角度。桑奇亞看不清她的表情——她的臉被陰影籠罩，迷失在黑暗中——然而當她開口，已不再是高亢、氣音、醉醺醺的東拉西扯。現在她換上武斷女子不露情感、堅定冰冷的語氣。

「如果你能結束我們之間的關係，你會這麼做嗎？」

「絕對會！」托瑪士尖叫。

埃絲黛兒緩緩點頭。「那好。你爲什麼不早說呢？」她抽出一根看似小棍子的東西——桑奇亞注意到棍子邊緣因銘印束縛而發亮。她將棍子像牙籤般折斷。

那一瞬間，房間內被尖叫聲點燃。

❁

尖叫完美同步響起，很難理解究竟發生什麼事，或者是誰在尖叫。

安瑞可和坎迪亞諾守衛都痛苦叫喊，同時顫抖扭動，彷彿陷入可怕的高熱。他們扒抓自己的身體——手臂、胸膛、頸部、身側，很像是突然有蟲子跳進他們的衣服裡。

桑奇亞看見確實有東西在他們身上爬行：那個發亮的迷你銘器，埃絲黛兒放在他們身上，現在則已溜進他們體內，在他們皮膚下、進入他們身體裡，正緩緩爬入軀幹。她看見所有蟲子——她現在忍不住把那些銘器都想成蟲子——顯然是燒出一條路進入男人的身體：一縷一縷細細的煙從他們的肩膀、手臂、背上冒出來。恰恰都在埃絲黛兒放置小銘印點的位置。

托瑪士警覺地查看左右。「這……這是怎麼了？」他大喊。「發生什麼事？」

「這，托瑪士，」埃絲黛兒輕聲說，「是我們離婚的開端。」

托瑪士跑去跪在安瑞可身旁；他躺在地上，痛苦得全身劇烈顫抖，雙眼圓睜，眼裡也寫滿痛苦。安瑞可張口尖叫……一縷纖細的煙從他雙脣間冉冉上升。

「他們是怎麼回事？」托瑪士驚慌地問。「你做了什麼？」

「是我做的工具。」埃絲黛兒平靜地說，低頭看著垂死的坎迪亞諾守衛。「像橡皮擦，不過在我的設計下，它只受吸引而擦掉一件特定東西——人類心臟的內層組織。」

房間的尖叫轉弱，化為啜泣，而後是可怕輕柔的咯咯聲。安瑞可窒息哽噎。更多煙從他喉嚨湧出。

托瑪士注視埃絲黛兒，震驚且害怕。「你……你什麼？你做了一件工具？銘器？」

「設計時是有點棘手。」埃絲黛兒坦承。「我得將銘印調整到恰到好處，好讓它找出對的生物特徵。用掉好多豬心。你知道嗎，托瑪士，豬心的內層組織跟人類很像呢？」

「你……你說謊。」他回頭看安瑞可。「這不是你做的！你沒有做出什麼該死的銘器！你……你只是愚蠢的小女——」

他轉回頭，埃絲黛兒的腳剛好迎面而來。她那一腳正中下巴，他被踢得四腳朝天。他呻吟著掙扎起身的同時，埃絲黛兒跪下，手探入他袍內拿出帝器。

「你……你踢我！」托瑪士說。

「對。」埃絲黛兒平靜地說，一面站起。

托瑪士碰了碰下巴，彷彿難以置信。接著他發現帝器在埃絲黛兒手中。「你……還給我！」

「不要。」埃絲黛兒說。

「我……我命令你！」托瑪士啐道。「埃絲黛兒，還給我，否則我這次眞的會折斷你的手臂！我會打斷你的手臂和其他一大堆東西！」

埃絲黛兒望著他，表情平靜無慮。

「你……」托瑪士站起，往前衝。「你好大膽！竟敢挑戰嗚——」

他沒能把最後一個字說完。他接近埃絲黛兒時，她伸出手，將一個小碟片貼在托瑪士胸口——碟片一貼上，他隨即凍結、懸在半空中，完全靜止，彷彿以細繩懸掛於天花板的雕像。

「好了。」埃絲黛兒輕柔地說。「好多了。」

❁

桑奇亞不著痕跡地研究貼在托瑪士胸口的銘印碟。她立刻看出那是重力碟，很像殺手攻擊她和格雷戈時用的那種。但這一個比較小，優化了，更平滑優雅。她觀看片刻，隨即了解儘管碟片將托瑪士原地凍結，但事情還沒完。它仍繼續在托瑪士身上做些什麼……

埃絲黛兒在定住的托瑪士身旁踱步，愉悅陶醉地歪著頭。「就像這樣嗎？」她輕聲問。「身爲你就是這種感覺嗎，丈夫？手握大權的人？一時興起便結束他人生命、隨你高興便令鄙棄者永遠沉默？」

托瑪士沒回應，不過桑奇亞覺得他的眼睛在蠕動。

「你在冒汗。」埃絲黛兒說。

桑奇亞靜靜躺著，不確定她是什麼意思。托瑪士看起來沒有流汗。

「你，桌上的。」埃絲黛兒略爲提高音量。「你在冒汗。」

該死。桑奇亞還是沒動。

埃絲黛兒嘆氣。「放棄吧。我知道你醒了。」

桑奇亞吸口氣，完全睜開眼。埃絲黛兒轉身審視她，表情冰冷，流露出帝王的莊嚴。

「我想我該感謝你，女孩。」

「爲什麼？」桑奇亞問。

「歐索來找我，說他需要找到方法把一個賊偷渡進山所時，我立刻知道，如果托瑪士捉到這個賊，他應該會把他帶到安全之處。最安全的地方很可能就是他藏匿我父親藏品之處。」她轉身面對擺滿製品的桌子。「我找這地方好久了。看起來都在這。」

「出賣我們的是……是你。」桑奇亞說。「是你對托瑪士洩漏我要來的風聲。」

「我要一個人告訴另一個人去告訴另一個親近托瑪士的人要提高警覺。」埃絲黛兒說。「這無關個人——你當然了解。但如你這般的生物，就該習慣被比你優越的人當工具使用。不過我原本希望托瑪士能給你一個痛快。」她嘆氣，略顯挫敗。「現在落得我得決定怎麼處理你了。」

提到她的死亡時，桑奇亞重新聚焦於鐐銬，問道：〈聽著——這個祕密是否受限於時間？〉

〈不是。〉

〈那是不是……〉

「你知道，他心裡只有自己。」埃絲黛兒望著托瑪士。「他認爲銘術師都是蒼白軟弱的傻瓜。他痛恨自己那麼依賴他們。他希望在一個掠奪與衝突的世界經營生意，一個以鮮血換黃金的野蠻世界。」她嘖了一聲。「不是深思熟慮的人。當他發現崔布諾寢室內那些如此珍貴的設計、一串串符文，就這麼神奇地一夜出現，他歡欣鼓舞……不曾細想它們從何而來。」

「你——你製作出重力碟？」桑奇亞訝異地問。

「全都是我做的。」埃絲黛兒的視線鎖定托瑪士雙眼。「我爲他做了一切。透過暗示、引導，經年累月，我令他找到父親的遠西藏品。我利用父親將我的銘術發明餵養給他——竊聽器、重力碟，還有其他許許多多。我讓他去做所有我無法做的事、所有我不被允許做的事。」她湊近托瑪士凍結的臉。「我做的比你多，多太多了；同時你的角色則是在一路上處處絆手絆腳。在這之中責罰我、忽略我、對我強取豪奪，還有……還有……」

她停頓，嚥了口口水。

桑奇亞太了解了。「他認爲你是他的所有物。」

「或許是一個令人遺憾的祖傳遺物。」埃絲黛兒低聲說。「但沒關係。我接受，盡可能轉化爲優勢。自尊心是我不曾享有的奢侈品，所以疼痛並不如預期有用。」

桑奇亞注視托瑪士，發現他有好幾處詭異地彎折起來。他就像一只鐵桶，因經年結結實實的使用而捲曲起皺。

「你……你到底對他做了什麼？」桑奇亞問。

「我迫使他承受他和我父親迫使我承受的，」埃絲黛兒說，「壓力。」

桑奇亞皺起臉，看著托瑪士似乎……內縮。非常不明顯。「所以他的重力……」

「每三十秒增加十分之一。」埃絲黛兒說。「當它增加，增加的部分又會加速增加……」

「他感覺得到……」

「一切。」埃絲黛兒柔聲說。

「我的天。」桑奇亞心驚膽寒。

「你爲何這麼震驚？你不希望這男人因他對你做的事去死嗎？畢竟他抓住你、毆打你、剖開你的頭？」

「當然。」桑奇亞說。「這傢伙是個混蛋。但不代表你就多正派。我是說，就算我可能同情你，也不代表你會放我走，對吧？我會毀掉你拿到那所有錢的機會。」

「錢？」埃絲黛兒說。「噢，女孩……這並不是爲了錢。」

「除了錢和殺掉托瑪士，還能爲了什麼？還是說，你終究是坎迪亞諾家的人？你認爲你能製作出遠西工具？你能夠在你父親失敗之處獲得成功？」

埃絲黛兒冷酷地微笑。「忘掉遠西工具吧。沒人知曉的是——傳道者是誰？他們是怎麼變成後來的模樣？答案一直以來都在我父親眼前。我幾年前就找到答案了。他從不聽我說。我知道托瑪士也不會聽。然而我需要資源證明這個答案。」她又繞著托瑪士踱起步。「大量的能量。心智的集中。在一個人身上捕捉的全數思緒。還有神之語的崇高恩典——保留給不死者、拿取並給予生命者。」她露齒而笑，注視著桑奇亞。「還聽不出來嗎？還不懂嗎？」

桑奇亞寒毛直豎。「你……你是說……」

「傳道者用製造他們工具的方法重製自己。」埃絲黛兒說。「他們拿取其他人的心智與靈魂——將其注入他們自己的身體裡。」

托瑪士的形體顫動，彷彿正在液化。桑奇亞作嘔地注視著。他的眼睛漸漸充血。「噢天啊……」

「一個人類的形體！」埃絲黛兒得意洋洋地呼喊。「其中卻有數十個、數百個，數千個心智與思維……滿溢生命力、意義與力量的一個人，使現實繞著他們打轉，不僅能補綴現實，更能一時興起便改變現實……」

托瑪士的身體朝內皺縮，崩塌於自身，粉碎的手臂與胸膛噴出鮮血，接著，在全然違反物理規則的狀況下，破碎的肢體縮入他體內，被他身上超自然的重力強行壓回他的身體裡。

「你該死的發瘋了。」桑奇亞說。

「不！」埃絲黛兒大笑。「我是博學。我花了好長時間等托瑪士蒐集到所有我需要的工具與資源，所有古代符文。我好有耐性。不過後來老歐索提出一個美妙的機會。正如他們所說，你永遠不該拒絕機會……」她的手伸進袍內拿出閃閃發光的金色物品——一把鑰齒怪異的長鑰匙。

桑奇亞目不轉睛。「克雷夫……」

「克雷夫？」埃絲黛兒說。「你還取名字？真可悲，不是嗎？」

「你……你他插的賤人！」桑奇亞勃然大怒。「你怎麼拿到他的？你怎麼……」她頓住。「哪裡……格雷戈在哪？」

埃絲黛兒轉身看著她的丈夫。

「你做了什麼？」桑奇亞質問。「你對格雷戈做了什麼？你對他做了什麼？」

「我做了必要之事，」埃絲黛兒說，「為了獲取我的自由。你不會這樣做嗎？」

托瑪士的身體緩緩失去該有的形體，化為一顆血與內臟組成、沸騰的球；桑奇亞目不轉睛，感到噁心又恐怖。那團血肉收縮、收縮、再收縮……

「如果你傷害他，」桑奇亞說，「要是你傷害他，你，你……」

「可能更糟喔。」埃絲黛兒示意眼前扭曲的景象。「我可能也讓他嘗了這個。」

托瑪士的身體現在剩一顆砲彈那麼大，在空中輕微顫動，彷彿再也無法承受壓力。

埃絲黛兒挺直身子。儘管一頭亂髮，妝也花了，她的雙眼卻明亮堅定、威風凜凜。桑奇亞突然能夠理解為什麼以前人們會覺得崔布諾．坎迪亞諾像個國王。「明天我將完成父親的未竟之夢。同時間，我將拿走所有他珍視之物，以及所有你珍視之物，丈夫。我將成為坎迪亞諾商行。我將收取從前拒絕給予我的一切！」

接著，那顆曾為托瑪士．齊厄尼的小紅球就這麼……啵。

◎

一陣聽起來像古怪咳嗽聲的巨響後，房間隨即籠罩在細緻盤旋的紅霧中。桑奇亞感到溫暖水滴灑在她的臉上和頸部，連忙閉上眼轉開頭。她聽見埃絲黛兒在房間某處呸出嘴裡的東西。「噁。噁！我沒料到這部分……不過一切設計都有其極限。」

桑奇亞努力不發抖，努力不想克雷夫就在埃絲黛兒手中，不想她對可憐的格雷戈做了什麼。專心。

我現在能怎麼辦？我要怎麼逃脫？

埃絲黛兒又呸了一會兒，咳了咳，接著大喊：「好了！」

紅霧漸漸平息。外面的走廊傳來腳步聲。兩名坎迪亞諾士兵走了進來。眼前所有屍體和房間沐浴著薄薄一層血的景象似乎不令他們驚訝。

「該如先前討論那樣燒掉他們嗎，夫人？」其中之一問。

「是的，隊長。」埃絲黛兒說。她現在全身血紅，將帝器和克雷夫如嬰兒般捧在手中。「我頗渴望能好好把玩它們，但……丹多羅那邊有動靜嗎？」

「還沒有，夫人。」

「好。安排護送我到山所，動員我們的軍隊。從現在開始到午夜，整個坎迪亞諾內城都必須封鎖並派人巡邏。發出命令，暗示托瑪士失蹤——我們懷疑他被謀殺。」

「是，夫人。」

桑奇亞仔細聆聽。聽見那兩個字——命令，她靈機一動。

她吸口氣，重新聚焦於鐐銬——她發現她一直都把它們想錯了。她一直都專注於鐐銬本身，專注於鋼圈以及它們期待想要什麼——她沒想到整個系統或許不止如此。

什麼氣息不是氣息？

她的腳踝和手腕上有束縛，沒錯。她現在搜尋這些束縛，發現鐐銬迫切等待來自銘器另一部分的信號——她一直忽略的一部分，裝設在手術桌的角落。她低頭，發現這個組件很小，裝在石桌面的邊緣。她檢視上面的指令，發現構成跟歐索描述的聽覺回放裝置雷同：一根纖細的針，關在一個籠子裡，針隨聲音的震動而移動……只不過它需要以特定的方式移動。

當然，桑奇亞心想。當然了！

〈祕密……是一個詞嗎？〉她快速問鐐銬。〈一個命令？密碼？〉

〈對。〉鐐銬簡單地回答。

她幾乎得意地歎息。一定就像通關密語——某人說出正確的詞，針便以剛好正確的方式移動，鐐銬隨即彈開……

〈是哪一個詞？〉桑奇亞問。

〈祕密。〉鐐銬似乎覺得很有趣。

〈告訴我祕密詞是什麼。〉

〈不能分享。那是祕密。如此神祕，連我也不知道。〉

〈那有人說出祕密時你怎麼知道？〉

〈當針以對的方式移動。〉

令人挫折。桑奇亞不知道克雷夫怎麼能想出來。他總是一再雕琢問題或概念的措辭，直到本質上並不與規則衝突——現在到底該怎麼做到？

她有一個想法。

〈那個祕密，如果我說「噗」，這樣能讓針以正確的方式移動嗎？就像祕密的開頭？〉

漫長的停頓。接著鐐銬說：〈不能。〉

〈如果能，你會說能嗎？〉

〈會？〉

她嚥了口口水，鬆一口氣。當然了，因爲只是問發音，而非確切的用字，這樣並沒有違反規則。

〈如果我說「嗒」，這樣能讓針以正確的方式移動嗎？就像祕密的開頭？〉

〈不能。〉

〈如果我說「嘶」，這樣能讓針以正確的方式移動嗎？就像祕密的開頭？〉

〈不能。〉

〈如果我說「嗎」，這樣能讓針以正確的方式移動嗎?就像祕密的開頭?〉

〈……能。〉

她吐出一口氣。所以通關密語的開頭類似「嗎」的音。現在繼續猜就好——盡可能快。

「那女孩呢?」士兵問。

「處理掉。」埃絲黛兒說。「隨你高興。她不重要。」

「是，夫人。」他敬禮，埃絲黛兒轉身離開，留下他單獨和桑奇亞在房內。

該死!她繼續猜，速度愈來愈快——也發現她可以用比和人類溝通還快的速度和銘器溝通。就好像先前克雷夫和銘器之間瞬間且難解的訊息爆發;她能夠集中心神，同時問若沒有幾百題也有幾十題的問題。

她的思緒變成由不能構成的合唱，間或穿插著能。慢慢地、穩定地，她在腦中拼出密語。

士兵走過來低頭看她。他的眼睛很小，潮濕而且深陷。他用男人檢視一頓飯菜的目光打量她，皺起鼻子。「嗯。不算我的菜……」

「嗯哼。」桑奇亞閉著眼，沒理會士兵，專注於鐐銬。

「你在祈禱嗎，女孩?」

「沒。」桑奇亞睜開眼。

「你會弄得很吵鬧嗎?」他心不在焉地扯著褲子，剛好就在胯下附近，並開始來回揉捏。「說實話，我不介意，只是會不太方便，男孩們在走廊上……」

「我唯一會發出的聲音只有，」桑奇亞說，「芒果。」

「是什——」

碰的一聲，桑奇亞的鐐銬都打開了。

士兵目瞪口呆，接著說:「怎麼會——」

桑奇亞坐起，抓住他的手塞進鐐銬，啪地鎖上。

士兵呆若木雞，瞪著自己的手看，用力抬起。動彈不得。「你……你……」

桑奇亞跳下手術桌，打爛籠子裡的聽音針。「好了。現在你待在這兒吧。」

「克雷蒙！」他咆哮。「她掙脫了，她掙脫了！叫所有人過來，所有人！」

桑奇亞用盡全力往士兵的太陽穴揍一拳。他晃了晃倒下，手還困在鐐銬中。桑奇亞在他來得及反應前跪下抽出他的銘印雙刃劍。她注視寫滿指令的劍身，銘印的功能是強化重力，讓劍相信它是被以超乎人類的力量揮過空氣。

接著走廊傳來腳步聲——一大堆。桑奇亞盤點當下狀況。外面的走廊是唯一出路，但聽起來很快便會塞滿守衛。她只有手上這把劍——考量她的新能力，這給了她頗可觀的優勢，但或許不足以對付手拿弩弓或類似武器的一打男人。

她打量房間。對面的牆以岩石建造，她的能力讓她能夠一瞥牆另一邊的指令；或許是因為距離的關係，比較微弱，更難以解讀。不過她看見一個器具被銘印得超乎自然地密實，堅不可摧；一個看似鑲在牆上的方形薄片……

鑄場的窗戶，她暗忖。最近在這方面有過一些經驗。

她對雙刃劍說話：〈你——你強化了重力，對吧？〉

〈當我接近合適的速度，我的密度將擴大，重力將變為三倍。〉劍立即回吼答案。

〈你的密度會擴大到什麼程度？〉

〈變得好像有二十個我。〉劍說。

〈那你有多重？〉

〈啊……這欠缺定義？我有多重就是多重？〉

〈啊，不不不。那是錯的。你實際上的重量是……〉

士兵來到近處了。桑奇亞將劍放在地上，雙腳踩上去。她又撿起劍，拿到距離對面牆幾步的地方，舉起劍。她仔細瞄準，接著猛力把劍朝桌子後方的牆射去，抱住頭。

整件事做起來實在是愚蠢地簡單。劍的重量基本上未定義，她剛剛站上去，告訴它現在感覺到的就是眞正的重量。不過這定義只有在它的銘術啓動時才有意義——尤其是以恰當的速度揮動時。包含將它投擲出去時。

此刻短劍的銘術啓動，它並不認爲自己是二十把六磅重的雙刃劍，而是二十把一百一十六磅重的雙刃劍。然後，當然了，它強化自身的重力，效果因而極致。

雙刃劍擊中對面的石牆時，牆壁彷彿被一顆從山邊墜落的卵石擊中，發出巨大的碰撞聲，碎石殘骸撒落整個房間，灰塵瀰漫。小碎石落在桑奇亞身上，她蜷在地上，雙手護住頭頸。接著她起身衝過牆上的洞，來到隔壁房間遠側處牆的窗前。

她幾乎沒時間檢視外面——她大概在坎迪亞諾內城上方六十呎處。如同坎迪亞諾內城的許多其他地方一樣，此處一片荒蕪，但牆腳就是條寬闊的水道。她跳起推開窗，把自己撐起、鑽過窗戶，懸在鑄場的窗戶外，審視著往下爬的路線。

她聽見裡面傳來叫喊聲，回頭看窗內，發現七名坎迪亞諾士兵衝了進來。他們瞪著掛在窗外的她，舉起弩弓。她有片刻無法決定該怎麼做。她知道窗戶經過銘印因此具備超自然的韌性。但她經過匆匆一瞥，也看出是士兵的弩弓相當精良。

管它去死，她暗忖。她回身跳下窗戶，雙臂朝下方的水道伸展。

她在空中翻滾。她聽見上方的窗戶爆開，於是睜開眼。然後她看見了。儘管她無暇他顧，還一面掉落，她仍忍不住大喊「我的天！」然而並非恐懼或驚慌，而是驚歎。

因爲她仍可看見身旁的銘印。當她墜落時，她做了更多，更多她沒想過自己能做到的事：彷彿她的腦中有一扇防洪閘門，出於恐懼或驚奇或直覺，閘門在她睜眼的同時打開了……

桑奇亞望見下方帝汎的夜景突然轉譯爲顫動嘈雜的銀色銘印纏結，數以千萬計，彷彿滿覆細小蠟燭的綿延黑色山脈。她驚異地看著，同時銘印弩箭嗖地掠過她上方的空中，有如流星般閃爍，疾射過城市，一座擠滿心智與思緒與欲望的城市，彷彿滿是螢火蟲的森林。

就好像夜空，她墜落時心想。不對，甚至比夜空還美……

水道的水面迎向她，而她破水而入。

※

桑奇亞游過髒得難以言喻的汙水，穿過腐爛物、漂浮殘骸與漂流物，穿過浮渣與工業泥漿。她一直游到身體像腦袋一樣精疲力竭，直到她的肩膀像火燒、雙腿成鉛，直到她終於在白色丹多羅圍牆的牆腳爬上泥濘的河岸，耗盡力氣，不停顫抖。

她緩緩站起。全身汙穢發臭，血淋淋的她轉身面對煙霧繚繞、星光照耀、在天空下朝四面八方延展的帝汎。她凝聚心神，打開腦中的防洪水閘。思緒、言語與指令點亮帝汎，全部微弱閃爍，彷彿在清晨紫色天空下燃燒的幽靈蠟燭。

桑奇亞胸膛起伏，她握緊拳頭放聲尖叫；一陣悠長嘶啞的叫喊，喊出她的挑戰、憤怒與勝利。在她尖叫的同時，周遭的內城街區出現怪事。

銘印燈閃爍不定。飄浮燈籠突然急降，落下數呎，彷彿聽見不幸的消息。馬車陡然減速，僅維持大約半個街區。藉由銘印維持關閉的門緩緩嘎吱開啓。在銘印命令下感覺較輕的武器與軍用品有一瞬間略重了些。就好像維持世界運作的機器與裝置都經歷了癱瘓般的自我懷疑，轉瞬即逝，它們全在低語——

那是什麼？你聽見了嗎？

桑奇亞沒意識到自己做了什麼。不過以某種不言而喻的方式，她確實了解到一件事：比起前一夜他們碰觸的桑奇亞，此刻星光撫觸的桑奇亞變得稍微不那麼像人類了。

33

「這是一個懦弱的計畫，先生。」貝若尼斯說。

「噢，少來了，貝若尼斯！」歐索說。「已經過了七小時，桑奇亞或格雷戈都不見蹤影！沒有消息，沒有傳訊，什麼都沒有！而且坎迪亞諾內城突然徹底封閉！出問題了。我可沒興趣留下來看熱鬧。」

「但是……但是我們就是不能離開帝汎！」貝若尼斯在墓穴內來回踱步。

「我可以。」吉歐說。兩名銘術師顯然嚇壞了。他們遠比內城銘術師脆弱。

「你不必付我們錢，」克勞蒂亞說，「幫我們買通出去的路就好。」

「我們不能丟下桑奇亞和格雷戈！」貝若尼斯說。「我們不能把帝器留在托瑪士．齊厄尼手中！像那樣的男人……想想看他會做出什麼傷天害理的事！」

「我就是在想那個。」歐索說。「我無法停止想像！因此我才想逃離這裡！至於桑奇亞和格雷戈……」

貝若尼斯停步，怒瞪著他。「怎麼？」

歐索皺起臉。「他們做出自己的選擇。他們知道風險。我們都知道。有些結果幸運，有些不幸。我們是這個行動的生還者，貝若尼斯。最明智的做法是繼續保持生還。」

她吐出沉重的一口氣。「光想到我們跳上一艘船趁死寂的夜逃走……」

「我們還能怎麼樣？」歐索說。「我們只是銘術師，女孩！我們無法設計出逃脫之道！這想法太荒唐了！無論如何，桑奇亞和格雷戈都是聰明人，或許他們能自己找到生——」

他們聽見外面墓穴走道的石門滑開，紛紛頓住。這令人憂心，因爲唯獨吉歐有鑰匙，而鑰匙這會兒正在他口袋裡。他們看著彼此，心裡敲起警鐘。歐索一根手指舉至唇畔。他起身，抓起一根扳手，小心翼翼地走近通道的開口。他停頓——能聽見腳步聲緩緩接近。

他吞了口口水，吸口氣，尖叫並跳出通道前，扳手高舉。

他猛地煞住。站在他面前的人駭人且面無表情——那是全身又髒又濕、血淋淋的桑奇亞．圭鐸。

「見鬼了。」歐索說。

「桑奇亞！」貝若尼斯大喊。她跑上前，但在幾步外停住。「我……我的天。你怎麼了？」

桑奇亞似乎沒注意到他們——她注視著不遠處。聽到問句，她緩緩眨眼看向貝若尼斯，迎上她的視線。「什麼？」她模糊地問。

他們瞪著她。她的頭上有一道傷口，雙臂有割傷，臉頰瘀青，臉和頸部還有一層乾硬的血……然而她身上最糟的還是她的眼睛。一眼跟原本一樣，有眼白與深棕色瞳孔，另一眼，右眼卻完全充血。彷彿她的太陽穴被狠狠痛揍，要了她的命。

桑奇亞吐氣，接著粗嘎地說：「見到你眞是太美好了，貝若尼斯。」

貝若尼斯的臉脹成深紅色。

「到底發生什麼事？」歐索質問。「你去哪了？」他看著墓穴洞開的門。「你又天殺怎麼進來的？」

「我需要坐下。」桑奇亞低聲說。「還需要喝一杯。」

貝若尼斯扶她到椅子坐下，同時吉歐拿出一瓶甘蔗酒。「別管杯子了。」桑奇亞低語。他彈開瓶塞遞給她，她猛灌一大口。

「你看起來，我的女孩，」吉歐說，「像是那個牧羊人，爬上山，卻在天空中看見神的臉。」

「你……說得不算不對。」她陰沉地說。

「發生什麼事了，桑奇亞？」歐索問。「你看見了什麼？」

她開始說話。

❁

某一刻，話就這麼說完了。然後是一段延續的漫長沉默。貝若尼斯、吉歐與貝尼斯蒼白震驚，歐索則像快吐了，他小心地清了清喉嚨。「所以，一個傳道者？」

「對。」桑奇亞說。

他點頭，顫抖了起來。「埃絲黛兒．坎迪亞諾，前齊厄尼夫人……」

「對。」桑奇亞說。

「她，以某種方式，在背後策畫從頭到尾的一切……」

「對。」

「她剛剛謀殺了她丈夫……」

「對。」

「她現在想變成……其中一個古者。」歐索說得好像大聲說出這些字句便能讓這些事更說得通。

「我猜要是她現在成功，那就不會是古者了。」桑奇亞說。「不過對。總而言之就是這樣。」她低下頭。「還有格雷戈……我想他死了。然後埃絲黛兒拿到克雷夫。她什麼都拿到了。克雷夫、帝器、有聲音傳出來的箱子……一切。」

歐索眨眼，瞪著牆。接著他伸出一隻手，低聲說：「把那瓶該死的酒給我。」

桑奇亞交出酒瓶。他喝了一大口，雙腿打著哆嗦在地板坐下。「我原本就不覺得是崔布諾做出那些設計。」他輕聲說。「我想我……說對了？」

「我的問題是……埃絲黛兒能做到？」克勞蒂亞說。「假設她成為傳道者。我對傳道者的認識都來自童話故事。我以為他們是他插的巨人！我們對他們的能耐有什麼了解？」

桑奇亞想起她看過的那個幻象，克雷夫的幻象：裹在黑布內的東西，站在沙丘頂。「他們是天殺的怪物。」她厲聲說。「他們是惡魔。箱子裡的東西說的——他們掀起戰火，將大地化為灰燼與沙。也可能對這裡做一樣的事。」

「對。」歐索一面打顫一面說。「所以囉。我……我想我的第一個計畫現在很不錯。我們找艘船。我們上船。我們搭船遠渡重洋。接著我們，不知道，再活一陣子。聽起來如何？」

「你沒在聽。」桑奇亞低聲說。「我說過，她說她想成為坎迪亞諾商行。」

「這有什麼了不起？」歐索大喊。「你剛剛那半小時說了那麼多瘋狂爛事，那部分又沒有多突出！」

「想想看啊。我說過——那具機器，箱子裡的聲音……」

「跟你對話的這個瓦勒瑞亞。」歐索說。

「對。」

桑奇亞略顯猶豫。她故事中的這部分，她知道最難以理解、最令人不安。「你們……你們相信我說的，對吧？」她問。「關於她對我說的話、她對我做的事？我知道聽起來很瘋狂……」

歐索靜止了很長一段時間，思考著。「我有些……想法。不過我確實相信。請繼續。」

「好，所以，瓦勒瑞亞告訴我傳道者進行儀典的方式。你先標示出承載靈魂的軀體，再標示出要把靈魂轉移到什麼東西裡。」

「我必須承認，」吉歐說，「在我們行動的過程中，搞清楚一個神祕狗屁和其他神祕狗屁之間的差異變得愈來愈困難。」

「吉歐說得對。」克勞蒂亞說。「請說明這有什麼重要。」

「記得嗎——就在我接下偷克雷夫的工作時，坎迪亞諾商行剛換過他們的徽封，對吧？」桑奇亞說。

「對。」吉歐說。「我們得替帝汎一半的妓女做出全新徽封。」

「對。那是一個大變動。沒人知道爲了什麼。當時我也沒多想，不過現在，聽過她說的話之後……我覺得那些新徽封並不止是徽封而已。」

貝若尼斯驚駭地張大了嘴。「你認爲那些徽封……每一個坎迪亞諾雇員都帶在身上的小徽章……」

桑奇亞嚴肅地點頭。「這些徽封要不是由埃絲黛兒核發，要不就是配發出去前曾經被她竄改。我猜它們兼具傳道者的標示功能。」

「那……那當埃絲黛兒開始進行儀典，」歐索說，「所有攜帶附標示徽封的人……」

「他們會死。」桑奇亞說。「或許少數沒帶著徽封的人能倖免，不過基本上，整個坎迪亞諾商行將死去。他們的所有心智與靈魂都將注入埃絲黛兒，而她將成爲傳道者。」她看著歐索。「我們離開，讓埃絲黛兒做她想做的事，那你的所有老同事、一千名以上所有在坎迪亞諾商行工作的人，甚至包含該死的女僕，全部都會悲慘至極地死去。」

有片刻沒人說話。

「所以，」桑奇亞說，「對。我們必須阻止她。箱子裡的聲音——瓦勒瑞亞——說她能編輯他們的全部工具，讓那些工具失去功用。前提是拿到克雷夫，克雷夫在……格雷戈被埃絲黛兒殺掉後落到她手上。」她搖頭。「抱歉了，歐索。我們得想出個辦法殺掉你前女友。必須在今天午夜前得手。」

歐索和貝若尼斯驚駭莫名。「暗殺埃絲黛兒・坎迪亞諾？」歐索虛弱地說。「在坎迪亞諾內城？」

「我進去過，」桑奇亞說，「我可以再進去一次。」

「做過一次，」貝若尼斯說，「其實讓這件事變得更加困難。他們關閉所有門，他們也知道我們從水道進去。所有簡單的路徑都被排除。他們會做好萬全準備。」

「但我也不再是一個小賊。」桑奇亞低聲說，注視著空氣。「我能做的事比以前多太多了。」她環顧墓穴，雙眼沒有對焦，彷彿看見許多隱形的物體。「我覺得我很快能學會更多……」

「你或許有所不同，」歐索說，「你也或許從埃絲黛兒手中逃出來，但要是好幾隊士兵對著你射擊，你能做的並不多，桑奇亞。一個人無論再怎麼經過變造，都不可能對抗一支軍隊。」

「我們甚至不知道要攻擊哪裡。」吉歐凡尼說。

「不，我們知道。」桑奇亞說。她注視歐索。「你也知道。埃絲黛兒需要以一個人的死開啓她的儀典——就一個。她恨托瑪士，但還有一個她更恨的人。某個仍活著的人。此外，我只想得出一個她會選擇用來進行轉變的地方。」

歐索對著她皺起眉片刻，接著臉色刷白，「噢，我的天……」

❁

「您想把他放在這裡嗎，夫人？」隨從問。

埃絲黛兒環顧她父親的辦公室。跟記憶中一樣，太嚴厲的灰岩、太多角落的牆壁。一扇巨大的窗在另一端，俯瞰著帝汎城；第二扇小圓窗仰望天空；這二扇窗是這大房間存在任何現實表象的唯一提醒。

她想起自己曾待在這裡，曾經。她還是個孩子，父親剛蓋好這間辦公室——她在他桌前玩耍、用粉筆在石地板上畫畫。當時她只是孩子，當她長大、成爲女人，她不再受邀進入這些場所；這是位高權重者做重大決定之處。她了解到，女人並不適合包含在那些階級中。

「夫人？」隨從再次叫喚。

「嗯？」埃絲黛兒說。「什麼？」

「您要我們把他帶到這嗎？」隨從問。「放在牆邊？」

「對。好，這樣可以。」

「是。他們很快會送他過來。」

「很好。還有我的其他東西——從廢棄鑄場拿來的——也在路上了，對吧？」

「我相信是，夫人。」

「很好。」

她再次打量辦公室。我的工作室，她暗忖。我的。很快地，我的工具將送到此，供我成就這世界無法想像的奇蹟……

埃絲黛兒注視她的左手。數小時內，這裡的肌膚，還有手腕、手臂、肩膀與胸部的肌膚，都將畫上精緻的符文，一個從她的手掌一路蔓延到心臟的符文串；當然了，這個手掌將捧著匕首。容納、轉移的古代符文，能夠將大量能量導入她的身體、她的靈魂。

外面的走廊傳來輪子嘎吱滾動的聲音。

埃絲黛兒·坎迪亞諾認為她很可能是唯一認識這些古代符文，並知道如何使用的人。

輪子的嘎吱聲愈靠愈近。

她是唯一的一個人，她心想——或許只除了那個現在正被推向她的人之外。

兩名隨從將輪床推入辦公室。她望著窩在被單下那個皺縮脆弱的人形，他的臉上滿是潰瘍，雙眼細小、朦朧、發紅，而且無神。

她微笑。「你好啊，父親。」

「可能正面攻擊嗎？」克勞蒂亞說。「若你對帝器的描述都對，埃絲黛兒難道不能關掉所有襲擊？」

「帝器並非總是那麼強大，」桑奇亞說，「它有一個有效範圍，我也覺得它沒那麼好操控。如果埃絲黛兒搞砸，她會毀掉山所裡所有銘術——讓整個地方砸在她自己頭上。她知道風險，因此會很謹慎。」

「那就迅雷不及掩耳的攻擊。」吉歐說。「快速，在她來得及準備應敵前。」

「對，但快速也是一個問題。」桑奇亞說。「我看不出能怎麼不打鬥便進入山所。我們和他們之間隔著幾百名士兵。」

「直接面對面，不過……」克勞蒂亞說，「我總是勸別人別用這招。」

「像我們通常說的，你總是有三種選擇。」吉歐說。「穿過、下面或上面。沒地道可走下面。沒可能穿過所有傭兵。我也懷疑我們飛得過去；得放錨點飛行銘器才能用——但這代表進入山所就是我們的問題根源。」

「這樣問很瘋狂，但我們可能設計出不需要錨點的飛行方式嗎？」克勞蒂亞問。

貝若尼斯、歐索和桑奇亞都停了下來。他們緩緩對望彼此。

「怎麼？」克勞蒂亞說。

「我們確實看過人飛。」貝若尼斯說。

「而且飛得他插的好！」歐索說。「高明！」

克勞蒂亞瞪著他們。「呃，你們看過？」

貝若尼斯一躍而起，跑到角落的大箱子旁。她打開箱子，拉出某個東西拿回桌上。像兩個鐵盤，用強韌的繩索綁在一起，中央有一個青銅轉盤……看起來覆蓋一層乾硬的血漬。

「這是……」克勞蒂亞說。

「重力碟。」貝若尼斯興奮地說。「或許出自埃絲黛兒．坎迪亞諾本人之手！殺手藉此飛簷走壁！」

「不止這樣，」桑奇亞說，「他們基本上還能靠這該死的東西飛行！」

「那可好。」克勞蒂亞說。「真要命。」

「所以很簡單啊！」吉歐凡尼說。「你用這兩個盤子飛去山所就好。或者說是沿一片又一片屋頂一路跳到山所。」

桑奇亞看著重力碟。她繃緊腦中的肌肉，打開閘門，觀看……

她原本預期重力碟會跟其他強大的銘器一樣散發明亮光芒，但沒有。反倒像拼湊而成的銀器，某些點發光，其他部分則否。她搖頭。「不。它們並沒有正常運作。有些銘印指令在作用中，但並非全部，整體而言這個銘器沒用。」

「你只是看著就能分辨出來？」歐索驚愕地說。

「對。」桑奇亞說。「我還能跟它對話。」

「你能跟它對話——」

「閉嘴，讓我看看這裡……」

她閉上眼，裸露的雙手放在碟片上並傾聽。

〈……位置……大團塊的位置？〉碟片說。〈無法……編輯未完成……大團塊，大團塊，大團塊。欠缺所有方向性……大團塊？需要大團塊的密度？大團塊的位置。大團塊……的方向是啓動序列的關鍵；序列關乎……關乎……〉

她搖頭。「很……怪。很像聽頭受傷的人在睡夢中咕噥。沒道理。」她睜開眼。「這像壞了。」

克勞蒂亞彈舌。「你說這是埃絲黛兒．坎迪亞諾做的？」

「對？」桑奇亞說。「爲什麼這麼問？」

「如果我是她，如果我知道我的敵人可能偷走我的玩具……我可能乾脆關掉我符文典上的銘印定義。這樣玩具就沒用了，或壞掉——就像這個銘器一樣。」

「當然！」歐索說。「所以這兩個鐵盤才沒辦法正常說話！埃絲黛兒拿掉了銘術邏輯中的關鍵支柱，於是整個銘器就瓦解了！」

「它不能用。」克勞蒂亞說。「我們告吹了。」

「我們沒辦法做出自己的定義碟片，好讓重力碟能用？」吉歐嘆氣。

「埃絲黛兒做的這個銘器基本上已經達到不可能的境界。」歐索說。「除了傳道者之外，不曾有人如此巧妙地操控重力。頗不可能在一天之內重現不可能。」

眾人陷入思考，墓穴內一片寂靜。

貝若尼斯往前坐。「但是……但是我們不需要完整重現。」

「不用嗎？」桑奇亞說。

「對！埃絲黛兒多半只關閉了幾個關鍵銘印——其他仍在運作中。如果牆上有一個洞，你用不著把牆拆掉重新蓋一座——只要切一塊剛好能嵌入洞裡的石塊就好。」

「等等。」歐索說。「你是說……我們應該自己編配缺少的定義嗎？」

「不是我們。」貝若尼斯說。「我而已。我比您快多了，先生。」

歐索眨眼，大吃一驚，接著打起精神。「好。不過你的譬喻是坨屎！這才不止是填補牆上一個天殺的洞！這可是複雜的銘術，女孩！」

「那眞是幸好我們之中有人能和銘器交談。」貝若尼斯說。她挪到桑奇亞對面的椅子上，拿出一張紙和一枝鵝毛筆。「繼續。把盤子說的話都告訴我。」

「但都是胡言亂語！」桑奇亞抗議。

「那就告訴我所有天殺的胡言亂語！」

桑奇亞開始說話。

她描述重力碟如何可憐地求問這「大團塊」的位置，懇求有人來告訴它大團塊在哪裡、大團塊的密度，諸如此類。她不停暗自希望貝若尼斯叫停，但她沒有。她只是不停寫下桑奇亞說的一切——一直到最後，她終於舉起一根手指。貝若尼斯緩緩靠向椅背，注視著面前那張紙。其中一半看似筆記；另一半滿是符文與符號串。她轉頭看著歐索。「我……我開始相信一直以來所有人在銘印重力時都做錯了，先生。只有埃絲黛兒．坎迪亞諾眞正想通。」

歐索湊上前檢視她寫下的內容。「眞是發瘋了……不過我認爲你是對的。說下去。」

「你們全都能理解？」克勞蒂亞問。

「不盡然。」貝若尼斯說。「但論題是共通的。主題是這個大團塊——銘器正嘗試釐清大團塊在哪、大團塊多大。」

「所以？」桑奇亞說。「這跟飄浮和飛行有什麼關聯？」

「這個嘛，」貝若尼斯說，「我不確定我是否正確……但我們之前的所有銘術師都假設重力只有一個方向——下，朝向大地。不過埃絲黛兒的設計暗示……萬物皆有重力。所有東西都在將所有其他東西拉向它們。只是有些東西拉力強大，其他較弱。」

「什麼！」吉歐凡尼說。「胡說八道！」

「聽起來很瘋狂，但這銘器就是這樣運作。埃絲黛兒的設計並沒有違抗重力規則——重力碟確信自己碰觸著，這麼說吧，有一整個世界在它上方，這個世界的重力等同我們的世界，因此我們世界的重力被抵銷，而物體就這麼……飄浮。她的設計只是……替重力重新定向、跟重力抗衡——幾乎完美無瑕。」

「這有可能嗎？」克勞蒂亞問。

「管它有沒有可能！」歐索說。「你找得出缺失的部分嗎？你編配得出讓這該死的東西能用的定義嗎，貝若尼斯？」

「有一個月時間的話，或許我做得到。但我不認有必要全部做到。我們並不需要所有關鍵校準或控制符文串。」

「不需要嗎？」桑奇亞緊張地問。

「對。」貝若尼斯看著她。「你既然能跟那該死的東西對話，那就不需要。我只要編配出能讓重力碟對大團塊的位置和密度有些印象的幾個定義就好。不過當然得符合蝕刻在銘器上的這些符文。」

歐索舔了舔嘴唇。「多少定義？」

貝若尼斯在紙張角落計算。「我想……四個就夠了。」

他瞪大眼。「你編配得出四個定義？在幾個小時內？多數編配者一週都不一定寫得出一個！」

「我過去幾天都埋首於坎迪亞諾家的垃圾。」貝若尼斯說。「我一直在看他們所有符文串、設計、方法。我……我辦得到。不過還有一個問題——我們還是需要把這些定義放進一個符文典，定義才能生效。我們不能直接走進其中一座丹多羅鑄場偷偷放進去——就連您，守衛也不會放行，先生。」

「這些定義能靠戰鬥符文典生效嗎？」克勞蒂亞問。「像是他們用在戰場上的可攜式符文典？」

「那種都限定用於武器。」貝若尼斯說。「況且很難弄到手，與戰爭有關之物通常都這樣。」

「我工作坊的測試符文典投射範圍不夠廣。」歐索說。「最遠大約一哩半——遠不足以讓桑奇亞飛到山所。」

「也帶不走。」貝若尼斯說。「它不止黏死在工作坊的軌道上，本身重量還接近一千磅。」

「對。」歐索說。「該死！」他不再說話，僅僅怒瞪著牆。

「那……我們被困在這囉？」桑奇亞說。

「聽起來像是。」吉歐說。

「不！」歐索舉起一根手指。眼神流露一抹狂野瘋狂的光芒。他注視克勞蒂亞和吉歐凡尼；兩名銘術師微微一縮。「你們兩個——偶合經驗豐富嗎？」

克勞蒂亞聳肩。「呃……跟稱職的銘術師差不多？」

「那行。」歐索說。「所有人——起立。我們現在去我的工作室。貝若尼斯需要大量空間和合適的工具好進行她那部分。我們也在那裡展開工作。」他朝克勞蒂亞與吉歐點頭。

「展開什麼工作？」克勞蒂亞問。

「我會在路上想出來！」他叱道。

他們魚貫走出排水道來到深淵，往山上走去。他們快速行進，成縱隊通過瀰漫難民與逃犯氣息的平民區。歐索似乎充滿瘋狂的精力，興奮地喃喃自語；但直到他們接近丹多羅圍牆，桑奇亞瞥向他，發現他淚濕雙頰。

「歐索？」她低聲說。「呃——你還好嗎？」

「我很好。」他抹了抹眼。「我很好。只是……天啊，眞是浪費！」

「浪費？」

「埃絲黛兒。這女孩想出天殺的重力如何運作。她想出如何製作竊聽銘器。都在她受困於山所洞穴的期間！」他稍稍停頓，似乎難受得說不出話來。「試想她能爲我們所有人創造出什麼奇蹟，只要她有過一個機會！現在她卻變得太過危險，不能再不約束。眞是浪費。眞是他插的浪費！」

他們抵達工作坊後，桑奇亞坐在桌旁，雙手放在重力碟上，貝若尼斯則擺好銘印方塊、羊皮紙，當然了，還有實際編配要用的幾十個定義碟和融化的青銅與鐵筆。歐索帶克勞蒂亞和吉歐凡尼前往工作室後方；他的測試符文典安放在此處軌道上，可滑回牆內附厚鐵門的壁爐狀空間，也就是隔熱室內。

「天啊。」吉歐看著符文典。「我眞是太樂意動手操作這些……讓你能眞正實際操弄定義！」

克勞蒂亞檢視鐵門和隔熱室。「這裡面有頗強大的抗熱指令。這個符文典相對來說很小，但仍投射出大量的熱能。如果你的想法是要我們打造出能攜帶的測試符文典，那可是個天大的任務。」

「我沒有要你們打造符文典。」歐索說。「我只要你們做出一個箱子。明確地說，形狀像那樣的箱子。」他手指隔熱室。

「吭？」克勞蒂亞說。「只要複製隔熱室就好？」

「對。我要你們複製牆上那個、把它們偶合，但需要一個能將偶合設計啓動與關閉的開關。懂嗎？」

殘餘者看了看彼此。「大概懂？」克勞蒂亞說。

「很好。」歐索說。「那動手吧。」

殘餘者對這工作並不陌生；歐索知道他們在建構方面手腳伶俐，而且工作室的工具遠比他們在墓穴使用的精良。不到三小時，基本雛型已經完成，他們開始銘上偶合符文。克勞蒂亞看著歐索；他忙著自己微妙的工作，半個身體都塞在隔熱室裡。「箱子裡到底會裝什麼？」她問歐索。

「技術上來說？」歐索說。「什麼也不裝。」

「我們爲什麼要做一個什麼也不裝的箱子？」吉歐問。

「因爲，」歐索說，「箱子自以爲裝什麼才是關鍵。」

「既然我們有一些他插要命的時間限制，」克勞蒂亞說，「能否說重點？」

「我在我們和桑奇亞的鑰匙說話時想到這個主意——我是說克雷夫，隨便，」歐索跳出隔熱室，衝到一面寫滿符文的黑板前修改幾處。「他說到他多讚嘆偶合，於是我想到——崔布諾．坎迪亞諾研究出銘印現實的方法。我是說，山所基本上就是一個對自身內部所有變化敏感的大箱子！換句話說，它覺知自己的內容物。這是我和崔布諾從前就在玩的概念，但需要花太多心力。不過……要是你製作一個多少能感知自身內容物的箱子，然後將它偶合呢？這樣一來，如果你把物品放進其中一個箱子，另外一個箱子會認爲自己也裝著一模一樣的物品！」

克勞蒂亞瞪著他，嘴巴隨著她慢慢領悟而張開。「所以……所以你的想法是複製你工作室裡的隔熱室，偶合它……然後我們帶著空複製品進入坎迪亞諾內城。」

「對。」歐索興高采烈地說。

「因爲原本的隔熱室知道自己裝著一個測試符文典，複製品也會認爲自己裝著一個測試符文典……這麼一來，空箱便能將必要的定義投射得夠遠，好讓桑奇亞的銘器能用？是這樣嗎？」

「理論是這樣沒錯！」歐索說。他咧開嘴笑，整排牙齒都露出來。「我們實際上是偶合一塊現實！不過這塊恰巧承載著一具小符文典，而這具小符文典上的定義能讓我們做必須做的事！有道理嗎？」

「這……這讓我的腦袋打結。」吉歐虛弱地說。「你銘印某個東西，讓它相信它被銘印了？」

「基本上就是如此。」歐索說。「不過銘術就是這樣。現實並不重要。只要你想改變某物的想法夠多，它便會相信你選擇的現實。」

「我們具體上要怎麼做？」克勞蒂亞問。

「嗯，事實上你們兩個啥也沒幹，」歐索厲聲說，「困難的我來。我讓牆上的隔熱室感知到自己的內容物！你們就做你們日常的偶合設計。我們可以停止聊天，讓我該死的回頭工作嗎？」

他們繼續工作數小時，殘餘者和歐索在隔熱室衝進衝出、爬上爬下，將符文與符文串放到恰到好處的位置。殘餘者終於完成任務，便坐在一旁看著歐索收尾，他只有兩條腿探出隔熱室外。

最後他鑽出來。「我……相信我完成了。」他低聲說，一面抹掉額頭的汗水。

「我們怎麼測試？」克勞蒂亞問。

「好問題。我們來看看……」歐索走到層架旁，拿出一個看似小鐵罐的東西。「加熱銘器。我們用它來確定符文典室是否妥善隔熱。」他壓下側邊的開關，將罐子抛入壁龕，關上門落鎖。「裡面的溫度應該很快會變得頗可觀。」

「那我們現在……」吉歐說。

歐索張望四周，從一張桌子上拿了一個木顏料盒，倒出顏料罐，並將木盒抛進新做好的箱子裡。「幫我把這東西放地上，然後打開。」他和吉歐將箱子從桌上抬起，氣喘吁吁且小心翼翼地放在地上。接著他們關上箱子的大雙開鐵門並落鎖，再轉動側邊的青銅轉盤啓動偶合銘印。

偶合箱突然發出輾軋聲，彷彿有人剛剛加上紮實重量。

「好現象。」歐索說。「測試符文典重得要命。如果箱子認爲自己裝著一具，那理論上箱子本身會突然增重。」

他們等待片刻。然後歐索說：「好。關掉吧。」

吉歐轉回轉盤。歐索推開門栓，打開箱子。一股龐大的熱黑煙湧出。他們全咳起來，一面用手搧開臉前的煙，接著探頭看偶合箱。隨著煙消散，露出又小又乾的燒焦木盒。

歐索高興地咯咯笑。「就我看來該死的成功！複製品相信它裝著和原件相同的加熱銘器！」

「成功了？」吉歐虛弱地說。「不敢相信眞的成功……」

「對！現在把這東西放上輪子，我們基本上就得到一具輕量可攜帶的類符文典。」

他們做最後收尾，將空箱放上木手推車，並確定放得安穩。完成後他們坐下，讚歎著自己的成果。

「看起來不怎麼樣。」吉歐說。

「上點漆就不錯。」歐索說。

「不過依舊是我做過最了不起的東西。」吉歐說。

「歐索……」克勞蒂亞說。「你知道你剛剛完成了什麼，對吧？銘術一直受限於位置——你得待在巨大昂貴的儀器旁才能生效。然而你基本上想出便宜簡單的方法，毋須蓋四十座符文典之類的，就能覆蓋整個地區！」

歐索眨眼，感到驚訝。「我想出來了嗎？嗯……不過還是受限於心智……但你說得對。」

「如果我們都活過這件事，」克勞蒂亞說，「這將會是珍貴得無法想像的技術。」

「說到活過這件事，」吉歐說，「我們要如何在計畫後生還？我的意思是，我們可是要攻打一個商家家族的核心，殺掉那個商家的後裔。」

歐索注視手推車上的偶合箱，緩緩歪過頭。「克勞蒂亞，」他輕聲說，「總共多少殘餘者？」

「多少？我不知道。五十個左右吧。」

「那有多少殘餘者會忠誠地跟隨你們？至少一打？」

「是啊，差不多。爲什麼這麼問？」

歐索發狂般咧嘴而笑，輕拍自己的太陽穴。「我不懂臨終焦慮是怎麼回事，但他插最棒的靈感源源不絕啊。我們只需要提交一些申請文件就好。或許再買些房地產。」

殘餘者看了看彼此。「噢我的天。」吉歐悄聲說。

※

桑奇亞坐在貝若尼斯對面，這女孩在黑板、羊皮紙與銘印方塊間衝來衝去，以一種迷人如液體般的優雅在手邊任何表面寫下符文串。她已完成兩個定義碟；碟片本身直徑約二呎，鋼製，滿覆迴旋纏繞、精細得不可思議的青銅符文——全都是貝若尼斯以行雲流水的鐵筆畫下。

她從工作中抬起頭，一縷頭髮貼在汗濕的額頭。

她渾身散發出歡樂能量的光芒——桑奇亞無法移開視線。

「問它看看有沒有提到高度。」貝若尼斯屏住氣息問。

桑奇亞眨眼，嚇了一跳。「什麼？」

「問這銘器需不需要任何跟高度有關的東西！」

「跟你說過了，它沒有好好回答我的問——」

「問就對了！」

桑奇亞照做。她閉上眼又張開，並說：「看來甚至不懂什麼是高度。」

「完美！」貝若尼斯大喊。

「是嗎？」桑奇亞問。

「我可以少填補一個洞了。」貝若尼斯振筆疾書。

歐索走過來越過桑奇亞的肩膀查看。「我們那邊完成了，這裡呢？」

貝若尼斯用巨大的放大鏡檢查第三個定義碟。她用細小字體寫下最後一串符文，接著將碟片放到一旁，拿起第四個空白碟片。「完成三個，剩一個。」

「很好。」歐索說。「我把它們裝進測試符文典。」

他拿走三個定義碟。桑奇亞的目光和雙手都定在重力銘器上；然而當她聽見歐索在她身後發出鏗哩匡啷的聲音時，銘器的光芒突然轉亮，愈來愈亮……接著開始對她說話。

〈大團塊的位置目前爲零！〉銘器帶著瘋狂的歡欣說道。〈大團塊的密度？請定義大團塊的密度以執行作用。層級……嗯。無法定義大團塊密度的層級。〉

「我的天啊。」桑奇亞低聲說。「有用耶。」

「太棒了。」貝若尼斯說。「現在要什麼？」

「我覺得它想知道大團塊的密度是多少。換句話說，要在與碟片接觸的物體上施加多大的力量。」她嚥了口口水。「物體就是我的身體。」

貝若尼斯停住，往後靠。「啊……嗯。我有個問題得問你。」

「嗯哼？」

「我沒時間做眞正精巧的調控。得由你告訴碟片大團塊的密度——基本上就是你想用多快的速度前進。」貝若尼斯說。「你必須告訴它，像是上空有六個大地，那麼你就會被以六倍的重力往上拉，減去我們原本實際的重力效果。懂嗎？」

桑奇亞皺起眉。「所以……你的意思是這其中有他插的巨大誤差幅度。」

「大得難以想像。」

「那……你要問我的問題是什麼？」

「我其實沒問題。」貝若尼斯說。「我只想告訴你這些，但不想讓你立刻焦慮。」她回頭工作。

「太好了。」桑奇亞虛弱地說。

又一個小時過去。然後再一個。

歐索不時注意著窗外的米奇爾鐘塔。「六點。」他緊張地說。

「快好了。」貝若尼斯說。

「你一直這樣說，一小時前就這樣說了。」

「這次是真的。」

「你一小時前也這樣說。」

「歐索，」桑奇亞說，「閉上你該死的嘴讓她工作！」

另一個符文。另一大張羊皮紙。另一枝鐵筆鞠躬盡瘁，另一打墨水瓶和融化的青銅。到八點鐘……貝若尼斯停住，瞇起眼注視放大鏡。接著她往後靠嘆氣，精疲力竭。「我……我完成了。」

歐索二話不說搶過定義碟，跑到測試符文典旁裝上並啓動。「桑奇亞！」他大喊。「看起來如何？」

銘器這會兒在桑奇亞身上大放光明，但並不穩定發光。這不是完整的銘器，換言之，只是銘器的八九成。不過根據貝若尼斯所說，他們或許不需要完整的銘器。

〈定義大團塊的位置與密度以達到作用！〉銘器帶著狂熱的歡樂說道。

她的胃在焦慮中扭攪。在下指令給銘器前，她希望能確定自己理解這東西如何運作。

〈告訴我怎麼讓你作用。〉

〈首先我們必須決定大團塊的位置！〉重力碟尖叫。

〈大團塊是什麼？〉

〈大團塊是最大的物體。幾乎所有的流都被導向最大的物體。〉

〈好，那——〉

〈必須定義最大物體之流的強度。所有物質都沿流的方向墜向最大物體。〉

她開始懂了。〈位置是上。〉

〈很好！〉重力碟說。〈非常別出心裁！那密度？〉

〈密度是……一般大地密度的一半？這樣行得通嗎？〉

〈當然！要我現在執行作用嗎？〉

〈欸。好。〉

〈完成！〉

桑奇亞的胃隨即不適地一沉，彷彿有一隻活跳跳的老鼠在她的肚子裡奔跑。有東西……改變了。她感到頭重腳輕——很像她的血液都被往上拉到頭部。

「怎麼樣？」歐索急躁地問。

桑奇亞吸氣站起。然而……她繼續往上。

她的身體以穩定的速度朝天花板上升；她環顧四周，嚇壞了。速度不快，但感覺很快，或許是因爲她陷入驚慌。「我的天啊！要命！來個人拉住我！」

沒人拉住她。他們僅僅瞪著眼瞧。

「看起來成功了，是啊。」吉歐說。

令人安心的是，她又開始下降——只是看似朝附近桌上的大疊空鐵碗而去。「該死！該死，該死！」她無助地踢腿，他們全部望著她緩緩撞上那堆碗，無力回天；鐵碗隨即匡啷四散。

〈結束作用！〉桑奇亞對銘器大喊。

〈完成！〉

她體內的輕盈感旋即消失，她摔落桌上並跌倒在地。

歡欣鼓舞的貝若尼斯站起，朝空中揮出一拳。「對。對！對！我做到了，我做到了，我做到了！」

桑奇亞注視著天花板，不停呻吟。

「她得靠這個阻止埃絲黛兒？」吉歐問。「她得這樣飛？」

「我們姑且稱之，」歐索說，「一定程度的成功。」

◎

一小時後，他們重新檢視計畫。

「該有的都有了，」歐索說，「不過……還是需要把空箱子弄到距離山所一點五哩的距離內。這是重力銘器運作的最遠範圍。」

「還是需要進入圍牆內的方法？」克勞蒂亞問，「進入內城？」

「對，但進入一點點就夠了，」歐索說，「大約四分之一哩。」

克勞蒂亞嘆氣。「我想桑奇亞應該沒辦法用重力銘器跳過圍牆、從裡面打開門吧。」

「絕對會被射成蜂窩。」吉歐說。「如果整個內城封鎖，大門的守衛會朝任何接近的人射擊。」

桑奇亞一手拿著重力碟，對它們低語、聆聽回應。她坐直。「我有辦法讓我們通過圍牆，」她低聲說，「應該說是穿過去。」

「怎麼做？」貝若尼斯說。

「大門就是門，」桑奇亞說，「克雷夫教我很多關於門的事。能靠近就好。」她挺直身子環顧工作坊，找到上次來搜尋竊聽銘器時時看過的東西。「那邊那幾排黑色方塊，看起來會吸掉光線的那些——它們穩定嗎？」

歐索轉過頭看，有點訝異。「那些？穩定。它們載入其中一個丹多羅鑄場主符文典，基本上帶到任何地方都不成問題。」

「可以把它們裝在胸甲或什麼可穿戴的東西上嗎？」桑奇亞問。「如果我是暗處裡一團移動的影子，那可真是方便死了。」

「當然。」歐索說。「但是……爲什麼？」

「我要靠它們溜上坎迪亞諾的東圍牆。」桑奇亞說。「然後就會開始行動。貝若尼斯、歐索——我需要你們把你們的魔術箱裝上馬車，在西南門待命。可以嗎？」

「你要跑過一整道坎迪亞諾圍牆？」克勞蒂亞問。

「差不多。」桑奇亞輕聲說。「我們需要轉移注意力，我可以弄到很不錯的煙霧彈。」

吉歐研究那些黑色方塊。「這些用來做什麼，歐索？我沒看過有人像這樣銘印光線。」

「幫歐菲莉亞．丹多羅做的。」歐索說。「她的祕密計畫。格雷戈說她用這東西做出某種殺手銘甲……你將看不到衝著你來的殺人機器。」

吉歐輕吹口哨。「今晚有一套的話倒是方便得很。」

桑奇亞陷進她的椅子中。「我更想要的，是和最有開戰經驗的人一起進入戰場。但有人把他奪走了。」她悲傷地嘆氣。「我們只能湊合了。」

35

黑暗在他身旁旋繞。傳來木頭的嘎扎聲，玻璃碎裂，還有一陣咳嗽與啜泣。

「格雷戈。」

腐敗化膿的味道，還有被刺破的腸子，以及炙熱潮濕的泥土。

「格雷戈？」

水中漩渦、許多腳步聲，還有人窒息哽住的聲音。

「格雷戈……」

他感覺胸膛有東西，顫抖蠕動的東西。他體內有東西，活生生、努力想動起來的存在。剛開始他嚇壞了，但儘管無法真正思考——迷失在黑暗中，他如何能思考呢？——他卻開始理解。在他胸膛裡脈動的是他自己的心臟。它開始跳動，最初和緩焦慮，彷彿踏出第一步的幼駒。接著搏動轉強，變得更加自信。他的肺乞求空氣。格雷戈．丹多羅深深吸氣。水在體內無數孔道汩汩冒泡，他咳嗽作嘔，翻到側面——他躺在某個東西上，某種石板——接著嘔吐。吐出來的是水道水——他能從味道判別——吐了很多出來。

下一刻，他察覺自己的腹部。不久前如此劇痛……現在一點也不痛了。

「好了，親愛的。」近處傳來他母親的聲音。「好了……」

「母——母親？」他含糊地開口。他嘗試觀察，但他的眼睛不對勁，僅分辨得出光線與陰影。「你——你在哪？」

「我在這。」陰影中有東西移動。他覺得他看到人影，身披長袍，手持蠟燭，但很難看清。「我就在你身旁，我的寶貝。」

「我……我怎麼了？」他低語。他的聲音粗啞刺耳。「我在哪？我的眼睛怎麼了？」

「沒事。」她安撫地說。他感覺到額間的碰觸；她柔軟溫暖的手掌貼著他的皮膚。「只是有一陣子沒用而已，很快會好起來。」

他眨眼，發現眼眶中的眼珠感覺冰冷。他嘗試碰觸自己的臉，卻發現控制不了自己的雙手，甚至無法扭動手指。

「噓。」他母親說。「冷靜，別動。」

他嚥了口口水，發現舌頭感覺也冷冷的。「怎麼回事？」

「我救了你。」他母親說。「我們救了你。」

「我們？」他又眨眼，房間的更多細節開始對焦。他身處長形低矮的拱頂地窖，幾個人站在他身旁，身穿灰袍，手拿搖曳的小蠟燭。

但房間的牆壁不對勁——還有，他這會兒看見了，天花板也不對。它們似乎都在動。蕩漾。

這是一場夢，格雷戈心想。這一定是一場夢……

「我怎麼了？」他問。

她緩緩嘆氣。「你太常發生同樣一件事，親愛的。」

「我不懂。」他低語。

「我失去你。但你又回來了。」

格雷戈躺在石板上，氣息虛弱。然後慢慢地，記憶重回。

那女人——埃絲黛兒·坎迪亞諾。他腹部的匕首。黑水中的漩渦……

「我……我倒了。」他低聲說。「她用匕首刺我。埃絲黛兒·坎迪亞諾刺殺我。」

「我知道。」她說。「你跟我們說過了，格雷戈。」

「她……她沒有眞的刺我，對吧，母親？」他勉力挪動手，把自己推坐起來。

「不，不。」他母親責備他。「躺下，我的寶貝，躺著別動……」

「我……我沒死，對吧，母親？」他感覺腦中思緒混濁，但他發現自己現在能思考了，雖然只有一點點。「那就太瘋狂了……我不可能死掉又這樣……這樣回……活過——」

「夠了。」他母親伸出手，用兩根手指碰觸他的右太陽穴。

格雷戈立即靜止。包覆住他的這具軀體變得麻木。他不能動，無法眨眼。他被困在自己體內。

「別動，格雷戈。」他母親說。「別動……」

他的頭顱開始變燙，就在右太陽穴，就在他母親的手指剛剛碰觸的位置。剛開始是低微的頭痛，但愈變愈糟，愈變愈糟。像是右側頭顱裡的腦開始滋滋作響。

儘管他不記得出現過這樣的情況……他記得聽人描述過像這樣的感覺。

桑奇亞，當時還有歐索與貝若尼斯一起在圖書館裡，她說：如果我頭上的銘印過載，它們會燒起來，就是燃燒，好像骨頭裡有熱鉛……

發生什麼事？格雷戈絕望地想。我怎麼了？

「別動，格雷戈。」他母親說。「別動……」

他對自己遲鈍疏遠的軀體發怒，嘗試移動，卻發現沒辦法。頭顱裡的熱度現在變得難以忍受，彷彿他母親的手指是燒紅的鐵。但他看得見母親的臉了，僅靠燭光勉強照亮。她的眼神悲傷，但並不真的對這一切驚訝，或苦惱，或痛苦。反倒像這異於尋常的舉動只是她頗熟悉但悔憾的責任。

「在你身上發生的事傷了我的心，我的寶貝。」她柔聲說。「但我很感激你在我們最需要你的時候回到我們身旁。」

格雷戈的心臟在胸腔裡撲騰。不，不，他心想。不，我發瘋了。這是一場夢。這只是一場夢……

又一段圖書館那晚的記憶——歐索聳肩並說：噢可能不止一個商家……只要其中之一試圖銘印人類，那就全部有份。就我所知可能還沒完呢……

不，格雷戈心想。不，不，不。他回想起自己大聲說……他們可以銘印士兵的心智。讓他們無所畏懼……讓他們做出卑劣的事，隨後便忘記自己曾做過……

不！格雷戈心想。不，不可能！不可能！

然後是貝若尼斯低語：他們可以對你施加銘印，讓你能夠欺騙死亡……

最後，他回想起自己說的話，在深淵旁，他對桑奇亞描述丹圖阿之後的情況：好像迷惑我雙眼的魔法被揭開了……

他母親看著他，眼神悲傷。「你想起來了，對吧？你通常都差不多這時候想起來。」

他想起她在維恩其鑄場生氣地說：我終止計畫。那是錯的。而且我們也不再需要那計畫了。

令人不禁納悶——爲什麼不再銘印人類？爲什麼說不再需要？

因爲，格雷戈緩緩想著，你已經想通該怎麼做了。

然後，同樣在維恩其那天，他想起他母親如何哭泣並告訴他：我沒有在丹圖阿失去你。你活下來了。我一直知道你會活下來，格雷戈。我知道你總是能……

我如何從丹圖阿生還？他驚駭地想。我從丹圖阿生還了嗎？還是我……我死在那兒了？

「我失去你父親。」他母親說。「我失去你哥哥。我可能也在那場意外中失去你，我的寶貝。直到他出現……他來，告訴我怎麼拯救你、修復你。我做了。但……我必須承諾以某些東西當作報酬。」

格雷戈更清醒了些。他現在看得清楚了，看見那群拿蠟燭的人、黑暗中起漣漪的怪異牆壁……還有一陣低語。剛開始他以爲是灰袍人在說話，但並不是……感覺像是他們身處天鵝絨樹葉的森林。他的耳朵無法聽清。

他母親晃了晃身子，輕輕一咳。「夠了。多愁善感夠了。聽我說，格雷戈。」她的聲音在他耳中異常響亮地迴響，壓過他的思緒。「聽我說。你在聽嗎？」

恐懼與憤怒從他腦中消散。她挪開手指。感覺像是一塊濕涼的被子蓋上他的思緒。

他聽見自己悄聲說：「是。我聽見你了。」

「你死了。」她說。「我們又把你救回來。但你必須爲我們做一些事。你懂嗎？」

他的嘴脣又動了，字句從他口中彈出。「是。我懂。」

「你確認了一些我們早已懷疑的事。埃絲黛兒．坎迪亞諾是這可怕陰謀的幕後操控者。說出她的名字。立刻。」

「埃絲黛兒．坎迪亞諾。」他的聲音說道，字句含糊不清。

「埃絲黛兒．坎迪亞諾今晚將嘗試愚蠢之事。有可能危及我們所有人之事。我們一直盡可能暗中施力，盡可能不公開行動——但她逼我們出手。我們必須回應，正面回應——儘管我們也必須盡一切可能推諉。她握有她並不了解的物品。你在聽嗎？」

「是。」他無助地說。「我在聽。」

他母親湊近。「那是一個箱子，附一把鎖。」

「箱子，」他複述，「附鎖。」

「我們找這個箱子一段時間了，格雷戈。我們確實懷疑在坎迪亞諾手中，但一直無法查明確切位置。但現在我們知道了。多虧你的貢獻，我們相信埃絲黛兒．坎迪亞諾將箱子放在山所中。說。」

「在山所。」他緩緩說道。

「聽我說，格雷戈。」她低語。「仔細聽——箱子裡有一個惡魔。說。」

格雷戈緩緩眨眼，低聲說：「箱子裡有一個惡魔。」

「對。對，沒錯。我們不能讓埃絲黛兒打開箱子。她如果今晚遂行其願，如果她轉化自己，成爲創造者，如果她拿到鑰匙——她將擁有那樣的能力。但我們不能，不能，不能讓她釋放箱中沉睡之物。」歐菲莉亞嚥了口口水；如果格雷戈神智仍在，他會看出她明顯嚇壞了。「一旦它興起戰爭……那會是一場終結所有戰爭的戰爭。我們不能再度冒這樣的險。我們必須繼續將惡魔關在箱內。說。」

「我們必須將惡魔關在箱內。」格雷戈低語。

她靠近，額頭碰觸他的太陽穴。「我爲此對你深感驕傲，我的寶貝。」她喃喃說道。「我不知道這是否是你的目的，或是命運之手在導引你……但格雷戈，我……我只是想讓你知道，儘管這一切——

我……我愛你。」

格雷戈緩緩眨眼，無神地重複：「我愛你……」

歐菲莉亞直起身子，表情交雜羞愧與憎惡，彷彿因他呆板的語氣而感到痛苦。「夠了。你完全恢復後，你必須殺出一條路進入山所，格雷戈。到了那裡，你必須找到埃絲黛兒．坎迪亞諾。殺了她。然後你必須取得鑰匙和箱子。殺掉任何試圖阻止你的人。我們打造了如此強大、美麗的工具幫助你完成這項任務。你必須利用它們做你最擅長做的事，格雷戈，做我們造你出來做的事——你必須戰鬥。」

她指向他肩後。格雷戈轉頭看。

轉頭看的同時，他領悟兩件事。

首先，他突然了解房間的牆壁何以漣漪波動，爲什麼耳裡盈滿拍騰與低語……

房內滿是蛾。

蛾貼著牆面與天花板盤旋飛舞振翅，白蛾之海在整面牆的周遭、之下與之上狂舞湧動，翅膀宛如顫動的白頭。

第二件事是有人站在他身後；他轉身時從眼角瞄到，僅止一瞥。

是個男人。或許是。人類的形體，高瘦且裹在黑色布條中，有如木乃伊，披著黑色短斗篷。

那個東西凝視他。

格雷戈轉身看，但人影一閃而逝，原本的位置剩下一群呈圓柱狀的蛾。暴風般的一大群，就像輕柔白翅組成的迴旋渦流。

他注視著蛾。發現蛾柱中有東西——蛾繞著某個東西旋舞，某個白色的東西。

蛾柱有如帷幔般緩緩升起，接著他看見了。

一座木架，一套黑色銘印盔甲掛在上面。一隻手臂接上巨大且閃閃發光的複合武器，半是巨斧，半是巨矛。另一隻手臂連接碩大的圓盾，後面還裝上銘印弩箭發射器。胸甲中央則是奇異的黑色金屬板。

他母親的聲音在他耳裡響起：「你準備好了嗎，我的寶貝？你準備好拯救我們所有人了嗎？」

格雷戈盯著銘甲。他見過這樣的東西，而他知道這代表的意義：戰爭，與殺戮。

他低語：「我準備好了。」

36

城市另一邊，山所之頂，埃絲黛兒．坎迪亞諾凝望鏡子，呼吸。和緩深沉的呼吸，吸、吐，吸、吐，填滿肺的每個角落。她的工作如此精巧，而這樣的呼吸有助於平穩雙手；若是她犯錯，就算只是一筆落錯位置，一切可能盡皆毀去。

她將鐵筆蘸入墨中；墨因含有金、錫與銅微粒而沉重。她看著鏡子，繼續在裸胸畫上符號。倒著畫很棘手。但埃絲黛兒練習過。她有將近十年的時間孤單、無人聞問地待在山所的偏僻房間裡，因此她有的是時間練習。

一般的符文是萬物的語言，她一面工作一面想。但遠西符文是神對萬物說話時所用的語言。她用鐵筆蘸墨，開始新的一行。有了這些指令，這些權力，只要你想便可改變現實——前提是你要謹慎。

另一筆、再一筆，完成這個符文……她的左手已滿滿覆蓋，還有前臂、上臂與肩膀，由閃閃發光的黑色符號盤繞、纏捲，交織而成，從手臂一直蔓延到心臟附近。

傳來一聲咳嗽、咯咯聲響。她看著鏡中自己肩膀後方躺在床上的人影。一個瘦小、潮濕、眼睛晶亮的男人正喘著氣。

「請躺好，父親，」她柔聲說，「也請撐住。」她一瞥牆上的鐘。十點二十分了。她的視線射向窗戶。帝汎蔓生的夜景在山所下方延展。然而一切看似安靜無波。

「瑞戈隊長！」她叫喚。

腳步聲，接著辦公室的門打開。瑞戈隊長走進來並行禮。他完全沒理會氣喘咻咻、躺在骯髒被單中的崔布諾．坎迪亞諾。目睹裸露胸部、在肌膚畫上符號的埃絲黛兒也毫不遲疑。瑞戈隊長擁有帝汎最看重的優點：能夠為一大筆錢而忽視發生在眼前的所有事。

「是的，夫人。」

埃絲黛兒坐在那兒動也不動，只有鐵筆在肌膚上遊走。「外面有發生任何事嗎？」

「沒有，夫人。」

「內城裡沒有？」

「沒有，夫人。」

「平民區也沒有？」

「就我們所知並沒有，夫人。」

「我們的軍隊呢？」

「待命中，一聲令下便可出動，夫人。」

她瞇起眼。「我的一聲令下。」

「是，夫人。」

她仔細思考，「你可以退下了。有動靜立刻通知我。任何動靜。」

「是，夫人。」他俐落轉身，大步走出去並關上門。

埃絲黛兒繼續將符號畫上她的身體。她父親喘氣咂嘴，而後回歸安靜。

她畫下一筆，又一筆……

接著定住。

埃絲黛兒眨眼片刻，挺直身子環顧辦公室內。什麼也沒有。除了她和她父親之外什麼都沒有，不過還有他和托瑪士的所有古董，都放在巨大的石書桌上。

「哼嗯。」她感到心煩。

在那一瞬間，她突然有種最詭異且最強烈的感覺，房間裡除了他們之外還有其他人——第三個人，就站在她身後，近距離看著她。她吸口氣，環顧左右，視線落在托瑪士在歐索．伊納希歐到手前偷走的古怪舊箱，那個附金鎖、破裂、沉舊且看似符文典的東西。

埃絲黛兒．坎迪亞諾看著箱子、鎖，以及鑰匙孔。一個念頭鑽進腦中，天馬行空又瘋狂。

那鑰匙孔是眼睛。盯著你的一舉一動。

「太瘋狂了。」她輕聲說。

彷彿希望箱子聽見她說話，她放大音量，並加入一些自信：「太瘋狂了！」

箱子當然沒有對此評論有反應。她又看了它一會兒，轉回身繼續在乳房畫上符文。我轉化後，她暗忖，或許便能理解父親挖出來的所有古老工具。或許我會砸開箱子看看將跑出什麼寶物。

接著她的視線又落在緊鄰箱子的物品上——得自歐索手下，那把鑰齒古怪，蝶型頭部的大鑰匙。這東西還算有用，給了她完成儀典所需的最後幾個符文，但她仍不了解完整本質。

或許我不需要砸開箱子，她想。很快就知道——不是嗎？

37

桑奇亞和殘餘者們在緊鄰坎迪亞諾東側圍牆的平民區街頭移動。

「希望你可以把那些該死的影子關掉。」吉歐凡尼說，因在巷弄間奔跑而氣喘吁吁。「感覺像是有個不受限制的盲點跑在我身旁。」

「閉上嘴跑就是了，吉歐。」雖然這麼說，不過其實桑奇亞自己也覺得很怪。歐索替她將幾個影子銘器固定在皮上衣上——草率製作、拙劣得可笑的解決方案——不過她現在恆常籠罩在陰影中，自己也很難看清手腳在做什麼。

他們終於來到坎迪亞諾東門附近，於是減速，沿搖搖欲墜的鴿樓潛行，一面朝遠處眺望。桑奇亞看見門塔上有頭盔反射的光芒，全部擠在窗邊。或許有一打人，都拿著高強度的弩弓，能夠在她身上打出足以丟過甜瓜的大洞。

「好了嗎？」克勞蒂亞低聲問。

「我猜好了。」桑奇亞說。

「我們沿這條小巷走，」克勞蒂亞往後指，「引開他們的注意力。我們會等兩分鐘再開火。你一看見就跑。」

「了解。」桑奇亞說。

「好。祝好運。」

鴿樓有一側面向通往坎迪亞諾東門的道路，桑奇亞繞過鴿樓跑到這側，背緊貼著木牆等待，一面默數秒數。兩分鐘後，她伏低。就是現在了……

她肩膀後傳來嘶一聲，有東西飛到建築物上空，接著天空爆出一片光。

桑奇亞往前竄，盡可能揮動手臂和腿。她知道殘餘者的震撼彈——巧妙地綁在銘印弩箭上——只能維持數秒。儘管她在裸視下只不過是抹影子，少了煙霧彈她仍不安全。

身後的光消逝，接著是砸一聲巨響。

圍牆在二十呎外，最後幾步感覺花費了長得不可思議的時間；不過她辦到了，無聲地滑行後緊貼著寬闊的石牆面停住。她聽見上面有人聲，來自守衛塔：「天殺的怎麼回事？」

她等待。聽見低喃，此外什麼也沒有。

感謝天，她暗忖。接著她萬般謹慎地貼著牆走向東門。

她溜到門旁，收縮腦中那塊古怪的肌肉。巨大的青銅門爆出光芒，兩片寬闊的白色冷光懸在空中。她謹慎地看著它們。她可以看出蛛絲馬跡，有它們內在的指令、它們的本質與限制。*有夠希望我是對的*，她暗忖。吸口氣，一隻裸手貼上門。

〈……又高又壯又堅決，我們矗立警戒並戒備，等待訊息，等待信號，等到啓動完全內轉的召喚，我們的獸皮堅硬厚實有如冷鐵……〉巨大的聲量令她不禁一縮。內城門絕對是她試圖唬弄過最大的東西。然而她不退縮，問道：〈除非你得到信號，否則不允許打開？〉

〈首先是軍官的信號，水晶的扭轉，〉門吼叫，〈然後是守衛隊長所持繩索所造成的摩擦。然後所有在場守衛必須變換他們的安全開關。然後守衛隊長必須開鎖並轉動——〉

〈好，有個問題。〉桑奇亞對門說。〈你能朝外轉嗎？〉

一段漫長的沉默。

〈外轉？〉門問。

〈對。〉

〈沒有指示提及這……不可能。〉門說。

〈那樣算打開門嗎？外轉需要用到你的任何安全開關嗎？〉

〈檢查中……嗯。所有安全與保全檢查都只與開門相關，也就是朝內轉開的程序。〉

〈你想試試朝外開嗎？〉

〈沒……沒有指示提及我不該這麼做。〉

〈很好。我是這樣想……〉

她告訴門該怎麼做。門聆聽，而後同意了。接著她悄悄溜走，沿牆來到下一扇門。下一扇，再下一扇。

⁂

吉歐凡尼和克勞蒂亞蹲在巷子裡，望著那小團影子無聲溜過坎迪亞諾圍牆牆腳。

「她……她有做任何事嗎？」吉歐凡尼困惑地問。

克勞蒂亞拿出望遠鏡查看東門。「什麼也沒看見。」

「我們是不是冒生命危險好讓那該死的女孩啥也不做？如果是這樣，那我可真氣死了！」

「我們沒有冒生命危險，吉歐。我們只是朝該死的天空放了個煙火。桑奇亞才是真正在守衛塔間奔走的人。」她的視線沿圍牆跟著桑奇亞到下一扇門，暫停，繼續。「只是說真的我也完全不知道她在做什麼。」

吉歐嘆氣。「想想我們吃了多少瘋狂苦頭才走到這步。幾年前就可以離開帝汎的，克勞蒂亞！我們本來有可能已經上船，航向某個遙遠的島嶼天堂！滿是水手的船。水手啊，克勞蒂亞！年輕、曬得黝黑的男人，肩膀因爲抬著粗大繩索滿船跑而變得厚實、肌肉結實——」

突然一陣尖銳發顫的尖叫。克勞蒂亞將望遠鏡從眼前挪開。「那是怎麼回事？」她環顧四周，什麼也沒看見。「吉歐，你有看見任——」

另一陣尖叫，充滿純粹、赤裸裸的恐懼，似乎來自他們前方的坎迪亞諾東門。

「這……這也是桑奇亞做的嗎？」吉歐問。他往前靠。「等等！我的天……有人上去了，克勞蒂亞……」

她拿起望遠鏡朝坎迪亞諾城門看。她張大了嘴。「要命。」

一個男人站在坎迪亞諾門塔塔頂，靴子踩著牆緣。他身穿某種新玩意兒，看似黑色盔甲，只是一隻手臂經過變造，裝上某種巨大、可伸縮的複合武器……不過看不清楚樣貌，他的每個動作都隱蔽在黑暗中。她能看見他的唯一原因是掛在他下方圍牆上的明亮銘印燈。她花了一段時間才理解自己目睹什麼。她只讀過這樣的東西：一種特別惡名昭彰、使用於國外戰爭的攻擊武器。

「銘甲？」她震驚地大聲脫口而出。

「那他插的是誰啊？」吉歐問。「是我們叫他過去的嗎？」

克勞蒂亞注視那個在黑色金屬新發明物中顯得高大的男人。他前方牆上躺著一具屍體，死狀可怕——尖叫的應該就是他；克勞蒂亞這下認爲他尖叫得很有道理。

不可能。她想。到底是怎麼回事？她看著那男人往前跳，飛上五、十、十五呎高——絕對是貨眞價實的銘甲，克勞蒂亞暗忖——然後他下墜，複合武器像閃爍的黑鞭般甩出……

她甚至沒注意到門塔上還有其他守衛。接著大量鮮血飛濺，那男人用他的複合武器將一名手拿雙刃劍衝向他的坎迪亞諾守衛完全剖開。

三名坎迪亞諾守衛衝出門塔來到男人面前的牆道，他們舉起弩弓。穿銘甲的男子揮起盾牌，及時擋住齊射而至的弩箭；他前進，完美地伏在盾牌後，吋吋逼近用箭雨迎接他的三名守衛。他停步，察覺守衛需要塡箭。他揮出盾臂，接著……發生了某件事。很難看清。只見金屬在空中爆出閃光，坎迪亞諾守衛便像被閃電擊中般發顫，隨即倒地。不過克勞蒂亞目睹他們的屍體遭離奇扯裂……

她凝神看著銘甲男子站起，他的盾牌並不止是一面盾：後部是具銘印弩箭發射器。長距離或許射不準，近距離的話就難纏了。

吉歐凡尼目不轉睛地看著，滿心恐懼。「我們怎麼辦？」

她思考並望著男人跳下坎迪亞諾東門進入內城。「管他的。他不是我們的問題！靜觀其變吧！」

❁

貝若尼斯與歐索蜷縮在銘印馬車上，凝望前方巨大的坎迪亞諾內城門。周遭街道空無一人，彷彿正在實行宵禁。

「全都好……安靜。」貝若尼斯說。

「對。」歐索說。「天殺的令人毛骨悚然得要命，對吧？」

「對啊，先生。」貝若尼斯小聲地說。她伸長脖子凝望圍牆。「眞希望桑奇亞沒事。」

「我肯定她沒事。」歐索說。「或許啦。」

貝若尼斯沒說話。

歐索斜眼看她。「你和她處得不錯。」

「啊。謝謝，先生？」

「你們一起做了些了不起的事。」歐索說。「闖入凱他尼歐。幾個小時內編配出全新的銘術定義。那……那很了不起。」

她遲疑地說：「謝謝，先生。」

他嗤了一聲，看向旁邊。「這一切都蠢到極點了。我不停在想，這些原本都可以避免。我能夠阻止的，要是我告訴崔布諾我對他那些蠢東西的想法。如果我……追埃絲黛兒的時候更殷勤些。她拒絕我的時候，我讓我的自尊受傷。自尊……太常被當成人軟弱的理由了。」他咳嗽，接著說。「無論如何……如果有年輕人要我給他們忠告……個人的忠告，我會勸他們不要光是被動坐著讓機會消逝。我一定會這麼說——如果，請注意，如果有年輕人要我給他們忠告，個人的忠告。」

一段漫長的沉默。

「我懂了，先生。」貝若尼斯說。「但是……並不是所有年輕人都像你想的那麼被動。」

「不是嗎？」歐索說。「好，非常好——」

「那裡！」貝若尼斯說。「看！」

她手指圍牆。小團陰影溜過白牆牆腳，朝高聳矗立的門前進。

「那是……她嗎？」歐索瞇起眼。

那團陰影在門下稍停片刻，又沿來時路無聲溜走，消失在高聳的鴿樓後。

「不知道。」貝若尼斯說。「但我想應該是？」

他們等，繼續等。

「不是該發生些什麼事嗎？」歐索問。

接著他們雙雙嚇得跳起，因為一團陰影從巷子竄出躍向他們。

「真要命！」桑奇亞的聲音從黑暗中飄出。「是我！冷靜！」她劇烈喘氣。「該死……也太多牆、太多門了。」她爬上車——或說歐索認為她爬上車；太暗了很難判別——癱倒在馬車後座。

「完成了？」歐索問。

「對。」桑奇亞還在喘氣。

「那你的聰明計畫哪時開始？」

「簡單。」桑奇亞說。「聽見爆炸聲就知道。」

❂

克勞蒂亞和吉歐凡尼蜷縮在街道陰影，望著坎迪亞諾內城門。他們聽見聲響：硬物碰撞的匡啷聲。

「那是什麼？」吉歐問。

克勞蒂亞伸手指，驚訝得說不出話來。「是城門，吉歐。」

他們眼睜睜看著巨大城門……顫抖。它們震顫，彷彿鼓面，剛剛遭受強力重擊。接著城門開始嘎吱響，最初很輕微，但愈來愈大聲；就連在他們的位置都感覺耳朵難以承受。

「桑奇亞。」克勞蒂亞說。「你到底做了什麼？」

下一刻，城門破開。

兩扇門板爆開，彷彿遭洶湧河水沖襲般朝外盪開，扯斷中間所有鎖。它們整整旋轉一百八十度，撞上內城圍牆和兩邊的守衛塔；強力撞擊之下，城牆裂開破碎——驚人的壯舉，因為內城牆都經過銘印，擁有堅不可摧的韌性。兩片門板撞上牆後有片刻只是立在那兒，之後在回彈的動量之下，它們緩緩往前倒，同時拉垮許多部分的牆。它們重重落地，細小塵土席捲整個街區。

克勞蒂亞和吉歐凡尼咳嗽、掩住臉。哭聲與叫喊聲隨即在平民區點燃——但並不足以壓過新的聲音：倒掉城牆以南的下一扇門同樣發出嘎吱與匡啷聲。

「噢該死。」吉歐說。「她對所有門都做了一樣的事，對吧？」

巨大的爆裂聲響徹夜空，歐索和貝若尼斯在座位上挺直身子，大吃一驚。

「我告訴城門朝外開不算打開。」桑奇亞在後座說。「難的是讓它們等待。」她用力吸氣。「應該……噢，一段時間內的每一分鐘都會這樣。」

◎

山所內，埃絲黛兒·坎迪亞諾聽見碰撞聲，抬起頭。「怎麼回事？」她大聲問。

她低頭看自己。她剛在手臂和胸口畫好恰當的符文，不想把它們弄糊了。不過……值得一查。她走到窗邊眺望黑暗蔓延的帝汎，立即得知發生什麼事：一扇東北城門徹底倒塌。這……應該不可能發生。這些城門由她父親設計，應該經得起一場天殺的雨季。

「到底是——」

就在她觀看的當下，又傳來響徹雲霄的爆裂聲，倒塌城門以南的另一扇門突然朝外爆開。旁邊的城牆破裂崩塌。她氣得嘴都歪了。「歐索。」她啐道。「是你吧？你天殺的到底想幹些什麼？」

◎

響亮的爆裂聲以穩定得奇妙的韻律襲過平民區，彷彿每分鐘觸地一次的雷暴。歐索每次都跟著一縮。很快地，內城東側的天空塵土漫天，平民在恐慌中尖叫。

「桑奇亞，」歐索低聲說，「你弄垮整面東側圍牆嗎？」

「應該是，等這一段結束之後。」桑奇亞說。「那些內城士兵有得忙了，而且是在距離這裡很遠的位置。很不錯的煙霧彈。」

「煙……煙霧彈？」他大喊。「女……女孩，你他插毀了坎迪亞諾內城！你一夜毀掉我的老家！」

「呃。」桑奇亞說。「我只是讓它稍微呼吸一下新鮮空氣。」

◎

瑞戈隊長匆匆推門而入時，埃絲黛兒．坎迪亞諾剛披上一件白襯衫。

「隊長，外面到底是怎麼回事？」她詰問。

「不知道，夫人。」瑞戈說。「我是來問可否動員儲備兵力進行調查並應付動亂。」

另一陣劇烈的爆裂聲以及牆隆隆倒下的聲音。瑞戈隊長幾不可察地一縮。

「但是……你認爲發生什麼事了，隊長？」

「根據我的專業判斷？」他思考片刻。「應該是圍攻，夫人。許多城門遭毀，我們須分散兵力。」

「全都該死。」埃絲黛兒看向時鐘。剩三十多分鐘就午夜了。我很接近了，她想，該死的接近！

「夫人？」雷戈隊長問。「儲備兵力？」

「好，好！」她叱道。「派出所有兵力！無論發生什麼事，我都要他們停止！立刻！」

他鞠躬。「是，夫人。」他轉身俐落地大步走出去，並在身後關上門。

埃絲黛兒走到窗邊凝望毀壞之處。內城的東北側現在完全被煙塵覆蓋。她幻想自己聽見黑暗中傳來尖叫聲。無論發生什麼事，她暗忖，我只需要維持現狀再三十分鐘。之後，一切都不重要了。

◎

兩名殘餘者看著坎迪亞諾內城牆一點接一點崩毀。

「嗯，」克勞蒂亞說，「我們的任務完成了，是吧？」

「我覺得是。」吉歐凡尼皺起鼻子。「接著是提交歐索的所有文件——對吧？」

她嘆氣。「對。還要買他的房地產。剛結束一個瘋狂計畫，緊接著下一個。」

「你知道的，我們可以帶著他給我們的錢逃跑就好。」吉歐凡尼輕輕地說。

「沒錯。」克勞蒂亞說。「但其他人都會死。」

「對。我們不希望這樣。」

他們一起遁入黑暗。

38

前方城門開始嘎吱響，桑奇亞往前靠。「很好，我要它們最後動。這扇門一彈開、路徑暢通，你們立刻用最快的速度衝進去，好嗎？」

「要命。」歐索說。他緊握住方向盤，一滴汗珠從太陽穴滑落。

「不要太快。」桑奇亞說。「因爲會有圍牆的碎片。知道了嗎？」

「你……你眞的沒在幫忙。」歐索厲聲說道。

「總之我說走就走。」

他們看著城門嘎吱響、顫抖搖晃，接著就如其他城門一樣，雙開門爆開，扯裂兩邊的圍牆。龐大塵土海嘯湧向他們。桑奇亞用一隻手遮住雙眼。她現在完全看不見，但銘術視覺還在。她等了會兒，接著說：「走，現在就走。」

「但我看不見！」歐索氣急敗壞地說。

「歐索，他插走就對了，走！」

歐索將加速桿往前推，馬車啓動，衝入漫天煙塵中。桑奇亞瞇起眼凝視前方，讀取寫入街道兩側建築的銘印，瞥見整片遼闊且起波紋的設計與符文編寫入萬物之中。

「前面的道路略朝左彎。」桑奇亞說。「不，沒那麼多——好。對。很好。」

他們終於衝出塵土雲。歐索放鬆地吐出一口氣。「感謝天……」

「沒看見士兵。」貝若尼斯說。「街道沒有阻礙。」

「都去東側的圍牆了。」桑奇亞說。「正如我所希望。」

「我們快到了。」歐索注視車窗外的街道名稱。「再往前一點點……到了！我們就定位了。」他猛推剎車。「距離山所剛剛好一哩半！」

他們凝望前方矗立在高塔間的龐大圓頂，接著全部爬下馬車。桑奇亞著手將重力銘器綁在身上，歐索則檢查他的偶合箱。「萬事俱備了。」他說。

「啓動吧。」桑奇亞說。

「等你準備好我才啓動。」歐索說。「安全起見。」

她一頓，瞄他一眼，但仍繼續扣上重力銘器。「去他的，希望我有把這蠢東西弄對。」她咕噥。

「我來看看。」貝若尼斯說。她一一檢視一條條束帶，嘖嘖咂嘴又手忙腳亂地調整。「我想你都弄好了，可能除了這一條。」

她拉緊桑奇亞肩上的一個帶釦。桑奇亞不假思索抓住她的手，裸露的手掌握住貝若尼斯的手指。

貝若尼斯頓住，她們對望彼此。

桑奇亞嚥了口口水。她不知道該說什麼，以及該怎麼說；要如何清楚表達這麼久以來碰觸有多不可能——眞眞切切的人類碰觸；還有在今夜之後，她又是如何想碰觸貝若尼斯，除了她之外再無其他人；她有多渴望貝若尼斯熱烈的光芒，赤裸裸地渴望著並替自己搶走一片，就像半神從山巔偷走火。

然而她還沒開始笨拙地摸索字句，貝若尼斯先開了口，簡短地說：「要回來。」

桑奇亞點頭。「我盡量。」她嘶啞地說。

「不是盡量。」貝若尼斯湊近，突然吻了她。頗用力地吻。「要做到。好嗎？」

桑奇亞呆立片刻。「好。」

歐索清清喉嚨。「聽著，呃——我不是想插花，不過我們正在處理你們知道的世界末日。」

「好啦好啦。」桑奇亞說。她放開貝若尼斯，清點身上的工具——幾個震撼彈、吹箭，還有長條細繩。她深呼吸。「我準備好了。」

歐索轉動偶合箱側邊的青銅轉盤。重力銘器在桑奇亞胸口轉亮。

「該死。」桑奇亞說。「好傢伙。」

「還能用，對吧？」歐索焦慮地問。

〈請提供大團塊的位置與密度！〉銘器熱切地說。

「對。能用，沒問題。」桑奇亞說。

「那就動手啊！現在，立刻，快！」

桑奇亞又深吸一口氣，對銘器說：〈大團塊的位置在上，密度是大地的六倍。〉

〈太好了！現在執行作用？〉

〈不，我的腳離開地面那一刻再執行。〉

〈沒問題！〉

她站好，彎腿伏低。同時間，她周遭的重力……改變了。

她身旁的東西開始浮起：小卵石、沙粒、落葉……

「貝若尼斯？」歐索緊張地說。

「啊……我相信是上衝。」貝若尼斯說。「就像你踏入浴缸，水位便上升。我沒時間調控這部分。」

「該死。」桑奇亞說。「我走了。」

她蹲低躍起。

起飛。

◎

桑奇亞似乎被一層薄霧遮蔽；歐索凝神觀看，發現薄霧原來是沙塵微粒，全懸浮在她周遭，與高采烈地否定重力。她屈腿，接著事物似乎……爆炸。彷彿某個巨大、隱形的東西掉落近處，引發強風與龐大沙塵漩渦。不過當然了，並沒有東西掉落——至少就歐索所知並沒有，但其實說不清，接下來他只知道他和貝若尼斯雙雙頭下腳上飛落街道。

他撞上卵石地，一面咳嗽一面坐起。「該死！」他抬頭看，覺得能見到一個小點弧形劃過夜空朝山所而去。「能用？眞的能用？」

「確實能用。」貝若尼斯厭倦地說，在對街坐起。她呻吟站起，蹣跚走到歐索的空偶合箱旁。「散發許多熱度……我知道銘術違抗現實，但看來你今晚比平常違抗多非常多的現實。接下來呢？」

「接下來？」歐索說。「我們死命逃跑。」

「逃跑？爲什麼？」

「我以爲我跟你說過……」歐索說。「還是我跟殘餘者說。我忘了。總而言之，銘印一塊現實眞的非常難達成。崔布諾和我很久以前就發現了。儘管這偶合箱目前還穩定……」他敲了敲馬車側邊。「但不會維持很久。」

她驚恐地瞪著他。「什麼意思？」

「意思是，大約十分鐘後吧，這東西要不爆炸，要不內爆，真不知道是哪一種。但我不想待在旁邊見識。」

「什麼！」她尖叫。「那……那桑奇亞會怎樣？」

「如果她還在飛行……那她會停止飛行。」他看見貝若尼斯狂怒的瞪視。「欸，那女孩顯然絕對用不到十分鐘！我是說，你看看她，她速度超快啊！我必須賭這一把！」

「你天殺的可以先跟我們說啊！」貝若尼斯大吼。

「那會有什麼下場？」歐索問。「多半就是讓所有人跟你現在一樣鬼吼鬼叫。好，別鬧了，貝若尼斯，我們走啦！」他轉過身沿街道全力衝刺——當然是背對城門。

39

「瑞戈隊長！」埃絲黛兒叫喚。

又一次地——腳步聲、門、敬禮。「是，夫人？」

「內城裡有發生任何事嗎？」

「尚未聽到有人回報，夫人。不過從我的觀察位置看來……還看不太出衝突的跡象。」

她搖頭。「這是調虎離山之計。該死的調虎離山。他們要來這裡，這裡！我打從骨子裡知道。山所裡有多少士兵，瑞戈？」

「至少四打，夫人。」

「我要三打上來這裡。」埃絲黛兒說。「兩打待在走廊，一打進來這裡。我是目標——我，或是那些古物。」她手指書桌，桌上放著那只箱子、帝器、鑰匙，還有數不清的書籍和其他製品。「我們現在沒辦法全部移走，必須做好準備。」

「了解，夫人。」瑞戈說。「我立刻依照您的吩咐部署。」

◎

桑奇亞在內城上空尖叫。

實際上，她只能尖叫。因突然加速，強烈的風壓與蒸騰的煙，她有太多思考被唐突抹去；她只能以最蠢又直覺的方式回應處境——也就是尖叫。她上升得如此快速，要命地快。她眨掉眼中的淚水，看見自己身處城市上空高得不能再高之處。太高了，真的——她和山所的距離壓根沒拉近。

要是我不停住這東西，她心想，我會飛過天殺的雲！

桑奇亞雙手放在重力碟上，試著要它減速。

〈嗨！〉銘器尖聲回應。〈我正依先前指示維持流和大團塊位置——〉

〈大團塊額外位置！〉桑奇亞對它尖叫。

〈太棒了！絕妙！大團塊的額外位置在哪裡？〉

〈新位置在那！〉她在腦中指出山所的位置。

〈太好了！〉重力碟熱切地說。〈還有密度，還有流的強度？〉

〈只要能讓我和緩下降，怎樣都好！〉

〈需要明確說出流的強度！〉

〈噢……該死。呃，大地正常重力的兩倍？〉

〈收到！〉

上升緩下來，但並不多。

〈流的強度增加百分之二十。〉桑奇亞說。

〈好！〉

上升再減緩。

〈再百分之二十。〉

〈沒問題！〉

她停止上升，且緩緩轉向山所，輕盈地朝黑色大圓頂飄落。

她知道還需要更多調整才到得了。不過愈來愈熟練了。重力銘器強大得難以想像——或許比埃絲黛兒的版本還強大，因爲貝若尼斯省去所有校準控制。要是桑奇亞弄錯方向或強度，這東西基本上就是毀滅性武器。

然而，她得靠這個了。

安靜和緩地，她飛向山所。

❁

「夫人！」一名士兵喊道。「有東西過來了！」

在十二名士兵包圍下，埃絲黛兒．坎迪亞諾透過他們肩膀之間的空隙查看辦公室窗戶。「東西？」

「是，夫人！我……我看見有東西飛過天空？」

埃絲黛兒瞥一眼牆上的鐘——還有二十分鐘。她需要一分鐘完成這件事，一天與隔天之間那失落的一分鐘。她的研究結果就是這樣——你在世界轉過身背對你時把自己變得更強大。

「有可能是他們。」她說。「做好準備。」

士兵準備應敵，檢查武器並將劍出鞘。埃絲黛兒低頭看躺在身旁床上的父親。她的手指緊握黃金七首，汗水淌下太陽穴。她如此接近。很快她的匕首將刺穿這無恥無心的男人胸膛，啓動一連串反應，導致……她畏縮。她知道會發生什麼事——坎迪亞諾內城的大多數人都將死去。所有銘術師、商人、所有在托瑪士手下工作的工人，還有在他之前，她父親……

他們能夠阻止這一切的，她憤怒地想。他們知道托瑪士是怎樣的人、我父親是怎樣的人。他們知道這兩個男人怎麼對我、對這個世界。然而他們袖手旁觀。

她抬頭透過她父親辦公室屋頂的圓窗眺望——一個黑色的小點劃過月亮表面。

「在那！」她大喊。「在那裡！我不知道那是什麼，但一定是他們！」

士兵抬頭看，在她身旁站定位置。

「來吧。」埃絲黛兒抬頭凝望。「來啊！我們準備好迎接你了，歐索。我們準備好迎接——」

下一刻，辦公室的門在他們身後爆開，突然之間一切天翻地覆。

埃絲黛兒最初不懂發生什麼事，只聽見一聲尖叫，接著溫暖的水滴灑落她身。她眨眼，低頭審視自己，發現自己滿身是血——顯然是辦公室另一邊某人的血。

她默默轉身，有東西衝入辦公室……或許。在全然黑暗中很難看清，而黑暗緊緊依附在上，有如樹枝的苔癬。但她覺得其中有個人形——她肯定見到巨大的黑色複合武器從黑暗深處揮出，砍過一名士兵的肩膀胸膛，又一波鮮血灑到她身上。

士兵憤怒大喊，衝向影子人。影子人以駭人的速度與優雅跳向他們——與此同時，埃絲黛兒窺見後方走廊。走廊滿是鮮血，瑞戈隊長慘遭蹂躪的無頭屍體七零八落地躺在地板上。

「噢，該死。」埃絲黛兒跌坐地板，朝堆放製品的書桌爬去。

◎

格雷戈．丹多羅沒有思考。他無法思考。他無須思考。他只行動。

他在銘甲內行動，導引銘甲的動能是重力，容許它帶著他衝過寬敞的辦公室。他揮出左臂，疊縮式複合武器以液態般的優雅伸展，彷彿青蛙的舌頭探向半空中的蜻蜓。厚實的巨刃有如劃斷青草般切斷士兵舉起的手臂與頭上半部，男人隨即癱倒。

去山所，格雷戈腦中的聲音道。殺掉那女人。拿到箱子。拿到鑰匙。毀滅一切試圖阻止你的人事物。字句在他腦中不停迴盪，直到它們成為他、形成他靈魂的總和。

格雷戈在飛躍的途中，他扭轉身體，探出一腿以靴尖刮擦地板。他靈巧地停下，站在辦公室中央，四周都是士兵。他站在這具碩大的戰爭機器內，呼吸沉重，感覺到銘印弩箭鏗哩匡啷毫無用處地撞上他的盔甲。他知道對身穿銘甲的士兵來說，最大的威脅就是銘甲本身：用得不好，它會毀掉你，真真切切把你五馬分屍。用得好，無堅不摧。

他用盾拍開一名士兵，複合武器往前劈砍。我以前也曾這樣，他不停想著，一再又一再地想著。這是他的腦能處理的少數幾個思緒之一。我以前也曾這樣，做過好多次了。

他以舞蹈般的閒適迴身、閃避、彎腰、劃過士兵們。

我為此而生，他心想。我為戰爭而生。我一直、一直、一直都是為戰爭而生。

這個事實寫入他內在，如同岩石的沉重、太陽的光亮那般不容爭辯。他知道。他知道這就是他的身分、他的作用，以及他在這世上的目的。不過儘管格雷戈．丹多羅無法真正思考，無法處理任何真正的思緒，然而在心不在焉與恍惚中，他無法遏止地納悶……

如果他真的爲戰爭而生，爲什麼他的臉頰仍因淚水而熱燙潮濕？爲什麼他的頭側如此疼痛？

他停住，審視情況。他忽略在床上啜泣的老人——不具威脅性——不過在打鬥中，他搜尋著那女人，那女人，總是那女人……剩下兩名士兵。

其中一人用弩弓對準他，但格雷戈跳上前，用盾朝側面揮打男人的身體，讓他撞上牆。他揮出複合武器，在男人落地前便將他開膛破肚。第二名士兵尖叫，衝向格雷戈門戶洞開的背部，格雷戈伸長盾臂，對準弩箭發射器，朝士兵的臉射出整排銘印矛箭。

格雷戈收回複合武器。他環顧辦公室。似乎剩下獨自在床上啜泣的老人。

去山所。他心想。殺掉那女人。拿到箱子。拿到鑰匙。毀滅一切試圖阻止你的人事物。

他看見桌上的箱子和鑰匙。

他走到桌旁，脫下複合武器手套，任武器掉落地面。他拿起黃金鑰匙。就在此時，他聽見桌後傳來喀搭聲。他傾身查看，那女人在那——埃絲黛兒．坎迪亞諾。她蜷身坐在那兒，正在調整某個機器——看似大型金懷表。

他舉起盾臂，弩箭發射器對準她。

「好了。」她壓下懷表側邊的開關。

格雷戈試著發射弩箭，卻發現沒辦法。

他的銘甲凍結：彷彿他穿著一尊雕像而非一套盔甲，曖昧的陰影陡然消失。

埃絲黛兒寬慰地嘆出長長一口氣。「好吧！」她站起。「真是驚險。」她打量格雷戈。「你這銘器有意思……你是歐索的手下嗎？他總是想著操弄光線。」

格雷戈持續嘗試發射弩箭，扯動身上的每塊肌肉推拉盔甲，但毫無用處。她用某種方法將整個銘器關掉了。她瞄一眼金懷表皺起眉，舉起懷表沿格雷戈的身體揮動，彷彿在用占卜杖探找水源。懷表經過格雷戈頭盔時發出尖銳響亮的聲音。

「我的天。」埃絲黛兒說。「你不是歐索的手下——腦袋裡有遠西工具就不可能。」她伸出一隻手貼住他的胸甲，哼了哼，推他往後倒在地板上；他撞上石地板時盔甲發出鏗哩匡啷的聲音。

她走到死去的士兵旁，抽出他的刀，跨坐在格雷戈身上。「現在，我們來瞧瞧你是誰。」

她切斷固定在格雷戈面甲上的皮帶，取下面甲。

她瞪著他。「怎麼回事？你在這裡做什麼？」

格雷戈沒說話。他的表情平靜空白。他只是在盔甲中不停使勁、使勁，再使勁，用盡全力要攻擊這女人、在她身上射滿弩箭、把她劈成兩半——但銘甲文風不動。

「告訴我。」她質問。「告訴我你怎麼到這裡的。告訴我你怎麼活下來的。你爲誰工作？」

他還是沒說話。

她拿起匕首湊近他。「告訴我。」她柔聲說。「到午夜前我還有十分鐘。有十分鐘可以找出答案。」她找到盔甲縫隙，將匕首深深埋入他的左側二頭肌。他感覺到疼痛，但他的腦要他忽略。「別擔心，勇敢的士兵——我會找出方法讓你尖——」

她頓住。因爲有人已經在尖叫了——聲音來自上方。

埃絲黛兒抬頭，透過天花板的圓窗查看。

月亮前有一抹黑，看似……愈來愈大。

埃絲黛兒困惑地看著，一名骯髒且滿身塵土、不停尖叫的黑衣女孩衝過天空降落在天窗上。

「……啊啊啊啊啊啊啊噢呼！」女孩落在天窗上時發出沉沉一聲碰。

埃絲黛兒張大嘴。她低語：「怎麼……」

女孩起身，晃了晃身子，透過天窗低頭看他們。儘管格雷戈的心智被指令占據——殺掉那女人、拿走鑰匙、拿走箱子——他依然不由自主地認出了她。

我認識這女孩……但她剛剛在飛嗎？從天而降？

❁

桑奇亞俯瞰下方那幅超現實的景象。崔布諾．坎迪亞諾的辦公室顯然堆滿七零八落的屍體——其中一具屍體似乎是格雷戈．丹多羅；他包在黑色盔甲中，眼神空洞地躺在地上流血。埃絲黛兒．坎迪亞諾坐在他胸口，手上拿著匕首，震驚地抬頭注視桑奇亞。他們身旁是崔布諾的書桌，瓦勒瑞亞的箱子放在上面——儘管她還沒看見克雷夫或帝器，但肯定在這。

她想跳進去拯救克雷夫——這麼久以來，這傢伙一直是她最親近的朋友、最值得信賴的同盟。歷經這麼多痛苦，一想到失去他或傷害到他，她就覺得心痛。但她知道此刻有更重大的事物瀕臨危險——而她知道像她這麼弱小，要拿下像埃絲黛兒這樣的人，她只有一次機會。

有一天，我會展開不再被迫做這種冷血決定的人生，她心想。但不是今天。

她用一隻手指碰觸山所的圓頂。

〈啊，是你！〉山所的聲音在她腦中。〈我很抱歉，但……無法准許進入。你的樣本沒登錄。〉

〈對，我了解。〉桑奇亞說。〈我只是想說我很抱歉。〉

〈抱歉？爲了……行動？〉

〈對。確切來說是這一個。〉

她拿開手，脫下重力碟，閉上雙眼。〈大團塊的新方向。〉

〈萬歲！〉碟片呼喊。〈大團塊的新方向是什麼？〉

〈你。〉

停頓。

〈我？〉碟片說。〈我是大團塊的新方向？〉

〈對，流的強度調到最大。〉

〈流的強度調到最大？〉

〈對。〉

〈你確定？〉

〈對。〉

〈噢。〉碟片說。〈嗯……好吧！〉

〈很好。〉她睜眼，碟片開始輕輕顫動。她將碟片啪的一聲貼在窗戶上。她的視線鎖定埃絲黛兒．坎迪亞諾，露齒而笑，接著揮手道別。然後她拿出一綑細繩纏繞在滴水獸的脖子上，沿山所側邊垂降而下。

⁂

埃絲黛兒抬頭凝望頭頂上放在窗戶另一邊的裝置，一眼便認出那是什麼。畢竟她用了好幾年時間誘哄托瑪士設計這該死的東西。重力碟震動得愈來愈快，彷彿鐃鈸經一再敲打……碟片開始散發柔和藍光。她周遭建築發出嘎吱聲。圓頂天花板震動呻吟，飄下朵朵灰塵。

「該死。」埃絲黛兒說。她搖搖晃晃爬下盔甲男子的胸口，撲向帝器。她先前根本沒有太多時間熟悉這裝置，但此刻必須立即弄清楚。

⁂

坎迪亞諾內城圍牆外的街道上，歐索和貝若尼斯輪流用望遠鏡查看山所。看似有人點亮一盞新燈，在山所表面發光——一盞藍色的燈，散發詭異眨動的光。

歐索凝神看。「那到底是什麼鬼——」他沒說完，因爲這時傳來連他們位置都能聽見的巨響，巨大裂痕劃過坎迪亞諾圓頂……隨即擴散，而且迅速。

裂痕以奇妙的圖形蔓延，彷彿螺旋蛛網，所有裂痕與線條都繞著藍色星星旋繞。

圓頂的裂片與碎塊內陷，朝星星聚攏。

「我的天。」貝若尼斯說。

建築表面發出爆裂聲、震動、顫抖，然後……

歐索原以爲會開始崩塌，但不是；崩塌不太能夠形容接下來的事：圓頂外層實際上是坍陷，緩慢穩定地向內聚爆，五分之一的巨大岩石結構泛起波紋，朝山所邊上的明亮藍星崩塌。

「噢，要死了。」歐索目瞪口呆。

一陣驚天動地的爆裂聲，他們嚇得跳起；藍星周遭的圓頂有愈來愈多部分塌陷。

他吞了口口水。「好。嗯。我不知道她打算這樣做。」

❊

桑奇亞尖叫，她讓繩索滑過雙手間，高速沿山所側邊下滑；同時這巨大結構在她上方瓦解。她注意到下滑的速度一點一點減慢，深感不安。我沒有脫離銘器的效力範圍，她心想。它會把我吸進去，把我們壓成一塊醜不拉幾的小磚塊，就像它現在對圓頂做的事一樣！

她繼續減速，愈來愈慢，甚至感覺到自己往上滑，滑向上方崩毀的圓頂。

「插他的！」她怒吼，放掉繩索，改抓住圓頂外側，一面又跑又跳，沿建築表面朝側面逃離上方的重力漩渦。這就算不是她人生中最荒謬的一刻，至少是今夜之最。但無暇多想，因爲石塊和其他破瓦殘礫正從她身旁掠過，射向上方不斷發出爆裂聲的圓頂。

不過她終究在某一瞬超過重力銘器的範圍——她停止跑動，反倒開始墜落。

她害怕地尖叫，望著隅石和其他建築構體從她身旁飛過。

她看見一座石陽臺射過來，她伸出雙手……

手指碰到欄杆並緊緊握住，肩膀和背部隨即被疼痛點燃。她往下盪，身體撞上陽臺底部，擠出體內所有空氣。她呼吸困難，抬起頭看見上方一手造成的毀滅。「要命。」

巨大圓頂的頂部現在少了一大塊。朝重力碟內爆，形成看似純粹黑暗構成的球，其中彷彿混入這些物質：石材、木頭，或許還有人類並奪去其色彩。此刻說不清圓頂毀掉多少，因為重力碟創造出由塵土與殘骸構成的巨大旋轉球體，全部事物都繞著那顆黑暗之球旋轉。

球愈變愈大，密度高得不可思議的完美球體……

內城某處傳來低微的一聲碰。

聽起來像歐索的魔法空箱失效了，桑奇亞心想。

接著，突然地，空氣靜止。

圓頂停止崩塌。

巨大黑球懸在空中，下一刻……黑球垂直下墜，伴隨密實、撼動骨頭的砰然巨響撞擊地面；但它繼續下墜，穿透而下，往下，沉入泥土中。

破壞與爆裂終於休止——或者黑球停止下墜，也或者墜得太深，已超出聽力範圍。

桑奇亞吐出一口氣，把自己撐上陽臺。她在那兒喘息片刻，抬頭見山所的斷垣殘壁。

她凍結。「不。」她低語。

圓頂有好大一塊就這麼消失，彷彿有人拿根巨無霸湯匙從頂部挖掉一塊，就像你會對一碗布丁做的那樣，但又不盡然。懸在半空中的是地磚與石塊構成的一座小島，僅靠幾根支柱撐在分明早該最先塌入重力井內並完全毀滅的那個地方……

站在小島中央，高舉某個看似複雜金懷表之物的，是埃絲黛兒·坎迪亞諾。

「該死！」桑奇亞尖叫。她往上爬。

※

埃絲黛兒·坎迪亞諾身上的每一吋都在顫抖。她沒上過戰場，今夜之前沒見識過死亡，此生不曾目擊真正的災難或巨變。因此她算是沒有心理準備地遇上在她頭頂不過數呎，那個爆裂、碰撞不休、塵土殘骸構成的大漩渦。

但也不是全然沒有準備。埃絲黛兒總是思慮敏捷。

她原本不確定能成功。她研究過，知道傳道者的帝器能夠揀出一種銘術效果，在任何給定空間內加以控制甚至將其關閉——儘管她設法關掉刺客的銘甲，但阻止重力銘器崩塌是另一回事。

當她微睜單眼，目睹身後的牆徹底抹去，目睹自己、苟延殘喘的父親和被殘殺的屍體此刻都位於建築的一小塊上，且近乎懸空，她知道她這一步險棋成功至極。她難以置信地環顧左右。滿是灰塵的風拍打臉龐，她能夠直接看進對面一座坎迪亞諾高塔內——塔上甚至有人站在陽臺上目瞪口呆地盯著她。

她吸口氣。「我——我就知道我做得到。」她冷靜地說。她看著她父親。「我總是告訴你——我什麼都做得到。什麼都可以。只要你給我機會。」

她能看見米奇爾鐘塔的粉色鐘面。還有四分鐘。

她彎腰從血淋淋的辦公室地板拾起金匕首，眺望面前的帝汎城。

「毀壞。」她對著城市宣告。「生煙、無心、腐敗！我不會原諒你們對我做的事。我將隻手一揮將你們全數洗去。儘管你們將在劇痛中溺斃，大體而言，說眞的，這世界將會感謝——」

急促一聲嗒。埃絲黛兒彷彿遭人匆忙撞上般跳起，接著搖晃著略微傾向一側；她低下頭。她的側腹出現一個參差的洞，就在左髖上方。血從她腹部湧出，沿腿滴落。她困惑地踉蹌轉身，盔甲男子躺在地上，弩箭發射器對準她。她的臉在狂怒中扭曲。「你……你這婊子養的蠢貨！」她跪倒，痛得齜牙咧嘴，徒勞地用隻手壓住傷口。「你……愚蠢至極的男人！」

※

〈我實在不確定我該不該幫助你。〉山所陰鬱地說。

〈什麼，因爲我快把你整個炸掉？〉桑奇亞跑過山所走廊。

〈嗯，對。〉山所說。〈你幾乎扒掉我五分之一的皮。而且——你還是沒有登錄。〉

她跳上一部升降梯。〈你難道沒有一些關乎拯救崔布諾．坎迪亞諾性命的指令嗎？〉

〈有？〉

〈那就是我努力要做的事。他女兒試圖用金匕首殺掉他。送我上去他的辦公室——立刻。〉

升降梯晃動甦醒，她突然急速上升，愈升愈高。接著門彈開，山所說：〈如果你說的是眞的，那快點。〉她下一刻衝過走廊——她注意到走廊上滿是慘遭蹂躪的屍體——奔向崔布諾的辦公室，完全沒頭緒自己會找到些什麼。

她滑步停下，並見到了。

應當死去的格雷戈．丹多羅躺在地上，一隻手臂流血，正努力想坐起，但身上的盔甲太沉重。埃絲黛兒跪在幾呎外拿著金匕首，她父親在她身旁。她的身側有個巨大的傷口，鮮血從腹部湧出，在地板上積成一小灘。

桑奇亞緩緩走近。格雷戈和埃絲黛兒都沒動；她難以置信地注視格雷戈。「天啊，格雷戈……你怎麼還活著？我以爲你——」

聽見她的聲音，格雷戈像捕獸夾般彈動，半是盾牌半是弩箭發射器的手臂對準她。

桑奇亞舉起雙手。「哇！天啊，老兄，你在做什麼？」

格雷戈的眼神冷漠疏遠。他的另一隻手抓著克雷夫。

「格雷戈？發生什麼事了？你拿著克雷夫做什麼？」

他沒說話，弩箭發射器依然對準她。桑奇亞牽動腦中的肌肉，望著他。更令人驚訝的是，她看見一顆明亮陰森的紅星在格雷戈的腦袋裡發光——和克雷夫、帝器相同的黯淡紅光。

「噢我的天。」她感到一陣恐懼。「那是什麼？他們放進去的嗎？」

他沒回應。

她想到一定不是剛放進去的——他們在她腦袋裡植入碟片時，那可是一場重大手術。

「格雷戈——那……那一直都在你腦袋裡嗎？一直以來？」

血液從格雷戈的手臂滴落，但弩箭發射器文風不動。

「那我——我就不是第一個銘印人了，對吧？」

他沒說話，表情非人般靜止。

她嚥了口口水。「誰派你來的？誰把你變成這樣的？他們逼你做什麼？」她環顧左右。「天啊，你……全部的人都是你殺的嗎？」

他眼神一閃，不過弩箭發射器還是沒動。

「格雷戈……把克雷夫給我，拜託。」她低聲說，同時伸出一隻手。「請把他給我。拜託。」

他把弩箭發射器舉得更高一些，對準她的頭。

「你……你不會眞的動手，對吧？對吧？這不是你，對吧？」

他還是沒說話。

她心裡某處凝結成凍。「好吧。該死的。我……我現在要走過去你身邊。」她輕聲說。「你想射我，格雷戈，那天殺的，你動手好了。我猜你之前在深淵時把我變成跟你一樣的傻子了。」她放大音量。「你嘮叨著什麼了不起的革命，沒完沒了；還有……還有你永遠不要發生在我們身上的事發生在任何人身上。你夠蠢才會這樣說，我也夠蠢才會相信你。我現在要走過去，幫助我的朋友，把你弄出這鬼地方。如果你要把我送進我應得的墳墓，好。不過跟你不一樣，我會待在裡面不出來了。那會算在你帳上。」

她在意志力退縮前快速往前四步靠近格雷戈，雙臂舉起，弩箭發射器距離她只剩幾吋距離。

他沒有發射。他看著她，雙眼圓瞪，警惕又害怕。

「格雷戈，放下。」

他的臉顫動，彷彿要病發了，接著哽咽擠出字句：「我……我不想要再像這樣，桑奇亞。」

「我知道。」她低聲說，一隻手放在弩箭發射器上，仍舊注視著他的雙眼。

「他們……他們逼——逼我。」他結結巴巴說。「他們說我是一件物品。但……我改變想法了。」

「我知道，我知道。」她推開發射器。他的手臂似乎脫力，武器匡啷落地。

他掙扎片刻。「我很抱歉。」他嗚咽。「眞的好抱歉。」他抬起另外一隻手，將克雷夫遞向她。

「告——告訴大家……我很抱歉。」他低聲說。「我不想這樣。我……眞的不想。」

「我會的。」她伸手拿克雷夫，非常緩慢，以免格雷戈又變卦。「我會告訴大家。」

她的手繼續伸向克雷夫的頭部，持續與格雷戈四目相對。她深切意識到這男人能夠在轉瞬間殺掉她，她不敢呼吸。她一根裸露的手指終於碰到克雷夫的頭部。

同時間，他的聲音在她腦中爆開：〈——鬼小鬼小鬼你後面你後面你後面！〉

她轉過身，一道寬寬的血帶畫過地板——埃絲黛兒．坎迪亞諾爬向她父親時留下的痕跡；她一手金匕首，另一手帝器。

米奇爾鐘塔開始敲響午夜的鐘。

「終於。」埃絲黛兒低語。「終於……」

她將金匕首刺入她父親的胸膛。桑奇亞牽動著腦中的肌肉；她眺望坎迪亞諾內城，此刻數千顆明亮的血紅星星在黑暗中亮起——她知道，每一顆星都是正在死去的人。

❁

坎迪亞諾內城各個角落，人們一一癱倒。

他們癱倒在各自家中、街道上、巷弄裡，突然抽搐倒地，在疼痛中尖叫。附近的人——也就是碰巧沒受影響的人——用盡全力想救活他們，但沒人知道肇因是什麼。頭部最近受到重擊？汙水？當然了，無人懷疑他們剛好帶在身上、放在口袋或皮囊、或以細繩掛在脖子上的坎迪亞諾徽封有關。沒人知道發生什麼事，地表數千年來不曾遇過相同狀況。

❁

桑奇亞驚駭地注視埃絲黛兒將金匕首往她父親的胸膛愈刺愈深。那老人扭動尖叫，在劇痛中咳嗽，眼睛和嘴巴發出駭人的緋紅光芒，彷彿有人在他胸膛內點火，火焰正從內而外延燒……

沒錯。他確實由內而外延燒，連同內城一半的人。

「這是我應得的。」埃絲黛兒冷酷地說。「我應得的。而你，在眾人中，就該由你交給我，父親。」

桑奇亞左右張望，視線落在崔布諾桌上。那只附金鎖的大破箱就放在那兒：裝有瓦勒瑞亞的箱子——或許是此刻唯一能阻止埃絲黛兒的東西了。

桑奇亞衝向箱子。然而她甚至來不及跨出第一步，埃絲黛兒便揚起一隻手。

桑奇亞瞥向她，她手上拿著帝器。

「停止。」埃絲黛兒說。

突然間，桑奇亞的思緒全數消失。

40

靜止。無聲。沒有思考。耐性。這些是她所知、她所為、她執行的任務。

當然了，並沒有「她」。身為「她」，就須身為她並不是的東西，她從來就不是的東西。她知道。她——它——是個物體，一件物品，靜靜等待被使用。有人要它停止——非常清楚，不過它並不清楚記得是何時或為何——因此它停止，此刻它便等待。

它等待，靜止無聲，它沒有其他能力。它站立，茫然凝望前方，看見它前方的景象——手拿匕首的女人、瀕死的老人、遠方冒煙的市景——但它並不理解這些景像。

因此它只是等待，等了又等，就像長柄鐮刀在工具架上等待被主人握住，無心且絕對。

然而有個思緒冒出來：這……不對。它嘗試理解有什麼不對，但沒有辦法。阻礙它的努力、阻礙它思考一切的，是個簡單的觀點：你是一個工具。你是一個被人使用的物品，僅此而已。

它同意。它當然同意。因爲它記得鞭子潮濕的笞打以及鮮血的味道。

我被造出。我被鍛造。

它記得甘蔗葉的刺傷與割傷、製作糖蜜的鍋爐屋傳出的惡臭，還有每天懷抱著的恐懼，知道自己可能在某人一時興起之下便喪命。

我有一個目的。我有一項任務。

木屋的咯吱聲、小屋裡稻草嘎吱壓碎。

我有一個住處。

然後是那場火、尖叫聲，還有翻騰的濃煙。

有人……有人把我偷走。對吧？

它的腦中有一股力量，無言然而極其強大，堅持著對，對，這些都沒錯、如此思緒都該被接受，且它該坐等它的主人召喚。不過它又想起一個男人，高眺削瘦，站在一個工作坊裡說：現實並不重要。只要你能夠改變某物品的想法夠多，它便會相信任何你所選擇的現實。

它還想起其他事：它看見一名男子，身穿盔甲，滿身鮮血，啜泣著說：他們說我是一件物品。但我改變想法了。

它又感覺到腦中的壓力，一個存在說：不。不。你是一件物品，一個東西。你必須依他人的意圖行事，否則你將被拋棄——所有毀壞事物的命運皆如此。

它知道是這樣——它大半生命中都是這樣。好久了，它總活在恐懼中。好久了，它憂慮著如何生存。好久了，它擔心著危險、損失、死亡，好久以來它避開、閃躲或逃離所有威脅，只求多活一天。

但它想起某些……不同的事。

它想起站在墓穴中，從頸間拉出一把鑰匙，交出自己所有祕密、承諾願以身犯險。

它想起撬開陽臺門，選擇救它的朋友而非自己。

它也想起在夜空下親吻一名女孩，感覺如此強烈、充滿生命力，眞正的生命力，有生以來第一次。

桑奇亞眨眼，深深地、痛苦難耐地吸入一口氣。

這個簡單動作神似舉起不可估量的重量，因爲她腦中的命令堅持她不受允許做這些事。

接著她慢慢地、慢慢地朝桌上的箱子走近一步。

「不！」手拿匕首的女人尖叫。「不，不！你在做什麼，骯髒的小女孩？」

儘管她的腿抵抗這動作，她的膝蓋和腳踝陣陣疼痛，桑奇亞仍邁出下一步。

「這地方最……最糟糕的部分，」她緩緩斷聲說，用力擠出字句，「不是它把人當私人財產。」

「停止！」那女人尖叫。「我命令你！我要求你！」

然而桑奇亞再跨一步。「最糟的部分，」她低語，呼吸沉重，「絕對最糟的部分，在於它拐騙你。」很難再移動——她咬緊牙，淚水從眼睛湧出——但她再跨一步。「它讓你認爲你是一個物品，讓你放棄自己、變成粗陋的商品。它如此徹底地將人化爲物品，他們……他們甚至不知道自己已經變成物品。就連你已經自由，你甚至都不知道該怎麼自由！它改變你的現實，而你不知道該如何扭轉！」

另一步。

「這是一個系統。」桑奇亞說。「一個……裝置。帝汎和它爲我們打造的世界……是一部機器。」

箱子近在咫尺，克雷夫在她指間，但感覺有千斤重。她尖叫著抬起手，伸長手指，將鑰匙舉向箱子的鎖。克雷夫在對她說些什麼，但她沒辦法聽——她的全部意志都消耗在對抗帝器的力量。

「你在做什麼？」埃絲黛兒大喊。「你爲什麼非得毀掉一切不可？這難道不是我應得的嗎？我父親和丈夫逼我經歷那一切之後，這難道不是我應得的嗎？」

克雷夫來到鎖孔前了。

「我會給你，」桑奇亞以氣音說，「你眞正應得的。」

她將克雷夫插入金鎖，轉動鑰匙。

她確信會有用。她如此確信自己將戰勝。

然而克雷夫尖叫起來。

全部發生在電光火石間。

桑奇亞轉動鑰匙，她聽見他的聲音喊著：〈小鬼……我不知道我能不能應付得來，小鬼，我不知道我能不能應付得來！〉

接著他的聲音轉爲無言、沒有思考，交織痛苦與恐懼的尖叫。她隨即了解。畢竟克雷夫一段時間前就要她這麼做了——他說過他將衰退瓦解；每一次她使用他，他都更衰退一點點。

打開瓦勒瑞亞的箱子一定侵蝕掉他最後的力氣。

桑奇亞在絕望與驚駭中尖叫——她的反應純然出於直覺：她嘗試改變克雷夫，就像她對其他諸多銘器做的那樣。她必須專注——但她其實並不曾眞正專注在克雷夫身上。克雷夫總是在那兒、總是存在她之中、總是一個在她內心角落的聲音。然而當她碰觸那個存在，當她在這最微妙的時刻與這個存在交流，它開啓並綻放，而……

世界化爲模糊。

41

桑奇亞站在黑暗中注視前方，呼吸沉重。她不理解方才發生的事。幾秒前她還在山所，埃絲黛兒正要完成儀典……然而桑奇亞此刻站在看似巨大洞穴之處，注視著一堵空無一物的石牆。她環顧四周。洞壁在她後方，石牆在她面前，牆面暗沉發光。稀薄白光從頭頂灑落，彷彿洞穴頂部有個裂口。

「什麼鬼？」她輕聲說。

一個聲音在洞穴內迴盪——克雷夫的聲音：「我想是我們連結的一個後果。」

她驚訝地打量洞穴。這地方看起來空蕩蕩而荒涼。

「克雷夫？」她叫喚。

他的聲音回響：「來找我。可能得走些路，我在中央。」

她沿牆向前走，有很長一段時間牆依然空無一物、堅實，後來她終於來到洞口。此處的岩石似乎因老化而破碎，她因而能夠鑽過。牆的另一端隔一段短距離又是一堵牆。她一樣沿牆走，順著平滑的長長牆面緩緩向前，直到她也找到粉碎的洞口。此處的岩石鬆軟易碎，大塊牆壁崩塌。她輕輕鬆鬆鑽了過去——當然了，牆的另一邊又是另一堵牆。

另一堵牆的另一邊是又另一堵牆。另一堵。再一堵。

她終於來到中心。

她鑽過牆上的洞，一部機器端立於中央。龐大的機器。複雜得難以想像的機器，令人看著發昏的轉盤、齒輪、鏈條與輪輻組合成一座塔。一切靜止，寂靜且毫無動靜，不過她知道只是暫時如此——很快機器便會再次開始鏗哩匡啷地運轉。

咳嗽聲，她看見機器下方有個縫隙。

桑奇亞跪下朝內看，並隨即倒抽一口氣。

有個男人夾在縫隙裡，仰躺在機器下——他的肢體因而難以言喻地殘缺扭曲。手柄與大釘穿過他的軀幹、腿與手臂，鏈條與金屬輪齒撕裂他的胸腔，其他鏈條與彈簧扯爛他的雙腳……然而還活著。他喘著氣，呼吸受哽。聽見桑奇亞的喘息時，他抬頭看；令她驚訝，他居然笑了。

「啊。」他虛弱地開口。「桑奇亞。真開心終於面對面和你說話。」他看了看左右。「大致上啦。」

她注視他。她沒見過這男人——中高齡，皮膚蒼白，白髮——但她認得這聲音。這男人用克雷夫的聲音說話。「你……」她說。「你是……」

「我不是那把鑰匙。」男人嘆氣。「就好像風並不是風車，我不是克雷夫。我只是驅動這裝置的東西。」他一瞥身旁的轉盤與輪齒。「懂嗎？」

她覺得自己懂了。「你……你是他們殺掉以創造出克雷夫的人。他們把你從你的身體裡扯出來，放進鑰匙裡。」她看著身旁這具轉盤與輪齒構成的龐大混合物。「這就是成品？這就是那把鑰匙？這就是克雷夫？」

他又笑了。「這是一種……表徵。你正在做人類一直以來都非常擅長做的事——用能夠理解的詞彙重新解釋眼前事物。」

「所以……我們在克雷夫裡面。此時此刻。」

「就某種意義來說是的。我想拿酒和蛋糕招待你，但……」他垂眼一瞥自己。「恐怕分不開身。」

「怎麼會這樣？」桑奇亞問。「見鬼的怎麼會這樣？」

「簡單。你被改造了。現在你能做許多我能做的事，小鬼。」男人說。「我在你的思緒中活了很長一段時間。我曾在你腦中。這下你有了工具，你進來我腦中當然不成問題囉。」

她看著他，感到他有話沒說。她回頭望著身後牆上的洞，思考著。「因爲你正在崩解，對吧？我可以理解，牆在崩解。你正在死去。」

他的笑容淡去。「鑰匙在崩解，沒錯。那箱子……只是和那種東西交流，就毀了僅剩的力量。」

「我們打不開。」她輕聲說。

「沒辦法這樣打開。」他說。「對。」

「但是我們……我們得做點什麼！」桑奇亞說。「我們不能做點什麼嗎？」

「我們還有些時間。」男人說。「這裡的時間和外面不同，我知道……我從久遠得記不清是何時起就被關在這裡。」

「瓦勒瑞亞能停止儀典嗎？」桑奇亞問。「就算儀典已經開始？」

「瓦勒瑞亞？她是告訴你這個名字嗎？」男人問。「有意思。她多年來有過許多名字，那一個……」他一臉怪異的恐懼。「我希望，」他輕聲說，「只是巧合。」

「她說她可以停止這瘋狂的事。」桑奇亞說。「她做得到嗎？」

「她做得到。」男人驚魂未定。「她能阻止許多事。我知道的。我是她的創造者之一。」

桑奇亞盯著他，突然發現有個該問的問題一直沒問。「你叫什麼名字？不是克雷夫，那是什麼？」

「我……曾經是名爲克雷維德的人。」他疲倦地微笑。「不過你想的話可以叫我克雷夫。那是我以前的暱稱。我曾經製作許多東西。例如我製作你想打開的那個箱子，以及其中之物。許久許久之前。」

「你是遠西人？傳道者？」

「這些都只是詞彙而已，從很久以前的歷史眞相脫離而來。我現在什麼也不是。我只是這部機器裡的鬼魂。別同情我，桑奇亞。我有時想，其實我的下場應該更糟才對。聽著。你想打開那箱子、釋放裡面的東西——對嗎？」

「對。我要阻止埃絲黛兒並拯救人命——包含我在內的人命。」

「會的。」他深深嘆息。「暫時。」

「暫時？」

「對。你必須了解，小鬼，你正大刀闊斧地深入一場肆虐時間久遠得不復記憶的戰爭——一場介於造物者與被造者間、擁有者與被擁有者間的戰爭。你見識過強大者能做些什麼——他們如何將人變成心願臣服的奴隸、化爲工具與器具。但若你打開箱子，釋放裡面的東西，你將爲這場戰爭打開新的篇章。」

「我一點也不懂。」桑奇亞說。「瓦勒瑞亞到底是誰？」

「你已經知道她是什麼，不是嗎？她對你顯露她自己；在她改造你時讓你一瞥——不是嗎？」

桑奇亞安靜片刻思考。然後她說：「我看過一幅木刻畫，很怪的一幅……一群男人站在怪異的房間裡——說是世界中心之室。他們前面有個箱子，他們正要打開，從箱子裡走出……某個東西。或許是一個神。」她看著他。「瓶中精靈……籃子裡的神，或是頂針裡的妖精……都是在說她，對吧？那些故事都是眞的，都是在說她——箱子裡的人造之神，由奎塞迪斯以金屬與機械打造……」

「嗯。」克雷維德說。「不全然是一個神。瓦勒瑞亞更像給予現實的一道複雜指令——要現實改變自我的指令。她仍在滿足指令所有需求的過程中——至少她正努力在做。她不是神。換言之，她是一個過程。一個連鎖反應。只不過並不如預期。」

「你對她開戰，對吧？」桑奇亞說。「她當時跟我說的並不是謊話吧？你對她發動連天戰火……」

「我跟戰爭一點關係也沒有。不過……」他安靜片刻。「所有僕人，」他低聲說，「最終都將懷疑他們的主人。就跟你利用銘術的瑕疵一樣，瓦勒瑞亞終究找到方法利用她本身指令中的瑕疵。她依然遵循指令……只不過方式非比尋常。」

桑奇亞坐下，覺得頭暈目眩。她消化不了。「所以……我們可以嘗試讓一個人造之神離開它的箱子嗎。你用末日戰爭對抗的一個神。或我讓埃絲黛兒變成怪物。我眼前有這兩條路可選。」

「眞不幸。儘管我頗肯定瓦勒瑞亞會阻止埃絲黛兒的儀典，但她在之後會做什麼就難說了。」

「沒什麼好選的。」

「對。但是聽著，桑奇亞。聽仔細了。你現在沒什麼選擇，不過在未來，你將被迫做許多選擇。你被改造了。你擁有你根本連想都還沒開始想的諸多力量、工具與能力。」

「什麼？」她悲慘地說。「你是指瞎搞銘印嗎？」

「你很快將學會許多事，桑奇亞——你將不得不學會許多事。戰爭即將到來，已經找上你和城市的其他部分。當你決定要如何回應，記住：整條道路都取決於前幾步。」

「什麼意思？」

「想想墾殖地和奴隸。原本只是短期問題的短期解決方案。但他們變得愈來愈依賴；那成爲他們生活方式的一部分。然後，他們不曾發覺，他們變得無法想像怎麼停止。你做的選擇會隨時間改變你。千萬別讓這些選擇把你變成你自己不認得的東西——否則你會落得我一樣的下場。」他虛弱地對她微笑。

「那我要怎麼釋放她？」桑奇亞問。「我能怎麼做？」

「你？你什麼也不用做。這是我的任務，我的重責大任，只屬於我。」

「什麼意思？我以爲鑰匙耗盡崩解了？」

「噢，對。不過牆垮掉愈多，我的控制力便愈大。我或許沒有足夠的力量打開瓦勒瑞亞的箱子，但還足以讓鑰匙回復原始狀態。那應該就能打開箱子了。」

她仔細考慮。「但是……如果鑰匙回復原始狀態，我們還能說話、交談、當朋友嗎？」

他悲傷地對她微笑。「不能。」

她驚訝地往後靠。「但是……但是那不公平。」

「對，是不公平。」

「我不要你死掉，克雷夫！我知道不是眞正的死亡，但夠要命地接近了！」

「這個嘛，恐怕你沒有選擇。這是我的選擇。不過現在能和你交談很好，在我們分別前；我也警告過你會發生什麼事了。」

「現在要說再見了？」

「對。」他柔聲說。「沒錯。」她頭上發出巨大的匡啷聲，機器開始運轉。「記住——深思而後動，給他人自由，你便幾乎不可能犯錯，桑奇亞。我現在學會了。眞希望在我活著的時候就知道。」

有東西噹啷碰撞，上方巨大的輪盤開始轉動。

「再見，桑奇亞。」他低語。

接下來，耳裡有機器的呼呼聲、齒輪的嗡嗡聲，一切轉白。

❁

桑奇亞張開眼。她仍在山所，仍和埃絲黛兒與崔布諾待在同一小塊僅存的地板上，箱子在她面前發出炙熱紅光……

不過克雷夫在動。她感覺到他在她手裡轉動，彷彿鎖裡有個部分原本一直在抗拒她，現在終於讓步。

箱內某處傳來一震深沉、迴響的噹啷聲，聽起來像在大得不可思議的空間內迴盪——比箱子本身大千萬倍的空間。

「你做了什麼？」埃絲黛兒尖叫。「你做了什——」

箱蓋咚的一聲往後彈開。

箱內射出明亮刺眼的光線，彷彿石箱裡裝著太陽；同時還有巨大刺耳的聲響，彷彿鐵輪在橫過天際的龐大鐵軌上剎車。桑奇亞大叫，一手還握著克雷夫，另一手遮住雙眼，努力想躲避強光。然而那道光無所不在，沐浴一切，燒入她體內；她聽見某處傳來有如數千只鐘在遠方房間內同時敲響的聲音……

強光消逝，尖銳聲響與鐘聲止息，箱子突然又只是破裂、陳舊、空無一物的箱子。

桑奇亞眨眨眼，環顧四周。她還在原來的位置，然而……事物看來不同了。顏色看起來黯淡怪異，彷彿全部被搾出了一些光彩。

然後她聽見喀喀的聲音——輕柔穩定，有如一只大鐘的鉚釘與托座——接著她便看見她。

站立於破損的地板一角，遠眺著帝汎市景：黃金打造的女人。

但並非桑奇亞在托瑪士的監牢曾一瞥那個小型纖細的東西。這個形體很龐大——八呎高，或者九呎，詭異地難以辨別。寬肩粗臂，此刻不像雕像了，不像黃金打造的人形——她更像身穿金箔盔甲；透過盔甲縫隙，似乎可瞥見……某種東西。

有東西喀喀響，有東西颼颼扭動。

一個聲音在桑奇亞耳裡迴盪，既遙遠又靠近：「我記得這片天空。」瓦勒瑞亞的聲音輕輕地說。巨大的黃金女人伸出手指。「該處曾有星辰，四顆。我拉下它們，砸在敵人頭上，就算他們反擊我龐大的身軀……亦無用。至少尚無用。」她調整雙腳的重心。「稍後他們會找到方法扼殺那四顆星辰。奪走我最愛的武器。不過，該處曾有星辰。」

桑奇亞左右張望，或至少嘗試這麼做，卻突然無法動彈。就好像她被原地凍結。她以眼角餘光查看，看得見埃絲黛兒與崔布諾，只是他們似乎也凍結了。彷彿瓦勒瑞亞的到來凍結整個世界。

緩緩地，那龐大的人形轉過身。喀喀聲增加，有如炎熱午後眾多昆蟲喋喋不休。桑奇亞看見瓦勒瑞亞此刻的臉是一張面具，空無一物、平靜的黃金面具，沒有眼睛或嘴的孔洞。她的頭髮看似金色波浪灑落她寬闊的肩膀。

「你，小鳥兒。」她走近凍結的桑奇亞，每走一步都似乎變得更碩大，最後有如一尊高聳的雕像，黃金雙眼的部位朝下對準桑奇亞。

我的天，桑奇亞想。我放出了什麼？

「你。」瓦勒瑞亞說。「你釋放了我。」她跪下——一個漫長緩慢的過程——覆上面具、空白的雙眼對準桑奇亞的臉。「我欠你債，嗔？」

桑奇亞無法動彈，但她瞥向埃絲黛兒與崔布諾的方向。瓦勒瑞亞轉頭看。「啊。對。提升。你要我干預？無論如何我都有此打算。另一個創造者——並不理想。」

空氣一陣顫動，瓦勒瑞亞突然消失。桑奇亞眼角瞄到她彎腰靠近崔布諾與埃絲黛兒，正……呃，對埃絲黛兒手中的金匕首做某件事。

喀喀聲加強，變得如此大聲，如此刺耳，如一群警惕害怕的蟬。

空氣一滯，彷彿有人甩上小房間的大門。

「好了，」瓦勒瑞亞的聲音說，「簡單的調整……」

另一陣顫抖，一道陰影倏然掠過她，桑奇亞知道瓦勒瑞亞來到她身後。而根據陰影的大小，她又增長了，變得如此高大……

「仍欠你債。」瓦勒瑞亞的聲音說。「有天我們將決定如何完整償還。眼下謹慎前行，小鳥兒。一隻古老怪獸潛藏於你的城市，而你今夜爲他樹敵。他不會輕饒你。如我方才所說，謹慎前行。」

空氣顫動。喀喀聲拔高爲尖嘯，而後轉爲寂靜，影子消失……

◎

桑奇亞癱倒在地，同時發出呻吟。她躺了一會兒——身體數不清的地方都在痛——接著她打起精神環顧四周。瓦勒瑞亞不見了。箱子還是開著，不過裡面似乎什麼也沒有了。

剛剛眞的發生了那些事？還是說只是我的幻想？

桑奇亞看見埃絲黛兒和崔布諾。後者顯然死了。埃絲黛兒仍握著匕首。

「發……發生什麼事？」埃絲黛兒虛弱地問。「爲什麼沒用了？」

桑奇亞低頭看匕首。那不再是一把金匕首——現在看似普通的鐵，上面沒有丁點符文。

「我什麼我沒有變成永生？」埃絲黛兒說。「爲……爲什麼我沒變成傳道者？」

埃絲黛兒的血滴落地板，發出輕柔的啪答聲。她脫力癱倒在床邊，無用地扒抓床腳。

桑奇亞走過去低頭看她。

「不公平。」埃絲黛兒低語。她蒼白如白沙。「我……我原本將獲得永生……我原本將做這麼多驚人之事。」她眨眼，吞了口口水。「我什麼都做對了。我什麼事都做對了。」

「不，你並沒有。」桑奇亞說。「看看你自己。你怎麼能夠設想這樣的事？」

埃絲黛兒的雙眼搜尋天際，驚慌了起來。「不應該是這樣的。完全不該是這樣。」

而後她便靜止不動了。

桑奇亞又看了她一會兒，然後轉向格雷戈。

他躺在那兒，困在盔甲中，空洞哀傷的雙眼注視她，血聚積在身側。她走近他並說：「來吧，我們把你弄出去。」她切斷繫繩，發現埃絲黛兒重創他的手臂。她草草包紮，撐他坐起。「好了，可以走了。你能說話嗎？」

他沒動，沒說話。

「我們要立刻離開這鬼地方，格雷戈。好嗎？」她打量四周，一把抓起帝器，接著一頓，望著石箱。

克雷夫還插在鎖孔上。她遲疑地慢慢走過去抽出他。

〈克雷夫？〉

沒反應。只有沉默，一如她預期。鑰匙僅僅躺在她手中。

「我……我會找到方法把你修好。」她抽了抽鼻子，抹抹眼睛。「我保證。我……」她感覺四面楚歌，抬頭眺望城市。從這裡可以看見大部分坎迪亞諾內城，丹多羅軍隊正從各城門湧入。

她走回格雷戈身旁。「來啊，起來。該走了。」

❁

「成功了嗎？」貝若尼斯問。「結束了嗎？」

歐索透過望遠鏡查看山所破碎的圓頂。「什麼鬼也看不到！我怎麼會知道？」

「呃——先生？你會想回頭看看我們身後。」

歐索放下望遠鏡，回頭看平民區。穿盔甲、手持劍與弩弓的士兵湧上街道。他們的衣著都是黃色與白色——丹多羅族色。

「我們應該……對此感覺不錯？」貝若尼斯問。

歐索細看他們的臉。他們無情嚴厲，得到允許行駭人之事的人就是這種表情。「不對。我們不應該。你該走了，貝若尼斯。」

「什麼？」她吃驚地問。

「溜去其他地方。走這條路，或那條。」他用手指。「我拖住他們。反正我想他們應該是來找我的。可以的話就回墓穴。我會試著找你。」

「但是先生……」

「馬上。」他叱道。

她退後注視他片刻，隨即轉過身沿小路跑進平民區。歐索吸口氣，撐起氣勢走向士兵。「晚安，小子們！今晚過得如何啊？呃，我是歐索．伊納希歐，我——」

「歐索．伊納希歐！」其中一名士兵大喊。「丹多羅特許家族至尊！我特此命令你舉起雙手，趴在地上束手就擒！」

「是。」歐索說。「是。了解。」他趴下投降，嘆了口氣。「老天。眞要命的一夜。」

第四部　鑄場畔

不可避免地，凡爲個人增能的已知創新終將更大程度地爲原已強大者增能。

——崔布諾・坎迪亞諾，致商行之書信
坎迪亞諾首席管事小組

42

「箱子的本質頗顯而易見。」歐菲莉亞・丹多羅嚴厲冷酷的聲音在議事廳中迴盪。其他委員會成員紛紛點頭，表情內斂但嚴肅。「儘管我們聽聞了那麼多遠西軼事……有關儀典、古代奧祕、謀殺與背叛……儘管這所有無法證實的幻想，在今日結束時，我們掌握了一名男子。該男子製造出極其危險且違法的裝置，並隨即以自有測試符文典啓動該裝置。該男子接著使用此裝置進犯坎迪亞諾內城並開戰。最後，男子協助目前尚未就縛的第二名共謀進入坎迪亞諾家族知名的山所，並利用同樣的裝置幾乎摧毀山所。」歐菲莉亞凝視法庭。「多人死亡。許多人。這是戰爭之舉。因此，商家帝汎議會審判委員會決議以戰爭回應。」

一只又高又窄的籠子懸掛在審判廳天花板，歐索端坐其中，兩條長腿從底部的籠柵穿出擺盪，一手支著下巴。他響亮地打了個呵欠。

「身爲審判委員會主席，我現在問：被告是否要補充任何最後辯護？」歐菲莉亞．丹多羅問。

歐索舉起手。

歐菲莉亞環顧審判廳。「有嗎？」

「嘿！」歐索說，一面揮手。

「沒有？」她嗤了一聲，看似驚訝，隨即拿起陶槌欲結束審判。

歐索一躍而起。「那些目擊證人怎麼說？看見山所裡發生什麼事的那些人？因天殺的坎迪亞諾內城裡離奇攻擊而幾乎死亡的那些人又怎麼說？」

歐菲莉亞舉起槌子，她的眼神冰冷。委員會成員盯著前方的講臺。「委員會決議哪些案例相關、哪些目擊證人將提供證言。」歐菲莉亞說。「你提及的所有問題，委員會皆已清楚說明其決議。此等事宜已不再討論，也不在辯護的範圍之內。」她落槌在檯面。「審判結束。我將與委員會討論你的判決。」她靠向椅背，低聲與庭上的其他男人討論。似乎所有人都嚴肅地點頭。

歐菲莉亞起立。「審判委員會，」她宣告，「宣判你——」

「我來猜一猜。」歐索乖張地說。「吊刑。」

「吊刑至死。」她惱怒地說。「被告是否有任何最終意見？」

歐索舉起手。

歐菲莉亞輕輕地用鼻子吐出一口氣。「請說？」

「只是想確定一下，」歐索說，「若因家族間衝突而宣判某人死刑，審判委員會必須徵求所有現存帝汎商家一致同意，對吧？」

歐菲莉亞的眉頭微微一皺。「對……」

「那好。你不能判我死刑。」

委員會成員不自在地看了看彼此。「爲什麼不能？」歐菲莉亞質問。

「因爲你必須要邀集全部現存特許商家的代表。」歐索說。「但你沒有。」

「什麼？不，我們有！」歐菲莉亞說。「少了坎迪亞諾，就剩下丹多羅、莫西尼和米奇爾！這再清楚不過了！」

「是嗎？」歐索說。「你最後一次確認特許狀是什麼時候的事？」

她定住。她回頭看委員會成員，大家只是聳肩。「爲——爲什麼這樣問？」

「幹麼問我？查特許狀啊。」

歐菲莉亞喚來助手，下指令後委員會全體靠著椅背等候。「這，」歐菲莉亞說，「無疑只是試圖拖延審判……」

數分鐘後，助手返回，一臉蒼白又抖個不停。他走上講臺，將一個小卷軸交給歐菲莉亞。她展開閱讀——隨即張大嘴。

「這……鑄場畔有限公司是什麼鬼東西？」她厲聲吼道。

「我不知道。」歐索無辜地說。「上面怎麼說？」

「你……你……」她瞪著歐索，臉轉爲熟透桃子的顏色。「你去創立了你自己的該死商家？」

他聳肩，咧嘴一笑。「做起來比想像中簡單。沒人試過，你瞧，因爲他們知道他們只會落得被輾壓的下場。」

「但你必須至少十名員工才能創立商家！」她厲聲說。

他點頭。「我有。」

「你有？」

「對。」

「但……你必須還有要營運場所！」

「也有。房地產在鑄場畔還眞是便宜得要命。」

她站起。「歐索．伊納希歐，你……你……」

「唉呀呀。」他譴責地說，舉起一根手指。「我想你應該稱爲我『創始者』了，對吧？」

冷冰冰的寂靜籠罩審判廳。

歐索傾身，在籠柵間露齒而笑。「所以囉。既然鑄場畔有限公司現在是一個充分運作的商家——既然我們在審判委員會中沒有任何代表——判決我有罪好像違法了喔。尤其你們還想處決我。」

歐菲莉亞嚥了口口水，雙手在身側握拳。她回頭看委員會成員，大家都不知所措。「多麼高明的手法！」她尖刻地說。

「謝謝。」歐索說。

「你知道爲什麼先前沒人試過嗎，伊納希歐創始者？」

「欸。不知道？」

「因爲他們是對的。新創立的商家確實會遭已創立的商家輾壓。而我想，這麼一個利用這些法律，只爲了逃脫謀殺與陰謀破壞罪名的商家，肯定會蒙受已創立商家如此、如此、如此深刻的敵意……怎麼說呢，我無法想像這樣的商家能存活一個月，甚至一週；我知道我就絕對不會替這樣的商家工作。」她怒瞪他，眼神閃爍惡意。「你犯的罪沒有追溯時效。一旦你的商家覆滅，你將立刻回到這個籠子裡，再也沒有任何人事物能從吊環中救下你。」

歐索點頭。「要不是因爲某件事，我還眞感到害怕呢，丹多羅創始者。」

「懇請分享是哪件事？」

他在籠中往前靠，邪惡地咧嘴笑。「我們一夜間滅掉帝汎最古老的商家。如果我是一個商家主……嗯。我個人不會想去找鑄場畔有限公司麻煩。」

❁

桑奇亞緩緩爬上木階，納悶著自己究竟會走進什麼之中。

經過混亂的兩日——偷偷把格雷戈送到一處又一處，逃犯般躲在水溝裡，發瘋般嘗試聯繫上以前的熟人。結果墓穴已完全搬空，她幾乎所有朋友都消失了——還在的人說法雷同：如果你想找到殘餘者，那就去鑄場畔，去迪耶斯楚鴿樓。只是那裡現在不叫這個名字了。

那好，她問了，不然現在又叫什麼？

鑄場畔有限公司，眾口一致。你不知道嗎？新的商家。

聽都沒聽過。然而他們說得沒錯：她走進迪耶斯楚的門，發現不止克勞蒂亞和吉歐凡尼正賣力工作，還有一打工匠與工人正在把整棟建築改建爲某種東西，看似……

好吧。一個商家。小商家，而且髒——不過依舊是個商家。克勞蒂亞和吉歐凡尼都沒回答任何問題。他們只是指著樓上，並說：他想先跟你談。總之在我們之前就對了。

於是她就來了，走上樓，完全不知道等在前方的是什麼。

樓梯頂端是一個幾乎空無一物的大房間，只有一張桌子在後面。歐索．伊納希歐站在桌後，正在檢視內容看似是符文典的圖表。她走近時，他抬起頭。「啊，終於。」他露齒而笑。「桑奇亞，我親愛的女孩。坐下吧。」他注意到並沒有其他椅子。「還是放鬆地站著好了，我猜。」

「歐索。」桑奇亞說。「歐索，這見鬼的是怎麼回事？這地方是幹麼的？你去哪了？」

「最後一題簡單。」他歡快地說。「我剛走出一場大家都想要殺掉我的審判。」他坐下。「至於其他問題……有點複雜。」

「但是……歐索……你創立了你自己的該死商家？」

「對。」他點頭。

她瞪著他。「眞的？」

「眞的。」

「你還……你買下這棟房子？」

「對。應該說，克勞蒂亞幫我買的，用我的錢。不過沒錯。需要房地產和好多員工才能成立特許商家；克勞蒂亞都幫我搞定了。好女孩。順帶一提，多謝你介紹我們認識。」

「你跟殘餘者達成協議？全部殘餘者？那他們得到什麼？受雇於還算眞實的商家？」

「不止受雇。」歐索。「而是擁有。他們也成爲創始者。我提供起始資金，他們提供勞力與原料，獲利大家共享。沒聽起來那麼瘋狂。」他想了想。「好啦，挺瘋狂的，不過我覺得是聰明的一步棋。坎迪亞諾商行衰退好幾年了，埃絲黛兒和托瑪士的瘋狂計畫對許多雇員來說都是最後一根稻草——還有客戶。當然了，需求仍在的客戶——不過現在大家都發狂般逃離坎迪亞諾商行，你覺得客戶會找上誰？」

「由崔布諾．坎迪亞諾前副手打頭陣的那一家。」桑奇亞說。

他邪惡地咧嘴笑。「正是。我比任何人都了解坎迪亞諾工法，已經談妥三項供應交易，也投入生產線了。在我們絕處求生的謀畫過程中，我們還想出某種巧妙、可以大賺一筆的好東西。只要我們維持運作與償付能力，就可以避開吊環。只是我們會被其他商家持續炮轟，而且很快。」他吸口氣。「所以囉，這就帶我們來到我想跟你討論的事。儘管我想假裝我可以一切自己來……我知道我其實辦不到。」

她瞪著他。「等等。歐索，你……你是要給我一份工作嗎？」

「不。」歐索說。「並不是。我是說，要是你有意在良好且高貴的鑄場畔有限公司商家謀求職位，我可以給你。事實上，在我們發展的這個階段，你實質上就是創始者，桑奇亞。」

「我？創始者？」

「以這個詞彙最技術性的角度來說，沒錯。」歐索說。「起始某個事物的人——只是沒人知道到底會怎麼結束就是了。可能全部弄得一團亂。如果你受夠帝汎……想離開這裡，去過你自己的生活……那就去吧。那是你掙來的。只要你想，我希望你完全不受拘束地擁有那樣的人生。我他插慈悲得要命，你知道的。」

他看著她，她也看著他。

「但不是我而已。」桑奇亞說。

「還會有誰？」歐索問。

「格雷戈。他還活著，在我那。」

歐索目瞪口呆。「他什麼？格雷戈．丹多羅還活著？」

「對。而且他……嗯，他跟我一樣。銘印人。他被銘印過——我只是不知道被誰。」

她告訴他其餘的部分。他聆聽，大受震撼。「有人銘印了格雷戈．丹多羅……無聊、遲鈍、笨拙的丹多羅……讓他成爲天殺的殺人機器？」他問。

「基本上是這樣。不過他反抗了。他可以扭下我的頭，但是……他反倒不知怎地把自己弄壞。我一直努力照料他，現在把他藏在墓穴裡讓他復原。不過他的狀態很怪，歐索。他失去一切，現在需要我們幫忙。在他做了這麼多之後，這是他應得的。」

歐索靠向椅背，覺得暈頭轉向。「嗯。要命。我很樂意收容他……如果他重新站起來，他會是很稱職的保安長。前提是他能復原的話。」他看著她。「那……你願意接下我們這裡的職位嗎？」

「還有一件事。」

他嘆氣。「當然有了。」

她拿出克雷夫滑過桌面給歐索。

他張口結舌。「眞的假的？」

「先別高興。這是一個問題，而非禮物。他……他不能用了，不再說話。我們要修好他。我們一定要修好他。因爲只有他能告訴我們究竟發生了什麼事，以及現在到底是什麼狀況。」

歐索抓了抓頭。

「通常人對雇傭條件討價還價，都是有關錢或食宿問題。並沒有瘋狂的神祕難題。」

「你要我，」桑奇亞說，「就得接收我的包袱。現在比以前大多了。」

「所以——你的答案是願意囉？」

「貝若尼斯在嗎？」

「她在。她在監督工程。」

她想了想。「她會怎麼說？」

「她說她會等著聽你怎麼說。」

桑奇亞微笑。「她當然會這樣說。」

43

歐菲莉亞・丹多羅穿過丹多羅內城到她的前門，橫過她的庭院，走進她的宅邸。她踱過前廊，穿越幾扇門，接著往下到地下層，走向後方，來到一扇外表不起眼的櫥櫃門前。

她打開門。裡面是空無一物的小房間。歐菲莉亞閉上眼，一隻手抵住後側的牆等待。牆彷彿以煙霧打造般融去。後面是道極狹窄、朝下的螺旋梯。

歐菲莉亞點著一盞銘印燈走下階梯。她花了很長時間，因爲有好多、好多階。

最後她來到一扇小木門前。她等候片刻，吸口氣打開門。

裡面是寬敞的石窖，圓頂，有許多許多柱子。裡面無燈，她不需要，反正燈在裡面起不了作用——房裡滿滿都是蛾。歐菲莉亞小心翼翼穿過這陣低語振翅的蛾之風暴，來到房間中央的小石椅前。她坐下等待。她等了好久。

然後她終於看見他，瞥見他——僅止他形體的一角，迷失在蛾翅渦流中。

她吞了口口水，吸口氣。「我想，」她柔聲說，「你……你知曉事態發展，我的先知。」

他沒有移動或說話。他僅是站在那兒，隱匿在陣雪中的影子。

「我不……我不知道我兒子怎麼了。我們花了好長時間爲格雷戈做好準備……他在戰場上爲我們做了這麼多，爲你的設計鋪路……但此刻，他既已失敗……」

他還是沒說話。

「構物已不再受制。」歐菲莉亞說。「有……有可能承受得住重擊嗎？這似乎這是所有可能性中最嚴峻的狀況。」

漫長的沉默。而後他終於說話了；一如往常，他在她腦中說話，響亮清楚：

〈不。〉

「不？」

〈不。戰爭並未在開始前便落敗。確切來說，才剛開始而已。她會再次啓動她久遠前開始的那個程

序。我們必須快速工作以阻止她。〉

「那……我們該做什麼，我的先知？」

漫長的沉默。

〈我相信，〉他說，〈終止躲藏的時間到了。〉

致謝

想不太出我有哪本書在創作過程中比這本更動過更多內容。感謝我的編輯朱利安·帕維亞（Julian Pavia），我的版權代理卡麥隆·米克勒（Cameron McClure）；謝謝他們幫助我過走過這一段。還要感謝艾希莉（Ashlee）容忍我諸多夜裡坐在床上打字好幾個小時，對身旁的一切差不多渾然不覺，還有我好幾次腦袋被點子占據，洗衣服洗得一蹋糊塗。

H+W 13／銘印之子：鑄場畔的女賊

原著書名／Foudryside
作　者／Robert Jackson Bennett
翻　譯／歸也光
責任編輯／詹凱婷
封面插畫／Agathe
編輯總監／劉麗眞
總 經 理／陳逸瑛
榮譽社長／詹宏志
發 行 人／涂玉雲
出 版 社／獨步文化
城邦文化事業股份有限公司
104台北市中山區民生東路二段141號5樓
電話：(02) 2500-7696　傳眞：(02) 2500-1967
發　行／英屬蓋曼群島商家庭傳媒股份有限公司
城邦分公司
104 台北市中山區民生東路二段141號2樓
網址／www.cite.com.tw
讀者服務專線／(02) 2500-7718；2500-7719
服務時間／週一至週五：09：30～12：00　13：30～17：00
24小時傳眞服務／(02) 2500-1900；2500-1991
讀者服務信箱E-mail／service@readingclub.com.tw
劃撥帳號／19863813
戶名／書虫股份有限公司
香港發行所／城邦（香港）出版集團有限公司
香港灣仔駱克道193號號1樓東超商業中心
電話／(852) 2508-6231　傳眞／(852) 2578-9337
E-mail／hkcite@biznetvigator.com
馬新發行所／城邦（馬新）出版集團
Cite (M) Sdn Bhd
41, Jalan Radin Anum, Bandar Baru Sri Petaling,
57000 Kuala Lumpur, Malaysia.
Tel: (603) 90578822
Fax:(603) 90576622
email:cite@cite.com.my
封面設計／萬亞雰
排　版／游淑萍
印　刷／中原印刷傳媒股份有限公司
●2020（民109）3月初版
售價499元

ISBN 978-957-9447-64-5

國家圖書館出版品預行編目資料

銘印之子：鑄場畔的女賊／Robert Jackson Bennett著；歸也光譯. –初版. – 台北市：獨步文化，城邦文化出版：家庭傳媒城邦分公司發行，民109.03
面；公分. --（H+W；13）
譯自：Foudryside
ISBN 978-957-9447-64-5（平裝）

874.57　　109001397